STEPHANIE MARIE THORNTON

Die Mutige

rütten & loening

STEPHANIE MARIE THORNTON

Die Mutige

Roman

Aus dem Amerikanischen
von Anna Julia und Christine Strüh

rütten & loening

Die Originalausgabe unter dem Titel
And They Called It Camelot
erschien 2020 bei Berkley, New York.
This edition published by arrangement with Berkley, an imprint of
Penguin Publishing Group, a division of Penguin Random House LLC.

MIX
Papier aus verantwortungsvollen Quellen
FSC® C083411

ISBN 978-3-352-00955-6

Rütten & Loening ist eine Marke
der Aufbau Verlag GmbH & Co. KG

1. Auflage 2021

Satz Greiner & Reichel, Köln
Druck und Binden CPI books GmbH, Leck, Germany
Printed in Germany

www.aufbau-verlag.de

Für Stephen und Isabella,
weil sie mein Ein und Alles sind.

Erster
Teil

For one brief shining moment there was Camelot.

»Für einen kurzen strahlenden Moment gab es Camelot.«

– Jacqueline Bouvier Kennedy, 29. November 1963

22. November 1963

Der rosafarbene Pillbox-Hut und das von Chanel inspirierte Bouclé-Kostüm lagen auf dem Bett für sie bereit.

Die Rufe – »Jack-ie! Jack-ie!« – hallten noch immer in ihren Ohren wider, und seit dem unablässigen Blitzlichtgewitter gestern hatten ihre Kopfschmerzen kaum nachgelassen. Doch sie hatte sich der Menge gestellt wie schon so viele Male in den letzten zehn Jahren, und nun, da der Wahlkampf ihres Mannes zur zweiten Amtszeit bevorstand, würde ihr falsches Lächeln in den kommenden Monaten sicherlich ein ständiger Begleiter sein.

Also zog sie den rosa Wollrock über ihren seidenen Slip und knöpfte die goldenen Knöpfe des Kostüms zu. Die Wände erbebten unter ohrenbetäubendem Applaus, als John F. Kennedy unten im Ballsaal seinen Wählern die Hand schüttelte und ihren pausbäckigen Babys einen Kuss gab.

Noch ein paar Minuten allein, *dachte sie im Stillen.* Nur noch ein paar Minuten.

Die Minuten reichten nie aus. Niemals hatte sie genug Zeit für sich.

»Sind Sie so weit, Mrs. Kennedy?« Ihr Leibwächter erschien in seinem steifen schwarzen Anzug. Ausnahmsweise trug er heute nicht seine omnipräsente dunkle Sonnenbrille. Hinter ihm rauschte ihre Sekretärin herein, den treuen Stenoblock in der Hand. »Der Präsident erwartet Sie zum Frühstück.«

Für gewöhnlich hätte sie eine Flut von Ausreden parat gehabt – »Ich bin zu müde«, »Ich muss die Kinder anrufen« –, aber vieles hatte sich geändert, seit ihr Mann und sie ihren finstersten Monat durchgestanden hatten. Letztlich waren sie daraus stärker hervorgegangen, doch die grausamen Narben würden sie ihr Leben lang tragen – gemeinsam.

Er brauchte sie, und sie brauchte ihn.

Lächelnd hielt sie ihrer Sekretärin die Handgelenke hin, eine stumme Bitte, ihr die kurzen weißen Glacéhandschuhe zuzuknöpfen. »Natürlich.« Als sie fertig war, richtete sie den marineblauen Seidenkragen ihres Kostüms. »Ich hole nur schnell meinen Hut.«

Normalerweise hatte sie für Hüte nicht viel übrig, aber dieser schlichte rosafarbene Pillbox-Hut stellte all die texanischen Matronen mit ihren überladenen Machwerken aus Blumen und Federn in den Schatten. Sie hatte ihn schon zu einigen privaten Veranstaltungen getragen, aber nach dem heutigen öffentlichen Spektakel würde er es wahrscheinlich nächste Woche in die Cosmopolitan *schaffen, und zu Weihnachten würden identische Nachbildungen in den Schaufenstern ausgestellt.*

Weihnachten, wenn sie mit ihren Kindern zu Hause sein würden. Zusammen würden sie eine Familie von Schneemännern bauen, mit Schneeflocken im Haar zurück ins Warme purzeln und vor einem wunderschönen Weihnachtsbaum wie aus dem Märchen heiße Schokolade schlürfen und Zimttoast essen. Caroline und John Jr. würden auf ihren Schoß klettern, lachend und voller Freude über ihre Puppen und Modellflugzeuge.

Aber zuerst: Texas.

Gott, sie konnte es kaum erwarten, Texas hinter sich zu lassen; all die hasserfüllten Demonstranten, die vor einem Monat Lady Bird Johnson angespuckt hatten, und die Schaulustigen am Flughafen, die Schilder mit der Aufschrift HELFT JFK DIE DEMOKRATIE ZU ZERSTÖREN *hochhielten. Wenn die Manieren eines Mannes ein*

Spiegel waren, in dem sich sein wahres Ich zeigte, dann war der Lone-Star-State ein Gemälde von Jackson Pollock.

Sie betrachtete sich im Spiegel und entschied, dass sie für den endlosen Autokorso, der ihr bevorstand, so bereit wie möglich war. »Ach, Mary«, sagte sie mit einem wehmütigen Lächeln zu ihrer Sekretärin. »Ein Tag im Wahlkampf kann einen dreißig Jahre altern lassen.«

»Das würde Sie zu der am besten erhaltenen Vierundsechzigjährigen machen, die die Welt je gesehen hat.« Mary legte der First Lady ein filigranes goldenes Armband um und reichte ihr eine marineblaue Handtasche. »Sie sind bildschön, Mrs. Kennedy.«

Die First Lady warf noch einen letzten Blick auf die stille Oase der Hotel-Suite, dann straffte sie die Schultern. »Ich bin so weit, Mr. Hill.«

Wenig später verkündete das leise Klingeln des Aufzugs ihre Ankunft im Großen Ballsaal, und sie wappnete sich, als ihre Sicht vom Ansturm unzähliger Scheinwerfer getrübt wurde. Eine Flutwelle aus donnerndem Applaus schlug ihr entgegen, doch ihr Mann wartete ruhig und unerschütterlich hinter dem Rednerpult, also ging sie gemessenen Schrittes weiter und fühlte sich unwillkürlich zu ihrem Hochzeitstag zurückversetzt. Genau wie damals war er ihr Fels in der Brandung, und die Luft um ihn herum knisterte.

»Vor zwei Jahren«, sagte er ins Mikrophon, seine Stimme überall gleichzeitig, »habe ich mich in Paris mit den Worten vorgestellt, dass ich der Mann bin, der Jacqueline Kennedy nach Paris begleitet hat. Das gleiche Gefühl bekomme ich auch auf meiner Reise durch Texas.« Aus der Menge erklang leises Gelächter, und er warf einen anerkennenden Blick auf das rosafarbene Kostüm seiner Frau. »Niemand fragt sich, was Lyndon oder ich anhaben«, fügte er hinzu, und das leise Gelächter steigerte sich zu herzhaftem Lachen, als sie sich zu ihm gesellte. Hierher gehörte sie nun schon seit über zehn Jahren.

»Du siehst umwerfend aus.« Sein Atem war warm an ihrem Ohr,

und sie staunte, dass er sie immer noch zum Erröten bringen konnte. »Ich bin froh, dass ich dich überreden konnte, dieses Kostüm zu tragen.«

»Und du siehst aus wie der mächtigste Mann Amerikas«, erwiderte sie und zwinkerte ihm zu. Sie, Jacqueline Bouvier Kennedy, die all die langen Jahre der Zwillingseisberg ihres Mannes gewesen war, kalt und unnahbar, zwinkerte ihm tatsächlich zu. Sie waren keine Eisberge mehr. »Das steht dir ausgezeichnet.«

Das Frühstück verbrachten sie damit, kleine Happen faden Hotelfraßes hinunterzuwürgen und zwischendurch belanglose Fragen darüber zu beantworten, ob Lyndon Johnson weiterhin Vizepräsident bleiben würde (natürlich) und ob der Präsident die von Kommunisten angezettelten Rassenunruhen unterstützt hatte (natürlich nicht). Als es zehn Uhr schlug und ihr Mann seinen Stuhl zurückschob, atmete sie erleichtert auf.

Liebevoll nahm er ihre Hand, mit der ganzen tiefen Zuneigung, nach der sie sich so lange gesehnt hatte. »Auf nach Dallas?«

Ein strahlendes Lächeln breitete sich auf ihrem Gesicht aus, als sie Hand in Hand den Ballsaal durchquerten und in den herbstlichen Sonnenschein hinaustraten.

»Auf nach Dallas«, sagte sie und stürzte sich kopfüber in den Sturm, der sich über ihnen zusammenbraute.

Kapitel Eins

Januar 1952

»Der Finanzmarkt scheint sich von seinem Einbruch zu erholen.« John – mein Verlobter, obwohl das Wort noch zu ungewohnt war, um seine Bedeutung wirklich zu erfassen – stand auf dem Bürgersteig und bekam nichts von den Leuten um uns herum mit, die ihr Gepäck aus gelben Taxis und Cadillacs mit langen Heckflossen holten. Er trug seinen üblichen grauen Flanellanzug, und seine Finger zuckten, als schwebten seine Hände über einer Rechenmaschine. »Ich glaube, die Eisenbahn-Abteilung wird den Rest des Finanzmarkts stabilisieren, und die American Telephone and Telegraph Company hat sich in den letzten Wochen auch gut geschlagen.«

»Was du nicht sagst.« Im Bemühen, ein Quäntchen Interesse aufzubringen, rief ich mir in Erinnerung, wie bezaubernd sein Börsengerede an Heiligabend gewesen war, als wir ein Schaufenster in der Madison Avenue bewundert hatten – wie sich unser Atem in der frostigen Luft vermischt hatte, bevor er mich fragte, ob ich ihn heiraten wolle.

Ich hatte John nach Merrywood eingeladen, das zweite Anwesen meines Stiefvaters Hughdie außerhalb von Washington DC, um meine streitlustige Mutter – und ehrlich gesagt auch mich selbst – zu überzeugen, dass ich die richtige Entscheidung getroffen hatte. Stattdessen hatte John einen Großteil des Wochenendes damit verbracht, mit meinem Stiefvater über Wall-Street-Investitionen zu diskutieren, während ich mich unbemerkt in das mit Eichenholz verkleidete Arbeitszimmer zurückzog. Normalerweise war der Raum mit seinem durchdringenden Geruch nach antiquarischen Büchern, orientalischen Teppichen und Tabak in diesem Haus, das nicht wirklich mein Zuhause war, der einzige Ort, an dem ich mich entspannen konnte, doch heute geriet ich beim Lesen von *Sybil*, einem Roman von Hughdies Cousin über eine geistreiche Frau, die sich der Notwendigkeit zu heiraten fügte und fortan als Ehefrau vor sich hin vegetierte, regelrecht in Rage.

Sie wurde fad und langweilig, wie Brokkoli.

Ich hasste Brokkoli.

»Das war's«, verkündete ich meiner jüngeren Schwester Lee – eigentlich war sie Caroline getauft worden, aber so nannte sie niemand – und schlug das Buch zu. »Wenn ich John heirate, werde ich eine dieser langweiligen Country-Club-Ehefrauen, die nur darüber reden können, wie viele Zähne ihre Kinder schon haben. Ich werde meine gesamte Zukunft als Sybil Husted verbringen.«

Lee hatte kürzlich eine Stelle als Redaktionsassistentin bei *Harper's Bazaar* ergattert und blickte kaum von der neuesten Ausgabe auf. Auf dem Cover prangte eine Werbung für Bademode mit dem Bild einer kessen Blondine mit unglaublich langen Beinen. »Ich dachte, du würdest Jacqueline Husted werden«, sinnierte sie und wedelte mit der Hand, so dass ich ihre abgekauten Fingernägel sah, »aber ich nehme an, du kannst auch deinen Vornamen ändern, wenn du willst. Sehr unkonventionell.«

Jacqueline Husted.

Nicht zum ersten Mal stieg die Sorge in mir auf, dass ich mich, indem ich John Grinnel Wetmore Husted Jr. heiratete, nicht nur häuslich niederließ, sondern kapitulierte. Nicht etwa, weil er nicht der sagenhaft reiche Mann aus New England war, den meine Mutter sich für mich vorgestellt hatte (obwohl sein Vater im *Social Register* gelistet war), oder weil eine Heirat mit ihm bedeuten könnte, dass ich meinen Reisen nach Paris, den Fuchsjagden mit meinen Freunden aus New England und meiner Leidenschaft für Journalismus Adieu sagen müsste. Sondern weil ich, bevor ich John kennengelernt hatte, im Rahmen meines kurzen Praktikums bei der *Vogue* Givenchy-Models auf ein Fotoshooting am Ufer der Seine vorbereitet und die Verlagsleiterin mich mit grimmigem Gesicht gewarnt hatte, dass ich mit meinen zweiundzwanzig Jahren am Abgrund eines ewigen Junggesellinnendaseins taumelte. Bei der Vorstellung war es mir eiskalt den Rücken heruntergelaufen.

Ich wollte keinen der jungen Männer heiraten, mit denen ich aufgewachsen war – nicht ihretwegen, sondern wegen ihres öden Lebens. Hatte ich Johns Antrag angenommen, weil ich Angst hatte, als alte Jungfer zu enden?

Bei dem Gedanken schnaubte ich verächtlich. So stumpfsinnig war ich doch bestimmt nicht. Oder?

Rastlos wanderte ich im opulenten Arbeitszimmer von Merrywood auf und ab und war kurz davor, die Wände hochzugehen, als meine Finger über die geliebten ledergebundenen Bücher strichen, die ich unzählige Male gelesen hatte – Oscar Wildes *Das Bildnis des Dorian Gray*, Baudelaires *Strandgut*, Dostojewskis *Schuld und Sühne*, Hugos *Les Misérables*. Es hatte mich schockiert, als mein hochgewachsener, angeblich so kultivierter Verlobter zugegeben hatte, dass er die Erstauflagen auf den Mahagoni-Regalen kaum erkannte und seine Börsenblätter und Rechnungsbücher bevorzugte.

Bücher und Wörter liebte ich noch mehr als meine Pferde; ein Leben ohne Geschichten und Dramen konnte ich mir kaum vorstellen. Meine Helden waren Mogli, Robin Hood, der Großvater des kleinen Lord Fauntleroy, Scarlett O'Hara …

Nicht Sybil Husted.

Jetzt, als die eisige Kälte des Spätwinters durch meine Wolljacke drang, holte John seinen Koffer aus dem Kofferraum meines blauen Chevrolet Fleetmaster und drückte mir ein Küsschen auf die Stirn. »Tatsächlich sieht es so aus, als würden die Unternehmensanleihen gleich bleiben …«

»John.«

Er blinzelte. Meine Stimme hatte ihn aus seiner von Börsenkursen und Anleihen dominierten Phantasiewelt gerissen. Vielleicht war der Gedanke etwas überdramatisch, aber John würde höchstwahrscheinlich noch in zehn oder zwanzig Jahren über American Telephone, Ford und General Electric philosophieren. »Ja, Liebling?«

Liebling. Dieses Wort wirkte so blasiert, so langweilig. Genau wie John.

Plötzlich erinnerte ich mich an einen anderen Mann, den ich einmal getroffen hatte, mit dem ich mich so lebendig gefühlt hatte, als wäre alles möglich. Doch ich verdrängte den Gedanken – das war bedeutungslos.

Wenn ich John Husted heiratete, würde ich zweifellos ein ruhiges, komfortables Leben führen.

Aber ich wollte mehr als Komfort. Ich brauchte noch etwas – irgendetwas – anderes.

Kurz entschlossen zog ich meine Hand zurück, nahm den mit

Saphiren und Diamanten verzierten Ring ab und steckte ihn in seine Anzugtasche. »Es tut mir leid, John. Es tut mir wirklich sehr leid.«

Er blinzelte mich verständnislos an. »Ich weiß nicht, was du meinst. Was tut dir leid?«

Ich trat einen Schritt zurück, denn ich brauchte etwas Abstand. »Ich kann dich leider nicht heiraten.« Als ich sein trübsinniges Gesicht sah, wünschte ich fast, ich könnte die Worte zurücknehmen. Doch wenn ich jetzt klein beigab, würde ich mich in zehn Jahren – oder vielleicht schon nächstes Jahr oder nächsten Monat – dafür hassen. Und John würde auch lernen, mich zu hassen.

»Was soll das heißen, du kannst mich nicht heiraten?«

»Genau das, was ich gesagt habe. Ich wünschte, ich könnte es, aber …«

»Geht es ums Geld?« Er straffte die Schultern. »Dann kannst du deiner Mutter sagen, dass siebzehntausend Dollar im Jahr ein gutes Einkommen für einen Börsenmakler sind.«

Ich hatte bereits versucht, meine aristokratische, kettenrauchende Mutter davon zu überzeugen, aber sie hatte nur ihre Zigarette geschwenkt und Asche auf dem Aubusson-Teppich verteilt, während sie aufgebracht hin- und herlief und über meine Dummheit wetterte.

»Nein, es liegt nicht am Geld.«

»Ging es dir zu schnell?« John hielt den funkelnden Ring zwischen Daumen und Zeigefinger, und auf seinem hübschen Gesicht zeigten sich rote Flecken. »Du hast gesagt, dass du Spontanität magst, aber ich habe es ruiniert, oder?«

Ich holte tief Luft. »Das ist es nicht, John. Wir sind einfach zu verschieden – wir passen nicht zusammen«, sagte ich, weil ich es ihm schuldete, ehrlich zu sein. »Du verdienst eine Frau, die dich glücklicher machen wird, als ich es je könnte.«

Und ich verdiente jemanden, mit dem ich über etwas anderes reden konnte als über Börsenkurse und die Markttendenzen.

Ich wartete keine Antwort ab. »Leb wohl, John«, murmelte ich und berührte sanft seine Wange. »Es tut mir wirklich leid.«

Ohne noch einmal zurückzublicken eilte ich zur Fahrerseite meines Chevrolets, schlug die Tür hinter mir zu und fuhr los, denn ich spürte das überwältigende Bedürfnis, nach Merrywood zurückzukehren und mich die ganze Nacht über mit einer Biographie von Ludwig XIV. im Bett zu verkriechen, um nicht darüber nachdenken zu müssen, was ich gerade getan hatte.

Alles, was ich will, ist ein Mann mit ein bisschen Phantasie. Ist das zu viel verlangt?

Ich war schon zweiundzwanzig – eine übrig gebliebene Tochter, die nicht ewig vom Wohlwollen ihres Stiefvaters und fünfzig Dollar Taschengeld im Monat leben konnte –, und mit fünfundzwanzig würde mich die Gesellschaft als hoffnungslosen Fall abstempeln. Gegen die strenge Regel zu rebellieren, dass wohlerzogene Mädchen einen guten Ehemann finden mussten, wäre zwecklos. Ich würde ihr Spiel mitspielen, aber zu meinen eigenen Bedingungen.

Jacqueline Bouvier, dachte ich im Stillen, als John im Rückspiegel immer kleiner wurde und schließlich ganz verschwand. *Um ein Haar hättest du den schlimmsten Fehler deines Lebens begangen.*

Oder hatte ich mich gerade zu einem Leben in Einsamkeit verdammt?

Ich zupfte meine weißen Abendhandschuhe zurecht, blickte zu dem imposanten Anwesen in Georgetown auf und unterdrückte ein Schaudern.

Noch eine Dinnerparty.

Alles in mir schrie danach, sofort den Rückzug anzutreten, die Stöckelschuhe, die ich mir von Lee geliehen hatte (und die eine Nummer zu klein waren), abzuwerfen und schnellstmöglich zu fliehen, bevor die letzten goldenen Sprenkel Mai-Sonnenlichts in der Abenddämmerung dahinschwanden. Dabei hatte ich schon versucht, das heutige Dinner abzusagen, als Charley Bartlett mich informiert hatte, dass er mir einen Freund vorstellen wollte. Seit ich meine Verlobung aufgelöst hatte, hatte anscheinend jeder einen Freund, Cousin oder Nachbarn, mit dem man mich bekannt machen wollte.

So leicht ließ ich mich nicht zum Narren halten. Diese Party war ein Überfall.

Als wäre das noch nicht schlimm genug, hatte Lee vor Kurzem Michael Canfield, einem attraktiven Harvard-Absolventen und Iwo-Jima-Veteranen, einen Antrag gemacht, so dass ich nicht mehr ignorieren konnte, dass meine Schwester jede Gelegenheit nutzte, während ich auf der Stelle trat. Das war womöglich das erste Mal, dass sie mich in etwas übertraf – abgesehen davon, dass ich sie, als wir klein waren, einmal mit einem Krockethammer gehauen und sie sich gerächt hatte, indem sie mich die Treppe hinunterschubste –, und das war kein schönes Gefühl.

Nervös fuhr ich mit der Hand durch meine frisch geschnittenen Haare – es war ein kleiner Trost, dass meine Mutter nicht mehr drei rohe Eier über meinem Kopf aufschlug, um meine langen Locken mit dem Dotter einzureiben –, dann atmete ich tief durch und drückte auf die Klingel.

Teestunden, Dinnerpartys … Was kommt als Nächstes?, dachte ich, als sich Schritte der Tür näherten. *Was wirst du aus deinem Leben machen, Jacqueline Bouvier?*

Ich verbannte die Frage in den hintersten, finstersten Winkel meines Unterbewusstseins. Darüber würde ich mir später Gedanken machen, nicht ausgerechnet jetzt, wo mir womöglich ein Überfall von Charleys stotterndem, Briefmarken sammelnden Cousin oder seinem kürzlich verwitweten früheren College-Zimmergenossen bevorstand.

»Jackie, Süße!« Schon erschien Charley mit seiner dicken Brille und seinem bis oben hin zugeknöpften Hemd, umarmte mich überschwänglich und nahm mir meinen Mantel ab. »Wie schön, dass du kommen konntest!«

»Ich würde mir doch nie eine deiner weltberühmten Dinnerpartys entgehen lassen.« Trotz allem lächelte ich, denn als mein journalistischer Mentor hatte mir Charley vor Deadlines oft noch spätnachts Ratschläge gegeben, damit ich meinen neuen Job beim *Washington Times-Herald* behielt. Das war meine Antwort auf die drohende Ehelosigkeit gewesen: mir einen Job zu besorgen. Doch auch wenn ich die Arbeit liebte – und auch den Gehaltsscheck über fünfundzwanzig Dollar pro Woche –, fürchtete ich, dass das nicht genug war.

Ich drückte Charley einen Kuss auf beide Wangen – eine Angewohnheit, die ich mir an der Sorbonne zugelegt hatte –, und schon flüsterte er hektisch: »Es gibt da jemanden, den ich dir vorstellen will.«

Genau wie seine Artikel, dachte ich. *Sofort zur Sache.*

Charley hob einen Arm und gestikulierte hinüber zu seinem völlig überfüllten Wohnzimmer.

»Jack! Komm mal kurz her!«

Die plötzliche knisternde Spannung in der Luft verschlug mir den Atem, als ein braun gebrannter Mann mit sandbraunen Haaren und einem Lächeln, das mich sofort in seinen Bann schlug, das Winken erwiderte. Er schlängelte sich zu uns durch und sah dabei aus, als käme er geradewegs von einem Filmset in Hollywood.

Oh Gott, dachte ich und biss mir auf die Lippe. *Das ist er.*

Er sah noch genauso aus wie vor einem Jahr, nur hatte er seinen Smoking gegen einen schwarzen Anzug und *braune* Schuhe ausgetauscht. Doch an ihm wirkte selbst dieser modische Fehlgriff liebenswert, genau wie sein Lächeln und die netten kleinen Lachfältchen.

Ob er sich auch noch an unsere erste gemeinsame Dinnerparty vor langer Zeit erinnerte?

Grinsend wie ein stolzer Papa machte Charley uns miteinander bekannt. »Jacqueline Bouvier, darf ich vorstellen? John Fitzgerald Kennedy, seines Zeichens Kongressabgeordneter. Allerdings steigt er bald auf und wird Senator Kennedy.«

Fast hörte ich, wie meine Mutter mir ins Ohr flüsterte: *Einer der Kennedys aus Hyannis Port. Streng katholisch. Politisch aggressiv. Mehr unrechtmäßig erworbenes Geld als die Rockefellers.*

»Meine Freunde nennen mich Jack«, sagte er zur Begrüßung. Seine Stimme war eigen, aber nicht unangenehm, sein Bostoner Akzent so stark, dass seine Rs fast vollständig verschwanden. Er schüttelte mir die Hand, und ich war überrascht, dass er sie im Gegensatz zu den meisten Männern nicht behandelte, als hätte er Angst, er könnte mich armes, fragiles Wesen zerbrechen. In seinem Handschlag lagen Kraft und Selbstvertrauen, und ein Grinsen breitete sich auf meinem Gesicht aus, obwohl nichts darauf hinwies, dass er sich an mich erinnerte.

Warum sollte er auch? Er ist Jack Kennedy, der gerade Rock Hudson als Amerikas begehrtester Junggeselle abgelöst hat. Du bist nur Jackie Bouvier.

Und das hieß, dass ich nichts zu verlieren hatte.

Spiel ein bisschen mit dem charmanten Kongressabgeordneten, der bei unserer letzten Begegnung so getan hat, als könne er über Wasser gehen. Mal sehen, ob das seine Aufmerksamkeit erregt.

»Sind Sie *der* John F. Kennedy?«, fragte ich, als Charley uns beide allein ließ. »Der Mann, der im Repräsentantenhaus für einen Pagen gehalten wird und dort letztens eine Rede gehalten hat, ohne sein Hemd ordentlich in die Hose zu stecken?« Mein Grinsen wurde noch breiter, als Jack eine Augenbraue hochzog. »Ich habe den Artikel über Sie in der *Saturday Evening Post* gelesen. ›Der charmante Junggeselle des Senats‹, richtig?«

Und die *Post* hatte recht: Jack Kennedy hatte das unschuldig respektvolle Gesicht eines Messdieners. Obwohl das schalkhafte Glitzern in seinen stürmischen irischen Augen so manchen Messdiener zur Beichte geschickt hätte.

»Das kommt darauf an. Sind Sie *die* Jackie Bouvier, die mich mal auf einen Drink eingeladen hat, obwohl ich von vorneherein das fünfte Rad am Wagen war?«

Als er meinen Namen sagte, durchlief mich ein mir völlig unbekanntes wohliges Prickeln. Mir war die französische Aussprache von Jacqueline viel lieber als das althergebrachte amerikanische Jackie, aber Jack könnte mich von mir aus auch Gertrude oder Hortense nennen. »Sie erinnern sich also an mich.«

Ohne den Blick auch nur eine Sekunde von mir abzuwenden, neigte er den Kopf zur Seite, so dass ich seinen markanten Kiefer bewundern konnte. Es ließ sich nicht bestreiten, dass Jack ein beeindruckender Mann war, und meine Finger sehnten sich nach einer Schreibmaschine, um sein lässiges, zwangloses Lächeln zu beschreiben. »Ich wollte Charley nicht den Spaß verderben, indem ich ihm sage, dass wir uns schon kennen.«

»Anderer Tag, andere Dinnerparty«, lachte ich und tat, als ließe mich sein eindringlicher Blick vollkommen kalt. »Ich werde nie Ihren verdatterten Gesichtsausdruck vergessen, als Sie die Tür meines Chevys aufgemacht und John auf dem Fahrersitz entdeckt haben.«

Oder wie ich John anschließend überzeugen musste, dass es nichts zu bedeuten hatte. Jack hatte mich zum Auto begleitet, weiter nichts. Oder?

Jack warf einen Blick über meine Schulter. »Was ist denn aus dem guten alten John geworden? Ich nehme an, er hat Sie auf einen Drink eingeladen?«

»Das hat er.« Gedankenverloren rieb ich den Ringfinger meiner linken Hand. Verglichen mit Jack wirkte John Husted fade und vollkommen uninteressant. »Also, Sie sind jetzt im Senat?«, fragte ich, um das Thema zu wechseln. »Ist Ihnen das Repräsentantenhaus zu langweilig?«

»Vielleicht.« Im gleichen Augenblick erschienen Kellner im Smoking mit silbernen Terrinen – Muschelsuppe, dem Geruch nach –, und Jack führte mich zu einem Tisch. Es war eine intime Dinnerparty, die Art, bei der Billie Holiday vom Plattenspieler schmetterte, statt dass ein vornehm gekleidetes Streichorchester in der Ecke spielte.

»Charley meinte, Sie schreiben für die *Vogue*?«, fragte Jack, während er den Stuhl für mich zurückzog und alle um uns herum sich ebenfalls setzten.

»Charley ist nicht auf dem neuesten Stand.« Bernsteinfarbene Sidecars in mit schmalen Orangenschalenstreifen verzierten Kristallgläsern warteten neben unseren Tellern, als wir Platz nahmen. Ich trank einen kleinen Schluck, damit meine Hände etwas zu tun hatten, und ließ mir die leichte Zitrusnote des Cognacs auf der Zunge zergehen. »Jetzt schreibe ich eine Kolumne namens ›The Inquiring Camera Girl‹ für den *Washington Times-Herald*.«

Auf diese Kolumne war ich richtig stolz, denn sie focht mit Fragen wie »Wann hast du herausgefunden, dass Frauen nicht das schwache Geschlecht sind?« und »Wenn du ein Date mit Marilyn Monroe hättest, worüber würdest du mit ihr reden?« die traditionelle Rolle der Frau an, griff aber auch aktuelle Debatten auf, indem sie beispielsweise fragte, ob Badeanzüge unmoralisch waren oder reiche Leute das Leben mehr genossen als arme.

Bei der Erwähnung seines Namens horchte Charley auf. »Jack ist übrigens auch Schriftsteller. Fünfundvierzig hat er mit mir für Hearst über die britischen Wahlen berichtet und ein paar Jahre später ein verdammt gutes Buch veröffentlicht.«

Nun, das war wirklich interessant. Zwar hatte ich nie jemandem davon erzählt, aber ich träumte davon, einen Roman zu schreiben. Den ganzen Tag damit zu verbringen, Sätze aneinanderzureihen und Szenen in Technicolor-Farben zu schildern … Ich liebte Wörter – schon mit sechs Jahren hatte ich auf mein Nickerchen verzichtet, um Tschechows Kurzgeschichten zu lesen, und mit zwölf hatte ich eigene Gedichte geschrieben, daher war die Vorstellung, ein Buch zu veröffentlichen, berauschend. »Worum ging es in dem Buch?«

»Um das Versagen der britischen Regierung, den Zweiten Weltkrieg zu verhindern.« Jacks finsterer Gesichtsausdruck zeigte deutlich, dass es ihm nicht gefiel, plötzlich im Rampenlicht zu stehen. Ich fragte mich, warum.

»Dieser Krieg hat Jack zum Helden gemacht.« Charley hielt eine Hand hoch und zählte Jacks Verdienste an den Fingern ab. »Das Purple Heart, die American Defense Service Medal und eine ganze Menge anderer hübscher Schmuckstücke.«

»Als Nächstes erzählst du mir, dass er auch noch Hitler eigens außer Gefecht gesetzt hat«, sagte ich trocken, dann wandte ich mich wieder an Jack. »Lassen Sie mich raten. Mit Augenbinde, eine Hand hinter dem Rücken gefesselt?«

Jack zuckte die Achseln und prostete mir zu. »Aber sicher.«

Charley lachte. »Sag ihr, wie du zum Helden geworden bist, Jack.«

»Das war leicht.« Jacks ausdrucksloser Ton sagte mir, dass er dieses Spiel nicht zum ersten Mal spielte und es nur ungern wiederholte. Plötzlich wollte ich, dass Charley verschwand, so dass ich mich ungestört mit Jack unterhalten konnte. »Die Japaner haben mein PT-Schnellboot zerbombt.«

»Auf den Salomon-Inseln, richtig?« Jetzt fiel mir die Geschichte wieder ein; das ganze Land hatte von Jacks Heldentaten gehört, weil die Zeitungen das Bild vom Kriegshelden, der zum Kongressabgeordneten avancierte, liebten. »Sie haben Ihren Männern geholfen, zu einer drei Meilen entfernten Insel zu schwimmen.«

»Das ist längst nicht so beeindruckend, wie es klingt. Ich habe zwei Männer verloren …«, erwiderte Jack, aber Charley unterbrach ihn, indem er seinen Suppenlöffel schwenkte.

»Aber den Rest haben Sie im Alleingang gerettet. Einen der Männer haben Sie am Riemen seiner Rettungsweste mitgezogen. Sie hatten sich das Teil zwischen die Zähne geklemmt!«

Jack rieb sich den Nacken. »Das gehörte dazu, ja. Danach hatte ich furchtbare Zahnschmerzen.«

War diese Bescheidenheit nur eine Masche, die er schon bei Dutzenden Frauen angewandt hatte? Falls ja, hatte er Erfolg damit.

Der Mann, der mir gegenübersaß, war kein John Husted. In Wirklichkeit beeindruckte mich sein veröffentlichtes Buch weit mehr als seine Heldentaten, aber er war eindeutig jemand, der mit Mitte dreißig schon richtig *gelebt* hatte. Im Vergleich zu ihm fühlte ich mich unbedeutend und musste zugeben, dass ich neidisch auf Jack Kennedy war. Unbestreitbar grün vor Neid.

Jack schüttelte sein offensichtliches Unbehagen erst ab, als Charley von seiner Frau in eine hitzige Diskussion verwickelt wurde. »Jetzt haben Sie einen unfairen Vorteil, weil Sie schon alles über mich wissen«, sagte er und griff nach dem Spargel. »Ich denke, es wäre nur gerecht, wenn ich Sie auf einen Drink einladen dürfte, um für Gleichstand zu sorgen. Wenn ich mich recht erinnere, schulden Sie mir noch was.«

Ich musterte Jack aufmerksam. Hätte ich ihn für meine Kolumne schildern müssen, hätte ich geschrieben, dass sein Gesichtsausdruck sowohl amüsante Aufgeregtheit als auch intelligentes Interesse widerspiegelte. Als er dann auch noch frech eine Augenbraue hochzog, wünschte ich, ich könnte in genau diesem Moment einen Schnappschuss von ihm machen – obwohl mir durchaus bewusst war, dass wir an einem Tisch voller Leute saßen, die nur so taten, als würden sie nicht jedem Wort lauschen. »Ich gehe mal kurz raus«, sagte er, als ich nicht gleich antwortete. »Frische Luft schnappen und so.«

Allerdings verharrte er noch einen kurzen Moment, gerade lange genug, um mir zu zeigen, dass es kein Abschied sein sollte.

Eine Einladung also.

Ich zählte bis zwanzig, dann entschuldigte ich mich und hielt nur kurz inne, um meinem Mentor ins Ohr zu flüstern: »Du bist unverbesserlich, mein Freund.«

Charley tätschelte meine Hand. »Und ich bin brillant. Geh und beweise Jack, wie sehr er eine kluge, elegante Schönheit wie dich braucht – statt der ganzen blonden Dummerchen, die er sammelt.«

Ein Schauer lief mir über den Rücken, denn ich war alles andere als schön mit meinen Sommersprossen, meiner knabenhaften Figur und den maskulinen Händen und Füßen, die meine Mutter ständig kritisierte. Charleys gut gemeinte Worte erinnerten mich daran, dass Jack, wenn es um die wichtigen Dinge des Lebens ging – Alter, Geld, Beziehungen –, in einer völlig anderen Liga spielte ...

Eigentlich in jeder Hinsicht, vielleicht abgesehen von meiner glanzvollen Bouvier-Abstammung. Doch auch diese phantastische Geschichte hatte meine Mutter aus Zuckerwatte und heißer Luft gesponnen, denn die echten Bouviers waren vor der Französischen Revolution einfache Kaufleute gewesen.

Doch Jack war überwältigend, und ich genoss seine Intensität. Wie sonst könnte man denn auch auf einen Mann reagieren, der so unbeschwert lachte und jeden Raum um hundert Grad heißer zu machen schien?

Jack wartete mit dem Rücken zu mir auf der Eingangstreppe, das glühende Ende seiner Zigarette ein orangeroter Lichtpunkt an den Fingerspitzen seiner Silhouette. Worüber dachte ein solcher Mann wohl vor dem Einschlafen nach? Welche Ideen schwirrten ihm im Kopf herum?

Gut gemacht, Jack, dachte ich. *Ich langweile mich nicht im Geringsten.*

»Also, verraten Sie mir eines.« So lässig wie möglich lehnte ich mich ans Terrassengeländer, nahm die Zigarette entgegen, die er mir anbot, und versuchte, nicht daran zu denken, dass seine Lippen sie gerade berührt hatten. Stattdessen konzentrierte ich mich darauf, wie der Rauch, den ich ausstieß, den Sichelmond umwaberte. »Was haben Sie als Nächstes vor, wenn Sie zum Senator gewählt werden?«

Unter dem eindringlichen Blick, mit dem er mich musterte, wurde mir trotz der kalten Abendluft heiß. Vermutlich wusste er genau, welche Macht diese Zwillingsleuchtfeuer mit ihrer faszinierenden Kombination aus Grün und Grau hatten. »Ist das ein offizielles Interview oder vertraulich?«

»Vertraulich.«

»Nun, ich nehme an, als Nächstes muss ich Präsident werden.«

»Ist das alles?« Fast hätte ich gelacht, aber sein Gesicht blieb ernst. Ich reichte ihm die Zigarette zurück. »Ich dachte, Sie hätten etwas Aufregendes vor, wie den Mount Everest zu erklimmen.«

Er nahm einen langen Zug, und seine Zähne blitzten im Mondlicht. Trotz der Dunkelheit warf sein Lächeln Schatten. »Ich würde bestimmt ziemlich schneidig aussehen, wenn ich an der Spitze der Welt stehe.«

Diesmal lachte ich nicht. Sicher, ich hatte Interviews für den *Times-Herald* geführt, aber ich hatte mich nie für politisch interessiert gehalten. Dass Jack sich so intensiv mit Politik beschäftigte, ließ ihn in meinen Augen noch viel exotischer erscheinen. »Sie wollen also Präsident werden?«

»Es war der Traum meines Vaters, einen seiner Söhne im Weißen Haus zu sehen – der erste katholische Präsident –, seit er seine Chance verpasst hat.«

Ich kannte schon viele feige Menschen … Ich wusste noch genau, wie meine Mutter über Jacks Vater geschimpft hatte, wenn sie die Schlagzeilen las; während des Krieges hatten eine Zeit lang alle gedacht, er werde für die Präsidentschaft kandidieren, bis er einen fatalen Fehler gemacht hatte. *Aber keiner war so feige wie Joe Kennedy.*

Unbehaglich trat ich von einem Fuß auf den anderen. »Hat Ihr Vater wirklich vorgeschlagen, dass Roosevelt und Churchill sich Hitler ergeben?«

»Nicht sein bester Moment«, gab Jack zu. »Der Makel des Verrats ist schwer abzuschütteln.«

Die Katholiken aus New England sind eine kleine Gemeinde, hatte Mummy gesagt, *und Joe Kennedys Verrat ist ein Verrat an uns allen.*

Jack räusperte sich, als hätte er meine Gedanken gelesen. »Mein Vater hat uns alle dazu erzogen, der Öffentlichkeit zu dienen, und er erwartet von uns, Amerika besser zurückzulassen, als wir es vorgefunden haben. Eigentlich sollte Joe – mein ältester Bruder – Präsident werden, aber er ist im Krieg umgekommen. Seitdem ruhen Dads Hoffnungen einzig und allein auf mir.«

»Und was wollen Sie?«

Jack begegnete meinem Blick. »Ich will nicht in Vergessenheit geraten wie mein Bruder; ich kann die Präsidentschaft schon fast schmecken, so sehr sehne ich mich danach. Amerika sollte das Licht der Welt sein, die Stadt, die oben auf dem Berg liegt – ein Ort, an dem man vom Unmöglichen träumt und es wahr werden lässt, das Land, das die Sowjets ein für alle Male besiegt und zum Leuchtfeuer der Hoffnung für die ganze Welt wird. Wenn ich diese Wahl gewinne, habe ich die Chance, uns dorthin zu führen.«

Zaghaft strich ich ihm eine Strähne seines sandbraunen Haars aus der Stirn und ließ sie durch meine Finger rinnen wie Wasser. Seine Haarmähne fiel ihm immer über die Augenbrauen, so dass er aussah, als hätte er gerade geduscht. Unwillkürlich sah ich ihn vor mir, wie er nackt aus der Dusche stieg, und errötete heftig. »Ich denke, diese Chance wirst du haben. Vorausgesetzt, du lässt dir die Haare schneiden.«

Lachend drückte er seine Zigarette aus, und ich stellte fest, dass mir dieses kehlig-raue Geräusch gefiel. Alles an ihm gefiel mir zu sehr angesichts dessen, dass ich nur ein bisschen Spaß mit ihm hatte haben wollen.

»Also, wie wär's mit einem Drink?«, fragte er.

Jack Kennedy war offensichtlich nicht der Typ Mann, mit dem eine Frau etwas Ernstes anfangen sollte – jeder wusste, dass er hundert Mädchen am Haken hatte –, aber eine leise Stimme in meinem Hinterkopf drängte mich, sein Angebot anzunehmen.

Hab einfach ein bisschen Spaß und genieß das Leben mit diesem Mann, der davon träumt, der mächtigste Mann der Welt zu werden. Ein Drink mit ihm kann nicht schaden.

»Perfekt«, antwortete ich und warf ihm ein schelmisches Lächeln zu. »Diesmal verspreche ich auch, keine Liebhaber in meinem Auto zu verstecken.«

Jack zog eine Augenbraue hoch, dann holte er einen Füllfederhalter mit goldener Kappe und einen Notizblock aus seiner Jacketttasche. »Schreib deine Adresse auf, dann hole ich dich morgen um sieben ab.«

Ich zögerte. Wie viele Frauen hatten wohl schon mit diesem Stift ihre Adresse aufgeschrieben, der wahrscheinlich mehr gekostet hatte als mein gesamtes Monatsgehalt? »Wenn du mich um drei abholen kannst«, sagte ich, »dann haben wir eine Abmachung.«

Jack verschränkte die Arme vor der Brust und lehnte sich an die Backsteinmauer der Terrasse. »Ich hatte noch nicht viele Verabredungen montags um drei Uhr.«

»Hast du etwa Angst, etwas Neues auszuprobieren?«

»Niemals.«

Einen Moment fragte ich mich, ob es den Schmerz wert wäre, mir von Jack Kennedy das Herz brechen zu lassen, aber ich hatte nur meine lauwarme Beziehung zu John Husted zum Vergleich, und die war der Inbegriff von trist. Ich sollte lieber vorsichtig sein.

Ein Drink ist alles, was du kriegst, Jack, dachte ich, während ich die Adresse von Merrywood aufschrieb.

Was war das Leben ohne ein bisschen Spaß?

»Ich denke immer noch, dass drei Uhr eine seltsame Zeit für einen Drink nach dem Essen ist«, sagte Jack, als er am nächsten Tag in Merrywood eintraf. Weiße Wolken segelten über den Himmel wie Sommerschwäne, und der Wind war so mild, dass ich zum ersten Mal in diesem Jahr Sandalen trug. Zum Glück war außer mir niemand zu Hause; meine Mutter und Lee kauften die Brautausstattung für Lees Hochzeit, also hatte ich kein Wort über Jack verloren und so die Flut von Fragen, die unweigerlich über mich hereinbrechen würde, vermieden. Ich konnte förmlich vor mir sehen, wie Mutters Augen aufleuchten würden, wenn sie erfuhr, dass der attraktive Spross einer der wohlhabendsten Familien Amerikas Interesse an mir zeigte – an einer Bouvier, die nicht vom französischen Adel abstammte, auch wenn Mutter unseren Stammbaum noch so sehr beschönigte. Die schlichte Wahrheit war, dass ich trotz all der renommierten Schulen, auf die ich gegangen war, und trotz des Vermögens meines Stiefvaters nur die Tochter eines untreuen Börsenmaklers war und von der Wohltätigkeit eines anderen Mannes lebte. Also für einen Kennedy wohl kaum geeignet. Und ich hatte kein Interesse daran, eine simple Daiquiri-Verabredung von meiner Mutter mit ihren eisernen Erwartungen einschränken zu lassen.

»In Wahrheit hast du vor, mit mir eine Bank auszurauben, oder?«, fragte Jack, während wir die weiträumige Einfahrt hinunterschlenderten.

»Ich bin mir ziemlich sicher, dass Banküberfälle ein Verbrechen sind, Mr. Senator.«

»Noch bin ich Mr. Fast-Senator, aber ich weiß dein Vertrauen in mich zu schätzen.«

Ohne die offene Tür von Jacks Cabrio auch nur eines Blickes zu würdigen, stieg ich in meinen alten zuverlässigen Chevrolet, strich mein schwarzes Etuikleid glatt und öffnete die Beifahrertür für ihn. »Steig ein.«

Jack zögerte sichtlich verwundert, doch ich tippte auf meine Armbanduhr und sagte: »Die Zeit läuft, und du hast keine Ahnung, wohin wir fahren.« Zum Glück klang ich selbstbewusster, als ich mich fühlte.

Mit einem Achselzucken verriegelte Jack sein Cabrio, dann nahm er auf dem Beifahrersitz meines Chevys Platz. »Das könntest du leicht ändern, indem du es mir verrätst.«

»Sorry. Die Information ist streng geheim.«

Ich nahm den Fuß von der Kupplung, und wir brausten los, die Fenster heruntergekurbelt, so dass der Wind uns um die

Ohren pfiff, und wir lachten laut, während ich den Chevrolet in halsbrecherischem Tempo um scharfe Kurven lenkte. Hoffentlich trieben sich keine Polizisten in der Nähe herum.

»Keine Sorge«, sagte Jack, als wir die Stadt erreichten. »Wenn du von der Polizei angehalten wirst, sage ich ihnen einfach, dass ich wichtige Kongressangelegenheiten zu erledigen habe.«

»Meinst du, das funktioniert?«

»Du wärst überrascht.«

Gerade noch rechtzeitig kamen wir am Ziel an. Jack stieß einen Pfiff aus, als er das imposante Backsteingebäude sah, und ich holte meine zehn Pfund schwere Graflex-Kamera von ihrem angestammten Platz auf der Rückbank meines Chevys. »Na, sieh mal einer an. Ich hätte nie gedacht, dass die Harrison Elementary School der beste Ort ist, um nachmittags um drei Daiquiris zu trinken.«

»Erst die Arbeit, dann das Vergnügen.« Ich schwang mich aus dem Auto, Notizblock und Stift in der Hand. Die Graflex legte ich nach genauerer Überlegung doch zurück – für diesen Job war sie zu einschüchternd. »Das ist Mamie Moores Schule.«

»Eisenhowers Nichte?«

»Ich möchte Mamie für den *Times-Herald* nach ihrer Meinung zur Präsidentschaftskandidatur ihres Onkels fragen.« Schließlich hatte ich Jack nicht eingeladen, nur um eins seiner Lolli-Mädchen zu werden. Ich würde ihm zeigen, dass ich nicht nur einen Schulabschluss hatte, sondern auch Köpfchen.

Vor allem aber würde ich mir selbst beweisen, dass ich keine stumpfsinnige Debütantin war. Ich war Jacqueline Bouvier, die einer sensationellen Story auf die Spur kommen konnte, während sie den populärsten Kongressabgeordneten von Capitol Hill um den Finger wickelte.

»Heute fangen die Sommerferien an«, sagte ich, als es zum Unterrichtsschluss klingelte, und strich mir die Haare hinter die Ohren. »Es ist also meine letzte Chance.«

»Dann mach dich an die Arbeit, Bouvier.«

Ich spürte Jacks Blick in meinem Rücken, als ich mich durch das Meer von Schülern in blau karierten Pullovern schlängelte, die die Treppe hinunterströmten. Mit ihren zwölf Jahren hatte Mamie Moore eine merkwürdig kantige Statur und eine feste Zahnspange, und daran, wie ihre Augen aufleuchteten, als ich ihr meinen Presseausweis zeigte, konnte ich erkennen, dass sie gern im Scheinwerferlicht stand.

»Ich bin Jacqueline Bouvier vom *Washington Times-Herald.*« Kurz schweifte mein Blick zu Jack, der im Auto auf mich wartete. »Ich würde dir gerne ein paar Fragen über deinen Onkel stellen.«

Das Interview war etwas kurios, aber originell: Ich fragte Mamie, was Ike im Wahlkampf am liebsten aß (Wachtel-Haschee und Mamies Frosted Mint Delight, wenn auch nicht gleichzeitig), ob Heidi – seine schlappohrige Weimaraner-Hündin – gerne Eichhörnchen über die Wiese vor dem Weißen Haus jagen würde (ja, das würde sie!) und ob Mamie dachte, ihr Onkel wäre ein guter Präsident (selbstverständlich). Zum Abschied schüttelte ich ihr die Hand und versprach, ihr eine Kopie des Interviews und die Bilder zu schicken, die ich dem Artikel beifügen wollte.

»Jetzt bin ich bereit für einen Daiquiri«, verkündete ich auf dem Weg zurück zu meinem Chevy und zuckte nicht einmal mit der Wimper, als ich sah, dass Jack auf den Fahrersitz umgestiegen war.

Ein Mann, der gerne das Sagen hat. Das werde ich mir merken.

»Bei dir sah das ganz einfach aus«, sagte er, als ich einstieg. »Das Mädchen hätte dich nicht von Lizzy Borden unterscheiden können, aber ich wette, sie hätte dich vor dem Schlafengehen einen Nancy-Drew-Roman vorlesen lassen, wenn du sie darum gebeten hättest.«

»Menschen fühlen sich gerne wichtig, ganz gleich, wie alt sie sind.« Ich wedelte mit dem Finger vor seinem Gesicht herum. »Denk daran, wenn du das nächste Mal mit deinen Wählern sprichst.«

Jack salutierte. Seine Augen glitzerten vergnügt. »Hast du noch andere Aufgaben, die wir auf dem Weg zu unseren Drinks erledigen müssen?«

»Im Moment nicht.« Mamie Moore zu interviewen war genug für heute. Obwohl …

»Nur zur Information«, sagte ich, »ich habe fest vor, dich zu interviewen, wenn du den Sitz im Senat ergatterst.«

Bei Jacks neckischem Zwinkern wären mir die Knie weich geworden, wenn ich nicht schon gesessen hätte. »Wenn du mir so ein Versprechen gibst, muss ich mich noch mehr anstrengen, um zu gewinnen – das ist dir doch klar, oder? Vielleicht bringt dir dein Artikel über mich einen Pulitzer-Preis ein und mir noch eine Verabredung mit der einzigartigen Jackie Bouvier.«

Wenn mir in diesem Moment jemand Wasser ins Gesicht gespritzt hätte, wäre es mit Sicherheit verdampft; plötzlich fand ich die Regierungsgebäude draußen vor dem Fenster äußerst interessant.

Voltaire hatte einst geschrieben, Illusion sei das erste Vergnügen.

Womöglich war es nur eine Illusion, dass Jack Kennedy an mir interessiert war, aber in diesem Moment, als ich mich im

Schein seiner ungeteilten Aufmerksamkeit sonnte, war mir das vollkommen gleichgültig, denn ich hatte vor, jede Sekunde dieses himmlischen Vergnügens voll auszukosten.

So etwas habe ich noch nie für irgendjemanden empfunden, dachte ich, als wir durch die bewaldeten Ausläufer des National Zoo fuhren. Wie Jack Kennedy mich ansah und sich mit mir unterhielt, als seien meine Gedanken wissenswert und als habe ich das Zeug dazu, Großes zu erreichen … Das war viel verführerischer als ein Kuss.

Und die Vorstellung, Jack zu küssen, brachte mich völlig durcheinander. Wenn ich den Fehler beging, zu ihm hinüberzusehen, konnte ich mich dem unwiderstehlichen Sog seiner Augen nicht entziehen.

Einen Mann wie Jack gab es nur alle Jubeljahre. Das sagten die Leute später über ihn – doch ich dachte es bereits 1952 bei unserer ersten Verabredung.

Wie hatte ich jemals denken können, ein Drink mit ihm wäre genug?

Kapitel Zwei

November 1952

Letztlich gönnte ich mir nicht nur einen Drink mit Jack (einen Daiquiri mit extra Minze, den er beim Shoreham Hotel bestellte), sondern nahm auch seine Einladungen zu einer Kirmes und zu seinen Wahlkampfreden in Quincy River begierig an. Doch zu meinem Entsetzen kam er zu seiner ersten Rede auf Krücken.

»Was in Gottes Namen hast du gemacht?«, rief ich, um mir über das aufgeregte Gemurmel der Menge Gehör zu verschaffen. Ich wusste nicht, wie ich ihm helfen sollte, also richtete ich den aufgestellten Kragen seines schiefergrauen Jacketts, das zu den Wolken über uns passte.

Eine Stimme hinter mir unterbrach uns. »Kein Grund zur Sorge, Miss Bouvier.« Ein braun gebrannter Mann mittleren Alters mit den ersten Ansätzen eines Bierbauchs rückte seine charmante runde Brille zurecht. »Die Verletzung, die sich Jack auf dem PT-Schnellboot zugezogen hat, ist leider genau an der Stelle, an der er sich bereits beim Footballspielen in Harvard verletzt hatte. Sie bereitet ihm hin und wieder noch Schmerzen.«

»Dad, das ist Jackie.« Freute sich Jack, mich seiner Familie vorstellen zu können, oder strahlte er immer so, wenn er seinen Vater sah? »Jackie, darf ich vorstellen? Der berühmt-berüchtigte Joe Kennedy.«

Das ist also der Mann, der Gloria Swanson zu einer stürmischen Affäre verführt hat und im Zweiten Weltkrieg auf eigene Faust die Achsenmächte und Alliierten versöhnen wollte.

Obwohl ich mich an die abfälligen Bemerkungen meiner Mutter über den ehemaligen Botschafter erinnerte, spürte ich zu meiner Bestürzung den Drang, ihn zu beeindrucken.

Jacks Gesicht nahm einen entschlossenen Ausdruck an, als er auf seinen Krücken zur Treppe hinkte. »Mein Vater hat recht; das ist nichts, worüber du dir Sorgen machen müsstest.« Aber er hatte Mühe, auch nur die erste Stufe zum Rednerpult hinaufzukommen. »Es muckt nur hin und wieder auf.«

Mit seinen zerzausten Haaren, die ihm ins Gesicht fielen, sah er so verletzlich aus, dass ich ihm helfen wollte, aber er überließ die Krücken seinem Vater, bevor er die obersten Stufe erreichte, und schleppte sich mit reiner Willenskraft über die Bühne. Seine Rede hätte langweilig und politisch sein sollen, doch als er das Podium erreichte, war es, als wäre ein Schalter umgelegt worden.

Sein Vater stand neben mir, während wir ihm zuhörten, und ich konnte fühlen, wie er mich prüfend musterte – wie er den Schnitt meines Rocks und meine Haltung begutachtete. War das irgendeine Art Test?

»Mit seinem Charisma könnte Jack eine Beerdigung in ein Fest verwandeln«, sagte Mr. Kennedy schließlich, und ich nickte.

»Alle liegen ihm zu Füßen«, murmelte ich ehrfürchtig. Das mochte das erste Mal sein, dass ich ihn eine Rede vor einer solchen Menschenmasse halten sah, aber ich erinnerte mich noch genau, wie er bei unserem Treffen den ganzen Raum für sich eingenommen hatte und mühelos zum Mittelpunkt von Charley Bartletts Party geworden war. Ganz gleich, wie groß sein Publikum war – von einer Party mit fünfzehn Leuten, die sich um ein

Grammophon versammelten, bis zu einem Saal mit fünfzehnhundert Leuten –, Jack wusste, wie er die Menschen erreichte.

Wenn ich ehrlich war, lag ich Jack ebenfalls zu Füßen. Als er darüber sprach, dass Amerika selbstbewusster auftreten musste, wollte ich beinahe selbst nach Korea marschieren. Obwohl er unter akuten Schmerzen litt, war er bereit, all das hintanzustellen, um seinem Land zu dienen. Aber was alles war er bereit zu verbergen?

»Vielleicht bist du ja sein Glücksbringer«, flüsterte mir Mr. Kennedy zu, während Jack seine Rede beendete und von Reportern umschwärmt wurde, bevor er die qualvolle Reise zu uns zurück antreten konnte. War ich die Einzige, die merkte, wie sich sein Kiefer verkrampfte, während er den Fragen zuhörte? Dass er mit seinem Lachen den Schmerz überspielte? »Er lebt richtig auf, wenn er über dich redet.«

Das war eine schöne Überraschung. »Er redet über mich?«

Mr. Kennedy nahm seine Brille ab und rieb die Gläser mit dem Ärmel seines Jacketts sauber. »Du hast ja keine Ahnung«, antwortete er mit einem weisen Nicken.

In diesem Moment stieß Jack endlich zu uns. »Das lief gut«, sagte er, aber ich sah, wie er Halt suchend den Arm seines Vaters umklammerte, weil er seine Krücken vor dem scharfen Blick der Presse verstecken musste. »Die Bostoner Zeitungen nennen mich den ersten irischen Brahmanen.«

Seine Großspurigkeit brachte mich zum Lachen, aber sein Selbstbewusstsein war nicht unangebracht. Denn bei der Wahl ein paar Wochen später gewann er den zweiten Sitz in Massachusetts nicht nur. Er eroberte ihn mit einem Vorsprung von über siebzigtausend Stimmen.

Vielleicht brachte ich ihm wirklich Glück.

Und vielleicht brachte Jack auch mir *bonne chance*, denn seit Charley Bartletts Party waren meine Schritte leichter und mein Lachen unbeschwerter.

Vielleicht ist das nicht nur eine Schwärmerei. Könnte es etwas Ernsteres sein? Für uns beide?

Ich hätte nie gedacht, dass der attraktive Spross einer der reichsten Familien Amerikas – für den ich doch sicher nur eine Debütantin unter vielen war – mir den Hof machen würde.

Machte Jack mir den Hof?

Ich dachte, das würde er, doch dann verebbte die Flut unserer Treffen zu einer Dürre biblischen Ausmaßes. Tage, an denen Jack nicht anrief, wurden zu Wochen, die sich zu einem knochentrockenen Monat ausdehnten.

Wieder und wieder sagte ich mir, dass er mit seinem Aufstieg vom Kongressabgeordneten zum Senator viel zu tun hatte, aber das linderte meine verletzten Gefühle kaum.

»Charmante Halunken kommen immer angekrochen, wenn es um ein hübsches Mädchen geht«, versicherte mir mein Vater, als ich mein Dilemma bei einem Abendessen in New York erwähnte. Obwohl ich ihn in letzter Zeit nur noch selten sah – wegen seiner finanziellen Schwierigkeiten und der Feindseligkeit, die meine Mutter ihm entgegenbrachte –, hatte mich Black Jack Bouvier als kleines Mädchen ermutigt, freihändig Fahrrad zu fahren, und meinen Wunsch nach einem Kaninchen erfüllt, das er in seinem Apartment in der Park Avenue in der Badewanne wohnen ließ.

Heute hatte er mich zu einer seltenen Shoppingtour eingeladen und bestand darauf, dass ich meine Büchersammlung aufstockte und einen Haufen Geld für ein elegantes weißes Kleid ausgab, bevor wir im Empire Room des Waldorf Astoria Kaviar und *Potage à la tortue* aßen. Mir hätte es völlig genügt, am Kartentisch vor dem Kamin seines Ein-Zimmer-Apartments zu essen, aber ich traute mich nicht, ihn auf seine Geldsorgen anzusprechen, da er sich eigens zu diesem Anlass einen mitternachtsblauen Anzug aus feinster importierter Seide und eine scharlachrote Krawatte angezogen hatte. Seine mit einer doppelten Dosis Vitalis-Haarwasser bearbeiteten Haare glänzten, und sein Schnurrbart zuckte bei jedem Löffel Schildkrötensuppe, den er sich in den Mund steckte. »Du, meine Liebe, bist das hübscheste Mädchen auf dieser Seite des Mississippi, und dein Jack klingt, als könne er mit seinem Charme einer alten Frau das Gebiss abluchsen.«

Tatsächlich erinnerte mich Jacks gefährliches Charisma mehr und mehr an meinen Vater, der die Verkörperung eines Halunken war. Ich hatte Black Jack Bouvier umso mehr geliebt, weil er ein Lebemann war, aber er irrte sich, wenn er glaubte, Jack Kennedy wäre *mein* Jack, ganz gleich, wie sehr ich mir das auch wünschte.

»Es war schön, aber jetzt ist es vorbei«, sagte ich. »Dort draußen muss es jemand anderen für mich geben.«

»Sagt dir das dein Herz?« Mein Vater winkte einen Kellner herüber, der sein Glas Chardonnay nachfüllte. Sein viertes Glas, wenn mich nicht alles täuschte, zusätzlich zu dem Whiskey, den er sich genehmigt hatte, während wir auf unseren Tisch warteten. Ein weiteres Talent meines Vaters bestand darin, sich sinnlos zu besaufen und trotzdem irgendwie nach Hause zu finden.

»Ich glaube nicht, dass ich meinem Herzen wichtige Entscheidungen anvertrauen kann.«

»Unsinn. Lieber eine schlechte Entscheidung heute als eine gute in drei Wochen.«

Mit dieser Logik könnte ich alles rechtfertigen, genau wie mein Vater es sein Leben lang getan hatte. Ich verkniff mir eine dahingehende Bemerkung und ließ ihn weiterreden. »Die Welt ist voll von Leuten, die dein Leben bereichern, und Leuten, die dein Leben einschränken. Dieser Kerl klingt, als wäre er Ersteres; ein Hund, der die Jagd liebt. Mach dich rar, mein Schatz, dann wird er schon bald vor deiner Tür jaulen.«

Vielleicht hatte Vater recht, denn nur wenige Tage später ließ ich in Merrywood fast das Telefon fallen, als ich am anderen Ende der Leitung Jacks Stimme hörte. »Jacqueline Bouvier, ich hoffe, du wirst mich zum glücklichsten Mann der Welt machen«, sagte er zur Begrüßung. *Warum*, fragte ich mich, *liebe ich den Klang meines Namens aus seinem Mund immer noch so sehr?* »Hast du am 20. Januar Zeit?«

In meiner schwarzen Reithose und einem schneeweißen Halstuch, die ich zu meinem morgendlichen Ausritt mit Danseuse, meinem Lieblingspferd im Stall meines Stiefvaters, getragen hatte, sank ich auf das buttergelbe Sofa im Wohnzimmer und wickelte mir das Telefonkabel um den Finger. Ich fragte Jack nicht, wo er die letzten Wochen gewesen war, warum er mich nicht angerufen hatte. Sollte er doch denken, ich hätte seine Abwesenheit gar nicht bemerkt – oder es wäre mir gleichgültig.

»Warum sollte ich am 20. Januar Zeit haben?«

»Weil ich bei dem Ball anlässlich Eisenhowers Amtsantritts die bestgekleidete Frau Amerikas an meiner Seite brauche.«

Ich zog gerade meine Reitstiefel aus, doch bei diesen Worten hielt ich abrupt inne und wartete auf die Pointe. Als Jack nichts weiter sagte, kam ich zu dem Schluss, dass er es tatsächlich ernst meinte.

Die bestgekleidete Frau Amerikas ... Du bist ein Eroberer höchster Güte, Jack.

Ich wusste, ich sollte ablehnen, aber die schiere Extravaganz des Ganzen, ganz zu schweigen von der Vorstellung, Jack im Smoking zu sehen, ließ mein Herz schneller schlagen. »Nun, ich hatte eigentlich vor, die antike Büchersammlung in Merrywood alphabetisch zu ordnen ...« Ich bemühte mich um einen ernsten Ton, scheiterte aber kläglich. »Vielleicht lässt sich dafür auch ein anderer Termin finden, aber nur, wenn du mir versprichst, mich dem Präsidenten vorzustellen.«

»Abgemacht. Ich hole dich um acht ab.«

Arm in Arm mit Jack in dieser sternklaren Nacht fühlte ich mich wie Scheherazade, die eine ihrer sagenhaften Geschichten nachspielte, auch wenn meine Mutter argwöhnisch das Gesicht verzogen hatte, als ich ihr erzählte, wer mich zum Inaugurationsball begleitete. Der Frage, warum sie nicht überglücklich war, dass Jack immer noch Interesse an mir zeigte, konnte ich später auf den Grund gehen; momentan hatte ich nur Augen für die fein herausgeputzten Politiker, Supreme-Court-Richter und ausländischen Botschafter überall um uns herum, während Jack auf der Tanzfläche leichtfüßig die Führung übernahm.

»Gott, ich langweile dich bestimmt; ich langweile mich ja selbst.« Ich hatte Jack nach seinen Plänen als Senator gefragt, woraufhin er sich in eine Tirade über den französischen Kolonialismus in Indochina gestürzt hatte. Doch jetzt hielt er mitten im Satz inne und fuhr fort: »Wir sollten darüber reden, wie bezaubernd du heute aussiehst, nicht über Ho Chi Minh und Französisch-Indochina.« Er musterte mich eindringlich, und seine grünlich grauen Augen schimmerten wie Quecksilber. Ich hatte mir für den Ball von Lee ein weißes, bodenlanges Kleid geliehen, um zwischen all den verdrossenen Hausfrauen in ihren tristen Winterkleidern hervorzustechen, und es gefiel mir, wie Jacks Augen von Verlangen überschattet wurden, als er den Blick über meine schlanke Taille gleiten ließ und zur Kenntnis nahm, wie die Seide meine Hüfte umschmeichelte. »Du siehst atemberaubend aus. Um ehrlich zu sein, genieße ich die vielen eifersüchtigen Blicke, die mir jeder Mann hier zuwirft.«

Es war dumm, der Schönheit so viel Bedeutung beizumessen, doch mein Herz schlug höher, auch wenn ich das Kompliment mit einer wegwerfenden Handbewegung abtat. In Wahrheit hätte Jack in seinem maßgeschneiderten Smoking aus Dupion-Seide auch das Telefonbuch vorlesen können, und ich hätte jeder Nummer andächtig gelauscht. Zum Glück trug er diesmal schwarze Schuhe. »Also eigentlich«, sagte ich und räusperte mich, »habe ich die französischen Kolonien in Asien für einen Geschichtskurs an der Sorbonne studiert. Ich habe noch ein paar Bücher, wenn du sie dir mal ausleihen möchtest. Vielleicht hilft dir das bei deiner Senatsansprache.«

Wahrscheinlich wäre es ihm nie in den Sinn gekommen, dass ich jedes Buch über die Geschichte Frankreichs, das ich in die Finger bekommen konnte, verschlungen hatte und wahrscheinlich sowohl ihm als auch dem Senat noch das eine oder andere über Indochina beibringen könnte. Alle Warnungen, die mir schon in frühester Kindheit eingebläut worden waren, hallten mir im Kopf nach. *Männer mögen keine intelligenten Frauen, nur ein hübsches Gesicht. Ein Ehemann ist mehr wert als jeder Studienabschluss.*

Jack lachte leise – ein Geräusch, bei dem sich der Raum auf einmal zu warm anfühlte. »Lass mich raten. Die Bücher sind alle auf Französisch, oder?«

Ich zwang mich, mich auf seine Worte zu konzentrieren, nicht darauf, wie seine Hände auf meinem unteren Rücken ruhten oder wie sich seine Schultermuskeln unter meinen Fingern anspannten, während er mich mühelos über die überfüllte Tanzfläche führte. Zur Ablenkung zählte ich die Fülle an Präsidentschaftssiegeln, die zwischen den weißen Seidenwimpeln hingen, um nicht vor Verlegenheit hochrot anzulaufen. Mit ihm zusammen zu sein – ihn zu berühren – erschien mir das Natürlichste der Welt. »Nun ja, das ist die Sprache, die man in Frankreich spricht.«

»Wenn es um Sprachen geht, bin ich wie ein Fisch auf dem Trockenen. Ich könnte Französisch nicht von Polnisch unterscheiden.«

Jetzt war wahrscheinlich nicht der richtige Zeitpunkt, um ihm zu sagen, dass ich ziemlich gut Polnisch konnte und fließend Französisch und Spanisch sprach. Es war schwer vorstellbar, dass ein heißblütiger Draufgänger wie Jack lange genug stillsitzen könnte, um auch nur seine *merci*s und *s'il vous plaît*s zu meistern. Ich gab vor, etwas von seinem blütenreinen Revers zu wischen, und mied seinen Blick. *»Je pourrais faire la traduction.«*

Jack kniff argwöhnisch die Augen zusammen. »Du hast mich gerade als ungebildeten Schwachkopf bezeichnet, oder?«

»Woher wusstest du das?« Unser Tanz endete abrupt, als die Marine-Corps-Band die Anfangsmelodie von »Hail to the Chief« spielte und Eisenhower unter donnerndem Applaus mit seiner in rosafarbene *Peau de soie* gehüllten Frau Mamie auf dem Balkon erschien. Ich beugte mich zu Jack hinüber und flüsterte: »Ich sagte, ich könnte für dich dolmetschen.«

»Wunderschön und obendrein brillant. Nimm dich in Acht, Jackie, sonst lasse ich dich nie wieder gehen.« Jack nahm meine

Hand und drückte sie, und ich hoffte inständig, dass er meinen rasenden Puls nicht spüren konnte. Zum Glück sah er nicht in meine Richtung, als Ike und Mamie der Menge zuwinkten. »Weißt du was?«, flüsterte er. »Wenn ich meine Karten richtig ausspiele, könnte ich das in ein paar Jahren sein.«

Alle anderen starrten Eisenhower ehrfürchtig an, doch meine Aufmerksamkeit galt allein Jack; seinen forschen Bewegungen, wenn er klatschte, und wie er mit dem Fuß auf den Boden klopfte, um seine aufgestaute Energie abzureagieren. Ohne jeden Zweifel sah Jack Kennedy sein Leben als Wettrennen gegen die Langeweile.

Gleich und Gleich gesellt sich gern, wie es so schön hieß.

Entgegen jeglicher Vernunft verlangte alles in mir nach Jack. Ich sah unsere gemeinsame Zukunft wie einen roten Teppich vor uns ausgerollt; der wagemutige Trapezkünstler, der durchs Leben wirbelte, um Ruhm zu erlangen.

Vielleicht würde ich, wenn ich *meine* Karten richtig ausspielte, die von ihm angestrebte Zukunft mit ihm teilen.

War es denn das, was ich wollte?

Innerlich beantwortete ich die Frage mit einem Achselzucken, während die Band einen Walzer zu spielen begann, und wir uns wieder im Takt der Musik bewegten. Jack zog mich näher, bis sich unsere Körper fest aneinanderpressten. Wie konnte ich eine so wundervolle Folter ertragen?

Die Nacht hielt den Atem an, als er den Kopf senkte und seine Lippen die meinen streiften. Es war nur ein hauchzarter Kuss, aber die Verheißung dieser sanften Berührung entlockte mir ein leises Stöhnen.

Er lächelte, beugte sich zu mir herunter, um mir ins Ohr zu flüstern, und sein warmer Atem brachte mein Blut in Wallung, wie es kein Gedicht oder Sonett je in Worte zu fassen vermocht hätte. »Ich habe unsere Abmachung nicht vergessen. Ich habe dir versprochen, dich heute Abend dem Präsidenten – und der First Lady – vorzustellen.«

Auf einem Inaugurationsball vom best aussehenden Senator Amerikas geküsst zu werden und den Präsidenten der Vereinigten Staaten persönlich kennenzulernen …

Ich stolperte fast über meine eigenen Füße, als mir klar wurde, dass ich dabei war, mich in Jack zu verlieben.

Nein, ich war nicht dabei.

Fait accompli – es war schon passiert.

Das war es, was ich wollte, und ich brauchte nur eines: Jack.

Wer wusste schon, was die Zukunft für uns bereithielt? In diesem Moment war es mir völlig gleichgültig, wohin Jacks Ambitionen ihn tragen würden; für mich zählte nur, dass er sich für mich entschied – dieser Mann, dessen Liebe zu Geschichte und Politik nur von seinen Träumen und seiner Leidenschaft übertroffen wurde, der kühn und wagemutig, gleichzeitig aber auch verletzlich war, der mir mit einem flüchtigen Blick das Gefühl geben konnte, ich sei der Mittelpunkt seines stetig wachsenden Universums.

Glücklich und zufrieden wirbelte ich in Jacks Armen unter einem mit Eisenhowers Präsidentschaftssiegel geschmückten Söller hindurch, ohne zu wissen, wie unsere Geschichte ausging.

Ich wünschte mir nur, dass Jack in allen Kapiteln an meiner Seite sein würde.

Jack Kennedy füllte alle Leerstellen in meinem Kopf, daher konnte ich kaum an etwas anderes denken. Sogar meine Arbeit war von ihm geprägt, denn ich nahm sein Angebot an und interviewte ihn für einen Artikel über die jungen Pagen im Capitol, die für die Senatoren alle Arten von Korrespondenz übermittelten.

Aber ich wollte nicht, dass Jack dachte, meine Welt drehe sich nur um ihn, also bat ich auch die Pagen um ein Interview und führte obendrein ein Gespräch mit Richard Nixon, der kürzlich vom Senator zum Vizepräsidenten aufgestiegen war.

Obwohl Nixon kompetent und nett war, mangelte es ihm entschieden an Humor, während ich beim Abtippen von Jacks Interview zwischen den Zeilen förmlich sein Lachen hören konnte und mir sofort vorstellte, wie locker er mit den Pagen umging.

Ich dachte oft, dass es besser für unser Land wäre, wenn Senatoren und Pagen die Plätze tauschen würden. Sollte es je dazu kommen, gebe ich die Zügel gerne an Jerry Hoobler ab. Ich habe Jerry oft für einen Senator gehalten, weil er für einen Pagen zu alt aussieht.

Der sechzehnjährige Jerry äußerte sich ähnlich scherzhaft:

Senator Kennedy bringt sein Mittagessen immer in einer braunen Papiertüte mit, vermutlich isst er es in seinem Büro. Er wird von den Polizisten immer für einen Touristen gehalten, weil er so jung aussieht. Letztens wollte er eines der Spezialtelefone benutzen, und man sagte ihm: Verzeihung, Mister, aber die sind nur für die Senatoren.

Die Geschichte brachte mich zum Lachen, denn das konnte ich mir nur zu gut vorstellen. Mit seinen sandbraunen Haaren fiel Jack zwischen all den glatzköpfigen Politikern auf wie ein bunter Hund.

Jack hatte sein Versprechen gehalten, und jetzt war es an mir, mich zu revanchieren.

Obwohl ich dafür ein paar Nächte durcharbeiten musste, übersetzte ich Auszüge aus fünf Büchern über südostasiatische Politik für ihn, darunter auch ein paar, die ich mir eigens von alten Freunden aus Paris hatte schicken lassen. Eine wohlige Wärme durchströmte mich, als Jack mir einen Dankesbrief auf seinem neuen monogrammierten Senatoren-Briefpapier sowie fünf weitere Bücher schickte.

Meine erste Rede als Senator muss perfekt sein. Ich halse dir nur ungern noch mehr Arbeit auf, aber kannst du die auch noch übersetzen?

Kluge Frauen lernten, ihre Intelligenz vor Männern geheim zu halten, doch Jack richtete einen Scheinwerfer auf meine Talente. Und dafür liebte ich ihn umso mehr.

Außerdem wurde mir klar, dass ich mich Jack gegenüber nicht für meinen Wissensdurst schämen musste, während ich bei allen anderen Männern, mit denen ich ausgegangen war, immer das Gefühl gehabt hatte, ich müsste diesen Teil von mir verstecken.

Und so übertrug ich französische Geschichte, bis ich kaum noch die Augen offen halten konnte und meine Finger sich über meiner Schreibmaschine verkrampften. Als ich zu Jacks Büro im Senat eilte, um ihn mit dem letzten Schwung meiner Übersetzungen zu überraschen, standen meine Nerven unter Strom, als hätte ich zehn Tassen Kaffee getrunken.

Die Bücher an die Brust gedrückt hastete ich durch die Gänge des Russell Senate Office Buildings, hielt jedoch abrupt inne, als sich plötzlich Zweifel in mir regten. Jack war zwölf Jahre älter als ich, ein einflussreicher Senator, der jede Frau haben konnte, die er wollte. Und wer war ich?

Je m'en fiche.

Ich war Jacqueline Bouvier, und ich würde nicht länger an meinem Wert zweifeln.

Ich straffte die Schultern und ging zu Jacks Büro, doch seine Sekretärin warf mir nur einen kurzen Blick zu und bedeutete mir, auf einem Korbsessel Platz zu nehmen. »Der Senator ist leider gerade beim Mittagessen. Sie können auf ihn warten, wenn Sie möchten.«

Also setzte ich mich, starrte auf die weißen Wände und studierte das mit anmutigen Modellen von Segelschiffen und Militärflugzeugen dekorierte Bücherregal. Nach fast einer Stunde fragte ich mich, ob das die Strafe dafür war, dass ich Männer so oft auf mich hatte warten lassen, meistens auf Anraten meiner Mutter. Ich wollte schon gehen, als Jacks ansteckendes Lachen durch den Flur hallte.

»Hallo, Jack«, begrüßte ich ihn, doch die Worte blieben mir fast im Hals stecken. Es verschlug mir die Sprache, als ich die vertraute grazile Gestalt und das honigblonde Haar seiner Begleiterin sah, alles an ihr das genaue Gegenteil meiner flachbrüstigen Statur.

Angesichts dessen, wie sie sich zueinanderbeugten und beiläufig berührten, erforderte es nicht viel Phantasie, sich vorzustellen, was für ein Verhältnis sie hatten. Wie dumm ich doch gewesen war zu glauben, Jack treffe sich ausschließlich mit mir, nur weil ich an niemand anderen denken konnte.

»Jackie.« Hastig ließ er die Hand von der Taille der Frau sinken. »Was für eine schöne Überraschung. Das ist Inga Arvad.«

Als würde das irgendetwas erklären.

Sie wedelte mit ihren manikürten Fingern und erdreistete sich, mir zuzuzwinkern. »Dich hätte ich hier nicht erwartet, Jackie.«

Ich umklammerte die Bücher, die ich mitgebracht hatte, fester. »Hallo, Inga-Binga. Ich dachte, du solltest heute an einer Pressekonferenz teilnehmen.«

Denn Inga arbeitete auch für den *Washington Times-Herald*, obwohl »arbeiten« ein zu großzügiger Begriff war. Cissy Patterson, die Besitzerin der Zeitung und unsere Arbeitgeberin, stellte am liebsten hübsche Mädchen ein, mit der Begründung, sie kämen an die besten Geschichten heran, weil alle nur eins von ihnen wissen wollten.

Tun sie es? An dieser Stelle wackelte Cissy immer anzüglich mit den Augenbrauen. *Und mit wem*?

Nun, Inga tat es. Mit jedem halbwegs passabel aussehenden Mann unter sechzig.

Fast hätte ich gefragt, ob Jack wusste, dass die in Dänemark geborene Inga (die schon den dritten Ehemann verschliss) Gerüchten zufolge eine Affäre mit Hitlers Reichsmarschall Hermann Göring gehabt hatte und dass sie mit der gesamten männlichen Belegschaft des *Herald* geschlafen hatte, unter ihnen auch ein Reporter, der alt genug war, um ihr Großvater zu sein.

Was wusste ich schon? Wahrscheinlich machte sie ihre reiche Erfahrung nur noch attraktiver, während ich Jack noch nicht einmal richtig geküsst hatte.

»Ich wollte dir die Übersetzungen bringen.« Wütend warf ich die Bücher und die maschinengeschriebenen Übersetzungen auf den Tisch und hätte am liebsten Ingas Hand weggeschlagen, als sie sofort anfing, darin herumzublättern. »*Bonne chance* bei deiner Rede.«

Bonne chance und au revoir, John Fitzgerald Kennedy. Ich wusste, dass es zu schön war, um wahr zu sein.

»Ich schulde dir etwas, Jackie.« Offensichtlich wollte Jack noch mehr sagen, doch seine Sekretärin unterbrach ihn und nahm seine Aufmerksamkeit in Anspruch.

»Wusstest du, dass Jack und ich zu Beginn des Krieges miteinander ausgegangen sind?«, fragte Inga mit ihrem säuselnden Akzent, der mir fast den letzten Nerv raubte, und sah weiter meine Übersetzungen durch. »Wir stehen uns immer noch nahe – sehr nahe –, aber ihr zwei habt euch gerade erst kennengelernt. Und trotzdem hast du all das für ihn gemacht, Jackie? Warum?«

»Oh, du weißt schon«, erwiderte ich mit einem Achselzucken. »Damit er mich heiratet.«

Manchmal war es leichter, sich hinter der Wahrheit zu verstecken, als sich eine Lüge auszudenken.

Zu meiner Überraschung beugte sich Inga zu mir und streckte die Hand aus, als wolle sie mir über die Haare streichen. »Ich fand dich schon immer süß, Jackie.« Ich zuckte zurück, als hätte ich einen Schlag bekommen, und sie versuchte sofort einzulenken. »Versteh das bitte nicht als Beleidigung. Aber du würdest die perfekte kleine Ehefrau für einen ehrgeizigen Mann wie Jack abgeben.«

»Inga.« Jacks Gesicht war puterrot angelaufen, die Angelegenheit, die er mit seiner Sekretärin zu besprechen hatte, war mit einem Mal vergessen. *Lieber Gott im Himmel*, dachte ich. *Hoffentlich hat er mich nicht auch noch sagen hören, dass ich ihn heiraten möchte.* »Ich glaube nicht, dass dieses Gespräch …«

Schamlos, wie sie war, drückte Inga ihm den Finger an die Lippen. Die Lippen, die mich geküsst hatten. »Früher oder später«, unterbrach sie ihn, »wirst du eine Frau brauchen.«

Und früher oder später, Inga-Binga, wirst du einen Maulkorb brauchen. Oder einen ordentlichen Fall von Syphilis.

Ich erwiderte nichts, doch Jack warf ihr einen Blick zu, der den Potomac River hätte zufrieren lassen, dann umfasste er meinen Ellbogen und brachte mich zur Tür. »Steht unser Termin für Samstag noch?«, erkundigte er sich nonchalant, als würde er sich mit einer Frau immer vor den Augen einer anderen verabreden. Was er wahrscheinlich auch tat. »Abendessen in Martin's Tavern?«

»Ich muss leider absagen«, entgegnete ich betont unbekümmert und nahm meine Handtasche. »Die Nixons haben mich zum Essen eingeladen.«

Das stimmte nicht ganz, aber ich *hatte* den Vizepräsidenten interviewt, und der Earl Grey, den er mir serviert hatte, ging fast als Essen durch.

»Das ist wirklich schade.« Jack klang enttäuscht. »Ich hatte etwas ganz Besonderes geplant.«

»Nächstes Mal«, sagte ich in lieblichem Ton, dann wandte ich mich ab und ging, Jacks Blick im Nacken, gemessenen Schrittes den Flur hinunter. Die Luft zwischen uns knisterte vor Anspannung.

Es würde kein nächstes Mal geben.

Mir war einerlei, ob er mich vor Inga nach unserer Verabredung gefragt hatte, weil er mir zeigen wollte, dass ich ihm wichtiger war, oder ob ich erraten sollte, was sonst dahintersteckte. In diesem Moment schwor ich mir, mich nie wieder mit Jack Kennedy zu treffen, ganz gleich, wie sehr ich seine Gesellschaft genoss und wie viel klarer ich mein Leben sah, seit ich ihn kennengelernt hatte.

»Auf Nimmerwiedersehen«, murmelte ich, als ich in den strömenden Regen hinaustrat. Die schwarzen Wildlederschuhe, die ich mir eigens zu diesem Anlass gekauft hatte, waren im Nu völlig durchnässt. Heiße Tränen liefen mir über die Wangen, und am liebsten hätte ich vor Wut über meine eigene Dummheit geschrien.

Ich hatte die richtige Entscheidung getroffen – die einzig mögliche.

Aber warum fühlt sich mein Herz dann so verdammt leer an?

»Hör auf, so viel herumzulaufen, du ruinierst noch den Teppich.« Ungebeten stürzte meine Mutter in die Merrywood-Bibliothek, in der ich Zuflucht gesucht hatte, und machte es sich, elegant gekleidet in einem ihrer maßgeschneiderten, waldpilzbraunen Kostüme, auf dem dick gepolsterten Ledersofa bequem. »Du kannst nicht ständig wegen Jack Kennedy Trübsal blasen.«

Nicht zum ersten Mal verfluchte ich mich dafür, dass ich meiner Mutter von Jack und Inga-Binga erzählt hatte. In einem rührseligen Moment, befeuert von einem Glas Champagner, hatte ich mich bei ihr ausgeheult, weil meine Schwester gerade geheiratet hatte und, als sie an der Seite ihres Ehemanns, der angeblich Prinz Georges unehelicher Sohn war, ihr Gelübde ablegte, in ihrem wallenden Kleid aus Pariser Seide hinreißender aussah als Königin Nofretete.

Lee hatte ihren Prinzen gefunden.

Und ich hatte niemanden.

In der Gesellschaft gibt es keinen Platz für eine unverheiratete Frau, schoss es mir durch den Kopf, als ich meine Schwester in die Flitterwochen verabschiedete. *Ganz gleich, wie intellektuell sie ist.*

Ich vermisste das neue Lebensgefühl, das Jack mir gegeben hatte, das Gefühl, ich sei wichtig, ich würde gebraucht.

Und so sehr es mir auch missfiel, das zuzugeben, ich vermisste Jack.

Sobald sie nicht mehr von den Vorbereitungen für Lees Hochzeit abgelenkt wurde, hatte Mummy meine miese Laune bemerkt. Ich war völlig perplex gewesen, dass sie für mich Partei ergriff, als ich ihr von Jack erzählte, denn ich hatte gedacht, das Geld der Kennedys – ihr Vermögen belief sich auf mindestens 500 Millionen Dollar, und Jack lebte von einem Zehn-Millionen-Treuhandfonds – ließe sie den Tag verwünschen, an dem ich die Beziehung zu ihm beendet hatte. »Ich weiß, Mummy«, sagte ich jetzt und setzte mich zu ihr. »Aber ich kann an nichts anderes denken als an ihn.«

»Sein Vater ist als Schwerenöter bekannt, und ich weiß aus zuverlässiger Quelle, dass Jack als Kongressabgeordneter mit verheirateten Frauen ausgegangen ist. Wenn ein Mann nicht treu sein kann, sollte er nicht heiraten, und er sollte ganz sicher nicht mit einer meiner Töchter zusammen sein.«

Unwillkürlich duckte ich mich und ließ mich tiefer in die Sofapolster sinken. Anscheinend hatte meine Mutter ein paar Nachforschungen angestellt und reichlich Beweise gefunden, die gegen Jack sprachen. Dabei hatte ich ihr gesagt, dass ich keine Einzelheiten wissen wollte.

»Alle Männer sind Schweine, Jacqueline.« Hinter der zierlichen Statur und dem vornehmen Gebaren meiner Mutter verbarg sich ein eisernes Temperament, das eher zu einem Diktator gepasst hätte, daher überraschte es mich, als sie mich in eine seltene, nach Shalimar-Parfüm duftende Umarmung zog. »Und Männer wie Jack Kennedy sind die schlimmsten von allen. Das kannst du mir glauben.«

Wer mit Mutter redet, unterbricht sie, hatten Lee und ich früher immer gesagt. Mit ihr zu streiten war schon fast todesmutig.

Doch ich konnte einfach nicht anders – nicht, während ich mich so verletzlich fühlte.

»Was ist mit deiner Beziehung zu Hughdie?«, fragte ich. »Ist er auch ein Schwein?«

Meine Mutter winkte ab. »Hughdie ist harmlos. Deshalb habe ich ihn geheiratet, nachdem dein Vater mein Herz durch den Fleischwolf gejagt hatte.«

Ich wollte mir nicht schon wieder eine Tirade über meinen verlogenen, untreuen Vater anhören, denn ich erinnerte mich nur zu genau an die Nächte in meiner Kindheit, wenn Lee und ich vorsichtig durch das Treppengeländer gespäht hatten, während meine Mutter Black Jack Bouvier anschrie und er mit verrutschtem Kragen vor ihr kniete und Entschuldigungen stammelte. »Aber du hast Vater geliebt.«

Das wusste ich, weil ich auf dem Dachboden alte, verblichene Fotos von den beiden gefunden hatte, auf denen meine Mutter ein strahlendes Lächeln im Gesicht hatte.

»Das heißt nicht, dass es die richtige Entscheidung war, ihn zu heiraten. Betrachte die Auseinandersetzung mit Inga-Binga als Segen, und wir suchen dir einen anderen Mann. Einen zuverlässigen, einen wie meinen Hughdie.«

Da mein Stiefvater Mitglied eines Herrenclubs und ein Bücherliebhaber war, in dessen umfangreicher Bibliothek ich unzählige Geschichten über die Gründerväter Amerikas gelesen hatte, hatten Lee und ich ihn früher hinter seinem Rücken kichernd als Schlaftablette bezeichnet. Sicher, Hughdie war ein netter Mann und vielleicht genau das, was meine Mutter sich jetzt wünschte, aber in etwa so interessant wie die tristen Tweed-Anzüge, die er trug.

Solch eine Beziehung hatte ich schon mit John Husted geführt und war fest entschlossen, niemals mein Dasein als Ehefrau eines langweiligen Mannes fristen zu müssen.

Ich warf meiner Mutter einen warnenden Blick zu, und sie hob beschwichtigend die Hände, aber ihren hochgezogenen Augenbrauen entnahm ich, dass wir das Thema später sicher noch ausdiskutieren würden. Doch vorerst war das Gespräch beendet, und ich nahm ein ledergebundenes Exemplar von Tolstois *Anna Karenina* – ein trostloser russischer Roman passte perfekt zu meiner Stimmung – aus dem Regal, als das Telefon im Flur klingelte.

»Es ist für Sie, Miss Bouvier«, verkündete das Dienstmädchen. »Senator Kennedy. Schon wieder.«

Meine Mutter bedachte mich mit einem strengen Blick. »Schwäche ist keine angeborene Eigenschaft, Jackie, man erlernt sie. Du darfst nicht schwach werden, nur weil du bei Jack Kennedy weiche Knie bekommst.«

Ich ignorierte sie geflissentlich, genau wie ich Jacks Anrufe fast jeden Tag seit der Begegnung mit Inga-Binga ignorierte. Doch merkwürdigerweise wurde er dadurch nur noch hartnäckiger.

Habe ich ihn womöglich falsch eingeschätzt? Jack ist bestimmt nicht der Unmensch, als den meine Mutter ihn darstellt.

Vielleicht war das Gespräch mit meiner Mutter der Grund dafür, dass ich seine Einladung, mit ihm in Martin's Tavern in Georgetown zu Abend zu essen, diesmal annahm.

»Wo willst du hin?«, fragte Mutter, als ich zurückkam und *Anna Karenina* wieder ins Regal stellte. *Ein andermal, Tolstoi. Wahrscheinlich schon morgen, wenn mir Jack erneut das Herz gebrochen hat.*

»Eine letzte Verabredung mit Jack.«

Meine Mutter rückte das Buch zurecht, bis es genau zwei Zentimeter vom Rand des Regals entfernt und perfekt in einer Linie mit den anderen, alphabetisch geordneten Büchern stand. »Du könntest jemand Besseres finden. Jemand viel Besseres. Mit deiner Bildung und deiner Herkunft …«

»Einer erfundenen Herkunft. Vielleicht könnte ich jemand Besseres finden, vielleicht aber auch nicht.« Mit einem Achselzucken ging ich nach oben, um mich umzuziehen.

Ich schlüpfte in ein elegantes weißes Kleid mit Taillengürtel und legte die Perlenkette um, die Lee in ihrem Schmuckkästchen zurückgelassen hatte, dann ging ich zurück nach unten. Schleichend bewegten sich die Zeiger der Uhr auf dem Kaminsims auf sieben Uhr zu, und mit jeder Sekunde, die verstrich, wuchs meine Sorge, ich könnte einen schrecklichen Fehler begehen. Das grimmige Stirnrunzeln meiner Mutter vertiefte sich zu einem ärgerlichen Blick, als ein silbernes Cabriolet in die Einfahrt bog. »Dein linker Strumpf sitzt schief«, schimpfte sie. »Bring das in Ordnung.«

Ich verzog das Gesicht, als ich sah, dass sie recht hatte, und zupfte den Strumpf zurecht.

»Gute Nacht, Mummy.« Im selben Moment klopfte es auch schon an der Tür. Zu meiner Bestürzung folgte meine Mutter mir wie ein Schatten, als ich ging, um Jack aufzumachen. Mir stockte der Atem bei seinem Anblick – schicker marineblauer Anzug, die Haare vom Wind zerzaust –, aber am meisten staunte ich über die schneeweißen japanischen Goldbandlilien in seiner Hand.

Blumen sind keine Entschuldigung, wollte ich sagen, hielt aber rechtzeitig inne, als er die herrlich duftenden Lilien meiner Mutter mit den Worten überreichte: »Für Sie, Mrs. Auchincloss. Meine Mutter liebt frische Blumen zu jeder Jahreszeit, und da diese hier besonders hübsch sind, habe ich gehofft, dass sie Ihnen auch gefallen.«

Meine Mutter wirkte genauso verblüfft wie ich, erholte sich aber schnell. »Vielen Dank, Senator Kennedy«, sagte sie. »Die Blumen werden sich im Wohnzimmer sicher hervorragend machen.«

Warum um alles in der Welt schenkt Jack meiner Mutter Blumen? Was will er damit erreichen?

»Ich bringe Ihre Tochter bis spätestens elf zurück«, rief Jack über die Schulter, als wären wir Teenager. »Pfadfinderehrenwort.«

Meine strenge, vornehme Mutter hätte glatt als Schülerin Medusas durchgehen und Jack allein durch das Hochziehen ihrer elegant aufgemalten Augenbraue versteinern können. »Das will ich auch hoffen.«

Das bewies wohl, dass John F. Kennedy nicht der Halbgott war, für den ihn alle hielten. Dachte ich zumindest, bis ich einen Blick über die Schulter warf und sah, dass meine Mutter die Nase tief in die Blumen gesteckt hatte, mit vor Entzücken geschlossenen Augen.

Die Abwehr meiner Mutter mochte Risse davongetragen haben, aber ich blieb auf der kurzen Fahrt zu Martin's Tavern distanziert und versuchte den berauschenden Kiefernholzduft von Jacks Eau de Cologne nicht einzuatmen, während ich seine

Frage beantwortete, ob ich *Marlborough* von Sir Winston Churchill gelesen hatte (ja), und zum ersten Mal von den zahlreichen Krankheiten hörte, die Jack als Kind gehabt hatte – unter anderem Diphtherie, eine Blinddarmentzündung und Keuchhusten, der ihn beinahe umgebracht hätte. Während er sich erholte, hatte er sämtliche Bücher gelesen, die Churchill je geschrieben hatte.

Gegen meinen Willen wurden meine barschen Antworten mit jedem Lächeln von ihm etwas sanfter, als könnte seine Wärme das Eis schmelzen, das mein Herz seit dem Vorfall mit Inga einschloss. Als wir vor dem Restaurant parkten und ein Kellner uns zu einer gemütlichen, von Kerzen erleuchteten Sitznische führte, vermied ich geflissentlich jeden Gedanken daran, wie attraktiv ich ihn fand, doch mir fiel auf, dass er, obwohl er die Kellner lässig mit dem Vornamen ansprach, angespannt wirkte. Als hätte ihm meine Gefühlskälte zu denken gegeben, ihn vielleicht sogar nervös gemacht.

Eine wohlerzogene Frau hält das Gespräch am Laufen. Belehrungen aus dem Internat geisterten mir im Kopf herum. *Wetter, Sport, Musik, aber niemals Politik.*

Aber da ich mich mit diesem Date einverstanden erklärt hatte, würde ich nicht schweigend dasitzen und auch vor interessanten Gesprächsthemen nicht zurückschrecken. »Also«, begann ich, nachdem wir bestellt hatten – Welsh Rarebit für Jack und Oyster Stew für mich. »Hat deine Rede den Ausschuss beeindruckt? Hoffentlich hast du auch ein paar meiner Notizen über die Bestrebungen der Viet Minh, von Frankreich unabhängig zu werden, eingebaut.«

Jack blinzelte, als wäre er in Gedanken ganz woanders gewesen. »Ich habe mich nicht blamiert.« Sein Lächeln bezauberte mich. »Das habe ich zu einem großen Teil deinen Übersetzungen zu verdanken. Mein Vater war übrigens auch sehr beeindruckt von deiner Arbeit.«

Ich hob mein Glas und ließ das matte Kerzenlicht über den Stiel tanzen, bevor ich einen Schluck Chardonnay trank. Einen großen Schluck. »Dein Vater?«

»Ich habe ihm die Rede gezeigt. Selbst er wusste längst nicht so viel über Indochina, bevor er meinen Entwurf gelesen hat.« Jack lehnte sich zurück und musterte mich nachdenklich. »Er mochte dich schon vorher, aber jetzt ist er überzeugt, dass du die Größte bist.«

Unter seinem eindringlichen Blick stieg mir die Hitze ins Gesicht, und ich senkte rasch den Kopf, um die Leinenserviette auf meinem Schoß glatt zu streichen. »Es freut mich, dass meine Notizen hilfreich waren.«

»Du hast mir gefehlt.«

Ich schnaubte höhnisch. »Warum sollte ich dir fehlen?«

Hat Inga-Binga dir nicht Gesellschaft geleistet?, wollte ich hinzufügen, biss mir aber auf die Zunge.

»Du bist mir aus dem Weg gegangen«, sagte Jack.

»Nein, bin ich nicht. Falls du es noch nicht bemerkt hast, ich bin eine viel beschäftigte Frau.«

Er zog eine Augenbraue hoch. »Sag bloß, du hattest jedes Mal, wenn ich angerufen habe, Kopfschmerzen? Wenn dem so ist, kann ich dir einen hervorragenden Arzt empfehlen.«

Ich verdrehte die Augen.

»Ehrlich gesagt habe ich dich mehr als nur vermisst«, fuhr Jack fort und stützte das Kinn auf die Hand. »Und jedes Mal, wenn du mir unter einem fadenscheinigen Vorwand abgesagt hast, ist mir etwas äußerst Wichtiges klar geworden.«

Ich erwischte mich dabei, wie ich an meinen Fingernägeln knibbelte, und zwang mich, damit aufzuhören, indem ich die Hände auf dem Tisch verschränkte. »Und das wäre?«

»Ich liebe dich, Jackie.«

Gedruckt, in Geschichten hatte ich diese Worte schon so oft gesehen, aber sie zu hören war etwas vollkommen anderes. Ganz besonders, wenn Jack sie sagte. Zu mir. Sie fühlten sich so richtig an, als hätte ich ein Leben lang darauf gewartet. Doch ich konnte einfach nicht glauben, dass sie tatsächlich für mich bestimmt waren, und ich kam mir vor wie eine Hochstaplerin.

»Lüg mich nicht an«, erwiderte ich, doch es war kaum mehr als ein heiseres Flüstern.

Ich werde ihm nicht sagen, dass ich ihn liebe. Auf keinen Fall.

Jack war getroffen, ich sah es in seinen lebhaften graugrünen Augen. Er griff nach meinen Händen. »Ich werde dich niemals anlügen. Ich liebe dich, Jackie, wirklich, wahrhaftig, wahnsinnig.« Als er seine Finger mit meinen verflocht, spürte ich die vertraute Hitze in meinem Herzen. »Und das bringt mich zu meiner nächsten Frage.« Er holte tief Luft, und mein verräterisches Herz geriet ins Stolpern. »Jacqueline Lee Bouvier, würdest du mir die Ehre erweisen, meine Frau zu werden?«

Fassungslos blinzelte ich ihn an und zwang mich weiterzuatmen, während um mich herum die Sterne explodierten und alles außerhalb unseres eigenen kleinen Universums auslöschten. Das musste ein Traum sein, ein wundervoller, schrecklicher Traum. »Was?«, war alles, was ich herausbrachte.

»An dem Tag, als du bei mir im Büro warst, habe ich dir doch gesagt, dass ich etwas Besonderes geplant hatte«, erklärte Jack. »Ich musste es nur verschieben, als du abgesagt hast. Mittagessen bei den Nixons, von wegen.«

»Du hast das geplant?« Ich schluckte schwer. »An dem Tag, als ich dich mit Inga gesehen habe?«

Offenbar hörte er die Wut in meiner Stimme, als ich ihren Namen herauspresste. »An dem Tag hätte ich sie am liebsten erwürgt.«

»Du bist mit ihr ausgegangen?«

»Ja, vor langer Zeit«, antwortete er seufzend. »Es ist kein Geheimnis, dass ich mit vielen Frauen ausgegangen bin. Aber du bist anders, Jackie. Du bist alles, was ich mir wünsche, alles, was ich brauche. Du bist die Frau, die ich den Rest meines Lebens an meiner Seite haben will.«

»Frag mich noch mal«, flüsterte ich, und alles um mich herum rückte in den Hintergrund, bis ich nur noch Jack sah. Und er wusste genau, was ich meinte.

»Jacqueline Bouvier.« Er grinste, fröhlich und voller Zuversicht. »Willst du mich heiraten?«

Bevor ich antwortete, wollte ich diesen Moment so lange wie möglich genießen, ihn auskosten wie einen erlesenen französischen Wein. Ich wollte Ja schreien, so laut, dass man es bis zum Himmel hörte.

Aber etwas hielt mich zurück. Etwas, das ich nicht ignorieren konnte.

Ich bin mit vielen Frauen ausgegangen – aber du bist anders, Jackie.

War es das? Ich wollte ihm glauben, aber würde ich diesen Moment in dreißig Jahren womöglich bereuen? Diesmal würde ich, anders als damals mit John Husted, nichts überstürzen.

»Ich weiß nicht.«

Drei ehrliche, grausame Worte im Austausch gegen drei Worte, die noch vor wenigen Minuten eine sagenhafte Welt der Träume und Versprechen erschaffen hatten.

Jack ließ meine Hand los und sorgte für so viel Distanz zwischen uns, dass ich die schrecklichen Worte am liebsten an der Wurzel gepackt und ausgerissen hätte.

»Ich liebe dich auch«, sagte ich schließlich. »Aber das kommt sehr plötzlich, und eine Ehe ist für die Ewigkeit.«

Zumindest sollte sie das. Ich hatte nicht die Absicht, wie meine Mutter und Black Jack Bouvier zu enden, auch wenn mir Mummys Warnung noch im Kopf herumspukte.

Du darfst nicht schwach werden, nur weil du bei Jack Kennedy weiche Knie bekommst.

Ich seufzte. »Ich brauche Zeit zum Nachdenken.«

Als er mir einen Kuss auf den Handrücken drückte, hatte Jack einen Schatten seines vorherigen Lächelns zurückgewonnen und verwandelte sich wieder in meinen wagemutigen Trapezkünstler. Nicht zum ersten Mal fragte ich mich, welche Gedanken sich hinter seinen stürmischen Augen verbargen. »Natürlich«, sagte er. »Aber denk dran, ich bin nicht der geduldigste Mann der Welt.«

Ich konnte mich nicht entscheiden, ob ich meinem Herzen folgen sollte oder nicht, wie ein Blatt im Wind wirbelte ich von einer Wahlmöglichkeit zur anderen und wieder zurück. Mein Vater hatte gesagt, besser heute eine schlechte Entscheidung als eine gute drei Wochen zu spät, aber irgendwie bezweifelte ich, dass dieser Ratschlag auch für Heiratsanträge galt.

Was ich brauchte, war eine Auszeit, um in Ruhe nachzudenken, weit weg von Jack und den wachsamen Augen meiner Mutter.

Zum Glück bot sich mir die perfekte Gelegenheit zur Flucht,

als eine Freundin der Familie mich fragte, ob ich ihre Tochter zu Queen Elizabeths Krönung nach England begleiten könnte. Als ich das meinem Lektor beim *Washington Times-Herald* erzählte, beauftragte er mich, ihm täglich Artikel mit Skizzen von unseren Nachbarn jenseits des Großen Teiches zu schicken. Ich verließ Washington bei Nacht und Nebel und wagte es erst, Jack meine Pläne per Telegramm mitzuteilen, als das Schiff sich zum Ablegen bereit machte.

Meine umgekehrte Mayflower-Überfahrt war zum Glück ereignislos, und der Tag der Krönung begann so grau und trüb, dass die Leute draußen auf der Straße Gummistiefel trugen, als hätte England entschieden, sich an diesem Tag so britisch wie möglich zu geben. Ich trank meinen Tee aus und eilte die Treppe des Hotels hinunter, doch der adrette Empfangschef hielt mich mit einem Tablett frischer Zimt-Scones auf.

»Miss Bouvier!« Er hielt einen Finger hoch, und ich erwartete, er würde mich für die Lieferung einer Kiste Geschichtsbücher zurechtweisen, die ich am Tag zuvor gekauft hatte – viele davon waren Geschenke für Jack, denen ich einfach nicht widerstehen konnte. *Jedenfalls, wenn ich Ja sage. Wenn ich seinen Antrag ablehne …* Stattdessen wühlte der Empfangschef in den Holzkästen hinter seinem Tisch und holte ein gelbes Western-Union-Telegramm heraus. »Das ist vor einer halben Stunde für Sie angekommen. Und nehmen Sie zur Krönung lieber einen Schirm mit«, empfahl er, während ich den Umschlag aufriss. »Das ist ein richtiges Schmuddelwetter da draußen.«

Vielleicht sagte er noch mehr, aber die Worte, die ich las, übertönten alles andere. Mindestens zehnmal führte ich mir das ganze Telegramm zu Gemüte, dann steckte ich es in meine Tasche. Heute wurde die Königin gekrönt – ein historischer Augenblick –, auch wenn die Nachricht, die ich erhalten hatte, mir viel weltbewegender erschien.

Ich fand noch rechtzeitig einen Platz unter einer Markise an der Krönungszeremonie-Route, um eine Skizze der eindrucksvollen Kutsche der Königin anzufertigen, als sie vorbeifuhr. Ihr atemberaubendes weißes Kleid strahlte wie ein Leuchtfeuer unter dem trüben Himmel; wie ich wusste, war die Seide mit den Blumen-Wappen ihres Landes verziert: die Tudor-Rose, die schottische Distel, der walisische Lauch und noch einige andere. Obwohl Queen Elizabeth schon mit Prince Philip verheiratet war, wirkte sie wie eine nervöse junge Braut, die statt eines normalen Sterblichen ihr Land heiratete. Überall um sie herum brach ein Blitzlichtgewitter los, aber sie zuckte kein einziges Mal zusammen.

Eine majestätische Haltung, kritzelte ich um die Regentropfen herum, die auf meinem Notizblock gelandet waren. *Der Königin machten der Regen und die Kameraleute nichts aus. Dies war ein Moment für die Ewigkeit, und das wusste sie.*

Dann bog ihre Kutsche um eine Kurve, und Elizabeth II. war genauso schnell wieder verschwunden, wie sie gekommen war, unterwegs zur Westminster Abbey.

Ich wünschte, ich wäre dort, aber nur dreißig Journalisten – allesamt Männer – waren auserkoren worden, dem großen Ereignis auf der Galerie über der Orgel beizuwohnen, und das bedeutete, dass ich frierend in der morgendlichen Kälte stehen musste. Und das, obwohl ich so viel über englische Geschichte gelesen hatte, dass ich einen Vortrag über die Imperial State Crown mit ihren vier Perlen hätte halten können, die angeblich die Ohrringe von Queen Elizabeth I. gewesen waren.

Stattdessen wartete ich.

Meine Gedanken wanderten zu Jacks unbeschwertem Lächeln, seiner spontanen Brillanz – die Welt schien nur darauf zu warten, vor ihm auf die Knie zu fallen. Das Telegramm, das er mir heute Morgen geschickt hatte, ging mir nicht aus dem Kopf.

JACKIE,
ES IST ZWECKLOS. ICH WACHE MORGENS AUF UND DENKE AN DICH. ICH STOLPERE ÜBER MEINE EIGENEN WORTE, WÄHREND ICH EIN HANDELSEMBARGO GEGEN KOREA DISKUTIERE, WEIL ICH NUR AN EINE GEWISSE DUNKELHAARIGE NYMPHE DENKEN KANN. ICH GEHE INS BETT, UND RATE MAL, WAS ICH DANN TUE. ICH DENKE AN DICH.
HABE ICH DIR SCHON GESAGT, DASS ICH DICH LIEBE, JACKIE BOUVIER?
BITTE TU DEINE PATRIOTISCHE PFLICHT UND ERLÖSE DIESEN ARMEN SENATOR VON SEINEM ELEND.
WIE LAUTET DEINE ANTWORT?
FÜR IMMER DER DEINE (HOFFE ICH),
JACK

Im Lauf meines Lebens hatte ich genügend Romane gelesen, um zu glauben, dass man, wenn man verliebt war, alles für die andere Person tun würde, und ich hatte immer gedacht, jede Minute, die man nicht zusammen war, wäre unerträglich.

Nun, jede Minute, die ich nicht bei Jack war, war unerträglich. Vielleicht hieß das, dass ich mein ganzes restliches Leben mit ihm verbringen sollte.

Du könntest mit Jack glücklich werden, flüsterte eine Stimme in meinem Hinterkopf. *Vertraute und Gefährtin eines einflussreichen Politikers. Du bist weiß Gott nicht für einen langweiligen Mann bestimmt.*

Aber könnte ich – könnte irgendeine Frau – mit dem charmanten Junggesellen glücklich werden? Ihn zu heiraten bedeutete, mich mit der Möglichkeit abzufinden, dass er fremdgehen würde wie die meisten Ehemänner. Verdammte ich mich dazu, in die Fußstapfen meiner Mutter zu treten?

Hör auf, Jackie. Du bist nicht deine Mutter.

Jack und mein Vater mochten charmante Halunken sein, aber mein Vater war von meiner Mutter in die Flucht geschlagen worden. Ich war nicht Janet Bouvier Auchincloss, und das würde ich beweisen, indem ich meinen Mann niemals vergraulte wie sie.

Die Geschichte würde sich nicht wiederholen.

Schließlich war Jack anders als die anderen Männer, mit denen ich ausgegangen war; er war der Einzige, der mich herausforderte und mich nicht zwang, zwischen Intellekt und Liebe zu wählen. In diesem Moment erkannte ich, dass mir Jack alle anderen Männer verleidet hatte. Plötzlich konnte ich es kaum erwarten, ihn wiederzusehen.

Als die Königin auf ihrem Weg zurück zum Buckingham Palace erneut an mir vorbeikam, in einem violetten, hermelinbesetzten und mit glitzernden goldenen Stickereien verzierten Samtkleid, lächelte ich übers ganze Gesicht.

Ich, Jackie Lee Bouvier, erlebte mit, wie Geschichte geschrieben wurde, und ich wollte mehr, wollte mein Leben lang von wichtigen Frauen und Männern umgeben sein und Zeuge bedeutender Ereignisse werden.

Ich hatte immer gedacht, die Arbeit als Reporterin sei mein Freifahrschein hinaus in die Welt, aber John F. Kennedy würde dieselbe Tür für mich öffnen. Ein Mann wie er könnte die Welt in Brand setzen, und ich wäre von Anfang bis Ende an seiner Seite.

Denn ich konnte nicht anders, als ihn zu lieben.

Ich entdeckte Jack sofort, als mein Pan-American-Flugzeug auf der Landebahn des Friendship International Airports in Baltimore aufgesetzt hatte. Obwohl ich ihm nicht gesagt hatte, wann ich zurückkommen würde, und mir beim besten Willen nicht erklären konnte, wie er es herausgefunden hatte, war er hier und wartete auf mich.

Und dafür liebte ich ihn umso mehr.

Im Licht der untergehenden Sonne glänzten seine dichten Haare fast golden, und ich beneidete ihn um die Lässigkeit, mit der er seine im Wind flatternde Seidenkrawatte ins Jackett stopfte und winkte, als wüsste er genau, an welchem Fenster ich saß. Doch ich sah ihn auch mit den Fingern auf den Oberschenkel trommeln – eine typische Geste, die verriet, dass er nicht ganz so selbstsicher war, wie er auf den ersten Blick wirkte.

Ich wollte als Erste aussteigen, zwang mich aber, alle anderen Passagiere vorzulassen.

Lass ihn warten, sagte ich mir. *Jack ist ein Mann, der die Jagd braucht.*

»Dieser Monat war die reinste Folter«, sagte er, als ich endlich vor ihm stand. »Ich brauche eine Antwort, Jackie. Ich kann nicht länger warten.«

Lass ihn warten.

Und das tat ich. Ich zählte langsam bis zehn, bevor ich ihm in die Augen blickte, die von einem Wechselbad der Gefühle erfüllt waren. Ich hatte mir den richtigen Moment immer selbst aussuchen wollen, und jetzt war er gekommen.

»Ja, Jack.« Ich sprach leise, denn die Worte waren nur für ihn bestimmt. »Ich werde dich heiraten.«

Zu meiner Überraschung hob er mich hoch und wirbelte mich durch die Luft, dann steckte er mir so gekonnt einen Ring an den Finger, als hätte er in meiner Abwesenheit die ganze Zeit für diesen Moment geübt. Der Ring war wunderschön, ein Diamant von schätzungsweise drei Karat neben einem Smaragd gleichen Umfangs, von zwei funkelnden Diamanten umrahmt.

Ebenso einzigartig und ungewöhnlich wie der Mann selbst.

»Ich kann nie wieder schwimmen gehen«, murmelte ich hingerissen. Mit einem Ehemann wie Jack wäre ich nicht mehr von der Barmherzigkeit meines Stiefvaters und meinem Fünfzig-Dollar-Taschengeld pro Monat abhängig. Ich würde zur Kennedy-Familie gehören. »Mit diesem Ring würde ich direkt auf den Meeresboden sinken.«

»Ich tue nie etwas halbherzig.« Jack zog mich an sich, sein Blick wurde sanft. »Ich werde dich zur glücklichsten Frau der Welt machen, Jackie. Bleib an meiner Seite, und alle Frauen von hier bis Timbuktu werden dich beneiden. Ich könnte dir Timbuktu sogar kaufen, wenn du möchtest.«

In diesem märchenhaften Moment glaubte ich ihm. Ich würde wie Queen Elizabeth sein, nur würde ich statt des violetten Krönungsornats den Mantel der Kennedys überstreifen.

Und das bedeutete, dass plötzlich alles möglich war.

Von der Siebzehn-Raum-Villa der Kennedys im wohlhabenden Hyannis Port hatte man einen eindrucksvollen Ausblick auf den Nantucket Sound, doch das Haus selbst sah auf mich herab, als würde es mich begutachten und für unzureichend befinden. Ich hatte erwartet, dass eine Familie, die im Geld schwamm, in einem klassischen, wohlgeordneten Anwesen wohnte, aber dieser ausladende Komplex hatte nichts Ansprechendes an sich. Bis auf die amerikanische Flagge, die draußen an einem hohen Mast in der salzigen Meeresbrise flatterte, und dem Modellflugzeug auf dem Rasen wirkte es wie die leere Hülle eines Hauses. Die nackten Fliesen und weißen Wände hatten nichts Schönes oder Inspirierendes an sich. Eine Familie, die reicher war als der Papst, konnte sich doch bestimmt einen Architekten leisten. Oder einen Dekorateur.

Zwar hatte ich Jacks Eltern bereits kennengelernt – seinen Vater mochte ich, und seine Mutter war bei einer Wahlkampfkundgebung immerhin höflich zu mir gewesen –, aber ich war nervös und fragte mich, ob ich auch für den Rest der Familie gut genug war.

Das würde ich wohl gleich herausfinden, denn die Eingangstür schwang auf, und Mr. Kennedy, so lässig und entspannt, als wäre er auf einem Tennisplatz, eilte uns entgegen und winkte uns mit fröhlich glitzernden Augen zu.

»Wird aber auch Zeit! Wie ich sehe, hast du dich endlich entschieden, Jackie mit uns zu teilen.« Es war leicht zu erkennen, woher Jack seine Energie und seinen Enthusiasmus hatte, als Mr. Kennedy uns begrüßte und dabei eine Hand auf Jacks Schulter und die andere auf meine legte. »Sie ist eine Wucht, nicht wahr, mein Sohn?«

Jack erwiderte sein Lächeln, und es kam mir vor, als würden

die beiden eine geheime Botschaft austauschen. »Nur das Beste für uns, Dad.«

»Wir wollen hier keine Verlierer«, informierte mich Jacks Vater. »In dieser Familie wollen wir nur Gewinner. Rose und die anderen freuen sich schon sehr darauf, dich kennenzulernen, Kiddo, und dann werden Fotos gemacht – die Fotografen wollen ein Bild von euch auf dem Segelboot.«

Vielleicht hatte ich ihn falsch verstanden. »Fotografen? Segelboot?«

Auch Jack wirkte überrascht. »Dad …«

Mr. Kennedy machte eine wegwerfende Handbewegung. »Nur eine kleine Titelgeschichte für *Life*. Ich habe vorgeschlagen, sie ›Senator Kennedy auf Liebespfaden‹ zu nennen.«

Vor den Kennedys und ganz Amerika zur Schau gestellt zu werden war das Letzte, was ich wollte, aber das gehörte wohl dazu, wenn man einen Senator heiratete, also dachte ich daran, dass es schon immer zwei Jackies gegeben hatte: die eigenwillige, spontane Freidenkerin, die Fuchsjagden liebte und selbst auf den niveauvollsten Cocktail-Partys bei allen Themen mitreden konnte, und die Absolventin des Vassar College, die lieber für sich war und in ihren Lieblingsbüchern über solche Partys las. Jetzt aber redete die Freidenkerin mit Mr. Kennedy.

»Ich hatte seit meinem Debütantinnen-Ball nicht mehr mit professionellen Fotografen zu tun. Klingt nach einem guten Zeitvertreib für einen sonnigen Nachmittag.« Ich schenkte Mr. Kennedy ein strahlendes Lächeln und drückte Jacks Hand. »Ich freue mich so sehr darauf, Jacks Geschwister kennenzulernen.«

»Dann mir nach, Kiddo.« Mit einem Augenzwinkern fasste mich Mr. Kennedy am Ellbogen und führte mich die Einfahrt hinauf. Die Kameraleute von *Life* warteten auf dem Rasen seitlich des Hauses und verrenkten sich fast den Hals im Bemühen, einen Blick auf uns zu erhaschen. Ich erinnerte mich, dass Mr. Kennedy in den Zwanzigern mehrere Hollywood-Filmstudios geleitet hatte; offensichtlich hatte er sein Talent, Leuten zu Ruhm zu verhelfen, mit in die Politik übernommen. Im Mittelpunkt solch andächtiger Aufmerksamkeit zu stehen war ein seltsames Gefühl. Ich war nicht sicher, ob es mir behagte.

Ich hatte Rose Kennedy gar nicht bemerkt, die, hinter einer niedrigen Mauer verborgen, auf der Veranda wartete, das Gesicht von einem Sonnenhut mit breiter Krempe überschattet. Die zierliche Matriarchin erhob sich und nahm die aufgesteckten Verdunkelungsgläser von ihrer Brille. Ich war fast enttäuscht, dass sie keine berühmten Zitate an ihren Pullover geheftet hatte, denn Jack hatte mich gewarnt, dass sie die gerne für zukünftige Diskussionen beim Abendessen auswendig lernte. Sie streckte mir eine Hand entgegen, ihr Kiefer fest angespannt. »Nochmals willkommen, Jacqueline, diesmal in der Familie.« Ihre durchdringende Stimme erinnerte mich an eine Ente mit Kehlkopfentzündung, und sie ließ sich kaum dazu herab, meine Finger zu berühren. Doch ihre Worte waren freundlich, und es gefiel mir, dass sie meinen Namen französisch aussprach.

»Vielen Dank, Mrs. Kennedy. Ich freue mich wirklich sehr, hier zu sein.«

Einen Moment fragte ich mich, wie es wohl gewesen wäre, diese Frau zur Mutter zu haben. Jack hatte mir erzählt, dass sie schwierig war, aber ich hatte mir Rose Kennedy immer als stille Heldin der Familiensaga vorgestellt. Erst hatte sie ihren ältesten Sohn im Krieg gegen Deutschland verloren, dann bei einem tragischen Flugzeugabsturz auch noch ihre Lieblingstochter, und ihre Tochter Rosemary war kurz darauf einer Lobotomie unterzogen und in eine psychiatrische Klinik eingewiesen worden. Ich würde mich hüten, Rose darauf anzusprechen.

Der Rest der Familie erwartete mich drinnen. Während das Haus alles andere als beeindruckend war, wirkten die Kennedys mit ihren weißen Leinenkleidern und ihrer Sonnenbräune, auf geschmackvollen Chintz-Sofas versammelt, als säßen sie für ein Porträt der perfekten amerikanischen Familie Modell.

Neben ihnen kam ich mir fast vor wie eine Landstreicherin. Eine dunkelhaarige, flachbrüstige, mittellose Landstreicherin.

»Darf ich dir meine Töchter vorstellen?« Rose deutete auf drei junge Frauen mit langen Beinen und prachtvollen, an Shetlandponys erinnernden Mähnen, die mir der Reihe nach zunickten. »Eunice. Patricia. Und Jean.«

Die Schwestern musterten mich prüfend. Beurteilten mich. »Wir haben gehört, du seist 1947 zur Debütantin des Jahres gewählt worden«, sagte eine von ihnen, die aussah wie eine weibliche Version von Jack. Vielleicht Eunice.

Ich ignorierte das nichtssagende Lob und erwiderte mit sanfter Stimme – ein Trick meiner Mutter für Situationen, in denen man drohte, die Fassung zu verlieren: »Wenn ich mich recht entsinne, waren eure Debüts auch sehr erfolgreich.«

»Hoffentlich kannst du Tennis spielen, Jackie«, warf die jüngste Schwester ein. »Kennedy-Frauen sind mehr als nur hübsche Debütantinnen.«

Ah … es war also ein Test. Oder ein Spiel. Jedenfalls hatte ich nicht vor zu verlieren.

»Ich bin ganz passabel auf dem Platz«, erwiderte ich. »Und wurde eure Schwester Kathleen nicht 1938 von der englischen Presse zur Debütantin des Jahres erkoren, als euer Vater noch als Botschafter gearbeitet hat?«

Das jüngste Shetlandpony sank etwas tiefer in den Sessel. Touché.

Mr. Kennedy räusperte sich, und ich konnte mir fast einbilden, dass er mir zuzwinkerte. »Das ist mein Sohn Ted«, sagte er und bedeutete dem jungen Mann neben ihm, aufzustehen. Ted nickte mir höflich zu.

»Und ich bin Bobby.« Jacks gut aussehender mittlerer Bruder sprach energischer als die anderen, als sei er es gewohnt, übersehen zu werden. Er hätte als Jacks Zwilling durchgehen können; zwar waren seine Augen eisblau statt graugrün, und er war etwas kleiner, doch er hatte eine ähnlich starke Präsenz wie sein Bruder.

Jack deutete auf eine hübsche Frau mit einem braunen Bob und markanten Zähnen, die neben Bobby saß. »Diese Heilige hier ist Ethel, die auf dem besten Weg ist, eine ganze Fußballmannschaft zur Welt zu bringen. Sie hat mir schon einen Neffen und eine Nichte geschenkt und wird bald ein weiteres Kind bekommen. Ich werde nie verstehen, wie sie es mit diesem Strolch aushält.«

Bobby warf sich in die Brust wie ein Gockel bei Sonnenaufgang, und Ethel wandte sich an mich. »Wolltest du schon immer eine Debütantin sein, Jackie?«

»Ehrlich gesagt wollte ich als Kind Ballerina werden«, antwortete ich mit einem schiefen Grinsen.

Ethels Blick fiel auf meine Keilabsätze. »Mit solchen Füßen hättest du lieber Fußball spielen sollen. Du fügst dich gut ein bei den Kennedys, die jeden Sport lieben, bei dem man hinter einem Ball herrennt.«

Anscheinend nahm Ethel kein Blatt vor den Mund, und ich musste mich zusammennehmen, mir nicht anmerken zu lassen, dass ich mich gelegentlich für meine großen Füße schämte. Wahrlich eine Heilige …

Vielleicht um das Gespräch von seiner Frau abzulenken, wandte sich Bobby mir zu. »Nun, Jackie, ich bin froh, dass mein Bruder meinen Rat beherzigt und dafür gesorgt hat, dass kein anderer dich ihm wegschnappt. Dad und ich waren uns einig, dass du die perfekte Frau für einen Senator bist: Schön, elegant, mit einem Studium an der Sorbonne und am Vassar College … Und du bist bereit, dich mit Jack abzugeben.« Er lachte. »Er hätte dich schon beim ersten Date heiraten sollen.«

Ich starrte ihn fassungslos an. Hatte Jack sich etwa nur für mich entschieden, weil ich ihm helfen sollte, Wahlen zu gewinnen?

Nein, er liebt mich. Da bin ich mir sicher.

»Das sind ziemlich hohe Erwartungen, denen ich gerecht werden muss.« Ich räusperte mich, unsicher, was ich davon halten sollte, dass die Kennedy-Männer über mich gesprochen hatten, als wäre ich Teil einer Kampfstrategie. »Ich hoffe, ich enttäusche euch nicht.«

»Mit Jacks Energie und deiner Eleganz werdet ihr zusammen unaufhaltsam sein.« Bobby hob die Hände und rahmte uns ein, als wolle er ein Foto von uns machen. »Dieses Land ist die öden Roosevelts und Eisenhowers leid, und ich kann mir euch beide gut auf dem Titelblatt von *Life* oder *Time* vorstellen.«

Jack hatte prophezeit, dass ich seinen Bruder entweder lieben oder hassen würde und dass viele Leute ihn für einen arroganten Schnösel aus reicher Familie hielten. Bisher mochte ich Bobby mit seiner offenen Art und seinem aufrichtigen Lächeln. Und dennoch …

Ist Politik alles, woran die Kennedy-Männer denken?, fragte ich mich im Stillen.

Schon bald würde ich herausfinden, dass dem tatsächlich so war, mit sehr wenigen Ausnahmen.

Rose klatschte in die Hände. »Wir haben einen straffen Zeitplan, und die Fotografen warten schon. Eunice, hilf Jackie, etwas Passenderes zum Anziehen zu finden.«

Ich sah auf mein weißes Sommerkleid und meine Perlenkette hinunter – so ungern ich es zugab, für einen Fototermin auf einem Segelboot war meine Kleidung wirklich nicht geeignet. Als Eunice mir bedeutete, ihr zu folgen, sah ich zögernd zu Jack, aber er war in eine Diskussion mit seinem Vater vertieft. Da ich die Wörter *Korea* und *Panmunjom-Erklärung* aufschnappte, würde er so bald sicher nicht wieder auftauchen.

Du bist auf dich allein gestellt, Jackie. Die ganze Familie – und wahrscheinlich sogar Jack – stellt dich auf die Probe.

»Sie ist ganz hübsch«, sagte eine der anderen Schwestern hinter meinem Rücken, gerade laut genug, dass ich sie hören konnte.

»Für eine Debütantin von vorgestern«, flüsterte die dritte. »1947 ist schon lange her.«

Ich zwang mich, meinen Ärger hinunterzuschlucken, und glättete mein Gesicht zu einer Maske aus Marmor, während ich Eunice folgte und das ärmellose Gingham-Shirt und die weichen Baumwoll-Shorts entgegennahm, die sie mir wortlos reichte.

Zu meiner eigenen Überraschung gefiel es mir, fotografiert zu werden. Das Kamerateam von *Life* fing im Haus an mit inszenierten Schnappschüssen von mir, wie ich mir die Familienporträts der Kennedys und die Fotos von Mr. Kennedy als Botschafter mit allen möglichen Berühmtheiten ansah. Möglicherweise würden eines Tages Bilder von Jack mit Königen und Premierministern diese Wand zieren. Auf wie vielen davon würde ich wohl an seiner Seite sein?

»Es ist Zeit, draußen weiterzumachen«, befahl Rose den Fotografen. »Wir waren schon immer eine sehr aktive Familie. Jackie kann bestimmt mithalten.«

Mit meinen Fußball-Füßen? Aber sicher doch.

Später warfen Jack und ich uns auf dem Rasen einen Football zu und testeten anschließend meine Softball-Fähigkeiten. Mir wurde schnell klar, dass Raufereien für die Kennedys zum Sport gehörten, selbst wenn sie dabei fast eine Gehirnerschütterung riskierten. Dank meines Vaters schlug ich mich auf den meisten Spielfeldern wacker, aber ich war dennoch erleichtert, als wir Bälle und Schläger endlich wegpackten und an den Privatstrand der Kennedys gingen, um Steinchen übers Wasser hüpfen zu lassen.

»In jeder Sprache der Welt bewandert, ein wandelndes Geschichtsbuch, athletischer als meine Schwestern und noch dazu wunderschön«, murmelte Jack, während er mir den perfekten Stein reichte. »Gibt es irgendetwas, was die phantastische Jacqueline Bouvier nicht kann?«

»Ich bin furchtbar schlecht im Häkeln. Und frag mich gar nicht erst, ob ich singen kann.«

Er beugte sich näher zu mir, als wolle er mir einen Witz erzählen, und plötzlich war uns beiden sehr bewusst, dass uns alle beobachteten. »Du hast ja keine Ahnung, wie sehr ich mir gerade wünsche, ich könnte dich küssen.«

Für die Kamera setzte ich ein verschmitztes Grinsen auf, auch wenn ich innerlich dahinschmolz. Allein beim Gedanken, von Jack geküsst zu werden, bekam ich weiche Knie. »Darauf komme ich später gern zurück.«

Versprochen?, schien seine hochgezogene Augenbraue zu fragen.

Worauf ich ihm mit einem neckischen Stoß in die Rippen antwortete. *Darauf kannst du dich verlassen.*

Ich genoss es, mit ihm plötzlich in unserer eigenen Geheimsprache zu kommunizieren – als wären wir füreinander bestimmt. Als er mich angrinste, hörte ich beinahe seine Stimme im Kopf. *Ich kann es kaum erwarten.*

Das Fotografieren im Garten machte Spaß, aber noch viel besser gefiel es mir, den Rest der Kennedys am Ufer zurückzulassen und Jack dabei zuzusehen, wie er sich mühelos auf einem Segelboot zurechtfand. Auch er hatte sich umgezogen, trug jetzt Khakishorts und ein weißes Hemd mit aufgeknöpftem Kragen. So unbeschwert hatte ich ihn selten erlebt.

»Also, Jackie«, begann der Reporter, als wir über die Wellen glitten. Die steife Meeresbrise zerzauste uns die Haare, während die Fotografen ein Bild nach dem anderen schossen. »Wie fühlt es sich an, mit dem attraktivsten jungen Mitglied des US-Senats verlobt zu sein?«

Ich sah den Mann an, den ich heiraten würde. Genau wie ich strahlte er übers ganze Gesicht, und ich wünschte, dieser Nachmittag würde nie enden – am liebsten hätte ich diesen Moment für immer festgehalten. »Bisher war es ein phantastisches Abenteuer!«

Als wir zurückkamen, spielte der Rest der Familie noch die Partie Football zu Ende, und auf einmal waren Jack und ich allein im Speisezimmer. Mein Magen knurrte, denn aus der Küche wehte der zarte Duft der berühmten Kennedy-Fischsuppe zu uns herein. Ohne nachzudenken beugte ich mich zu Jack, der sich bereits an den Tisch gesetzt hatte, und zerzauste ihm die

Haare. Erst als ich das Klicken von Kameras hörte, wurde mir klar, dass immer noch Leute von *Life* da waren.

»Das ist mein Lieblingsbild«, verkündete der Fotograf grinsend und zog eine Visitenkarte aus seiner Jackentasche. »Sie sind beide so fotogen; wenden Sie sich gerne an mich, wenn Sie noch Ideen für einen Artikel haben.«

Kurz überlegte ich, die Karte in den Müll zu werfen, steckte sie dann aber doch in meine Brieftasche. Man wusste nie, wann ein netter Journalist einmal nützlich sein könnte.

Ich sah auf den Rasen hinaus, wo Bobby gerade einen Touchdown erzielt hatte und einen Siegestanz aufführte, und bestaunte die Vitalität der Kennedys. Ihre geballte irische Energie zu beobachten ermüdete mich, aber es gefiel mir, wie stark sie sich von meiner eigenen, eher zurückhaltenden Familie unterschieden.

Rose kam zu mir ans Fenster. So leise, dass ich sie nur mit Mühe verstand, begann sie zu erzählen: »Ich habe zwei Kinder bei Flugzeugabstürzen verloren, Jacqueline. Ein weiteres wurde entmündigt und in eine psychiatrische Anstalt gesteckt. Jetzt ist Jack unser Ältester – unser Goldjunge, wie sein Vater ihn nennt.« Ihr Blick schweifte keine Sekunde von ihren Söhnen ab, die um den Ball rangelten, inzwischen mischte auch Jack mit. »Er braucht eine Frau – ein anständiges katholisches Mädchen, das mit beiden Füßen im Leben steht –, die ihn davon abhält, sich völlig zu verausgaben, und die ihm hilft, sich nicht zu überschätzen, so hoch er auch hinauswill.« Sie verschränkte die Arme vor der Brust und blickte mich an. »Bist du diese Frau, Jackie?«

Sie hatte die Lippen aufeinandergepresst, in ihren Augen sah ich ein sorgenvolles Glitzern und begriff, dass Rose Kennedy schreckliche Angst hatte, noch ein Kind zu verlieren. Also schluckte ich meine Wut über ihre sehr direkte Frage hinunter und rief mir in Erinnerung, dass sie mich nicht verletzen wollte, sondern ihren Sohn beschützte – wie es jede Mutter getan hätte.

Ich holte tief Luft, um mich zu beruhigen, während ich zusah, wie Jack sich den Ball schnappte und im Dämmerlicht auf das provisorische Tor zurannte. »Jack kann auf sich selbst aufpassen«, antwortete ich. »Ich liebe ihn, und er liebt mich. Das ist alles, was zählt.«

»Und du glaubst, das reicht?«

»Ja.« Ich berührte ihren Ellbogen als Zeichen meiner Solidarität. »Das tue ich.«

Zu meiner Erleichterung stolperte der Rest des Clans genau in diesem Moment mit roten Gesichtern und völlig verschwitzt in den Speisesaal. Rose klatschte in die Hände, beorderte uns an den Tisch, und ein Bediensteter schöpfte die Fischsuppe aus einer gigantischen silbernen Terrine in die bereitstehenden Schüsseln. »Ich nehme an, du hast deinen Job beim *Washington Times-Herald* gekündigt?«, fragte Rose, während sie die Serviette auf dem Schoß ausbreitete. »Journalismus ist schrecklich ordinär für ein gebildetes Mädchen. Meinst du nicht auch, Jack?«

Als Jack nicht antwortete und sich stattdessen weiter mit Bobby unterhielt, hätte ich ihm am liebsten die Suppenkelle über den Schädel gezogen. Bis er in meine Richtung sah. Und mir zuzwinkerte.

Er lässt mich meine Kämpfe selbst ausfechten. Er vertraut darauf, dass ich mich behaupten kann, selbst gegen seine Mutter.

Ich aß einen Löffel voll Suppe, in der man das ganze Aroma des Atlantiks schmeckte, tupfte mir die Lippen mit der gestärkten Serviette ab und antwortete: »Nein, ich habe vor, bis zur

Hochzeit weiterzuarbeiten.« Ein Teil von mir wünschte, ich könnte auch danach noch als Journalistin arbeiten, aber so etwas war nicht üblich. »Meiner Stelle beim *Times-Herald* habe ich viele wundervolle Reisen zu verdanken.«

In Wahrheit würde ich es vermissen, meine Arbeit gedruckt zu sehen. Der *Times-Herald* hatte meine Skizzen von Elizabeths Krönung mindestens dreimal auf der Titelseite gebracht, und ich hatte ein Sammelalbum all meiner Artikel angelegt, darunter auch die Interviews mit Eisenhowers Nichte und dem jungen Pagen im Senat.

Später zog mich Jack ins leere Wohnzimmer, nahm meine Hand und küsste sie. »Ich erfülle dir jeden Wunsch, bringe dich zum Mond und wieder zurück, wenn du es dir wünschst, Jackie. Du musst es mir nur sagen.«

»Dann hast du also doch zugehört.«

»Wie immer, ja.« Er drückte meine Hand an seine Wange. »Ich hole unsere Mäntel.«

Während ich wartete, studierte ich die Familienbilder an der Wand, als Bobby in der Tür erschien. »Darf ich reinkommen?«

»Natürlich.«

Er öffnete eine Flasche Budweiser und steckte den Kronkorken in die Hosentasche. »Du hast Mumm, Jackie, und du bist ein gutes katholisches Mädchen, das meine beiden Eltern für sich gewonnen hat – was an sich schon ein Riesenerfolg ist«, meinte er und trank einen großen Schluck. »Ich hoffe, du weißt, worauf du dich einlässt, wenn du Jack heiratest.«

Verwundert zog ich die Stirn kraus. »Ich heirate den Mann, den ich liebe.«

Er lächelte wehmütig. »Ich habe meinen Bruder noch nie so verliebt erlebt. Versteh mich nicht falsch, ich denke, du bist genau das, was er braucht, aber du solltest wissen, was für ein Mann er war, bevor er dich kennengelernt hat.«

Noch ein Test. Dabei war der Tag voll davon gewesen.

»Ich weiß von den Frauen«, sagte ich. »Aber so ist Jack nicht, zumindest nicht mehr.«

Es gab mir zu denken, dass Bobby, der unsere Verlobung so enthusiastisch befürwortet hatte, jetzt versuchte, mich vor den Fehlern seines Bruders zu warnen. Doch ich fing an zu glauben – oder zumindest zu hoffen –, dass Jack, seit er sich in mich verliebt hatte, nicht mehr der Mann war, vor dem ich mich Bobbys Ansicht nach in Acht nehmen musste.

»Sag nicht, ich hätte dich nicht gewarnt.«

In diesem Moment erschien Jack mit meinem Mantel. »Worüber redet ihr denn, dass ihr plötzlich so ernst ausseht?«

Bobby machte ein unschuldiges Gesicht. »Oh, du weißt schon, Familienangelegenheiten und den Wert des Dollar.«

Jack musterte ihn argwöhnisch, während er mir in den Mantel half. »Wirklich? Den Wert des Dollar?«

Bobby lachte und rieb sich den Nacken. »Na ja, vielleicht habe ich auch mit deiner Verlobten gewettet, dass sie bestimmt bald einsieht, wie unerträglich du bist, und das Ganze abbläst.«

»Den Dollar bringst du besser am 12. September zur St. Mary's Church mit.« Auch ich musste lachen. »Wenn ich in meinem weißen Kleid vorne am Altar stehe.«

Zu meiner Überraschung schloss Bobby erst mich, dann Jack in die Arme. »Herzlichen Glückwunsch«, sagte er. »Ich freue mich wirklich sehr für euch.«

»Jack ist ein Prachtkerl, aber er hat Glück, so ein reizendes Mädchen zu heiraten«, sagte Mr. Kennedy, als er mich zum Abschied umarmte. »Wir sehen uns bei der Hochzeit, Kiddo.«

Ich setzte ein strahlendes Lächeln auf, nahm Jacks Hand und warf einen verstohlenen Blick zu Bobby. »Ja, genau.«

Ich würde mich dieser Herausforderung stellen und auch allen weiteren, die mir diese Familie zumutete.

Denn die Kennedys gaben sich zwar nie mit dem Zweitbesten zufrieden, aber sie würden bald etwas über mich lernen.

Auch ich war dazu nicht bereit.

Lee, meine Trauzeugin, richtete meinen zart bestickten Spitzenschleier, den unsere Großmutter einst getragen hatte, während die anderen Brautjungfern um uns herum wie Gänse schnatterten. »Du bist die hübscheste Braut, die ich je gesehen habe«, sagte Lee. »Außer mir natürlich. Aber im Gesellschaftsteil der Zeitungen wird man dein Kleid bestimmt als zeitlos bezeichnen.«

Ich verdrehte die Augen. Die brandneue, glänzende Perlenkette um meinen Hals gefiel mir ausgesprochen gut, und der antike Schleier war akzeptabel, aber ich hasste – nein, ich verabscheute – das elfenbeinfarbene Brautkleid aus Seidentaft, das ich mir von meiner Mutter hatte aufzwingen lassen, mit Porträt-Ausschnitt und eng anliegendem Oberteil, das meine flache Brust betonte. Selbst der Rock war hässlich, besetzt mit großen kreisförmigen Taftbiesen, die sich um den ganzen Rock zogen und besser auf eine Wohnzimmergardine gepasst hätten.

Ich warf meine behandschuhten Hände in die Luft. »Zeitlos, *mon cul*«, rief ich aus, sah mich jedoch rasch um, ob jemand mich gehört hatte. Meines Erachtens war es in Ordnung zu fluchen, nur nicht in der Öffentlichkeit. Und wenn man es auf Französisch tat, zählte es ohnehin nicht. »Ich sehe aus wie ein Lampenschirm.«

Lee erstickte fast vor Lachen. »Ein sehr teurer Lampenschirm.«

Mein Magen rumorte vor Aufregung. Nachdenklich strich ich über das mit Diamanten und Perlen besetzte Armband, das mir Jack heute Morgen geschickt hatte. In das Weißgold waren winzige Schiffstaue eingraviert, die mich an seine Liebe zum Segeln erinnerten. Der Tag hatte hell und windig begonnen, und die imposanten Steinmauern der St. Mary's Church vibrierten förmlich vor gespannter Erwartung der achthundert Gäste, die sich in dem Heiligtum drängten. Ich straffte die Schultern und umfasste den Strauß rosafarbener Orchideen und Gardenien fester, damit meine Hände aufhörten zu zittern.

Nur noch ein Lied bis zu Mendelssohns »Hochzeitsmarsch« …

»Du wirst mit Jack glücklich werden«, flüsterte Lee, kaute dabei aber nervös auf der Unterlippe. Mein Herz setzte einen Schlag aus.

»Was ist los?«

»Mutter hat es dir nicht gesagt, oder?« Lee versuchte mich abzulenken, indem sie mein Lieblingsparfüm – *Joy* von Jean Patou – in die Luft sprühte und mir mit ihrem spitzen Kinn bedeutete, durch den dekadenten, nach Rosen und Jasmin duftenden Nebel zu schreiten.

»Mir was gesagt?«

»Daddy kann dich nicht zum Altar führen.«

Zwar war es eine Erleichterung, dass Jack nichts zugestoßen war, aber ich konnte nicht fassen, dass mein Vater – auch wenn er ein Schuft war – an diesem bedeutenden Tag nicht an meiner Seite sein und mich auf dem Weg zum Altar mit seinen Witzen ablenken würde. »Was? Warum?«

Hinter mir ertönte ein Räuspern. Mutter. »Weil dein nichtsnutziger Vater sich letzte Nacht besinnungslos gesoffen hat, nachdem ich ihm mitgeteilt habe, dass er zu dem Probeessen im Clambake Club nicht eingeladen ist.«

Deshalb war mein Vater also gestern nicht da gewesen. Mutter war schon immer extrem nachtragend gewesen, aber an meinem Hochzeitstag? »Mummy …«

Sie unterbrach mich mit erhobener Hand. »Black Jack Bouvier hat die ganze Nacht Scotch in sich hineingeschüttet und wird vor morgen ganz sicher nicht wieder in Form sein. Momentan schläft er in seinem Zimmer im Hotel Viking nämlich noch seinen Rausch aus.«

»Wahrscheinlich hat er sich betrunken, weil er einsam war und sich elend gefühlt hat«, erwiderte Lee, und ich stimmte ihr zu. »Das ist nicht seine Schuld.«

»Hört auf, das Verhalten dieses Mannes zu entschuldigen.« Mutter rieb sich die Nasenwurzel, und ich konnte mir vorstellen, wie viel Willenskraft es erforderte, sich nicht über das Trinken und Fremdgehen zu echauffieren, das zur skandalösen Scheidung der beiden geführt hatte. Obwohl sie mich vor Jack gewarnt hatte, hatte sie uns letztlich doch ihren Segen gegeben. Und auch jetzt seufzte sie nur tief und meinte abschließend: »Hughdie wird dich an seiner Stelle zum Altar führen.«

Ich versuchte, mir meine Enttäuschung nicht anmerken zu lassen. Hughdie war ein netter, sanfter Mann mit einem süßen Stottern, aber ich sehnte mich dennoch nach meinem draufgängerischen Vater, der so oft unerwartet im Studentenwohnheim aufgetaucht war, um mir Zeitschriften oder Zimmerpflanzen zu bringen. Allerdings hatte Hughdie auch nicht, als ich zehn Jahre alt war, am Elternsprechtag der Miss Porter's School vor mir damit angegeben, mit sämtlichen Müttern meiner Freundinnen im Bett gewesen zu sein.

Alle Männer sind Schweine.

Gott im Himmel, ich würde sterben, sollten Jack und ich wie meine Eltern enden. *Aber das wird nicht passieren*, sagte ich mir – ein Satz, der immer mehr zu meinem persönlichen Mantra wurde. *Denn Jack ist kein Schwein. Und ich bin nicht meine Mutter.*

Meine Schwester bemerkte meinen inneren Aufruhr, als der Organist die ersten klangvollen Akkorde des »Hochzeitsmarschs« anschlug.

»Dein Einsatz, Jacks.« Lee fasste mich an den Schultern und drehte mich zum Altarraum um, als wäre sie die ältere, erfahrenere Schwester. »Lass deinen schönen Prinzen nicht auf seine Prinzessin warten.«

Ihre Worte waren wie Musik in meinen Ohren. Ich atmete den Duft des Blumenstraußes tief ein, um meine Nerven zu beruhigen, und ergriff Hughdies Arm, während die Brautjungfern in Position gingen.

Mein Herz pochte wild, als die Türen aufschwangen und die unzähligen versammelten Stars, Diplomaten und politischen Strippenzieher sich gleichzeitig mit erwartungsvollen Gesichtern zu mir umwandten. Mein Blick fiel auf Jack, der am Altar auf mich wartete, und verharrte dort, bis die Orgelmusik verklang und wir beide plötzlich allein zu sein schienen. In dem kürzlich erschienenen Artikel in *Life* stand, Jack sei wie jeder andere verliebte junge Mann, aber das stimmte nicht – Jack könnte niemals gewöhnlich sein. Heute, in seinem Cutaway mit gestreifter Hose, im regenbogenbunten Sonnenlicht, das durch die Buntglasfenster fiel, hätte er jeden König überstrahlt. Ich konnte den Blick nicht von ihm losreißen, während ich neben meinem Stiefvater über den weißen Satinläufer zum Altar schritt, vorbei an mit Ranken und Orchideen reich geschmückten Säulen.

Unter den Männern an Jacks Seite entdeckte ich Bobby mit einem breiten Grinsen im Gesicht, einen Dollarschein deutlich sichtbar in der Jacketttasche. *Du hast gewonnen.* Ich verstand seine stumme Botschaft sofort.

Um ein Haar hätte ich gelacht.

Ich war keine stramme Katholikin – obwohl Mutter dafür gesorgt hatte, dass Lee und ich in unserer Kindheit jeden Sonntag in die Kirche gegangen waren und dreimal die Woche freiwillig im Frauenkloster Helper of the Holy Souls gearbeitet hatten –, aber ich hatte keinen Zweifel daran, dass Gott Jack und mich aus einem guten Grund zusammengeführt hatte. Auch wenn niemand wissen konnte, wie sich unser gemeinsames Leben entwickeln würde, standen wir noch ganz am Anfang unserer Geschichte – ein wunderschönes unbeschriebenes Blatt.

Mein Herz schlug höher, als Jack meine Hände ergriff und der Erzbischof die Messe mit einem besonderen Segen von Papst Pius XII. begann.

Kann das wirklich wahr sein?

Als Antwort auf meine lautlose Frage zog Jack die Augenbrauen hoch und sah mich mit fröhlich glitzernden Augen an, als wolle er sagen: *Aber klar doch. Warum denn nicht?*

Ich hatte mir gewünscht, dass jemand Feuer in mein Leben brachte, und Jack Kennedy würde dieses Feuer anfachen. Ein Mann wie er war imstande, einen Ausflug in die Hölle in einen Spaziergang zu verwandeln, und gemeinsam würden wir Großes erreichen.

Zusammen lauschten wir dem Segen und wiederholten unsere Gelübde, Jack mutig und selbstsicher, ich mit so zittriger Stimme, dass es mir zweifelhaft erschien, ob mich auch nur die Leute in der ersten Reihe hören konnten – von Gott im Himmel ganz zu schweigen. Schließlich bedeutete uns der Erzbischof, uns den versammelten Gästen zuzuwenden.

»In dieser Zeremonie haben John und Jacqueline in unserem Beisein geschworen, einander treu zu sein und einander zu lieben, und sind den heiligen Bund der Ehe eingegangen. Was Gott zusammengeführt hat, das soll der Mensch nicht scheiden.« Er sah zu Jack, und sein feierlicher Gesichtsausdruck verwandelte sich in ein Lächeln. »Hiermit erkläre ich euch zu Mann und Frau. Sie dürfen die Braut küssen!«

Und das tat Jack, und ich wünschte, der Augenblick würde nie enden.

Der Tag blieb sonnig und windig, als wir uns zum Hochzeitsempfang zur Hammersmith Farm zurückzogen. Danseuse und die anderen Pferde taten ihr Möglichstes, die vierzehnhundert gatsbyesquen Gäste zu ignorieren, die sich unter den prunkvollen weißen Zelten auf dem Rasen hinter dem Haupthaus drängten, und ich tat mein Möglichstes, die Schar von Reportern in der spektakulären Ton- und Lichtschau zu ignorieren, auf die Mr. Kennedy trotz aller Einwände von Mutter und mir bestanden hatte. Doch nicht einmal das unablässige Blitzlichtgewitter konnte meine Stimmung trüben.

Wir aßen, wir lachten, wir tanzten.

Wenn dieser Tag doch nie zu Ende gehen würde!

Die letzten Töne von »I Married an Angel« waren kaum verklungen, da nahm Jack meine Hand und zog mich an der Windmühle vorbei zu dem Holzzaun am Rand des Grundstücks meiner Eltern. Wir kicherten beide, als hätten wir zu viel

Hochzeitspunsch intus. Jack setzte an, etwas zu sagen, schien es sich dann aber anders zu überlegen.

»Was ist los?«, fragte ich und ignorierte den Reporter, der uns gefolgt war, und das blitzschnelle Klicken seiner Kamera, die den Moment für die Ewigkeit festhielt.

Jack schüttelte den Kopf. »Ich dachte nur gerade, dass ich wirklich einen Engel geheiratet habe. Du bist meine *raison d'être*.« Mein überraschtes Gesicht brachte ihn zum Lachen. »War das richtig? Ich habe Bobby gebeten, das für mich nachzuschlagen, und so wahr mir Gott helfe, wenn er mir beigebracht hat zu sagen, dass du eine runzlige Rosine bist …«

Ich drückte ihm einen Finger an die Lippen und nickte. Plötzlich hatte ich einen dicken Kloß im Haus. »Das stimmt genau«, flüsterte ich. »Und es ist perfekt.«

Du bist mein Lebensinhalt.

Das hatte Jack tatsächlich gesagt. Zu mir.

Jack drückte meine Hand an sein Herz. »Ich bin nicht annähernd perfekt, Jackie, aber ich hoffe, dass ich dich glücklich machen kann und all unsere Träume wahr werden.«

Träume.

Ich wertete seine Worte als Zeichen des Himmels. Lächelnd drückte ich ihm ein Stück cremefarbenes Pergament in die Hand. »Dein Hochzeitsgeschenk. Es ist nicht so elegant wie deins« – ich hob mein Handgelenk mit dem wunderschönen Armband, das er mir geschenkt hatte – »aber jedes Wort kommt von Herzen.«

Er faltete das Papier auseinander, und ich sah ihm nervös beim Lesen zu – ich hatte wochenlang an dem Gedicht gefeilt und mir über jede Zeile den Kopf zerbrochen. Als er meinen Lieblingsteil daraus laut vorlas, wurde mir heiß vor Glück.

In Massachusetts träumt Jack Kennedy unterdessen
beim Spaziergang am Strand von Cape Cod unbeirrt
von allem, was er einst erreichen wird.
Auf einem grünen Rasen steht sein weißes Haus …

Die Worte verklangen, doch dann wiederholte er den letzten Vers wie in Trance. »Auf einem grünen Rasen steht sein weißes Haus …«

»Du wirst so viel Wundervolles bewirken«, flüsterte ich und berührte seine Nase mit meiner. »Und ich werde die ganze Zeit an deiner Seite sein.«

Denn das war sein Traum. Und jetzt auch meiner.

Kapitel Drei

September 1953

Ich genoss unsere Flitterwochen, ein paar wundervolle Tage, die wir in einer hübschen rosafarbenen Villa auf roten Lehmklippen mit Blick aufs Meer von Acapulco verbrachten. Ich kannte das Haus noch von früher, denn als kleines Mädchen war ich mit Mutter und Hughdie dort gewesen. Als ich Mr. Kennedy gegenüber erwähnte, wie sehr ich es geliebt hatte, machte er die Villa ausfindig und arrangierte mit dem Besitzer – einem ehemaligen Präsidenten von Mexiko –, es an uns zu vermieten. Zum ersten Mal bekam ich eine Ahnung davon, wie es war, zur Familie Kennedy zu gehören und ein unerschöpfliches Vermögen zu besitzen, das jede verschlossene Tür aufstoßen konnte. Tagsüber sonnten Jack und ich uns am Strand, und Jack spornte auch mich mit seiner grenzenlosen Energie an, Wasserski zu fahren.

Und die Nächte …

Jede Nacht erwiesen wir einander unsere Ehrerbietung, und ich gab Jack kichernd den Spitznamen »Bunny«, weil er so gierig und ausdauernd war.

»Das ist nicht gerade ein maskuliner Name«, knurrte er eines Nachts im Dunkeln. »Ich weiß nicht, wie ich das finde.«

»Zu spät.« Mein Lachen ging in ein lustvolles Stöhnen über, als er sich der Innenseite meines Schenkels widmete. »Aber ich schwöre, es wird unser Geheimnis bleiben.«

Leider konnten wir nur eine Woche bleiben, dann mussten wir unser sonnengetränktes Paradies schon wieder verlassen und in die Realität zurückkehren. Als Erstes stand ein Stierkampf in Mexiko auf dem Programm, von dort ging es weiter nach Kalifornien, wo anscheinend jeder es darauf abgesehen hatte, einen Teil von Jacks Zeit für sich zu beanspruchen.

»Wohin gehst du?«, fragte ich Jack an unserem letzten Tag am Swimmingpool des Beverly House – der Villa, die einst dem Medienmogul William Randolph Hearst gehört hatte. Seit unserer Ankunft in Kalifornien hatte ich Jack kaum einmal für mich allein gehabt, denn die meiste Zeit waren wir umgeben von seinen alten Schiffskameraden, die er gleich nach unserer Ankunft angerufen hatte. Ich hatte das Gefühl, als halte er seit der Hochzeit etwas unter Verschluss – als müsse er einen essenziellen Teil seiner selbst vor mir verbergen.

Und das hasste ich. Verabscheute es mit jeder Faser meines Wesens.

»Wir wollen zu einem Football-Spiel.« Er schlüpfte in seinen Pullover, fuhr sich mit der Hand durch die Haare und zerzauste sie auf seine typische Art, die ich so mochte. »Keine Sorge, ich habe eine der Frauen gebeten, dich ein bisschen rumzuführen. Versuch, dir nicht zu viel Ärger einzuhandeln.«

Ich zögerte. Welche Jackie sollte darauf antworten? Die Freidenkerin, um die er geworben hatte, oder die Einst-Studentin-nun-perfekte-Ehefrau? *Keine von beiden.* Letztlich gewann die enttäuschte Ehefrau die Oberhand, denn obwohl ich nicht zickig erscheinen wollte, konnte ich meinen Ärger nicht ganz verbergen. »Das ist unser letzter Tag, Jack.«

»Wir haben noch unser gesamtes gemeinsames Leben vor uns«, erwiderte er leichthin und steckte seinen Schlüssel in die

Tasche. »Aber ich habe kaum einmal Gelegenheit, mit meinen Freunden aus dem Krieg zum Football zu gehen.«

Verwandelte ich mich etwa schon in eine dieser nörgelnden Ehefrauen – wie meine Mutter?

Ich unterdrückte ein Schaudern. Nein, ich war Jacqueline Bouvier Kennedy, und ich hatte noch nie einen Mann gebraucht, um Spaß zu haben. *Nom de Dieu*, ich würde jetzt nicht damit anfangen.

Also verdrängte ich die enttäuschte Ehefrau und zwang die Freidenkerin, ein gewinnendes Lächeln aufzusetzen und Jack die Wange für einen Kuss hinzuhalten. »Versuch, mich nicht zu sehr zu vermissen.«

»Unmöglich.« Zu meiner Überraschung küsste mich Jack jedoch auf den Mund. Er schmeckte so gut nach Erdbeeren und Champagner – unserem Frühstück –, dass ich am liebsten gleich wieder mit ihm ins Bett zurückgekehrt wäre.

Doch stattdessen ertönte von draußen das laute Hupen, das die Ankunft von Jacks Freunden verkündete. Als Jack sich von mir löste, hielt ich den Atem an und hoffte inständig, dass er es sich vielleicht doch anders überlegen und bei mir bleiben würde.

Aber er schlüpfte eilig in seine schwarze Sportjacke. »Wir sehen uns heute Abend, Kid.«

Selbst sein neuer Kosename für mich – »Kid«, so ähnlich wie der seines Vaters – erinnerte mich daran, dass mein Mann bereits ein ganzes Leben ohne mich geführt hatte und mir im Vergleich zu ihm eine Dekade an Erfahrung fehlte.

Aber morgen sind wir wieder in Washington, im Senat und bei unseren Familien …

Seine Familie. Jack hatte vorgeschlagen, wir könnten nach unserer Rückkehr dort einziehen.

Mon Dieu …

»Ich werde ein paar Leute anrufen und mich nach einem Haus umhören, das wir mieten können«, erklärte ich, stand auf und zog den Reißverschluss seiner Jacke zu. Dabei strichen meine Finger beiläufig über sein Schlüsselbein. Allein die Vorstellung, ein paar Wochen bei seinen Eltern zu wohnen und nicht die Chance zu haben, die Zeit als Frischvermählte voll auszukosten, war mir zuwider.

»Ich bin sicher, du wirst das perfekte Haus für uns finden«, sagte Jack.

Zum Teufel mit der Perfektion, dachte ich, während ich ihm nachsah. Zwar hätte ich nichts dagegen gehabt, mit Jacks Vater zusammenzuwohnen, aber ich wäre eher bereit gewesen, in Poes Haus Usher zu leben als bei Rose und ihren spitzzüngigen Töchtern.

Tatsächlich fand ich ein perfektes Miethaus in Georgetown, doch es war leider erst nach Neujahr verfügbar. Und das hieß, dass wir Weihnachten mit Jacks Familie in Palm Beach verbringen würden.

Gott steh mir bei.

»Da sind wir«, sagte Jack, als wir in die Einfahrt einbogen. »La Guerida.«

Die für diese Jahreszeit ungewöhnlich schwüle Luft in Florida weckte in mir den Drang, erneut unter die Dusche zu gehen, obwohl es noch früh am Tag war. Ich warf einen kritischen Blick auf die spanisch anmutende Villa der Kennedys. Ich war froh, dass ich meine Sonnenbrille trug, denn beim Anblick des protzigen Gebäudes mit seiner von der Fassade abblätternden

Farbe hatte ich Angst, eine Augenentzündung zu bekommen. Doch Jack hatte schöne Erinnerungen an diesen Ort, und mit etwas Glück würden wir auf dieser Reise auch eigene schöne Erinnerungen erschaffen.

Jack öffnete die Autotür für mich, und sein Daumen strich auf so sinnliche Art über mein Handgelenk, dass ich sein schmerzverzerrtes Gesicht fast nicht bemerkt hätte.

»Alles in Ordnung?«, erkundigte ich mich besorgt.

»Ja, alles bestens.« Er rieb sich den unteren Rücken, und ich fragte mich, ob seine Rastlosigkeit von seiner alten Verletzung herrührte. »Der Flug hat sich ungewöhnlich lang angefühlt.«

Ich ließ meine Hände unter seine Jacke gleiten und massierte mit dem Daumen die Muskeln an der Basis der Wirbelsäule und wünschte mir, sein Hemd wäre mir nicht im Weg. »Aber jetzt sind wir hier.«

»Willkommen im Paradies«, murmelte er und küsste mich auf die Nase. »Unser zweites Zuhause.«

Wir schlenderten über den weitläufigen, von Palmen umsäumten Rasen, und Jack zeigte mir den Tennisplatz und den türkisfarbenen Swimmingpool. »Unser Zimmer ist dort drüben.« Er wies auf einen Raum im Erdgeschoss, dessen Glastüren auf den gigantischen Tennisplatz führten. Nicht viel Privatsphäre, aber mir wurde langsam klar, dass die Kennedys wie ein offenes Buch waren, zumindest untereinander.

»Jack!« Rose Kennedys durchdringende Stimme ließ mich zusammenzucken, und als ich mich umwandte, sah ich sie über den ordentlich mit Steinplatten ausgelegten Gartenweg auf uns zukommen. »Wir haben euch schon vor einer halben Stunde erwartet. Hast du den Zeitplan, den ich dir geschickt habe, nicht bekommen?«

»Unser Flugzeug hatte Verspätung«, antwortete Jack achselzuckend.

In Wahrheit hatte er bewusst die landschaftlich schönere Strecke zu seinen Eltern genommen und mir auf der Fahrt jede Palme und jedes Sandkorn gezeigt, daher wusste ich, dass er den Zeitplan sehr wohl gesehen hatte.

Rose schürzte abfällig die Lippen. »Du siehst dünn aus«, sagte sie zu ihrem Sohn.

Jack blinzelte verwundert, als würde sich seine Mutter sonst nie über sein Befinden äußern, doch dann setzte er ein gewinnendes Lächeln auf. »Keine Sorge, es ist nichts Ernstes. Nur Jackies Kochkünste.«

Ich knuffte ihn mit dem Ellbogen in die Rippen. »Jack macht einen Schnelllesekurs an der Georgetown University, deshalb habe ich mich für einen französischen Kochkurs eingeschrieben. Leider erinnern meine Soufflés aber eher an Crêpes.«

Zu meiner Überraschung hatte Jack mir sogar einmal bei der Zubereitung geholfen, das Mehl abgemessen und die Eier getrennt, denn eine der besten Eigenschaften meines Mannes war seine unstillbare Neugier. Wofür auch immer ich mich interessierte – nach kürzester Zeit interessierte es ihn ebenfalls. Als ich mich für französische Möbel begeisterte, hatte Jack vor Stolz gegrinst, weil er einen Konsolentisch aus der Zeit von Ludwig XVI. erkannte, und er hatte sich meine Bücher über das 18. Jahrhundert geschnappt und noch vor mir alles über die zahlreichen Mätressen von Ludwig XV. erfahren.

So viele Männer wollten nur über sich reden. Aber Jack wollte lieber alles wissen und lernen, deshalb neckte ich ihn manchmal damit, dass ich, wenn ich ihn skizzieren sollte, ihn als einen winzigen Körper mit einem riesigen Kopf zeichnen würde.

»Verstehe.« Damit wandte sich Rose zum Gehen. »Jack«, blaffte sie noch über die Schulter, als wären wir ungehorsame Hunde, nicht ihr Sohn und ihre Schwiegertochter. »Du wirst dich von jetzt bis vier Uhr mit deinem Vater unterhalten, und anschließend werden im Hauptraum Drinks ausgeschenkt. Jackie, du wirst dich zu mir und Ethel setzen. Abendessen gibt es Punkt sieben Uhr fünfzehn. Nicht sieben Uhr sechzehn.«

Als kleinen Akt der Rebellion ließ ich mich ein Stück zurückfallen.

Noch fünfzehn Tage, dann war unser Haus in Georgetown endlich beziehbar …

Ein paar Tage später erwachte ich an einem unnatürlich warmen, sonnigen Weihnachtsmorgen mit Meeresrauschen, jedoch ohne Schneemänner, Schlitten oder Tannenbäume. Dabei sehnte ich mich so sehr danach, meinen dicksten Wollmantel anzuziehen, Danseuse zu satteln und mich in der Stille sanft fallenden Schnees zu verlieren. Stattdessen schlüpfte ich in mein festliches karmesinrotes Sommerkleid, zupfte vor dem Spiegel eine widerspenstige Locke zurecht und stellte mir vor, wie ich mit einer glänzend sandbraunen Kennedy-Mähne aussehen würde.

Jack erschien hinter mir und rieb sein Gesicht sanft an meinem Ohr. »Bereit für die Kennedy-Bescherung?«

»Eigentlich …«, setzte ich an und holte ein bunt eingewickeltes Päckchen aus dem Koffer. Ein Geschenk für Jack auszusuchen war nicht leicht gewesen, da die Kennedys offenbar keinen Wert auf Schnupftabakdosen, Fabergé-Eier oder persische Teppiche legten und stattdessen lieber Wählerstimmen kauften. Mein Geschenk war bescheiden, aber es kam von Herzen. »Kannst du meines bitte jetzt schon aufmachen?«

Er warf mir einen verwunderten Blick zu. »Willst du mich dazu bringen, die eisernen Regeln meiner Mutter zu brechen?«

»Umso mehr Grund, meinst du nicht auch?«, erwiderte ich mit einem schelmischen Grinsen.

»Deine Denkweise gefällt mir, Kid.«

Es war leicht, mir Jack als Kind am Weihnachtsmorgen vorzustellen, als er ungeduldig die silberne Schleife von seinem Geschenk zerrte.

»Wasserfarben?«, fragte er überrascht, als er es ausgepackt hatte. Ich hatte Jack einige Male dabei erwischt, wie er an den Rand seiner Senat-Unterlagen malte – meistens Segelboote –, und dieser hölzerne Farbkasten war das Beste, was man für Geld kaufen konnte, die Palette so bunt und vielfältig wie ein Regenbogen.

»Das ist meine raffinierte Art, dich dazu zu bringen, mehr als zwei Minuten stillzusitzen.« Ich biss mir auf die Lippe, als mir klar wurde, wie albern das Geschenk wirkte. »Ich dachte, wir könnten zusammen malen.«

Jack kratzte sich nachdenklich am Kinn. »Ich glaube, ich habe schon seit dem Kindergarten nicht mehr richtig gemalt. Vielleicht nicht einmal dann.«

Sie gefallen ihm nicht …

Beschämt griff ich nach dem Farbkasten. Hätte ich ihm doch nur mit Diamanten besetzte Manschettenknöpfe oder einen Jahresvorrat an kubanischen Zigarren geschenkt – irgendetwas, das einen Mann, dem es schon seit seiner Geburt an nichts fehlte, beeindruckt hätte. Neben dem Schreiben malte und zeichnete ich auch für mein Leben gern und hatte gehofft, diese Leidenschaft mit ihm zu teilen. »Ich besorge dir etwas anderes.«

Doch Jack hielt den Farbkasten außer Reichweite. »Nein, der gefällt mir«, sagte er und schlang seinen freien Arm um meine Taille. »Und ich liebe dich dafür, dass du so eine schöne Idee hattest.«

Tatsächlich liebte er das Geschenk – und mich – so sehr, dass wir zu spät zur Bescherung kamen. Roses grimmiges Gesicht war fast so köstlich wie Jacks raues Lachen, als ich ihn zum zweiten Mal zurück ins Bett gezogen hatte.

Nach unserem wunderschönen Morgen zu zweit war ich überrascht, dass ich Weihnachten mit den Kennedys tatsächlich genoss. Ich spielte Tennis mit den Rah-Rah Girls – mein heimlicher Spitzname für Jacks Schwestern, da sie sich für alles begeistern konnten außer für mich –, saß mit der ganzen Familie am Tisch und aß Honigschinken und Kartoffelgratin, die Jack beide mit so viel Salz bestreut hatte, dass ein Reh daran erstickt wäre. Da ich kein Interesse am Gespräch der Rah-Rah Girls über den neuen Marilyn-Monroe-Film *Das verflixte siebte Jahr* hatte, der demnächst in die Kinos kommen würde, wandte ich meine Aufmerksamkeit der Diskussion über Auslandsinvestitionen zu, die Jack und Bobby mit ihrem Vater führten.

»Lass dich nicht von den beiden zum Narren halten, Jackie«, sagte Mr. Kennedy lachend. »Wenn meine Söhne übers Geschäft reden, ist das, als würden Nonnen über Sex reden.«

Bobby lachte, und auch ich konnte mir ein Kichern nicht verkneifen, doch Jack stand plötzlich auf. Sein Gesicht war aschfahl.

»Setz dich, bevor du dir noch wehtust, Jack«, sagte Bobby mit einem gutmütigen Lächeln.

Jack nahm wieder Platz, bekam aber kaum einen Bissen herunter und entschuldigte sich kurz darauf. »Ich glaube, ich muss mich eine Weile hinlegen.«

Ich wollte ihm folgen, doch Bobby schüttelte heftig den Kopf. »Bleib hier und genieß das Essen, Jackie. Ich kümmere mich um ihn – seit seinem Bootsunfall ist das für mich ein alter Hut.«

Besorgt sah ich Bobby nach, der seinem Bruder nacheilte, tat aber, was er mir geraten hatte. Doch sobald nach dem Essen die Zigarren angezündet wurden und das Gespräch sich den Plänen für Neujahr zuwandte, sprang ich auf und lief in Richtung Tennisplatz. Sanftes Laternenlicht vertrieb die Dunkelheit auf unserer Terrasse, und als ich mich der Glastür näherte, hörte ich Jacks leises Flüstern.

»Es tut höllisch weh, Bobby. Schlimmer als je zuvor.«

Obwohl ich ihn nicht sah, konnte ich mir das schmerzverzerrte Gesicht meines Mannes genau vorstellen. Jack hatte mir gegenüber nie zugegeben, wie schlimm seine Schmerzen waren, aber wenn er sich so ausdrückte, musste es schlimm sein.

Warum hatte er mir nicht gesagt, wie schlecht es ihm ging?

Bobby durchquerte mit großen Schritten das Zimmer. »Warst du schon beim Arzt?«

»Er sagt, der Schaden könnte irreversibel sein«, antwortete Jack. »Die Verletzungen, die ich mir beim Football und bei dem Unfall zugezogen haben, verschlimmern sich angeblich mit der Zeit. Außerdem mache ich mir Sorgen, wie sich das auf Jackie auswirkt. Jetzt muss ich ja auch an sie denken.«

Instinktiv machte ich einen Schritt auf ihn zu, doch Bobbys nächste Worte ließen mich innehalten.

»Um Jackie brauchst du dir keine Gedanken zu machen.« Die Bettfedern quietschten, wahrscheinlich setzte Bobby sich neben seinen Bruder. »Sie wirkt sehr zart, aber sie hat ein verdammt dickes Fell, wenn sie es mit dir aushält.«

Ich lächelte. Wenigstens hatte ich einen Verbündeten unter den Kennedys.

Dennoch war es Zeit, ihr kleines Tête-à-Tête zu beenden. Auf leisen Sohlen zog ich mich ein paar Schritte zurück, dann fing ich an, »Jingle Bells« zu summen. Sofort lenkten die Brüder das Gespräch auf die Pferdestärke der neuen Jaguar-Modelle, und ich fragte mich unwillkürlich, wie viel Übung sie im Vertuschen solcher Vorfälle hatten.

Jack lag flach auf dem Rücken, als ich den Kopf zur Tür hereinsteckte, er trug noch Schuhe und hatte nicht einmal die Seidenkrawatte abgenommen. Selbst unter Schmerzen schaffte er es, gelassen zu wirken, aber mir konnte er nichts vormachen. »Ich wollte sehen, wie es dir geht.«

»Nur das Übliche«, sagte Jack. »Dass ich ein Football-Star in Harvard und ein Kriegsheld war, macht mir in meinem hohen Alter ziemlich zu schaffen.«

Seine Antwort war flapsig, aber sein Blick huschte zu seinem Bruder, als wolle er sich wegen etwas Wichtigem rückversichern. Wer wusste sonst noch, wie schlimm Jacks Schmerzen waren? Vielleicht Mr. Kennedy? Aber ich vermutete, dass die Wahrheit nicht über dieses heilige Trio hinausgelangt war.

Bis jetzt.

Ich warf Bobby einen vielsagenden Blick zu, und er räusperte sich, während ich Jacks Schuhe aufband. »Ich muss zurück zu Ethel«, sagte er. »Frohe Weihnachten, ihr zwei.«

Ich wartete, bis Bobby weg war, bevor ich mich an Jack wandte. »Wie kann ich helfen?«

»Es ist nichts, Jackie, wirklich …«

»Du hast mir gesagt, du würdest mich niemals anlügen«, unterbrach ich ihn und deutete mit einer Kopfbewegung auf die

Terrasse, während ich ihm die Schuhe auszog und sie auf den Parkettboden fallen ließ. »Ich habe dich mit Bobby reden hören.«

Ein dunkler Schatten legte sich über sein Gesicht, aber er vertrieb ihn so rasch, dass ich mich fragte, ob ich ihn mir nur eingebildet hatte. »Meine Familie hat immer gewitzelt, dass eine Mücke, die mich sticht, selbst krank wird. Es gibt nichts, was du tun kannst, und ich wollte nicht, dass du dir Sorgen machst.«

»Oh, Bunny …«

»Schhhh, leg dich einfach zu mir, Jackie. Bitte.«

Dieses *Bitte* ließ mich innehalten, denn es kam von einem Mann, der das Leben beim Schopf packte und nicht mehr losließ. Doch als ich mich jetzt an ihn schmiegte, kam er mir schwach und erschöpft vor.

Ich werde ihn nicht weiter bedrängen, sagte ich mir. *Jedenfalls nicht heute Nacht.*

In diesem Moment wusste ich, dass ich alles in meiner Macht Stehende tun würde, um Jack zu helfen. Um ihn zu heilen.

Doch ich würde mich nicht zum Narren halten lassen.

Jack bestand darauf, zur zweiten Sitzung des 83. Kongresses zu gehen, und ich war außer mir vor Sorge, als ich ihn starr wie eine Statue an seinem polierten Mahagoni-Tisch unten im Saal sitzen sah. Nur seine Familie, seine Sekretärin und ich wussten, dass ihn die Rückenstütze, die er unter seinem Anzug trug, zwang, stocksteif zu sitzen, da sein Zustand sich nach unserem Umzug in das Haus am Dent Place in Georgetown rapide verschlechtert hatte. Er würde seinen Platz nicht verlassen, bis alle anderen weg waren, denn er hatte Angst, die Nachricht, dass er auf Krücken herumlief – oder schlimmer noch, ein Foto –, würde womöglich bis zu seinen Wählern in Massachusetts durchdringen.

»Er kann sich nicht einmal bücken, um einen Stift aufzuheben«, hatte mir seine Sekretärin Evelyn Lincoln am Telefon anvertraut. »Es wird jeden Tag schlimmer.«

Aber Jack machte weiter, nahm seine ganze kolossale Willensstärke zusammen und zwang seinen Körper, seinen Befehlen zu gehorchen, wenigstens für ein paar Monate.

Bis wir eines Tages in der Sommerpause des Kongresses unsere Reise zu Bürgerkriegsschauplätzen frühzeitig abbrechen mussten. Jack hatte wie ein kleiner Junge übers ganze Gesicht gestrahlt, als er die einstigen Schlachtfelder am Bull Run und bei Spotsylvania sah, doch selbst der Anblick des grasbewachsenen Hügels, auf dem Stonewall Jackson einst die Konföderierten versammelt hatte, konnte den schmerzerfüllten Ausdruck in seinen Augen nicht vertreiben.

»Jack«, sagte ich, während ich ihm half, zum Auto zurückzuhumpeln. »Langsam mache ich mir ernsthaft Sorgen.«

»Das wird schon wieder«, stieß er zwischen zusammengebissenen Zähnen hervor. Doch der Schweißfilm, der sein gebräuntes Gesicht bedeckte, sprach eine andere Sprache.

Diesmal bestand ich darauf, dass wir zu seinen Eltern nach Cape Cod fuhren, denn ich hoffte, Jack würde sich an der frischen Seeluft erholen können.

Dann konnte er eines Nachts nicht mehr aufstehen, nicht einmal, um sich zu übergeben.

»Jetzt reicht es«, entschied ich, nachdem ich das Bett sauber gemacht hatte. »Ich bringe dich zum Arzt.«

»Ich weiß, was mit mir nicht stimmt«, fuhr er mich an. Sein Gesicht war fahler als der Mond im Januar, als er sich schwer auf die Kissen zurücksinken ließ und in einem vergeblichen Versuch, seine Schwäche zu verbergen, die Lampe ausschaltete. »Es ist nur mein verdammter Rücken, und die Addison-Krankheit flammt mal wieder auf.«

»Die Addison-Krankheit?«

»Meine Nebennieren produzieren nicht genug Cortisol. Schon immer. Was meinst du, warum ich so schnell müde werde und so viel Salz esse?«

»Du wusstest das alles?« Ich schaltete das Licht wieder ein. »Und hast mir nichts davon gesagt?«

Er zuckte zusammen. »Du bist meine Frau, Jackie, nicht meine Ärztin. Ich will nicht, dass du mich so siehst.«

»Ganz genau, ich bin deine Frau. Und ich sage, es reicht.«

Jack setzte zu einer Erwiderung an, sank aber in sich zusammen, als ihn die nächste Schmerzwelle ergriff. »Also gut«, flüsterte er so leise, dass ich ihn kaum verstand, und das Feuer in seinen Augen erlosch so rasch, dass sich mein Herz vor Angst und Sorge zusammenzog. »Ruf den Arzt.«

Die Prognose war düster. So düster, dass es mir vorkam, als wäre sie aus dem Leben eines anderen gerissen worden.

»Sie werden womöglich den Rest Ihres Lebens im Rollstuhl verbringen, junger Mann.« Der Chirurg im Hospital for Special Surgery in Manhattan zeigte uns, wie Jacks Rückenwirbel zusammenwuchsen; ein Resultat der Verletzung, die er sich beim Footballspielen zugezogen hatte, und des Bandscheibenvorfalls, den er durch den Unfall mit dem PT-Boot hatte. Jack hatte mir gesagt, ich solle während der Untersuchung draußen warten, aber ich hatte mich geweigert. »Die Addison-Krankheit erschwert das Problem, weil Ihr Immunsystem stark geschwächt ist. Sie müssen sich operieren lassen, und zwar schnell.«

»Und dann?« Natürlich war Jack mutig genug, die Frage zu stellen, die ich nicht auszusprechen wagte.

Der Arzt legte die Fingerspitzen aneinander. »Das ist ein sehr riskanter Eingriff mit einer extrem hohen Infektionswahrscheinlichkeit in der Genesungsphase. Die Überlebenschance liegt bei fünfzig Prozent. Sie werden nie wieder der Mann sein, der Sie vor Ihrem Unfall waren, aber ich kann Ihnen garantieren, wenn Sie sich nicht operieren lassen, werden Sie nie wieder laufen können.«

Ein sehr riskanter Eingriff. Sie werden nie wieder laufen können.

Ich konnte mir meinen robusten Mann nicht im Rollstuhl vorstellen, und für mich gab es keinen Zweifel, dass Jack zu jung und energiegeladen war, um auf einem Operationstisch zu sterben. Doch ein Blick ins Gesicht des Chirurgen genügte, und ich wusste, dass er jedes Wort ernst meinte.

»So kann ich nicht weitermachen.« Jacks Finger gruben sich in die Armlehnen seines gepolsterten Stuhls. »Ich sterbe lieber, als weiter nur ein halbes Leben zu führen. Legen Sie einen Termin für die Operation fest, aber lassen Sie bitte nichts davon an die Öffentlichkeit dringen.«

Ich wusste, was er dachte – dass er vor seinen Wählern und seinen politischen Rivalen schwach erschiene, wenn diese Operation bekannt würde –, und lächelte ihm beruhigend zu. Noch nie war ich so dankbar für das Vermögen der Kennedys gewesen, denn damit konnten wir uns die besten Chirurgen der Welt leisten. »Franklin Roosevelt hat seine Polio vier Amtszeiten geheim gehalten«, sagte ich. »Niemand wird von deiner Operation erfahren, wenn du es ihnen nicht selbst sagst.«

Ich rechnete mit einer Zurückweisung, als ich nach seiner Hand griff, aber stattdessen begegnete er meinem Blick mit seinen sturmgepeitschten Augen und drückte meine Finger auf eine Art, die mir im Herzen wehtat. Zum ersten Mal zeigten sich Risse in seiner selbstbewussten Fassade, und er verbarg sie nicht vor mir.

Die Operation fand knapp anderthalb Wochen später statt.

In dieser einen Woche verschlimmerte sich Jacks Zustand so rapide, dass ich ihn mir als alten Mann vorstellen konnte, während die Zeit so schnell verging wie Sand in einem Stundenglas. Ich vergaß zu essen und schlief kaum, weil mich die Sorge umtrieb, was für neue Gräuel uns nach Jacks Operation erwarteten. Wir waren gerade einmal elf Monate verheiratet.

»Wir sehen uns in ein paar Stunden, Kid.« Endlich streckte Jack sich auf der Tragbahre aus – die ganze Zeit, während ich die Einweisungspapiere unterzeichnet hatte, hatte er sie nur grimmig angestarrt. Eine Schar von Krankenschwestern und Krankenwärtern wartete darauf, ihn in den Operationssaal zu bringen, wo ein Team von vier Spezialisten die Operation durchführen würde. Ich wartete, während Mr. Kennedy und Bobby, die einzigen weiteren Familienangehörigen, die gekommen waren, Jack die Hand schüttelten.

Da ich meiner Stimme nicht traute, küsste ich Jack, fragte mich aber unwillkürlich, ob diese kurze Berührung seiner trockenen Lippen und der klinische Geruch des Krankenhauses wohl die letzten Erinnerungen an meinen Mann sein würden. Trotz all der Leute, die uns zusahen, fuhr ich ihm zärtlich durch die Haare und ließ meine Finger an seinen Schläfen ruhen. »Ich liebe dich, Jack«, flüsterte ich ihm zu. »Du musst kämpfen, schließlich bist du Ire.«

Er lächelte, so blass, dass ich den draufgängerischen, lebhaften Mann, der mich umworben hatte, kaum wiedererkannte. »Das werde ich. Kennedys geben nicht auf.«

Sein Vater räusperte sich und legte mir beruhigend die Hand auf den Rücken. »Verdammt richtig.«

»Zeig ihnen, wo's langgeht, Jack«, bestärkte ihn auch Bobby.

Einzig Mr. Kennedys Hand auf meinem Rücken und Bobbys Gegenwart hielten mich aufrecht, als Jack in den Operationssaal gefahren wurde und wie zum Abschied die Hand hob. »Du siehst aus, als könntest du etwas zu essen brauchen.« Mr. Kennedy räusperte sich erneut. »Und eine Zigarette.«

Ich verlor den Überblick, wie viele Packungen Pall Mall wir in der Krankenhaus-Cafeteria rauchten, aber unsere geschmacklosen Schinken-Sandwiches rührten wir nicht einmal an. Die Zeit schien rückwärts zu gehen; unerbittlich dehnten sich die Sekunden zu Minuten und die Minuten zu Stunden.

Was machen sie mit ihm?

Ich habe mich noch nie im Leben so hilflos gefühlt.

Atmet Jack überhaupt noch?

Den letzten Gedanken hatte ich wohl vor mich hin gemurmelt, denn Bobby lächelte mir matt zu. »Jack hat nie irgendetwas unauffällig getan. Wenn er von uns gehen sollte, wirst du es wissen.«

Ich war nicht sicher, ob mich das beruhigte, aber er hatte wohl recht.

Nach einer gefühlten Ewigkeit erschien Dr. Wilson, allem Anschein nach völlig erschöpft. »Er ist jetzt im Aufwachraum«, versicherte er uns. »Aber noch nicht über den Berg. Oft wird es schlimmer, bevor es besser wird.«

Ich ließ die Warnung an mir abprallen, weil ich dachte, das Schlimmste wäre überstanden, aber es wurde tatsächlich schlimmer. Viel schlimmer sogar.

Eines schrecklichen Nachmittags brach alles in sich zusammen. Da es Jack peinlich war, wenn ich dabei war, während die

Krankenschwester den Katheter wechselte, der ihm wegen einer Harnwegsinfektion gelegt worden war, hatte ich das Zimmer verlassen, um ihm wenigstens etwas Privatsphäre zu gönnen. Bis Mr. Kennedy und Bobby zu ihrem abendlichen Besuch vorbeikamen, würde es noch ein paar Stunden dauern, also beschloss ich, Jack in der Cafeteria etwas zu trinken und eine Zeitschrift zu holen. Als ich mit einem Plastikbecher lauwarmem Apfelsaft aus der Cafeteria zurückkam, hörte ich ihn mit schwacher Stimme meinen Namen rufen.

Doch als ich zu ihm wollte, versperrten mir zwei Wärter den Weg. »Tut mir leid, Mrs. Kennedy, Sie müssen draußen warten«, erklärte mir der eine.

Über ihre Schultern hinweg jedoch konnte ich das Geschehen beobachten: die raschen, effizienten Handgriffe der Chirurgen und Krankenschwestern, zwischen ihnen Jack, der bleich und reglos dalag, mit flatternden Lidern, während die Maschinen, mit denen er verbunden war, lautstark Alarm schlugen.

»Mr. Kennedy.« Der Chirurg hob Jacks Lider an und leuchtete ihm mit einer Stiftlampe ins Gesicht. »Mr. Kennedy, öffnen Sie die Augen.«

Doch Jack reagierte nicht.

Außer mir vor Panik versuchte ich, die Krankenhauswärter wegzuschieben, schüttete mir dabei aber nur den Apfelsaft über die Hände. »Lasst mich rein, bitte!«, flehte ich mit angsterstickter Stimme, doch sie schlugen mir die Tür vor der Nase zu.

Ich war allein. Schrecklich, furchtbar allein.

Nach einer Weile beruhigte ich mich etwas, doch als Mr. Kennedy schließlich in seinem beigefarbenen Trenchcoat und seinem mit Regentropfen gesprenkelten Hut eintraf, fing ich hemmungslos an zu weinen. Der Wind heulte, und Mr. Kennedys freundliche Augen waren voller Sorge. So gern hätte ich ihm versichert, alles sei in Ordnung, Jack sei wach und verlange nach einem Teller Fischsuppe.

»Keine Angst, Kiddo.« Jacks Vater zog mich in eine stark nach Tabak riechende Umarmung, dann ließen wir uns nebeneinander auf die unbequeme senffarbene Couch sinken. »Wir Kennedys sterben nicht im Krankenhaus. Das wäre viel zu banal für unseren Geschmack.«

Ich versuchte zu lachen, brachte aber nur ein ersticktes Schluchzen heraus. Mr. Kennedy legte mir einen Arm um die Schultern, und wir klammerten uns an die letzte schwache Hoffnung, beteten, fuhren aber jedes Mal hoch, wenn eine Krankenschwester oder ein Arzt vorbeikam.

Bis ein verhärmter Chirurg erschien, um uns mitzuteilen, wie es um Jack stand. Mir lief ein kalter Schauer über den Rücken.

»Ihr Mann hat eine Infektion in seinem zentralen Nervensystem.« Er sah mir direkt in die Augen, während er weitersprach. »Ich fürchte, er liegt im Koma.«

Eine Welle der Panik erfasste mich.

So kann unsere Geschichte doch nicht enden.

Wie konnte das passieren? Wie konnte ein Mann, der vor Lebenslust sprühte, in diesem Moment um sein Leben kämpfen müssen?

In meiner Verzweiflung vergaß ich völlig, dass Jack früher oft krank und schon zweimal dem Tode nahe gewesen war –, einmal aufgrund einer schweren Scharlacherkrankung und ein weiteres Mal im Krieg.

»Ich möchte, dass der Klinikseelsorger ihm die Letzte Ölung gibt.« Mr. Kennedys Stimme war belegt und schmerzerfüllt. »Sobald der Rest der Familie eintrifft.«

Mir stockte der Atem. »Die Letzte Ölung? Du kannst ihn doch nicht sterben lassen!«

In Mr. Kennedys tränennassen Augen spiegelte sich meine Trauer wider, und plötzlich wirkte der gerade noch so entspannte Vater wie ein gebrochener alter Mann. »Zwei meiner Kinder sind ohne Sakramente gestorben, und nun höre ich schon das dritte Mal, wie ein Priester sie für Jack verliest«, erklärte er. »Ich würde mit ihm tauschen, wenn ich könnte. Aber ich kann mich nur um seine unsterbliche Seele kümmern.«

Ein unvorstellbarer Schmerz überwältigte mich. »Ich rufe Rose und Bobby an …« Mehr brachte ich nicht über die Lippen.

Mr. Kennedy erhob sich mit einem steifen Kopfschütteln. »Nein, bleib du bei ihm. Jack braucht dich – du erinnerst ihn daran, wo er hingehört. Hierher, zu uns.«

Also blieb ich an Jacks Seite und flüsterte ihm jede schöne Erinnerung ins Ohr, die ich an ihn hatte, jedes Stückchen unserer hochfliegenden Hoffnungen und Träume. Alles, um ihn in diesem Leben festzuhalten. Ich blieb, während sein Vater einen Anruf nach dem anderen tätigte, und wachte weiter still über ihn, als die Kennedys schließlich eintrafen.

»Für dich«, sagte Bobby leise und reichte mir eine lavendelfarbene Bergdorf-Goodman-Hutschachtel, die vermutlich Ethel gehörte. Mit müden Augen spähte ich hinein und fand eine Auswahl an Pullovern und Röcken vor, alle ordentlich zusammengelegt. »Ich dachte, du hättest vielleicht gerne etwas zum Umziehen«, erklärte er. »Ganz unten sind auch eine Schachtel Zigaretten und ein Flachmann mit Wodka.«

Dankbar drückte ich seine Hand. Auch der Rest der Familie war gekommen: Mr. Kennedy und Rose, Jacks drei Schwestern und Ted. Doch als nun der schwarz gewandete Seelsorger eintrat, begann ich zu zittern – allein seine Anwesenheit schien alles Leben aus der Luft zu saugen. Mr. Kennedy hatte offenbar bemerkt, dass ich mich kaum auf den Beinen halten konnte, denn er nahm meine Hand und stützte mich, während wir schweigend zusahen, wie der Priester mit geweihtem Öl das Kreuzzeichen auf Jacks Stirn salbte und ihm die Absolution erteilte.

Als der Ritus vollzogen war, nahm Rose ihre Handtasche, räusperte sich und verkündete: »Ich werde wieder in Cape Cod gebraucht und muss dann nach Palm Beach, um mich zu vergewissern, dass das Dach ordentlich repariert wird.«

Fassungslos fuhr ich sie an: »Du willst ihn allein lassen? In diesem Zustand?« Vielleicht ein ungerechtfertigter Ausbruch, aber ihr Sohn sah in seinem Krankenbett so schwach aus, so zerbrechlich, als bräuchte er uns alle als Unterstützung in seinem Kampf.

»Ich kann nichts tun.« Roses Ton war kalt, und sie vermied es, Jack anzusehen. War die Erinnerung an all die anderen Male, als Jack fast gestorben wäre, zu schwer zu ertragen? »Jetzt liegt es in Gottes Hand«, fügte sie hinzu.

Stumm vor Entsetzen sah ich ihr nach – wie konnte sie ihren Sohn allein auf dem Sterbebett zurücklassen? War sie wirklich so kaltherzig?

Ich blieb, auch nachdem einer nach dem anderen – selbst Bobby – mit dem Versprechen, bald zurückzukommen, nach Hause gegangen war. Schließlich waren nur noch Mr. Kennedy und ich übrig.

Das Kreuz auf Jacks Stirn, dieses Zeichen der Endgültigkeit des Todes, machte mich so wütend, dass ich es schließlich nicht mehr aushielt und es mit dem Ärmel meines Pullovers wegwischte. »Wag es nicht, mich zu verlassen, Jack«, flüsterte ich und beugte mich über ihn. »Du bist zu jung zum Sterben, du hast noch zu viel zu tun, du kannst jetzt nicht aufgeben.«

Als ich mich aufrichtete, sah ich, dass Mr. Kennedy mich mit einem seltsamen Ausdruck im Gesicht musterte. »Geh nach Hause, Kiddo«, sagte er. »Ruh dich aus.«

Ich schüttelte den Kopf. »Es ist leichter, hierzubleiben und mich nicht dauernd fragen zu müssen, wie es ihm geht. Und ob er überhaupt noch …«

Meine Stimme brach. Mr. Kennedy klopfte neben sich auf die Couch, holte eine Zigarette aus dem silbernen Etui in seiner Anzugtasche, zündete sie an und nahm einen langen Zug. »Du erinnerst mich an Kick, meine älteste Tochter. Die anderen Mädchen … Nun, ich habe sie nie wirklich verstanden. Kick war die Einzige, mit der ich reden konnte.«

»Jack hat mir von Kick erzählt. Ich wünschte, ich hätte sie kennengelernt.«

»Ich auch.« Auf seinen Lippen erschien der Hauch eines Lächelns. »Ich glaube, ich schulde dir eine Entschuldigung.«

»Eine Entschuldigung?« In meinem benebelten Zustand hatte ich keine Ahnung, was er meinte. »Wofür denn?«

»Ich habe Jack gedrängt, dich zu heiraten, damit endlich die Spekulationen aufhören, warum ein Mann in seinem Alter noch nicht verheiratet ist. Ich dachte, du wärst eine Stufe besser als die anderen Mädchen, die er täglich anschleppte. Zumindest ein bisschen, wohlgemerkt. Weniger albern und einfältig, aber ansonsten auch nur an Porzellandekor und dem neuesten Modetrend interessiert. Doch alle anderen sind weg, und du bist hier – eine gut gekleidete Wächterin, die meinen Sohn beschützt, wenn alles aus den Fugen gerät. Ich habe dich völlig falsch eingeschätzt, Jackie, und dafür möchte ich mich entschuldigen.«

Ich blickte zu Jack auf seinem Krankenhausbett, so hilflos, wie ich in meinem ganzen Leben noch nie jemanden gesehen hatte. »Das würde doch jede Ehefrau tun.«

Joes Blick schweifte zum leeren Korridor, und ich wusste, dass wir beide daran dachten, wie Rose vorhin davongerauscht war. »Nein«, sagte er nachdenklich. »Nein, das würde ganz sicher nicht jede tun. Aber ich glaube, du würdest für meinen Jungen auf Glasscherben die gesamte Pennsylvania Avenue entlangkriechen. Und deshalb sind wir beide Kapitäne derselben Mannschaft.«

Ich lehnte den Kopf an seine Schulter. »Wir würden beide für Jack durch die Hölle gehen, oder?«

»Das kannst du laut sagen, Kiddo.« Ich konnte das Lächeln in seiner Stimme hören. »Versprich mir, dass du bei meinem Jungen bleiben wirst. Immer.«

»Für immer.«

Die ganze Nacht und auch die nächste verbrachten Mr. Kennedy und ich den Großteil unserer Zeit in Jacks Zimmer, wischten ihm abwechselnd den Schweiß von der Stirn und lasen ihm Gedichte und Zeitungsartikel vor – für den Fall, dass er uns hören konnte. Winterliches Sonnenlicht strömte durch die Jalousien herein, während ich Jack warme Socken anzog und ein Buch mit abgegriffenem Ledereinband aufschlug, um ihm sein Lieblingsgedicht von Robert Frost vorzulesen: »Nichts Goldenes bleibt«.

Gold ist das erste Grün in der Natur,
Vergänglich ist es leider nur.
Das frühste Blatt ist blumengleich,
Doch hält's nicht lang in ihrem Reich.
Bald treibt das Blatt ein Blätterheer,
Das Paradies ist keines mehr,
Aus Morgendunst wird Tageslicht,
Das Gold verglüht. Es bleibt uns nicht.

Ich wischte mir die Tränen aus den Augen. Frosts bildgewaltiges Gedicht rief mir vor Augen, dass Jack mein Garten Eden war und ich mehr Zeit mit ihm brauchte, als uns bisher vergönnt gewesen war.

Mit einem tiefen Seufzen legte ich den Gedichtband weg und quälte mich stattdessen gähnend durch den Wirtschaftsteil der *New York Times*, als ich neben meiner Hand auf dem Bett plötzlich ein Flattern spürte.

Jacks Finger – sie bewegten sich!

Mir stockte der Atem, als ich Jacks graugrüne Augen über die Sauerstoffmaske spähen sah. Seine wunderschönen Augen.

Ich rief nach Mr. Kennedy, nach einer Krankenschwester, nach den Heiligen und Engeln, die meine Gebete erhört hatten. »Tu das nie wieder, Jack«, stieß ich hervor, während mir die Freudentränen über die Wangen strömten. »Sonst wirst du es bereuen, das schwöre ich.«

Jack hatte kaum die Kraft, die Hand zu heben, versuchte aber dennoch zu zwinkern und hielt drei Finger hoch. *Pfadfinderehrenwort.*

In den nächsten Tagen verließ Mr. Kennedy das Krankenhaus nur, um Vorbereitungen für Jacks Rückkehr in den Senat zu treffen und ein halbes Dutzend eigens angefertigter Schaukelstühle aus Eichenholz zu bestellen, die Jack bei der Erholung helfen würden. Ich wich nicht von seiner Seite; mein gesamtes Universum war auf das sterile weiße Krankenhauszimmer beschränkt, und ich weigerte mich strikt, diesen Mikrokosmos zu verlassen.

»Lies mir etwas vor«, bat mich Jack eines Morgens mit zusammengebissenen Zähnen, nachdem er eine höhere Dosis Schmerzmittel abgelehnt hatte.

Doch ich schüttelte den Kopf und begann stattdessen in der Kiste zu stöbern, die Bobby vorbeigebracht hatte, bis ich unter einem Damespiel endlich fand, wonach ich suchte. »Ich habe dir schon so viele Bücher vorgelesen, dass man die New York Public Library damit füllen könnte. Heute wirst du malen.«

Jack starrte mich an, als wäre ich verrückt geworden, und wandte sich widerwillig der Leinwand und den Wasserfarben zu, die ich ihm auf den Schoß gelegt hatte. »Was, wenn ich nicht malen will?«

»Dann suche ich mir einen anderen attraktiven Kerl, der heute Abend meinen Limettenpudding mit mir teilt.«

Die Drohung wirkte besser, als ich erwartet hatte, und Jack nahm tatsächlich den Pinsel in die Hand. »Du teilst den Limettenpudding gefälligst mit keinem anderen Kerl. Zitronenpudding finde ich widerlich, den kannst du meinetwegen teilen, mit wem du willst.«

Während ich zusah, wie er sich vor Konzentration auf die Lippe biss, wenn er den Pinsel in den Wasserbecher und anschließend in das kräftige Türkis auf der Palette tunkte, erlaubte ich mir zum ersten Mal seit Langem zu entspannen. Ich nahm mir auch selbst eine leere Leinwand und verlor mich in einer phantasievollen Zeichnung des Weißen Hauses, wie ich es mir in seiner Anfangszeit vorstellte, mit einem glücklichen Pärchen in altmodischer viktorianischer Kleidung, das über den Rasen spazierte.

Das Weiße Haus … Dieser Traum erschien mir jetzt so weit weg, als gehöre er jemand anderem.

»Was ist das Thema deines Meisterwerks?«, fragte ich Jack, nachdem ich das Pärchen schattiert hatte, stellte die Leinwand weg und streckte mich.

»Glückliche Erinnerungen.« Er drehte seine Leinwand zu mir, und ich lächelte, als ich den grob skizzierten Ausblick aufs Meer sah, der an den Strand von Acapulco erinnerte, wo wir unsere Flitterwochen verbracht hatten.

War das wirklich erst ein Jahr her?

Nach einem kurzen Blick zur Uhr über der Tür holte ich meinen Lippenstift aus der Handtasche und zog mir die Lippen nach. »Vergiss nicht, dass du in ein paar Minuten Besuch bekommst«, ermahnte ich Jack.

»Wer ist es denn diesmal?«

»Das ist eine Überraschung.« Ich küsste ihn auf den Kopf und wuschelte ihm durch die Haare. Zwar war es anstrengend, dauernd für Ablenkung zu sorgen, aber wenn es ihn von den Schmerzen ablenkte, war es die Mühe wert. »Sie wird dir gefallen, versprochen.«

Und ich sollte recht behalten.

»Sieh an, was die Katze angeschleppt hat, du räudiger alter Fuchs.« Jacks Augen leuchteten auf, als Richard Nixon mit einem Usambaraveilchen hereinkam, das bestimmt seine Frau Pat ausgesucht hatte. Jack wollte zwar das volle Ausmaß seiner Operation geheim halten, aber das musste mich ja nicht daran hindern, ein paar seiner Kollegen einzuladen, während er sich erholte. Er und Nixon hatten 1946 am selben Tag den Amtseid abgelegt, und auch wenn sie politisch nicht auf derselben Seite standen, hatte Jack mir erzählt, dass sie Freunde geworden waren, nachdem sie festgestellt hatten, dass sie beide einen gemäßigten Kurs bevorzugten, wenn es um ein härteres Vorgehen gegen die Sowjetunion und die Extremisten in beiden Parteien ging. »Du lässt dir nie eine Gelegenheit entgehen, einen Demokraten zu drangsalieren, auch wenn er schon am Boden liegt, was, Dick?«

»Nein, nie«, antwortete Nixon mit einem schiefen Grinsen. »Freut mich, Sie wiederzusehen, Mrs. Kennedy. Das ist von Pat – sie sagt, sie vermisst Sie sehr bei den Treffen der Senatorengattinnen«, begrüßte er mich und stellte das Veilchen ab, zog dann ein längliches Päckchen aus seiner Tasche und reichte es Jack. »Und von mir die feinsten kubanischen Zigarren. Wenn du die Augen schließt, während du sie rauchst, kannst du dir vorstellen, du wärst im Senat.«

Ich mochte Nixon, doch ich wusste, dass es Jack nicht gefallen würde, wenn ich mich bei seinem Besuch hier herumdrückte. Also zog ich mich zurück, während die Männer ihre Zigarren rauchten, und schrieb Dankesbriefe an diverse Würdenträger, die Jack Genesungswünsche geschickt hatten, angefangen mit einer Nachricht an den Senatsmehrheitsführer Lyndon Johnson. Abschließend verfasste ich einen von Herzen kommenden Brief an Mr. Kennedy, der sich nun, da Jack auf dem Weg der Besserung war, wieder um seine Geschäfte kümmerte.

Lieber Mr. Kennedy,

ich muss leider auf diese förmliche Anrede zurückgreifen, weil Du so töricht warst, den liebevollen Spitznamen Poppy Doodle, den ich Dir letzten Winter verleihen wollte, nicht zu akzeptieren. Tja, jetzt ist es zu spät.

Bei dem ganzen Auf und Ab in diesem Winter hast Du so viel Kraft und Überzeugung ausgestrahlt, dass niemand auch nur daran gedacht hat, den Mut zu verlieren … Ohne Dich ist alles so trist und freudlos. Und wo liegt der Spaß darin, etwas zu tun, was einen stolz macht – wie eine Rede zu halten oder ein Gedicht zu schreiben …

Einen Moment geriet ich ins Stocken – sollte ich unsere größte Hoffnung für die Zukunft zu Papier bringen? Nach kurzem Zögern gab ich mir einen Ruck.

… oder ein Kind zu bekommen –, wenn ich Dir nicht davon erzählen und hören kann, wie sehr Du Dich für uns freust?

Ganz viel Liebe und Dank und Zuneigung und ALLES von Deiner Schwiegertochter, die STINKSAUER wäre, wenn sie irgendwann nicht mehr zum Team gehören dürfte.

XXXXX,

Jackie

Ein Kind bekommen …

Das war mir wie ein simpler Traum erschienen, aber wer konnte bei Jacks Gesundheitszustand schon sagen, ob wir überhaupt jemals Kinder bekommen konnten.

Ich steckte den Brief in einen Umschlag und hörte gerade

noch, wie die Männer über die Idee diskutierten, einen Artikel über außergewöhnliche frühere Senatoren zu schreiben, bevor sich Nixon seinen Wollmantel überzog und verabschiedete.

»Danke für den Besuch«, sagte ich leise zu ihm, während ich ihn hinausbegleitete. »Ich glaube, Jack schätzt niemanden so sehr wie Sie – vielleicht abgesehen von seinem Vater. Das beweist wieder einmal, wie außergewöhnlich Sie sind.«

Jack sprach oft von Nixons entschiedenem Vorgehen gegen die Reaktionäre in seiner Partei und seinem Talent, sich mit vernünftigen Argumenten durchzusetzen – Fähigkeiten, derer sich Jack selbst rühmte. »Sie sind ja eine richtige Schmeichlerin, Mrs. Kennedy«, antwortete Nixon und wurde tatsächlich ein bisschen rot.

»Manchmal«, konterte ich mit einem Lächeln. »Aber diesmal meine ich es ernst.«

Erst nach einer weiteren Wirbelsäulenoperation ein paar Monate später begann Jack sich in unserem Zimmer in Palm Beach wirklich zu erholen. Die Chirurgen hatten eine Metallplatte in seine Wirbelsäule eingesetzt, und ich überredete die Krankenschwester, mir beizubringen, den Schnitt zu säubern und zu verbinden, während er noch bewusstlos war. Es kostete mich meine gesamte Willenskraft, beim Anblick der zwanzig Zentimeter langen, eiternden Wunde nicht zurückzuweichen.

»Sie müssen das nicht tun, Mrs. Kennedy«, sagte die Krankenschwester freundlich. »Ich bin für so etwas ausgebildet.«

Ein Teil von mir hätte sich am liebsten davongestohlen, doch dann fiel mir ein, wie Jack ins Koma gefallen war und ich sein Zimmer nicht hatte betreten dürfen. Genau wie damals brauchte mein Mann mich jetzt, und ich würde nie wieder zulassen, dass man mich von ihm fernhielt. »Zeigen Sie es mir noch einmal.«

Ich deutete mit dem Kopf auf die Pillendosen auf Jacks Nachttisch. »Und auch die ganzen Medikamente.«

Also brachte mir die Krankenschwester den verwirrenden Zeitplan bei, nach dem Jack seine Medikamente nehmen musste, und ließ mich die Instruktionen so lange wiederholen, bis ich sie auswendig konnte. »Die Dosis wird natürlich reduziert, sobald es ihm besser geht«, erklärte sie. »Aber vermutlich wird er regelmäßig Steroide und Schmerzmittel brauchen, um die wiederkehrenden Schmerzen zu lindern.«

»Wie lange?«

Die Krankenschwester zuckte die Achseln. »Wahrscheinlich den Rest seines Lebens.«

Dass mein Mann sein Leben lang beeinträchtigt sein würde, war eine schockierende Vorstellung und kein optimistischer Ausblick auf die Zukunft. Obendrein verschlechterte sich seine Laune mit jedem Tag, der verging.

Wenigstens ist er am Leben und kann noch laufen …

»Verschwinde, Jackie«, fuhr er mich an, als ich das erste Mal seinen Verband wechseln wollte. »Ich möchte nicht, dass du das siehst.«

Natürlich wollte er nicht, dass jemand ihn so sah, am allerwenigsten diejenigen, die seiner Meinung nach zu ihm aufblicken sollten. Außer seinem Vater, der ein Nein nicht gelten ließ, durfte niemand sein Zimmer betreten. Vielleicht war es Zeit, dass ich mir ein Beispiel an Mr. Kennedy nahm.

»Also gut.« Ich verschränkte die Arme vor der Brust. »Dann beweise mir, dass du deinen Verband selbst wechseln kannst und weißt, welche Medikamente du wann nehmen musst. Dann bin ich bereit zu gehen.«

Er brauchte ja nicht zu wissen, dass ich mir die Medikamente auch kaum merken konnte: Cortisol für die Addison-Krankheit, Procain für den Rücken, Penicillin, um den Abszess zu heilen, Phenobarbital für den Magen und Tuinal, um ihm beim Schlafen zu helfen.

Obwohl er kaum den Kopf heben konnte, starrte Jack erst mich, dann die Pillendosen auf seinem Nachttisch grimmig an. »Dafür gibt es Krankenschwestern.«

»Die Krankenschwester ist für heute schon weg« – weil ich sie weggeschickt hatte – »wenn du deine Verbände also nicht selbst wechseln kannst, schlage ich vor, du lässt mich helfen. Und die Schwester wird auch nicht immer da sein, um dir deine Medikamente zu geben.«

Keine Antwort.

»Ich will dir helfen, Jack«, sagte ich leise. »Ich bin deine Frau.«

»Und genau deshalb solltest du mich so nicht sehen.«

Das schon wieder. Ich ging neben ihm in die Hocke. »In guten wie in schlechten Zeiten, in Gesundheit und Krankheit, weißt du noch, Jack? Ich habe dir und Gott einen Eid geschworen, und ich werde nicht beim ersten Anzeichen von Schwierigkeiten aufgeben.«

Jack stöhnte, was ich als gutes Zeichen wertete. »Ich wette, als man dich zur Debütantin des Jahres gekürt hat, wusste niemand, wie dickköpfig du bist.«

»Ich habe viele verborgene Talente.« Mit einem selbstzufriedenen Lächeln stand ich auf und kostete diesen seltenen Triumph voll aus. »Also, was willst du nun mit deiner ganzen Freizeit anfangen?« Es war ein schwacher Versuch, ihn abzulenken, während ich Stück für Stück den Verband abnahm und beim Anblick der Wunde darunter unwillkürlich das Gesicht verzog. Sie war immer noch entzündet und nässte.

»Ich werde wohl wieder einen Haufen Bücher lesen, wie damals auf der Krankenstation in Harvard.« Er drückte sein Gesicht in die Matratze, als ich den Verband vollständig löste, und seine Fingerknöchel wurden weiß vor Anstrengung, doch er stieß mit gedämpfter Stimme hervor: »Wegen dieser Football-Verletzung bin ich jetzt der belesenste Kennedy.«

»Nun ja, das liegt daran, dass deine Schwestern jahrelang nichts anderes gelesen haben als das Who's Who der gehobenen Gesellschaft und Ted sich immer noch mit seichten Jugendromanen beschäftigt.«

Jacks Lachen ging in ein Stöhnen über, als ich die Wunde mit Jod säuberte, und auf einmal konnte ich mir vorstellen, wie frustrierend es für ihn gewesen war, so viel Zeit im Bett verbringen zu müssen, und dass es auch jetzt nicht einfach werden würde. Lesen war gut und schön, aber er brauchte mehr – und Malen würde die langen Monate, die er ans Bett gefesselt sein würde, kaum erleichtern. »Du hast Nixon gesagt, dass du mit der Idee spielst, einen Artikel über Senatoren zu schreiben, die in ihrer Amtszeit besonderen Mut gezeigt haben. Was, wenn du etwas Längeres darüber schreiben würdest?«

Er reckte den Hals, um mich anzusehen. »Eine Broschüre?«

»Nein, ein Buch, du Dummkopf.« Ich ignorierte sein abfälliges Schnauben. »Erinnerst du dich, wie ich dir von meinem Professor erzählt habe, der eine Vorlesung über John Adams' schwierige Entscheidungen während der Revolution in Boston gehalten hat? Wie du zugestimmt hast, dass das eine Geschichte ist, die erzählt werden sollte – gewählte Politiker, die der öffentlichen Meinung zuwiderhandelten, um zu tun, was sie für richtig hielten? Wenn du wieder gesund bist, wirst du nie die Zeit finden, dieses Buch zu schreiben, warum also nicht jetzt?«

Jack schwieg so lange, dass ich fürchtete, er fände die Idee furchtbar. Erst als ich den neuen Verband befestigt hatte, richtete er sich auf. Zum ersten Mal seit Langem sah ich einen Abglanz des alten Jack durch den Schmerz schimmern, der seine Augen so lange vernebelt hatte. »Da könntest du recht haben.«

Ich küsste ihn auf die Nase. »Ich hole dir einen Stift und Papier, damit du loslegen kannst. Vielleicht kann ich ja auch ein Diktiergerät auftreiben.«

»Jetzt sofort?« Er machte ein gespielt mürrisches Gesicht. »Für nachher hatte ich ein Nickerchen geplant. Und bis dahin wollte ich noch ein bisschen jammern.«

Ich lachte, und zu meiner Überraschung packte er meine Hand. Bevor ich wusste, wie mir geschah, hatte er mich zu sich heruntergezogen und drückte seine Lippen auf meine. Es war unser erster Kuss seit Wochen, und ich spürte, wie ich in seinen Armen dahinschmolz. Ich wollte mehr.

Bald, sagte ich mir. *Bald ist alles wieder normal.*

»Danke, Jackie«, flüsterte er.

Die Wärme in seiner Stimme löste etwas in mir, und in diesem Moment wusste ich, dass alles gut werden würde. Denn Jack würde nichts anderes akzeptieren.

Zwar hatte er mich nach den Flitterwochen auf Abstand gehalten, um mich vor seinen Sorgen und Ängsten zu schützen, wenn er schlimme Schmerzen hatte. *Aber jetzt weiß er, wie sehr er mich liebt, wie sehr er mich braucht.*

Denn auch wenn Jack Kennedy sturer war als ein Maultier, hatte ich ihn mit seinen eigenen Waffen geschlagen.

Allerdings hatte er fast sterben müssen, um das zu begreifen.

Jacks Artikel begann als Wörter-Rinnsal, das zu einer reißenden Flut anschwoll, bis ein vollwertiges Buch entstanden war: *Zivilcourage*. Der junge Senatsreferent namens Theodore Sorensen, der mit der Schreibmaschine auf den Knien an Jacks Bett saß, hielt vieles davon fest, doch das Buch konzentrierte sich letztlich ganz auf Jacks Vorstellung von politischem Mut.

»Ich habe das Gefühl, dass ich etwas von Bedeutung geschaffen habe.« In seinem frisch gebügelten Anzug war er im Senat rasch wieder der flotte junge Mann geworden, den ich geheiratet hatte. Zwar benötigte er sporadisch Novocain-Injektionen, um ohne Krücken gehen zu können, doch er zog sich nach der Rückkehr aus Palm Beach zu meinem Leidwesen auch wieder ganz in sich zurück und wollte von Hilfe nichts mehr wissen – einmal bezichtigte er mich sogar, ihn anzusehen, als wäre er ein Invalide. Was ich natürlich bestritt.

Über sein Buch redete er mit mir, aber nicht darüber, wie er sich fühlte, oder auch nur, wie sein Arbeitstag gewesen war. Anscheinend kam mein heroischer Mann nicht darüber hinweg, dass ich ihn verletzlich erlebt hatte und wusste, dass er nicht unsterblich war, wie er es gern allen anderen weismachen wollte.

Jack hatte um sein Leben gekämpft, und verdammt noch mal, ich würde um ihn und um uns kämpfen, um sein Versprechen, dass wir zusammen Großes erreichen würden.

»Ein Buch zu schreiben ist schon phantastisch, aber zwei sind wirklich außerordentlich«, bestätigte ich, während ich einen der unzähligen wackligen Stapel Recherchematerial aus der Library of Congress ordnete. »Ich lese das Manuskript noch diese Woche fertig durch.«

»Gut. Ich möchte es nämlich niemandem außer dir anvertrauen.« Ich hatte Jack angeboten, sein Buch Korrektur zu lesen, und zu meiner Freude hatte er zugestimmt, wenn auch etwas widerwillig. Und wenn das noch nicht genug war, um seine Verteidigungsmauern zu durchbrechen, hatte ich noch ein Ass im Ärmel.

Er richtete seine Krawatte und hob steifbeinig seine Aktentasche auf. »Viel Glück bei der Haussuche«, sagte er und verschwand.

Gedankenverloren sah ich ihm nach. Da Jack sich inzwischen recht gut erholt hatte und unser Mietvertrag auslief, fiel es mir zu, uns ein neues Zuhause zu suchen. An unserem Haus in Georgetown gab es nichts auszusetzen, aber ich sehnte mich nach einem richtigen Zuhause, das uns gehörte; etwas Europäisches mit einem kleinen Garten vielleicht, womöglich sogar mit einem Grundstück, auf dem wir Pferde halten konnten. Wir hatten darüber geredet, ein Haus auf Hughdies Land zu bauen, aber gestern hatte ich erfahren, dass ein wunderschönes georgianisches Anwesen aus dem 19. Jahrhundert in Hickory Hill mit einem atemberaubenden Ausblick auf den Potomac River zum Verkauf stand.

An diesem Nachmittag besichtigte ich das Backsteingebäude mit seiner bezaubernden Veranda und wanderte über das Grundstück, hingerissen von der Wiese mit ihren malerischen, gigantischen Eichen und Ahornbäumen. Ich setzte mich auf einen verlassenen Schaukelstuhl und versank in märchenhafte Phantasien, wie unser Leben hier aussehen könnte: Sommerpartys im Freien, ausgiebige Spaziergänge an der frischen Herbstluft, Schlittenfahren zu Weihnachten. An diesem Abend wartete ich beim Manuskriptlesen ungeduldig auf Jack und sprang jedes Mal, wenn ein Auto vorbeifuhr, vom Sofa auf.

Als er endlich kam, sah er so erschöpft aus, dass ich fast seine Krücken geholt hätte, doch seine Lippen waren warm, als er mich auf die Schläfe küsste. »Da hat wohl jemand gute Neuigkeiten«, sagte er, als ich ihm aus seinem Mantel half.

»Ich habe das perfekte Haus für uns gefunden, weiträumig, auf vierundzwanzig Quadratkilometern Land, so nah am Potomac River, dass man das Rauschen des Wassers hört. Und es gibt sogar Ställe.«

Ich wünschte mir so sehr, er würde mich umarmen und meine Begeisterung teilen, aber er kramte in seiner Aktentasche, als hätte er mir gar nicht zugehört. »Ich nehme an, du hast es schon gekauft?«

Schranken und Barrieren. Heute würde ich sie alle überwinden. Oder in die Luft jagen.

»Beinahe«, sagte ich. »Du wirst es lieben. Vielleicht war es sogar im Bürgerkrieg ein Kommandoposten von George McClellan.«

»Das klingt vielversprechend.« Er sah nicht von seinen Papieren auf.

»Ein paar der Räume sind ein bisschen altmodisch, aber das kann ich alles ändern.« Ich zögerte, holte tief Luft und preschte weiter voran. »Unter anderem gibt es auch ein süßes kleines Zimmer direkt neben dem Schlafzimmer, mit dem wir gleich anfangen sollten. Es muss nämlich bald fertig sein … bis Oktober, wenn ich richtig gerechnet habe.«

Endlich ließ er die Papiere sinken.

»Jackie …«, sagte er. »Heißt das …?«

Als ich nickte, leuchteten seine Augen auf wie Sonnenlicht durch ein Blätterdach.

Er umarmte mich, hob mich hoch, wirbelte mich herum, und

ich fragte mich, ob dieses Baby Jack überzeugen würde, dass er für mich durch die Operation nichts von seiner Männlichkeit verloren hatte. Plötzlich hielt er inne und setzte mich ab, einen fast ehrfürchtigen Ausdruck im Gesicht. »Jackie, du hast ja keine Ahnung, wie sehr ich dich liebe, wie viel mir das bedeutet. Wir sollten feiern – lass uns nach Europa fahren!«

Ich lachte. »Ich weiß nicht, ob ich ausgerechnet jetzt in der Welt herumreisen sollte.«

Das brachte Jack sofort zur Vernunft, doch sein Lächeln kehrte sofort zurück. »Ich kann es gar nicht erwarten, meinem Vater davon zu erzählen. Und Bobby.«

Natürlich – Joe Kennedy hatte neun Kinder gezeugt, und Jack verehrte ihn, also war der Gedanke, in seinen Augen womöglich nicht als richtiger Mann zu gelten, ganz besonders kränkend. Bisher hatte er sogar in Bobbys Schatten gestanden, der bereits vier Kinder hatte.

Mit einem Mal waren alle Schranken und Barrieren verschwunden und kehrten auch nicht zurück, als ich Jack beschwichtigend eine Hand auf die Schulter legte. »Ich bin erst im zweiten Monat. Vielleicht sollten wir noch etwas warten, bevor wir es allen erzählen.«

»Auf keinen Fall.« Jacks Stolz kannte keine Grenzen. »Das werde ich von der höchsten Spitze des Capitols schreien.«

Ich lachte leise. »Dürfen das die Senatoren heutzutage?«

»Ich schon.«

Zwar stieg Jack nicht wirklich aufs Capitol, aber er erzählte die guten Neuigkeiten allen, die er kannte, und auch einigen, die er nicht kannte, selbst dem Postboten und dem Milchmann. Unterdessen plante ich die Umgestaltung des Hauses am Hickory Hill bis ins kleinste Detail, damit Jack sich zum Beispiel nicht bücken musste, um seine Schuhe aus dem Regal zu holen. Wir hatten einen Sturm überstanden, doch jetzt schien eine ruhige Zukunft vor uns zu liegen.

Bis ich eines Morgens mit stechenden Schmerzen im Bauch aufwachte und die blutdurchtränkten Laken sah.

Jack war schon zu einer Senatssitzung gefahren, deshalb war ich allein in unserem neuen Haus in Hickory Hill, als es anfing. Meine Hände zitterten so sehr und ich hatte dermaßen höllische Schmerzen, dass ich kaum die Drehscheibe des Telefons bedienen konnte.

Nach dem Arzt rief ich Jack an und hinterließ seiner Sekretärin eine schwer verständliche Nachricht, dann rollte ich mich zusammen, während das Blut aus mir herausströmte, und ich wusste, dass das Kind nicht mehr zu retten war.

Als der Arzt eintraf, bestätigte er meine schlimmsten Befürchtungen. Wenig später stürzte Jack herein. »Hat sie sich in letzter Zeit überanstrengt?«, fragte der Arzt ihn. Die Gardinen waren zugezogen, so dass ich im Halbdunkeln lag und nicht sicher war, ob ich mir den verzweifelten Ausdruck in Jacks Augen nur eingebildet hatte.

Ich konnte Jacks Antwort nicht hören, aber die nächsten Worte des Arztes brachen mir das Herz.

»Nach diesem Vorfall könnte es für Mrs. Kennedy möglicherweise mit Problemen verbunden sein, ein Kind auszutragen«, sagte er leise. Heiße Tränen strömten mir über die Wangen, und ich schloss die Augen. »Dessen sollten Sie sich sehr bewusst sein, falls sie erneut schwanger wird.«

Falls.

Hatte Jack sich so vor seinen Operationen gefühlt? Als wäre die Welt plötzlich aus den Fugen geraten?

Falls.

Es war möglich, dass ich nie ein Kind bekommen würde. Dass ich bei der wichtigsten Aufgabe einer Frau versagen würde, dem Einzigen, was uns zu einer richtigen Familie machen würde.

Ich ballte die Fäuste unter dem Kissen.

Ich werde nicht versagen. Nicht dabei.

Wie Jack würde ich einen Weg finden. Und ich würde es mit ihm gemeinsam tun, denn er würde mir genauso beistehen, wie ich ihm beigestanden hatte. Der Arzt sagte noch etwas, was ich nicht hören konnte – und auch gar nicht hören wollte.

Dann murmelte Jack: »Ich bin ein Monster. Erst muss sie mich gesund pflegen, und jetzt das. Ohne mich wäre sie besser dran.«

»Es läuft selten alles nach Plan, und Ihre Frau ist jung und belastbar«, erwiderte der Arzt.

Im nächsten Moment spürte ich, wie Jack sich zu mir legte.

»Es tut mir so leid, Jack«, flüsterte ich. »Es tut mir so unendlich leid.«

»Schhh.« Vorsichtig schlang er die Arme um mich, als wisse er nicht recht, wie er mich halten sollte. »Das ist nicht deine Schuld, Kid«, sagte er, aber er klang so weit weg. Zu weit weg. »Das habe allein ich zu verantworten. Ich habe dich zu sehr bedrängt, zu viel Wind darum gemacht.«

»Aber ich werde dich nicht enttäuschen«, versprach ich, fühlte jedoch, wie er den Kopf schüttelte.

»Ruh dich einfach aus, Jackie. Wir versuchen es später noch einmal.«

Ich wollte es nicht später noch einmal versuchen, und ich wollte kein anderes Kind; ich wollte das, das ich verloren hatte.

Und ich wollte, dass Jack genauso empfand. »Was denkst du, wie hätte unser Baby ausgesehen, Jack?«

Es dauerte eine Weile, bis er antwortete: »Das spielt jetzt keine Rolle mehr. Das Baby ist fort, Jackie, und du musst dich ausruhen.«

Erst ärgerte ich mich, dass er so abwiegelte, aber die Wut erlosch schnell, als mir plötzlich das Motto seiner Familie im Rhythmus meines Herzschlags in den Ohren dröhnte.

Kennedys versagen nie.

Ich wollte nicht einschlafen, war aber so erschöpft, dass ich in Jacks Armen einnickte. Als ich mitten in der Nacht wieder aufwachte, war seine Seite des Bettes leer und kalt. Jack war fort.

In Hickory Hill war es so still, dass ich mir vorkam, als wäre ich auf einer einsamen Insel gestrandet. Wenn Jack im Senat war, hatte ich außer den Dienstboten niemanden, mit dem ich reden konnte. Der weitläufige Rasen, den ich in meinen Zukunftsträumen mit Kindern und Pferden gefüllt hatte, und das Kinderzimmer, das ich so liebevoll eingerichtet hatte … Alles fühlte sich hohl und leer an. Mein Vater und Lee hatten Blumen geschickt, aber sie verwelkten, nur meine Mutter besuchte mich ein paarmal. Doch ich sehnte mich nach Jack, und wenn er abends nach Hause kam, fühlte ich mich lebendiger, obwohl er oft so müde war, dass wir kaum miteinander sprachen. Dabei hatte ich gedacht, er würde mir helfen, die schwere Zeit nach der Fehlgeburt durchzustehen.

Daher war es ein Schock, als er mir eines Abends vor dem Schlafengehen eröffnete, dass er vorhatte, nach Schweden zu reisen. Damit ich mich in Ruhe erholen konnte, hatte er sich im

Gästezimmer einquartiert und war bisher nicht wieder zurück in unser Schlafzimmer gezogen. Ich sehnte mich nach seiner Wärme, doch er hatte immer irgendeinen Vorwand parat, mich allein zu lassen, sobald es Abend wurde.

»Senatsangelegenheiten?«

Jacks Blick huschte zur Decke, zum Boden, überallhin, nur nicht zu mir. »Über den Sommer. Ich war seit meiner Kindheit fast jedes Jahr in Europa.«

»Wirklich?« Ich legte Prousts *Auf der Suche nach der verlorenen Zeit* beiseite und malte mir in Gedanken schon aus, wie wir gemeinsam Schwedens einmalige Landschaft genossen. »Ich lasse meinen Koffer packen.«

»Ich muss eine Weile weg von hier.« Diesmal starrte er mich direkt an, und da waren sie wieder, die Schranken und Mauern, hinter denen er sich versteckte, verstärkt und unüberwindbar. »Allein. Du hast wieder diesen Ausdruck in den Augen wie nach meiner Operation – als wäre ich ein gebrochener Mann.«

»Das ist nicht …«

»Ich muss das tun, Jackie, um den Mann wiederzufinden, der ich war, bevor alles, was ich angefasst habe, in die Brüche ging. Um wieder zu leben. Wenn ich zurückkomme, wird es uns beiden bessergehen. Ich bin sicher, du kannst bei meinen Eltern in Hyannis Port wohnen, wenn du Gesellschaft brauchst.«

Damit wollte er sagen, dass er eine Auszeit von mir brauchte.

Kennedys versagen nie.

Diese Worte waren mir schon in der Nacht nach meiner Fehlgeburt durch den Kopf gegangen – verfolgten sie jetzt auch Jack? Die Zurückweisung und Demütigung trieb mir Tränen in die Augen. Das alles ging viel zu schnell. Wo war der fürsorgliche Ehemann geblieben, der mich noch vor Kurzem getröstet hatte? Wer war dieser Fremde, der mich vom anderen Ende des Zimmers mit kaltem Blick musterte? Konnte Jack nur mit seiner Trauer umgehen, indem er einen ganzen Ozean zwischen sich und seinen Kummer brachte?

Aber ich brauche dich, hätte ich fast gesagt, biss mir aber auf die Zunge, weil ich Angst davor hatte, wie dieser neue Jack reagieren würde.

»Verstehe. Nun, ich hatte ohnehin vor, Lee in England zu besuchen.« Das war gelogen, denn Lee hatte mich zwar eingeladen, aber ich hatte nie vorgehabt, die Einladung anzunehmen. Bis jetzt. »Vielleicht können wir uns ja irgendwo in Europa treffen«, sagte ich in beiläufigem Ton, obwohl mich jedes Wort fast umbrachte. »Die Côte d'Azur soll zu dieser Jahreszeit herrlich sein.«

Jack stand auf und drückte mir geistesabwesend einen Kuss auf die Schläfe. »Das wäre also geklärt. Gute Nacht, Jackie.«

Erschüttert starrte ich ihm nach und fühlte die Kluft zwischen uns immer tiefer werden. Erst nachdem er die Gästezimmertür hinter sich zugeschlagen hatte, ließ ich meinen Tränen freien Lauf.

Ich bereute meine überstürzte Europareise sofort. Nicht, weil ich mich nicht freute, Zeit mit Lee zu verbringen – dem einzigen Menschen auf der ganzen Welt, dem ich mich anvertrauen konnte –, sondern weil mir die Gerüchte folgten wie Raubvögel und mit ihren scharfen Krallen über mich herfielen, als ich es am wenigsten erwartete.

»Claire Baring will wissen, ob deine Trennung von Jack endgültig ist.« Lee zog einen perfekten Schmollmund und trug Lippenstift auf – wir befanden uns in der luxuriösen Damentoilette unseres Hotels und hatten uns gerade mit Lees Freunden zum Tee getroffen. »Ich habe ihr gesagt, dass ein Sommer ohne den Ehepartner noch lange nicht als Trennung durchgeht. Und dass sie sich in Acht nehmen soll, wenn sie weiterhin so taktlos ist.«

Hatten Jack und ich uns denn wirklich getrennt? Liebten wir einander nicht mehr? War Jacks Liebe verflogen? Oder schlimmer noch – entpuppte Jack sich wirklich als der Mann, vor dem mich Bobby bei meiner Hochzeit gewarnt hatte?

»Danke«, sagte ich zu Lee. »Wenn sie noch mal fragt, hast du die Erlaubnis, sie mit einem Paar Nylonstrümpfen zu knebeln.«

Lee grinste, wurde aber sofort wieder ernst. »Aber Schätzchen, hat sie womöglich recht?«, fragte sie. »Ist es endgültig?«

»Aber nein.« Selbst in meinen eigenen Ohren klang das wenig überzeugend, denn mit jedem Tag, den Jack und ich getrennt verbrachten, wuchs das Gefühl, dass er mich verlassen hatte. Nervös zupfte ich an den Fingern meiner Handschuhe – eine Angewohnheit, bei der ich mich dieser Tage immer häufiger ertappte. Ich mochte dieses Phantom, in das ich mich allmählich verwandelte, ganz und gar nicht, doch ich fand nicht zu der Jackie zurück, die ich vor meiner Fehlgeburt, vielleicht sogar vor meiner Heirat gewesen war. »Na ja, ich habe mich zu Hause einsam gefühlt, selbst wenn Jack da war, aber ich sage mir immer wieder, dass er in Schweden wieder zur Besinnung kommen wird.«

Trotz unserer früheren Rivalitäten war es eine Erleichterung, mich Lee anzuvertrauen und den Flüsterschwestern-Club aus unserer Kindheit wiederaufzunehmen, auch wenn wir diesmal über mich tuschelten. Wenigstens fühlte ich mich nicht mehr so schrecklich einsam, wenn meine Schwester bei mir war.

Und ich würde diesen Ausflug nach Europa nicht vergeuden. Plötzlich war ich fest entschlossen, mir – und Jack – zu zeigen, dass ich ihn nicht brauchte, um glücklich zu sein. Das würde ich ihm beweisen, wenn wir uns in zwei Wochen in Cannes zu einer Vergnügungsfahrt auf der Jacht des Reeders Aristoteles Onassis trafen.

Den Besuch hatte Lees Mann organisiert, als er erfahren hatte, dass Onassis Jacks größten Helden durch Cannes chauffierte – Jack hätte Himmel und Hölle in Bewegung gesetzt, um auch nur ein paar Worte mit dem von ihm zutiefst verehrten Winston Churchill zu wechseln.

»Jacks.« Lee sah mich besorgt an und ergriff meine Hände. »Du weißt, dass Jack nicht allein in Schweden ist, oder? Er trifft sich mit irgendeiner Schwedin, zumindest behauptet das Claire.«

Mich überlief es eiskalt. »Jack kann sich treffen, mit wem er will.«

»Aber er hat ein Verhältnis mit dieser Frau.« Lee packte mich an den Schultern und fauchte beinahe: »Ein *sexuelles* Verhältnis.«

Ich erstarrte, denn meine Schwester bestätigte meine schlimmsten Befürchtungen. Meine Gedanken überschlugen sich.

Jack war zum begehrtesten Junggesellen gekürt worden, bevor ich ihn kennengelernt hatte. Vor mir war er mit Inga-Binga und unzähligen anderen Frauen zusammen gewesen. Und jetzt anscheinend mit irgendeiner Schwedin.

Auf Französisch gab es ein Wort dafür. *Polyamour.*

Vor meinem inneren Auge sah ich sie vor mir, die mysteriöse Fremde, ihre wallenden, glänzend blonden Haare, ihre blauen, von hellen Wimpern umrahmten Augen, sanfte Rundungen, an denen sich ein Mann festhalten konnte.

Ich muss das tun, Jackie, um den Mann wiederzufinden, der ich war, bevor alles, was ich angefasst habe, in die Brüche ging.

Noch ein unerwarteter Gedanke tauchte in meinem Kopf auf.

Dieser verdammte Mistkerl.

Ich war nicht meine Mutter, und Jack war nicht mein Vater, doch ich fragte mich, ob irgendein verborgener Teil von Jack mich dazu provozieren wollte, ihn zu verlassen, weil er an seinem eigenen Wert zweifelte. Mit Schrecken wurde mir klar, dass ein Teil von mir genau das von Anfang an erwartet hatte – alle Männer gingen fremd, folglich war es unvermeidbar, dass Jack mich auch irgendwann betrügen würde. Wie konnte er anders sein?

Aber ich würde es nicht zulassen.

»Das würde Jack nicht tun. Dazu ist er nicht fähig«, erwiderte ich und schüttelte den Kopf.

Lee hob mein Kinn an und zwang mich, sie anzusehen – den entschlossenen Mund, die wütenden Augen. Vielleicht hätte ich so reagieren sollen, doch mir blutete das Herz. »Ich hoffe, du hast recht«, sagte sie, »aber wenn nicht, soll er dir in die Augen sehen und es zugeben, mindestens das ist er dir schuldig.«

Allein der Gedanke machte mich so schwach, dass ich mich setzen musste. Die Zukunft, die ich mir ausgemalt hatte – dieses alberne Märchen –, stürzte in sich zusammen, und ich konnte nur eine Maske aufsetzen und vor Leuten wie Claire Baring so tun, als wäre alles in Ordnung.

Denn eher würde ich sterben, als in der Öffentlichkeit zusammenzubrechen. Oder auch nur vor Lee.

Bei unserem Treffen in Cannes konnte ich Jack kaum ansehen, geschweige denn mit ihm reden. Als wir im Hafen seiner Jacht begegneten, schien mein braun gebrannter, entspannter Ehemann vollauf zufrieden damit, über Belangloses zu plaudern: den Wellengang an der französischen Küste, die Party, die für den Abend geplant war, und wie es unseren Eltern in den Staaten ging. Außer mir merkte niemand, dass er nervös an seiner Krawatte herumzupfte. Auf einmal wurde mir klar, dass mein Mann ein ebenso guter Schauspieler war wie ich.

»Schön, dich zu sehen, Jackie«, sagte er, seine Stimme völlig teilnahmslos. Er konnte mir kaum in die Augen schauen – war es sein schlechtes Gewissen oder etwas anderes, das es ihm unmöglich machte, Blickkontakt zu halten?

»Ebenfalls«, war alles, was ich herausbrachte, doch er zog eine flache schwarze Samtschachtel aus der Innentasche seines Jacketts und überreichte sie mir. »Für dich.«

Darin befand sich eine wunderschöne dreireihige Perlenkette, die im Licht der untergehenden Sonne schimmerte. Ein Geschenk? Oder eine Entschuldigung?

Ich lachte leise und hielt die Kette an mein weißes Sommerkleid von Saint Laurent, in dem meine langen Beine gut zur Geltung kamen. »Passt perfekt.«

Jack legte mir die Perlen um und schloss die Kette im Nacken. »Es freut mich, dass sie dir gefällt.«

Wie soll ich ihn zur Rede stellen?, fragte ich mich, während er Lee begrüßte und mit den anderen Männern über den Steg zu den Casinos schlenderte. Als Lee mich mit funkelnden Augen ansah – wahrscheinlich, um mich aufzufordern, Jack endlich die Leviten zu lesen –, schüttelte ich unauffällig den Kopf. *Was, wenn meine Schwester sich irrt und ich mir grundlos Sorgen mache?*

Ich hatte keine Zeit, mir darüber den Kopf zu zerbrechen, denn kurz darauf gingen wir alle an Bord der *Christina*, der luxuriösen Hundert-Meter-Jacht des griechischen Millionärs Aristoteles Onassis.

Unser Gastgeber war nirgends zu sehen, aber ich wusste von Lee, dass Onassis für die Renovierung dieser ehemals kanadischen Fregatte vier Millionen Dollar ausgegeben hatte, bis die *Christina* sogar für die griechischen Götter dekadent genug gewesen wäre. Ich kam an Bädern aus Siena-Marmor vorbei und schlängelte mich zwischen Kellnern in weißen Jacketts hindurch, die farbenfrohe Drinks anboten, bevor mir schlagartig wieder einfiel, warum wir eigentlich hier waren. Warum Jack hier war vor allem.

Mit einem Daiquiri in der Hand lehnte ich mich an eine Onyx-Säule und sah zu, wie Jack auf den achtzigjährigen Winston Churchill zuging, den ich vor zehn Jahren bei meiner Europareise kurz bei einer Gartenparty am Buckingham Palace getroffen hatte. Heute schien er der Welt noch überdrüssiger zu sein als der kriegsmüde Politiker von 1947. Jack hätte man mit seinem weißen Smoking und seinem sommerlichen Teint für Apollo halten können, aber ich spürte seine Nervosität, als er sich dem ehemaligen britischen Premierminister näherte, der mit einem Buch am Kamin saß.

»Guten Abend, Sir.« Jack verbeugte sich vor diesem ehrwürdigen Mann, und Churchill blickte, an seiner omnipräsenten Zigarre paffend, stirnrunzelnd auf. »Wurde auch Zeit, dass Sie kommen«, nuschelte er, und ich sah, wie sich die Anspannung in Jacks Schultern löste – bis Churchill ihm sein leeres Scotch-Glas entgegenstreckte. »Bringen Sie mir noch einen, ja?«

Wäre ich nicht so wütend auf Jack gewesen, wäre ich zu ihm

gegangen, um ihn zu trösten, aber der verletzte, unversöhnliche Teil in mir hätte um ein Haar laut gelacht, als Jack beschämt davonschlich, von seinem großen Idol abgewiesen.

»*Bonsoir*, Mrs. Kennedy.« Eine tiefe, raue Stimme riss mich aus meinen gehässigen Träumereien. »Ich hoffe, Ihr Mann wird eines Tages darüber lachen können, dass Churchill ihn für einen Kellner gehalten hat. Ehrlich gesagt bin ich überrascht, dass Winston ihn nicht gebeten hat, ihn mit Kaviar zu füttern.«

Es war ein seltsames Gefühl, auf diesen Mann hinabzublicken, der nur Aristoteles Onassis sein konnte und den ich mir als Giganten vorgestellt hatte, aber in Wirklichkeit war er ein gutes Stück kleiner als ich. *»Je suis certaine qu'il le fera. Bien que ce ne soit pas ce soir.«*

Da bin ich mir sicher. Aber wahrscheinlich noch nicht heute Abend.

»Da haben Sie vermutlich recht.« Onassis biss die Spitze einer Montecristo-Zigarre ab und zündete sie an. »Ihr Französisch ist ausgezeichnet. Sie könnten als Europäerin durchgehen, Sie passen so wunderbar auf unseren schönen Kontinent.«

Bei Jack hatte ich an Apollo gedacht, und dieser stämmige Schmeichler mit seinen glänzenden Haaren und seinen Raubvogelaugen erinnerte mich an …

Dionysos? Ich sah zu den Wandgemälden über der Bar, die Szenen aus Homers *Odyssee* zeigten.

Nein, nicht Dionysos – Odysseus! Listenreich, ruhmsüchtig.

»*Merci beaucoup*. Ich konnte Ihnen noch gar nicht für Ihre Gastfreundschaft danken. Sie müssen Ihre Tochter sehr lieben, dass Sie ein so prächtiges Schiff nach ihr benannt haben.«

Onassis zuckte die Achseln. »Ich verwöhne alle Frauen in meinem Leben, aber Christina insbesondere. Dieses Recht hat man schließlich als Vater.«

Ich dachte an meinen eigenen Vater, der mir jeden Wunsch von den Augen abgelesen hatte, und nickte. »Nun, ich hoffe, sie weiß, was für einen wundervollen Vater sie hat«, erwiderte ich und trat etwas näher zu Onassis, als ich Jacks Blick auf uns spürte. Ich schenkte Onassis ein strahlendes Lächeln. Obwohl ich mich dafür hasste, wollte ich, dass Jack merkte, wie wichtig ich ihm war, und eifersüchtig wurde.

Onassis zwinkerte mir verschwörerisch zu, als wisse er genau, was ich bezweckte, und befürworte es vielleicht sogar. »Genießen Sie den Rest des Abends, Madame Kennedy«, sagte er und wandte sich zum Gehen.

Kaum war er weg, erschien auch schon Jack an meiner Seite. »Worüber hast du mit Onassis geredet?«, fragte er anstelle einer Begrüßung.

»Über dich«, antwortete ich nur, drehte mich auf dem Absatz um und ging hinaus aufs Achterdeck. Dieser Teil des Schiffs war genauso dekadent wie alles andere und überblickte den Meerwasser-Swimmingpool der *Christina*, der mit einem atemberaubenden Mosaik verziert war, das ich als Replikat des Palasts von Knossos auf Kreta erkannte. Doch der Ausblick war mir völlig gleichgültig, während ich mit angehaltenem Atem wartete, ob Jack mir folgen würde. Ein Teil von mir hoffte es, ein anderer wünschte, er würde einfach verschwinden, denn ich wusste, ich konnte die Fragen, die mir im Kopf herumschwirrten, nicht länger für mich behalten.

In dem Moment, als ich Jacks Schritte schließlich hinter mir hörte, hoffte ich inständig, dass wir wieder glücklich werden konnten.

»Wusstest du, dass Onassis das Wasser im Pool auf Knopfdruck ablaufen lassen kann?« Ich spürte den heftigen Drang, die Distanz zwischen uns mit Worten zu füllen. »Lee hat mir erzählt, dass sich der Boden hebt und zu einer Tanzfläche wird.«

»Onassis' Pool ist mir völlig egal.« Jacks Nähe ließ mein Herz schneller schlagen; als er die Hand auf meine Wange legte und mit dem Daumen über meinen Kiefer strich, konnte ich mich nur mit Mühe davon abhalten, mich an ihn zu schmiegen. Sanft drehte er mein Gesicht, als wolle er mich im Mondlicht besser sehen – oder mich küssen.

»Du hast mir gefehlt, Kid.«

»Ich war die ganze Zeit da, Jack.«

Dabei wollte ich es belassen, aber plötzlich hatte ich die Stimme meiner Mutter im Kopf.

Schwäche ist keine angeborene Eigenschaft, Jackie, man erlernt sie.

Ich war nicht schwach. Nein, keinesfalls.

»Ich habe gehört, du warst nicht allein«, stieß ich mit erstickter Stimme hervor. »In Schweden.«

Abrupt ließ Jack die Hand sinken, und an meiner Wange spürte ich nur noch die nächtliche Kälte. »Was?«

»Du hast gesagt, du würdest mich niemals anlügen. Wie heißt sie?«

Da. Der Beweis, dass ich nicht schwach bin, Mummy. Jetzt konnte ich die Worte nicht mehr zurücknehmen, doch ich wartete, hoffte und betete, dass Jack mir sagen würde, mein Verdacht sei unbegründet. Gott, wie sehr ich mir das wünschte, mit jeder Faser meines Wesens.

Jacks Augen wurden dunkel. »Gunilla«, antwortete er schließlich. »Ihr Name ist – war – Gunilla von Post.«

Mehr war nicht nötig, nur ein Name, und die Hoffnung starb, ein kleiner Vogel, der mitten im Lied verstummte.

Warum konnte Jack nicht einfach lügen? In Gedanken schrie,

ja brüllte ich ihn an, stieß ihn von mir, so weit ich konnte, aber ich war wie erstarrt. Ich wollte toben, wie meine Mutter es getan hatte, als sie von den Affären meines Vaters erfuhr. Doch ich schluckte die Wut hinunter.

Ich werde nicht wie meine Mutter werden.

Zögernd streckte Jack die Hand nach mir aus, aber ich wich zurück, als hätte er mich geschlagen, und hielt schützend die Hände vor mich. »Ich musste weg, Jackie«, sagte er traurig. »Weg von allem, was vor meinen Augen in die Brüche ging, was ich nicht kontrollieren konnte. Weg von dir, von mir …«

»Von uns.« Meine Stimme brach beim zweiten Wort, und er nickte.

»Ich habe so viele Träume, Jackie.« In seinen Worten lag so viel Schmerz, dass ich trotz allem Mitleid für ihn empfand. »Und nach meinen Operationen hat es sich angefühlt, als wäre das alles unmöglich. Und dann die Fehlgeburt …«

Auch das ein zerstörter Traum.

Ich hatte mir nicht klargemacht, wie egoistisch Jack war. Als wären meine Träume von einem liebenden Ehemann und einer Familie völlig bedeutungslos. Mir wurde schwindlig, und ich schlang die Arme um mich. »Dafür könnte ich mich von dir scheiden lassen.« Ich hasste den bitteren Nachgeschmack, den die Worte in meinem Mund hinterließen. Jack wurde kreidebleich, aber ich fuhr fort: »Ich könnte deine Karriere ruinieren.«

»Ich weiß, dazu hättest du jedes Recht.« Er ließ die Schultern hängen. »Es war ein Fehler, Jackie. Ein kolossaler Fehler. Ich wünschte, ich hätte ihn nie begangen. Mein Vater hat mir schon gesagt, ich soll vor dir zu Kreuze kriechen und dich um Verzeihung bitten.«

Das erklärte die prunkvolle Perlenkette, die mich plötzlich zu ersticken drohte. Lieber Gott … Selbst Mr. Kennedy wusste davon? Wie sollte ich ihm – oder irgendjemandem – je wieder unter die Augen treten? Ich erwartete ja nicht von ihm, dass er sich gegen seinen Sohn stellte – aber wieso hatte er mich nicht gewarnt?

Doch die Antwort wurde mir fast sofort klar. *Was denkst du, woher Jack seine Angewohnheit fremdzugehen hat? Doch bestimmt von seinem Vater, dessen Affäre mit Gloria Swanson weltbekannt ist …*

Ich musterte ihn mit hartem Blick. »Wir hätten deine Träume verwirklichen können, Jack. Stattdessen hast du mich gedemütigt. Öffentlich.«

»Wenn ich wieder zu Hause bin, wird alles anders. Das schwöre ich dir.«

Ich straffte die Schultern und entspannte meine Hände, die ich unbewusst zu Fäusten geballt hatte. »Ich will nicht mehr darüber reden.« Nie wieder. »Komm nicht nach Hause, wenn du nicht vorhast, dich an dein Gelübde zu halten.«

Damit stürmte ich davon, und jeder Schritt hallte in meinem Kopf nach.

Kapitel Vier

Dezember 1955

Jack kannte meine Bedingungen, und dennoch kam er nach Hause.

Nach unserem Treffen an Bord der *Christina* gingen wir eine Weile getrennte Wege und setzten unsere Reisen fort, ich mit Lee in Paris, er auf Capri, bevor ich schließlich allein in die Staaten zurückkehrte. Wir waren wie zwei Eisberge, unsere wahren Gefühle so weit unter der Oberfläche verborgen, dass ich fürchtete, sie würden nie wieder zum Vorschein kommen. Ich glaubte nicht daran, dass er nach Hickory Hill zurückkehren würde, bis ich sein Auto in der Einfahrt hörte und er mit seinem Gepäck in der Hand und einem reumütigen Ausdruck im Gesicht zur Tür hereinkam.

»Ich schwöre, von jetzt an wird alles anders, Jackie. Besser.« Er hob drei Finger, genau wie er es nach seiner Operation getan hatte. »Pfadfinderehrenwort.«

»Okay, Jack«, stieß ich hervor, obwohl es mich große Mühe kostete. War er nur zurückgekommen, weil ich gedroht hatte, mich scheiden zu lassen und seine Karriere zu ruinieren? Ich verdrängte den Gedanken in den hintersten Winkel meines Unterbewusstseins. Doch die Drohung hing wie ein Damoklesschwert über uns.

Mir fiel eine Predigt aus meiner Kindheit ein, ein Vers aus

dem Lukas-Evangelium: Und wenn er siebenmal am Tag an dir sündigen würde und siebenmal wieder zu dir käme und spräche: »Es reut mich!«, so sollst du ihm vergeben.

Ganz gleich, wie weh es tat, ich würde mich zwingen, ihm zu vergeben. Auch wenn es mich fast umbrachte.

Die Hoffnung auf eine weitere Chance, glücklich zu werden, war verführerisch – ein schöner Epilog am Ende eines klassischen Romans. Ich würde jeden Tag hart daran arbeiten, ihm zu vergeben, wenn dieses traurige Kapitel unserer Geschichte dann endlich vorbei wäre.

Am Ende dieses freudlosen Jahres war ich bereit für einen Neuanfang, und ich glaubte, dass es Jack genauso erging.

Zivilcourage würde an Neujahr erscheinen und ein neues Jahr mit Schneegestöber und sternlosen Winternächten aus dem Grab des alten aufsteigen. Da mich das Gedränge überhitzter Körper und der überzogene Frohsinn zu Silvester überhaupt nicht reizten, ging Jack allein auf eine Party, doch er kam noch vor Mitternacht nach Hause und überreichte mir ein hübsch eingewickeltes Päckchen.

»Für mich?«, fragte ich leise, während er die Flasche Champagner, die ich kalt gestellt hatte, öffnete. Um mich daran zu erinnern, dass ich ganz anders war als meine herrische Mutter, aber auch, um möglichst einnehmend und geduldig zu wirken, damit niemand – auch nicht Jack – ahnen konnte, was ich wirklich dachte, hatte ich mir angewöhnt, sanfter zu sprechen.

»Für dich.« Er schenkte zwei Gläser ein und zwinkerte mir zu, bevor er direkt aus der Flasche trank.

Ungeduldig packte ich das Geschenk aus, und zum Vorschein kam ein Exemplar von *Zivilcourage*. Was ich zu Jack gesagt hatte, um ihn zu überzeugen, mit dem Schreiben anzufangen, hatte ich ernst gemeint: Jeder, der ein Buch schrieb, erschuf etwas Wundervolles. Nicht zum ersten Mal fragte ich mich, was ich selbst in meinem Leben erreichen würde.

Ehrfürchtig strich ich über den Schutzumschlag und wünschte mir einen Moment, auf dem Cover würde mein Name stehen. »Mein eigenes Exemplar.«

»Das Buch ist nicht das Geschenk.« Er mied meinen Blick, während er die Seite mit der Widmung aufschlug. Beim Lesen kamen mir die Tränen, so aufrichtig und wunderschön waren seine Worte.

Dieses Buch wäre nicht möglich gewesen ohne die Ermutigung, Unterstützung und konstruktive Kritik meiner Frau Jacqueline, für deren Hilfe bei meiner Genesung ich mich nie angemessen werde bedanken können.

Und das hatte Jack geschrieben, der seine Gefühle doch für gewöhnlich so fest unter Verschluss hielt. Und sie waren gedruckt, dazu bestimmt, uns beide zu überleben.

Als er merkte, wie ich ihn anstarrte, räusperte er sich verlegen. »Jedes Wort kommt von Herzen. Ich weiß, ich bin manchmal unerträglich …«

Ich legte das Buch weg, denn ich brauchte nur ihn. Zwar würde es nie wieder so werden wie früher, aber wir konnten einen Neuanfang wagen, gleich heute Nacht. Meine Hände strichen über die goldenen Bartstoppeln an seinen Wangen, dann ließ ich sie in seinen Nacken wandern, vergrub die Finger in seinen Haaren und schmiegte mich an ihn, bis unsere Lippen so stürmisch aufeinandertrafen, dass die in mir aufwallenden Gefühle mich beinahe überwältigten. In den letzten Monaten war ich am Boden zerstört und so schrecklich allein gewesen, doch als Jack mich küsste, fühlte ich mich fast wieder vollständig.

Als könnte ich die Welt erobern. Als könnten wir alles erreichen.

Jack dachte wohl das Gleiche und sah mich fragend an. Unsere Zwillingseisberge begannen zu schmelzen.

»Lass uns ins Bett gehen«, flüsterte ich.

Als Antwort hob mich Jack hoch und trug mich ins Schlafzimmer. »Das musst du mir nicht zweimal sagen.«

Drei Wochen später fand ich heraus, dass ich schwanger war.

»Ich glaube nicht, dass du körperlich dazu in der Lage bist.«

Mein dicker Bauch hatte der Welt die frohe Nachricht verkündet, aber jetzt musste ich Jack davon abhalten, seine eigene labile Gesundheit zu gefährden. Zum Glück kämpfte ich nicht allein.

Jack warf erst mir einen bösen Blick zu, dann fuhr er seinen Vater an: »Und du stimmst also Jackie zu, dass ich nicht für das Amt des Vizepräsidenten kandidieren sollte?«

Mr. Kennedy lehnte sich auf dem gestreiften Sessel in unserer Conrad-Hilton-Suite zurück. Mit Bobbys Hilfe hatte Jack heute bei der Democratic National Convention unerwartet seine Kandidatur bekannt gegeben, so dass Mr. Kennedy und ich ihn wieder auf den richtigen politischen Kurs bringen mussten. »Ja«, antwortete Mr. Kennedy und legte die Fingerspitzen aneinander. »Aber ich habe andere Gründe.«

Jack schlug die Hände über dem Kopf zusammen. »*Zivilcourage* ist ein Bestseller, und mit meiner Jugend und meiner Kriegserfahrung bin ich genau der Mann, den die Demokratische Partei braucht. Aber ihr meint, dass ich nicht Vizepräsident werden sollte? Ich bin zu gebrechlich, und was sonst noch?«

Ich biss mir auf die Zunge, denn auch wenn ich bezweifelte, dass Jack körperlich zu einem harten Wahlkampf in der Lage wäre, machte ich mir noch mehr Sorgen, dass der Wettbewerbsdruck ihn wie ein Magnet wieder in die Politik und somit von mir wegziehen würde, nachdem wir doch gerade erst wieder zusammengefunden hatten. Und wenn er die Wahl verlor …

Ich hatte bereits erlebt, wie schlecht Jack mit Misserfolgen umgehen konnte. Diesem Risiko wollte ich mich nicht noch einmal aussetzen, zumindest nicht, bis wir wieder festeren Boden unter den Füßen hatten.

Mr. Kennedy beugte sich vor. »Wutanfälle stehen dir nicht gut zu Gesicht, mein Sohn.«

Ich hielt den Atem an. Beide Kennedy-Alphamännchen in einem Raum waren ein beängstigender Anblick.

»Die körperlichen Anstrengungen des Wahlkampfs werden die Hölle sein, aber wenn dich die Operationen nicht umgebracht haben, wird der Wahlkampf es wahrscheinlich auch nicht schaffen.« Mr. Kennedy tippte sich mit dem Zeigefinger ans Kinn. »Nein, mein Sohn, meine Sorge ist eher philosophischer Natur. Das Amt des Vizepräsidenten ist keinen Pfifferling wert. Kennedys geben sich nicht damit zufrieden, Zweitbester zu werden. Das haben wir noch nie getan und werden es auch nie tun.«

Zweitbester. Vielleicht hatte ich zu viel Ambrosia aus dem Kennedy-Brunnen getrunken, denn der zweite Platz war auch für mich keine Option mehr. Ich würde für Jack an erster Stelle stehen, koste es, was es wolle. Und ich brauchte Zeit, um sicherzustellen, dass nichts zwischen uns kommen würde.

»Das Amt des Vizepräsidenten ist nicht das Zweitbeste«, protestierte Jack, aber die Worte seines Vaters hatten ihm offensichtlich den Wind aus den Segeln genommen. »Sondern ein Sprungbrett.«

»Es ist ein politischer Sarg, und das weißt du genau«, erwiderte sein Vater ungehalten, zwang sich dann aber zur Ruhe. »Du verlierst, selbst wenn du gewinnst.«

»Aber ich mache mir einen Namen.«

»Das würdest du auch, wenn du Adlai Stevenson bei seinem Wahlkampf unterstützt.«

Jack wandte sich an mich. »Siehst du das genauso? Dass ich den Kandidaten der Demokraten unterstützen, aber nicht selbst antreten sollte?«

Darin nun lag ein entscheidender Unterschied zwischen uns: Während ich nur als Beobachterin am politischen Geschehen teilnahm, malte Jack sich bei jeder neuen Entwicklung sofort aus, wie er sich im nächsten Schritt ins Oval Office katapultieren könnte.

»Der Plan deines Vaters ist gut«, sagte ich und faltete die Hände über meinem schwangeren Bauch. »Und ich werde dich bei jedem Schritt auf diesem Weg unterstützen. Ich werde dir sogar bei Adlais Wahlkampf-Veranstaltungen helfen.«

Mr. Kennedy zündete sich eine Zigarette an, nahm einen langen Zug und blies den Rauch zur Decke. »Nimm es als Aufwärmtraining für 1960.«

»1960?«, murmelte Jack frustriert. »Wer weiß, ob ich dann überhaupt noch lebe.«

Sein Vater hob die Hand. »Das Land ist noch nicht bereit für dich, aber gib Amerika Zeit, dich kennenzulernen, dann wird diesen Hinterwäldlern aus dem Mittleren Westen ein charismatischer, junger Präsidentschaftskandidat, der zufällig Katholik ist, gar nicht mehr so abwegig erscheinen. Besonders mit Jackie an deiner Seite, die sie mit ihrem Charme und ihrem würdevollen Auftreten allesamt in Erstaunen versetzen wird.«

Jacks Vater bedachte meinen runden Bauch mit einem vielsagenden Blick – was er damit andeuten wollte, war offensichtlich. Dieses Baby würde uns zu einer richtigen Familie machen, was bei unentschlossenen Wählern immer gut ankam und außerdem sicherstellte, dass Jack bei mir blieb. Ich sah schon die Fotos vor mir, die Mr. Kennedy in allen Zeitungen veröffentlichen lassen würde, von Jack, wie er seine Tochter auf einem Pony im Kreis führte und mit seinem Sohn auf dem Rasen der Kennedys Football spielte.

Bilder von uns, zusammen als Familie. Glücklich. Doch wir brauchten Zeit, um dieses Fundament aufzubauen.

»Es ist ein guter Plan, Jack«, wiederholte ich.

»Na schön.« Er stieß ein theatralisches Seufzen aus und wandte sich zum Gehen. »Ich sage Adlai, dass ich ihn unterstützen werde. Aber ihr beide solltet euren Teil der Abmachung in vier Jahren lieber nicht vergessen. Die Präsidentschaft ist das einzige Ziel, wofür sich die Mühe lohnt.«

Während ich ihm nachsah, fragte ich mich: War das ein Ultimatum?

Trotz der sengenden Hitze in Chicago stürzte ich mich kopfüber in den Wahlkampf-Tumult und erfüllte mein Versprechen an Jack voller Elan, kletterte auf einen Stuhl, um ihm bei seiner Nominierungsrede zuzujubeln, und blieb jede Nacht so lange wach, dass keine Schminke die dunklen Halbmonde unter meinen Augen kaschieren konnte. Ich schwor mir, dass es die Erschöpfung und die geschwollenen Fußknöchel wert war, als der *Boston Herald* Jack zum wahren Sieger des Wahlkampfes erklärte – außer ihm gebe es kein neues Gesicht, das Charisma, Würde und Sportsgeist ausstrahlte.

Doch ich stellte fest, dass ich den Wahlkampf verabscheute. Zum Glück würden wir anschließend ein paar Jahre Pause machen können, bis Jacks Sitz im Senat zur Wiederwahl stand.

Oder er für das Amt des Präsidenten kandidierte.

Darüber würde ich später nachdenken. Morgen. Niemals.

Wenn er nicht gerade auf der Bühne stand, sah ich Jack kaum, denn er wohnte mit Bobby und ihren Wahlhelfern im Stockyard Inn hinter der Convention Hall, während ich eine gemütlichere Unterkunft bei den Shrivers hatte, langjährigen Freunden der Kennedys, die jetzt auch zur Familie gehörten, da Jacks Schwester Eunice einen ihrer Söhne geheiratet hatte. Ich freute mich auf ein paar Monate Ruhe, bevor das Baby zur Welt kommen würde, doch ich hatte Jacks jährlichen Ausflug nach Europa vergessen.

Ich hatte gedacht, mit dieser Tradition wäre es nach letztem Jahr vorbei. Anscheinend hatte ich mich getäuscht.

»Ich werde dich vermissen«, sagte ich, während ich zusah, wie Jack das weiße Polohemd zusammenfaltete, das er bei unserer Segeltour getragen hatte. Ich hatte überlegt, ob ich versuchen sollte, ihn von dieser Reise abzubringen – im achten Monat war ich viel zu schwanger, um gefahrlos mitzukommen –, aber ich wollte ihn nicht bedrängen, da er dieses Jahr einen Familienausflug mit seinem Vater und Ted geplant hatte. Seit seiner Reise nach Schweden letzten Sommer hatte es nicht den geringsten Hinweis gegeben, dass er sich heimlich mit anderen Frauen traf.

Doch eine leise Stimme in meinem Hinterkopf flüsterte, dass sich alte Gewohnheiten nur schwer ablegen ließen – oder vielleicht auch gar nicht –, und gleichzeitig fragte ich mich, ob Jack verreiste, weil er Angst hatte, dass uns womöglich erneut ein Desaster bevorstand.

Aber bis zum Geburtstermin war es nur noch ein Monat; bestimmt waren wir außer Gefahr, und das bedeutete, dass Jacks Platz an meiner Seite war.

»Geh nicht.« Die Worte waren aus meinem Mund, bevor ich sie aufhalten konnte. »Bitte geh nicht.«

»Es ist doch nur ein Männerausflug.« Jack blickte nur flüchtig auf. »Du hast doch gesagt, du hättest nichts dagegen.«

Ich habe gelogen, wollte ich schreien. *Kannst du das nicht sehen?*

Plötzlich spielte es keine Rolle mehr, dass Ted mitkommen würde oder dass sie sich unterwegs mit Mr. Kennedy treffen wollten. All die Zweifel und das Misstrauen, das ich so tief in meinem Innern vergraben hatte, erhoben ihr hässliches Haupt und vervielfältigten sich wie eine Hydra aus der griechischen Sagenwelt.

Vielleicht war ich eine bessere Schauspielerin, als ich gedacht hatte, denn Jack bekam von meinem inneren Aufruhr nichts mit.

Ich werde nicht die klammernde Ehefrau sein. Lächle, wink ab und lass ihn gehen.

»Vielleicht ist es ja tatsächlich besser, wenn du fährst – dann siehst du wenigstens nicht, wie ich mich endgültig in einen Ballon verwandle«, ruderte ich zurück und deutete mit einem vielsagenden Lächeln auf meinen Bauch. »Ich sehe schon aus wie ein kleiner Wal.«

»Du bist schöner denn je«, erwiderte er und küsste mich auf den Kopf. »Ich bin auf jeden Fall wieder da, bevor das Baby kommt. Noch einen Monat.« Er umfasste meinen Bauch mit beiden Händen und betrachtete ihn einen Moment ehrfürchtig, doch dann schweifte sein Blick zu seinem Koffer, als würde er in Gedanken schon über den Atlantik zu den sonnengeküssten Ufern des Mittelmeers fliegen.

Und konnte ich es ihm verdenken? Ich, die Europa so sehr liebte?

Also ließ ich Jack gehen. Und wünschte mir schon sehr bald, ich hätte es nicht getan.

Ein paar Tage später erwachte ich im Haus meiner Mutter noch vor Sonnenaufgang keuchend aus einem Traum, in dem ich verzweifelt versucht hatte, zu Jack zu schwimmen, der auf dem Wasser des Mittelmeers stand – buchstäblich – und sich immer weiter von mir entfernte. Sein zerzaustes kupferfarbenes Haar und das himmelblaue Wasser glitzerten im Sonnenlicht. Mein ganzer Körper schmerzte vor Anstrengung.

Während ich mich an die Oberfläche meines Bewusstseins kämpfte, weckte die Erinnerung an unser gestriges Telefonat in mir den heftigen Wunsch, meinen Schmerz und meine Wut laut hinauszuschreien.

»Wo bist du gerade?«, hatte ich ihn gefragt.

»In Frankreich.« Er klang so weit weg, als riefe er vom Mond an. »Wir sind gerade auf dem Weg nach Nizza.«

Grimmig blickte ich hinaus in den strömenden Regen und wünschte, ich würde mit meinem Mann auf einer zwölf Meter langen Schaluppe an der Côte d'Azur Champagner schlürfen. Doch meine Tagträumereien nahmen ein jähes Ende, als ich durchs Telefon eine Frau lachend Jacks Namen rufen hörte.

Da wusste ich es. Ich hatte mir einreden wollen, ich wäre nur paranoid, aber tief im Innern wusste ich, dass Jack wieder zu seinen alten Tricks griff.

Reg dich nicht auf, hatte ich mich ermahnt, als meine Hand wie von selbst zu meinem Bauch wanderte, zu dem Kind, das bald das Licht der Welt erblicken würde und mich fester an Jack band als je zuvor. Als ich mich erinnerte, wie schwer es für meine Mutter gewesen war, Lee und mich allein großzuziehen, bis sie Hughdie kennengelernt hatte. *Ignorier es einfach – vorerst zumindest.*

»Hör zu, ich muss gehen«, sagte Jack, bevor ich fragen konnte, warum irgendeine geheimnisvolle Frau auf einen »Männerausflug« mitkam. »Ich rufe dich an, wenn wir uns mit Vater getroffen haben.«

Meinen Traum noch immer schrecklich klar vor Augen musste ich daran denken, wie die Wellen mich bei jedem Schwimmzug immer weiter von Jack fortgetragen hatten.

Doch der stechende Schmerz, den ich jetzt verspürte, war kein Traum.

Ächzend kauerte ich mich zusammen und schrie nach meiner Mutter; unmenschliche Töne wie von einem wilden, verwundeten Tier. Mummy eilte herbei, die Bettjacke hastig übergeworfen. Als sie das Licht einschaltete, sah ich ihr an, dass sie Angst hatte, was sehr selten vorkam. Im gleichen Augenblick sahen wir beide den dunklen Fleck auf dem Laken.

»Hughdie«, rief sie mit gebieterischer Stimme, und die eiligen Schritte meines Stiefvaters hallten durch den Flur. »Ruf sofort den Krankenwagen.«

»Nicht schon wieder, Mummy«, schluchzte ich, als erneut ein stechender Schmerz durch meinen Bauch fuhr. »Ich kann das nicht noch mal.«

Nicht jetzt, da Jack am anderen Ende der Welt war. Ich brauche ihn …

Meine Mutter umfasste mein Kinn und zwang mich, ihr in die Augen zu sehen. »Du bist im achten Monat.« Sie klang wie ein Feldwebel, der seinen Männern den Befehl gab, in eine schwere Schlacht zu ziehen. »Du musst kämpfen, Jacqueline. Für dich selbst und für dieses Baby.«

Also kämpfte ich.

Ich schrie, als eine Wehe nach der anderen auf mich einstürzte, und nur die Arme meiner Mutter, die mich fest umschlangen, verhinderten, dass ich zusammenbrach, während wir auf die Sanitäter warteten. Sie betäubten mich, und als ich wieder zu mir kam, erblickte ich auf dem Stuhl neben meinem Krankenhausbett im New Port Hospital die verschwommenen Umrisse eines Mannes.

»Jack?« Das Wort fühlte sich an wie Glasscherben in meiner Kehle.

Es war nicht Jack.

»Hey, Jackie.« Es war Bobby, die Krawatte lose um den Hals, und seine blauen Augen – gletscherblau, nicht stürmisch wie die seines Bruders – waren so traurig, dass sich mein Herz zusammenzog. Er schob seinen Stuhl näher zu mir. »Ich bin hier. Und deine Mutter wartet draußen.«

Fieberhaft blickte ich mich nach dem Kinderkörbchen um, das mir zeigen würde, dass alles in Ordnung war. Bobby zwang mich nicht, die Frage zu stellen.

»Sie haben einen Notkaiserschnitt gemacht.« Er umfasste meine eiskalten Hände, sein Griff fest und warm. »Es tut mir so leid.« Seine Stimme brach. »Dein zauberhaftes kleines Mädchen hat es nicht geschafft.«

Dein zauberhaftes kleines Mädchen.

Vielleicht waren es diese Worte, die mich innerlich fast zerrissen, vielleicht war es dieser minimale menschliche Kontakt – meine Hand in Bobbys. Alles Blut wich mir aus dem Kopf, mir wurde schwindlig, und ich hatte das Gefühl, mein Herz würde brechen. Niemals wieder würde ich vollständig sein.

»Wo ist Jack?« Mein Flüstern klang erstickt.

Diesmal wich Bobby meinem Blick aus. »Ich habe versucht, ihn zu erreichen. Er muss auf See sein.«

Auf See. So einsam und verlassen fühlte ich mich. Ich hatte unsere Tochter verloren, lag gespickt mit Infusionsschläuchen im Krankenhaus, und mein Mann spielte auf einer Jacht im Mittelmeer den Playboy.

Mein Herz mochte gebrochen sein, aber in diesem Moment versteinerte es und wurde härter als Obsidian.

Die Welt verschwamm vor meinen Augen, als ich zu Bobby aufblickte – nicht zu Jack, der bei mir sein und meine Hand halten sollte. Es war sein Bruder, der als Einziger mutig genug war, mir die Nachricht zu überbringen, die nicht einmal meine Mutter über die Lippen gebracht hatte. Bobby, der Jack so ähnlich sah und dessen Frau in wenigen Wochen das fünfte Kind erwartete, war hier bei mir, weil er wusste, wie es war, ein Kind zu lieben. Wie es war, zu lieben. »Jack sollte hier sein«, schluchzte ich, und heiße Tränen strömten mir über die Wangen.

»Du kannst dich darauf verlassen, dass ich ihm die Hölle heißmachen werde, wenn ich ihn in die Finger bekomme.« Bobby zog seine Krawatte auf und zerknüllte sie hilflos, dann stieß er ein tiefes Seufzen aus. »Gott, Jackie, es tut mir so unendlich leid. Ich werde tun, was ich kann, auch wenn ich dir womöglich keine große Hilfe bin.«

Natürlich würde er das. Denn für Bobby war die Familie das Wichtigste. Und auch wenn Jack sich nicht so verhielt, gehörte ich zur Familie.

»Kann ich sie sehen?« Meine Hand lag immer noch in Bobbys, und ich klammerte mich an ihm fest. »Kann ich sie sehen, bevor sie sie wegbringen?«

Er nickte grimmig und berührte sachte meine Wange. »Ich werde Himmel und Erde in Bewegung setzen, damit du dich verabschieden kannst.«

Als er gegangen war, kam meine Mutter herein, mit hängenden Schultern und dunklen Ringen unter den Augen. Mit einem Gebetbuch unter dem Arm setzte sie sich zu mir auf die Bettkante, und ich legte den Kopf an ihre Schulter. »Es tut mir leid, dass Jack nicht hier ist.«

Ich wischte die Tränen weg, fühlte mich aber unendlich leer. »Meine Tochter ist tot, und er ist nicht hier, um sie zu sehen, weil er mich wieder einmal betrügt. Wie konnte ich nur so dumm sein?«

»Du bist nicht dumm. Du hast nur dem falschen Mann dein Vertrauen geschenkt«, erwiderte sie und strich mir beruhigend über die Haare. »Du stammst aus einer langen Ahnenreihe von Frauen, die alle diesen Fehler machten. Aber wenigstens ist er nicht tödlich.«

Schweigend saßen meine Mutter und ich beisammen, bis Bobby mit einer Krankenschwester zurückkam, die ein winziges, in eine rosa Decke eingewickeltes Bündel hielt. Ich streckte die Arme aus und fühlte zum ersten und letzten Mal das Gewicht meines Kindes.

»Arabella«, flüsterte ich so leise, dass Bobby sich vorbeugen musste, um mich zu verstehen. Ich hielt meine Tränen nicht zurück, und auch meine Mutter weinte hemmungslos. »Ihr Name ist Arabella.«

Es war ein ungewöhnlicher, ein bisschen versponnener Name, denn wenn meine Tochter am Leben geblieben wäre, hätte sie sicherlich einen anständigen irischen Namen bekommen, der bei den Kennedys von Generation zu Generation weitergegeben wurde. Aber Jack war nicht hier, also gehörte sie ganz allein mir.

Und Bobby, dieser wundervolle Mann, küsste meine Tochter auf die Stirn. »Arabella«, stimmte er zu.

Dafür würde ich ihn immer lieben. Und ich würde Jack niemals verzeihen, dass er nicht an seiner Stelle bei mir gewesen war.

Es dauerte drei Tage, bis Jack die Nachricht erhielt.

Zwei elende, nicht enden wollende Tage, gefolgt von einem dritten, an dem Arabella beerdigt wurde.

Bobby übernahm die Organisation und schaffte es endlich, seinen Vater zu erreichen, der Jack abfing, als sie in Genua anlegten. Die Nachricht, die er seinem Sohn überbrachte, bereitete Jacks Urlaub ein jähes Ende.

Als meine Mutter ihn in mein abgedunkeltes Zimmer in Hammersmith führte, wirkte er zutiefst bedrückt. »Es tut mir sehr leid, dass ich nicht hier war«, sagte er zur Begrüßung.

Ich konnte ihn kaum ansehen. Beim Anblick seines sonnengebräunten Gesichts fiel es mir schwer, meine aufgestaute Trauer und Wut zu bezähmen. Zu allem Übel hatte Lee mir von dem Gerücht erzählt, dass Jack erst zurückgekommen war, nachdem ihm ein Freund gesagt hatte, wenn er tatsächlich jemals für die

Präsidentschaft kandidieren wolle und die Öffentlichkeit von meiner Fehlgeburt erfuhr, müsse er schnellstmöglich zu mir zurückkommen.

»Die Ärzte glauben, es sei passiert, weil ich mich so in deinem Wahlkampf engagiert habe«, erklärte ich mit eisiger Stimme. Ich war so verdammt wütend, und ich war es so verdammt leid, ihm etwas vorzugaukeln. »Oder vielleicht war es die Erkenntnis, dass du mich angelogen hast und mit einer anderen Frau eine Vergnügungsfahrt gemacht hast. Dass dir so etwas wichtiger ist als ich. Und dein Kind.«

Er legte keinen Protest ein, stritt nichts davon ab. Und es gab kein Baby mehr, das mich überzeugen konnte, die Augen vor der Wahrheit zu verschließen, obwohl ich nicht mutig genug war, mich nach Einzelheiten zu erkundigen.

Unruhig wie ein wildes Tier im Käfig lief Jack in dem winzigen Zimmer auf und ab. »Es tut mir so leid, Jackie. So etwas wird nie wieder vorkommen, das schwöre …«

»Hör auf, mich anzulügen!«, fiel ich ihm wütend ins Wort. Schockiert hielt er inne und starrte mich an. »Sei doch wenigstens so anständig, mir die Wahrheit zu sagen – das schuldest du mir.«

»Ich wäre zweimal fast gestorben, Jackie«, stieß er hervor. »Ich weiß, es ist falsch, aber ich kann einfach nicht anders. Ich will leben und das Leben voll auskosten, weil es jederzeit vorbei sein könnte.«

Das also war die nackte Wahrheit, der wahre Grund, warum er mir nicht treu sein konnte. Mir stockte der Atem. Einer der Gründe, warum ich Jack liebte – sein unstillbarer Drang, alles aus dem Leben herauszuholen –, diente ihm nun als Rechtfertigung.

Wir waren Zwillingseisberge, nicht wahr? Nun, Jack würde am eigenen Leib erfahren, wie gefühlskalt ich sein konnte.

»Wenn du Vergebung willst, die wirst du hier nicht finden.« Ich bedachte ihn mit einem vernichtenden Blick. »Ich will, dass du dich von mir fernhältst. Eine sehr, sehr lange Zeit.«

Meine Stimme war so leise, so hart. So tot.

»Was meinst du damit?« Seine Augen wurden schmal. »Willst du dich von mir trennen?«

»Ich weiß noch nicht genau, was ich will.« Ich schüttelte den Kopf, um seine Proteste im Keim zu ersticken, und schloss die Augen, damit ich sein gekränktes Gesicht nicht sehen musste. Glaubte er ernsthaft, er würde damit durchkommen, mit diesem erneuten Verrat, dieser erneuten öffentlichen Demütigung? »Wenn ich dich verließe – wenn ich das Wort Scheidung auch nur flüstern würde im Zusammenhang mit dem, was du getan hast –, dann wäre es mit deinem Traum vom Weißen Haus ein für alle Male vorbei, Jack.«

»Wir sind katholisch, Jackie. Katholiken lassen sich nicht scheiden.« Ich sah, wie er merkte, dass er in eine Falle getappt war.

»Meine Eltern haben sich scheiden lassen, und sie haben es verkraftet«, erwiderte ich. »Du allerdings …«

Es blieb abzuwarten, ob ich mutig – oder dumm – genug sein würde, Jack durch diese Hölle zu schleifen.

»Vielleicht ist es meine Schuld, was aus uns geworden ist, Jackie, aber es hätte nichts geändert, wenn ich hier gewesen wäre«, flüsterte er. »Unsere Tochter wäre trotzdem tot.«

Tot.

Ich drehte mich auf die andere Seite und kehrte ihm den Rücken zu, damit er mich nicht weinen sah. »Ich will, dass du gehst.

Wenn ich mich erholt habe, werde ich mit Lee nach Europa fahren. Den ganzen November.«

Seine einzige Antwort waren Schritte, die sich auf die Tür zubewegten. Doch ich konnte ihn nicht so einfach davonkommen lassen.

»Sie ist auf dem St. Columba's Catholic Cemetery in Middletown begraben.« Meine Stimme zitterte, und ich warf ihm vorsichtig über die Schulter einen Blick zu. »Falls dich das überhaupt interessiert.«

Ich wartete, dass er etwas dazu sagte, dass er auf die Knie fiel und mir versicherte, wie sehr ihn das interessierte, oder wenigstens über meine Herzlosigkeit schimpfte.

Stattdessen zog er die Tür hinter sich zu.

Kapitel Fünf

November 1956

Jack verkaufte Bobby unser perfektes Haus in Hickory Hill unter dem Vorwand, dass es zu abgelegen für uns war und sich besser für die stetig wachsende Familie seines Bruders eignete. Der wahre Grund jedoch war, dass ich nicht zurück nach Hause kommen würde, nicht in das Haus, das ich in der Annahme, dass wir dort ein Kind großziehen würden, liebevoll eingerichtet hatte. Zumal unsere Ehe in Trümmern lag. Kein Zuhause, kein Baby und ein Ehemann, den ich kaum noch so nennen konnte – die Türen zu meinen Träumen fielen eine um die andere krachend ins Schloss.

Ich floh nach Europa, um Jack zu entkommen und zu entscheiden, was ich tun würde, aber meine Probleme folgten mir.

Schon nach wenigen Tagen las ich in einer Klatschkolumne ein Interview mit dem Kapitän, der Jacks letzten Jachtausflug geleitet hatte. Er erzählte, dass nicht etwa eine, sondern drei junge Skandinavierinnen mit dem berühmten Senator an Bord gewesen seien.

Unter ihnen auch Gunilla von Post.

Lee und ich bereiteten uns gerade auf eine viertägige Tour durch Paris vor, als ein Dienstmädchen in mein Hotelzimmer an den Champs-Élysée kam. Die Gesellschaft meiner Schwester war Balsam für meine geschundene Seele, denn ihre Ehe war ebenfalls schwierig – ihr Mann hatte gerade seine Stelle in der amerikanischen Botschaft verloren und verbrachte die meiste Zeit in einem Alkoholrausch. »In einem Märchen zu leben kann die Hölle sein«, hatte Lee eines Nachts gesagt, als wir uns bei einem Glas Picon Citron gegenseitig das Herz ausschütteten. »Wissen die Leute das nicht?«

Es schien, als wären wir Bouvier-Schwestern dazu verdammt, die Fehler unserer Eltern zu wiederholen.

Jetzt knickste das Dienstmädchen vor mir. »Mr. Kennedy ist für Sie am Apparat, Madame.«

Ich zögerte. Thanksgiving war ohne ein Wort von Jack vorübergegangen, warum rief er dann jetzt an?

»Lass ihn betteln.« Meine Schwester schminkte sich vor dem Spiegel, und ich kämpfte gegen die irrationale Eifersucht an, die beim Anblick ihrer lässigen Eleganz in mir aufwallte. Lee war immer die Hübschere von uns beiden gewesen – wie Mutter oft betont hatte –, zierlicher und modebewusster. Es war wohl das Beste, dass meine Schwester und ich unsere Ehe-Tragödien gemeinsam durchmachten, sonst wären wir wahrscheinlich wieder in unsere alten Gewohnheiten als langjährige Rivalinnen verfallen. »Sorg dafür, dass dieser Mistkerl vor dir auf die Knie fällt und dir sämtliche Sterne vom Himmel holen will«, fuhr Lee fort. »Du könntest ihn gar um den Mond bitten, und Jack müsste ihn dir beschaffen.«

Jack hat mir einmal den Mond versprochen, wollte ich sagen. *Aber das ist eine Ewigkeit her.*

Lees Worte hallten in meinem Kopf nach, als ich all meinen Mut zusammennahm und ans Telefon ging. Fast hätte ich wortlos aufgelegt. Stattdessen atmete ich tief durch, setzte mich auf die Kante der geblümten Chaiselongue und hielt den Hörer ein

Stück von meinem Ohr weg, denn bei transatlantischen Gesprächen knisterte es immer entsetzlich laut in der Leitung.

»Hallo?«

»Hey, Kiddo.«

»Mr. Kennedy«, sagte ich überrascht, dann durchströmte mich eine tiefe Erleichterung, dass es mein Schwiegervater und nicht mein Ehemann war. »Hat Jack dich gebeten, mich anzurufen?«

»Nein. Das war ganz allein meine Idee, und du hast meine ungeteilte Aufmerksamkeit.« In meiner Phantasie rückte Mr. Kennedy seine Brille zurecht, wie er es immer tat, wenn er über etwas Ernstes nachgrübelte. »Wird es nicht langsam Zeit, dass du nach Hause kommst?«

»Ich bin nächste Woche wieder in den Staaten.« Allerdings hatte ich mit meiner Mutter ausgemacht, dass ich zu ihr in die Hammersmith Farm kommen würde, nicht nach Hyannis Port. Falls ich beschließen sollte, Jack noch eine Chance zu geben – und das war alles andere als sicher –, würde er auf Knien zu mir zurückkriechen müssen. Und es würde alles anders werden. Sonst würde ich ihn verlassen.

Mr. Kennedy räusperte sich, während ich mir eine Zigarette anzündete und einen tiefen Zug nahm. »Du bist schon fast vier Monate weg. Ich kann die Gerüchte über eure Ehe nicht auf unbegrenzte Zeit zum Schweigen bringen.«

»Warum machst du dir überhaupt die Mühe?« Ich knabberte an einem bereits abgekauten Fingernagel, bis Lee meine Hand ergriff und heftig den Kopf schüttelte. »Die Gerüchte sind allesamt wahr. Und jeder weiß es, weil Jack diese Frau direkt vor meiner Nase der ganzen Welt vorgeführt hat.«

Diese Frau. Denn ich würde mich nie dazu durchringen können, den Namen Gunilla von Post laut auszusprechen.

Mr. Kennedy legte eine lange Pause ein. »Ich weiß. Und ich würde meinem Sohn die Ohren langziehen, wenn ich denken würde, dass ihn das zur Vernunft bringt. Vielleicht mache ich es trotzdem.«

Die Ironie des Ganzen war zum Schreien. Zwar liebte ich Mr. Kennedy wie einen zweiten Vater, aber er war selbst ein unverbesserlicher Schwerenöter, und von ihm hatte Jack gelernt, mich zu hintergehen. *Aber es ist nicht Jacks Vater, auf den du wütend bist …*

Ich schluckte schwer. »Dann denkst du also, dass ich jedes Recht hätte, ihn zu verlassen?«

Mir gegenüber nickte Lee heftig, und ich stand auf, um uns Drinks einzuschenken. Doch ich wusste, dass die Antwort nicht so einfach war.

Natürlich denkt Mr. Kennedy das nicht, Jackie. Er mag dich wie eine Tochter lieben, aber er hat seine Frau jahrelang betrogen, und sie hat ihn nicht verlassen, sondern ihm neun Kinder geschenkt und ihm geholfen, sein Imperium zu leiten.

Jacks Vater seufzte. »Ich sage dir, was ich denke. Wir hatten an Thanksgiving eine Familienkonferenz, und wir sind uns alle einig, dass Jack im Unrecht ist. Aber wir sind uns auch einig, dass 1960 sein Jahr wird. Und ich werde alles in meiner Macht Stehende tun, um dafür zu sorgen, dass er Präsident wird und du seine First Lady. Das wünsche ich mir für euch beide, für uns alle.«

Solche Luftschlösser interessierten mich im Moment reichlich wenig – warum gingen alle davon aus, Jacks Träume wären auch meine? »Nun, ich wünsche euch viel Glück. Als Katholik – noch dazu als geschiedener Katholik – hat Jack einen ganz schön hohen Berg zu erklimmen.«

Das Schweigen am anderen Ende der Leitung hielt so lange an, dass ich mich schon fragte, ob die Verbindung unterbrochen worden war, aber schließlich räusperte sich Mr. Kennedy. »Du kannst dich nicht von ihm scheiden lassen, Kiddo.«

»Wird er mich davon abhalten?« Meine Stimme wurde schrill. »Oder du?«

»Geld und ein gutes Image werden ihm seinen Platz im Weißen Haus sichern. Ich habe das nötige Geld, aber du, Jacqueline Bouvier Kennedy, hast sein Image in der Hand. Wir Kennedys geben uns nie mit dem Zweitbesten zufrieden, und du, Jackie, bist die Beste. Du bist unsere Nummer eins, und wir brauchen dich.«

»Wirklich? Warum sagt mir Jack das dann nicht selbst?«

»Weil er ein Idiot ist. Das weißt du doch längst.« Mr. Kennedy seufzte erneut, und ich stellte mir vor, wie er sich über sein schütteres Haar strich. »Wenn ich ehrlich bin, waren ich und seine Mutter in Sachen Ehe ein hundsmiserables Vorbild für Jack, und er wollte das Gespräch mit dir nicht vermasseln. Betrachte mich als Vermittler.«

Du könntest ihn um den Mond bitten, Jack müsste ihn dir beschaffen.

Vielleicht hatte Lee ja recht.

»Was hat Jack vor, um mich dazu zu bringen, dass ich bei ihm bleibe?«

»Mein Sohn ist bereit, gewisse Opfer zu bringen, um dich glücklich zu machen.« Die Art, wie Mr. Kennedy das sagte, weckte in mir den Verdacht, dass Jack neben ihm stand, die Arme vor der Brust verschränkt, einen grimmigen Ausdruck im Gesicht. »Und um dich zu ermuntern, ihm noch eine Chance zu geben, bin ich bereit, eine Million Dollar auf ein Konto mit deinem Namen zu überweisen.«

Fassungslos starrte ich den Hörer an. Die Kennedy-Männer dachten also, sie könnten mein Glück kaufen, mich kaufen wie eins ihrer billigen Flittchen. Lee reichte mir einen Martini und sah mich fragend an, aber ich schüttelte nur den Kopf.

»Eine Million Dollar gehen kaum als Bestechung durch«, sagte ich schließlich. Mein Magen rumorte. »Warum nicht zehn?«

Jacks Vater missverstand mich. »Also gut, zehn, wenn du dann bei ihm bleibst. Du bist ein Teil dieses Teams, Kiddo, ob es dir gefällt oder nicht.«

»Ich will dein Geld nicht. Ich will für ihn an erster Stelle stehen.« Meine Stimme war so leise, dass ich nicht sicher war, ob Mr. Kennedy mich überhaupt gehört hatte. Ob irgendeiner von ihnen mich je gehört hatte. »Das ist alles, was ich je wollte.«

»Du stehst für ihn an erster Stelle. Es mag dir nicht so vorkommen, aber du bist seine Partnerin. Diese anderen Frauen …« Er verstummte. »Sie sind wie Lollis.«

»Aber warum braucht er sie? Er behauptet immer, er müsse das Leben voll auskosten, aber es gibt andere Männer, die auch fast gestorben wären und sich nicht so benehmen. Warum genügt es ihm nicht, sein Leben mit mir zu verbringen?«

»Die Antwort wird dir nicht gefallen, aber ich möchte, dass du eine Weile darüber nachdenkst, denn es ist die Wahrheit.« Mr. Kennedy schwieg einen Moment – offenbar wählte er seine Worte mit Bedacht. »Was du mit Jack hast, ist etwas Besonderes, und das kann keine andere Frau antasten. Du warst für ihn da, als er dich am dringendsten brauchte; die anderen sind nur Bettbekanntschaften – er empfindet nichts für sie. Und schon gar nicht das, was er für dich empfindet.«

Ich schüttelte den Kopf über diese verworrene Argumentation. »Ich glaube nicht, dass Jack irgendetwas für mich empfindet.«

»Da liegst du falsch, vollkommen falsch, aber ich kann verstehen, warum du das denkst. Jack begreift jetzt, dass eure Ehe nur als Partnerschaft funktioniert – dass du vor allen anderen kommen musst. Dass er dich nicht mehr demütigen darf.«

Ich fragte mich, was nötig gewesen war, um ihm das klarzumachen. Gott allein wusste, dass ich ihm das schon seit unseren Flitterwochen beizubringen versuchte.

Doch mein Schwiegervater war noch nicht fertig. »Ich kaufe euch ein richtiges Haus, damit ihr neu anfangen könnt. Das Einzige, worum ich dich bitte, ist, dass du ihm sechs Monate Zeit gibst, dir zu beweisen, dass er sich gebessert hat. Wenn das nicht funktioniert, steht mein Angebot noch. Aber Jackie, du musst ihm zeigen, wie es läuft. Führe ihn. Kannst du das?«

Konnte irgendjemand John Fitzgerald Kennedy führen? Ich bezweifelte es, doch ich hatte mit Jack einen heiligen Eid vor Gott geschworen, also war es wohl das Mindeste, was ich tun konnte, wenn ich nicht exkommuniziert werden wollte wie meine Mutter.

Schließlich hatte Jack mir schon das Herz gebrochen, also hatte ich nichts mehr zu verlieren. Und alles zu gewinnen.

»Na schön, ich gebe ihm sechs Monate.« Ich ignorierte den bösen Blick, den mir meine Schwester zuwarf, und stellte erschrocken fest, dass ich mindestens eine halbe Packung Zigaretten angezündet und im Aschenbecher ausgedrückt hatte, ohne sie zu rauchen. Himmel, ich war wirklich ein Nervenbündel. »Wenn sich bis dahin nichts ändert, kann ich für nichts garantieren.«

Wieder eine lange Pause am anderen Ende der Leitung. »Das ist mehr als fair, Kiddo. Jack wird dich vom Flughafen abholen.«

»Ich freue mich schon.«

Als ich auflegte, wurde mir klar, dass das eine ungeheuerliche Lüge war.

Mir graute davor, Jack wiederzusehen.

Ich wusste nicht, was greller war; das Blitzlichtgewitter oder Jacks aufgesetztes Millionen-Watt-Lächeln.

»Es ist lange her, dass Sie Ihre Frau zum letzten Mal gesehen haben, Jack«, bestürmte ihn ein Reporter mittleren Alters und wackelte mit seinen buschigen Augenbrauen. »Geben Sie ihr doch einen Kuss!«

Während ich unbehaglich an meinem schwarzen Chanel-Kostüm herumzupfte, überkam mich eine heftige Abscheu vor der Presse, zu der ich einst gehört hatte und die jetzt meine privatesten Momente ausschlachtete. Ich versuchte, die Reporter zu ignorieren und mich auf meinen Ehemann zu konzentrieren, der mit nervösen Fingern auf seine Oberschenkel trommelte.

Sechs Monate, Jackie. In sechs Monaten kann viel passieren.

Jack drückte mir einen trockenen Kuss auf die Schläfe, und ich versteifte mich, denn ich wusste, dass er mir solche Zuneigung nur zeigte, wenn er um Wähler warb. Die Geste wirkte unaufrichtig, ganz gleich, wie die Presse es hindrehte.

»Meine Frau hat eine lange Reise hinter sich, und ich bin sicher, sie würde sich gerne zu Hause ausruhen.« Jack salutierte vor den Reportern. »Aber ich erwarte euch alle, wenn der Senat wieder tagt.«

Fast hätte ich die Augen verdreht, doch stattdessen wandte ich mich ab. Meine Absätze klackerten über den Asphalt, und Jack musste sich beeilen, um mit mir Schritt zu halten. Wir sagten kein Wort, bis wir im Auto saßen.

Sobald wir allein waren, kam Jack zur Sache. »Mein Vater hat mir erzählt, dass du seine Bestechung abgelehnt hast.«

»Ja«, antwortete ich schlicht und reckte das Kinn, dann schaltete ich das Radio ein, um die unbehagliche Stille zu füllen, die mit Sicherheit folgen würde. Ich musste fast lachen, als die letzten Textzeilen von »Why Do Fools Fall in Love« erklangen. »Vorerst.«

»Vorerst?«

»Glaub bloß nicht, dass du mich in der Tasche hast, Jack.« Ich warf ihm einen eisigen Blick zu. »Du willst Präsident werden, und ich will meinen Mann zurück.«

»Ich bin nie weggegangen.«

Ich öffnete den Mund, um ihm wegen Gunilla von Post den Marsch zu blasen, verkniff es mir aber in letzter Sekunde. Schließlich war das meine Chance, einen kühnen neuen Kurs einzuschlagen und nicht in die Fußstapfen meiner Mutter zu treten.

Ich überkreuzte die Beine und sah zu, wie der Potomac River am Fenster vorbeirauschte. »Es wäre auch schwer wegzugehen, wenn du nie wirklich hier warst.«

»Das ist nicht fair, Jackie. Ich liebe dich.«

Auf seine Weise tat er das wahrscheinlich wirklich. Aber die dürftigen Brocken, die er mir anbot, waren nicht genug für mich.

»Das Leben ist nicht fair, Jack. Trag es mit Fassung.« Meine Stimme blieb ausdruckslos. »Dein Vater hat einmal gesagt, es gehe nicht darum, wer du bist, sondern was die Leute denken, wer du bist, stimmt's? Und da du Amerika glauben machen willst, dass du der perfekte Ehemann und Präsidentschaftskandidat bist, können wir sicher zu einer Einigung kommen.«

Ich rieb mir die Nasenwurzel – was zur Hölle dachte ich mir nur dabei? Eins stand fest: Ich war es leid, nach Jacks Pfeife zu tanzen, und Mr. Kennedy hatte mich gebeten, ihm zu zeigen, wo es langging. Nun, wenn Jack Präsident werden wollte, dann musste er nach meinen Regeln spielen.

»Das Weiße Haus und mich gibt es nur im Zweierpack, Jack. Also solltest du dich in Zukunft auch so verhalten. Ich stehe an erster Stelle. Immer. Und du wirst mich nie wieder demütigen.«

Im Auto trat beklommenes Schweigen ein. Elvis Presley schallte aus dem Radio, und ich wartete darauf, dass Jack jeden Moment eine Kehrtwendung machen und zurück zum Flughafen fahren würde.

Stattdessen räusperte er sich und klopfte mit dem Daumen unruhig aufs Lenkrad. »Mein Vater hat gesagt, er wolle dir ein Haus kaufen. Für uns.« Er warf mir einen kurzen Blick zu. »Ich habe eins gefunden, das dir gefallen könnte. Wir könnten gleich hinfahren – natürlich nur, wenn du möchtest.«

Während er seinen Vorschlag stockend vorbrachte, wurde mir eins klar: Jack Kennedy war nervös. Allein meinetwegen, weil ich den Schlüssel zu seinem Glück in der Hand hielt. Anscheinend hatte er meine Bedingungen akzeptiert.

»Das wäre schön.« Ich berührte seine Hand und musste die Zähne zusammenbeißen, weil ich mir unwillkürlich vorstellte, wie er mit diesen Fingern auch Gunilla von Post berührt hatte. »Ich will, dass wir es schaffen, Jack. Um unser beider willen.«

»Ich auch«, versicherte er mir. »Ich auch.«

Und in diesem Moment hätte ich alles dafür gegeben, ihm glauben zu können.

Das Backsteinhaus in der 3307 N Street war wundervoll, und wir zogen an einem kalten Tag im Januar dort ein. Während ich den Umzugshelfern zeigte, wo sie die Lampen für das kleine Gästezimmer hinstellen sollten, fragte ich mich wieder einmal, wie viel ich bereit war aufzugeben, um diese Ehe – diese Partnerschaft – zu retten.

Ich überlegte gerade, welches Bild ich im Speisezimmer aufhängen sollte, als der Butler einen unerwarteten Gast ankündigte. Meine Mutter.

»Ich bin gekommen, um dir meine unumstößlichen Regeln beizubringen, wie man ein Anwesen verwaltet«, verkündete sie und rauschte mit einem Stapel Menülisten und Haushaltsbüchern unter dem Arm herein.

»Ich habe schon Hickory Hill selbst verwaltet, Mummy.«

»Nun ja, du hast dich hauptsächlich um die Neugestaltung gekümmert, und seitdem ist so viel passiert ... Ich dachte, jetzt wäre die perfekte Gelegenheit, dein Wissen aufzufrischen.«

Obwohl unsere Seite der Familie nie wirklich redete, erkannte ich diesen Besuch als das, was er war: Meine Mutter wollte nach mir sehen. Also ließ ich mir von ihr zeigen, wie man sein Gewürzregal richtig sortierte (alphabetisch natürlich) und wie oft man die Fenster putzen sollte (zweimal im Jahr, im Frühling und im Herbst).

Erst als sie mir einschärfen wollte, dass ich jeden Tag neue Blumenarrangements brauchte, erlaubte ich mir den Einwand: »Ich weiß nicht, ob es überhaupt möglich ist, deinen Ansprüchen gerecht zu werden.« Woraufhin sie mich völlig entgeistert ansah und sagte: »Das heißt aber nicht, dass du nicht dein Bestes geben solltest, Jacqueline. Ich würde mir nie verzeihen, wenn du die gleichen Fehler machst wie ich.«

Touché, Mummy.

»Du hast ein wunderschönes Zuhause, und eines Tages wirst du hier vielleicht eine Familie gründen. Triff nur keine voreiligen Entscheidungen«, fügte sie hinzu.

Obwohl Hughdie nett und zuverlässig war, hatte ich immer gewusst, dass mein Vater die wahre Liebe ihres Lebens gewesen war, und jetzt fragte ich mich, ob sie die Scheidung womöglich bereute. Weiter nachzuhaken hätte eine ungeschriebene Familienregel gebrochen, aber ich fühlte mich besser, weil meine Mutter diesen neuesten Versuch, meine Ehe zu retten – wir wussten ja beide, dass sie nicht von meiner Haushaltsführung sprach –, offensichtlich guthieß.

In dieser Nacht kam Jack mit guten Neuigkeiten nach Hause – vielleicht den besten, die wir seit Langem erhalten hatten.

»*Zivilcourage* bekommt den Pulitzer-Preis«, verkündete er mit stolzgeschwellter Brust. »Unglaublich, oder?«

»Das ist ja wundervoll.« Dabei hätte ich es belassen können, aber es fühlte sich an, als hätte sich eine Tür einen Spaltbreit geöffnet.

Also rauchte ich meine Zigarette fertig und durchwühlte unzählige unbeschriftete Kisten auf der Suche nach den Champagnergläsern, die wir zur Hochzeit geschenkt bekommen hatten. Als ich nicht fündig wurde, zuckte ich die Achseln und nahm stattdessen zwei Keramikschälchen.

Jack, der es sich auf dem Sofa bequem gemacht hatte, zog erst irritiert die Stirn kraus, als ich ihm das Schälchen hinstreckte, fing aber an zu lachen, als er erkannte, was sich darin befand.

»Warum bin ich noch nie auf die Idee gekommen, Champagner aus einer Müslischale zu trinken?«

So ungern ich es zugeben wollte, fand ich ihn unverschämt gut aussehend, wie er dortsaß und mich mit seinen quecksilbrigen Augen fragend musterte. Das war es, was Jack so anziehend machte; seine Fähigkeit, seinem Gegenüber das Gefühl zu geben, man wäre der einzige Mensch auf der ganzen Welt, der ihm etwas bedeutete. Selbst wenn das nur eine Fassade war.

»Ein Toast.« Ich verdrängte die Sorgen, die in mir aufstiegen. »Auf *Zivilcourage* und den Mut, neu anzufangen.«

Denn obwohl es einfacher wäre, Jack weiterhin die kalte Schulter zu zeigen, wollte ich ihm verzeihen.

Falls ich mich irgendwann doch von ihm scheiden ließ, wollte ich mir sicher sein, dass ich alles versucht hatte, um unsere Ehe zu retten. Falls unsere Beziehung zerbrach, würde es seine Schuld sein, nicht meine.

Jack legte seine Senatspapiere weg, erhob sich anmutig und lockerte seine Krawatte. Er war mir so nahe, dass ich sein Eau de Cologne riechen konnte – Vanille mit einem Hauch Kiefernholz, als wir mit unseren Schälchen anstießen. »Auf unseren Neuanfang.«

Zu meiner Überraschung hielt mir Jack seine Schale hin, als wolle er unseren Hochzeitstag nachspielen. Ich zögerte, dann schlang ich meinen Arm um seinen, so dass er aus meiner trinken konnte.

Und wir tranken. Zusammen.

Safrangelbe Tulpen sonnten sich in dem schmiedeeisernen Blumentopf draußen vor unserem Haus, und das offene Fenster ließ die sanfte Maibrise herein, während ich telefonierte.

»Erfahren Väter heutzutage etwa so, dass sie Großvater werden?«, brummte Black Jack Bouvier am anderen Ende der Leitung, begleitet vom Klirren der Eiswürfel in seinem Whiskeyglas. »Aus der Zeitung?«

Ich hatte ewig nichts von ihm gehört, und unser Umzug in die N Street war schon fünf Monate her, daher überkamen mich Schuldgefühle, dass ich mich so lange nicht gemeldet hatte. Seit der Ankündigung, dass *Zivilcourage* den Pulitzer-Preis erhalten würde, hatten wir noch mehr um die Ohren gehabt als üblich, und anders als bei meinen letzten beiden Schwangerschaften hatten Jack und ich diesmal versucht, die Neuigkeit unter Verschluss zu halten. Aber irgendwie hatte die Presse davon Wind bekommen.

»Ich wollte dich damit nicht belästigen«, sagte ich zu meinem Vater. »Oder dir falsche Hoffnungen machen.«

»Für dich hoffe ich doch immer nur das Beste, Süße«, erwiderte er, und ich konnte mir das Lächeln nicht verkneifen, denn genau wie Jack besaß auch mein Vater die Gabe, andere Menschen um den Finger zu wickeln.

»Ich komme dich bald besuchen. Lee hat mir schon erzählt, dass du Rückenschmerzen hast und Probleme mit den Nebenhöhlen.« Da Lee zurzeit mit ihrem Mann in der Toskana war – ein letzter verzweifelter Versuch, ihre von finanziellen Problemen zerrüttete Ehe zu retten –, sah ich es als meine Pflicht an, mich um unseren Vater zu kümmern.

»Wag es bloß nicht, die Reise hierher auf dich zu nehmen. Ruh dich aus und lass dich von Jack und deiner Mutter umsorgen.«

»Jemand muss dich wohl mit Gewalt aus deiner Wohnung holen und dir etwas anderes zu essen besorgen als Lammkoteletts und Limabohnen.«

»Lammkoteletts und Limabohnen sind mein Lieblingsessen.« Mein Vater hustete. »Und ich habe meine Wohnung erst vor ein paar Wochen verlassen, um mit deinem Mann etwas trinken zu gehen. Da ist mir klar geworden, dass ich alt werde. Die Ärzte behaupten, meine Leber sei hinüber; sie wollen ein paar Tests durchführen.«

Den letzten Teil hörte ich kaum noch. Jack hatte nichts davon gesagt, dass er sich mit meinem Vater getroffen hatte. Ich stellte mir vor, wie mein Vater, der notorische Schürzenjäger, mit meinem Mann durch die Kneipen zog, und bekam eine Gänsehaut beim Gedanken, was sie wohl alles angestellt hatten. Aber seit ich Jack erzählt hatte, dass ich wieder schwanger war, hätte er als Heiliger durchgehen können.

»Was für Tests?«, erkundigte ich mich, als die Worte meines Vaters zu mir durchdrangen. »Hoffentlich nichts Ernstes?«

»Nein, nein, nur Routinekram.«

»Du musst uns im November besuchen kommen, wenn das Baby da ist«, sagte ich. Falls es überlebt, flüsterte die Stimme in meinem Hinterkopf, aber ich verdrängte den Gedanken, bevor er mich mit voller Wucht traf.

»Wenn nötig, werde ich in eurem Garten zelten.« Ich schnaubte, denn ich bezweifelte stark, dass mein weltmännischer Vater jemals ein Zelt aufgeschlagen hatte. »Was meinst du, wie alt sollte die Kleine sein, bevor ich ihr das Pokerspielen beibringen kann?«

»Gib ihr ein paar Wochen«, antwortete ich grinsend.

Er lachte. »Wahrscheinlich liest sie bis dahin auch Faulkner und Melville.«

»Ich dachte, wir fangen mit Edna St. Vincent Millay an.« In diesem Moment bog Jacks Auto in die Einfahrt ein. »Bis bald, Dad«, verabschiedete ich mich.

Doch wir sahen uns nicht wieder. An meinem Geburtstag bekamen wir den Anruf, dass Black Jack Bouvier ins Koma gefallen war, und Jack fuhr mich so schnell wie möglich nach New York.

Die Ärzte behaupten, meine Leber sei hinüber; sie wollen ein paar Tests durchführen.

Anscheinend hatte das bedeutet, dass bei ihm vor längerer Zeit Leberkrebs diagnostiziert worden war. Wie konnte er mir das verheimlichen?

Jack hielt die ganze Fahrt zum Lenox Hill Hospital über meine Hand. Meine Nerven lagen blank, und ich fühlte mich noch hilfloser als bei Jacks Operation.

»Kannst du bitte schneller fahren?«, flüsterte ich.

Als Antwort trat Jack das Gaspedal bis zum Anschlag durch. »Ich würde dich dorthin fliegen, wenn ich könnte«, sagte er. »Ich wünschte, ich könnte mehr tun.«

»Bleib einfach bei mir, ja?« Das war das einzige Zeichen von Schwäche, das ich mir Jack gegenüber gestattete, und ich erwartete, dass er wegen dringender Senatsangelegenheiten noch am selben Abend zurückfliegen müsste, aber zu meiner Überraschung drückte er nur meine Hand.

»Ich gehe nirgendwohin, Kid.«

Wir erreichten New York in Rekordzeit, aber die Krankenschwester auf der Intensivstation schüttelte nur traurig den Kopf, als ich nach der Zimmernummer meines Vaters fragte.

»Es tut mir leid, Mrs. Kennedy«, sagte sie. »Mr. Bouvier ist vor einer Stunde gestorben.«

Nur Jacks Arm um meine Schultern hielt mich aufrecht und gab mir die Kraft, die Tränen zurückzuhalten, als ich mich erinnerte, wie mein Vater mir im Central Park beigebracht hatte, auf Bäume zu klettern, und mich – seine Lieblingstochter – mit Pfefferminzbonbons und Büchern verwöhnt hatte. Und jetzt war er nicht mehr da.

Vor einer Stunde … Wie konnte eine einzige Stunde einen solchen Unterschied machen?

Plötzlich wurde ich unfassbar wütend auf diesen Vater, der unsere Familie zerstört und seinen Kummer in Alkohol ertränkt hatte, so dass er mich nicht einmal bei meiner Hochzeit zum Altar führen konnte, der mich belogen und mir verschwiegen hatte, dass er krank war, und den ich deshalb nicht ein letztes Mal hatte besuchen können. Doch dann wich die Wut den Schuldgefühlen, weil ich eine treulose Tochter war. Mein Vater hatte mich geliebt und sein Bestes getan.

»Gibt es jemanden, mit dem ich mich wegen der Vorkehrungen für die Beerdigung in Verbindung setzen soll?«, fragte die Krankenschwester. »Mr. Bouvier hat seine Haushälterin als Kontaktperson in Notfällen angegeben, aber da Sie jetzt hier sind …« Sie verstummte. »Oder gibt es sonst jemanden, den ich anrufen soll? Seine Frau vielleicht?«

Mir blieb die Luft weg bei der Vorstellung, dass meine Mutter sich um die Beerdigung meines Vaters kümmern musste – wie sie schimpfen und zetern würde, dass er sie sogar noch aus dem Grab heraus tyrannisierte.

Nein, das war allein meine Pflicht.

»Sagen Sie mir, was getan werden muss«, bat ich die Schwester. »Ich kümmere mich darum.«

Also verfasste ich gewissenhaft Black Jacks Nachruf, tätigte ein Dutzend Anrufe an meine Schwester und die Bouvier-Seite der Familie – die meisten seiner Freunde hatte mein Vater schon lange verprellt – und suchte eine schlichte goldene

Krawattennadel und passende Manschettenknöpfe aus, die das dunkle Blau des Anzugs, in dem er bestattet wurde, zur Geltung brachten.

Zu meiner Überraschung blieb Jack die ganze Zeit an meiner Seite; ein Fels in der Brandung und eine Schulter, an der ich mich ausweinen konnte.

Am Tag der Beerdigung stand er erhobenen Hauptes neben mir in der St. Patrick's Cathedral in New York, die kühle, feuchte Luft in der Kirche eine willkommene Erholung von der Sommerhitze draußen. Die Bänke waren größtenteils leer, nur hier und da saßen ein paar Familienangehörige und in den hinteren Reihen eine Handvoll Frauen – Fremde für alle außer meinem Vater –, deren Gesichter hinter schwarzen Schleiern verborgen waren. Doch durch meinen eigenen Schleier freute ich mich, dass ich auf die traditionellen weißen Lilien verzichtet und stattdessen gelbe Gänseblümchen und blaue Kornblumen ausgewählt hatte; mein letztes Geschenk an meinen lebensfrohen Vater, der den August und unser Strandhaus in East Hampton so sehr geliebt hatte.

Selbst im Tod sind Schönheit und Hoffnung zu finden, wir müssen es nur wagen, danach zu suchen.

Als der Gottesdienst zu Ende war und alle anderen gegangen waren, ließ ich den Sarg meines Vaters noch einmal öffnen, kniete davor nieder und legte das Armband, das er mir zur Schulabschlussfeier geschenkt hatte, unter seine Hände. »Jack ist in den letzten Tagen nicht von meiner Seite gewichen«, flüsterte ich ihm zu. »Ich danke dir für dieses letzte Geschenk.« Dann faltete ich die Hände und betete: »Bitte kümmere dich um meine beiden toten Kinder und wache über dieses Baby, wenn du kannst, Daddy.«

Nach einem tränenverschleierten letzten Blick auf meinen Vater stand ich auf und kehrte in die Sicherheit von Jacks wartenden Armen zurück.

Und trat hinaus in den sommerlichen Sonnenschein, zurück ins Leben.

Kapitel 6

November 1957

Vielleicht erhörte mein Vater mein Gebet, denn Caroline Bouvier Kennedy, benannt nach meiner Schwester und meinem Vater, erblickte in einer ruhigen Herbstnacht das Licht der Welt. Ein einziges Wort kam mir in den Sinn, als ich ihre schlafende Gestalt im Mondlicht betrachtete.

La douceur.

Das war französisch für Süße – das perfekte Wort für meine wundervolle Tochter. Sie war meine *douceur de vivre*, die Süße meines Lebens.

Als Jack mir Caroline zum ersten Mal in die Arme legte – er trug sie so vorsichtig wie eine Porzellanpuppe, sein Gesicht strahlte vor Freude –, wurde mir warm ums Herz, und ich erkannte, dass es die richtige Entscheidung gewesen war, bei Jack zu bleiben. Ich sah, wie er angestrengt blinzelte und sich räusperte, als falle es ihm schwer, beim Anblick dieses Wunders nicht in Tränen auszubrechen.

»Sie ist perfekt«, flüsterte er und strich über den weichen Flaum auf ihrem Kopf. »Unser Mädchen für die Ewigkeit.«

»Sie ist unser Vermächtnis.« Mit Caroline hatte Jack mir ein kostbares Geschenk gemacht, das zu den größten Erfolgen unseres Lebens zählen würde.

Jack lächelte und fuhr mit dem Daumen über ihre weichen

Pausbäckchen. »Sieh dir doch bloß ihre süße kleine Stupsnase an«, murmelte er staunend. »Wie ein perfekter Knopf.«

Zum ersten Mal seit meinem Hochzeitstag war ich von Herzen glücklich und zufrieden.

Wie ein Märchen-Drache, der seinen Schatz hütete, wäre ich liebend gern den ganzen Tag mit Caroline zu Hause geblieben und hätte sie vor neugierigen Blicken beschützt, doch das war angesichts unseres sozialen Status und Jacks politischer Ambitionen ein unmöglicher Traum. Wie meine Mutter mir sogleich in Erinnerung rief, als ich das Thema anschnitt, gehörte es sich schlicht nicht.

»Ist das Kinderzimmer bereit für die Presse?«, fragte ich Carolines Kinderfrau also eines Nachmittags. Maud Shaw war Mitte fünfzig, mit rotbraunen Locken und strengem Auftreten, hinter dem sich allerdings ein feiner Humor verbarg – eine richtige Mary Poppins.

»Selbstverständlich, Ma'am.« Miss Shaws britische Manieren waren ein Grund, warum ich sie eingestellt hatte; ich fand es äußerst charmant, dass sie Jack immer »Senator Kennedy« nannte. »Sie hat problemlos aus der Flasche getrunken, und in ihrem Rüschenkleid sieht sie so entzückend aus, dass ihr bestimmt das ganze Land in ihre süßen Pausbäckchen kneifen will.«

Ich lächelte und widerstand dem Drang, an der kratzigen goldenen Stickerei des blauen Seidenkleids herumzuzupfen, das ich mir ausgesucht hatte. Schließlich hatte ich selbst um dieses Interview mit dem Reporter von *Life* gebeten, hauptsächlich, weil ich zu meinen eigenen Bedingungen mit der Presse verhandeln wollte. Alle zusammen, in Carolines Kinderzimmer mit den roten Rosen auf der Tapete und den mit Rüschen besetzten weißen Organdy-Gardinen über dem Kinderkörbchen, würden wir aussehen wie die perfekte amerikanische Oberschichtsfamilie.

Endlich waren wir eine Familie, und das würden wir immer bleiben. Durch Caroline war meine Drohung, mich scheiden zu lassen, erledigt. Niemals würde ich mein Kind den erbitterten Streitereien und den Narben aussetzen, die Lee und ich bis heute trugen.

Jack hatte seinen Teil der Abmachung eingehalten – Caroline, unser neues Haus und meine Zufriedenheit bewiesen das deutlich –, also musste ich im Gegenzug die Zähne zusammenbeißen und den Wählern in Massachusetts zeigen, dass er als Familienmensch ihre Werte teilte.

Ich würde Jack helfen, als Senator wiedergewählt zu werden, und danach …

1960 wird sein Jahr.

Das Weiße Haus erschien mir so unerreichbar wie ein Schloss in den Wolken, doch ich hatte Jack ein Versprechen gegeben. Ich konnte mir die Zukunft, von der er jede Nacht träumte, kaum vorstellen, denn wir waren doch sicherlich viel zu jung und unerfahren, um in die Fußstapfen von Persönlichkeiten wie Ike und Mamie Eisenhower zu treten. Wie um alles in der Welt sollte ich eine gute Ehefrau und Mutter sein, einen Haushalt führen und noch dazu die Pflichten einer First Lady erfüllen?

Eins nach dem anderen, Jackie. Es hat keinen Sinn, sich um eine Zukunft zu sorgen, die womöglich nie eintreten wird.

»Du hast wirklich einen ausgesprochen guten Geschmack, Kid«, sagte Jack, als er sich zu uns gesellte. Er hatte nicht viel Zeit, denn nach dem Fototermin musste er sofort weiter zur nächsten Gremiumssitzung. Während ich ihm die Krawatte richtete, die perfekt zu seinem dunkelgrauen Anzug passte, blickte er sich in unserem sonnigen Schlafzimmer um. »Kostspielig, aber sehr geschmackvoll.«

»Das gehört zu meinem Charme.« Ich trat einen Schritt zurück, um den charismatischen Senator zu bewundern, der den arroganten Kongressabgeordneten ersetzt hatte, der zu einer Dinnerparty abgewetzte braune Schuhe getragen hatte. »Dieses Interview wird dir so viele Stimmen einbringen, dass du die Wahl im November haushoch gewinnst.«

Jack reichte mir den Arm. »Der Fotograf wartet. Wollen wir?«

In Carolines Zimmer standen Tee und ein Porzellanteller mit Petit-Beurre-Keksen für uns bereit. Es sollte ja eine Familiengeschichte wie aus dem Bilderbuch werden – Jacks Liebe zu seiner Tochter zeigte sich ganz von selbst, als er mit Caroline Späßchen machte –, doch während der Fotograf anfangs seine Begeisterung für Caroline und mein Einrichtungstalent ausdrückte, nahmen seine Fragen schnell eine unerwartete – und inakzeptable – Wendung.

»Was sagen Sie zu den Behauptungen, einer Ihrer Redenschreiber habe *Zivilcourage* geschrieben, Mr. Kennedy?«, erkundigte er sich beiläufig.

Natürlich bemerkte er nicht, wie sich Jacks Kiefer anspannte, aber ich betete, dass dieser Fototermin nicht in eine unangenehme Szene ausarten würde.

Was für ein Einfaltspinsel, dachte ich und bereute zutiefst, ihn eingeladen zu haben, während ich Caroline auf meinem Schoß zurechtrückte und Jack beschwichtigend die Hand auf den Oberschenkel legte.

»Ganz unter uns?«, fragte Jack, der sich zum Glück rasch erholte, schließlich mit seinem Filmstarlächeln, und der Reporter beugte sich gespannt vor. »Ich wünschte, ein Ghostwriter hätte an meiner Stelle monatelang im Krankenhaus gelegen und nichts anderes zu tun gehabt.«

Danach schoss der Reporter nur noch ein paar Fotos, dann war die Angelegenheit erledigt. Doch dieses Interview mit seinen bissigen Fragen war nur der Anfang.

Als Nächstes kamen die kurzen Wahlkampfauftritte, die Jack und mich von Nantucket nach Boston führten. Ich posierte für Fotos und lächelte, bis mir die Wangen wehtaten. Ich vermisste Caroline entsetzlich, und meine Augen brannten vom ständigen Blitzlichtgewitter.

Doch Jack schöpfte Kraft aus jeder Veranstaltung und ließ sich von den Menschenmengen beflügeln, bis er kaum noch aufzuhalten war.

Ob es mir gefiel oder nicht, die Magie der Kennedy-Maschine wirkte, denn Jack gewann die Wahl mit 850 000 Stimmen Vorsprung – das beste Wahlergebnis, das ein Politiker aus Massachusetts je erzielt hatte.

Kaum war das Resultat bekannt, verdichteten sich auch schon die Gerüchte zu einem anhaltenden Murmeln, und schließlich bestätigte Jack mit seiner Rede im Senate Caucus Room, dass er 1960 für die Präsidentschaft kandidieren würde. In jenem bedeutenden Moment stand ich in einem schneeweißen Kostüm mit einer schwarzen Onyx-Kette neben ihm, und mein Herz pochte wild.

Vielleicht war das Schloss in den Wolken näher, als ich gedacht hatte.

»Jackie kann in deinem Gesellschaftszimmer in Georgetown mit der Presse Tee trinken«, sagte Kenny O'Donnell, einer von

Jacks politischen Beratern, und gestikulierte beiläufig in meine Richtung, während ich allen Kaffee einschenkte. »Aber ansonsten sollten Sie sich lieber vom Rampenlicht fernhalten, Ma'am.«

»Wie bitte?« Auch wenn diese wichtige Besprechung nicht bei uns, sondern in Bobbys Haus stattfand, würde ich mich nicht ausschließen lassen, weder jetzt noch in Zukunft. Jack saß mit Bobby und seinen Wahlhelfern auf Ethels geblümtem Sofa. Nur sein Vater fehlte – es sollte ja nicht so aussehen, als würde der frühere Botschafter die Strippen ziehen –, doch ich wusste, dass Vater und Sohn heute mindestens dreimal telefonieren würden. Ich war die einzige Frau im Raum, und auch wenn ein Teil von mir erleichtert war, dass das ganze Tamtam um den Wahlkampf endlich vorbei war, lag mir viel daran, Jack weiterhin zu unterstützen. »Warum sollte ich nicht wie bei der letzten Wahl an seiner Seite stehen?«

Kenny sah zu Jack, der völlig passiv blieb. Als wolle er abwarten, ob sein Berater einen guten Grund für meinen Ausschluss vorbrachte. »Ich fürchte, Sie erfüllen nicht die Erwartungen, die das amerikanische Volk an eine zukünftige First Lady stellt, Ma'am. Sie haben ein bisschen zu viel Status und nicht genug quo.«

Ich sah ihm direkt in die Augen. »Ich weiß nicht, was Sie meinen.«

Das stimmte zwar nicht, aber ich wollte, dass er es mir ins Gesicht sagte.

»Nehmen Sie doch zum Beispiel Bess Truman. Oder selbst Eleanor Roosevelt«, erklärte er und hatte nicht einmal den Anstand, verlegen zu werden, als er fortfuhr: »Freundlich, ohne eine Spur von Chic und mit genügend Falten um die Augen, dass jeder Wähler sofort an seine liebe alte Großmutter erinnert wird.«

Ich war also zu jung? Und zu gut gekleidet?

Vielleicht hätte jemand Dolley Madison und Grace Coolidge, die beiden jüngsten First Ladys der amerikanischen Geschichte, informieren sollen, dass sie zu jung und schick waren …

»Jack ist gerade mal vierzig.« Ich verschränkte die Hände im Schoß, um Kenny nicht auf der Stelle zu erwürgen. »Seine Wähler können wohl kaum von ihm erwarten, mit einer Großmutter verheiratet zu sein.«

»Nein, aber sie würden es bevorzugen, wenn er mit einem bescheidenen amerikanischen Mädchen verheiratet wäre.« Kenny stellte seine Kaffeetasse ab. »Um es freiheraus zu sagen, Mrs. Kennedy, Sie sind zu jung, zu hübsch und nicht amerikanisch genug.«

»Nicht amerikanisch genug?«, erwiderte ich fassungslos. »Ich bin amerikanischer als Sie, Mr. O'Donnell. Wenigstens werde ich in der Presse nicht als Angehörige der irischen Mafia bezeichnet.«

»Das mag sein, aber ich habe nicht an der Sorbonne studiert, und ich spreche nicht fünf Sprachen. Und außerdem werde ich nicht die Frau des Präsidenten.«

Außer mir vor Wut arrangierte ich die leeren Tassen auf dem Tablett um, niemand sollte sehen, wie aufgebracht ich war. Das mit Jack und mir würde nur funktionieren, wenn wir zusammenhielten, ich war nicht gewillt, mich beiseiteschieben zu lassen. Nie wieder.

Mit einer frischen Kanne Kaffee in der Hand drehte ich mich langsam zu den Männern um. »Ich spreche nur drei Sprachen fließend, Mr. O'Donnell, in Italienisch und Polnisch habe ich nicht viel Übung«, sagte ich betont freundlich. »Aber da die Vereinigten Staaten bekanntlich ein Schmelztiegel sind, sollten meine Sprachkenntnisse für Jacks Wahlkampf eher vorteilhaft als hinderlich sein.«

Ich sah, dass Bobby ein Lächeln unterdrückte. »Damit hat Jackie nicht ganz unrecht.«

Ich nickte ihm dankbar zu, aber O'Donnell beachtete ihn nicht, sondern fuhr unbeirrt fort: »Also müssen wir wohl meistens allein zu deinen Reden gehen, Jack – höchstens vielleicht in Begleitung deiner Schwestern oder deiner Mutter.«

Ich wartete, dass Jack widersprach, aber er begegnete kaum meinem Blick und widmete sich lieber dem Berg von Terminplänen auf dem Couchtisch. Bobby zuckte stirnrunzelnd die Achseln, wie um mir zu sagen, dass er es versucht hatte.

Enfoirés. Ich stellte die Kaffeekanne ab und verließ das Zimmer. Sollten sie sich ihren blöden Kaffee doch selbst einschenken.

Kenny O'Donnell und die gesamte irische Mafia waren Narren, wenn sie dachten, ich würde den Präsidentschaftswahlkampf meines Mannes damit verbringen, mit der verdammten Presse Tee zu trinken.

In jener Nacht war ich schon zu Bett gegangen und tat, als würde ich eine Biographie von Madame de Genlis, der französischen Mätresse von Philippe d'Orléans, lesen, als Jack endlich hereinkam. Ganz gleich, wie oft ich ihm half, sein Hemd auszuziehen und die Rückenstütze abzunehmen, würde ich mich wohl nie an den Anblick der roten Striemen gewöhnen, die seinen Oberkörper bedeckten, wo sich die Stütze den ganzen Tag in seine Haut gegraben hatte, oder an die Narbe, die sich seine ganze Wirbelsäule entlangzog. Obwohl es viel einfacher gewesen wäre aufzugeben, überlegte ich mir stichfeste Argumente, warum ich weiterhin ein Teil seines Wahlkampfes sein sollte, aber Jack gab mir keine Gelegenheit, sie vorzubringen.

»Ich fahre in ein paar Tagen nach Louisiana, um mit dem Wahlkampf anzufangen.« Stöhnend ließ er sich aufs Bett sinken, und ich rechnete fest damit, dass er mich wegschicken würde, aber er sagte: »Ich möchte, dass du mitkommst.«

»Was?« Ich traute meinen Ohren nicht. »Hat O'Donnell seine Meinung geändert?«

»Nein.« Jack verschränkte die Hände hinter dem Kopf und grinste. »Ich brauche weder Kennys noch sonst irgendjemandes Erlaubnis, um meinen Wahlkampf so zu führen, wie ich will.«

»Ich wünschte, ich hätte sein Gesicht sehen können, als du es ihm gesagt hast.«

Vor allem wünschte ich, Jack hätte Kenny in meiner Anwesenheit noch zurechtgewiesen, aber das war nicht sein Stil.

»Du hast eine gute Wahl getroffen, Bunny«, sagte ich leise.

»Ach ja?«, raunte er und strich mir eine verirrte Strähne hinters Ohr.

Ich zuckte die Achseln. »Kannst du dir vorstellen, wie Kenny in New Orleans versucht, mit seinem furchtbaren irischen Akzent einem Wähler auf Französisch zu antworten? Er würde klingen wie eine Bulldogge, die an einer Murmel erstickt.«

Jack lachte. »Das würde die Wähler definitiv vergraulen.«

»Ich habe nur eine Frage, Mr. Kennedy, bevor ich einwillige, dir bei deinem Wahlkampf zu helfen.«

»Und die wäre?«, fragte Jack grinsend.

»Warum willst du Präsident werden?«

Warum?

Diese Frage hatte ich Jack noch nie gestellt, und ich war nicht sicher, ob sie überhaupt je jemand zur Sprache gebracht hatte.

Jack schien zu spüren, was ich von ihm wollte – nicht seine übliche Rede, dass er nach dem Tod seines Bruders den Traum seines Vaters verwirklichen musste, oder eine vorgefertigte Wahlkampf-Antwort über den frischen Wind, den er ins Weiße Haus bringen würde, nachdem Eisenhower zugelassen hatte, dass Amerika im Wettrüsten mit den Sowjets ins Hintertreffen geriet. Ich wollte wissen, was den Traum befeuerte, an dem er sich seit zehn Jahren festklammerte.

»Ich will etwas bewirken, Jackie. Ich will jeden Tag so leben, als wäre es mein letzter, und ich will, dass Amerika es mir gleichtut – dass unser Land die Stagnation überwindet und wieder Großes erreicht, einfach, weil wir es können.« Er atmete tief ein und durchbohrte mich förmlich mit seinem intensiven Blick. Selbst in der Stille kamen seine Augen niemals zur Ruhe, sie schienen alles zu sehen. »Denn ich will nach meinem Tod in der Erinnerung der Menschen weiterleben. Und ich will in dem Wissen sterben, dass ich mein Möglichstes getan habe. Für Amerika. Für uns.«

Ich nickte stumm – seine aus tiefstem Herzen kommenden Worte hatten mir die Sprache verschlagen. Erschöpft sank er auf die Kissen zurück, als hätte ihm dieses Geständnis alle Kraft geraubt. Mit tränennassen Augen umfasste ich sein Gesicht. »Dann auf nach Louisiana«, flüsterte ich und küsste ihn. »Und von dort ins Weiße Haus.«

Louisiana war wie ein einziger Cajun-Wirbelwind, gewürzt mit dem Klang von Zydeco-Akkordeons und dem Aroma eines scharfen Jambalaya. Jack und ich flogen nach Lafayette, wo mir zwei weiße Kamelien in voller Blüte überreicht wurden, dann fuhren wir in einem der zwölf glänzend weißen Cadillacs mit unserem gesamten Team zum Oakbourne Country Club, um am traditionellen Rice Festival teilzunehmen.

»So eine Menschenmenge habe ich seit der Krönung der Queen nicht mehr gesehen«, flüsterte ich Jack zu. Er war vollkommen in seinem Element, aber mir nahmen das Gedränge und das Stimmengewirr buchstäblich die Luft zum Atmen.

»Sie wollen etwas von dir hören.« Jack deutete mit dem Kopf zum Podium, das er gerade verlassen hatte. »Halte eine Rede.«

»Niemals.« Entschieden schüttelte ich den Kopf und umklammerte meine Perlenkette. Es war eine Sache, der Menge an Jacks Seite lächelnd zuzuwinken, aber etwas ganz anderes, unvorbereitet eine Rede halten zu müssen.

»Tu es, Jacks«, bat Jack und gab mir einen leichten Schubs. »Für mich.«

Und ich will, dass Amerika es mir gleichtut – dass unser Land wieder Großes erreicht, einfach, weil wir es können.

Jacks Worte und seine inspirierende Präsenz weckten in mir den Wunsch, die Flügel auszubreiten und mich ins Unbekannte aufzuschwingen, ganz gleich, wie sehr ich mich davor fürchtete.

Nervös trat ich ans Podium und verschränkte meine Hände in den weißen Handschuhen, damit sie nicht zitterten. Auf einmal war mir in meinem Wollmantel viel zu heiß. Gespannte Stille senkte sich über die Menge. In diesem Moment verschwand jedes Wort, das ich je gelernt hatte, aus meinem Kopf.

So viele Menschen …

Doch als ich die Frauen mit ihren Babys im Arm sah und die vielen Paare, kam mir eine Idee, wie ich sie erreichen könnte.

»Bonjour, mes amis«, begann ich so leise, dass ich fürchtete, das Mikrophon trage meine Stimme nicht weit genug. Doch die

französischsprachigen Cajuns gerieten außer Rand und Band, als sie mich in ihrer Muttersprache reden hörten. Diese Menschen hatten so viel zur Kultur unseres Landes beigetragen; es erschien mir nur angemessen, sie in ihrer eigenen Sprache anzusprechen. Der stürmische Applaus und Jacks ermutigendes Nicken beflügelten mich.

Er glaubte an mich, also würde ich auch an mich glauben.

Als ich auf Französisch weitersprach, brach die Menge in Jubel aus. Es war nur eine kurze Rede, aber Jack schloss mich in die Arme, als ich fertig war. »Mein Gott«, stieß er fassungslos hervor und musterte mich voller Ehrfurcht. »Was hast du zu ihnen gesagt?«

»Ich habe ihnen gesagt, dass ich mich freue, hier bei ihnen in Louisiana zu sein«, antwortete ich lächelnd. »Und dass mein Vater mir schon als kleines Mädchen erzählt hat, dass Louisiana wie ein Stück Frankreich mitten in Amerika ist. Und natürlich, dass ich alles Französische liebe und überglücklich bin, dass alles, was mein Vater mir erzählt hat, der Wahrheit entspricht.«

»Gut gemacht, Kid.« Die Worte waren kaum aus seinem Mund, da liefen plötzlich mehrere Frauen auf mich zu, umarmten mich und schüttelten mir die Hand. Dabei redeten sie auf Französisch wild durcheinander, so dass ich nur ein paar Wortfetzen aufschnappte. Doch ich lächelte, antwortete, so gut ich konnte, und nahm ihre Glückwünsche und ihr Versprechen, meinen Mann zu wählen, dankend entgegen.

Eigentlich war mir die ganze Aufmerksamkeit zu viel, doch ich setzte mein strahlendstes Lächeln auf, denn genau diese Art von Bewunderung brauchte Jack, um die Wahl zu gewinnen.

Es ist nur eine weitere Rolle, Jackie. Die glückliche Politikergattin …

Später, auf dem Rücksitz des Autos, das uns zum Flughafen fuhr, war ich sehr glücklich über meinen Erfolg – ich hatte Jack aktiv bei seinem Wahlkampf geholfen, anstatt mich wie die meisten anderen Ehefrauen im Hintergrund zu halten und der Menge zuzuwinken. Ich öffnete das Einmachglas mit selbst gemachten Pralinen, das mir eine der Frauen in die Hand gedrückt hatte, und bot es Jack an, doch er hatte nur Augen für mich.

»Du warst phantastisch«, sagte er nachdenklich, als könne er es selbst noch nicht ganz glauben. »Mit dir an meiner Seite kann ich gar nicht verlieren.«

Zu meiner Überraschung beugte er sich zu mir und küsste mich; ein gieriger, leidenschaftlicher Kuss, in dem ich mich nur zu gerne verloren hätte.

»Reggie«, sagte Jack zu seinem Wahlhelfer auf dem Beifahrersitz. »Mrs. Kennedy und ich brauchen heute Abend etwas Zeit für uns. Bitte triff die nötigen Vorbereitungen und sag den anderen Bescheid.«

»Natürlich, Mr. Kennedy.«

Vielleicht brauchte Jack das Weiße Haus, um glücklich zu werden, aber ich wäre liebend gern mein Leben lang mit ihm in New Orleans geblieben – nur wir zwei.

Doch leider ging auch unser Aufenthalt wie alles Schöne irgendwann zu Ende. Louisiana war nur ein Bundesstaat, und es lagen noch eine Menge andere vor uns.

Angesichts der riesigen Geldsumme, die Jacks Vater in die Politik investierte, könnte man meinen, mit seiner Hilfe wäre selbst Andy Warhol zum Präsidenten gewählt geworden. Doch es gab keine Garantie, dass Geld die Vorwahlen der Demokraten zu Jacks Gunsten entscheiden würde, geschweige denn die Wahl zum Präsidenten, zumal Lyndon B. Johnson in den Umfragen vorne lag. Daran erinnerte uns Mr. Kennedys Telegramm, das uns vor unserer ersten Wahlkampfstation in West Virginia erreichte.

JACK,
VERGISS WEST VIRGINIA – IN DIESEM HINTERWÄLDLERISCHEN STAAT KANN EIN KATHOLISCHER IRE UNMÖGLICH GEWINNEN. KAUF NICHT MEHR STIMMEN ALS NÖTIG. ICH WILL VERDAMMT SEIN, WENN ICH HIER ZU VIEL GELD AUSGEBE. VIEL GLÜCK, MEIN JUNGE, UND HOFFENTLICH BIS BALD.

Dennoch zählte jede Stimme, also stand ich, während Jack eine Rede vor dem Gewerkschaftsbund von West Virginia hielt, an der Kasse des Big-Bear-Supermarkts und begrüßte die notleidenden Bergarbeiter, die davor Schlange standen. Nachdem ich mich in New Orleans wie zu Hause gefühlt hatte, ließ mich die schreckliche Armut der Appalachen-Kohleregion völlig ratlos zurück. Der schwarze Kohlenstaub war überall; in den Ecken des abblätternden Linoleums, den hageren Gesichtern der Männer, unter den schartigen Fingernägeln der Frauen.

Auch wenn es nicht viel war, tat ich, was ich konnte, lächelte ihnen zu, gab ihnen die Hand und hörte mir ihre Geschichten an.

»Mein Mann arbeitet in der Glasfabrik, und ich wasche Wäsche.« Vor mir stand eine erschöpfte schwarze Frau mit einem Baby auf der Hüfte und zwei Jungs hinter ihr, alle in Sonntagskleidung. »West Virginia stellt das beste Glas im Land her, aber in diesem Wirtschaftssystem weiß das niemand. Wir legen jeden Penny zurück, damit unser Großer einmal eine ordentliche Ausbildung bekommt.« Sie blickte auf meinen Bauch, ein wissendes Lächeln auf den Lippen. »Wann soll Ihr Baby denn zur Welt kommen?«

Ich strich mit den Fingerspitzen über meine schwarz-weiße Tweedjacke, unter der sich meine Schwangerschaft abzuzeichnen begann. »Ende des Jahres.«

Der Geburtstermin lag nur drei Wochen vor dem Datum, an dem Jack womöglich als 35. Präsident der Vereinigten Staaten vereidigt werden würde.

Unser Leben könnte sich von einem Augenblick auf den anderen völlig verändern.

Die Frau ergriff meine Hand. »Bitte denken Sie an uns, wenn Ihr Mann Präsident wird, ja? Bitte helfen Sie uns, wenn Sie können.«

»Versprochen.«

Und ich hatte es fest vor, denn inzwischen hatte auch ich begriffen, wie viel wir erreichen konnten, wenn wir tatsächlich ins Weiße Haus einzogen. Nicht nur mit Jack als Präsident, sondern auch mit mir als First Lady.

Das Weiße Haus war nicht nur eine Trophäe, die es zu gewinnen galt, sondern die Grundlage von so vielen lohnenswerten Veränderungen.

Als ich in jener Nacht ins Hotel zurückkam, war ich völlig erschöpft, wurde aber etwas munterer, als ich sah, dass Joan Kennedy, Teddys Frau, in der Lobby auf mich wartete.

Mit ihrem wachen Verstand und ihrer Klosterschulbildung war mir Joan um einiges sympathischer als die anderen Kennedy-Frauen, besonders da sie kein Mädchen mit großen Zähnen war, das gern mit den Jungs Football spielte. Stattdessen setzte sie sich ans Klavier und bereute es insgeheim, dass Teddy und sie sich nach den Flitterwochen vor anderthalb Jahren entschlossen hatten, bei seinen Eltern in Hyannis Port einzuziehen. In diese Falle wäre auch ich beinahe gegangen, deshalb hatte ich den beiden ein Haus in Georgetown empfohlen und mir damit Roses Unmut zugezogen.

»Die Jungs sind an der Bar.« Joan hakte sich bei mir unter. Dankbar ließ ich mich auf einen gepolsterten Stuhl an dem Tisch sinken, den Joan für uns reserviert hatte. Bobby salutierte scherzhaft vor mir, während Jack über irgendetwas lachte, was Teddy gesagt hatte, dann sahen alle drei Brüder einer Kellnerin in modischen Netzstrumpfhosen nach, die ihre wohlgeformten Waden betonten. Früher hatte ich geglaubt, die Kennedy-Männer würden nur an Politik denken, aber das war nur die halbe Wahrheit. Sie dachten hauptsächlich an Politik. Und an Sex.

Die beiden Verlangen gehen Hand in Hand. Denn Frauen fühlen sich zu einflussreichen Männern hingezogen …

»Langer Tag?«, fragte Joan und reichte mir ein Mineralwasser.

»Ja, allerdings.« Ich sehnte mich danach, meine Pumps abzuwerfen und endlich die schmerzenden Füße hochzulegen, aber stattdessen schlug ich die Beine übereinander und nippte sittsam an meinem Wasser. »Ehrlich gesagt fällt es mir schwer, mit Jack Schritt zu halten. Selbst ich habe nicht den blassesten Schimmer, wie er das alles schafft.«

»Sagt die Frau, die bei jedem seiner Auftritte dabei ist.«

»Bis jetzt. Aber ich weiß nicht, wie lange noch.«

Angesichts meiner Vorgeschichte machte ich mir ständig Sorgen, mich wieder zu überanstrengen wie bei meiner ersten

Schwangerschaft. Auch wenn Caroline gesund und munter zur Welt gekommen war, lauerte in einem entlegenen Winkel meines Unterbewusstseins noch immer die Angst, dass ich eines Tages mit den vertrauten Krämpfen im Unterleib aufwachen würde.

Ein bisschen Zeit hatte ich ja noch, aber der Gedanke, dass ich vielleicht nicht an Jacks Seite würde bleiben können, bereitete mir Sorgen. Besonders, da er, als ich zu ihm hinübersah, nicht nur mit einer, sondern gleich mit zwei hübschen Kellnerinnen schäkerte. Eifersucht und Unsicherheit wallten in mir auf, aber ich unterdrückte sie schnell.

Jack kandidierte für die Präsidentschaft, daher konnte er sich keinen öffentlichen Fehltritt leisten. Auch wenn Verdachtsmomente manchmal dunkle Schatten warfen, hatte ich keinen Beweis, dass er mich erneut betrogen hatte, und ich wollte unsere zaghafte Annäherung nicht aufs Spiel setzen.

Stattdessen rief ich mir in Erinnerung, dass ich Jacks Frau war – eine Position, die mir keine andere streitig machen konnte, zumindest nicht, wenn Jack Präsident werden wollte.

Allerdings würde ich ihm keine Carte blanche geben.

Joan, die bereits völlig aufgelöst zu mir gekommen war, weil Teddy fremdgegangen war, schien genau zu wissen, woran ich dachte. »Was wird passieren, wenn du dich aus dem Wahlkampf zurückziehst?«

»Ich habe ein Arrangement getroffen, eine Kolumne namens ›Die Wahlkampf-Ehefrau‹ zu schreiben, die in mehreren Zeitungen veröffentlicht wird.« Ich nahm all meinen Mut zusammen. Wenn mir jemand mit meiner Hauptsorge in Bezug auf Jacks Wahlkampftour helfen konnte, dann Joan. »Aber ich denke, es wäre eine gute Idee, wenn Jack immer eine Kennedy-Frau an seiner Seite hätte«, fügte ich hinzu und musste unwillkürlich an die Frauen mit den rot-weiß gestreiften Kleidern und blauen Schärpen denken, auf denen »Kennedy« stand, alle von Jacks Vater angeheuert. Wenn mein Mann ständig solchen Versuchungen ausgesetzt war, konnte es nicht schaden, ihn daran zu erinnern, sich von solchen hübsch verpackten Ködern nicht einfangen zu lassen. »Findest du nicht auch?«

Joan folgte meinem Blick und nickte. »Ich begleite ihn gerne, wenn du möchtest.«

Und da ich Jack nun einer der Kellnerinnen zuprosten sah, nahm ich Joans Angebot an. Wie aufs Stichwort stand sie auf und stellte sich genau in dem Moment zwischen Jack und Teddy an die Bar, in dem ein Reporter eine Reihe von Schnappschüssen machte. Joan begegnete meinem Blick, und ich nickte ihr anerkennend zu.

Mein Mann konnte nichts dafür, dass die Frauen sich um ihn scharten. Aber wenn er sich mit einer hübschen Frau ablichten ließ, dann mit einer aus dem Kennedy-Clan.

Selbst wenn ich es nicht selbst sein konnte.

Während Joan meinen Mann bewachte, veranstaltete ich Teepartys in unserem Haus in der N Street, damit Frauen aus ganz Washington sich von mir überzeugen lassen konnten, meinen Mann zu wählen. Als Gastgeberin hatte ich die langweilige Aufgabe, sicherzustellen, dass der Keksteller nie leer wurde, und das Gespräch immer wieder auf Jacks Grundüberzeugungen – Amerikas Einzigartigkeit und die Relevanz eines dauerhaften Friedens – zurückzulenken. Meine Mutter beobachtete mich etwas perplex, aber guter Dinge. »Wir leben wirklich in einer neuen Welt, oder?«, flüsterte sie mir bei einer dieser nachmittäglichen Veranstaltungen zu und rümpfte die Nase über meine Gäste. »Du lässt Wildfremde auf deinen antiken Möbeln sitzen. Mit diesem ganzen Trara hast du bestimmt nicht gerechnet, als du Jack geheiratet hast, oder?«

»Nicht direkt, Mummy«, erwiderte ich. »Aber jede Stimme zählt, wenn man das Goldene Vlies haben will. Wir können Johnson doch nicht gewinnen lassen.«

Dann kam die Nacht – oder genauer gesagt der Morgen, es war schon fast zwei Uhr –, in der ich wie gebannt vor dem Fernseher meiner Mutter saß und zusah, wie mein Mann im Los Angeles Coliseum seine Nominierung zum demokratischen Präsidentschaftskandidaten annahm. Nur zu gern wäre ich bei ihm gewesen, um diesen Moment mit ihm zu feiern. Doch es würde sicher noch viele solcher Momente geben, die wir gemeinsam würden feiern können.

In einem rüschenbesetzten rosa Nachthemd auf meinen Schoß gekuschelt nuckelte Caroline am Daumen und umklammerte ihre Puppe, während Jack Lyndon B. Johnson – den Mann, der uns monatelang mit allen Mitteln bekämpft hatte – als seinen Kandidaten für die Vizepräsidentschaft bekannt gab. LBJ sah nicht gerade begeistert aus, aber Jack ließ sich nicht beirren, sondern wies in aller Deutlichkeit auf die Gefahr einer Nixon-Präsidentschaft – sein alter Freund war ohne ernst zu nehmende Konkurrenz zum Kandidaten der Republikaner gewählt geworden – und Amerikas Stagnation hin, bevor er zum krönenden Abschluss seiner Rede kam. Sätze, die er auf mein Drängen hin eingebaut hatte, weil sie der Welt die wahren Gründe dafür offenbarten, warum er unbedingt Präsident werden wollte.

»Wir stehen heute an der Grenze zu einem neuen Land; dem Neuland der sechziger Jahre, dem Neuland ungeahnter Möglichkeiten und Gefahren, dem Neuland unerfüllter Hoffnungen und Drohungen.«

Den nächsten Teil von Jacks Ansprache flüsterte ich Caroline ins Ohr, und mein Herz schlug schneller, als ich die Worte hörte, die Jack mit meiner Hilfe am Telefon eingeübt hatte.

»Ich glaube, diese Zeiten erfordern Vorstellungskraft, Mut und Durchhaltevermögen. Deshalb bitte ich jeden von euch, Pioniere auf unserem Weg in ein neues Land zu sein.«

So bat Jack jeden einzelnen Amerikaner um genau das Gleiche, was er auch von sich selbst erwartete. Dafür liebten ihn die Menschen – und ich auch.

Sobald Jacks Rede zu Ende war, schaltete meine Mutter den Fernseher aus. »Nun, Caroline«, sagte sie zu meiner Tochter, »du kannst sehr stolz auf deinen Vater sein. Und auch auf deine Mutter.«

Caroline nickte bedächtig; mit ihren knapp drei Jahren schien sie oft viel älter zu sein, als sie es tatsächlich war. »Ja, Grandmère.«

Maud Shaw nahm Caroline und ihre Puppe auf den Arm und hielt nur kurz inne, damit meine Tochter mir einen Kuss geben konnte. Für sie war die Nacht vorbei, doch für mich hatte sie gerade erst begonnen.

Im Vorbeigehen warf ich einen Blick in den Spiegel im Flur – ich war nicht länger nur Jackie Kennedy, Ehefrau und Mutter. Jetzt war ich Jackie Kennedy, die potenzielle zukünftige First Lady.

Bevor ich dann in den Vorgarten hinaustrat, machte ich mich auf das Blitzlichtgewitter gefasst. Es war eine spontane Pressekonferenz, die alles andere als spontan war, da Mr. Kennedy alles arrangiert hatte, aber ich rief mir in Erinnerung, dass es mir lieber war, als morgens beim ersten Schritt aus der Haustür von Paparazzi überfallen zu werden.

Mit einem zurückhaltenden Lächeln überspielte ich meinen Fluchtinstinkt und fragte mich dabei nicht zum ersten Mal, ob ich mir das Leben im Rampenlicht und unter ständiger Beobachtung wirklich wünschte. Seit ich mich aus dem Wahlkampf zurückgezogen hatte, war es meine Aufgabe, Caroline vor den Fotografen zu beschützen.

Ein Reporter leuchtete mir direkt ins Gesicht. »Mrs. Kennedy, was haben Sie gefühlt, als Ihr Mann die Nominierung angenommen hat?«

Wie von selbst schlossen sich meine Finger um meine Perlenkette. »Es kam mir vor, als wäre ich ganz allein in unserem Land«, sagte ich leise und senkte den Blick, um nicht geblendet zu werden. »Ich freue mich sehr.«

»Haben Sie eine Vorstellung, wie Ihr Mann den Wahlkampf gegen Nixon führen wird?«

Ein sanftes Lächeln. »Im Moment nicht.«

»Werden die beiden wirklich in der ersten im Fernsehen übertragenen Präsidentschaftsdebatte gegeneinander antreten?«

»Leider kann ich Ihnen das nicht mit Sicherheit sagen.«

Danach entschuldigte ich mich, um ein paar Stunden zu schlafen, doch obwohl ich jetzt schon erschöpft war, musste ich in den nächsten Tagen das Ganze mit neuen Reportern unzählige Male über mich ergehen lassen. Dankenswerterweise hatte Lady Bird Johnson versprochen, Texas für uns zu übernehmen und bei allen Fototerminen zu erscheinen, zu denen ich mich nicht durchringen konnte.

»Ich war gerade bei dir zu Hause«, berichtete meine Mutter, als ich mein Frühstück im Bett beendet hatte – es war seltsam, zurück in meinem alten Kinderzimmer in Hammersmith zu sein, während sich so viele grundlegende Veränderungen anbahnten. »Die Kletterrosen wurden von deinem Zaun entfernt.«

»Was?« Ich hatte diese Rosen geliebt – die hübschen Blüten und den berauschenden Duft an heißen Sommertagen. »Wie ist das passiert?«

Meine Mutter zuckte die Achseln. »Vermutlich Souvenirjäger. Außerdem habe ich über dem Haus ziemlich viele Flugzeuge gesehen.« Als sie meinen bestürzten Gesichtsausdruck sah, legte sie mir einen Arm um die Schultern. »Du musst die Presse in den Griff bekommen, Jacqueline. Sonst werden sie dich bei lebendigem Leib auffressen.«

»Tut mir leid, aber ich kann jetzt nicht reden, Lee.« Aus der geschäftigen Küche warf ich einen schnellen Blick ins Kennedy-Wohnzimmer, wo sich das Geräusch des Fernsehers mit den angeregten Unterhaltungen meiner Gäste mischte. »Die Debatte fängt gleich an, und ich habe Gäste.«

Die heutige Debatte war das letzte große Ereignis vor der Wahl, und sie wurde live ausgestrahlt – die erste Live-Fernsehübertragung in der Geschichte Amerikas. Jack war noch nicht einmal Präsident und schrieb bereits Geschichte.

Ich war Jacks Bitte nachgekommen, anlässlich seines letzten Auftritts einige Reporter und gut betuchte Damen aus gehobenen Kreisen nach Hyannis Port einzuladen, um mir mit ihnen die »Große Debatte« anzusehen, wie sie auf allen Fernsehsendern genannt wurde. Da Rose verreist war, war meine Mutter gekommen, um mir zu helfen, und eigentlich hatte ich auch Lee einladen wollen, aber meine seit Neuestem steinreiche Schwester hatte sich scheiden lassen, einen attraktiven polnischen Prinzen namens Stanislaw Radziwitt geheiratet und erholte sich nun von der Frühgeburt ihrer Tochter.

»Die Leute können gar nicht aufhören, über dich und Jack zu reden.« Die Leitung knisterte so laut, dass ich sie kaum verstand. »Ich war für dich da, als deine Ehe drohte, in die Brüche zu gehen, aber jetzt, da ich deine Hilfe brauche, kümmert dich das überhaupt nicht.«

»Das ist nicht wahr, Lee«, erwiderte ich. »Ich bin nur sehr beschäftigt. Jack kandidiert für die Präsidentschaft, das weißt du doch.«

»Als ob ich das je vergessen könnte. Ich habe einen Prinzen geheiratet – einen richtigen diesmal – und bin jetzt eine gottverdammte Prinzessin, aber das interessiert niemanden. Dein Mann will Präsident werden, und plötzlich benehmen sich alle, als wärst du mindestens so berühmt wie Grace Kelly, Sophia Loren und Elizabeth Taylor zusammen. Wenn du First Lady wirst, ist es für mich vorbei. Das ist dir doch klar, oder?«

Ich hielt das Telefon ein Stück vom Ohr weg und rang um Fassung. Meine Beziehung zu Lee hatte immer auf einer gewissen Rivalität beruht, und meine Mutter hatte mich gewarnt, dass meine Schwester seit ihrer schwierigen Geburt sehr schlechter Stimmung war, aber das rechtfertigte nicht diesen Angriff aus dem Hinterhalt. »Was meinst du denn damit?«

»Ich habe gerade ein Baby zur Welt gebracht, das immer noch um sein Leben kämpft, aber das ist allen scheißegal, weil es immer nur um dich geht. Ich war immer Jackies kleine Schwester, und wenn Jack Präsident wird, werde ich nie aus deinem Schatten treten können. Verdammt, du warst immer Daddys Liebling und Mummys wahrscheinlich auch.«

Deshalb habe ich so wenige Freundinnen, dachte ich wütend. Männer sind nicht so gehässig wie Frauen. Frauen sind nachtragend, Männer nicht.

Doch anscheinend war Lee noch nicht fertig. »Was hast du schon getan, dass alle dich so verehren, Jackie? Außer, dass du Französisch sprichst und dafür sorgst, dass Jacks Essen rechtzeitig auf dem Tisch steht?«

In diesem Moment wusste ich keine Antwort.

Ich atmete tief durch, um mich zu beruhigen, und erinnerte mich daran, dass wahrscheinlich jede Mutter in einer solchen Situation ausfällig werden könnte. Doch ihre Worte hatten mich mehr verletzt, als ich ihr je eingestehen würde. »Es tut mir leid, dass du so denkst, Lee, aber ich muss wirklich Schluss machen. Ich werde für dich und die kleine Christina beten.«

Wenn ich ehrlich war, hatte ich schlicht keine Ahnung, was ich Lee sonst sagen sollte. Sie hatte recht damit, dass ich die letzten Wochen nicht für sie da gewesen war, dass ich zu viel Angst gehabt hatte, um meiner Schwester in dieser schweren Zeit beizustehen.

»War das Lee?« Kaum hatte ich aufgelegt, kam meine Mutter in die Küche; hatte sie die ganze Zeit gelauscht? »Keine Sorge, sie wird sich schon damit abfinden, wenn du First Lady wirst.«

»Dann hat Lee sich also auch bei dir beklagt?« Am liebsten hätte ich meinem Frust Luft gemacht, doch es war Zeit, den Gästen den Aperitif zu servieren, und ich winkte dem Dienstmädchen. »Ich hatte keine Ahnung, dass Lees Leben ruiniert wäre, wenn wir ins Weiße Haus ziehen.«

Meine Mutter machte ein missbilligendes Geräusch. »Sei nicht so dramatisch. Behalte du dein Ziel im Blick, Lee wird sich schon wieder beruhigen.«

»Hoffentlich hast du recht, Mummy. Ich habe auch ohne Lees theatralisches Getue schon mehr als genug um die Ohren.«

»Nixon tut mir fast leid«, sagte meine Mutter und verzog abfällig das Gesicht, als wir zurück ins Wohnzimmer gingen, wo die Debatte bereits in vollem Gange war und sich alle vor dem Fernseher drängten.

Ich legte den Finger an die Lippen und betrachtete das körnige Schwarz-Weiß-Bild von der Tür aus. Der arme Dick hatte offensichtlich den Fehler begangen, sein Gesicht mit Make-up zukleistern zu lassen, doch durch Scheinwerferlicht und Nervosität lief ihm jetzt der Schweiß und somit auch die Schminke übers Gesicht. Ein bemitleidenswerter Anblick, aber ich flüsterte meiner Mutter hämisch zu: »Das ist gut für Jack, Mummy. Sehr, sehr gut.«

Natürlich hätte ich angesichts unserer verlorenen Freundschaft mit Richard Nixon mehr Bedauern spüren sollen, aber ich war immer noch wütend über die spitzen Bemerkungen, zu denen sich seine Frau Pat während des Wahlkampfes hatte hinreißen lassen. Sie hatte behauptet, meine Haare sähen aus wie ein Wischmopp und ich würde französische Mode der amerikanischen vorziehen – Pat hatte sogar der Klatschpresse recht gegeben, als dort behauptet wurde, ich würde dreißigtausend Dollar im Jahr für Pariser Haute Couture verprassen.

Ich hob die Hand und bat um Ruhe, denn dies war womöglich der entscheidende Moment in Jacks Karriere, und ich wollte jedes Wort der Debatte hören.

Genau wie ich trug Jack ein Dutzend verschiedene Masken, und ich beobachtete, wie er nun in die mir so vertraute Verkleidung des geheimnisvollen jungen Professors schlüpfte. Auf einmal zeigte er sich als ebenbürtiger Gegner Nixons, überflügelte ihn mit seinen Diskussionsbeiträgen zur nationalen Sicherheit und der kommunistischen Bedrohung, mit denen er 115 Millionen Amerikaner in seinen Bann schlug.

»Er wirkt so entspannt«, murmelte einer der Reporter. »Als wäre er zum Politiker geboren.«

»Eher dazu erzogen«, knurrte meine Mutter, und einen Moment tat Nixon auch mir fast leid.

»Jack sieht aus wie ein Filmstar«, meinte die Ehefrau eines Kongressabgeordneten aus Massachusetts, als der Hauptgang aufgetragen wurde und Jack und Dick abwechselnd ihr Fazit zu jedem Thema von Sozialhilfe bis zur Sowjetunion zogen. Jack sprach direkt in die Kamera und somit in jedes Wohnzimmer in Amerika, während Nixon den Moderator außerhalb des Bilds fixierte, was seltsam ausweichend wirkte.

»Dick hingegen sieht aus, als hätte er vor, eine Bank zu überfallen«, meinte eine andere und löste damit lautes Gelächter aus.

Einer der Reporter machte sich Notizen – wahrscheinlich eine ganze Sammlung von Kommentaren über die geblümte Couch der Kennedys und den Merlot, den ich zum Essen serviert hatte. »Was halten Sie von der Debatte, Mrs. Kennedy?«

Jetzt bist du dran, Jackie.

Ich lächelte, denn ich brauchte nur die Wahrheit zu sagen. »Ich denke, mein Mann war brillant.«

Später, nachdem ich alle Reporter und Gäste verabschiedet hatte, flüsterte ich meiner Mutter zu: »Womöglich war das die Entscheidung. Jack könnte wirklich gewinnen.«

»Also ehrlich, Jackie.« Meine Mutter warf mir einen vorwurfsvollen Blick zu. »Hast du je daran gezweifelt?«

Bisher hatte ich tatsächlich Zweifel gehabt. Doch während ich zusah, wie die Kameras von den Rednerpulten zurückschwenkten, an denen Jack und Dick noch immer standen, begann ich zu überlegen, welche Kisten ich als Erstes packen sollte, wenn wir ins Weiße Haus umzogen.

Die Wahl war schon in gut zwei Wochen.

Kapitel 7

November 1960

Am Tag der Wahl stand ich früh auf, um mich mit Jack in Boston zu treffen.

»Es freut dich bestimmt, dass ich ausnahmsweise mal vor acht wach bin«, scherzte Jack und zog seine Krawatte zurecht. Wenn ihn niemand aufhielt, würde er sich noch damit strangulieren.

Im Wahllokal war keine Presse erlaubt, aber es gab reichlich Schaulustige, die jede seiner Bewegungen beobachteten. Ich nahm seine Hände in meine, um ihn zu beruhigen, und knöpfte sein Jackett über der Krawatte zu, damit er nicht daran herumzupfen konnte. Bei der Debatte mochte er das Publikum mit seinem gelassenen Auftreten getäuscht haben, aber heute sah er todmüde aus, und seine Nerven waren offensichtlich zum Zerreißen gespannt.

»Ich muss dich wirklich lieben, da ich meine allererste Stimme für dich abgebe«, verkündete ich laut genug, dass mich alle Umstehenden hörten, denn ich hatte noch nie gewählt. Bevor ich Jack kennengelernt hatte, hatte ich Politiker nur interviewt, ohne mich in ihre Kämpfe hineinziehen zu lassen.

»Ich liebe dich«, sagte ich und strich zärtlich über die neuen Fältchen um seine Augen. »Und ich bin stolz auf dich. Das sind wir alle.«

Er lächelte halbherzig und drehte sich um, so dass nur ich sein gequältes Gesicht sehen konnte. »Kennedys geben sich nie mit dem zweiten Platz zufrieden.«

»Nun, ich habe mich noch nicht entschieden, welches Kästchen ich ankreuze.« Ich tippte nachdenklich an mein Kinn, während ich mich registrieren ließ und meinen Wahlschein entgegennahm. »Den Vizepräsidenten aus Kalifornien mit dem verschlagenen Blick oder den attraktiven jungen Senator aus Massachusetts?«

Jack lachte und begleitete mich dann zu den Wahlkabinen. Einen Moment verharrte mein Stift über den kleinen Kästchen, die nun überall in den Vereinigten Staaten ausgefüllt wurden und nicht nur mein Leben, sondern vielleicht das gesamte Land grundlegend verändern würden.

DECKER and MUNN	Prohibition
HASS and COZZINI	Socialist Labor
KENNEDY and JOHNSON	Democrats
NIXON and LODGE	Republicans

Ich erschrak, als Jack mir lachend zuflüsterte: »Gib deine Stimme bloß dem Richtigen, Mrs. Kennedy.«

Mit einem leisen Kichern kreuzte ich Jacks Namen an, verließ die Wahlkabine und warf den Stimmzettel in die Wahlurne. Es war erledigt, und in ein paar Stunden würde das alles endlich vorbei sein. Die Erschöpfung und der Ärger des Wahlkampfes fielen plötzlich von mir ab, und jetzt konnte ich nur noch mit der gesamten Nation den Atem anhalten und warten, ob Jack unser neuer Präsident werden würde.

Komme, was wolle, Jack hatte in den letzten Monaten eine

Menge erreicht, und ich würde liebend gern mit ihm ins Weiße Haus ziehen, nicht nur für ihn, sondern auch für Amerikaner wie die, die ich in den Appalachen kennengelernt hatte.

Für uns alle …

Anschließend fuhren wir zum Anwesen der Kennedys in Hyannis Port und bezogen Position in der Kommandozentrale, die in einem der Kinderzimmer in Bobbys Haus eingerichtet worden war. Die Wahllokale würden erst in ein paar Stunden schließen, daher war alles nur Spekulation, als die ersten Fernschreiben eintrudelten.

Doch was als gelegentliches Tröpfeln begann, wurde schnell zu einer Sturzflut.

»Gute Ergebnisse aus Connecticut«, verkündete Teddy und erntete lauten Beifall, als die Caterer gerade eine reiche Auswahl der Lieblingsspeisen des Kennedy-Clans aufgetischt hatten: Hühnchen, Thunfisch, Hummer und mit Ei und Salat belegte Sandwiches. (Anscheinend erforderte harte Arbeit eine Unmenge Mayonnaise.)

Die erste Stunde war hauptsächlich von Jubel und Begeisterung erfüllt, doch dann traf eine Depesche von CBS ein. Teddy wurde kreidebleich, und Bobby entriss ihm die Nachricht. Auch er sah aus, als hätte er plötzlich Fieber, als er sie zerknüllte und in den Papierkorb warf.

»Was ist los?«, fragte ich leise.

»Das ist die neueste Computeranalyse von CBS«, erklärte er und fuhr sich nervös mit der Hand durch die Haare. »Sie erwarten einen klaren Sieg für Nixon mit vierhundertfünfzig Wahlmännern.«

Als ich Jack sein Essen reichte, starrte er mit so leerem Blick vor sich hin, dass ich richtig Angst bekam, was passieren würde, wenn er verlor. »Iss«, befahl ich ihm. »Du hast eine lange Nacht vor dir, und es hat keinen Sinn, wenn du verhungerst.«

So verstört hatte ich ihn noch nie erlebt, und ich hätte fast laut gejubelt, als kurz nach Einbruch der Dunkelheit eine weitere Depesche eintraf.

»Einundfünfzig Prozent der Wahlmänner.« Bobby schwenkte das Papier, um seinen Worten Nachdruck zu verleihen, sein Grinsen ein Leuchtfeuer der Hoffnung. »CBS hat die Seiten gewechselt. Es wird knapp, aber ihrer Prognose nach wirst du gewinnen, Jack!«

Diesmal zündete mein Mann sich eine Zigarre an, lehnte sich zurück und rauchte sie genüsslich wie eine selbstzufriedene Grinsekatze. Erst als die Zigarre fast vollständig zu Asche zerfallen war, stand er auf, plötzlich voller Energie. »Ich muss Caroline Gute Nacht sagen.«

Also gingen wir zusammen zurück zu unserem Haus und sahen dabei zu, wie Caroline ins Bett kletterte, eine illustrierte Ausgabe von *Black Beauty* in der Hand. »Wie läuft dein Rennen, Daddy?«

Wie jede Nacht, wenn er zu Hause war, deckte Jack sie zu. »Nun, Buttons, wenn du aufwachst, ist dein Vater vielleicht Präsident.«

Caroline klatschte in die Hände und arrangierte dann mit einem konzentrierten Stirnrunzeln ihre Puppen auf den Kissen. Dann fragte sie aufgeregt: »Gehst du morgen früh mit mir am Strand Muscheln sammeln?«

Gerade wollte ich sie daran erinnern, dass Jack ein viel beschäftigter Mann war und ab morgen vielleicht der meistbeschäftigte Mann der Welt sein würde, als Jack ihr einen Kuss auf die Stirn drückte. »Natürlich, und wir spielen Wellenjagen.«

Es war einer der glücklichsten Augenblicke meines Lebens, und wie von selbst legten sich meine Hände auf meinen Babybauch. Sicher, Jack schottete sich von Zeit zu Zeit von seinen Mitmenschen ab – selbst von mir –, aber niemals von seiner Tochter. Fast täglich saß er mit ihren Puppen an dem winzigen Tisch im Kinderzimmer, schenkte imaginären Tee ein und brachte sie abends ins Bett. Hoffentlich würde sich daran nichts ändern, wenn er morgen als Präsident von Amerika aufwachte.

Gemeinsam gingen wir zurück nach unten, doch vor dem Esszimmer blieb ich stehen, denn dort wartete eine Überraschung auf ihn. »Ich habe Lammkoteletts mit Kartoffelpüree für dich bestellt. Und Daiquiris«, erklärte ich, bevor er eine Chance hatte zu protestieren. »Wir werden uns eine Stunde hier einschließen: kein Fernsehen, keine Depeschen, keine Zwischenergebnisse.«

Jack ließ sich darauf ein, und die Anspannung in seinen Schultern löste sich ein wenig. »Eine Stunde wird mir wahrscheinlich guttun.«

Viel zu schnell waren diese sechzig Minuten vorbei, aber ich hatte Bobby beauftragt, vor der Tür Wache zu stehen, damit uns wirklich niemand störte. Doch genau nach einer Stunde ertönten Stimmen vor der Tür, und als es klopfte, sprang Jack hastig auf.

So setzten wir uns wieder vor den Fernseher, wo die Nachrichtensprecher alle dieselbe Neuigkeit verkündeten.

»Schon wieder ein Erdrutschsieg für Kennedy!« Teddy packte den Arm seines Bruders, aufgeregt wie ein Kind an Weihnachten.

In diesem Moment wurde Geschichte geschrieben – jetzt gab

es kein Zurück mehr. »Bunny, jetzt bist du Präsident«, sagte ich ehrfürchtig.

Doch Jack schüttelte den Kopf. »Nein. Es ist noch zu früh.«

Es überraschte mich nicht – Jack hatte so viel verloren, hatte so lange kämpfen müssen, da war es absolut verständlich, dass er erst feiern wollte, wenn das Wahlergebnis offiziell feststand. Ich drückte nur seine Hand und war froh, dass er die Geste erwiderte.

Noch eine Stunde saßen wir Seite an Seite vor dem Fernseher, weitere Ergebnisse kamen herein, die alle dieselbe Geschichte erzählten. Als die Uhr auf dem Kaminsims elf Uhr dreißig zeigte, entschuldigte ich mich schließlich. »Ich sehe nach Caroline. Bleib nicht die ganze Nacht wach.«

In Wahrheit musste ich meine Gedanken ordnen, denn mir schwirrte der Kopf. Leider hatte ich die Reporter vergessen, die draußen warteten und mir folgten, als ich zurück über den Rasen zu unserem Haus hinüberlief.

»Was halten Sie von den bisherigen Wahlergebnissen, Jackie?«

»Welche Zugeständnisse werden Sie in Ihrer Rolle als First Lady machen?«

Ich blieb einen Moment stehen, tat, als würde ich über die letzte Frage nachdenken, und setzte ein Lächeln auf, von dem ich hoffte, dass es ruhig und würdevoll wirkte. »Ich werde Hüte tragen.«

Sobald sich die Tür hinter mir geschlossen hatte, sah ich nach Caroline, die friedlich schlief. Wie würde sich ihr Leben verändern, jetzt, da Jack drauf und dran war, Präsident zu werden? Wie würde sich unser aller Leben verändern?

Auf diese Fragen hatte ich keine Antwort, ich wusste nur, dass sich vieles ändern würde. Endgültig und unwiderruflich.

Zu meiner Überraschung rief meine Mutter an, als ich mich gerade ins Bett legen wollte. »Du bist Amerikas First Lady.« In ihrer Stimme lag so viel Stolz, dass ich es nicht wagte, sie darauf hinzuweisen, dass noch nichts hundertprozentig sicher war. »Ich kann es kaum glauben, Jacqueline! Ich bin so … so …«

Wenn meiner Mutter die Worte fehlten, hatte die Welt sich wirklich von Grund auf verändert.

»Danke, Mummy. Denkst du, Lee hat die Nachrichten schon gehört?«

»Du wirst alle Hände voll zu tun haben; ich rufe sie für dich an.« Eine zögerliche Pause. »Aber du musst wirklich mit ihr reden.«

»Das werde ich, Mummy«, versprach ich, legte mich aber nicht fest, wann. Meine Mutter hatte recht; ich würde zu viel um die Ohren haben, um mir ständig Lees Klagen anzuhören.

Nachdem ich aufgelegt hatte, blätterte ich, um mich von meinen Sorgen abzulenken, in Duc de Saint-Simons Memoiren über sein Leben in Versailles, dann schlief ich ein wenig, wenn auch unruhig, bis Jack um halb fünf morgens völlig übermüdet und mit aschfahlem Gesicht ins Bett kam. »Es wird kein klarer Sieg.« Er schwankte regelrecht vor Erschöpfung, als er aus seinem Hemd schlüpfte, die Rückenstütze abnahm und ein kurzes Abendgebet sprach. »Der Mittlere Westen und die Westküste haben für Nixon gestimmt. Womöglich werde ich doch verlieren, Jackie. Ich brauche immer noch sieben Wahlmänner.«

»Was du brauchst, ist Schlaf«, erwiderte ich. »Hast du deine Rede für morgen fertig?«

Er nickte und zog zwei Umschläge aus seinem Jackett. »Alle beide.«

Ganz gleich, wie die Wahl letztlich ausgehen würde, er hatte eine Ansprache parat. Und obwohl auch ich völlig erschöpft war, würde ich diesmal bei ihm sein, wenn das Ergebnis feststand. Sieg oder Niederlage, ich war an seiner Seite.

Wo ich auch hingehörte.

Noch immer rasten meine Gedanken, doch ich kuschelte mich an Jack, sein Atem beruhigte sich, und zu meiner großen Erleichterung schlief er bald ein. In der Morgendämmerung sah ich grelles Scheinwerferlicht in der Einfahrt. Ich wartete auf ein Klopfen an der Tür, das jedoch ausblieb, dann stand ich leise auf und ging zum Fenster, um der Sache auf den Grund zu gehen.

Schwarze Autos hatten sich der Polizeiabsperrung am Ende der Auffahrt angeschlossen, und zu den Beamten hatten sich Männer in dunklen Anzügen und weißen Hemden gesellt.

Der Secret Service.

Ich holte tief Luft. Das konnte nur eins bedeuten: Mein Mann war zum 35. Präsidenten der Vereinigten Staaten gewählt worden.

Die Männer vom Secret Service bezogen stillschweigend vor dem Esszimmer Stellung, während sich die gesamte Familie Kennedy zum Frühstück – Rührei auf Toast und selbst gemachte Waffeln, die Jack über alle Maßen liebte – dort einfand. Als Caroline am Morgen zu uns ins Schlafzimmer gekommen war, war sie direkt zu ihrem Vater gerannt und hatte ihm die Decke weggezogen. »Guten Morgen, Mr. President!«

Das Resultat war noch nicht offiziell bestätigt, aber alle Prognosen waren sich einig, dass Jack gewinnen würde, wenn auch mit nur knappem Vorsprung. Jetzt sah ich durchs Fenster zu, wie die Secret-Service-Agenten Jack und Caroline zum Strand folgten. Ich hatte den Männern bereits eingeschärft, den beiden so viel Freiraum wie nur möglich zu lassen, weil ich nicht wollte, dass Caroline sich eingeengt fühlte. Trotz des stürmischen Wetters und der Tatsache, dass er so gut wie Präsident war, hielt Jack sein Versprechen und ging mit seiner Tochter an den Strand, und beim Anblick der beiden schlug mein Herz höher.

Während mein Mann noch die raue Seeluft genoss, wurde bekannt gegeben, dass er Minnesota für sich gewonnen und damit endgültig genügend Wahlmänner hatte.

Als Jack hereinkam, erhoben sich alle, selbst Bobby.

»Du hast es geschafft, mein Junge«, sagte Mr. Kennedy voller Stolz.

»Wir brauchen ein Familienfoto, um diesen Moment festzuhalten.« Rose war sofort zur Stelle, und in meinem benommenen Zustand hörte ich kaum, wie sie ihren erwachsenen Kindern befahl, die Krawatten zurechtzurücken und sich in zehn Minuten in der Bibliothek einzufinden.

Niemand bemerkte, wie ich mir ein seidenes Tuch um den Kopf wickelte, einen roten Regenmantel anzog, den ich über meinem Babybauch nicht mehr zuknöpfen konnte, und leise nach draußen ging.

Allein.

Dem schneidenden Wind und strömenden Regen zum Trotz genoss ich jeden Atemzug an der frischen Luft, lief, bis ich unser Haus nicht mehr sehen konnte, und lauschte dem Rauschen des Meeres und dem einsamen Heulen des Sturms. Momente wie dieser waren kostbar, denn jetzt, da die Wahl entschieden war, gehörte mein Leben nicht mehr mir.

Noch ein Opfer für Jack. Für uns. Für Amerika.

Ich war aufgeregt – welche Frau, die bald First Lady sein würde, wäre das nicht gewesen? –, doch mein Triumphgefühl wurde von dem unguten Gefühl überschattet, dass das Ganze eine Nummer zu groß für mich war. Ich war entschlossen, den Erwartungen, die an mich gestellt wurden, gerecht zu werden, aber sie waren so vielfältig und erforderten so viel mehr als die Verwaltung eines eigenen Anwesens. Welche Herkulesaufgabe kam da auf mich zu?

Es war Jack, der mich schließlich holen kam.

»Du bist einfach verschwunden.« Er schlang den Arm um meine Schultern und hüllte mich in seine Wärme und den frischen Waldgeruch seines Eau de Cologne.

Lächelnd atmete ich den beruhigenden Duft ein und berührte seine Wange. »Ich brauchte einen Moment für mich.«

Mit der überschäumenden Lebenslust, die mich vor all den Jahren auf Charley Bartletts Party so fasziniert hatte, würde Jack – mein Jack – Amerika und vielleicht sogar die ganze Welt neu erschaffen. Er würde mithilfe neuer Bündnisse für Frieden sorgen und Amerika in ein Leuchtfeuer für Kunst und Bildung verwandeln. Und ich – seine junge, kultivierte Frau – würde ihm dabei helfen.

Er deutete auf den Weg, der zum Haus zurückführte. »Auf nach Washington?«, fragte er, während er mir den Arm reichte, als brauche er meine Erlaubnis.

Als brauche er mich.

Ich nickte und hakte mich bei ihm ein. »Auf nach Washington.«

Und so begaben wir uns in die Hände des Schicksals.

Zweiter Teil

22. November 1963

Mit einem markerschütternden Rumsen landete die Air Force One auf dem Dallas Love Field, die Kabinentür schwang auf und ließ einen Schwall warmen Sonnenlichts herein, so dass die First Lady instinktiv die Hand über die Augen hielt, um sie vor der unerwarteten November-Helligkeit zu schützen. In dieser ersten Szene des Stücks, das sie und ihr Mann auf jeder Etappe ihrer Rundreise durch Texas aufgeführt hatten, atmete sie heute den Erdölduft der texanischen Brise ein und strich, als der Präsident an ihre Seite trat, den Rock ihres rosa Kostüms glatt.

»Die letzte Station«, murmelte der Präsident. Die Bemerkung war nicht inszeniert und nur für sie gedacht. »Wir waren ein richtig gutes Team auf dieser Reise.«

Ihr Lächeln brachte ihre mandelbraunen Augen zum Strahlen, als sie zusammen aufs Flugfeld traten. »Wie immer.«

Wieder ganz in ihren Rollen machten sie sich winkend auf den Weg über die Metallrampe, um Lyndon und Lady Bird Johnson zu begrüßen – es war immer dieselbe alberne Maskerade, die für jede texanische Zuschauermenge inszeniert worden war, die sich zu ihren Ehren versammelt hatte. Helfer drückten dem Präsidenten die lokalen Tageszeitungen in die Hand, während die Ehefrau des Bürgermeisters von Dallas der First Lady das übliche Willkommensbukett überreichte. Die für die Jahreszeit unübliche Hitze machte den Blumenduft fast widerlich süß.

In allen anderen Städten hatte man ihr gelbe texanische Rosen überreicht – ein Symbol des Willkommens –, aber in Dallas war der Strauß blutrot. Jeder wusste ja, dass rote Rosen für Liebe standen, aber die für Blumen zuständigen Mitarbeiter im Weißen Haus hatten der First Lady beigebracht, dass sie auch Trauer und Leid bedeuten konnten.

Sie hatte keine Zeit, darüber nachzudenken, denn das Gesicht des Präsidenten wurde aschfahl, als er die Schlagzeilen überflog. »Habe ich schon mal erwähnt, wie sehr ich diesen Bundesstaat hasse?«, murmelte er.

»Was ist denn?«

Er gab ihr die Tagesausgabe der Dallas Morning News, *aufgeschlagen bei der Überschrift: »Sturm politischer Auseinandersetzungen anlässlich Kennedy-Besuchs«. Sie konnte ihren Schock nicht verbergen, als sie über die von texanischen Republikanern verbreiteten Flugblätter las – die gleichen Aufrührer, die behaupteten, dass Amerika seit 1960 in Gottlosigkeit und Heidentum verfalle –, in denen es um die Haltung zur Rassenintegration und zu Russland ging. All das nach den Spekulationen, dass ihr Ehemann plane, LBJ als Kandidaten für die Vizepräsidentschaft zu ersetzen, und den Vorwürfen, er treffe geheime Abmachungen mit der Kommunistischen Partei.*

»Was sagst du mir immer, wenn ich mich über etwas aufrege, das ich in der Zeitung lese?« Sie tat, als würde sie angestrengt nachdenken, und ließ ihre Stimme dann eine Oktave tiefer fallen. »›Du musst toleranter werden, wie ein Pferd, das im Sommer die Fliegen abschüttelt‹?«

»Für diese texanischen Fliegen braucht man aber eine Fliegenklatsche«, knurrte er. »Heute betreten wir das Land der Geisteskranken.«

Sie erhöhte die Wattzahl ihres Lächelns, um ihn von mehreren feindseligen, fehlerhaft geschriebenen Plakaten und einer Gruppe buhender

Studenten abzulenken, die wahrscheinlich ihre Vorlesungen schwänzten, und sorgte mit ihrem Körper dafür, dass er die Konföderiertenflaggen nicht sehen konnte, die im Gegensatz zu den amerikanischen Flaggen, die verkehrt herum in der leichten Brise flappten, korrekt aufgehängt waren. Vorbei an den Wagen des Secret Service und den Motorrädern der Polizeieskorte näherten sie sich der Stelle, wo das mitternachtsblaue Lincoln Continental Cabriolet sie erwartete. Aufgrund des warmen Sonnenscheins war das schützende Plexiglas-Dach abgenommen worden.

Ein winziges Lächeln erschien auf dem Gesicht des Präsidenten, als er seiner Frau beim Einsteigen half und mit der freien Hand der Menschenmenge zuwinkte. Mit leiser, verschwörerischer Stimme, als wäre sie die Einzige in ihrer kleinen privaten Welt, sagte er: »Was würdest du dazu sagen, wenn ich Texas in meiner zweiten Amtszeit an Mexiko zurückgebe?«

»Ich denke, du solltest diesem Projekt oberste Priorität verleihen.« Behutsam legte sie die roten Rosen zwischen ihnen auf den Boden. »Genauso wichtig, wie Nikita Chruschtschow und Fidel Castro wie Sputniks in den Orbit zu katapultieren.«

Der Präsident prustete, der Motor des Continental erwachte zum Leben. »Wir freuen uns so, dass Sie hier sind, Mr. President«, rief Gouverneur John Connally, als er und seine Frau sich auf den Vordersitzen niederließen, beide ein überfreundliches texanisches Lächeln auf dem Gesicht. »Es ist uns eine Ehre, Ihnen das Beste zu zeigen, was der Lone-Star-State zu bieten hat.«

»Vergiss nicht zu lächeln, Bunny«, flüsterte die First Lady ihrem Mann zu, als der Chauffeur den offenen Wagen vorsichtig in die West Mockingbird Lane manövrierte. Ihr Ziel war der Dallas Business and Trade Mart, wo der Präsident planmäßig eine vorgefertigte Rede darüber halten sollte, wie wichtig der texanische Beitrag zur amerikanischen

Wirtschaft war. Dann stand ein Steakessen mit ein paar führenden Persönlichkeiten der Stadt und ihren Ehefrauen an.

Heute Dallas, morgen wieder zurück nach Washington.

Aber zuerst bogen sie auf die Houston Street ein, in Richtung Dealey Plaza.

Kapitel Acht

November 1960

Eine Woche nach Jacks Wahl durchkreuzten frühzeitige Wehen meine wohldurchdachten Pläne, Mitte Dezember zu entbinden und danach rasch wieder zu genesen. Ein Krankenwagen wurde gerufen, Jack kam, so schnell er konnte, aus Florida zurück, leider jedoch zu spät, um zur Geburt des wundervollen dunkelhaarigen Würmchens dem Brauch entsprechend im Wartezimmer Zigarren zu verteilen. Einhellig hatten wir beschlossen, dass er Jacks Namensvetter werden sollte.

John Fitzgerald Kennedy Junior.

Doch nach dem Notkaiserschnitt war ich so schwach und erschöpft, dass ich mich ohne Hilfe kaum zur Toilette schleppen konnte. In einer Woge von Mitgefühl konnte ich plötzlich Jacks Frust und Ärger nachvollziehen, wenn er nach seinen Operationen bleich und ungeduldig mit seinen Krücken gerungen hatte.

Es gab Momente großer Euphorie, wenn ich meinen winzigen, rotgesichtigen Sohn in den Armen hielt, doch leider verpufften sie oft viel zu schnell, wenn mich wieder einmal dröhnende Kopfschmerzen, eine knochentiefe Lethargie oder eine abrupt aufwallende Traurigkeit quälten, die ich einfach nicht abschütteln konnte. Ich erinnerte mich, dass meine Schwester nach der schwierigen Geburt ihrer Tochter auch melancholisch gewesen war, und hätte vielleicht mit ihr Kontakt aufgenommen und sie um Rat gefragt, aber nach unserem letzten Gespräch konnte ich nicht einschätzen, wie Lee reagieren würde.

So ruderte ich allein gegen die reißende Flut der Traurigkeit an und hatte es bisher auch geschafft, den Kopf über Wasser zu halten. Gerade so.

Auf dem Nachttisch lagen die Skizzen der Ballkleider für den Inaugurations-Ball, aber sie verschwammen vor meinen Augen, vervielfachten sich von zehn auf hundert – vielleicht auch noch mehr –, so dass ich die Augen schließen und die übergroßen Tüllbiesen und hässlichen Spitzenbündel ausblenden musste. Auf unsicheren Füßen schwankend drückte ich mit zwei Fingern gegen meine Nasenwurzel, weil ich eine erneute Kopfwehattacke nahen fühlte, die mit dem morphiumgedämpften Schmerz der Operationswunde wetteiferte.

»Würden Sie sich im Bett nicht vielleicht wohler fühlen, Mrs. Kennedy?«

Ich dachte an den stetigen Strom von Familie und Freunden, die mich nach der Geburt von Caroline besucht hatten, aber jetzt, so kurz nach der Wahl, schauten nur Jack, Mr. Kennedy und meine Mutter gelegentlich vorbei, und meine neue Privatsekretärin Tish Baldrige war die einzige Gefährtin an meinem Krankenbett. Sie hatte genau wie ich am Vassar College studiert, war etwas älter, doch obwohl sie mir vom Auchincloss-Zweig meiner Familie empfohlen worden war, konnte ich mich noch nicht entscheiden, ob ich die große, energiegeladene Frau wirklich mochte. Vor allem, nachdem sie mir an diesem Morgen erklärt hatte, ich müsse regelmäßige Pressekonferenzen abhalten, sobald ich mein Amt als First Lady antrat – als drittjüngste der neunundzwanzig Ehefrauen, die im Weißen Haus gelebt hatten.

»Ich werde auf gar keinen Fall regelmäßige Pressekonferenzen geben«, verkündete ich, ohne aufzublicken, denn ich war damit beschäftigt, Johns zappelige Füßchen mühevoll in winzige weiße Söckchen zu stopfen. »Eher würde ich mir die Fingernägel einzeln ausreißen und mich damit füttern lassen.«

Als Tish merkte, dass sie mich nicht umstimmen konnte, gab sie nach, allerdings zeigte mir ihr verkniffener Mund, dass sie alles andere als erfreut war. »Den Ärzten wäre es lieber, wenn Sie im Bett bleiben würden, Ma'am.« Die betuliche Ermahnung hätte mir fast den letzten Nerv geraubt, aber zum Glück verschwand Tish, um eine Tasse Tee für mich zu holen.

Das bleierne Gewicht in meinem Kopf schlingerte nach hinten und verursachte neues Dröhnen, während ich mich vorsichtig auf dem Bett niederließ und den Nachttisch so zu mir zog, dass ich die dort zurückgelassenen Entwürfe einigermaßen scharf sehen konnte – Roben von bekannten amerikanischen Modedesignern wie Norell, Sarmi und Andreas von Bergdorf Goodman.

Steife Seidenkleider rötlich-lila und malvenfarbig, kombiniert mit schweren Winterpelzen, Nerz und Zobel. Dunkel und streng, altbacken und traditionell.

Kurz gesagt: Sie waren falsch, allesamt.

Ich schob es auf die Nachwirkungen der Entbindung, dass mich eine Welle der Hoffnungslosigkeit überkam und Tränen in meinen Augen brannten, doch ich wusste, dass ich mit aller Macht dagegen ankämpfen musste. Also ergriff ich einen meiner allgegenwärtigen gelben Notizblöcke und begann, das wichtigste Kleid, das ich je tragen würde, zu skizzieren. (Die meisten Frauen glaubten ja, ihr Hochzeitskleid sei das Nonplusultra, aber mir war der rüschig aufgeputzte Lampenschirm verhasst gewesen, den meine Mutter für mich ausgesucht hatte. Ich würde es mir nicht nehmen lassen, mein Inaugurations-Kleid selbst auszuwählen. *Je m'en fiche,* dachte ich. Ich pfeif drauf.) Nach und nach füllten sich die Blätter mit Skizzen, wie ich sie früher, als ich an der Sorbonne studierte, auf die Ränder meiner Vokabelhefte mit französischen Verben gekritzelt hatte. Es ging um das Kleid, das neues Terrain erschließen würde, genau wie Jacks Präsidentschaft. Und das bedeutete, es musste perfekt sein.

Zeitlos. Elegant.

Klare Linien. Weiße Handschuhe.

Weiß oder cremefarben, ein klarer Kontrast.

Als Tish mit ihrem dicken schwarzen Notizbuch zurückkehrte, in dem meine sozialen Verpflichtungen vermerkt waren, skizzierte ich immer noch. »Mrs. Kennedy, ich habe Ihren Zeitplan mitgebracht, einschließlich der Einladung von Mrs. Eisenhower zur traditionellen Führung durchs Weiße Haus.« Sie überreichte mir den Pergamentumschlag. »Der Termin ist für den 9. Dezember festgesetzt.«

In ein paar Tagen also.

Die Einladung, die eher einem Befehl ähnelte, hätte direkt nach der Wahl eintreffen müssen, kam aber zu spät, fast so, als hätte Mamie Eisenhower gehofft, ich könnte aufgrund meiner Schwangerschaft nicht kommen. Beim Gedanken, stundenlang auf den Beinen sein zu müssen und das auch noch in Gesellschaft einer Frau, die mich den gesamten Wahlkampf über verächtlich als »College Girl« bezeichnet hatte, zuckte ich innerlich zusammen.

Ich sah Tish an. »Können wir den Termin verschieben?«

Tish machte ein zweifelndes Gesicht. »Einen Termin mit der First Lady der Vereinigten Staaten?«

»Richtig.« Ich biss mir auf die Unterlippe, erwischte mich dabei, wie ich anfing, an den Nägeln zu kauen, und zwang mich, es sein zu lassen. Himmel, ich war wirklich ein Wrack.

Doch ich würde die Führung schon irgendwie schaffen. Ich musste einfach.

»Treffen Sie die notwendigen Vorbereitungen, dann sehen wir, was die Ärzte sagen.« Erschöpft rieb ich mir die Augen – war ich in meinem Zustand wirklich fähig, das alles zu jonglieren? Dennoch fügte ich entschlossen hinzu: »Oh, und Tish, bitte schreiben Sie meiner Dekorateurin Sister Parish, ob sie vielleicht daran interessiert wäre, mir bei der Einrichtung des Hauses zu helfen.«

»Ma'am?«

»Ich hoffe, dass sie mir helfen wird, das Weiße Haus zu einem Schaukasten für große amerikanische Künstler und neue kreative Talente zu machen. Bevor wir mit der notwendigen Neugestaltung beginnen können, brauche ich außerdem genaue Pläne vom ganzen Haus.«

Nicht nur Jack, sondern alle, die jemals einen Fuß in die Villa des amerikanischen Staatsoberhauptes gesetzt hatten, erzählten, dass aus dem Gebäude ein trauriges, abgenutztes Relikt geworden war. Da ich bisher jedes Heim, in dem Jack und ich gelebt hatten, neu gestaltet hatte, sah ich keinen Grund, warum das Weiße Haus eine Ausnahme bilden sollte.

»Selbstverständlich. Und ein Mr. Oleg Cassini ist hier und möchte Sie besuchen.« In meinem Kopf tauchte eine vage Erinnerung auf, als Tish den Namen sagte, aber in diesem Moment hätte ich nicht einmal die Königin von England empfangen wollen. Tishs nächste Worte jedoch ließen mich aufhorchen. »Ich habe versucht, ihn wegzuschicken, aber er hat mir aufgetragen, Ihnen zu sagen, er sei ein Geschenk Ihres Schwiegervaters.«

Ein Geschenk von Mr. Kennedy?

Ich runzelte die Stirn. »Dann helfen Sie mir lieber mit meinen Haaren und dem Lippenstift.«

Zwei Minuten später – so zurechtgemacht, dass ich den Eindruck einer raschen Genesung vermittelte – führte Tish Cassini in mein Krankenzimmer. Sofort erinnerte ich mich, ihn immer wieder bei gesellschaftlichen Veranstaltungen gesehen zu haben. Auch heute wirkte er ziemlich schick – grauer Anzug in gewagter Kombination mit einer weinroten Krawatte und ebensolchem Seiden-Einstecktuch in Rechteckfaltung, über dem Arm eine schwarze Jacke. Am besten jedoch gefiel mir das überschwängliche Lächeln unter seinem bleistiftdünnen Schnurrbart, als er meine Hand ergriff.

»Mrs. Kennedy«, begrüßte er mich mit dem köstlichsten und absolut einmaligen Akzent. *»Enchanté.«*

Rasch fand ich heraus, wo dieser Akzent seinen Ursprung hatte: Cassini war als Sohn einer aristokratischen russischen Familie in Paris geboren und hatte in Florenz Politikwissenschaften studiert, sich dann den bildenden Künsten und schließlich unter Anleitung des Couturiers Jean Patou der Mode zugewandt. Was bedeutete, dass er nun zwar in Amerika lebte – und sich als durch und durch amerikanischer Designer qualifiziert hatte –, sein Stilempfinden jedoch europäischer war als Coco Chanels kleines Schwarzes. »Ich entwerfe für Hollywood«, fuhr er mit einer kleinen Verbeugung fort. »Doch jetzt hat Mr. Kennedy mich gebeten, etwas für Sie zu entwerfen.«

Endlich fiel mir wieder ein, woher ich Cassinis Namen kannte, denn abgesehen von seinen Hollywood-Verbindungen war er auch noch mit Grace Kelly verlobt gewesen und hatte Frauen wie Rita Hayworth und Audrey Hepburn eingekleidet.

»Die Kennedys befassen sich nur mit Gewinnern.« Lächelnd zitierte ich das Clan-Motto und dachte an meine Einführung in die Familie. »Sie sind also ein Gewinner, Mr. Cassini?«

»Besser als die meisten.« Er legte seine Jacke über eine Stuhllehne und stemmte die Fäuste in die Seiten. »Unübertrefflich.«

Ich lachte, mir gefiel Oleg Cassini. Sehr sogar.

»Dann können Sie mich vielleicht aus der Inaugurations-Hölle befreien. Ich brauche ein schlichtes, aber elegantes Kleid«, erklärte ich und gestikulierte hinüber zu meinen jämmerlichen Skizzenversuchen. »Und es muss zu den Ohrringen und der Kette passen, die mein Mann mir geschenkt hat.«

Dabei deutete ich auf die mit schwarzem Samt bezogene Schatulle auf dem Fensterbrett. Als Oleg sie öffnete und die Smaragde und Diamanten im Licht aufblitzten, stieß er einen anerkennenden Pfiff aus. Es waren die sensationellsten Edelsteine, die ich besaß, aber ich schätzte sie vor allem aufgrund dessen, was Jack gesagt hatte, als er mir die Kette um den Hals legte.

Er hatte mich von hinten auf die Schläfe geküsst und geflüstert: »Ich kann dir gar nicht genug danken für deine Hilfe im Wahlkampf, aber ich dachte, das hier könnte ein Anfang sein.«

Dankbarkeit von einem Mann, der alles hatte. Das war wertvoller als alle Juwelen der Welt.

»Anscheinend kennt sich der zukünftige Präsident sehr gut mit Edelsteinen aus.« Oleg klappte die Schatulle zu. »Dieser Schmuck sorgt jedenfalls für Aufsehen.«

»Und ich brauche nun ein Kleid, das ebenfalls für Aufsehen sorgt.«

»Dann sind Sie bei mir in guten Händen. Meine Mutter hat sich einmal zu einem Ball in Washington einen Säbel um die

Hüften geschnallt.« Cassini lachte leise bei der Erinnerung. »Einfachheit ist der Schlüssel zur Perfektion, aber für Aufsehen zu sorgen liegt mir im Blut.«

Ich hielt zwei der abstoßendsten Kleiderskizzen in die Höhe. »Aber hoffentlich nichts in dieser Art.«

Seine Oberlippe kräuselte sich, er wich zurück und drückte sich in einer dramatischen Geste die Hand aufs Herz. »Reichen Sie mir ein Taschentuch, mir bluten schon die Augen.«

Mit einem erleichterten Lachen schob ich die Entwürfe beiseite. »Ich brauche ein Kleid für die Gala am Vorabend der Inauguration, und auch etwas für die Inauguration selbst. Unglücklicherweise sind meine Geldmittel begrenzt.« Der Satz fühlte sich nicht gut an, aber es war eine politische Notwendigkeit, denn das Image eines verwöhnten Sohns reicher Eltern wäre für Jack fatal gewesen. Oder als Ehemann einer Frau zu gelten, die allen Ernstes Zobelunterwäsche trug.

Oleg wedelte mit der Hand, seine schmalen Finger flatterten durch die Luft, während er die Liste überflog, die ich aufgestellt hatte. »Mr. Kennedy hat mich angewiesen, ihm am Jahresende eine Abrechnung zu schicken«, sagte er dann und musterte mich auf eine Art, mit der Leonardo da Vinci vielleicht auch Lisa Gherardini del Gioconda betrachtet hat, als er seine *Mona Lisa* malte. »Wenn Sie erst mal First Lady sind, werden Sie Opfer bringen müssen, die Sie als ganz normale Mrs. Kennedy aus New York, London oder von der Riviera sicher nicht gemacht hätten. Zwar würde ich Sie mit großem Vergnügen für alle Inaugurations-Veranstaltungen einkleiden, aber vielleicht sollten wir Bergdorf erlauben, wenigstens eine davon zu übernehmen.«

Ein kreatives Genie, aber auch ein Genie mit politischem

Durchblick. Ich musste mich bei Mr. Kennedy bedanken, wenn ich ihn das nächste Mal sah.

»Vielleicht sollten wir den Inaugurations-Entwurf aber zusammen machen, ehe wir ihn Bergdorf zuschicken«, überlegte ich. »Als eine Art Friedensangebot, ehe Sie mein offizieller Designer werden.«

Olegs Schnurrbärtchen zuckte über seinem Lächeln. »Eine großartige Idee, Mrs. Kennedy.«

Mein neuer Designer zog mit großer Geste sein Skizzenbuch sowie einen angespitzten Kohlestift hervor. »Wie eine altägyptische Prinzessin, mit Ihren Sphinx-Augen, dem langen Hals und dem Schwung Ihrer Schultern«, sagte er leise, während er mich fachmännisch in Augenschein nahm. »Man sollte niemals die Bedeutung der Schultern unterschätzen.« Dann hielt er inne und senkte den Stift. »Ich möchte, dass Sie die eleganteste Frau der Welt sind. Für Sie, Jackie Kennedy, werde ich einen Look kreieren, der neue Trends setzen und niemals den vorhandenen nachlaufen wird.«

Ich wurde rot und fühlte mich wie ein Kind am Weihnachtsmorgen. Zwar hatte ich viel Freude an meinen eigenen Kindern, aber bei diesem Besuch von Oleg Cassini konnte ich zum ersten Mal seit langer Zeit wieder lächeln. »Ich glaube, Sie und ich werden gut miteinander auskommen, Mr. Cassini.«

Zwar entließen mich die Ärzte zu der Führung durchs Weiße Haus, allerdings unter der Bedingung, dass für mich den ganzen Nachmittag über ein Rollstuhl zur Verfügung stehen sollte. Ich war nur deshalb bereit, diese Bedingung anzunehmen, weil ich mich schon bei der Vorstellung, stundenlang auf den Beinen zu sein und obendrein noch die Höflichkeitsregeln erfüllen zu müssen, sofort wieder im Bett verkriechen wollte.

»Du wirst perfekt sein, Jacks.«

Diesmal kümmerte sich Jack um mich und schob meinen Rollstuhl in den Klinikaufzug, während sich unsere Leibwache hinter uns in die Kabine quetschte. Ich versuchte, die Männer zu ignorieren, und drückte unseren Sohn in seinem Nest aus weißen Decken fest an mich, um ihn vor der bitteren Dezemberkälte zu beschützen.

»Mein erster offizieller Besuch im Weißen Haus, und ich sitze im Rollstuhl«, seufzte ich, berührte Johns Stupsnäschen mit meiner Nase und atmete seinen Neugeborenenduft tief ein. »Das ist doch demütigend.«

»Ich weiß, dass es dir so vorkommt, aber du bist stärker, als du denkst. Genau genommen erzähle ich anderen Leuten oft, dass von allen Frauen, denen ich begegnet bin, nur eine für mich stark genug war, um sie zu heiraten – und die habe ich geheiratet.« Jack drückte auf den Knopf zur Lobby. »Denk doch mal an all die Reden, die ich auf Krücken halten musste. Tu einfach so, als wäre es dir egal, dann sehen alle nur, wie anmutig und stark du bist. Der Rollstuhl ist ein Accessoire, genau wie deine Mütze.«

Ich lachte und berührte meine dunkelrote Baskenmütze. »Ich fürchte aber, die Mütze ist wesentlich modischer.«

Unten angekommen bugsierte Jack mich wieder aus dem Aufzug, und ich erlaubte einer Krankenschwester, John den Rest des Wegs zu tragen, denn er war noch zu schwer für mich, und meine Hände zitterten schon vor Nervosität und Müdigkeit. Eigentlich sehnte ich mich nur nach Ruhe und vielleicht nach einer Tasse warmem Tee, aber Jack machte auf einem großen, mit schwarzem Klebeband auf den Boden geklebten X halt, und schon stürzten Reporter mit 16-mm-Kameras auf uns zu.

»Die Presse hat mich gebeten, hier für ein Foto stehen zu bleiben«, erklärte er mir leise.

Seit wann sagt die Presse dem zukünftigen Präsidenten, was er zu tun hat?

»Oh Jack«, knurrte ich mit zusammengebissenen Zähnen. »Bitte geh weiter.«

»Nur ein einziges Foto«, erwiderte er. »Ich hab es ihnen versprochen.«

Früher einmal hatte ich mir eine Zukunft als Zirkusprinzessin vorgestellt, die den wagemutigen jungen Trapezkünstler heiratete, und jetzt war ich tatsächlich im Zirkuszelt gelandet. Blitzlichter explodierten, ich lächelte und präsentierte der Welt das von meinem Land erwartete paillettenbesetzte Abbild der strahlenden jungen Mutter und künftigen First Lady – nicht das der nervösen, erschöpften jungen Frau, die sich in Wahrheit unter meinem Tweed-Kostüm verbarg.

Sicherheitsleute folgten uns auf Schritt und Tritt. Die Presse drang in unsere intimsten Momente ein. Was war aus meiner Privatsphäre geworden?

Sie war verschwunden.

Ich biss so heftig auf die Innenseite meiner Wangen, dass ein metallischer Geschmack meinen Mund füllte.

»Bist du sicher, dass du es schaffen wirst, allein zu der Führung zu gehen?«, fragte Jack, als er mich durch den Polizei-Kordon zu der wartenden weißen Limousine gebracht hatte. Nach dem Zeitplan, den Tish mir am Morgen präsentiert hatte, hatten die Medien für die nächsten zwei Stunden die Erlaubnis, meine Rückkehr nach Hause zu fotografieren, dann würde ich mich umziehen und in die Pennsylvania Avenue fahren, während Jack sich mit potenziellen Kabinettsmitgliedern traf.

»Ich werde schon nicht zusammenbrechen«, beruhigte ich Jack, obwohl ich selbst nicht so ganz daran glaubte. Nach dem Wechsel vom Rollstuhl zum Rücksitz waren meine Beine bereits so zittrig, dass ich tatsächlich den sicheren Zufluchtsort meines Krankenhauszimmers mit den weißen Wänden vermisste.

»Ich habe J.B. West, den Chief Usher drüben im Weißen Haus, angewiesen, einen Rollstuhl bereitzustellen«, erklärte Jack. »Und Mamie weiß, dass du gerade ein Baby bekommen hast, deshalb bin ich sicher, dass sie die Führung so kurz wie möglich halten wird.«

Aber nicht kurz genug.

Ich biss mir auf die Zunge, schwieg und sparte meine Energie. Denn die würde ich brauchen.

Ich kam mir extrem jung vor, als ich allein vor dem Weißen Haus eintraf und am North Portico innehielt, um den frischen Duft der Kränze einzuatmen, die bereits als Weihnachtsschmuck aufgehängt worden waren und mich an einen Winterwald erinnerten.

Es ist bloß ein Haus, redete ich mir gut zu. *Und Mamie Eisenhower ist auch bloß eine Frau.*

Aber das Weiße Haus war eben nicht irgendein Haus, sondern viel mehr, nämlich immer auch ein Monument amerikanischer Geschichte. Und Mamie Eisenhower entsprach mehr – und zugleich weniger – dem Archetyp der First Lady meiner Phantasie.

Ich wurde nach oben geführt, wo Mamie mich in der zugigen zentralen Halle im ersten Stock empfing. Nach meinem ersten Eindruck war sie eine beeindruckende alte Dame, deren zierlicher Körper in einer grauen Persianerjacke noch kleiner wirkte und auf deren Kopf unbeholfen ein recht seltsamer Seidenhut balancierte. Dagegen hatte ich meine Kleidung mit Oleg Cassinis Hilfe sehr sorgfältig gewählt: eine einfache auberginefarbene Wolljacke über einem schwarzen Kleid, das locker genug saß, dass es die Operationswunde nicht reizte, schwarze Seidenhandschuhe und ein schwarzer Pillbox-Hut.

»Mrs. Eisenhower, darf ich Sie mit Mrs. Kennedy bekannt machen?«, stellte J.B. West uns einander vor. Ich wartete darauf, dass Mamie sich bewegte, aber sie streckte nur eine behandschuhte Hand aus, was mich zwang, auf sie zuzugehen, vorbei an nicht zusammenpassenden Stühlen und Tischen, die unsystematisch an die gelb tapezierten Wände geschoben waren.

Mir war so schwindlig, dass ich nur hoffen konnte, nicht jeden Moment umzukippen.

»Wie schön, dass Sie gekommen sind.« Mamies abgehackte Sprechweise machte nur allzu offensichtlich, dass sie es überhaupt nicht schön fand. »Sie sehen sehr bleich aus, Liebes.«

Ich ignorierte die Bemerkung. *Natürlich sehe ich bleich aus. Herr des Himmels, ich habe gerade ein Baby bekommen.*

»Danke, dass Sie mich eingeladen haben«, sagte ich leise. »Es ist mir eine Ehre, an dieser langjährigen Tradition teilnehmen zu dürfen.«

»Den Ausführungen Ihres Pressereferenten habe ich entnommen, dass Sie vorhaben, das Weiße Haus zu einer Bühne für Künstler und andere Kreative zu machen«, sagte Mamie und schnaubte dabei so heftig, dass ich froh war, fast einen Kopf größer zu sein als sie, so dass sie zu mir aufblicken musste, um mir in die Augen zu sehen. »Der Gedanke, dass diese historischen Mauern mit moderner Kunst bedeckt werden, schaudert mich.«

Im Stillen verfluchte ich Tish dafür, dass sie über meine Pläne gesprochen hatte, doch durch die in mir aufwallende Wut fühlte ich mich noch unsicherer auf den Beinen, und anscheinend konnte ich hier keine Hilfe erwarten.

Quel bordel. Hatte Mamie den Rollstuhl etwa vergessen? Sollte das eine Art Test sein? Wie auch immer, jedenfalls traute ich mich nicht, nach ihm zu fragen, denn ich wollte dieser Frau gegenüber keine Schwäche zeigen.

Stattdessen folgte ich Mamie, die mich mit monotoner Stimme auf die historischen Erinnerungsstücke hinwies, während ich in der kalten Zugluft, die jeden Raum zu durchziehen schien, und wahrscheinlich auch aus purer Erschöpfung fröstelte.

Mit jedem Schritt wurde ich aufgebrachter.

Ich wusste zwar, dass das Weiße Haus das letzte Mal im Jahr 1901, also während Theodore Roosevelts Amtszeit, neu gestaltet worden war, aber ich war wirklich nicht darauf gefasst, im State Dining Room auf dem grandiosen marmornen Kaminsims einen weißen Porzellan-Blumenkasten (samt Preisschild über 2 Dollar 98) vorzufinden, der drei kränkelnde Efeupflanzen beherbergte, und ebenso wenig hatte ich die Messing-Spucknäpfe, die in einen Wildwest-Saloon gepasst hätten, überall in den Empfangsräumen erwartet. Keine einzige hübsche Tischdecke war in Sicht, keine frischen Blumen, und beim ersten Blick auf die Kombination von Kotzgrün und Schweinchenrosa, die Mrs. Eisenhower für das Schlaf- und Badezimmer des Präsidenten gewählt hatte, wurde mir noch schwindliger, als mir ohnehin war.

»Ich erlaube den Dienstmädchen nicht, mit schmutzigen Schuhen gedankenlos auf meinen Teppichen herumzulaufen«, informierte Mamie mich mit selbstzufriedener Miene.

Und was war mit den künstlichen Pflanzen, die sie gedankenlos aufgestellt hatte? Und den fleckigen weinroten Läufern?

Ich fühlte mich wie ein Nachtfalter, der gegen eine seit vielen Jahren nicht mehr geöffnete Fensterscheibe flatterte. Jedes einzelne Zimmer in diesem Haus hatte dringend eine Renovierung nötig. Und das würde Riesensummen verschlingen.

Als wir eine Stunde und zehn Minuten später unseren Rundgang beendeten, schmerzte mein Kopf, als steckten Dolche in meinen Schläfen. Mamie hatte mir nicht einmal angeboten, mich auf einen Stuhl zu setzen, ich konnte mich nur noch mühsam aufrecht halten und musste mich, als wir das Weiße Haus endlich verließen, darauf konzentrieren, langsam einen Fuß vor den anderen zu setzen.

»Auf Wiedersehen, Mrs. Kennedy.« Ohne eine Antwort auf ihren spartanischen Abschiedsgruß abzuwarten, verschwand die amtierende First Lady auf dem Rücksitz der Chrysler-Limousine, um sich zu ihrem täglichen Kartenspielkränzchen bringen zu lassen. Ich wartete, bis der Wagen außer Sicht war, ehe ich die Schultern sacken ließ. Doch ich war erst ein paar Schritte auf meinen blauen Buick-Kombi zugegangen, als hinter mir eine Stimme ertönte.

»Mrs. Kennedy! Bitte warten Sie einen Moment!«

Es war J.B. West mit einem kleinen, in Papier eingeschlagenen Päckchen. »Das sind Fotos und Grundrisse für alle Zimmer im Weißen Haus«, erklärte er. »Damit Sie planen können, in welche Richtung es gehen soll.«

Ich schenkte ihm ein schwaches Lächeln. »Ja, es muss einiges verändert werden.«

Mamie Eisenhower wird das Haus nicht mehr wiedererkennen, wenn ich damit fertig bin.

Damit wandte ich mich zum Gehen, hielt aber inne, als er zögernd meine Schulter berührte. »Alles in Ordnung mit Ihnen?«, fragte er.

»Nur ein bisschen müde.« In Wahrheit war ich kurz davor zusammenzubrechen, aber eine Frage konnte ich mir doch nicht verkneifen. »Wussten Sie, dass ich nach Anweisung meines Arztes einen Rollstuhl gebraucht hätte?«

Mr. West machte ein beschämtes Gesicht. »Es war einer da, aber Mrs. Eisenhower hat ihn verstecken lassen, weil sie wollte, dass Sie danach fragen.«

Sprachlos starrte ich ihn an und schluckte den vulgären Ausdruck herunter.

Mamie Eisenhower, wollte ich sagen, *vous êtes vraiment une vache.*

J.B. West lächelte freundlich. »Ich begleite Sie den Rest des Weges.« Er schloss sogar die Autotür hinter mir und hob die Hand zum Abschied, als ich losfuhr, um Jack am Flughafen zu treffen und mit ihm zum Kennedy-Anwesen in Palm Beach zu fliegen.

Eines jedoch wusste ich mit Sicherheit, als ich in den Rückspiegel blickte, in dem das Weiße Haus langsam verschwand. Wenn ich First Lady war, würde alles anders werden.

Ganz anders.

Kapitel Neun

Januar 1961

Ich betupfte meine Handgelenke mit einer dezenten Dosis *Joy* – manche Dinge veränderten sich ja, aber dieses französische Parfüm, bei dem für kostbare dreißig Milliliter zehntausend Jasminblüten und dreihundert Mairosen notwendig waren, würde ich immer lieben –, dann schickte ich das Dienstmädchen weg, verließ mein Ankleidezimmer und machte mich auf die Suche nach Jack. Ich fand ihn auf dem Korridor, im Smoking atemberaubend wie immer, aber so hektisch auf und ab wandernd, dass er mich gar nicht bemerkte.

Ich streifte erst den einen, dann den anderen frischen weißen Handschuh über und fragte schließlich: »Wie sehe ich aus?«

Jack blieb stehen, fuhr sich mit der Hand durch die pomadisierten Haare und stieß dann einen leisen, verträumten Pfiff aus. »Niemand wird mir mehr die geringste Aufmerksamkeit schenken, sobald du auftauchst, Kid.«

Ich lächelte, denn tatsächlich wäre mein Kleid es würdig gewesen, darin begraben zu werden: eine Symphonie aus luxuriöser schwanenweißer schweizerischer Seide, die Kokarde an der Taille eine kleine Anspielung auf meine französische Bouvier-Herkunft, alles entworfen von Oleg Cassini für die Prä-Inaugurations-Gala an diesem Abend. Mein Bergdorf-Kleid für den Ball am nächsten Tag war sehr hübsch, aber in diesem ausgestellten Kleid und mit dem von Tiffany geliehenen Diamant- und Smaragdschmuck, der an meinem Hals glitzerte, fühlte ich mich wie eine echte First Lady.

Eigentlich sogar wie eine Königin.

Selbst der Schnee funkelte wie Juwelenstaub, und als wir – empfangen von gierigen Kamerablitzen und aufgeregten Rufen der Zeitungsleute – das Haus verließen, glitzerte der sternenübersäte Nachthimmel mit ihm um die Wette. Die Männer vom Secret Service hielten Schirme so über uns, dass wir unbehelligt in der schützenden Höhle der wartenden Limousine verschwinden konnten, und als die Tür sich hinter uns schloss, ließ ich mich erleichtert auf das kalte Leder des Rücksitzes sinken. Aber Jack hatte noch etwas anderes im Sinn.

»Schalten Sie bitte das Licht ein«, wies er unseren Chauffeur an. »Damit die Leute Jackie anschauen können.«

Ab jetzt ist mein Leben ein Spektakel, dachte ich, als ich mir ein Lächeln abrang, winkte und mir alle Mühe gab, das Pochen der Kopfschmerzen zu ignorieren, die sich in meinen Schläfen anbahnten. *Ständig werde ich auf dem Präsentierteller sitzen.*

Natürlich hatte ich das schon vor Jacks Wahlkampf gewusst, aber der Medienzirkus um uns war etwas völlig anderes als das, was Ike und Mamie Eisenhower erlebt hatten. Dieser Wahnsinn um die Präsidentschaft war neu, eher zu vergleichen mit dem Kult um Hollywood-Stars als um Staatsoberhäupter.

Zum Glück hatte Mr. Kennedy für die Benefizveranstaltung am Abend eine mit Stars durchsetzte Gästeliste organisiert, bei Weitem berühmter und glitzernder als ich, so dass ich die seltene Gelegenheit hatte, allein mit einem Glas Champagner in meiner Loge zu sitzen, nachdem ich von Frank Sinatra dorthin begleitet worden war. Während die morgige Inauguration

Amerika feiern würde, war die Gala schlicht eine Siegesparty für alle Kennedys.

Und was für eine Party!

Nat King Cole. Laurence Olivier. Harry Belafonte. Bette Davis.

Jack und ich lachten, bis uns die Rippen wehtaten, als Frank Sinatra den Text von »That Old Black Magic« in »That Old Jack Magic« umwandelte. Danach ging ich noch mit Jack durch die Menge, um die Gäste zu begrüßen, doch während er immer energiegeladener zu werden schien, machten mich die vielen neuen Gesichter immer müder.

Als wir schließlich zu Angie Dickinson kamen, die vor Kurzem in *Rio Bravo* als Partnerin von John Wayne zu sehen gewesen war, entging mir nicht, wie Jacks Blick sich in ihrer kalifornischen Sonnenbräune und den perfekt frisierten blonden Haaren verfing.

Jack und ich hatten eine Abmachung getroffen, und jetzt, zwei Kinder und die siegreiche Präsidentschaftswahl später, war der Deal erledigt. Das Schiff der Selbstzweifel hatte jedenfalls längst Segel gesetzt.

Doch ich verdrängte meinen Verdacht, so gut ich konnte. *Wenn ich nicht daran denke, passiert es nicht.*

»Ich mache mich jetzt lieber auf den Weg nach Hause«, sagte ich zu Jack, als die Gala vorbei war, und bemühte mich um einen möglichst unbeschwerten Ton. »Viel Spaß bei dem Essen, das deine Eltern geben – und versuche bitte, nicht erst morgen früh wieder nach Hause zu kommen.«

Ich war nicht einmal sicher, ob Jack mich hörte, denn er antwortete nicht, sondern winkte Sinatra am anderen Ende des Saals, und um des lieben Friedens willen wollte ich lieber nichts mehr sagen. Stattdessen passte ich Mr. Kennedy in der Nähe der Garderobe ab.

»Unter uns Mannschaftskapitänen?«, fragte ich leise, und als Mr. Kennedy nickte, sprach ich mit einer Kopfbewegung zu seinem Sohn rasch weiter. »Kannst du bitte dafür sorgen, dass er heute Abend keinen Quatsch macht?«

»Wir haben es bis hierher geschafft, Kiddo.« Mr. Kennedy schob seine Brille hoch und senkte verschwörerisch die Stimme. »Um nichts in der Welt werde ich ihn auf der Ziellinie stolpern lassen.«

Ich konnte es nur hoffen.

Mein weißes Seidencape enger um mich schlingend trat ich hinaus in den Schnee, warf noch einen letzten Blick zurück und sah, wie Jack zusammen mit Angie Dickinson über irgendetwas lachte. Doch es war nicht Angie gewesen, die an Jacks Seite den Wahlkampf geführt und mit ihm gewonnen hatte, also war ich die einzige Frau auf der ganzen Welt, die für ihn immer unersetzlich bleiben würde. Wenn mein Ehemann morgen den Amtseid ablegte, verwandelte er uns mit seinen Worten in den Präsidenten und die First Lady der Vereinigten Staaten. Und genau wie ich damals Königin Elizabeth ihr Land hatte heiraten sehen, so bedeutete der morgige Tag, dass ich das Wohl meines Landes über meine eigenen Wünsche als Ehefrau stellen musste.

Und das wiederum bedeutet, dass du keinen Skandal zulassen kannst, ganz gleich, welcher Art. Deshalb wirst du wohl oder übel lernen müssen, ein Auge zuzudrücken, Jacqueline Kennedy.

Selbst wenn es mich das Leben kostete.

Aufrecht am Podium auf der Treppe zum Capitol stehend war Jack durch und durch der selbstgewisse Kapitän am Steuer seines Schiffs, der jüngste amerikanische Präsident, der jemals gewählt worden war, und der erste katholische. An diesem kalten Wintertag war er das strahlende Inbild von Jugend und Vitalität – auf meinen Rat hin hatte er auf Mantel und Hut verzichtet, um sich in schwarzem Anzug und weißem Hemd noch deutlicher aus dem Meer gealterter Staatsmänner hervorzuheben, die zusammengekauert in ihren Wollmänteln fröstelten.

»In dieser Stunde, von diesem Ort soll an Freund und Feind die Nachricht ausgehen, dass die Fackel nun an eine neue Generation von Amerikanern weitergereicht worden ist.«

Während die Lautsprecher Jacks Stimme für die Massen hörbar machten und seine unsterblichen Worte sich mithilfe von Radio- und Fernsehwellen laut und klar über die ganze Nation verbreiteten, waren wir, der Rest der Sterblichen, lediglich Staubflusen im Gewebe der Geschichte. »Jede Nation, ob sie uns wohlgesinnt ist oder uns Böses will, soll wissen, dass wir jeden Preis bezahlen, jede Last zu tragen und jede Mühsal auf uns zu nehmen, jeden Freund zu unterstützen und uns jedem Feind in den Weg zu stellen, um das Überleben und den Sieg der Freiheit zu sichern.«

Erst jetzt merkte ich, dass ich weder meine Mutter noch Hughdie in der Nähe der Hauptloge entdecken konnte, sondern weit weg – und im Fall meiner Mutter mit Sicherheit finster dreinblickend – hinter uns auf den billigen Plätzen. Lee erholte sich noch in England und konnte nicht an den heutigen Feierlichkeiten teilnehmen, aber ich hatte klare Anweisungen gegeben, dass meine Mutter und mein Stiefvater direkt gegenüber der Präsidentenloge auf der Tribüne sitzen sollten.

Wie hatte ich es geschafft, die Sitzordnung meiner eigenen Familie so zu vermasseln? Und wie viele Jahrzehnte würde es dauern, bis meine Mutter mir diesen Fehler verzeihen würde?

Ich versuchte, mich wieder auf Jacks Rede zu konzentrieren, auf die Worte, die ich ihm in den vergangenen Wochen einzustudieren geholfen hatte.

»Und deshalb, meine amerikanischen Mitbürger, fragt nicht, was euer Land für euch tun kann, sondern, was ihr für euer Land tun könnt.« Ein tiefes kollektives Einatmen schien durch die Reihen zu gehen, so sehr hatte Jack uns mit seinen in der Kälte von Atemwölkchen begleiteten Worten in den Bann geschlagen. »Mitbürger überall auf der ganzen Welt – fragt nicht, was Amerika für euch tun wird, sondern fragt, was wir gemeinsam tun können für die Freiheit aller Menschen.«

Als Jack seine Ansprache kurz darauf beendete, brach tosender Beifall aus. Ich stand auf, drängte mich an Eisenhower vorbei und legte einen Finger auf die Wange meines Ehemanns. »Jack«, flüsterte ich, »du warst wundervoll.«

»Danke, Kid. Das war nur die Aufwärmübung.« Doch dabei grinste er voller Stolz. Ich nahm meinen Muff, den Cassini wegen der beißenden Kälte noch hastig mit einem Handwärmer versehen hatte. Oleg war damit einverstanden gewesen, dass ich ein einfaches beiges Wollkleid und einen Wollmantel mit einem runden Kragen aus russischem Zobel trug – beides so hell, dass auch ich mich – wie Jack von den Männern – deutlich von den anderen Ehefrauen abhob, die mit ihren düsteren dicken Pelzmänteln eingepackt waren wie Bären.

Wir würden keinen Zweifel daran aufkommen lassen, dass wir, wenn wir dieses Spiel spielten, die Gewinner sein würden.

Zusammen mit dem Rest unserer Familien – darunter auch

die höchst aufgebrachte Auchincloss-Matriarchin – wurden Jack und ich in Richtung Ehrentribüne abgedrängt.

»Ich weiß nicht, was mit der Sitzordnung passiert ist, Mummy«, versuchte ich mich zu entschuldigen, als meine Mutter meinen Arm nahm. »Es ist mir unerklärlich, wie so etwas geschehen konnte, aber ich verspreche dir, dass ich der Sache auf den Grund gehen werde.«

Trotz ihres verkniffenen Gesichts überraschte sie mich jedoch mit ihrer Fürsorge. Für *mich.* »Jackie«, sagte sie. »Wenn so etwas deiner eigenen Mutter widerfährt, dann könnte in deiner Amtszeit als First Lady alles passieren. Die Leute, die hier arbeiten, mögen sich bemühen, so viel sie wollen – am Ende ist es immer deine Verantwortung.«

Plötzlich wurde mir klar, dass sie recht hatte, dass die Verantwortung für jedes Missgeschick im Protokoll während Jacks Präsidentschaft unweigerlich bei mir liegen würde. Soeben hatte ich mich in ein Staatseigentum verwandelt, das stets auf dem Prüfstand stehen würde. »Danke, Mummy«, sagte ich, benommen von meiner neuen Realität, auf die ich irrtümlicherweise geglaubt hatte, vorbereitet zu sein. »Ich werde das nicht vergessen.«

Mit wackligen Knien fand ich meinen Platz auf der Ehrentribüne neben Mr. Kennedy und dem Rest von Jacks Familie. »Alles in Ordnung, Jackie?«, fragte Bobby, aber ich nickte nur zerstreut und spürte den bohrenden Blick meiner Mutter im Hinterkopf.

Konzentrier dich, Jackie. Denk jetzt nicht an das, was deine Mutter gesagt hat.

Stattdessen beobachtete ich erstaunt, wie Jacks Vater vor seinem Sohn den Hut zog – das erste und einzige Mal, dass ich sah, wie er sich einem seiner Kinder unterordnete. Neben mir erstarrte Bobby, und ich fragte mich, wie es für ihn sein mochte, im Schatten dieser beiden Männer aufzuwachsen, und ob seine Talente manchmal einfach deshalb übersehen wurden, weil er der Jüngere war. Und ich überlegte auch, ob die Dinge anders wären, wenn der älteste Kennedy-Bruder, Joe, nicht im Krieg ums Leben gekommen wäre.

Ob Jack und ich dann womöglich ein ruhiges, alltägliches Leben geführt hätten?

Als hätte er meine Gedanken gelesen, beugte Mr. Kennedy sich zu mir.

»Bist du bereit, Kiddo?«

Vermutlich meinte er damit nicht nur die Parade.

Zwar brachte ich ein zuversichtliches Lächeln zustande, aber als die Marschkapelle mit ohrenbetäubendem Trommeldonnern und Tubageschmetter, gefolgt von endlosen, perfekt synchronisierten Reihen von Kadetten der United States Military Academy und den Oberfähnrichen der United States Naval Academy mit ihren weißen Mützen, vorbeimarschierten, spürte ich, wie sich hinter meinen Augen ein beständiges Pochen breitmachte. Seit meinem Kaiserschnitt waren erst sechs Wochen vergangen, ich war körperlich schon jetzt völlig überfordert und hatte am Abend noch fünf Inaugurations-Bälle zu überstehen.

Wie hypnotisiert starrte ich auf Jacks Hinterkopf, stellte mir sein wunderbares Lächeln vor und wünschte mir, er würde sich umdrehen und mir mit einem wortlosen Blickwechsel, den nur wir beide verstanden, neue Sicherheit geben. Doch stattdessen hatte ihn ein Festzugswagen der U.S. Navy mit einem Modell der Polaris-Rakete voll und ganz in Beschlag genommen.

Wie werde ich es je schaffen, seine Aufmerksamkeit auf mich zu ziehen und – wichtiger noch – in den nächsten vier Jahren mit ihm Schritt zu halten?

Als wir uns kennenlernten, schien Jacks Traum von der Präsidentschaft in weiter Ferne zu liegen, aber jetzt hatte ich gleichzeitig die schwerwiegenden Pflichten einer Ehefrau, einer Mutter und einer First Lady am Hals.

Ich muss Jack unterstützen, während er das ganze Land managt.

Dafür sorgen, dass Caroline und John so weit wie irgend möglich eine normale Kindheit erleben.

An Jacks Seite wichtige Staatsoberhäupter empfangen.

Diplomatische Empfänge makellos planen und durchführen.

Das Weiße Haus neu gestalten.

Und niemals den kleinsten Fehler machen.

»Ich muss mich ausruhen«, stieß ich mühsam hervor, denn auf einmal bekam ich keine Luft mehr. Irgendetwas drückte mir heftig auf die Brust.

»Bist du sicher, dass du die Festwagen der Bundesstaaten nicht sehen möchtest?«, scherzte Mr. Kennedy. »Texas hat einen scheußlichen ledergekleideten Cowboy auf einem Bison zu bieten, alles komplett aus gottserbärmlichem Pappmaché.« Doch als er einen Seitenblick auf mein bleiches Gesicht warf, schnippte er mit den Fingern, um Bobbys Aufmerksamkeit zu erregen. »Ins Bett mit dir, Kiddo«, sagte er leise. »Sofort. Ich schicke einen Arzt zu dir.«

Endlich wandte auch Jack sich mir zu. »Ist alles in Ordnung?«, fragte er, als Bobby und ich uns möglichst unauffällig hinter ihm vorbeidrängten. War es Betroffenheit, die ich auf seinem Gesicht zu lesen glaubte? Oder Enttäuschung?

Ich kann Jack nicht belasten, er darf nicht denken, ich wäre schwach. Nach der Fehlgeburt haben wir ja gesehen, wohin das führt.

»Ich möchte mich ein bisschen für heute Abend ausruhen«, log ich.

Bobby begleitete mich zurück zum Weißen Haus. »Welches Zimmer?«, fragte er, als wir eintraten.

Ich konnte kaum atmen, geschweige denn antworten, ich musste mich voll und ganz darauf konzentrieren, einen Fuß nach dem anderen auf die Stufen zu setzen und die neugierigen Blicke der Angestellten zu ignorieren. So hatte ich mir meinen ersten Besuch im Weißen Haus als First Lady nicht vorgestellt, aber je mehr ich über das, was jetzt und den Rest meines Lebens von mir erwartet wurde, nachdachte, desto weniger Luft bekam ich.

»The Rose«, stieß ich hervor und wurde von Bobby mit einem beruhigenden Lächeln belohnt.

»Das passt«, meinte er und lachte leise. »Da übernachten doch immer die Königinnen, richtig?«

Ich stürzte mich auf die willkommene Ablenkung und nahm Zuflucht zu den Fakten, die ich in den letzten Wochen teils aufgefrischt, teils neu gelernt und mir eingeprägt hatte, um ein bisschen von meiner Panik zu verdrängen. »Die Königinnen der Niederlande, von Griechenland und von Norwegen. Und noch einige weitere. Bis jetzt.«

»Nun, wir sind schon fast da, Eure Majestät.«

Ich dachte, Bobby mache sich über mich lustig, aber seine blauen Augen blieben sanft, als er mich ansah. Er war Jack so ähnlich, nur viel weicher. Anders als Jack ging er nicht davon aus, dass das Leben es darauf abgesehen hatte, ihm an jeder Ecke Steine in den Weg zu legen. »Meine Mutter würde wahrscheinlich Einwände erheben, aber in meinen Augen bist du die ungekrönte Königin dieser Familie«, sagte er, als er die Tür des dunklen, öden Rose Room öffnete. Selbst in meinem gestressten Zustand zuckte ich vor den schlecht zusammenpassenden Sesseln mit Blumenmuster und dem abgetretenen kornblumenblauen Teppich zusammen. »Von heute an wird alles anders, Jackie, aber du bleibst Königin.«

Von allen Kennedys war Bobby in meinen Augen der Ausgeglichenste und Ruhigste, und in diesem Augenblick hätte ich für ihn alles getan. Nur zu gern wollte ich mich wie eine Königin fühlen, als ich mich auf der rosaroten Decke des Himmelbetts ausstreckte, aber während Bobby einen von Jacks Ärzten herbeitelefonierte, musste ich meine ganze Kraft aufbringen, um die Fassung zu bewahren. Während die Ärztin mich untersuchte, wurde ich immer wütender auf mich selbst. Was für eine First Lady war ich, dass ich bei der Inauguration aus purer Erschöpfung von der Ehrentribüne fliehen musste?

Die schlechteste, Jackie, eine First Lady, die unbedingt lernen sollte, sich zusammenzureißen.

»Eine Dexedrine-Tablette gegen die Unruhe«, befahl Dr. Janet Travell, warf die orangefarbene Pille in ein Glas und ließ ihre Arzttasche zuschnappen. »Und denken Sie nicht mal dran aufzustehen, bevor Sie unbedingt müssen. So eine Erschöpfung war nach dem dritten Kaiserschnitt zu erwarten.«

Bobby drohte mir mit dem Finger. »Hört Ihr das, Eure Majestät? Ärztliche Anweisungen.«

Für eine normale Frau wäre es möglich gewesen zu gehorchen. Aber ich war keine normale Frau mehr und würde es auch nie wieder sein.

Während ich die Tablette schluckte, schob ich diesen Gedanken in den hintersten Winkel meines Gedächtnisses. Dann zog

Bobby die Vorhänge vor, und beruhigende Dunkelheit breitete sich über das Zimmer. Vielleicht war es ein Traum, aber ich glaubte zu spüren, wie Bobby sich über mich beugte und in mein Ohr flüsterte: »Entscheide dich für eine Sache, Jackie, und mach sie gut. Dann wird der Rest wie von selbst gehen.«

Dann verschwand er lautlos.

Und ich gestattete mir den Luxus einzuschlafen.

Nachdem ich drei der Bälle besucht hatte, erwachte ich am nächsten Morgen im Bett der Königinnen. Allein.

Aber ich weigerte mich, mir Gedanken darüber zu machen, wo Jack die Nacht verbracht hatte. Oder mit wem.

Stattdessen beschloss ich, dass heute der Tag sein würde, an dem ich meine Energie zurückeroberte, schlüpfte in Reithose und Stiefel und drehte ein paar Runden auf dem Grundstück des Weißen Hauses, wobei ich die stummen Leibwächter, die mir wie dunkle Schatten überallhin folgten, geflissentlich ignorierte.

Beim Gedanken, dass Caroline und John in Glen Ora – einer Farm mit gut hundertsechzig Hektar Land, die Jack und ich in Virginia gepachtet hatten – nach dem Aufstehen feststellen würden, dass auch sie bewacht wurden, zuckte ich unwillkürlich zusammen, obwohl ich natürlich dankbar war für den zusätzlichen Schutz. Auf einmal merkte ich, wie sehr ich Carolines Lachen vermisste, und sehnte mich schrecklich nach ihr und John. Doch sie würden beide erst mit Miss Shaw im Weißen Haus eintreffen, wenn ihre Zimmer für sie bereit waren.

Jetzt, da Jack Präsident war, würde ich als Erstes dafür sorgen müssen, dass sowohl die Kinder als auch ihr Vater ein einigermaßen normales Leben führen konnten.

Nach mindestens einem Dutzend Runden war ich immerhin so gelassen, dass ich mich fähig fühlte, in den Rose Room zurückzukehren, wo ich Tish vorfand, die, unter dem Arm meinen Tagesplan, schon auf mich wartete. »Guten Morgen, Mrs. Kennedy«, sagte sie. »Sie haben in fünf Minuten ein Treffen mit Mr. West, der Sie durchs Weiße Haus führen und mit allen Angestellten bekannt machen wird.«

»Tish.« Meine honigsüße Stimme hätte Scarlett O'Hara erblassen lassen, und ich fuhr mir mit den Fingern durch meine von der Bewegung an der frischen Luft zerzausten Haare. »Wissen Sie, ob Jack es gestern Abend geschafft hat, alle fünf Bälle zu besuchen?«

Ich hatte an Jacks Seite ja nur drei der fünf besucht – gut geschützt in meinem cremeweißen ärmellosen Kleid aus *Peau d'ange*-Seide, dessen Oberteil unter einem durchsichtigen Chifonüberwurf mit Diamant-Kristallen an Silberfäden bestickt war und von einem bodenlangen Seidenumhang und den Smaragd-Ohrringen, die Jack mir nach seiner Wahl geschenkt hatte, vervollständigt wurde.

In einem etwas surrealen Moment war – wie vor acht Jahren für Ike und Mamie Eisenhower – nun für Jack und mich »Hail to the Chief« gespielt worden, als wäre es eine aus einer anderen Biographie geborgte Buchseite.

Das ist jetzt dein Leben, Jackie. Finde eine Möglichkeit, es zu genießen.

In einer Tanzpause wurden die Mitglieder von Jacks neuem Kabinett aufgefordert, mit ihren in Samt und Seide gehüllten Frauen den Mittelgang der D.C. Armory – dem eigens hierfür gewählten Veranstaltungsort – entlangzudefilieren, während feierlich ihre Namen verlesen wurden. Der für mich schönste Augenblick jedoch kam, als Jack sein Champagnerglas hob, mir von unserem Platz in der Präsidentenloge zuprostete und die Band des Marine Corps einen keltischen Folksong der Dubliners mit dem Titel »Black Velvet Band« anstimmte.

Ich hatte erwartet, Jack würde einen Toast auf seine Präsidentschaft oder unsere Zukunft ausbringen, aber stattdessen hatte er mich angesehen wie damals in Martin's Tavern. Nur machte er mir diesmal keinen Heiratsantrag, sondern brachte mir ein Ständchen.

Her eyes they shone like diamonds,
I thought her the queen of the land,
And her hair, it hung over her shoulder,
Tied up with a velvet band.

Das Stimmengewirr der Menschenmenge erstarb, und ich hätte in Jacks Augen versinken können. »Auf dich, Jackie: meine Ehefrau, meine Partnerin, meine Freundin.« Zärtlich strich sein Finger über mein Kinn. »Meine Königin.«

Deshalb nehme ich all das auf mich, dachte ich mit vor Freude heißen Wangen, als unsere Gläser sich leise klirrend küssten. *Deshalb liebe ich ihn.*

Tishs Räuspern holte mich in die Gegenwart zurück. »Ja, der Präsident hat alle fünf Bälle besucht, Mrs. Kennedy, sein Durchhaltevermögen ist das Stadtgespräch Nummer eins.« Leider konnte ein kurzer Blick über die Schulter mir nicht sagen, auf welche Art Durchhaltevermögen Tish anspielte, aber ich hoffte für sie, dass sie sich nicht über mich lustig machen wollte. »Anscheinend haben sowohl Angie Dickinson als auch Kim Novak versucht, ihn nach dem letzten Ball noch zu einer Party zu locken«, fuhr sie fort. »Unvorstellbar – nicht bloß eine, sondern gleich zwei Schauspielerinnen?«

Sie würden staunen, was ich mir alles vorstellen kann, Tish.

Jetzt kam mir doch die Galle hoch. »Und ist der Präsident mitgegangen?« Auf einmal schien die Zeit stillzustehen. »Zu dieser Party, meine ich.«

Tish klopfte mit einem Bleistift auf den Tagesplan, den sie vermutlich bereits auswendig konnte. »Nein, er wollte zurück ins Weiße Haus. Die Leibwache hat mir erzählt, er habe sehr humorvoll reagiert, als er niemanden mehr gefunden hat, der ihm etwas zu essen zubereiten konnte. Am Ende hat er sich wohl mit einer Schüssel Wheaties zufriedengegeben, die die Geheimdienstler irgendwo für ihn geschnorrt haben, und sie, soweit ich weiß, im Lincoln Bedroom verzehrt.«

Gott sei Dank. Die Spannung zwischen meinen Augenbrauen ließ etwas nach. *Wer hätte gedacht, dass Jack es schaffen würde, der Versuchung von nicht nur einer, sondern sogar zwei umwerfenden blonden Schauspielerinnen zu widerstehen*?

Eilig bat ich Tish, mich – noch immer in meiner Reithose – nach unten zu begleiten. »Sind die Arbeiter für die Renovierung der Familienzimmer im Obergeschoss schon da?«

»Ich glaube, ja …«

»Gut. Ich möchte, dass sie das Himmelbett aus dem unteren Gästezimmer nach oben in das Zimmer bringen, in dem die Eisenhowers geschlafen haben«, begann ich, meine Liste an den Fingern abzuzählen. »Die schrecklichen Gastgeberstühle aus dem Speisesaal werden bitte eingelagert und der kitschige Wandschirm mit den Spiegeln ebenfalls. Außerdem muss ich für Jacks Rücken eine Rinderhaar-Schweifhaar-Spezialmatratze bestellen – gegen Rosshaar ist er allergisch, also überprüfen Sie bei der Bestellung bitte genau, dass wirklich nur Rinderhaar enthalten ist. Am besten, Sie bestellen dann gleich zwei davon, dann kann er eine mitnehmen, wenn er auf Reisen ist. Sorgen Sie dafür, dass die Air Force One sie irgendwo verstauen kann.«

Tish warf einen Blick auf meinen Kalender und begann, hektisch zu schreiben.

Sie müssen lernen, mit mir Schritt zu halten, Tish, hätte ich ihr gern gesagt. *Ich muss in Bewegung bleiben, denn nur so kann ich verhindern, dass ich mich auflöse.*

»Außerdem kontaktieren Sie doch bitte Stéphane Boudin von Jansen in Paris. Er hat einen Teil von Versailles restauriert, und ich möchte sein Angebot annehmen, kostenlos am Weißen Haus zu arbeiten.«

J.B. West, der Chief Usher im Weißen Haus, den ich bei meinem grässlichen Rundgang mit Mamie Eisenhower kennengelernt hatte, erwartete uns im hässlichen Red Room. West war ein unauffälliger Mann mit zurückweichendem Haaransatz, dessen eindrücklichste Eigenschaft eine dick umrandete schwarze Brille war, die oft ganz vorn auf seiner Nase balancierte. Doch mir wurde schon bald klar, dass er am liebsten im Hintergrund verschwand, wo er seine Pflichten als Chief Usher taktvoll und meist anonym erfüllen konnte.

Da ich selbst ja gerade meine Privatsphäre verloren hatte, konnte ich dieser Eigenschaft viel abgewinnen.

»Ich möchte, dass dieses Haus – Amerikas *Maison Blanche* – zu etwas Grandiosem wird«, sagte ich zu West, als Tish lossauste, um die Matratzen zu bestellen. In den letzten Wochen hatte ich Pläne des Hauses studiert und mir alles, was je in gedruckter Form über seine Geschichte erschienen war, von der Kongressbibliothek zuschicken lassen. Trotzdem war ich immer wieder schockiert, als ich mit West die einzelnen Stockwerke durchstreifte, von Neuem entsetzt über die tristen Palmen, die deprimiert in den Ecken herumstanden, und die Möbel, die aussahen, als wären sie aus einem billigen Möbelkatalog bestellt worden. Als wir an dem Trinkbrunnen vorbeikamen, der im zweiten Stock an der Wand installiert worden war, musste ich ein Schaudern unterdrücken. »Das da«, sagte ich und deutete auf das Gebilde, »das da muss als Erstes verschwinden.«

Fast glaubte ich, auf J.B. Wests Gesicht ein Lächeln zu erkennen. »Selbstverständlich, Mrs. Kennedy.«

Ich nickte und stellte mich nun einem ganzen Schwarm von Installateuren, Elektrikern und Tischlern vor, die bereits mit der Arbeit angefangen hatten. Auf einmal erinnerte ich mich an die Tipps meiner Mutter zur effizienten Führung eines großen Anwesens, die mir nun mit Sicherheit sehr dienlich sein würden. »Wir brauchen hier oben richtige Familienzimmer. Und einen Unterrichtsraum für Caroline. Bestimmt können sich noch ein paar andere Kinder von Regierungsangestellten zu ihr gesellen.«

Als Erstes bist du Mutter, Jackie, dann Ehefrau. Dann, und wirklich erst danach, bist du First Lady. Erst an dritter Stelle.

»Haben Sie Kinder, Mr. West?«, fragte ich im Versuch, ihn zum Reden zu bringen. Er erinnerte mich an Miss Shaw, ganz der alten Schule zugehörig, nach der schon ein Wort zu viel als dummes Geschwätz empfunden wurde.

»Zwei Töchter, Mrs. Kennedy«, antwortete er mit strahlenden Augen. »Leider sehe ich sie nicht so oft, wie ich gerne möchte.«

»Das kann ich mir vorstellen – in Anbetracht der Tatsache, dass Sie im Weißen Haus als eine Art Wundertäter sehr beschäftigt sind. Irgendwann müssen Sie Ihre Töchter einmal mitbringen, damit Caroline sie kennenlernt.« Unwillkürlich runzelte ich die Stirn, als ich daran dachte, wie meine Tochter reagieren würde, wenn sie ihr neues Zuhause zum ersten Mal sah. »Dürfte ich wohl kurz mit den Gärtnern sprechen, Mr. West? Ich habe ein besonderes Anliegen an sie.«

Tatsächlich war J.B. West so etwas wie mein ganz persönlicher dienstbarer Geist, ich brauchte ihn nur zu fragen, und schon ging mein Wunsch in Erfüllung. So auch jetzt: Zwei uniformierte Gärtner wurden ins Obergeschoss geführt und zogen die Handschuhe aus, um mir die Hand zu schütteln.

»Ich habe mich gefragt, ob ich Sie um einen Gefallen bitten könnte, Gentlemen«, begann ich mit leiser Stimme. »Wissen Sie, ich wünsche mir, dass es hier nach einem Zuhause aussieht, wenn die Kinder ankommen. Wäre es möglich, dass Sie für die beiden im Garten einen Schneemann bauen? Vielleicht einen albernen mit Schlapphut, Karottennase und Kohlenaugen, damit sie ein bisschen Spaß haben und sich in ihrem riesigen neuen Haus nicht so fremd fühlen – vor allem Caroline.«

»Aber selbstverständlich, Ma'am«, sagte der erste Gärtner lächelnd. »Das machen wir gern.«

Einfache Dinge. Doch es war das, was ich schaffen und womit ich möglicherweise etwas bewirken konnte.

Als J.B. West mich nach unten in den Keller des Weißen Hauses brachte, erwartete mich dort eine nette Überraschung. Statt dass sich an den Wänden verstaubte Weinflaschen stapelten oder Knoblauchketten von der Decke hingen, enthielt der ganze riesige Raum Reihe um Reihe schweigende, über Schreibtische gebeugte Menschen, deren Stifte emsig übers Papier huschten, so dass ich mir vorstellen konnte, ich wäre in einem mittelalterlichen Kloster mit Mönchen, die mit kostbarer Tinte und winzigen Flocken Blattgold wertvolle Pergamente illuminierten.

»Was machen Sie hier?«, flüsterte ich einem von ihnen zu, fasziniert und nicht bereit, den Bann der Stille zu durchbrechen. Als die Federn aufhörten zu kratzen, weil alle Köpfe sich mir zuwandten und die Intimität des Augenblicks verflog, wurde mir ganz traurig ums Herz. Stuhlbeine scharrten über den Boden, alle standen auf, aber ich winkte ab, ich verlangte keine Förmlichkeiten.

»Wir sind die Kalligraphen des Weißen Hauses«, erklärte der Mann, der mir am nächsten saß, und zeigte auf die Stapel dicken Pergamentpapiers, die, wie ich jetzt begriff, für Einladungen und Tischkarten gedacht waren. »Jedes Mal, wenn Sie eine Veranstaltung planen, sind wir diejenigen, die alles ausarbeiten und schreiben.«

Begeistert klatschte ich in die Hände. »Zauberhaft!«, rief ich und meinte es auch genau so.

Eine Weile später lehnte ich an einem der Schreibtische, und mir schwirrte der Kopf von all den vielen Namen, denn West hatte mich mit dem ganzen riesigen Aufgebot von Angestellten bekannt gemacht. »Sind das alle?«, flüsterte ich West zu, nachdem zwei Männer, die in der Küche beschäftigt waren, mir die Hand geschüttelt hatten und eine kurze Pause eintrat.

»Nun ja«, antwortete er, »es gibt noch drei Männer im Blumenladen, zwei Frauen in der Wäscherei, fünf Männer in der unteren Küche, drei Klempner, drei Maler …«

Den Rest hörte ich kaum noch und war froh, dass ich saß, denn jetzt erst begriff ich wirklich, wie riesig der Betrieb war, den ich hier leitete. Selbst meine Mutter hätte davor Respekt gehabt. »Wie groß ist unser Budget?«

»Fünfhunderttausend Dollar im Jahr, Ihre persönlichen Ausgaben als First Lady nicht einberechnet.«

»Nun, ich möchte, dass Sie den Haushalt führen, wie Sie ihn für den knauserigsten Präsidenten geführt haben, der je gewählt wurde«, sagte ich mit einem Augenzwinkern. »Wir haben nämlich bei Weitem nicht so viel Geld, wie man immer in der Zeitung liest.«

Mr. West lachte leise, so dass ich einen Moment nicht sicher war, ob er mir glaubte, doch er wurde rasch wieder ernst. »Apropos, Mrs. Kennedy, für die Renovierung wurden Ihnen fünfzigtausend Dollar bewilligt.« Er warf einen Blick auf die Notizen, die er sich gemacht hatte, und hielt inne, als rechne er alles im Kopf noch einmal durch, obwohl ich den Verdacht hatte, dass er unterwegs bereits jeden Raum bis auf den Penny genauestens tabelliert hatte. »Und diesen Betrag haben Sie bereits mit den Familienzimmern überschritten.«

»Verdammt.« Eigentlich fluchte ich prinzipiell nicht in der Öffentlichkeit und schon gar nicht auf Englisch, aber dieses arme heruntergekommene Haus war es wert. Dies waren die heiligen Hallen, in denen Jefferson und Madison gewandelt waren, die Zimmer, in denen Lincoln und Roosevelt genächtigt hatten – sie hatten Besseres verdient als Mobiliar aus der Schnäppchen-Abteilung.

»Vielleicht könnte man das Projekt etwas zurückschrauben?«, fragte West. »Ein bisschen verkleinern, vielleicht etwas weniger Antiquitäten?«

Ich habe mich in meinem ganzen Leben nie mit Kleinigkeiten abgegeben, Mr. West, und ich werde jetzt nicht damit anfangen.

Ich fasste schnell wieder Mut. »Vielleicht haben wir kein Geld, Mr. West«, sagte ich, während ich mir bereits die zarte grüne Moiré-Seide vorstellte, mit der ich die schwere grüne Damast-Tapete im Green Room zu ersetzen gedachte. »Aber was soll's.

Wir werden schon irgendeine brillante Methode finden, Antiquitäten zu beschaffen. Und wir werden das Weiße Haus so umgestalten, dass Amerika wirklich stolz darauf sein kann.«

Als Mr. West die Tür des Green Room hinter uns schloss, seufzte ich tief. Doch statt mich überwältigt zu fühlen, wurde mir leichter ums Herz, wenn ich mir ausmalte, wie ich die Räume mit Cézanne-Gemälden und frischen Seidenpolstern füllte oder Monroes französisches Silberbesteck und Theodore Roosevelts Teppiche ausfindig machte.

Das waren kleine Probleme, mit denen ich umzugehen wusste – dieses Schiff konnte ich steuern.

Wie alle Präsidentenfrauen würde ich nur für kurze Zeit im Weißen Haus residieren. Aber ich wollte das Weiße Haus restaurieren, ehe es endgültig zu spät war und keine Verbindung zur Vergangenheit mehr zu finden sein würde.

Komme, was wolle. Ich würde es tun, einen Tag nach dem anderen.

Kapitel Zehn

April 1961

»Das muss ein Witz sein – die Leute wollen wirklich wissen, welches Shampoo ich benutze?« Ich blickte von meiner Lektoratsarbeit am geplanten Handbuch für das Weiße Haus auf. Das Buch war nur eine kleine Facette meines Plans, wie die Restaurierung finanziert werden konnte. Inzwischen hatte ich das Fine Arts Committee for the White House etabliert und mehrere wohlhabende Geldgeber angelockt. Einen Moment vergaß ich das Buch und starrte Tish ungläubig an, die gerade die bereits geöffnete Post des Tages auf einem der Schreibtische im Red Room ablegte.

Nun, genau genommen war es nur ein Teil der Post, denn Hunderte von Briefen konnte sie nicht auf einmal schleppen.

»Nicht nur das Shampoo – auch, wie Sie es schaffen, so schlank zu bleiben, und wie viele Lockenwickler Sie sich abends in die Haare machen.« Tish überflog den Brief in ihrer Hand. »Und ob es den Präsidenten stört oder nicht.«

Ich wandte mich ab, so dass Tish mein Gesicht nicht sehen konnte, denn leider bekam ich Jack dieser Tage immer seltener zu Gesicht. Mein Ruhebedürfnis war so groß, dass ich oft, um das Leben im Weißen Haus auszuhalten, nach Glen Ora floh. Natürlich wäre auch Camp David infrage gekommen – die offizielle Erholungsanlage des amtierenden Präsidenten, der Jack auch den Vorzug gegeben hätte –, aber mich schauderte vor den mit Luftschutzräumen unterkellerten Motel-Hütten. An den meisten Wochenenden kam Jack nach Glen Ora, wo er mit John – von der Presse nur noch John-John genannt, nachdem Jack ihn zweimal hintereinander in Anwesenheit von Reportern so angesprochen hatte – auf dem Fußboden mit Bauklötzen spielte und Caroline lobte, wenn sie Edna St. Vincent Millays Gedicht »First Fig« rezitierte. In meiner Anwesenheit war Jack tagsüber und auch nachts ganz der liebevolle und zuvorkommende Ehemann, doch es kursierten Gerüchte über willige Mädchen, die im Aufzug ins Weiße Haus geschmuggelt wurden.

Aber ich konnte und wollte nicht daran denken. Ich hatte mir fest vorgenommen, das Image einer Bilderbuchehe aufrechtzuerhalten, zumindest nach außen. Mein Stolz war es nicht wert, das Glück meiner Kinder dafür aufs Spiel zu setzen, aber ich würde das Thema demnächst ansprechen, wenn ich mit Jack allein war. Nur waren wir zurzeit nie allein.

Doch selbst wenn ich von Menschen umgeben war, fühlte ich mich oft einsam. Ständig machte ich mir Sorgen, jemand könnte die wahre Jackie sehen, und fürchtete, irgendwelche unappetitlichen Details würden zur Presse durchsickern. Schlimmer noch, jemand könnte sich als Freund ausgeben und hinter unserem Rücken die ganze schmutzige Geschichte erzählen.

»Antworten Sie, dass ich fünf Lockenwickler verwende«, sagte ich Tish und massierte meine Schläfen. In Wirklichkeit war meine Schönheitsprozedur der reinste Horror, aber das musste ich ja nicht erwähnen, genauso wenig wie die Tatsache, dass ich mich jeden Morgen auf die Waage stellte und meine Mahlzeiten so regulierte, dass ich sicherstellen konnte, die gleiche Kleidergröße zu behalten wie vor meinen Schwangerschaften. »Geben Sie den Leuten ein Minimum an Information mit einem Maximum an Höflichkeit – es besteht kein Grund, alle meine Geheimnisse preiszugeben. Wie steht es um die Pläne für die Europareise?«

Es würde unsere erste gemeinsame Atlantiküberquerung nach Jacks Amtsantritt sein, und ich wollte, dass alles perfekt lief. Ich *brauchte* das.

Nun, da Jack Präsident war, hielt ich es zwar durchaus für möglich, dass er mich schätzte, ich für ihn jedoch niemals das Zentrum seines Universums sein würde, wie er es umgekehrt für mich war.

»In Frankreich werden Sie in der Villa des französischen Außenministers am Quai d'Orsay wohnen.« Tish sortierte Briefumschläge auf verschiedene Stapel. »Charles de Gaulle wird Sie persönlich durch Paris führen.«

Vor lauter Begeisterung wäre mir um ein Haar ein kleinmädchenhaftes Kreischen herausgerutscht. Ich verehrte Charles de Gaulle aufgrund seiner wichtigen Rolle in der französischen Résistance – er war für mich das, was Winston Churchill für Jack war –, so sehr, dass ich als Kind meinen Pudel nach ihm »Gaullie« getauft hatte. Natürlich plante ich nicht, den französischen Staatspräsidenten über seinen Namensvetter aus dem Hundereich zu informieren, aber ich hatte noch einmal de Gaulles Memoiren im französischen Original gelesen, um mich auf diese Rückkehr nach Frankreich vorzubereiten.

»Bitte beantworten Sie diese Briefe für mich, Tish, ich vertraue Ihnen«, wies ich Tish an. »Sonst schaffe ich es nicht, den griechischen Premierminister und seine Frau rechtzeitig zum Lunch zu begrüßen.«

Unterwegs machte ich mir eine Notiz im Hinterkopf, die abgrundtief hässliche Uhr auf dem Kaminsims, die Präsident Truman geschenkt bekommen hatte, möglichst bald umzusiedeln – am liebsten in den Keller. Jack wartete bereits im Diplomatic Reception Room auf die griechische Entourage, trat nervös von einem Fuß auf den anderen und schien mein Hallo gar nicht zu hören. »Alles in Ordnung?«, fragte ich etwas besorgt.

»Kann sein, dass du bei diesem Lunch die Führung übernehmen musst«, erklärte er und klang dabei so grimmig, dass ich eine Gänsehaut bekam. »Die Invasion in Kuba läuft ganz und gar nicht so, wie wir erwartet haben. Die verdammte CIA wusste schon vor einer Woche, dass etwas an die Sowjets durchgesickert war, hat mich aber trotzdem gedrängt zuzustimmen. Die Schweinebucht entwickelt sich immer mehr zu einem Synonym für ein totales Desaster.«

Nun verstand ich die Anspannung, die ihm so überdeutlich anzumerken war. Zwar setzte Jack mich nicht über alle seine Entscheidungen in Kenntnis, aber um nicht mitzubekommen, dass es äußerst riskant gewesen war, eine Invasionstruppe kubanischer Exilanten loszuschicken, um die neue mit den Russen alliierte Diktatur von Fidel Castro zu stürzen, die sich auf Kuba etabliert hatte, hätte ich taub und wahrhaft dämlich sein müssen.

Im Wahlkampf hatte Jack versprochen, in seiner Amtszeit werde Amerika die UdSSR überholen und mit ihm am Ruder dem Kommunismus widerstehen und ihn überwinden. Nur drei Monate nach dem Amtseid würde der Ausgang dieser kritischen Mission in Kuba nun entscheiden, ob er in Zukunft als Held der freien Welt oder als kläglicher Versager galt. »Natürlich leite ich den Lunch«, versprach ich sofort.

Wir überstanden das Essen. Jack verdrängte die potenzielle Katastrophe so weit, dass er den griechischen Premier mit seinem Charme beeindrucken konnte. Als die Suppe aufgetragen wurde, tauchten zwar immer wieder Berater auf, die in Jacks Ohr flüsterten, doch ich hielt die Konversation aufrecht, und die Frau des Premierministers lud mich ein, den Parthenon in Athen zu besichtigen – es war, als hätten Castro und Kuba aufgehört zu existieren.

Wäre es doch nur so einfach gewesen.

Erst während des Kongress-Empfangs am nächsten Abend erhielten wir Nachricht, wie schlimm es wirklich war.

Noch im Smoking schlich Jack sich hinaus zu einem Geheimtreffen im Kabinettssaal, und ich wartete dort in meinem von Cassini entworfenen Etuikleid aus rosaroter und weißer Spitze bis nach Mitternacht vor der Tür. Als Erster verließ Bobby, Jacks neuer und ziemlich umstrittener Justizminister, mit niedergeschlagenem Gesicht den Saal. Wenn Jack nach einem langen Arbeitstag endlich Feierabend hatte und entspannen wollte, bedrängte ich ihn nur im äußersten Notfall mit Fragen zu irgendwelchen Einzelheiten, aber heute stand zu viel auf dem Spiel.

»Was ist passiert?«, fragte ich Bobby.

»Ich hatte Jack gewarnt, aber er hat leider nicht auf mich gehört.« Mit einer wütenden Handbewegung lockerte Bobby seine Krawatte und stopfte dann die geballten Fäuste in die Taschen – der selbstbewusste junge Anwalt, der es als Berater des US-Senats mit dem organisierten Verbrechen aufgenommen hatte, war kaum wiederzuerkennen, als er fortfuhr: »Das Ganze war von Anfang bis Ende ein einziger Pfusch, und jetzt versuchen wir, zwölfhundert Männer zu retten, die wir losgeschickt haben, um zu scheitern. Dafür wird Jack den Kopf hinhalten und sowohl hier als auch vom Rest der Welt eine Menge Kritik einstecken müssen. Und leider ist sie gerechtfertigt.«

Ich duckte mich unter seiner Wut und erschrak, als Jack im nächsten Moment aus dem Kabinettssaal stürzte, einen finsteren Blick in unsere Richtung warf und wortlos davonstürmte. Ich sah Bobby an, und wir liefen ihm nach, doch als wir zur Treppe kamen, griff Bobby nach meinem Handgelenk und brachte mich zum Stehen. »Gib ihm eine Sekunde.«

Wir hörten oben eine Tür zuknallen, und ich zwang mich, die Neonröhren im Korridor über meinem Kopf zu zählen, ehe ich, Bobby dicht auf den Fersen, meinem Ehemann folgte. Vor dem Yellow Oval Room blieb ich abrupt stehen und lauschte auf das gedämpfte Geräusch, das durch die Tür drang. Als ich sie schließlich öffnete, offenbarte sich mir eine Szene, die mir fast das Herz zerriss.

Jack kauerte auf dem Polstersofa, den Kopf in den Händen, und seine breiten Schultern zuckten mit der Wucht eines Erdbebens. Es hätte nicht viel gefehlt, und ich wäre zu Boden gesunken.

Jack weinte und rang nach Luft, als drohe er zu ertrinken.

Zum ersten Mal in seinem Leben hatte er ernsthaft versagt.

»Scheiße«, flüsterte Bobby hinter mir. »Scheiße, Scheiße, Scheiße.«

Jack hob den Kopf, starrte Bobby und mich mit verquollenen, blutunterlaufenen Augen an und stieß mit heiserer Stimme hervor: »Macht die Tür zu.«

Dann rieb er sich mit der Faust die Augen, als wolle er etwas auswischen, doch er wirkte verletzlicher als nach seinen Rückenoperationen, bei denen er fast gestorben wäre. Ich konnte mich nur neben ihn setzen und versuchen, ihm mit meiner Anwesenheit so etwas wie Stabilität zu vermitteln.

Jack reagierte nicht, als ich ihm die Hand aufs Knie legte, schob sie aber auch nicht weg. »Diese Mistkerle saßen einfach nur da, haben genickt und darauf bestanden, Eisenhowers Plan würde funktionieren. Praktisch versprochen haben sie das«, erklärte er, an Bobby gewandt, fuhr sich mit beiden Händen durch die Haare und fügte etwas ruhiger hinzu: »Ich möchte, dass Allen Dulles und Richard Bissell entlassen werden, ohne Aufhebens, aber umgehend.« Damit erhob er sich und war auch schon unterwegs in Richtung Schlafzimmer, wo er kurz innehielt und seinem Bruder noch über die Schulter zurief: »Von heute an will ich alles über Castro wissen. Ich will jedes Mal informiert werden, wenn er in Russland anruft, mit wem er schläft und ob er dabei die Stiefel auszieht. Das müssen wir zwei alleine hinkriegen.«

Vermutlich hatte Mr. Kennedy genau das beabsichtigt, als er Jack gedrängt hatte, Bobby zum Justizminister zu ernennen. Wir waren betrogen worden – nicht ganz auf die Art, die ich befürchtet hatte, aber trotzdem –, und jetzt schlossen die Kennedys die Reihen.

Und auch ich gehörte zu den Kennedys. Was bedeutete, dass auch ich auf Jack aufpassen musste, damit wir nicht von Flammen verschlungen oder im Treibsand untergehen würden.

»Verdammt«, murmelte Bobby, als wir alleine waren. »Eigentlich wusste ich, dass ich noch entschiedener hätte sein und ihm klar und deutlich hätte sagen müssen, er solle die Invasion abblasen. Stattdessen habe ich zugelassen, dass er auf diese gottverdammten Kriegstreiber reinfällt.«

»Jack kann seine eigenen Entscheidungen treffen«, erinnerte

ich Bobby. »Sorge du dafür, dass Dulles und Bissell gefeuert werden. Ich kümmere mich um Jack.«

Bobby seufzte und griff sich mit einer Hand an die Stirn, als müsse er Kopfschmerzen abwehren. Der arme Bobby, der seit dem Wahlkampf gern den Buhmann gespielt hatte, damit die Wähler nicht auf Jack wütend wurden. »Bist du sicher? Dann habe ich nämlich die bei Weitem leichtere Aufgabe.«

Ich schenkte ihm ein mattes Lächeln, denn ich wusste, dass Bobby immer bereit war, die Rolle des Bösewichts zu übernehmen, wenn es um Jack ging. »Wir gehören zum gleichen Team, Bobby. Du kannst mir auch mal was schuldig bleiben.«

»Abgemacht.«

Heute Abend würde ich Jack trösten, so gut ich konnte. Morgen würden wir uns einer Welt stellen, die nach dem Fehlschlag in der Schweinebucht düster geworden war.

Aber wir würden es gemeinsam tun.

Der Wind der Düsentriebwerke peitschte meine Haare, während unser Gepäck in die Flugzeuge geladen wurden. Gleich würden wir zu unserer Goodwill-Tour durch Europa starten, die jetzt eine Katastrophe zu werden versprach, weil sie von der Aura des Versagens überschattet sein würde – Jack konnte das Image nicht mehr abschütteln, unfähig und unerfahren zu sein, blindlings eine gefährliche Mission autorisiert, jedoch nicht den Mumm gehabt zu haben, die US-Armee loszuschicken, nachdem die Exilkubaner umzingelt und gefangen genommen waren.

Es war wie in einem schrecklichen russischen Roman: eine Katastrophe nach der anderen, und ich musste die Seiten umblättern, während mein Mann mit einem Misserfolg rang, der für immer und ewig seine Präsidentschaft beschmutzen würde.

Etwas musste passieren, denn inzwischen litt mein gedemütigter, verängstigter Ehemann an Schlaflosigkeit und ächzte vor Schmerzen, weil er sich bei einer Baumpflanz-Zeremonie den Rücken gezerrt hatte. Beim Einsteigen in die Air Force One musste ich ihn stützen, und es war offensichtlich, dass er nicht in einem Zustand war, sich im Zweikampf mit den europäischen Staatsoberhäuptern zu messen.

Vielleicht haben wir uns geirrt. Vielleicht können Jack und ich das alles gar nicht schaffen …

Obwohl ich mich fühlte, als hätte ich seit Wochen nicht geschlafen, war ich noch nicht so weit, meine Zweifel hundertprozentig ernst zu nehmen, sondern winkte, kaum dass wir im Flugzeug saßen, Dr. Max Jacobson herbei, der uns in den nächsten Wochen durch Europa begleiten würde. Erst im Nachhinein war mir klar geworden, dass Jack ihn bereits vor der Debatte mit Nixon in Anspruch genommen hatte. »Nur dank Jacobsons Zaubertrank hat es so gut geklappt«, hatte er mir damals erklärt, als ich ihn zu seiner herausragenden Leistung beglückwünschte. »Aber einige Nebenwirkungen der Spritzen haben mir nicht gefallen.«

Mir war es gleichgültig, ob seine Medizin uns blau anlaufen ließe oder dazu bringen würde, Polka zu tanzen, sie musste uns nur wieder glücklich machen. Denn in unserem momentanen Zustand waren wir beide zweifellos angeschlagen, und ich war nicht sicher, ob wir diese Reise überhaupt durchstehen konnten.

»Meine Spritzen sind nicht zum Spaß da, sondern ausschließlich für Leute bestimmt, die hart arbeiten müssen«, versicherte Jacobson mir, als er mit erfahrener Hand gegen die Spritze schnippte. »Und Sie beide haben eine äußerst wichtige Arbeit vor sich.«

»Was genau enthalten sie eigentlich?« Inzwischen waren wir in der Luft, und ich lenkte mich von der bösartig langen Nadel ab, indem ich aus dem Kabinenfenster zum Washington Memorial hinunterstarrte. Der Rest der Stadt erstreckte sich bis zum Horizont: die National Mall mit ihren Denkmälern, dahinter das Capitol und der Arlington National Cemetery.

»Ach, alles Mögliche.« Ich spürte ein effizientes Wischen mit dem kühlen Alkoholtupfer an meinem Arm, gefolgt von dem scharfen Stich der Nadel. »Methamphetamin, Steroid, Kalzium und Affenplazenta.«

Erschrocken sah ich ihn an, aber er zwinkerte nur. Meinte er es ernst?

»Für mich bitte auch eine, Doktor.« Jack rollte den Ärmel hoch, streckte Jacobson den Arm entgegen und zuckte nicht einmal zusammen, als er seine Dosis bekam. »Dr. Travell behauptet, dass ich auf der Reise ständig Krücken benutzen muss. Dabei wissen wir doch alle, dass diese Schweinehunde namens de Gaulle und Chruschtschow mich bei lebendigem Leib auffressen, wenn ich ihren Rat befolge.«

»Sie werden topfit sein«, beruhigte Jacobson uns beide, »ich werde ja nicht umsonst Miracle Max genannt. Dieser kleine Zaubertrank wird Ihnen Flügel verleihen, die Schmerzen vertreiben und Ihnen beiden die Energie geben, Ihren sozialen Pflichten fröhlich nachzugehen. Bevor Sie abends zu Bett gehen, gibt es dann noch ein anderes Wundermittel, mit dem Sie schlafen werden wie Babys.«

»Klingt himmlisch«, sagte ich, aber Jack steckte noch im Schlamm seiner Präsidentensorgen.

»De Gaulle hat gegen die Nazis gekämpft, Herrgott noch mal«, brummte er. »Und ich werde nicht mal mit Castro fertig, und Chruschtschow führt in Berlin Hetzreden.«

»Du hast im gleichen Krieg gekämpft wie de Gaulle, also bist du genau wie er ein Held«, erinnerte ich Jack und begann, ihm die Schultern zu massieren, wobei ich Jacobson mit einem diskreten Nicken zu verstehen gab, er könne sich zurückziehen.

Vielleicht war es die Wirkung des Zaubertranks, vielleicht auch die Freude darüber, dass ich auf der Europareise mein lebenslanges Idol treffen würde, jedenfalls war ich auf einmal so energiegeladen, dass ich kaum stillsitzen konnte und das Gefühl hatte, ich könnte schneller laufen als das Flugzeug, das uns über den Atlantik trug.

Komme, was wolle, ich würde die Reise genießen – nicht nur genießen, ich würde schwelgen –, und ich würde es irgendwie schaffen, Charles de Gaulle in einen unserer standhaftesten Alliierten zu verwandeln.

Manchmal vergessen die Männer, dass es mehr als eine Art von Kriegsführung gibt.

Wenn Charles de Gaulle und Nikita Chruschtschow meinen Ehemann beleidigen wollten, würden sie sich bald in einem völlig anderen Kampf befinden, auf den sie schlecht vorbereitet waren. Denn wer erwartete schon, dass Jacks General nicht in Camouflage-Uniform oder mit Medaillen behängt erscheinen würde, sondern in Givenchy mit Perlenkette?

Nach einer weichen Landung begrüßte uns ein weißhaariger, eleganter General de Gaulle in einem *Salon d'honneur* am Flughafen Orly, und ich platzte fast vor Glück, als das hochgewachsene Staatsoberhaupt sich über meine Hand beugte. »*La gracieuse* Madame Kennedy«, murmelte er mit freundlichem Lächeln, nachdem er Jack so kurz angebunden begrüßt hatte, dass es an Unhöflichkeit grenzte. Ich wusste, dass de Gaulle mehrerer Sprachen mächtig war – unter ihnen auch Englisch –, sie jedoch alle als dem Französischen unterlegen erachtete. »Oder soll ich Sie lieber *la belle Jacqui* nennen?«

»Mir ist beides recht.« Der französische Präsident hätte mich ansprechen können, wie er wollte. Uns zu Ehren war ein Feiertag ausgerufen worden, und die Straßen waren dicht gesäumt von Tausenden Menschen, die amerikanische Fähnchen schwenkten und aus voller Kehle skandierten: *»Vive le Président! Vive Jacqueline!«*

Natürlich würde dieser Aufenthalt anders sein als meine sorgenfreie Collegezeit in Paris, während der ich bis drei Uhr morgens in einem Café an der Rive Gauche sitzen konnte, ohne mir Sorgen um Fotografenschwärme und ihre Schnappschüsse machen zu müssen.

»Die Franzosen wissen wirklich, wie man Wirbel veranstaltet, nicht wahr?«, flüsterte Jack mir zu. Doch ich liebte diese Stadt und fühlte mich wie neu geboren.

»Ja, die Leute hier verstehen es zu feiern«, bestätigte ich und winkte der Menschenmenge zu, die sich auf der Place de la Concorde eingefunden hatte.

La ville lumière – die Stadt des Lichts!

Als Amerikanerin konnte ich natürlich nie wirklich eine Königin werden, aber in Paris fühlte ich mich trotzdem so.

Es war eine aufregende Reise; in einem einzigen Nachmittag genoss ich ein Fünf-Gänge-Menü aus *Langouste à la Parisienne* und *Foie gras en gelée*, ehe ich zum Élysée-Palast aufbrach, um eine Kinderkrankenpflegeschule zu besuchen. Dort beschenkte ich die Kinder mit amerikanischen Süßigkeiten und spendete der Einrichtung eine Garnitur farbenfroher moderner Möbel für das eintönige Wartezimmer. Am rührendsten jedoch war zu beobachten, wie mein Ehemann an diesem Abend mit ernstem Gesicht einen Kranz am Arc de Triomphe niederlegte, ehe er dem Ritus gemäß das ewige Licht am Grab des Unbekannten Soldaten neu entzündete.

In der Villa des französischen Außenministeriums am Quai d'Orsay bezogen Jack und ich eine geräumige Fünf-Zimmer-Suite mit Blick auf die herrlichen Gärten aus der Zeit Louis-Philippes. In meinem Schlafzimmer hatte zuletzt die belgische Königin Fabiola genächtigt, und die silberne Mosaik-Badewanne, in die ich mich vor dem Abendessen sinken ließ, war für Großbritanniens Queen Elizabeth II. entworfen worden.

»Na ja, es besteht wohl kein Zweifel daran, dass de Gaulle dich mag«, grummelte Jack, als ich mir am Abend die Haare ausbürstete. »Mit mir hat er kaum zwei Worte gewechselt.«

»Wir sind ein Team, Jack«, erinnerte ich ihn, obwohl ich wusste, dass es ihm schwerfiel, die zweite Geige zu spielen. Doch noch schlimmer war, dass er ohne Miracle Max' Aethylchlorid-Spray und das Kortison völlig flachgelegen hätte. »Versuch einfach, bei dem Empfang heute Abend ein bisschen Spaß zu haben.«

Und lass mich das Reden übernehmen.

Ich errötete, als de Gaulle, der als strenger Menschenkenner galt, mich im Élysée-Palast mit den Worten empfing: *»Ce soir, Madame Kennedy, vous ressemblez à un Watteau«*, mit großer Geste meine Hand küsste und dann sein Glas auf mein Wohl hob.

Der Dolmetscher räusperte sich. »Der General sagt, dass Sie heute Abend aussehen wie ein Bild von Watteau, Mrs. Kennedy.«

Ich biss mir auf die Lippe, denn ich hatte am Nachmittag Jack zuliebe den Dolmetscher zwar zugelassen, aber jetzt legte ich keinen Wert darauf, dass unser Gespräch ständig von seinen stockenden Übersetzungen unterbrochen wurde.

»*Merci beaucoup*«, antwortete ich de Gaulle in melodischem Französisch. *»Le gala est tellement spectaculaire.«*

De Gaulles Gesicht leuchtete auf, und zum Glück entspannte sich nun auch Jack. Mit einem stolzen Lächeln ließ er sich alles, was er nicht verstand, von mir übersetzen, während ich mit dem General in rasantem Französisch parlierte und de Gaulle den stirnrunzelnden Dolmetscher schließlich mit einer ungeduldigen Handbewegung wegschickte.

Mach weiter, schienen Jacks Augen zu sagen. *Schenk mir de Gaulle.*

Du brauchst mich nämlich, hätte ich ihm gern laut gesagt. *Genau, wie ich dich brauche. Ich hoffe, dir ist klar, wie viel wir zusammen erreichen können.*

»Leider war der Boulevard Saint-Michel Ihrer Studienzeit nicht für die Gala verfügbar«, scherzte de Gaulle augenzwinkernd, als wir das Bankett im sensationellen Spiegelsaal verließen und uns auf den Weg zur für Louis XV. gebauten und frisch restaurierten Königlichen Oper von Versailles machten. »Hoffentlich akzeptieren Sie unseren kleinen Palast hier in Versailles als Notbehelf.«

»Notbehelf?«, wiederholte ich ungläubig. »Nichts in Paris ist ein Notbehelf, und ich genieße diese Reise immens – überall ist die französische Geschichte zu spüren.«

»Sie sind offensichtlich eine sehr bewanderte Historikerin, genau wie Ihr Ehemann«, sagte de Gaulle, als wir uns dem Theater näherten – ein Kompliment, das ich natürlich später an Jack weitergeben würde. »Wussten Sie auch, dass das Ballett, das wir nachher sehen werden, zum ersten Mal für Louis XV. aufgeführt wurde?«

»Er war nicht gerade Frankreichs bester Herrscher.« Ich erinnerte mich, dass Louis das Geld mit vollen Händen aus dem Fenster geworfen und damit letztlich den Weg geebnet hatte für den Zusammenbruch des Staats, die Revolution und die Guillotinen. »Aber ich habe den Verdacht, dass er einen guten Geschmack hatte, was das Ballett angeht.«

De Gaulle lachte schallend und tätschelte meine Hand. »*La belle Jacqui*, Sie werden es gleich herausfinden.«

Stille senkte sich über das Theater, und als das Ballett begann, fühlte ich mich magisch zurückversetzt in die Zeit parfümierter Höflinge mit kunstvollen Lockenperücken in raschelnden Seidengewändern, vornehmer Damen mit leise flatternden Spitzenfächern, und sah fast vor mir, wie beim Eintreffen des prächtig herausgeputzten französischen Königs in der Ehrenloge die Fackeln aufflammten.

Augenblicke wie dieser machten allen Schmerz und alle Anstrengung, die uns der Weg ins Weiße Haus gekostet hatte, mehr als wett – vor allem, als Jack in einer seltenen öffentlichen Anwandlung von Zärtlichkeit noch meine Hand ergriff und seine Finger mit meinen verwob.

Am Ende der Vorstellung musste ich mir Freudentränen aus den Augen wischen und wünschte mir, ich könnte diese kostbare Stunde für alle Zeiten festhalten.

Für immer würde ich mich an diesen Abend als einen der kostbarsten Momente meines Lebens erinnern.

»Auf jeden Fall wird Versailles mir als Inspiration dienen, wenn ich das Weiße Haus restaurieren lasse«, erklärte ich de

Gaulle, als wir später am Eingang des Theaters standen. Diese einmalige Gelegenheit konnte ich doch nicht ungenutzt verstreichen lassen! »Ich hoffe für die Amtszeit meines Mannes auf enge Beziehungen zwischen unseren Ländern, auf einen echten Kulturaustausch. Schließlich würde es ohne Ihren Lafayette unser heutiges Amerika nicht geben.«

»Und hier hätte die Revolution nicht stattgefunden, wenn Amerika nicht die Richtung gewiesen hätte.« Galant reichte de Gaulle mir die Hand, um mir beim Einsteigen ins vorderste Auto der Kolonne zu helfen, und seine Finger verharrten einen Moment auf meinen. »Jacqueline, Sie spielen dieses Spiel sehr klug. Ohne es mit Politik zu vermischen, verleihen Sie Ihrem Ehemann das Prestige eines Kunstmäzen.«

Ich errötete vor Freude.

Entscheide dich für eine Sache, Jackie, und mach sie gut. Dann wird der Rest wie von selbst gehen.

Unwillkürlich lächelte ich, als mir Bobbys Rat durch den Kopf ging, und ich wünschte mir, er könnte hier sein, um de Gaulles Kehrtwendung aus erster Hand mitzuerleben. Ich stellte mir vor, wie er mir mit blitzenden blauen Augen zuzwinkerte. *Gut gemacht, Jacks.*

Als unser Konvoi im Garten von Versailles hielt und wir in der zauberhaft warmen Nachtluft standen, wandte der General sich an Jack. »Was man über Sie erzählt und schreibt, wird Ihnen nicht gerecht«, sagte er zu meinem Ehemann, warf mir einen Blick zu und wartete, dass ich übersetzte. Was ich selbstverständlich voller Stolz auch tat. »Ich kann mit Sicherheit sagen, dass die französisch-amerikanischen Beziehungen einen Neuanfang gemacht haben.«

Worauf Jack, der sich der französischen Presse als »der Mann, der Jacqueline Kennedy nach Paris begleitete« vorgestellt hatte, mich liebevoll anlächelte. »Oh, da stimme ich Ihnen uneingeschränkt zu, General.«

Auf einmal ergriff mich die berauschende Erkenntnis, dass ich hier, gekleidet wie eine Königin, umgeben von Kunst und Schönheit, Geschichte schreiben konnte, ich verstand aber zugleich die Anziehungskraft von Politik und Macht, die für Jack so verlockend waren.

»Dank dir war diese Reise ein Triumph, Jackie«, sagte Jack leise zu mir. »Du hast hier in Versailles wahre Wunder bewirkt.«

Natürlich schmeichelte er mir, das wusste ich, aber trotzdem tat mir das Herz weh.

Doch Jack war noch nicht fertig. »Wann bist du eigentlich so schön geworden?«, fragte er versonnen.

Als du angefangen hast, mich anzusehen, als wäre ich schön, Jack.

»Fällt es dir erst jetzt auf?«, konterte ich. »Oder beeinflusst der Erfolg dieses Abends dein Urteil?«

»Ich versichere dir, meine Urteilsfähigkeit ist völlig ungetrübt.« Jack lachte, und die Bewunderung ließ seine schönen Gesichtszüge sehr weich wirken. »Du weißt doch, die Götter haben dir die Gabe verliehen, in allem, was du anfasst, Schönheit hervorzurufen, Jackie.«

Ich stellte mich auf die Zehenspitzen und küsste ihn auf den Mund. »Und ich fange gerade erst damit an.«

Wie sehr ich mir auch wünschte, wir könnten in diesem Himmelreich von Anmut und Schönheit bleiben, machten wir uns am nächsten Tag auf den Weg direkt in die Hölle sowjetischer Prahlerei und Atomtestverhandlungen.

»Er ist über mich hergefallen. Verdammt noch mal, er ist buchstäblich über mich hergefallen.« Jack wanderte in unserem Zimmer in der US-Botschaft in Wien auf und ab. Gerade erst hatte er seine Rückenstütze abgelegt, und ich war besorgt, er könnte mit seinen hektischen Bewegungen seiner Wirbelsäule Schaden zufügen, der womöglich nicht wiedergutzumachen war. Oder den unbezahlbaren Perserteppich durchscheuern. Vielleicht auch beides.

Früher am Tag hatte ich zugesehen, wie Jack mit beschwingten Schritten wie ein junges Wildpferd die Treppe hinuntergaloppierte, um dem vierschrötigen Kahlkopf Chruschtschow die Hand zu schütteln.

Aber Chruschtschow hatte ihn ignoriert. Als wäre Jack nicht da gewesen.

Danach war es nur noch schlimmer geworden.

Die nächsten Worte brachte Jack dann auch kaum über die Lippen. »Chruschtschow ist anscheinend ganz versessen darauf, mich dazu zu bringen, wegen Berlin einen Krieg vom Zaun zu brechen. Mit ihm zu verhandeln ist, als würde ich mit meinem Vater diskutieren – ich soll nur etwas hergeben, ohne etwas dafür zu bekommen.«

Bei dem Gedanken, was Mr. Kennedy dazu wohl gesagt hätte, zuckte ich zusammen. Ich hatte gerade ein Telefonat mit ihm hinter mir, und mir klangen noch die Ohren von seinen Ermahnungen.

Auf gar keinen Fall darf Jack schwach erscheinen. Tu, was du kannst – es ist mir egal, ob du den KGB bestichst oder Chruschtschow kidnappst –, dieser russische Tölpel muss dazu gezwungen werden, Jack als ebenbürtigen Gegner anzuerkennen. Sonst ist alles umsonst, Kiddo. Sonst können wir einpacken.

Ansonsten war die Europareise voller kleiner Siege gewesen – zum Abschluss hatte ich sogar noch einen Nachmittag in Paris damit verbracht, im kleinen Museum Jeu de Paume die impressionistischen Gemälde von Degas, Manet und Monet unter die Lupe zu nehmen –, aber sobald wir den Fuß auf Wiener Boden setzten, jagte eine Katastrophe die nächste, so dass jetzt sogar meine gute Arbeit und mein Erfolg in Frankreich allmählich ins Wanken gerieten.

»Es liegt an diesem verdammten Atomteststoppabkommen und an Berlin«, schimpfte Jack, und ich fragte mich, ob er wirklich mit mir sprach oder einfach seine Gedanken zu ordnen versuchte. Schweigend bürstete ich weiter meine Haare, mein zerknittertes, mit rosa Perlen besticktes weißes Abendkleid hing noch dort über dem Stuhl, wo ich es abgeworfen hatte. Ich wollte warten, bis Jack zu Bett ging, dann meine Nachtcreme auftragen und mir die Zähne mit Peroxid spülen, ein notwendiges Übel angesichts meines derzeitigen Zigarettenkonsums. »Chruschtschow wird nicht nachgeben, und ich auch nicht, aber in der Zwischenzeit reißt er sich womöglich West-Berlin unter den Nagel – während Washington mich auch noch die ganze Zeit mit Memos zur Truppenverstärkung in Vietnam und der Notwendigkeit bombardiert, unsere Streitkräfte dort einzusetzen. Aber ich kann doch nicht an zwei Fronten Krieg führen.«

Allem Anschein nach hatte er nun alles ausgesprochen, was ihm Angst machte, jedenfalls fiel Jack buchstäblich in sich zusammen und kniete sich so vorsichtig ans Fußende des Betts, dass ich mir wünschte, ich hätte einen seiner Schaukelstühle aus dem Weißen Haus mit auf die Reise genommen. Nicht einmal Miracle Max' Zaubertrank hatte seine Stimmung verbessern können, und auch die drei Ave Marias, das Vaterunser und das

Ehre sei dem Vater waren keine wirkliche Hilfe. Mit müden Augen blickte er mich an. »Wie bist du mit dem russischen Moloch zurechtgekommen?«

Lenk ihn ab, Jackie, bring ihn mit guten Nachrichten auf andere Gedanken.

Achselzuckend rückte ich die Schleife auf der Schulter meines kanariengelben Morgenmantels zurecht. »Ich hatte eine wunderschöne Ausfahrt mit Mrs. Chruschtschow. Am Ende hat die Menge aus vollem Hals gejubelt.« Dann tat ich mein Bestes, um den Lärm der Menge etwas gedämpft, aber eindrucksvoll zu imitieren. »Jack-iiiie! Ni-naaa!«

Nina Chruschtschow hatte sogar meine Hand gepackt und sie zur Begrüßung der versammelten Menschenmenge in die Höhe gehalten, was die Österreicher in Ekstase versetzte. Nur ein weiterer Beweis dafür, dass sich Frauen mit politischer Verführungskunst ebenso gut auskannten wie Männer.

»Und beim Bankett?«, fragte Jack weiter. »Ich habe gesehen, dass du mit dem sowjetischen Premier ziemlich gut zurechtgekommen bist.«

Ich lächelte. »Eifersüchtig?«

»Auf diesen knollennasigen Hanswurst? Nicht in einer Million Jahre.«

Jetzt war mir ein bisschen die Luft aus den Segeln genommen. Mir hatte der Gedanke nicht schlecht gefallen, Jack könnte eifersüchtig sein, weil ich mich in ein Gespräch mit einem anderen Mann vertiefen konnte – selbst wenn es sich dabei um den dickwanstigen, streitsüchtigen sowjetischen Premier handelte.

Jack schloss die Augen. »Und worüber hast du mit dem Sowjet-Clown diskutiert?«

Als versuchte ich, mich genauer an das Gespräch zu erinnern, legte ich die Bürste weg. Tatsächlich hatte Chruschtschow unsere Unterhaltung mit der Bemerkung begonnen, die jüngsten Ereignisse in Kuba seien ein Verbrechen, von dem sich die ganze Welt abgestoßen fühle, und dann, als ich versuchte, das Thema auf die Geschichte der Ukraine zu lenken, ein Loblied auf die Ukraine unter kommunistischem Regime gesungen. Natürlich war mir gleich klar gewesen, dass seine Ausführungen ein Test sein sollten. Schmunzelnd nahm ich zur Kenntnis, dass der russische Premier es für möglich hielt, ich würde daraufhin entrüstet aus dem Saal stürmen und einen internationalen Zwischenfall provozieren, und bat ihn lachend, mich nicht mit Statistiken zu langweilen. »Er hat mein Kleid bewundert.« Allerdings erst, nachdem ich ihn daran erinnert hatte, dass wir uns in der Kulturstadt Wien befanden und nicht in seiner Moskauer Einsatzzentrale. »Dann haben wir über Pferde und ukrainische Volkstänze geplaudert – in dieser Reihenfolge.«

Jack öffnete ein Auge, um mich zu mustern. »Sonst noch was? Die Berlin-Krise hast du nicht nebenbei auch noch beendet, oder? Wenn es dir gelungen wäre, hätte ich dich nämlich für den Friedensnobelpreis vorgeschlagen.«

»Nein, das nicht, aber ich habe ihn immerhin nach Strelka gefragt, dem Hund, den die Russen ins Weltall geschickt haben.«

»Wie bitte?«

Ich zuckte die Achseln. Bei diesem Dinner mit Chruschtschow hatte im Grunde ein Witz den anderen gejagt. Und das nur, um den ersten Gang zu überstehen. »Danach ist mir nichts mehr eingefallen, worüber ich mich mit ihm hätte unterhalten können. Der Mann ist kein de Gaulle, weißt du.«

Jack ächzte laut. »Du hast also über Hunde geplaudert, während ich versucht habe, den Dritten Weltkrieg zu verhindern. Ich werde unsere Interkontinentalraketen verstärken müssen, nur um den Auswirkungen dieses Treffens entgegenzuwirken.«

Ich wandte mich zu ihm um. »Ist doch egal, wenn Chruschtschow keine Kennedy-Statue auf dem Roten Platz in Auftrag gibt, oder? Du hast ihm Berlin nicht überlassen; das beweist, dass du sein Spielchen auch spielen kannst. Schließlich kann ein Präsident nicht mit jedem politischen Erfolg Weltgeschichte schreiben.«

»Ja, schon. Aber das heißt noch lange nicht, dass ich es nicht gern tun würde.« Auf Jacks Gesicht erschien immerhin der Anflug eines Lächelns, ehe er wieder mit finsterem Blick zur Decke hinaufstarrte. »Ich will ein ganzes Kapitel in den Geschichtsbüchern, nicht bloß eine Fußnote.«

Da war er wieder, dieser Funke von Größe. Ich wünschte mir, Jack könnte sich so sehen, wie ich ihn sah, als einen jungen Präsidenten, der große Dinge tun würde, selbst wenn sie nicht so schnell gelangen, wie er es sich erhoffte.

»Bunny, es braucht viel Zeit, um ein solches Kapitel zu schreiben. Rom wurde nicht an einem Tag erbaut und deine Präsidentschaft auch nicht.«

Ich glaube an dich, Jack, fügte ich im Stillen hinzu, als ich das Licht löschte und mich zu ihm legte, die Hand über seinem Herzen. *Wag es nicht, mich zu enttäuschen.*

Kapitel Elf

Juli 1961

Die Pracht von Versailles hatte mich beeindruckt, und obwohl es unfair war zu hoffen, das Weiße Haus könnte sich jemals dem Vergleich mit dem Palast des französischen Sonnenkönigs stellen, war es doch wenigstens möglich, Versailles als Muse für meine *Maison Blanche* zu betrachten. Natürlich hatte ich nicht die Absicht, Amerikas Staatskasse zu plündern wie ihrerzeit Marie Antoinette, die das Wohlwollen ihres Landes verspielt hatte und unter der Guillotine endete.

Doch ich war fest entschlossen, das Weiße Haus neu zu gestalten und dabei die Anerkennung der amerikanischen Bevölkerung zu gewinnen.

Obwohl der Erfolg oder Misserfolg meines Projekts unvermeidlich auf Jack zurückfallen würde, wollte ich die Renovierung ganz egoistisch in erster Linie für mich selbst. Als Beweis dafür, dass ich fähig war, die in mich gesetzten Erwartungen zu erfüllen.

Um eine historische Spur zu hinterlassen.

»Die sind alle falsch«, sagte ich kopfschüttelnd zu Tish und deutete dabei auf das Muster auf den Seidenbezügen für die der Monroe-Ära nachempfundenen Stühle. »Der Stoff ist viel zu grob gewebt, und der arme Adler sieht aus wie ein gerupftes Huhn. Wir brauchen einen anderen Hersteller.«

Naserümpfend wandte ich dem Hühner-Adler den Rücken zu und marschierte weiter in den einzigen Raum, der mir bislang wirklich gefiel. Als ich mich im Oval Office umsah, spürte ich, wie sich meine Schultern entspannten, und ich ließ die Hände versonnen über das warme Holz des Schreibtischs aus der Hayes-Ära gleiten, den ich verlassen und vergessen im Erdgeschoss des Weißen Hauses entdeckt hatte. Jack hatte bereits Anspruch darauf erhoben, und hier sollten auch die Souvenirs stehen, die ihm selbst heilig waren: ein gerahmtes Foto unserer Familie, die Kokosnussschale, in die er nach dem Schnellboot-Unfall den Hilferuf geritzt hatte, und eine Bronzeplakette mit einem bretonischen Fischergebet, das auch ich besonders liebte: *O Gott, Dein Meer ist so groß und mein Boot so klein.*

»Du hattest recht. Er ist eine Schönheit.«

Auf einmal stand Jack an der Tür, die Haare noch feucht, weil er vom Schwimmunterricht mit Caroline kam. Ganz gleich, wie beschäftigt er war oder welche Katastrophen über seinen Schreibtisch gegangen waren, nahm Jack sich nach wie vor täglich die Zeit, mit den Kindern zu spielen und sie auch jeden Abend ins Bett zu bringen. Sicher, er war nicht immer der perfekte Ehemann gewesen, aber dafür der beste Vater, den Caroline und John sich hätten wünschen können. In dieser Hinsicht hatte ich eine gute Wahl getroffen.

»Es war ein Geschenk von Queen Victoria, aus dem Holz der HMS *Resolute* gezimmert.« Ich hatte die Herkunft des Schreibtischs genau recherchiert und wusste, dass Jack sich für Geschichte interessierte. »Das war ein arktisches Forschungsschiff, weißt du.«

»Wie passend – und ich habe auch schon für reichlich Proviant gesorgt.« Er zog eine der obersten Schubladen auf, und zum

Vorschein kam ein Vorrat von Carolines und Johns bevorzugten Süßigkeiten.

»Du verwöhnst sie«, stellte ich lächelnd fest.

»Aber da du sie angemessen erziehst, kann ich es mir erlauben, ihnen hie und da im Oval Office Bonbons zuzustecken.« Damit schloss er die Schublade wieder. »Wobei mir einfällt, ob du mir bitte ein paar Kinderbücher besorgen könntest. Mir fallen keine Gutenachtgeschichten mehr ein.«

»Aber die Kinder lieben deine Geschichten so – vor allem Bobo der Wolf. Und Maybelle.«

Statt den Kindern vorzulesen, dachte Jack sich oft phantastische Geschichten aus, in denen reale Personen, wie zum Beispiel ihre Kinderfrau Maud Shaw, aber auch fiktive Charaktere wie eine gewisse Mrs. Throcklebottom vorkamen.

Mit einem verlegenen Lächeln kratzte Jack sich am Kopf. »Ja, aber gestern habe ich Caroline erzählt, wie sie und ich zusammen drei japanische Kampfflugzeuge abgeschossen haben.«

Ich musste lachen, und er nahm einen neuen Kerzenhalter vom Kaminsims und testete sein Gewicht. »Lass mich raten«, sagte er. »Madison-Ära? Ein Geschenk von Napoleon vor Waterloo?«

»Fast«, grinste ich und deutete auf den Tiffany-Stempel an der Basis des Ständers und stellte ihn dann wieder an seinen richtigen Platz, wobei ich ihn ganz vorsichtig drehte, um ihn mit dem Sims zu justieren. »Kennedy-Ära. Ein Geschenk von deiner dich liebenden Frau, ehe sie mit ihren Plänen für die Neugestaltung des Weißen Hauses an die Öffentlichkeit tritt. In *Life* wird ein spezieller Bericht darüber erscheinen. Mit Bildern.«

Jack inspizierte den schweren Kerzenständer ausführlich. »Tiffany? Will ich überhaupt wissen, wie viel er gekostet hat? Oder wie viel all das überhaupt kosten wird?«

Darauf war ich vorbereitet und hatte meine Antwort schon einstudiert. »Für die Kennedys ist das Beste gerade gut genug, erinnerst du dich? Außerdem müssten wir mit den Spenden und dem Buch für die White House Historical Association genug Geld zusammenbekommen.«

Dafür hatte ich gesorgt. Wie gesagt, ich wollte nicht unter der Guillotine enden.

»Solange wir nur nicht Bankrott machen. Oder unser Land.«

Eine Weile blätterte Jack nachdenklich in dem Papierstapel, der sich auf dem Schreibtisch türmte. Von draußen hörte ich Caroline kichern, sie warf einen Tennisball und John tapste Pushinka hinterher, einem weiß bepelzten Welpen von Strelka, der Hündin, die Chruschtschow – zu unserer großen Überraschung – den Kindern als Geschenk hatte schicken lassen.

»Bleibst du dieses Wochenende eigentlich in Washington?«, fragte Jack unvermittelt. Ich hörte die Frage kaum, denn als ich ihn ansah, bemerkte ich etwas auf seinem Hemdkragen – ganz am Rand und erst jetzt sichtbar, da er sich über den Schreibtisch gebeugt hatte.

Lippenstift. In einem grellen Valentinstag-Rot, das definitiv nicht meines war.

Ein eiskalter Schauer lief mir über den Rücken. Als ich letztes Wochenende nach Hause gekommen war, hatten unsere Privaträume im Obergeschoss nach Frauenparfüm geduftet, doch ganz sicher nicht nach meinem *Joy* von Patou, und dann hörte ich auch noch zufällig mit, wie zwei Angestellte sich kichernd über nackt badende Frauen im Pool des Weißen Hauses unterhielten.

Ich war nicht naiv oder dumm – auch wenn manche Leute im Weißen Haus das offenbar glaubten –, aber um zu überleben, musste ich wohl oder übel ein Auge zudrücken, zumindest bis ich mit mehr konfrontiert war als nur mit Düften und Gerüchten.

Lippenstift auf dem Hemdkragen war entsetzlich klischeehaft, aber leider war er da, ich konnte ihn nicht ignorieren.

»Jackie?« Der Augenblick verstrich, Jack richtete sich auf, und ich schüttelte den Kopf, um meine Gedanken zu klären, und beantwortete seine Frage.

»Nein, die Kinder und ich werden das Wochenende in Glen Ora verbringen.« Meine Sehnsucht, endlich wieder die nach Kiefern duftende Brise unseres Anwesens und den herzhaften Geruch der Ställe einzuatmen, war größer als meine Skepsis Jack gegenüber. Lyndon Johnson hatte Caroline vor Kurzem ein Shetlandpony geschenkt, und ich freute mich schon die ganze Woche darauf, meiner Tochter zu zeigen, wie man mit einer gebisslosen Zäumung umging. Am Samstag sollte Jack im kalifornischen Hollywood Palladium eine Rede halten und würde bei seinem Schwager Peter Lawford wohnen, der für seine alkoholdurchtränkten Partys und nächtlichen Kartenspiele berühmt war.

Trotzdem brachte ich ein souveränes Lächeln zustande, als Jack sich neben mich ans Fenster stellte. »Du könntest doch mitkommen, durch die Wälder reiten und Apfelwein vor einem gemütlichen offenen Feuer genießen«, schlug ich ihm vor.

Wenn man davon absieht, dass Jack Pferde hasst und gar nicht lange genug still sitzen kann, um einen Becher Apfelwein auszutrinken.

Ich zupfte Jacks schiefergraue Krawatte zurecht, und wir beobachteten zusammen, wie Caroline und John Pushinka beibrachten, auf dem neu eingerichteten Spielplatz die Rutsche hinunterzurutschen. »Ihr könntet ja auch mich begleiten«, schlug

Jack vor. »Sinatra wird in Los Angeles sein, und er hat von Lawford sogar einen Hubschrauberlandeplatz einrichten lassen.«

Allein die Vorstellung, ein Wochenende mit angestrengtem Lächeln und Martini-Trinken zu verbringen, ganz zu schweigen davon, mich mit Frank Sinatra vertragen zu müssen, war extrem abstoßend. Da war die Vorstellung, auf meinem rotbraunen, verspielten Wallach, den ich »Bit of Irish« getauft hatte, kreuz und quer durch die Gegend zu reiten, während Caroline lernte, Macaroni traben zu lassen und John mit Pushinka spielte, schon wesentlich attraktiver.

Also lächelte ich Jack einfach nur zu. »Wir sehen uns dann am Montag wieder hier im Weißen Haus.«

Doch es gab etwas, worum ich mich kümmern musste, meinem eigenen Seelenfrieden zuliebe.

»Erzähl«, forderte ich einige Wochen später Teddys Frau Joan auf, als ich wieder einmal aus Glen Ora zurückgekommen war. Ich hatte sie gebeten, für mich Erkundigungen einzuziehen, die ich selbst nicht anstellen konnte. Jetzt saßen wir nebeneinander auf einer Bank im etwas verwilderten East Garden des Weißen Hauses, den ich demnächst mit einem zentralen Rasen und französischen Blumenbeeten umzugestalten plante. Doch im Moment interessierte ich mich weniger für Visionen von Wildrosen und Glyzinien als für die Tatsachen darüber, was mein Ehemann angestellt hatte, und machte mich auf einen harten Schlag gefasst. »Lass bitte nichts aus.«

»Dann solltest du dich aber wappnen.« Joan schlug die Beine übereinander. »Es wird nicht leicht.«

Sie hatte recht. Als sie loslegte, wurde mir so übel, dass ich fürchtete, mich übergeben zu müssen. Ich wollte nicht zuhören, als Joan begann, Namen zu nennen, aber ich konnte nicht anders.

Eine Frau namens Judith Exner mit Verbindungen zur Mafia.

Die geschiedene Malerin Mary Pinchot Meyer in Washington DC.

Die Praktikantin Mimi Alford im Weißen Haus.

Zwei Westflügel-Angestellte, die zufällig auch noch beste Freundinnen waren und die Spitznamen Fiddle und Faddle trugen.

Und noch mehr. So viele mehr.

»Ted behauptet zwar, Jack sei diskret, aber Jackie …« – Joan beugte sich zu mir – »… er sagt auch, dass Marilyn Monroe in Peter Lawfords Haus in Kalifornien mit Jack zusammen war. Wenn das stimmt …«

Inzwischen konnte ich kaum noch atmen, mein Puls dröhnte in meinen Ohren, und ich hob die Hand. »Warte, ich brauche einen Moment.«

Der Versuch, meine Gedanken zu bändigen, verlief ungefähr so erfolgreich, als wollte ich einen Wintersturm in einer Flasche fangen. *Zu lieben ist eine bittere Aufgabe …*

Ich wusste, dass Jack mir nicht immer treu sein würde. Ich wusste, dass er sich nicht ändern konnte.

Er hätte jede Frau der Welt heiraten können, aber er hatte sich ausgerechnet mich ausgesucht, und wir hatten gemeinsam ein Königreich aufgebaut. Diese anderen Frauen waren dumm, wenn sie glaubten, sie wären mehr für Jack als ein kurzfristiges Vergnügen.

Ich bin die Mutter seiner Kinder, seine Königin und gleichwertige Partnerin, rief ich mir ins Gedächtnis. *Ich werde immer mehr für ihn sein als diese austauschbaren Lolli-Mädchen.*

Das war doch genug. Das musste genug sein.

Und doch …

»Ich muss mit ihm reden«, murmelte ich.

»Warum?«, fragte Joan. »Was versprichst du dir davon? Willst du ihn bitten, damit aufzuhören?«

Ich schüttelte den Kopf. »Nein. Er kann sich nicht ändern und deshalb auch nicht aufhören.«

»Aber was willst du dann erreichen? Denk erst mal darüber nach, Jackie. Ich bekomme jedes Mal, wenn Teddy fremdgeht, eins von diesen hier.« Sie hielt das Handgelenk in die Höhe und schüttelte ihren Diamantarmreifen. »Lass dir was Teures schenken.«

Aber ich wollte nicht eine dieser verbitterten Frauen werden, die das Fehlverhalten ihrer Ehemänner nutzten, um teuren Schmuck zu horten. Das gehörte zu den Unterschieden zwischen Joan und mir, die der Grund waren, dass wir zwar Hand in Hand arbeiteten, uns jedoch gegenseitig nie vorbehaltlos das Herz ausschütteten, wie Lee und ich es früher getan hatten. Trotzdem hatte sie recht. Ohne ein Ziel vor Augen zu haben, war es unsinnig, das Gespräch mit Jack zu suchen, und ich konnte ihn nicht bitten, die Frauengeschichten sein zu lassen. Ich konnte ihm auch nicht damit drohen, ihn zu verlassen, denn wir hatten gemeinsame Kinder, und er war Präsident. Was also wollte ich?

»Ich fürchte, ich muss jetzt wieder nach Hause zu den Kindern«, sagte Joan. »Kommst du zurecht?« Ich nickte. Erst in diesem Augenblick bemerkte ich, dass ich, während sie redete, eine Chrysanthemenblüte zerrupft hatte – auf meinem Schoß lagen lauter Blütenblätter, orangerot wie ein Sonnenuntergang.

»Es ist immer besser, der Wahrheit ins Gesicht zu sehen«, sagte ich leise. »Findest du nicht auch?«

Joan legte den Kopf schräg, einen leicht schockierten Ausdruck im Gesicht. »Eigentlich finde ich aber, dass der Spruch ›Was ich nicht weiß, macht mich nicht heiß‹ durchaus auch seinen Sinn hat.«

Vielleicht ging Joan so mit ihrer Beziehung zu Teddy um, aber als First Lady konnte ich mir diesen Luxus nicht erlauben.

»Ich musste es wissen, Joan«, erklärte ich und faltete die Hände über den zerfetzten Blütenblättern. »Und jetzt weiß ich es.«

Nur die eine Frage blieb ungeklärt …

Was werde ich mit diesem Wissen tun?

Als Ablenkung stürzte ich mich in die Planung der letzten Details des Konzert-Dinners für den Gouverneur von Puerto Rico, das im Weißen Haus stattfinden sollte. Als Star des Abends hatte ich den spanischen Cello-Virtuosen Pablo Casals zu seinem zweiten Auftritt im Weißen Haus eingeladen – der erste hatte 1904, also vor fast sechzig Jahren, zu Theodore Roosevelts Amtszeit stattgefunden. Bei Casals' Interpretation des katalanischen Volkslieds »El cant dels ocells« – »Der Gesang der Vögel« – wäre Jack um ein Haar eingeschlafen. Mein Ehemann duldete meine Liebe zu Musik und Tanz, obgleich seine Interessen eher bei Geschichtsbüchern und Biographien lagen, aber diesmal knuffte ich ihn in die Rippen, durchaus etwas fester als notwendig.

»Cello-Musik ist schon ein bisschen fad«, murmelte er entschuldigend.

Etwas bissig antwortete ich: »Vermutlich könnten wir Casals auch die Präsidentenhymne, dein Lieblingsstück ›Hail to the Chief‹ spielen lassen.«

Danach setzte Jack sich etwas aufrechter, während ich fasziniert beobachtete, wie Casals' Bogen über die Cellosaiten sauste, die stürmische Musik ein Spiegel meiner Gedanken.

Sollte ich Jack konfrontieren oder nicht?

Sollte ich Jacks Königin spielen? Oder seine Ehefrau?

Doch fürs Erste schob ich die ganzen leidigen Fragen weg, denn ich hatte eine andere Rolle zu bewältigen: die der amerikanischen First Lady.

Der Wein war hervorragend, und überall, wo Platz dafür war, standen Aschenbecher. Während sie darauf warteten, dass die *Mousse de Sole Amiral* und das *Filet de Boeuf Montfermeil* serviert wurden, rauchten die Männer im makellosen Smoking und die Frauen in ihren Glitzerroben im East Room. Ich jedoch stocherte später nur in meinem Essen herum und war erleichtert, als ich mich endlich in eine Nische zurückziehen und mir dort heimlich eine Zigarette anzünden konnte.

»Jacqueline Bouvier Kennedy, du machst einen ziemlich geistesabwesenden Eindruck.« Auf einmal stand meine Mutter vor mir und schnappte mir mit schnellem Griff die Zigarette weg. »Um die Ecke steht ein Fotograf, der verzweifelt versucht, eine hübsche Aufnahme von dir zu machen. Bestimmt würde er liebend gern die Geschichte verbreiten, dass Amerikas First Lady qualmt wie ein Schornstein.«

Gott bewahre! Meine Aufgabe war es, immer perfekt zu sein. Während Jack …

Natürlich meinte meine Mutter es nur gut, aber ich zuckte trotzdem zusammen, als sie die Zigarette in einem der Waterford-Aschenbecher mit dem Kennedy-Wappen ausdrückte. »Danke, Mummy. Es ist schwer, dauernd im Licht der Öffentlichkeit zu stehen …«

Um ein Haar hätte ich ihr mein Herz ausgeschüttet, aber ich brachte die Erklärung, dass ich versagt hatte, einfach nicht über die Lippen. Wir Bouviers diskutierten nicht über so banale Dinge wie unsere Gefühle, und obwohl meine Mutter und ich uns häufig in den Haaren lagen, ertrug ich es nicht, in ihren Augen weniger wert zu sein.

Weniger …

Ganz fair war das nicht. Ungeachtet dessen, was Jack tat, war ich immer noch die First Lady der Vereinigten Staaten von Amerika.

Doch ich sehnte mich danach, mich irgendjemandem anzuvertrauen. Isoliert in den Mauern des Weißen Hauses und konfrontiert mit hieb- und stichfesten Beweisen, dass mein Ehemann mich betrog, vermisste ich meine Schwester mehr denn je und wünschte mir, wir könnten uns die Nächte mit Plaudern und guten Ratschlägen um die Ohren schlagen. Stattdessen fühlte ich mich, umgeben von all diesen Menschen, auf einmal so einsam, dass mir Tränen in die Augen traten und ich es kaum noch schaffte, meine Fassade aufrechtzuerhalten und sie wegzublinzeln, während meine Mutter den Aschenbecher entfernte, als sei ein negatives Pressefoto das Schlimmste, was mir passieren konnte.

Lass nie jemanden sehen, dass du leidest, Jackie. Vor allem nicht Jack.

Gerade rechtzeitig gesellte ich mich wieder zu den Partygästen, um mitzubekommen, wie General Douglas MacArthur eine seiner Heldengeschichten aus dem Korea-Krieg erzählte.

»Wissen Sie, dieser Mann erinnert mich immer an Joseph McCarthy.« Unbemerkt hatte sich eine der älteren Damen unter den Gästen an mich herangeschlichen, winzig und gespenstisch in einem schimmernden schwarzen Gewand mit einem Zobelpelz um die knochigen Schultern – ein krasser Kontrast zu den schneeweißen Haaren, die sie hochgesteckt trug. Sie stöberte in ihrer Handtasche und reckte ihr scharfes Kinn in Richtung MacArthur. »Ich gebe Ihnen einen guten Rat, Jackie: Trauen Sie niemals einem Mann, der noch versuchen würde, sich seine Achselhaare über die Glatze zu kämmen.«

Das brachte mich nun doch zum Lachen, denn tatsächlich trug MacArthur seine wenigen verbliebenen Haare extrem lang und fein säuberlich über seinen ansonsten kahlen Schädel drapiert. Allerdings war zweifelhaft, ob eine andere Frau als Alice Roosevelt Longworth sich eine solch spitze Bemerkung hätte erlauben können.

Ich hatte die älteste Tochter von Theodore Roosevelt heute Abend zu Pablo Casals eingeladen, weil ihr Vater den Cellisten damals im Weißen Haus empfangen hatte. Bekannt unter dem Spitznamen »The Other Washington Monument« war ihr hübsches Gesicht inzwischen voller Runzeln, von denen jede ihre eigene Geschichte erzählte. Alice wusste alles über jeden in der Stadt und hatte mich mit ihren bissigen Bonmots schon immer glänzend unterhalten.

Endlich konnte ich wieder einmal lachen, und gerade als ich mich wieder gefasst hatte, sah Jack zu mir herüber. Doch ich tat so, als bemerke ich ihn nicht, und sagte zu Alice: »Ihnen sitzt der Schalk ja mal wieder ganz schön im Nacken, Mrs. Longworth.«

Alice kicherte, und ihre blaugrauen Augen funkelten vergnügt. »Aber selbstverständlich.«

Als Jack aufstand und den Raum durchquerte, beobachteten wir ihn beide, und Alice warf mir einen vielsagenden Blick zu.

»Kein anderer Mensch hat so einen trockenen, humorvollen und ironischen Blick auf das Leben wie Ihr Ehemann«, meinte sie nachdenklich. »Ein Naturtalent, oder nicht?«

Na ja, Mrs. Longworth, dachte ich, *sonst wäre er einfach einer von vielen Politikern, die ihre Frau betrügen.*

Aber ich lächelte nur. »Lassen Sie Jack solche Komplimente bloß nicht hören. Sonst hebt er endgültig ab.«

»Das wäre nicht ungewöhnlich. Sämtliche Präsidenten, die ich kennengelernt habe – und seit McKinley waren das alle –, sind doch durch und durch von ihrer eigenen Bedeutung überzeugt.« Mit einem heiseren Kichern holte sie eine Zigarette aus dem Päckchen in ihrer Handtasche, und mich juckte es in den Fingern, ihrem Beispiel zu folgen. Sie beugte sich zu mir. »Aber ich hoffe, dass Sie mit Ihrem Ehemann jedes bisschen Glück ergreifen können, das sich Ihnen bietet. Leider merkt man oft erst, wenn es zu spät ist, wie schnell die Zeit vergeht. Dann wünscht man sich, der andere wäre noch da und würde einen auf die Palme bringen.«

»Jack bringt mich nicht auf die Palme.«

Nein, er macht mich nur wütend und verrückt und plagt mich, bis ich kaum mehr vernünftig denken kann.

»Ach, papperlapapp.« Mit ihrer altersfleckigen Hand schwenkte Alice die Zigarette in der schlanken Plastikspitze durch die Gegend und verteilte den Rauch großzügig in alle Richtungen, ehe sie mir einen Zug anbot. Rasch vergewisserte ich mich, ob irgendwelche Reporter – oder meine Mutter – in der Nähe waren, dann genoss ich verstohlen den warmen Rauch in meiner Kehle.

»Ihr Kennedys habt eine wahrhaft epische Qualität, eine, aus der Legenden gemacht werden. Für alle anderen Menschen verbreiten Sie beide den Glanz eines Königspaars aus dem Märchen.«

»Und für Sie?«

Sie nahm ihre Zigarette wieder an sich und blies ein paar perfekte Rauchringe zur Decke hinauf. »Mein Mann hatte wesentlich weniger Haare als Jack, aber ein Lachen wie Karamell und die gleiche Gabe, andere Menschen – vor allem das schönere Geschlecht – dazu zu bringen, ihn zu lieben. Das kann für eine Ehefrau ziemlich irritierend sein, was Sie, glaube ich, recht gut verstehen können.«

Natürlich traf sie damit ins Schwarze, und obwohl sie nicht Lee war, hatte ich seltsamerweise das Gefühl, mich dieser zarten Frau anvertrauen zu können. »Ganz richtig«, bestätigte ich. »Und wie sind Sie selbst mit diesen Irritationen umgegangen?«

»Halten Sie den Wolf an den Ohren fest«, antwortete Alice mit einem Lächeln, das ein Beobachter nur als abgeklärte Bösartigkeit hätte bezeichnen können – mir tat jeder leid, der sich mit ihr anlegte. »Manchmal muss man mächtige Männer daran erinnern, dass sie nicht allmächtig sind, finden Sie nicht auch?«

Ich nickte langsam und grübelte noch über ihre Bemerkung nach, als mir auffiel, dass Jack verschwunden war. »Ich hoffe, Sie ziehen in Betracht, sich nächsten Sommer zur Enthüllung der Bison-Figuren am Kamin im State Dining Room zu uns zu gesellen.« Ich sah zu, wie sie unsere gemeinsam genossene Zigarette ausdrückte, und fuhr fort: »Die Figuren stammen noch aus der Ära Ihres Vaters und gehören zu den authentischen Antiquitäten, die mein Team für die Restaurierung des Weißen Hauses ausfindig gemacht hat.«

Alice grinste verschmitzt, und wieder einmal konnte ich mir nur allzu gut vorstellen, zu welchem Unfug sie früher fähig gewesen war. »Das möchte ich keinesfalls verpassen. Der Kamin hätte um ein Haar Löwenköpfe bekommen, wenn mein Vater die Ausstatter nicht daran erinnert hätte, dass der Löwe rein gar nichts Amerikanisches an sich hat.«

Ich legte dieses Detail in meinem Gedächtnis ab, ehe ich mich bei Alice entschuldigte und mich zu meinem notwendigen sozialen Rundgang aufmachte, lächelte und mit den Künstlern plauderte. Und dann …

»Lawford hat gesagt, er kann sich nächstes Wochenende mit dir treffen«, hörte ich Frank Sinatra zu Jack sagen. Sie lungerten draußen in der riesigen Cross Hall herum, und der Sänger lallte, als hätte er wie üblich mindestens zwei Drinks zu viel intus. »Eine gewisse Blondine mit Schönheitsfleck wird auch da sein, sie will dich unbedingt wiedersehen.«

Falls Jack antwortete, konnte ich es nicht hören. Im stillen Kämmerlein fremdzugehen war eine Sache, aber wenn Frank Sinatra sich in aller Öffentlichkeit über die Eskapaden meines Mannes äußerte, war das ein anderes Kaliber. *Das ist mein Stichwort.*

Und plötzlich wusste ich, was ich mir von einem Gespräch mit Jack erwartete.

»Gentlemen.« Der Blick, mit dem ich die mit purpurrotem Teppich ausgelegte Halle betrat, vertrieb Sinatra sofort, er tippte sich an den Hut und stahl sich mit eingezogenem Schwanz davon. Ich musterte Jack herausfordernd.

Doch mein Ehemann schien auf einmal von dem Kristallleuchter über uns fasziniert zu sein. »Ich möchte bald schlafen gehen – wir haben morgen das Frühstück für die ausländischen Botschafter.« Seine Finger trommelten nervös auf seinen Oberschenkel. »Was meinst du?«

Manchmal muss man mächtige Männer daran erinnern, dass sie nicht allmächtig sind …

Ich strich die Perlenstickerei an der Taille meines Kleids glatt, eine der phantasievollen Kreationen von Oleg Cassini. Ich holte tief Luft und antwortete: »Ich habe vergessen zu erwähnen, dass ich zu dem Frühstück nicht kommen kann.«

»Ach nein?« Jack runzelte die Stirn, erwiderte jedoch endlich meinen Blick. »Aber alle erwarten dich.«

»Ja, aber gelegentlich erfüllen sich Erwartungen nicht, richtig? Ich möchte mich von einigen langweiligen und auch unwichtigen Verpflichtungen einer First Lady verabschieden.« Denn während mir meine Arbeit an der Restauration des Weißen Hauses großen Spaß machte, gingen mir die Teestunden mit der Presse und verschiedene »Meet and Greet«-Veranstaltungen zunehmend auf die Nerven. Ich sah Jack fest in die Augen, und er hatte immerhin den Anstand, den Blick zu senken.

Ein winziger Sieg, sagte ich mir. *Halte den Wolf am Ohr fest und erinnere ihn daran, dass ich meine eigene Version von Stärke besitze.* Danke, Mrs. L.

Und ich war noch nicht fertig. Zwar wusste ich nicht genau, was ich sonst noch alles wollte, aber mir war immerhin klar, dass ich es in Washington nicht finden würde. Ich erinnerte mich, wie zufrieden ich in Frankreich gewesen war. Im gleichen Moment wusste ich, dass ich dieses herrliche Gefühl nie wieder erfahren würde, solange ich in Jacks Schatten stand. »Wenn du von dem Frühstück zurückkommest, treffen wir uns im Oval Office. Wir müssen über meine Reise nach Indien und Pakistan sprechen.«

Jack stöhnte. »Du meinst die Reise, die uns ein halbes Vermögen kosten wird? Ich habe eigentlich gedacht, es würde reichen, wenn wir demnächst nach Venezuela und Kambodscha fahren.«

Ich lächelte freundlich. Nachdem ich den pakistanischen Präsidenten zu einem spektakulären Dinner in Mount Vernon empfangen hatte, war ich nur allzu bereit gewesen, seine Einladung anzunehmen. Und um nicht kleinlich zu wirken, hatte Indien sofort eine Einladung nachgelegt. »Angesichts deiner Spritztour nach Kalifornien finde ich es nur recht und billig, wenn auch ich allein auf die Reise gehe. Und wenn ich recht gehört habe, steht ja auch noch ein weiterer Besuch bei Peter Lawford für dich an, richtig?«

Was ich damit sagen wollte, war klar, wir wussten beide Bescheid.

Als Jack antwortete, sprach er langsamer als sonst, und ich spürte, dass er versuchte, die volle Bedeutung meiner Worte zu verarbeiten. »Dann sehen wir uns also nach dem Frühstück im Oval Office, ja?«

Auf einmal wollte ich nur noch weg, weg aus Washington, weg von Jack, wollte meinen eigenen Halt in dieser seltsamen neuen Welt finden, die ich nicht mehr wiedererkannte.

Ich musste mein Selbstvertrauen wiederfinden, meine Aufgabe. Meine Basis.

Jack hat alles, was er sich jemals gewünscht hat – die Bilderbuchfamilie, die Präsidentschaft, jede Frau, die er haben möchte, wenn er auch nur mit dem kleinen Finger winkt. Ich möchte – ich brauche – etwas Eigenes.

Und ich war bereit, dafür um die halbe Welt zu fliegen.

»Warum streitet ihr euch, du und Daddy?«, fragte Caroline beim Schwimmen im badewasserwarmen Pool des Hauses in Palm Beach, das man uns über Weihnachten geliehen hatte. Ich brachte ihr Rückenschwimmen bei, aber es war klar, dass sie mit den Gedanken anderswo war. Genau wie ich. Ich hatte gehofft, meinen Schwiegervater wegen der Eskapaden seines Sohns um Rat fragen zu können, aber er war schon früh zu einer Runde Golf aufgebrochen, so dass ich jetzt höchst unbehaglich in meinen Sorgen schmorte.

»Na ja, dein Daddy und ich sind einfach nicht immer einer Meinung.« Während wir zu einer vorläufigen Vereinbarung über die Daten meiner Reise nach Indien und Pakistan gelangt waren – kommenden März, einen Monat nach dem Termin für die Enthüllung des vollständig erneuerten Weißen Hauses –, waren wir heute Morgen wegen unseres Budgets aneinandergeraten. Jack zufolge floss der Alkohol im Weißen Haus so reichlich, als lebten wir in den letzten dekadenten Tagen des Römischen Reichs, und meine Kleiderrechnung für das vergangene Jahr war haarsträubend hoch (ich konterte, dass viertausend Dollar für Givenchy gut angelegtes Geld war, man brauchte doch nur an de Gaulles Reaktion auf mich und die daraus resultierende gute Entwicklung der amerikanisch-französischen Beziehungen zu denken). Ich hatte erfahren, dass Jack sein Präsidentengehalt für den United Negro College Fund, die National Association for Retarded Children und die Boy Scouts of America spenden wollte – alles würdige Wohltätigkeitsorganisationen –, hatte darauf jedoch erwidert, dass wir vielleicht die halb vollen Gläser nach den Banketten auffüllen und noch einmal servieren sollten – es sei denn, am Rand befanden sich deutliche Lippenstiftspuren.

Nein, in der Familie Kennedy lief es zurzeit überhaupt nicht rund.

Ich musste zugeben, dass ich, während ich lernte, diese Ehe im französischen Stil zu führen und die Augen vor den Schwächen meines Mannes zu verschließen, nicht darüber erhaben war, ihn dafür mit kleinen Sticheleien hier und dort bezahlen zu lassen. Und nicht nur Jack, sondern auch seine Betthäschen-Lollis. Vor ein paar Tagen beispielsweise, als mein übliches morgendliches Tennisspiel aus Ermangelung eines Partners auszufallen drohte, verpflichtete ich Jill Cowan – genannt Faddle, die mich gern höhnisch angrinste, wenn sie glaubte, ich würde es nicht sehen –, gegen mich anzutreten. Leider hatte sie keine Tennisschuhe und musste barfuß spielen, die arme Kleine.

Jetzt strich ich Caroline die nassen Haare aus der Stirn, froh, dass Jack am Morgen nach Washington zurückgefahren war und unser Gespräch nicht mitbekam. »Wenn man verheiratet ist, streitet man sich manchmal, das ist ganz normal. Aber dein Daddy und ich, wir lieben einander, und das ist alles, was zählt.«

Caroline hatte keine Gelegenheit zu antworten, denn in diesem Moment stieg Mr. Kennedy aus dem Auto, und er kam auf uns zu, noch in seinem grellgrünen Golfhemd und ebensolcher Kappe. Während Caroline spritzte und winkte, kniff ich argwöhnisch die Augen zusammen. Seine verfrühte Rückkehr bedeutete entweder, dass die Apokalypse nahte oder sonst etwas Grässliches bevorstand.

»Alles in Ordnung, Poppy Doodle?«, fragte ich etwas besorgt.

»Aber ja«, antwortete er, machte auf mich aber einen erschöpften und sehr blassen Eindruck. »Ich hab mich nur ein bisschen wacklig gefühlt, als ich auf dem achten Grün abgeschlagen habe.

Ich lege mich ein bisschen hin, dann bin ich gleich wieder fit wie ein Turnschuh.« Er zwinkerte Caroline zu, aber selbst diese Geste schien ihn anzustrengen. »Du sicherst mir eine von den Scharaden, ja?«

Ich war noch immer nicht überzeugt. »Soll ich nicht doch lieber jemanden anrufen?«

Er wedelte mit der Hand über die Schulter. »Ich brauche keinen Arzt!«

Ich sah ihm nach, half Caroline, sich in ein Handtuch zu wickeln, dann war es Zeit für einen Lunch aus Kresse-Sandwiches und frisch gepresster Limonade. Ein paar Stunden später setzte sich Rose zu uns in den Leseraum und schickte Anna, das Dienstmädchen, zu Jacks Vater.

Weiß wie ein Laken kam Anna zurück. »Mr. Kennedy kann sich nicht bewegen und nicht sprechen, Ma'am«, stammelte sie.

Rose stand auf, so ruhig, als hätte sie soeben erfahren, dass jemand an der Tür war, nur ihre Hand auf der Armlehne ihres Sessels verriet mit blutleeren Knöcheln, dass sie keineswegs so gelassen war, wie sie wirkte. »Bitte rufen Sie einen Krankenwagen, Anna.«

Zwei Stufen auf einmal nehmend lief ich nach oben, wo ich Jacks Vater in seinem blauen Flanellschlafanzug im Bett vorfand. Er stöhnte, seine Augen waren unfokussiert. Caroline war mir gefolgt und stand ratlos in der Tür, während ich versuchte, den alten Mann zu bewegen.

»Hilf mir, dich aufzusetzen, Poppy Doodle«, sagte ich, aber es war sinnlos. »Dann hilf du mir bitte, Caroline«, wandte ich mich an meine Tochter.

Aus Mr. Kennedys Mund kamen keine Worte, nur ein unzusammenhängendes Ächzen, die linke Seite der Lippen versuchte, sich zu bewegen, doch die rechte Seite hing schlaff herunter und ließ alle Bemühungen scheitern.

Ich rückte seine Brille zurecht und nahm ihn in den Arm. »Dein Grandpa kommt wieder in Ordnung«, beruhigte ich Caroline und wischte eine Träne aus ihrem Augenwinkel. Aber nicht einmal ich selbst glaubte es wirklich.

Erst als sie ihn mit Rose in den Krankenwagen geladen hatten und ich dabei war, eine kleine Reisetasche für ihn zu packen, stieß ich auf einen Stapel Briefe in seiner Sockenschublade. Der oberste zog meine Aufmerksamkeit auf sich, denn ich erkannte den Brief, den ich ihm geschrieben hatte, als Jack nach seiner letzten Rückenoperation im Krankenhaus lag.

Bei dem ganzen Auf und Ab in diesem Winter hast Du so viel Kraft und Überzeugung ausgestrahlt, dass niemand auch nur daran gedacht hat, den Mut zu verlieren …

Ich berührte die letzte Zeile mit dem Finger und fühlte ein Schaudern, denn ich fragte mich, was wohl jetzt in dem Krankenhaus am anderen Ende der Stadt passierte, ob Mr. Kennedy überleben würde, denn meiner Vermutung nach hatte er einen massiven Schlaganfall erlitten.

Ohne Dich ist alles so trist und freudlos.

Mr. Kennedy hatte seine Familie in die Politik gebracht, hatte Jacks Erfolg ebenso eingefordert, wie er eingefordert hatte, dass ich Teil des Teams würde. Meine Streitereien mit Jack schienen plötzlich vollkommen unwichtig, wenn die Möglichkeit bestand, dass wir den Kapitän unserer Teams womöglich für immer verlieren würden.

Mr. Kennedy überlebte, wenn auch nur um Haaresbreite. Nach mehreren Tagen in der Schwebe informierten uns die Ärzte, dass er jedenfalls nie wieder derselbe sein würde.

Der Schlaganfall hatte seine ganze rechte Seite gelähmt, er konnte weder Arm noch Bein bewegen. »Es ist inoperabel und nicht rückgängig zu machen«, erklärte der Arzt ernst, als wir alle in das Krankenhauszimmer durften. Mit gesenktem Blick standen die Kennedy-Geschwister möglichst weit vom Krankenbett entfernt, nur ich brachte es fertig, mich zu ihrem Vater zu setzen. »Ich fürchte, Mr. Kennedy wird nie wieder richtig sprechen können.«

Ich beobachtete, wie Jacks stoische Miene aus den Fugen geriet und in Bobbys Augen der Schock aufblitzte – keiner der beiden Brüder hatte es für möglich gehalten, dass ihr Vater etwas anderes als unbesiegbar wäre. Der Rest der versammelten Geschwister schlug entsetzt die Hand vor den Mund – wieder hatte eine Tragödie die Familie heimgesucht.

Gab es ein schlimmeres Schicksal, als im eigenen Körper eingesperrt zu sein, vor allem für einen Mann, den man immer für nahezu allmächtig gehalten hatte? Nie mehr würde Caroline eine Runde Scharade mit ihrem Großvater spielen und alle zum Lachen bringen können. Nie wieder würde Jack um drei Uhr früh bei seinem Vater anrufen, um sich von ihm beraten zu lassen – und angeblafft zu werden: »Heiliger Bimbam, Junge, ruf mich gefälligst bei Tageslicht an.« Mein kleiner Sohn – der sich nie an eine Zeit erinnern würde, in der sein Großvater sprechen konnte – würde auf dem weitläufigen Rasen in Hyannis Port nie einen Football fangen, den Mr. Kennedy ihm zuwarf.

Und ich? Nie wieder würde ich hören, wie Mr. Kennedy mich »Kiddo« nannte, nie wieder würde sein warmes Lächeln auf mir ruhen. Ich hatte einen meiner wenigen Vertrauten in dieser Familie verloren und schauderte, denn ich wusste, dass das Gefühl der Leere sich mit der Zeit immer weiter ausdehnen würde. Doch ich konnte nicht zulassen, dass er merkte, wie heftig mich seine Krankheit traf.

Seine Kinder jedoch schienen erstarrt zu sein, ihre Blicke huschten überallhin, nur nicht zu ihrem Vater, als wüssten sie nicht, wie sie mit diesem starken Mann umgehen konnten, der vor ihren Augen plötzlich klein und defekt geworden war. Es ärgerte mich, dass sie – unter ihnen der Präsident und der Justizminister Amerikas – sich angesichts der unerwarteten Schwäche ihres Vaters so unreif verhielten.

Mon dieu. Ihr Vater war noch da. Und ich würde dafür sorgen, dass keiner von ihnen das vergaß.

»Es ist alles in Ordnung«, sagte ich leise und griff nach einem Handtuch, um Mr. Kennedy den Speichel vom Kinn zu wischen. »Dieser Mann hat für uns bisher allerlei durchgesetzt, und jetzt sind wir an der Reihe, Dinge für ihn durchzusetzen.«

Ich sah Jacks Vater in die Augen und hielt seinen Blick fest, verlieh ihm Kraft, um die überquellenden Tränen im Zaum zu halten. »Wir sind für dich da, Poppy Doodle. Für immer und ewig.«

Als ich das Revers an seinem Bademantel zurechtzupfte, entwischte eine einzelne Träne aus seinem Augenwinkel und kullerte über seine Runzeln. Mit einem strengen Kopfschütteln wischte ich sie weg. »Keine Tränen.«

Dann legte ich meine Hände auf die seinen, warf Jack, Bobby, Ted und den Mädchen einen auffordernden Blick zu, und tatsächlich kam einer nach dem anderen herüber und legte zögernd die Hände über meine.

»Wir sind ein Team«, flüsterte ich Mr. Kennedy zu. »Und du bist immer noch der Kapitän.«

Wir waren ein Team, und ich war nicht mehr damit zufrieden, auf der Bank zu sitzen und den anderen zuzujubeln.

Für die ungekrönte Königin der Kennedys war die Zeit gekommen, ihre Stellung einzunehmen. Und das würde ich tun – unter meinen eigenen Bedingungen.

Kapitel Zwölf

Februar 1962

Nervös ging ich auf die laufende Filmkamera zu, meine Schritte hallten laut durch den marmorverkleideten Korridor des Weißen Hauses. Es war Valentinstag, ich hatte für den Anlass ein zweiteiliges weinrotes Bouclé-Kleid von Cassini mit einem Trompe-l'œil-Design ausgesucht und trug dazu eine dreifache Perlenkette. Heute würde ich Anspruch auf meinen Platz in der ersten Reihe erheben und der gespannt vor dem Fernseher sitzenden amerikanischen Öffentlichkeit die großartige Erneuerung des Weißen Hauses zeigen.

Es war nicht mehr schäbig wie im 19. Jahrhundert, nein, ich hatte der Villa ihre frühere majestätische Pracht zurückgegeben, und nun brauchte sie sich nicht mehr vor Besuchern aus Versailles oder dem Buckingham Palace zu schämen.

Es war mein Opus magnum als First Lady, mein bedeutendstes Werk, alles sollte makellos sein.

Doch als ich den Korridor entlangschritt, fühlte ich mich entsetzlich leer. Natürlich wusste ich, dass es für andere Leute aussah, als hätte ich ein perfektes Leben – einen mächtigen Ehemann, wunderschöne Kinder, Designer-Kleider, eine Menge Geld und jetzt auch noch dieses sensationelle Haus –, aber in meinem Inneren war ich genauso einsam wie in der Anfangszeit meiner Ehe.

Vielleicht war ich sogar noch einsamer. Sicher, ich dinierte mit Berühmtheiten wie Charles de Gaulle oder Pablo Casals, aber ich stand ständig unter Beobachtung, die Hauptattraktion der Perfektions-Parade, die Amerika von mir erwartete, selbst wenn ich innerlich zerbrach.

Ich rief mir ins Gedächtnis, dass ich, wenn die Tour durch das neu gestaltete Haus überstanden war, davonfliegen würde wie auf einem Zauberteppich, denn meine Reise nach Indien und Pakistan stand bevor. Vielleicht würde ich Lee einladen und versuchen, unsere Beziehung zu reparieren, obwohl ich nicht sicher war, ob ich ihre Bilderbuch-Ehe mit dem polnischen Prinzen ertragen konnte. Jetzt, da ich in Jacks Präsidentenschatten lebte, verstand ich Lees Kälte mir gegenüber; sie würde immer die Schwester der First Lady bleiben, genau wie ich immer John F. Kennedys Ehefrau bleiben würde.

Dennoch – ich brauchte jemanden, dem ich mein Herz ausschütten konnte, jemanden, der meine Einsamkeit linderte. Da Jack nicht dieser Mensch war und nun auch sein Vater nicht mehr, hoffte ich, dass es vielleicht Lee sein könnte.

»Mrs. Kennedy, ich möchte Ihnen danken, dass Sie uns Ihr offizielles Zuhause besuchen lassen.« Wie wir es geprobt hatten, kam der charmante Reporter Charles Collingwood auf mich zu, als ich mein Büro betrat, in dem ein Durcheinander herrschte, das vermutlich der Traum eines jeden Antiquitätenhändlers gewesen wäre – ein wildes Durcheinander von antiken Schreibtischen, vergoldeten Bilderrahmen und in Papier eingeschlagenen, chaotisch gestapelten Gemälden. Zurzeit diente der Raum für die Gegenstände, die uns zur Evaluierung geschickt worden waren, als Speicher und Keller zugleich.

»Mrs. Kennedy, jede First Lady und jede Regierung seit Präsident Madisons Zeit hat größere oder kleinere Veränderungen im Weißen Haus vorgenommen.« Collingwood war ein Reporter wie aus dem Lehrbuch, und ich hatte ihn mit Bedacht für die Spezialsendung über die heutige Tour ausgesucht, die auf CBS und NBC ausgestrahlt werden würde. »Ehe wir uns die Veränderungen anschauen, die Sie vorgenommen haben – was ist Ihr Grundsatzplan?«

Ich faltete die Hände vor mir und unterdrückte die letzte Nervosität, so gut ich konnte. »Nun, ich habe eigentlich keinen Grundsatz, weil ich der Meinung bin, dass das Weiße Haus immer weiter wachsen wird, und so soll es ja auch sein.« Meine Restaurierung war kein so massives Projekt wie etwa der intensive Neuaufbau in der Amtszeit von Präsident Truman, als das gesamte Haus entkernt und wie ein Puzzle wieder neu zusammengesetzt wurde, aber es würde sicher als das persönlichste derartige Vorhaben in die Geschichte eingehen. Durch mich kam endlich wieder Geschichte dorthin, wohin sie gehörte. »Es war so schade, dass sich, als wir hier einzogen, kaum etwas Historisches im Haus befand und so gut wie gar nichts von vor 1902. Bei unserem Besuch in Kolumbien haben wir den Präsidentenpalast besucht, und dort war die ganze Geschichte des Landes zu finden. Ich fand, so sollte es auch im Weißen Haus sein.«

Das schien Collingwood zu gefallen, und wir wanderten mit den Kameras durch den Diplomatic Reception Room, der gerade ganz frisch mit New-England-Ohrensesseln und einer Panorama-Tapete ausgestattet worden war, die im frühen 19. Jahrhundert erstmals im Elsass gedruckt worden war und Szenen aus Amerika zeigte, die man damals in Europa besonders beeindruckend fand. Nun war ich ganz in meinem Element, zeigte

Collingwood das berühmte Gemälde von George Washington, Eisenhowers vergoldetes Porzellan-Service im State Dining Room, und inmitten all der Pracht auch die Gläser, die ich eigens aus West Virginia bestellt hatte, um mein Versprechen aus dem Wahlkampf zu erfüllen.

In meiner Aufregung spulte ich mein Wissen wie eine wandelnde Enzyklopädie amerikanischer Geschichte ab. Ich hatte so viele interessante Details auswendig gelernt, dass ich mich plötzlich fragte, ob womöglich eines Tages jemand auf einen meiner Füllfederhalter hinweisen oder meine Schritte durch dieses Haus nachverfolgen würde. (*Und hier haben wir den Schrank, in dem Jacqueline Kennedy ihre ganzen Pillbox-Hüte verstaut hat.*)

Nach sieben Stunden Proben und verschiedenen Einstellungen – und mindestens einem Päckchen Zigaretten – neigte sich meine Zeit im Rampenlicht schließlich dem Ende zu. Es gab nur noch eine Station, bei der ich Collingwood über den noch unfertigen Treaty Room informieren musste.

»Ich fürchte, es ist ein Gruselkabinett, solange die Arbeiten hier noch laufen«, erklärte ich mit einem kleinlauten Lächeln. »Aber irgendwann wird es ein gemütlicher Ort sein, in dem die Besucher beim Warten auf den Präsidenten um den Tisch sitzen und sich unterhalten können.«

»Mr. President.« Genau im dafür abgesprochenen Moment betrat Jack den Raum, und ich hörte die Ehrfurcht in Collingwoods Stimme, als er ihn begrüßte. Das *Time Magazine* hatte ihn zum Mann des Jahres erkoren und über ihn geschrieben, er zeige Qualitäten, die einen Mann zu einer vielversprechenden Führungsperson machten. Im Stillen stieß ich einen Seufzer der Erleichterung aus, als ich meinen Ehemann jetzt sah, denn ich war nicht sicher gewesen, ob er pünktlich auftauchen oder wichtigere Dinge zu tun haben würde. Ein Teil von mir allerdings überließ Jack nur höchst ungern für ein paar Minuten das Rampenlicht, denn es kam mir immer vor, als würde erst sein Erscheinen meinem Projekt das offizielle Gütesiegel verleihen.

Doch vermutlich ging es nicht anders. Also lächelte ich in die Kamera, wusste, dass ich mich bald auf der anderen Seite des Erdballs befinden und Jack wahrscheinlich mehr vermissen würde, als ich zugeben wollte …

Collingwood zog einen Stuhl für mich unter Ulysses E. Grants Tisch hervor, um den einmal sein ganzes Kabinett gesessen hatte und der zurzeit mit Tapetenmustern überhäuft war, und wandte sich an Jack: »Mrs. Kennedy hat uns das Weiße Haus gezeigt und uns von den Veränderungen erzählt, die sie vorgenommen hat – was halten Sie von all diesen Neuerungen?«

Jack strich sich die sandbraunen Haare aus der Stirn, während wir uns alle drei auf den historischen Stühlen niederließen. Mir war klar, dass er seine Worte sorgfältig wählte. »Die Geschichte ist für uns hier im Weißen Haus eine Kraftquelle, und ich glaube, dass meine Frau Großes geleistet hat, indem sie uns näher in Kontakt gebracht hat mit all den Menschen, die vor uns hier gelebt haben. Schließlich wird Geschichte von Menschen gemacht und in ihren großen Momenten vor allem von unseren Präsidenten. Wenn wir also heute Grants Tisch oder Lincolns Bett oder Monroes goldverziertes Geschirr hier haben, dann macht es diese Männer für uns viel lebendiger. Ich glaube, dadurch wird das Weiße Haus immer mehr zu einem Panorama unserer großen Geschichte.«

Mir wurde warm ums Herz, als Jack mich und mein kleines Handbuch lobte und die Hoffnung äußerte, dass wir die Besucherzahl von 1,3 Millionen, die im letzten Jahr unser Haus bereits besichtigt hatten, bald noch überbieten würden und dass einige der Schüler und Schülerinnen, die hier gewesen waren, vielleicht schon davon träumen würden, eines Tages hier zu wohnen.

Wie könnte ich dich nicht lieben, Jack?, dachte ich, während ich ihm zuhörte. *Jeder deiner Träume, jeder Gedanke in deinem brillanten Kopf ist so großartig.*

In diesem Augenblick hatte ich fast ein schlechtes Gewissen, weil ich mir wünschte, mehr eigenen Freiraum zu haben, meine eigenen Träume getrennt von meinem Ehemann zu verfolgen. Vor allem, da Jacks Worte mir die Inschrift von John Adams im State Dining Room erneut in Erinnerung riefen.

I pray Heaven to bestow the best of Blessings on this House … May none but honest and wise Men ever rule under this roof – Ich bete zum Himmel, diesem Haus den größtmöglichen Segen zu spenden …, auf dass niemals andere als ehrliche und kluge Männer unter diesem Dach regieren.

Jack war nicht immer ehrlich und vielleicht auch nicht immer klug. Aber er war bereit, sich in beiden Bereichen weiterzuentwickeln, das wusste ich, und ich zweifelte keine Sekunde daran, dass wir in vielerlei Hinsicht mit großem Glück gesegnet waren.

Die Zuschauer reagierten begeistert auf die ungewöhnliche Fernsehsendung, meine Führung durchs Weiße Haus war ein sensationeller Erfolg. Besonders überschwänglich fiel das Lob von Oleg Cassini aus. Doch nicht nur mein Designer sang mein Loblied – ich gewann obendrein auch noch einen ganz unerwarteten Emmy für die Sendung, und im Weißen Haus traf noch mehr Fanpost ein als je zuvor. Ich lachte über die Bemerkung der *New York Times*, ich hätte nicht nur der Durchschnittsbevölkerung die Gewohnheiten der oberen Zehntausend vermittelt, sondern ganz nebenbei auch brünette Frauen hoffähig gemacht. Urplötzlich war alles, was an mir als Mangel gesehen worden war – meine Haare, mein Französisch, meine Abneigung gegen Wahlkampfaktionen, meine Weigerung, mein eigenes Brot zu backen –, zu einem Pluspunkt geworden. Nach drei Jahren hatte Jack endlich Grund, uneingeschränkt stolz auf mich zu sein.

Mit dieser Sendung hatte ich anscheinend meinen rechtmäßigen Platz in der Kennedy-Regierung gefunden.

»Ich habe mich geirrt«, sagte Jack eines Abends beim Familienessen. »Du machst nicht nur alles schön, du verwandelst es in Gold.« Dann sah er zu Caroline, die unserem Gespräch aufmerksam folgte, während John einen Hotdog verschlang, den Miss Shaw eigens für ihn bestellt hatte, und sagte zu ihr: »Liebling, deine Mutter ist ein richtiges Rumpelstilzchen, wusstest du das?«

»Daddy«, erwiderte Caroline etwas mitleidig, »Rumpelstilzchen war ein Junge.«

Jack lachte und beugte sich quer über den Tisch, um ihr die Haare zu zerzausen. »Du hast recht. Aber deine Mutter ist trotzdem die fähigste und beeindruckendste Frau, die ich kenne. Wir werden sie vermissen, wenn sie in Indien ist, stimmt's?«

Caroline nickte weise, und ihre Augen wurden groß und so traurig, dass ich die Reise am liebsten gleich abgesagt hätte. Doch ich blinzelte ein paarmal, machte mich daran, Johns Hotdog fürsorglich in winzige Häppchen zu schneiden, und erwiderte gefasst: »Ich werde euch alle auch sehr vermissen. Aber ich verspreche, zu schreiben und jeden Tag anzurufen.«

Als ich mich am Esstisch umsah, wusste ich, dass ich nicht nur die Kinder, sondern auch Jack vermissen würde. Es würde schwer werden, meine kleine Familie zu verlassen, aber schlimmer wäre es gewesen, nie etwas für mich selbst gemacht zu haben.

Also gab ich mir die Erlaubnis, ausnahmsweise einmal egoistisch zu sein.

Und tatsächlich war es wie im Märchen – als hätte ein Dschinn mich in ein Zauberland entführt. Lee und ich hatten so weit Frieden geschlossen, dass sie sich herabließ, sich mir anzuschließen. Unterwegs legten wir einen Zwischenhalt in Rom ein, wo ich mich in einem bodenlangen schwarzen Seidenkleid samt der vom Protokoll vorgeschriebenen schwarzen Spitzen-Mantille zu einer Privataudienz bei Papst Johannes XXIII. begab. Die Audienz war so privat, dass Lee mich wegen der nicht genehmigten Scheidung, die ihre erste Ehe beendet hatte, nicht begleiten durfte. Ich schenkte dem Heiligen Vater eine signierte Sammlung von Jacks Reden, und er hielt für mich eine Messe, was die Katholikin in mir tief berührte.

Doch alles andere verblasste im Vergleich mit der warmen, nach exotischen Gewürzen duftenden Frühlingsbrise Indiens, die Lee und mich begrüßte, als sich auf dem Flughafen von Neu-Delhi die Kabinentür öffnete und den Blick auf einen wunderschönen blauen Himmel freigab.

»Mein Gott, Jacks«, flüsterte Lee neben mir. »Hier stehen ja mindestens hunderttausend Menschen.«

Die Schätzung meiner Schwester entsprach meiner eigenen, als ich auf die brodelnde Menschenmenge hinausblickte, die dicht an dicht nebeneinander geparkten Ochsengespanne, die Frauen in ihren leuchtend fuchsienroten und türkisgrünen Saris.

»Alle sind Ihretwegen gekommen«, erklärte mir der Premierminister Jawaharlal Nehru in seinem akzentuierten Englisch nach unserer offiziellen Vorstellung, bei der er einen zinnoberroten Punkt auf meine Stirn gemalt hatte. Er und seine Tochter Indira Gandhi würden meine Reiseführer sein. »Hören Sie nur«, forderte er mich auf.

Das tat ich, und obgleich ich mehrere Sprachen fließend sprach, zeigte sich meine Verwirrung wohl auf meinem Gesicht, als wir zu der Wagenkolonne geführt wurden, die uns in die Stadt bringen sollte. *»Amriki Rani.«* Neben Indiras prächtigem orangefarbenem Sari wirkte mein weißes Woll-Kostüm ziemlich unattraktiv, und mir wurde klar, dass ich die Garderobe, die Oleg für mich entworfen hatte, etwas korrigieren musste. »Man nennt Sie die Königin von Amerika.«

»Ich bin keine Königin«, entgegnete ich leise, aber in Wahrheit fühlte ich den gleichen Stolz in mir wie damals in Frankreich bei der Begrüßung durch Charles de Gaulle. Nur dass diesmal alle Festlichkeiten allein für mich waren, nicht für Jack.

Während ich der Menge zuwinkte, versuchte ich mir zwar einzureden, dass das keine Rolle spielte, aber es stimmte nicht.

Mit der Neugestaltung des Weißen Hauses hatte ich bewiesen, dass ich des Titels einer First Lady würdig war und nicht nur in Jacks Schatten existierte. Dass ich mehr zu bieten hatte als irgendeine andere von Jacks Frauen. Und diese Reise war ein weiterer Beweis dafür.

»Ich möchte, dass wir wieder Freundinnen sind«, sagte ich zu Lee an diesem Abend. Wir waren bei einem Polo-Spiel und einem Dinner-Empfang gewesen und konnten nun endlich unsere Reisekleidung gegen unsere leichten Leinennachthemden austauschen. »Ich vermisse unsere Gespräche.«

Lee, die gerade ihre Ohrringe abgelegt hatte, setzte sich mit einem Lächeln auf das Seidensofa und zog die Füße hoch. »Mir geht es genauso.«

Das ließ ich mir nicht zweimal sagen, holte tief Luft und sprach das Thema an, das mich so belastete. »Weißt du, Jack ist wieder in alte Gewohnheiten verfallen. Und ich wollte dich deswegen schon tausendmal anrufen, einfach so, zum Reden.«

»Dann hätten wir unsere Sorgen zumindest gemeinsam ertränken können. Seit Christinas Geburt sind Stas und ich auch nicht mehr die Gleichen.«

Darauf war ich nicht gefasst gewesen.

»Ich dachte, ihr zwei wärt hundertprozentig glücklich miteinander.« Ich setzte mich neben meine Schwester, Knie an Knie. »Was ist passiert?«

Lee zuckte die Achseln. »Er wollte noch mehr Kinder, aber ich hab mich geweigert. Wir haben gestritten, ich hab rumgeschlafen, er hat rumgeschlafen.«

Ich sperrte Mund und Nase auf – Lee war schon immer eine Meisterin darin gewesen, mich zu schockieren, aber selbst für ihre Verhältnisse war das harter Tobak. »Du hattest eine Affäre?«

Um Lees karminrote Lippen spielte ein durchtriebenes Lächeln. »Mehrere. Genau genommen habe ich zurzeit auch eine.«

»Wie bitte? Mit wem?«

»Das verrate ich dir lieber nicht«, antwortete sie mit einem Zwinkern. »Aber bei ihm fühle ich mich, wie ich mich noch nie bei einem Mann gefühlt habe. Im Bett und außerhalb«, fügte sie mit leiser Stimme hinzu.

Noch immer schockiert und obendrein eingeschüchtert von dieser neuen, frechen Version meiner Schwester schüttelte ich den Kopf. Ein Teil von mir war entsetzt, aber ein anderer neidisch, dass sie so frei war – und das Selbstbewusstsein besaß –, nach dem Glück zu greifen, Ehemann hin oder her.

Warum kamen Lee und ich eigentlich nur miteinander aus, wenn wir Eheprobleme hatten? Doch fürs Erste war ich einfach nur froh, meine Schwester und Vertraute wieder bei mir zu haben, vor allem, da ich plante, jedes exotische Vergnügen, das Indien zu bieten hatte, nach Herzenslust zu genießen.

So warfen wir zusammen beim Holi-Frühlingsfest mit Farbpulver, aßen Wildschwein und in dünne Silberfolie gewickelte Süßigkeiten, sahen uns endlose Volkstänze an und lauschten unendlich langen Gesangsdarbietungen. Da man bei Air India wusste, dass ich Tiere liebte, schenkte mir die Fluggesellschaft zwei bengalische Tigerbabys.

Als ein Tierpfleger mit einem Babyelefanten in den Garten trat, wünschte ich mir, ich hätte Caroline und John bei mir, um ihre Freudenschreie mit eigenen Ohren zu hören. »Hier.« Nehru hielt mir ein paar Stängel Zuckerrohr und eine Milchflasche hin. »Wie alle Babys liebt Urvashi so etwas. Und Bananen.«

Also fütterte ich einen Elefanten und dachte dabei an den Brief, den ich meinen Kindern heute schreiben würde.

Sosehr ich meine Kinder vermisste, wollte ich unbedingt, dass sie sich eines Tages die Fotos dieser Reise anschauten und stolz auf die Abenteuer und Erfolge ihrer Mutter sein würden.

Indien war das Land der Gewürze, von Sandelholz und Schlangenbeschwörern, ein Ort unendlicher Schönheit. Doch nichts hätte mich auf das Wunder des Taj Mahal vorbereiten können.

Für meinen Besuch hatte man die Stätte für andere Betrachter gesperrt, und meine offizielle Entourage hielt sich in respektvoller Entfernung, so dass ich, wenn ich die Augen schloss, so tun konnte, als sei ich allein. Die knorrigen Zypressen am Weg warfen flüchtige Schatten über die Teiche, Negativ-Kopien der vier weißen Minarette, und die milde Frühlingsluft kräuselte zart das Wasser.

Es war ein perfekter Augenblick. Wunderschön und unverdorben.

Auf einmal vermisste ich Jack so sehr, dass ich den Schmerz im Herzen zu fühlen glaubte. Einsamkeit und Sehnsucht durchbohrten mich, obwohl mir klar war, dass ich hätte wunschlos glücklich sein müssen.

Doch was war der Sinn solcher Momente, wenn ich sie nicht mit den Menschen teilen konnte, die ich liebte?

Auf einmal begriff ich, dass ich Jack immer lieben würde, ganz gleich, was er tat. Ganz gleich, ob ich wollte oder nicht. Meine Liebe zu ihm war, um Shakespeare zu zitieren, ein *für alle Zeiten fixes Merkmal, das Stürmen trotzt und unerschüttert bleibt.*

Lee stieß mich mit der Schulter an und unterbrach meine Träumerei. »Alles in Ordnung, Jacks? Du siehst aus, als fingst du gleich an zu weinen.«

Ich war froh, dass sie bei mir war. Lee hatte mir allein dadurch, dass sie ihr Leben wieder mit mir geteilt hatte, viel geholfen. Aber ich konnte Jack niemals so betrügen, wie sie Stas betrog.

»Ich habe schon vorher Bilder vom Taj Mahal gesehen, aber zum ersten Mal habe ich ein Gefühl für seine Masse und Symmetrie bekommen.« Ich sprach langsam und gegen den Kloß in meinem Hals, merkte aber, dass mir die Worte fehlten. »Ich bin überwältigt. Zutiefst beeindruckt.«

»Gut.« Lee legte mir den Arm um die Schulter. »Überwältigt zu sein heißt, dass man lebendig ist. Und ich vermute, wir werden spätestens morgen wieder überwältigt sein, wenn wir die Zivilisation hinter uns lassen und Benares besuchen.«

Ich wusste, dass Benares eine heilige Stadt war, eine der ältesten noch bewohnten Städte der Welt, an den Ufern des Ganges gelegen, und da mir auf den Bildern ihre lebhaft farbenfrohen Juwelentöne aufgefallen waren, kleidete ich mich entsprechend.

»Dieses Orange ist ja richtig aufregend«, meinte Lee, als sie meinen Rock sah, lachte und nickte anerkennend. »Du solltest diese Farbe öfter tragen.«

Am liebsten wäre ich herumgehüpft wie ein kleines Mädchen, während wir darauf warteten, an Bord des Schiffs zu gehen, das uns den Fluss hinunterfahren sollte. Libellen flogen hin und her, und ich hatte das Gefühl, dass wir mit jedem unserer Schritte auf dem blumenbestreuten Weg eine berauschende Duftwolke in der warmen Luft freisetzten. Ich trug keinen Hut und keine Strümpfe, und nicht einmal die drückende Hitze konnte meine Stimmung dämpfen. Diener in roter Livree schützten meine Schwester und mich vor den grellsten Sonnenstrahlen, am Ufer bliesen die Menschen so laut in Muschelhörner, dass man sie bestimmt im Himmel hörte. »Ist es nicht herrlich hier?«

Schließlich bestiegen wir unser festlich mit Ringelblumengirlanden geschmücktes Boot, die Menge jubelte und ergänzte den Lärm noch mit einer Mixtur blecherner Triangel-Klänge. Langsam glitten wir auf dem Wasser flussabwärts, um die traditionellen Badestellen der Stadt zu besichtigen, und auf einmal entdeckte ich ernüchtert, dass es hier nicht nur buntes, unbeschwertes Leben gab, sondern dass Seite an Seite mit den lachenden Kindern und fröhlichen im schlammigen Wasser plantschenden Familien auch der Tod seine Gegenwart behauptete.

»Siehst du die Einäscherungsrampen?«, rief ich Lee zu.

Zwar zog meine Schwester die Nase kraus, wandte den Blick jedoch nicht ab. »Leben und Tod liegen in diesem Land sehr eng beisammen.«

»Stimmt.« Mir lief ein kalter Schauer über den Rücken, als ich sah, wie eine Bahre in Brand gesetzt wurde und der in Tücher gehüllte Körper sich zu krümmen schien. Auf einmal roch die Luft nach Asche und Trauer, ich fröstelte trotz der warmen Sonne, und es fiel mir schwer, die festlich-fröhliche Stimmung von vorhin zurückzugewinnen. In dem sicheren Bewusstsein, dass eines Tages jemand so etwas auch für mich tun würde, rezitierte ich ein stilles Gebet aus meiner Kindheit.

»Ihr Besuch in meinem Land hat viel zu der Freundschaft zwischen Indien und den Vereinigten Staaten beigetragen«, sagte Jawaharlal Nehru zu mir nach einem gemeinsamen Vormittag, an dem er mir eine Einführung in den Kopfstand und die Meditation gegeben hatte. »Wir freuen uns sehr, Sie zu unseren Verbündeten zählen zu dürfen, *Amriki Rani.*«

Ein herrliches Abenteuer und dazu noch ein Erfolg in Form eines neuen Verbündeten für Amerika. Gut gemacht, Jackie.

Hätte ich je daran gezweifelt, wäre ich spätestens jetzt überzeugt gewesen, dass Auslandsreisen absolut mein Ding waren und dass ich als First Lady Höchstleistungen zeigte. Noch war die Reise nicht zu Ende, denn nun wurden Lee und ich zum Abschluss nach Pakistan begleitet.

Hier bekam ich auch das allerbeste Geschenk, noch berührender als die Tigerbabys und Chruschtschows Weltraum-Hündchen.

»Sein Name ist Sardar, das bedeutet Häuptling in Ihrer Sprache«, erklärte Präsident Ayub Khan mir den zehnjährigen Wallach mit dem samtweichen Maul. »Als ich von Ihrer Liebe zu Pferden gehört habe, wusste ich, dass Sardar den besten Botschafter unseres Landes in Ihrem abgeben würde.«

»Darf ich?«, fragte ich, und Präsident Khan ließ den Wallach sofort satteln.

Nach einem kurzen Kennenlern-Galopp war ich verliebt. Wahrhaftig, wahnsinnig und zutiefst verliebt.

»Ich glaube, ich habe dich noch nie jemanden so anschauen sehen, egal ob Mensch oder Tier«, stellte Lee lachend fest, als ich zur Koppel zurückkehrte. »Keine Sorge, das verrate ich Jack natürlich nicht.«

Überglücklich stieg ich ab und verkündete: »Zu Hause darf niemand ihn reiten außer mir.«

Ich wusste, dass Jack und die Kinder sich ausgeschüttet hätten vor Lachen, als Lee und ich an unserem letzten Tag auf ein Kamel kletterten und wegen unserer knielangen Röcke im Damensattel Platz nahmen. Ich musste Lee – die sich Sorgen darüber machte, ihre weißen Lederhandschuhe zu ruinieren – praktisch an dem armen Tier festbinden und konnte mir ein boshaftes Grinsen über die entsetzten Mienen meiner Leibwächter nicht verkneifen, als das Kamel sich ruckartig erhob. Wahrscheinlich stellten sie sich vor, dass die Kamele durchbrennen oder uns abwerfen und wir uns die Hälse brechen würden. Lee umklammerte so ängstlich die Zügel, als hege sie ähnliche Katastrophenphantasien.

Zum Glück für den Secret Service war unser schlimmstes Unglück, dass Lee bei dem etwas unsanften Ritt einen Schuh verlor.

Dem unvermeidlichen Reporterschwarm zuliebe kommentierte ich die Erfahrung, als wir wieder festen Boden unter den Füßen hatten und uns kichernd umarmten – wie früher. »Tja«, sagte ich, »im Vergleich mit einem Kamel kommt einem ein Elefant vor wie ein Düsenjet.«

Als unser zauberhafter Ausflug auf dem fliegenden Teppich endete und ich mich mit einem liebevollen Adieu von Lee verabschiedete, war ich traurig, aber wir hatten bereits Pläne für ein baldiges Wiedersehen geschmiedet. Ich hatte meine Beziehung zu meiner Schwester geheilt, jetzt musste mir das Gleiche bei meinem Ehemann gelingen.

Mir wurde warm ums Herz, als ich Jack nach meiner Landung in Washington die Metallrampe emporrennen sah, mit wehender Krawatte und nur einem kurzen Nicken zur Begrüßung des Piloten, während sein Blick mich suchte. Plötzlich kam mir die Kabine für meinen energiegeladenen Ehemann viel zu klein vor.

»Du bist wieder da.« Er strahlte und konnte vor Freude kaum an sich halten. Das war mehr, als ich erwartet hatte, doch ich merkte auch, dass Jack sich bemühte, nicht zu übertreiben. Doch dann räusperte er sich und fragte: »War es schön?«

»Absolut zauberhaft … so etwas Magisches habe ich noch nie erlebt.«

»Das freut mich, Jackie, das freut mich wirklich sehr.«

Wenn Jack mich so anstrahlte, brauchte ich kein Taj Mahal. Ich brauchte nichts mehr als ihn und seine Begeisterung darüber, dass ich endlich wieder zu Hause war.

»Die Kinder können es gar nicht erwarten, dich zu sehen«, sagte er. »Na ja, dich und die Baby-Tiger. Und den Elefanten.«

Jetzt hielt ich es nicht mehr aus. Spontan warf ich mich in seine Arme, atmete seinen Duft nach Kiefernholz und Macht ein, und er drückte mich so fest, dass ich fast keine Luft mehr bekam. »Vergiss nicht das Pferd.«

Ganz untypisch für ihn legte Jack mir den Arm um die Schulter, und ich gab mich seiner Wärme hin und spürte, wie sehr ich sie alle vermisst hatte. Obwohl ich doch nur zwei Wochen weg gewesen war.

Und wie sehr Jack mich vermisst hatte.

»Also, Madame Botschafterin.« Jacks Atem war warm an meinen Haaren. »Gefällt dir das Leben als Weltenbummlerin? Hast du in absehbarer Zukunft weitere Solo-Weltreisen geplant? Diesmal vielleicht nach Timbuktu?«

Hörte ich da etwa Besorgnis in seiner Stimme? Hatte er mich wirklich so sehr vermisst?«

»Nein, keine Solo-Reisen mehr«, beruhigte ich ihn. »Jedenfalls nicht in nächster Zeit.«

»Bist du sicher, dass du nicht mit mir zu meiner Geburtstagsfeier nach New York kommen willst?«

»Wir wissen doch beide, dass sogenannte Geburtstagsfeiern eigentlich nur Spendenveranstaltungen für die Demokraten sind, Bunny. Und nicht mal direkt an deinem Geburtstag. Außerdem wäre Caroline enttäuscht, wenn wir die Loudoun County Horse Show verpassen.« Fast hätte ich über Jacks Ernsthaftigkeit gelacht. »Du weißt doch, dass sie irgendwann Macaroni dafür anmelden möchte.«

Lachend küsste Jack mich auf die Stirn. »Mit einer Pferdefrau wie dir als Mutter erwarte ich eigentlich auch nichts Geringeres, als dass eines Tages die ganze Wand mit Auszeichnungen geschmückt ist.«

So trennten wir uns schon ein paar Wochen später wieder. Ich hielt nur kurz inne, um Jack über die Schulter nachzuschauen, als er den Helikopter bestieg, der ihn nach New York fliegen würde, während die Kinder und ich in dem Auto Platz nahmen, das uns nach Glen Ora bringen würde.

Ich hatte Jack erklärt, dass ich nicht mit ihm nach New York wollte, aber das bedeutete nicht, dass ich nicht zusammen mit vierzig Millionen anderen Amerikanern seine Pseudo-Geburtstagsfete am Fernseher verfolgen würde.

Ich war immer noch voller Freude über den dritten Platz in einer der Kategorien der Pferde-Show, zu der ich mich als Überraschungsgast angemeldet hatte, aber die Freude verpuffte, als ich es mir allein vor dem Fernseher gemütlich machen wollte. Bereits nach dem ersten kurzen Blick auf den Bildschirm, auf dem die körnige Schwarz-Weiß-Live-Übertragung zu sehen war, ballten sich meine Fäuste ganz von selbst.

Wer in Gottes Namen war auf die Idee gekommen, ausgerechnet sie *bei Jacks Geburtstagsfeier auftreten zu lassen? Mr. Kennedy würde außer sich geraten, wenn er das zu Gesicht bekäme …*

Drei Ansagen waren nötig, um Marilyn Monroe auf die Bühne zu locken, und als sie kam, schwankte und stolperte sie wie jemand, der mehrere Drinks zu viel intus hatte. Das betrunkene Filmsternchen trippelte zum Podium, die Finger in einen schneeweißen Nerzumhang gekrallt, und ließ das edle Stück dann in die wartenden Arme des Ansagers rutschen. Ich schnappte nach Luft, denn im ersten Moment dachte ich, sie sei nackt, aber dann sah ich, dass sie ein hautenges fleischfarbenes Etuikleid aus sehr wenig Stoff trug, auf dem Strasssteine glitzerten. Beim Mikrophon angekommen legte sie die Hand über die Augen und spähte ins Publikum.

Es gab nur einen einzigen Mann, nach dem sie Ausschau halten konnte.

Jack.

Mit atemlosen, unreinen Tönen hauchte sie die vier Zeilen von »Happy Birthday«, dann schnippte sie mit den Fingern, begann eine neue Strophe, und bei jeder Bewegung leuchteten ihre Diamantohrringe wie kleine Sterne.

»Und, Mr. President, danke für alles, was du getan hast, die Siege, die du errungen hast …«

Ich hörte nicht mehr zu, ein roter Nebel verschleierte mir die Sicht. Diese *crétine*, diese dumme Gans machte vor den Augen von vierzig Millionen Amerikanern Liebe mit meinem Ehemann. Schließlich schleppten zwei Köche eine riesige Torte herein, und Jack wurde angekündigt. Aber ich sah noch immer rot.

Bordel de merde.

»Wag es nicht«, knurrte ich, als er die Treppe emporlief, scheinbar unbeeindruckt von der skandalösen Situation, in die diese Frau ihn gebracht hatte. Ich dankte Gott und allen Heiligen, dass Marilyn bereits von der Bühne geführt worden war, sonst hätte ich eine Möglichkeit gefunden, sie persönlich die Stufen hinunterzustoßen. Und von dort weiter in die tiefsten Tiefen der Hölle.

Jack winkte der Menge und der Band zu, als nehme er sich einen Moment, um seine Gedanken zu sammeln. Ich fragte mich, was in diesem Moment in seinem Kopf vorging, ob ihn Marilyns aufdringliche – und geschmacklose – Darbietung abstieß oder womöglich erregte.

Ich fingerte an meiner Perlenkette herum. *Möchte ich das wirklich wissen?*

Nein, bloß nicht, auf gar keinen Fall.

Schließlich wandte Jack sich ein bisschen verlegen an die Zuschauer – also fast ganz Amerika –, die ihn von ihren Wohnzimmern aus beobachteten. »Danke schön.« Er blickte nicht in die Kameras und konnte die Augen kaum vom Boden heben. »Nachdem jetzt auf so nette, charmante Weise ›Happy Birthday‹ für mich gesungen worden ist, kann ich mich aus der Politik zurückziehen.«

Nett und charmant?

Ich lachte laut, ein wütendes Quieken, das wahrscheinlich die Kinder im Obergeschoss aufweckte. Darin war Jack ein Meister – eine Rolle zu spielen, die rein gar nichts mit Marilyns geschmacklosem Auftritt gemein zu haben schien.

Jetzt musste sich nur noch herausstellen, wie nah am wahren Leben dieser Auftritt gewesen war.

Ich beschloss, bei Jacks Rückkehr ins Weiße Haus nicht anwesend zu sein, weil ich nicht noch Öl ins Feuer gießen wollte, indem ich mich in eine Xanthippe verwandelte, die über den South Lawn stürmte, um ihren Ehemann fertigzumachen. Stattdessen ließ ich ihn zu mir kommen. Die Bühne war vorbereitet, von oben hörte man Caroline und ihre Freundinnen »The Owl and the Pussy-cat« rezitieren, ich selbst stand an meiner Staffelei und malte, barfuß, die Haare zu einem Pferdeschwanz zurückgebunden. Ich hatte für diese Szene mit Jack und mir im Kopf mindestens ein Dutzend Versionen, wusste aber nicht, wie sie sich in der Realität entwickeln würden, als er den Raum betrat.

»Das war aber ein ziemlich ungewöhnliches Geburtstagslied, Jack.«

Ja, ich kam sofort auf den Punkt, denn was für einen Sinn hatte es, darum herumzureden und das Offensichtliche zu ignorieren?

»Ich weiß.« Wenigstens hatte er den Anstand, mich zerknirscht anzuschauen. »Marilyn ist … unausgeglichen, glaube ich.«

Was war für dich das erste Anzeichen dafür?

»Und …?«

Ich weigerte mich, Forderungen zu stellen. Stattdessen ließ ich die Frage zwischen uns in der Luft hängen, voll von allen Vorwürfen, die ich Jack wegen seiner anderen Frauengeschichten nie gemacht hatte.

»Keine Sorge. Die Sache ist erledigt.« Jack stellte sich so dicht neben mich, dass unsere Schultern sich berührten, hielt meine Hand mit dem Pinsel fest und wartete darauf, dass ich ihm in die Augen schaute. »Wenn ich von Marilyns Vorhaben gewusst hätte, wäre ich bei der Veranstaltung nicht aufgetaucht. Ehrlich. Und ich hätte schon gar nicht zugelassen, dass dabei auch noch gefilmt wird.«

Glaubte ich ihm das? Bis zum heutigen Tag kann ich diese Frage nicht beantworten. Ich vermutete, dass der letzte Teil der Wahrheit am nächsten kam, denn Jack war nicht der Typ für öffentliche Zurschaustellungen, vor allem nicht, seit er im Oval Office residierte.

Doch anscheinend entging ihm der Zweifel in meinen Augen nicht. »Du kennst mich doch, Jackie. Eine Frau, die sich so aufführt?« Obwohl sein finsterer Blick nicht mir galt, schauderte ich, denn es war, als hätte sich eine Gewitterwolke über die Sonne gelegt. »Marilyn hat überhaupt keine Klasse. Und Klasse bedeutet sehr viel.«

Diesmal weiß er, dass er eine Grenze überschritten hat, sagte ich mir, denn er sah mich flehend an. *Dann lass ihm doch seine Lollis, er kommt ja immer wieder zurück zu dir, seiner First Lady.*

Also legte ich Pinsel und Farben weg und wandte mich ihm zu. »Ich weiß, dass du bald Geburtstag hast, Jack, aber ich habe einen Wunsch. Genau genommen zwei Wünsche.«

Seine Augen schlossen sich, und ich wusste, dass er sich überlegte, welche Forderungen ich an ihn stellen würde. Doch stattdessen entspannte ich mein Gesicht und ließ meine Stimme noch weicher und nachgiebiger klingen. Genau wie ich es mir in Indien vorgenommen hatte.

»Erstens möchte ich mit Caroline nach Italien fahren und dort Lee besuchen.«

Das schien Jack sofort zu beruhigen. »Wir haben kein Wahljahr, da kann ich meine beiden Mädchen vielleicht eine Weile entbehren. Und was noch?«

»Ich möchte noch ein Kind, Jack.«

Dieser wahre Wunsch hatte genau den erwünschten Effekt. Jacks Augen blitzten, auf seinen Lippen erschien ein strahlendes Lächeln. »Fern sei es von mir, dir einen solch bescheidenen Wunsch abzuschlagen.«

Denn gleichgültig, was diese Lollis zu bieten hatten, es gab Dinge, die konnte nur ich ihm geben.

»Ich gebe zu, dass ich überrascht bin, neben Ihnen zu sitzen.« Wieder einmal gab ich ein aufwendiges Dinner im Weißen Haus, diesmal zu Ehren von Charles de Gaulles Kulturminister André Malraux, den ich zu überreden versuchte, die *Mona Lisa* zum ersten Mal aus Frankreich nach Amerika reisen zu lassen. Neben mir saß Arthur Miller, der berühmte Dramatiker und Ex-Ehemann Marilyn Monroes, der jetzt seine Brille hochschob, während die Lachfältchen um seine Augen immer tiefer wurden. »Ich dachte, ich werde eher neben Pushinka in der Hundehütte platziert als auf diesem Ehrenplatz.«

Mit meinem einwandfrei manikürten Finger fuhr ich nachdenklich über den Rand meines Weinglases, denn ich hatte die Tischkarte des Dramatikers tatsächlich erst heute Morgen an den Platz zu meiner Linken manövriert. »Und warum dachten Sie das, Mr. Miller? Weil man Sie verdächtigt hat, Kommunist zu sein? Oder wegen der Darbietung, die Ihre Ex-Ehefrau sich für meinen Mann erlaubt hat?«

Miller klopfte auf die Tabakspfeife in seiner Brusttasche, ließ die Hand dann jedoch wieder sinken, und ich fragte mich, ob es eine nervöse Angewohnheit war, genau wie ich mich auch fragte, ob irgendjemand bemerken würde, dass meine Stimme langsamer wurde, wenn meine Nerven kurz vor dem Durchdrehen waren. Wahrscheinlich nicht, denn ich hatte das Image ruhiger Finesse so lange geübt, dass es schwer war festzustellen, wo die Schauspielerei aufhörte und die echte Jackie begann.

»Ich musste Marilyn verlassen, ihr selbst zuliebe«, bekannte Miller. »Das Mädchen ist ein Fiasko, sie ist abhängig von Schlaftabletten, und schuld daran sind nur ihre gottverdammten Ärzte.«

»Keine Sorge«, sagte ich und legte sanft eine Hand auf seinen Arm. »Ich will Marilyns Schwärmerei für meinen Mann doch nicht Ihnen anlasten. Ich umgebe mich einfach nur gern mit interessanten Menschen.«

Selbst wenn es mich an den Rand der Erschöpfung trieb.

So kam es, dass sich später am Abend, als ich endlich im oberen Stockwerk des Weißen Hauses die Tür unserer Privatgemächer hinter mir zumachte, meine Füße wie Bleiklötze anfühlten. Fast war ich bei den Kindern angekommen, um ihnen noch einen Gutenachtkuss zu geben, als das Telefon im Wohnzimmer klingelte. Normalerweise hätte ich es den Angestellten überlassen, das Gespräch anzunehmen, aber es war unser Privatanschluss, und Jack war noch nicht nach oben gekommen.

Also hob ich ab. Und wünschte mir sofort, ich hätte es nicht getan.

»Jack?«, lallte eine benommene Frauenstimme am anderen Ende. »Hier ist Marilyn.«

Benebelt von Alkohol und, wenn man Arthur Miller glauben wollte, sicher auch von irgendwelchen Medikamenten.

Keine Sorge. Die Sache ist erledigt.

Offensichtlich nicht.

Ich hätte sofort den Hörer auf die Gabel knallen sollen. Ich hätte Marilyn sagen sollen, dass sie die falsche Nummer hatte – obwohl sie die Privatnummer des Weißen Hauses gewählt hatte, die man nur auf eine einzige Art bekommen konnte. Eigentlich hätte ich ungefähr ein Dutzend Dinge anders machen sollen.

Aber ich tat es nicht.

Stattdessen straffte ich meine müden Schultern. »Hier ist nicht Jack, Marilyn. Sondern Jackie. Wir sind uns nie begegnet, aber vielleicht haben Sie ja irgendwann schon mal von mir gehört. Ich bin die First Lady der Vereinigten Staaten. Und Jacks Ehefrau.«

Ich schwöre, ich hörte ein überraschtes Hicksen von der Westküste oder von wo diese Frau sonst anrufen mochte. »Oh«, sagte sie. »Dann hätte ich heute wohl nicht anrufen dürfen, richtig?«

Ich stellte sie mir in Teenager-Pose irgendwo in Kalifornien vor, auf dem Rücken. Die langen Beine an der Wand abgestützt, die Augen halb geschlossen, die wasserstoffblonden Haare wie einen Heiligenschein auf dem Kissen ausgebreitet. Wahrscheinlich hätte Marilyn Monroe eine faszinierende psychologische Studie oder vielleicht die Hauptperson eines kitschigen Groschenromans abgegeben, doch es war mein Leben, das sie zu zerstören drohte. Ich seufzte so tief, dass sie es hören musste. »Kann ich Ihnen irgendwie helfen, Ms. Monroe?«

Denn ich wollte ihr nicht die Genugtuung geben, ein Ultimatum auszusprechen und damit zuzugeben, dass ich eifersüchtig war – *wenn Sie hier noch einmal anrufen, wenn Sie meinen Mann auch nur noch ein einziges Mal ansehen* –, gleichgültig, wie gern ich das getan hätte …

»Ich werde ihn heiraten, weißt du, Jack-ie.« Sie sprach meinen Namen aus, wie es gelegentlich begeisterte Menschenmengen taten. »Ich meine das ernst. Eines Tages werde ich Jack heiraten.«

Eigentlich hatte ich es nicht für möglich gehalten, dass die wasserstoffblonde *putain* mich überraschen könnte, doch ihre Heiratsabsichtserklärung brachte mich tatsächlich aus der Fassung. Aber nur für einen Moment.

Dann rang ich mir ein Lachen ab, für das ich jedoch tief in meinen Vorrat an Schauspieltalent greifen musste und das sich mit den in meiner Kehle aufsteigenden Tränen mischte. »Das wird schwierig werden, Marilyn«, sagte ich dann in gemäßigtem Ton. »Angesichts der Tatsache, dass er verheiratet ist, katholisch und obendrein Präsident der Vereinigten Staaten. Jack und ich sind ein Team, Marilyn, wir sind Präsident und First Lady. Falls Sie es noch nicht bemerkt haben – Sie können das eine nicht ohne das andere haben.«

In die nächsten Worte ließ ich alle Eiseskälte einfließen, derer ich fähig war. »Aber nun gute Nacht, Marilyn. Bitte rufen Sie hier nicht mehr an.«

Mit einem lauten Krachen knallte ich den Hörer auf die Gabel, zuversichtlich, dass Marilyn nur ein leises Klicken hören würde, in welchem alkoholisierten Nebelzustand sie sich auch aufhalten mochte.

Es war das letzte Mal, dass ich von Marilyn Monroe hörte. Doch irgendwie bezweifelte ich, dass die wasserstoffblonde *putain* aufhörte, ihre Pfeile auf mich abzuschießen.

Mitten in der drückenden Julihitze wurde Mr. Kennedy endlich aus dem New York University Hospital entlassen und zog ins Horizontal House, ein Altenwohnheim, um. Jacks Terminplan war schrecklich, aber ich hatte dafür gesorgt, dass er und ich dabei sein konnten, denn es handelte sich hier ja um eine wichtige Familienangelegenheit.

Und ich war zu der Erkenntnis gelangt, dass Familie das Allerwichtigste im Leben war.

»Sei vorsichtig«, warnte Ethel mich, als wir ankamen. »Der Herrscher hat extrem schlechte Laune und stampft vor Ärger über den Lärm schon mit den Füßen.«

Was ich gut glauben und sogar nachfühlen konnte, denn es war eine monumentale Veränderung für einen Mann, der es gewohnt war, sein eigenes kleines Reich zu regieren, und dessen ganzes Leben nun auf ein einziges kleines Zimmer reduziert war. Anscheinend hatte der Rest der Familie allerdings nichts daran auszusetzen, dass Bobbys und Ethels Kinder-Menagerie wie ungezogene kleine Piraten umhersauste, während Jacks Schwestern im Hintergrund plauderten.

»Ich kümmere mich darum«, sagte ich zu Jack, der offensichtlich froh war, dass ich das Heft in die Hand nahm. Er fügte sich mir dieser Tage leichter als sonst, vielleicht als Folge des Marilyn-Debakels und unseres neuerlichen Baby-Projekts.

Als Mr. Kennedy mich sah, wurden seine Augen sofort etwas sanfter, ich kniete mich auf einen Schemel vor ihn und legte den Kopf auf seinen Schoß. »Ich tue mein Bestes, Jack dabei zu helfen, die richtigen Entscheidungen zu treffen«, sagte ich nach einer Weile, »und ich bete jeden Tag für dich, Grandpa, damit deine harte Arbeit auch etwas bringt.«

Alle anderen taten so, als merkten sie nicht, dass Mr. Kennedy einseitig gelähmt war, aber ich küsste seine knotige rechte Hand und die defekte Seite seines Gesichts, froh, dass er friedlicher aussah als in den frühen Tagen nach dem Schlaganfall. »Ich habe auch ein Geschenk für dich«, sagte ich und winkte Mr. Hill, meinem Leibwächter, der freundlicherweise den markanten handgeschnitzten Gehstock getragen und versteckt gehalten hatte, den ich Jacks Vater jetzt überreichte. »Erinnerst du dich an unsere Abmachung?«

Denn jetzt, da Mr. Kennedy wieder schreiben konnte, hatte ich erneut die Korrespondenz mit ihm aufgenommen, auch wenn seine kurzen Briefe in einer mühsamen, kindlichen Schrift verfasst waren. Schließlich hatten wir einander wichtige Versprechen gemacht, was Jack und unsere Zukunft anging.

Bleib bei meinem Sohn, Jackie. Er braucht dich.

Lern wieder laufen, Poppy Doodle. Deine Familie braucht dich.

Nach und nach trudelten Jack und seine Geschwister ein, und wir sahen alle zu, wie Mr. Kennedy seinen Gehstock mit dem entschlossenen Blick in die Hand nahm, den ich so gut von seinem Sohn kannte. Mühsam hievte der Familienpatriarch sich aus seinem Stuhl empor, und allem Anschein nach hatte er sich tatsächlich an seinen Teil der Abmachung gehalten, denn als er aufrecht stand, setzte er mit übermenschlicher Anstrengung einen Fuß vor den anderen.

Ein Schritt. Dann zwei.

Genau so, wie auch Jack und ich unsere Beziehung langsam wieder zusammensetzten. Es sollte eine einfache Handlung sein, das Laufen wieder zu lernen, genau wie es einfach sein sollte, wieder lieben zu lernen, und doch war beides voller Komplikationen und Fallstricke.

Jack und Bobby halfen ihrem Vater zurück zu seinem Stuhl, und als er sich – zitternd vor Anstrengung – wieder hingesetzt hatte, nahm ich seine mit Altersflecken übersäten Hände und küsste sie. »Erinnerst du dich daran, wie du uns gesagt hast, du hältst nichts davon, Zweiter zu werden? Heute bist du Erster geworden, Grandpa. Du hast einen wichtigen Sieg errungen.«

Als wir danach auf den Secret Service warteten, der uns mit dem Wagen vor dem Krankenhaus abholen sollte, stupste Bobby mich an. »Ich wollte dir nur sagen, dass die Sache mit einer gewissen blonden Schauspielerin jetzt endlich erledigt ist.« Dann wurde seine Stimme noch leiser. »Marilyn ist zurzeit völlig daneben. Aber ich habe ihr ganz klar gesagt, dass sie nicht einmal mehr Jacks Namen aussprechen soll.«

»Danke.«

Bobby sah mich von der Seite an und schüttelte den Kopf. »Ich weiß wirklich nicht, wie du das machst.«

»Wie ich was mache?«

»Wie du diesen Zauber wirkst. Auf meinen Vater, auf Jack …« Er fuhr sich mit der Hand durch die Haare. »Niemand kann die Kennedy-Männer so an die Hand nehmen wie du, Jackie.«

Doch ich lachte nur. »Tja, das ist eben eins meiner speziellen Talente, Bobby.«

Doch dieses Talent war ein bisschen so ähnlich wie bei einem Balanceakt über einem Feuergraben. Ich war nie sicher, ob ich unbeschadet überleben würde.

Mit meiner Überzeugung, dass Marilyn Monroe nicht aufhören würde, Pfeile auf mich abzuschießen, lag ich richtig.

Die platinblonde *putain* tauchte im Juni in der *Vogue* auf – mit brünetter Perücke, in weißer Seidenbluse, schwarzer Palazzo-Hose und meinem Markenzeichen: einer dreifachen Perlenkette.

Aufgemacht wie ich.

Ich sah wieder rot, obwohl alle Zeichen darauf hindeuteten, dass Jack seit ihrem Anruf im Weißen Haus tatsächlich keinen Kontakt mehr zu Marilyn gehabt hatte. Dann sah ich eines Morgens im August in der Zeitung ihre letzte Schlagzeile.

MARILYN MONROE TOT AUFGEFUNDEN: Vermutliche Überdosis Schlaftabletten.

Ich erinnerte mich an mein Gespräch mit Arthur Miller, machte mir aber Sorgen, dass womöglich Jacks Weigerung, ihre Anrufe zu beantworten, oder vielleicht auch Bobbys Ultimatum sie dazu getrieben hatten. Oder ob sie es einfach nicht ertragen hatte, dass ihr Traum, mir meinen Ehemann zu stehlen, nicht zu verwirklichen war.

Und sie tat mir leid, auch wenn sie mir mit ihrem exaltierten Champagner-Kichern so lange schon ein Dorn im Auge gewesen war. Doch es war nicht zu ändern, niemand konnte das letzte Kapitel ihres Lebens umschreiben und ihr ein Happy End schenken.

Wir alle hatten unsere eigenen Tragödien zu überstehen. Und letzten Endes würde der Tod uns alle einfordern.

Ich fand keine Ruhe, ich wollte das Leben in vollen Zügen genießen. Zwar hatte ich Jack versprochen, nicht mehr allein zu verreisen, aber nach Marilyns Fotos in der *Vogue* hatte er mir sozusagen einen Blankoscheck gegeben, und während Jack die Präsidenten-Reise für diesen Sommer plante, packte ich die Koffer für einen Urlaub in Europa und nahm Caroline mit auf eine Mutter-Tochter-Kreuzfahrt auf der Privatjacht der Agnellis.

Gianni Agnelli, Geschäftsführer des Fiat-Konzerns und uneingeschränkter Liebhaber alles Amerikanischen, hatte angeboten, rein um des Prestiges willen Frau und Tochter des amerikanischen Präsidenten zu beherbergen. Allerdings hatte er auch noch ein weiteres Motiv, denn Fiat arbeitete derzeit an einer Technologie, um die altehrwürdigen ägyptischen Tempel bei Abu Simbel zu retten, die beim geplanten Bau des Assuan-Staudamms unter Wasser gesetzt werden sollten. Leider fehlte es dem Projekt jedoch an Geldmitteln, so dass Agnelli großen Wert auf meine Unterstützung legte.

»Ich weiß, dass Sie historische Bauwerke lieben«, sagte er eines Tages an Bord seiner Jacht zu mir. »Und dass Sie großen Einfluss auf Ihren Ehemann haben. Es wäre wahrlich ein Verbrechen, einen Schatz wie den Tempel von Abu Simbel für immer zu zerstören – vor allem, wenn womöglich die Mittel vorhanden wären, ihn zu retten.«

Natürlich wollte ich ihm helfen – wozu ertrug ich denn all die langweiligen Teeeinladungen und Interviews mit der Presse, wenn ich mir nicht wenigstens den Luxus erlauben konnte, ein paar Lieblingsprojekte für mich zu reservieren? Die Neugestaltung des Weißen Hauses war inzwischen komplett, und ich fand, es war an der Zeit, mir etwas Neues auszusuchen.

»Ich denke schon, dass ich meinen Mann dazu überreden könnte, das Projekt zu unterstützen, allerdings bezweifle ich, dass der Kongress bereit wäre, dafür dreißig Millionen aus der amerikanischen Staatskasse bereitzustellen.«

»Fiat braucht keinen Cent aus der Staatskasse Ihres Landes, Mrs. Kennedy«, erwiderte Agnelli mit einer großspurigen Handbewegung. »Nötig sind nur Ihr Einfluss und der Ihres Mannes. Wenn der amerikanische Präsident sagt, er will, dass Abu Simbel erhalten bleibt, werden Geldgeber aus aller Welt darauf brennen, ihre Millionen dort zu investieren.«

Mir gefiel Agnellis Plan, und während ich Caroline half, ihre Rettungsweste umzuschnallen, versprach ich ihm, dass ich mir seinen Vorschlag durch den Kopf gehen lassen würde.

Wir segelten gerade die wunderschöne Küste von Capri entlang, im Hintergrund zog das pittoreske Dorf vorüber, das bekannt war für seine hübschen Boutiquen mit hervorragenden Angeboten und seinem Nachtclub, in dem ausgiebig der Twist getanzt wurde. Doch die Nachmittagssonne war reserviert für Caroline. »Wollen wir wirklich auf dem Wasser Ski fahren, Mommy?«, fragte sie.

»Aber ja, darauf kannst du wetten.« Stas, Lees polnischer Ehemann-Prinz, warf den Motor an. Die Beziehung der beiden war noch immer angespannt – Lee hatte mir erzählt, ihre Affäre sei keineswegs beendet –, aber insgeheim hoffte ich, dass die beiden sich aussöhnen und die gleiche fragile Harmonie miteinander finden würden wie Jack und ich. Leider war ich noch nicht schwanger, ging jedoch fest davon aus, dass es bald nach meiner

Rückkehr klappen würde. Unterdessen jedoch hatte ich vor, die kostbare Zeit mit Caroline zu genießen. »Los geht's!«

So sausten wir übers Meer, lachten vergnügt, wenn wir im türkisgrünen Wasser landeten, und freuten uns, wenn wir länger als fünf Sekunden aufrecht auf den Wasserski blieben. An solchen Nachmittagen schaffte ich es manchmal sogar, nicht nur das Caroline und mir zugeteilte Schnellboot des Secret Service zu vergessen, sondern sogar die Armada der Fotografen, die wie lästige Mücken in ihren Booten lauerten. Mr. Hill und unsere anderen Leibwächter hätten meiner Ansicht nach für ihren zurückhaltenden, aber sehr aufmerksamen Schutz eine besondere Auszeichnung verdient.

Danach mussten wir uns erst einmal ausruhen, und Caroline legte den Kopf auf meinen Schoß, die Wangen von Sonne und Anstrengung gerötet. »Das hat Spaß gemacht, Mommy. Ich wünschte, Daddy und John wären hier und könnten auch Wasserski fahren.«

»Ja, das wäre schön. Vielleicht nächstes Mal.«

Wir kochten echte Spaghetti zum Abendessen, kauften Sandalen, machten Unmengen von Fotos und amüsierten uns wie alle anderen Touristen auch.

Doch als ich eines Morgens beim Frühstück die Zeitung aufschlug, empfing mich die Schlagzeile: »Wie kann ein Mann mit den Problemen eines Landes richtig umgehen, wenn er nicht einmal mit seiner Frau richtig umgehen kann?« Widerwillig legte ich meinen Notizblock beiseite, auf dem ich einen Brief an Jack wegen Abu Simbel angefangen hatte, und las laut weiter. »In roter Bluse und roter Hose geht die Ehefrau um vier Uhr früh mit irgendeinem Aristokraten tanzen. Hat sie so wenig Respekt vor ihrem Mann, dass sie es nicht schafft, sich wie eine gute Ehefrau zu benehmen?« Ich sah Lee an, die mir gegenübersaß und nur verächtlich schnaubte. »Irgendein Aristokrat, das muss wohl Agnelli sein. Vermutlich hätte ich mich von jemandem einladen lassen sollen, der mindestens so alt ist, dass er mein Großvater sein könnte.«

»Du hast zu Hause den Eindruck erweckt, eine gute Ehefrau zu sein«, erklärte Lee und fuchtelte mit ihrem Croissant vor meiner Nase herum. »Das ist dein Problem, Jacks. Besser, man ist wie ich als Genussmensch verschrien, denn damit verhindert man wenigstens, dass man sich ständig mit diesen lächerlichen altmodischen Vorstellungen rumplagen muss.«

Ich verdrehte die Augen, denn ich wollte ja tatsächlich eine gute Ehefrau sein und eine noch bessere Mutter. Doch vermutlich war es bei hundertachtzig Millionen Amerikanern unvermeidlich, dass ein paar davon sich aufregten, wenn eine Frau sich ein bisschen Spaß gönnte.

Doch als dann von Jack ein Telegramm kam, musste ich schlucken.

WENIGER AGNELLI, MEHR CAROLINE. KOMM BITTE ENDE DES MONATS NACH HAUSE.

Es war nie Jacks Art gewesen, mir etwas zu befehlen, und dass er es jetzt tat, machte mich gleichzeitig ärgerlich und froh. War Jack etwa eifersüchtig, weil ich mich mit dem lebensfrohen, extravaganten Gianni Agnelli fotografieren ließ?

Oh, Jack, dachte ich, rieb mir die Augen und genoss die Vorstellung seines Unbehagens. *Wir haben die Rollen getauscht.*

Ich versuchte erst gar nicht, meiner Schwester das Telegramm vorzuenthalten, denn ich wusste, sie hätte es zur Not auch aus dem Müll gefischt, um es lesen zu können. »Oh«, meinte sie, und ihre Augen glitzerten boshaft. »Ich würde sagen, geh heute Nacht bis fünf Uhr tanzen, wenn du deinen Jack damit tatsächlich eifersüchtig machen kannst.«

»Ich bin sicher, es handelt sich nur um ein politisches Manöver.« Ich schob die Zeitungen weg. »Es sieht nicht gut aus für Jack, wenn seine perfekte First Lady sich in Europa herumtreibt und dabei auch noch aussieht, als würde sie es genießen.«

»Seine ehemals perfekte First Lady«, verbesserte mich Lee und tippte auf den Stapel Klatschblätter, die mir alle eine Schlagzeile gewidmet hatten. »Ich dachte, er hat dir gesagt, dass er nichts gegen die Reise hat, weil kein Wahljahr ist.«

»Aber immerhin Midterms, Kongresswahlen«, erinnerte ich sie. »Wenn Jacks Wiederwahl diesen November anstehen würde, könnte ich nicht in Italien, sondern nur in Iowa Urlaub machen.«

Lee rümpfte die Nase. »Dann erinnere mich bitte, dass ich in zwei Jahren keine Einladungen von dir annehme. In Iowa gibt es keine Jachten und auch keine Chanel-Ateliers.«

Ich lachte, aber beim Gedanken, dass ich einen weiteren strapaziösen Wahlkampf würde durchstehen müssen, wurde ich sofort wieder ernst. »Ganz recht. Stattdessen werde ich dich wahrscheinlich anflehen, mich da rauszuholen.«

Doch eine Reputation war eine hartnäckige Angelegenheit, und ich hatte keine Lust, die ganze Arbeit, die ich als First Lady auf mich genommen hatte, umsonst gemacht zu haben. So war ich Ende des Monats wieder zu Hause.

Jack stellte keine Fragen bezüglich Agnelli – es war, als hätte es die negativen Presseberichte gar nicht gegeben –, und meiner Bitte, die Rettung Abu Simbels zu unterstützen, stimmte er sofort zu. *Jetzt sind wir quitt*, hörte ich ihn in Gedanken sagen, als Präsident Gamal Abdel Nasser von Ägypten uns zum Dank eine altägyptische Grabstatue zum Geschenk machte.

Was bedeutete, dass das Leben im Weißen Haus in der ersten Oktoberwoche 1962 seinen gewohnten Gang ging.

»Alles ist bereit für den Besuch des Botschafters, Mrs. Kennedy«, verkündete J.B. West, als ich eines Spätnachmittags in einem sorgfältig gewählten, ganz neuen Wollkostüm in Wassermelonen-Rosa den Lincoln Bedroom betrat. Das Chanel-inspirierte Ensemble gab sich als französischer Klassiker aus, doch in Wirklichkeit war jedes Fädchen amerikanisch. Den rosa Pillbox-Hut hatte ich heute weggelassen, um etwas sportlicher zu wirken.

»Sie haben recht, Mr. West, alles ist perfekt.« Ich betrachtete das neu installierte Krankenhausbett mit seinen frischen Laken, die Kofferablage, die so hoch war, dass man sich nicht zu bücken brauchte, das Tablett am Bett mit allen erdenklichen Getränken: Gin, Tonic, Cola, Rum, Zitronensaft und Zuckersirup in einem Glasbehälter. »Wissen Sie«, fügte ich allerdings freundlich hinzu, während ich Gin und Rum von dem Tablett entfernte, »Mr. Kennedy trinkt nur nicht-alkoholische Cocktails. Um seine Söhne davon abzuhalten, vor ihrem einundzwanzigsten Lebensjahr dem irischen Laster – wie er es nennt – zu frönen, hat er damals jedem tausend Dollar versprochen.«

Ich freute mich auf den Übernachtungsbesuch von Jacks Vater, dem ersten seit dem Schlaganfall. »Sagen Sie dem Botschafter bitte, dass ich ihn empfangen werde, sobald meine Besprechung beendet ist.«

Da meine Rolle bei der Abu-Simbel-Rettung erledigt war, hatte ich meine Aufmerksamkeit einem Projekt ganz in meiner Nähe zugewandt und ein Treffen anberaumt, die diesbezüglichen neuen Pläne zu überprüfen. Das sechsstöckige Executive Office Building und die historischen Stadthäuser am Lafayette Square – die ich von den Fenstern des Weißen Hauses aus sehen konnte und die früher von Leuten wie Dolley Madison bewohnt worden waren – sollten alle abgerissen und durch fade moderne Bürogebäude ersetzt werden.

Zwar wollte auch Jack nicht, dass die historischen Bauwerke verschwanden, aber er hatte sich mit ihrem Schicksal abgefunden, da er weder die Zeit noch die Geldmittel hatte, das Projekt aufzuhalten.

Zum Glück war seine First Lady nicht so eingeschränkt.

»Hast du jetzt vor, Lafayette Square zu retten?«, fragte Jack mich, als ich noch kurz bei ihm im Oval Office vorbeischaute. Er blickte dabei nicht einmal von dem Memo auf, das er gerade las und von dem ich nur die oberste Zeile entziffern konnte: *Sowjetische Iljuschin Il-28*, aber ich wusste, dass das russische Bomber waren.

»Der Abriss hat noch nicht begonnen«, sagte ich. »Und vorher können die Gebäude noch gerettet werden.«

Als Jack endlich zu mir schaute, sah ich die Anspannung in seinen Augen. Fast hätte ich ihn gefragt, was los sei, aber seine rechte Hand trommelte hektisch mit seinem Bleistift auf die Tischplatte, und ich wusste, das der Zeitpunkt nicht günstig wäre.

»Wir sehen uns heute Abend zum Essen mit meinem Vater«, sagte er. »Um sieben?«

»Ja, natürlich«, antwortete ich und kümmerte mich um meine eigenen Angelegenheiten.

Alles schien ganz normal. Weder ich noch unser Land hatten die leiseste Ahnung von den dunklen Gewitterwolken, die am Horizont aufzogen.

Einige Tage später fuhr ich mit den Kindern und Mr. Kennedy nach Glen Ora, um zu entspannen und den Beginn der Herbstfarben zu genießen. In den Tagen vor unserer Abreise hatte Jack einen zerstreuten Eindruck gemacht, aber er hatte viel zu tun, unter anderem die Midterm-Wahlkampftour. Nach einem flotten morgendlichen Ausritt auf Sardar kam ich ins Haus und las betroffen in der Zeitung, dass Jack die Wahlkampftour wegen einer Erkältung in Chicago abgebrochen hatte, und als ich im Weißen Haus anrief, erreichte ich Bobby.

»Jack würde sich doch von etwas so Banalem wie einer Erkältung nicht aufhalten lassen – was ist denn los?«, fragte ich ihn. »Ist es wieder sein Rücken?«

Oder ist es etwas – oder jemand – anderes?

»Jack wird dich demnächst anrufen«, antwortete Bobby. »Ich muss aufhören, Jackie. Vertrauliche Treffen.«

Was zumindest bedeutete, dass irgendetwas im Busch war. Etwas von Bedeutung.

Bobby hatte mich zwar gewarnt, dass ich einen Anruf erhalten würde, aber die Dringlichkeit in Jacks Stimme war dennoch ein Schock.

»Warum kommst du nicht zurück nach Washington?« So angespannt hatte ich ihn noch nie gehört – es war, als stünde er kurz vor einer Explosion. Einen Moment lang machte ich mir schon Sorgen, dass es um etwas ging, was ich getan hatte, aber dann sagte Jack leise: »Es ist wieder dieser gottverdammte

Chruschtschow. Diesmal hat er Atomwaffen in Kuba aufgestellt.«

Kuba. Das war praktisch Amerikas Hinterhof.

»Wir kommen so schnell wir können«, versprach ich.

»Heute noch, Jackie. Ich brauche dich.«

Wie sehr ich auf diese Worte gewartet, wie sehr ich sie mir herbeigewünscht hatte! Und um Jack dazu zu bringen, war es nötig gewesen, dass der sowjetische Premier das ganze Land – vielleicht sogar die Welt – mit nuklearer Vernichtung bedrohte.

Noch ehe der Hörer auf der Gabel gelandet war, hatte ich den Angestellten schon Anweisungen erteilt. Die Kinder wurden geweckt, und mittags um halb eins waren wir zurück im Weißen Haus. Wenn es eine Krise gab, wollte ich, dass unsere Familie beisammen war.

»Er ist schon wieder in einem vertraulichen Meeting mit dem ExComm-Team«, informierte Tish mich sofort, als wir ankamen. Auch sie wirkte gestresst, das verhieß nichts Gutes.

»ExComm?«

»Das Executive Committee of the National Security Council, plus ein paar andere, vom Präsidenten persönlich Ausgewählte, die einschlägige Erfahrungen mit der Kubakrise haben. Natürlich ist bisher davon nichts an die Öffentlichkeit gelangt.« Tishs Übereifer ging mir gewaltig auf die Nerven. »Heute Abend haben Sie ein Dinner mit der Duchess of Devonshire«, fuhr sie nach einem Blick auf den Terminkalender in ihrer Hand fort.

»Kann das nicht abgesagt werden?« Natürlich ahnte ich die Antwort schon, bevor die Frage aus meinem Mund gekommen war. »Vergessen Sie's. Wir machen weiter, als wäre alles ganz normal.«

Als würde sich nicht der Dritte Weltkrieg am Horizont zusammenbrauen.

Während des Dinners erwähnten weder Jack noch ich die Krise, nicht einmal, als wir hörten, dass Chruschtschow die Gelegenheit nutzte, die Begrüßung amerikanischer Gastsänger in der Moskauer Oper publik zu machen, als wäre Russland dem Westen gegenüber plötzlich ganz offen und hätte keineswegs vor, womöglich unsere Hemisphäre zu zerstören. Jeder unvoreingenommene Beobachter hätte gedacht, es wäre ein Tag wie jeder andere, ein ganz normales Abendessen. Allein, wie häufig Jack ans Telefon gerufen wurde, wäre ein Hinweis darauf gewesen, dass etwas nicht stimmte.

Offenbar konnte nur ich Jacks Anspannung spüren. Das heißt, nur ich und Bobby natürlich.

»Zur besten Sendezeit heute Abend wird er alles bekannt geben.« Bobby hatte mich gebeten, nach dem Essen zu ihm ins Büro des Justizministers zu kommen, und ich hatte mich beim Warten damit abgelenkt, dass ich die Kunstwerke seiner Kinder studierte, die auf die Rückseite der hölzernen Türen geklebt waren, und das Schwarz-Weiß-Familienfoto, das immer auf seinem Schreibtisch stand, in die Hand zu nehmen und wieder abzusetzen. Jack war bereits wieder abgerufen worden, und ich hatte machtlos zugesehen, wie er erneut von seinem Situation Room verschluckt wurde. »Niemand weiß, wie Chruschtschow auf die Seeblockade reagieren wird, die wir rund um Kuba eingerichtet haben.«

»Was für eine Seeblockade?« Gott, ich hasste es, Informationen nur aus zweiter Hand zu erfahren, auch wenn ich durchaus verstand, welchem Druck Jack ausgesetzt war.

»Das ist die Option, für die Jack sich entschieden hat«, antwortete Bobby. »Ein paar von diesen Wichtigtuern wollen ihn dazu bringen, Luftangriffe gegen Kuba zu autorisieren oder so zu tun, als wüssten wir nichts von den Atomsprengköpfen – undenkbar.«

»Und du hast ihm zu einem Mittelweg geraten? Zu dieser Blockade?«

Ich erinnerte mich an die Schweinebucht, an Jacks Wutausbruch nach dem ersten Fehler seiner Amtszeit.

Von heute an machen wir zwei das allein, du und ich, Bobby.

»Ja, klar. Angriffe aus dem Hinterhalt sind nicht unsere Sache, und ein Luftangriff würde bedeuten, dass Tausende Kubaner ohne Vorwarnung getötet würden.« Ich wusste, dass es für Bobby eine eindeutige Entscheidung gewesen war, aber diese Krise in Kuba fühlte sich an wie eine Grauzone – mit sämtlichen Helligkeitsstufen. »Natürlich könnte Kuba zurückschlagen, seine U-Boote mit atomaren Unterwasserraketen ausstatten und unsere Zerstörer in die Luft jagen. Andererseits dürfen wir auf gar keinen Fall den Kopf in den Sand stecken. Ich bin für Handeln, um unmissverständlich klarzustellen, dass es den Vereinigten Staaten ernst ist mit der Forderung, dass die Raketen aus Kuba verschwinden.«

Das also hatte Bobby geraten, und Jack würde seinem Rat folgen.

»Ich glaube, das ist die richtige Vorgehensweise.« Ich nahm Bobbys Hand und drückte sie fest. »Danke, dass du mich auf den neuesten Stand gebracht hast. Mich weiht hier außer dir ja niemand ein.«

Bobby lächelte. »Ich weiß. Hier ist eine Kopie des Briefs, den Jack heute Abend vom russischen Botschafter an Chruschtschow überbringen lässt, bevor er seine Ansprache an die Nation hält.«

Der Brief umfasste lediglich zwei Seiten. Ich begann zu lesen.

Ich habe nicht angenommen, dass Sie oder irgendein anderer vernünftiger Mensch in diesem unserem Atomzeitalter die Welt absichtlich in einen Krieg stürzen wollen würde, den – das ist vollkommen klar – kein Land gewinnen könnte und dessen Ergebnis nur katastrophale Konsequenzen für die ganze Welt hätte – einschließlich des Aggressors.

Als ich fertig war, sah ich Bobby an. »Das ist gut. Sehr, sehr gut.«

Und so war es auch. Verschwunden war der unsichere, von dem Desaster der Schweinebucht angeschlagene Präsident, der in Österreich vor dem sowjetischen Premier gekatzbuckelt hatte. Der neue Jack war kraftvoll, Respekt einflößend und selbstbeherrscht.

Er war all das, was ich in ihm schon immer gesehen hatte.

In diesem Augenblick, mitten in dieser nervenaufreibenden Situation, glaubte ich, dass Jack die Welt retten konnte. Und dass er es schaffen würde.

»Ich muss los.« Bobby biss die Zähne zusammen, als er auf seine Uhr blickte. »Schon wieder ein Treffen hinter verschlossenen Türen.«

Da ich nichts anderes zu tun hatte, als mich selbst verrückt zu machen, wanderte ich durch die Korridore des Weißen Hauses, bis es Zeit war, den Fernseher einzuschalten und zuzuschauen, wie Jack sein Ultimatum an Chruschtschow stellte.

»Ich fordere den Vorsitzenden Chruschtschow auf, seine heimliche, leichtsinnige und provozierende Bedrohung des Weltfriedens und Untergrabung stabiler Beziehungen zu stoppen und zurückzunehmen. Ich fordere ihn weiterhin auf, das Streben nach der Weltherrschaft aufzugeben und sich einer historischen Anstrengung anzuschließen, das gefährliche Wettrüsten zu beenden und die Geschichte der Menschheit zu verändern.«

Nun konnte man weiter nichts tun, als auf Chruschtschows Antwort zu warten.

Die Tage vergingen langsam, wie in Zeitlupe rieselten die Sandkörner durch die Sanduhr. In Amerika – zusammen mit dem Rest der Welt – hielten wir kollektiv den Atem an und blickten auf Kuba.

Während die Amerikaner ihre Luftschutzbunker vorbereiteten und gemeinsam am Rand der Vernichtung standen, wurde John krank und bekam hohes Fieber. So musste Jack sich mit der Rettung der Welt beschäftigen, während ich mich um unser Kind kümmerte.

»Sagen Sie das Dinner mit dem Maharadscha von Jaipur bitte ab«, forderte ich Tish von meinem Platz an Johns Bett aus auf, wo ich abwechselnd mit Maud Shaw Wache hielt. Während der arme kleine Körper ihres Bruders fieberheiß brannte, saß Caroline ein paar Zimmer weiter und schnitzte Kürbislaternen für die Halloween-Partys in der kommenden Woche. »Natürlich können er und seine Leute trotzdem gern hier essen, aber es ist albern, in dieser Situation ein großes Dinner zu veranstalten.«

Ausnahmsweise widersprach Tish mir nicht.

Endlose Stunden tickten vorüber, und niemand dachte daran, uns mit Neuigkeiten zu versorgen. Um uns herum hätte die Welt zusammenbrechen können, Maud Shaw und ich hätten es erst gemerkt, wenn es zu spät gewesen wäre.

»Sie müssen etwas essen«, sagte die Nanny schließlich, nachdem wir wieder einmal Johns Temperatur gemessen hatten, die immer noch hoch war, jetzt aber immerhin unter vierzig lag.

Ich strich mir die Haare aus der Stirn. Essen erschien mir in diesem Moment vollkommen unwichtig. »Ich lasse ein Tablett hochschicken.«

Nur hatte ich vergessen, dass ich die Köche und das Personal nach Hause geschickt hatte, weil ich wollte, dass sie in dieser Krisenzeit bei ihren Familien sein konnten, und nur noch eine Notbesetzung hier war.

»Sie gehören zwar nicht zu meinen Schutzbefohlenen, Mrs. Kennedy, aber diesmal tun Sie bitte, was ich sage.« Maud verschränkte die Arme über der Brust. »Nehmen Sie eine Dusche, essen Sie eine ordentliche Mahlzeit und trinken Sie dazu eine anständige Tasse Tee. Ich lasse Sie holen, sollte sich irgendeine Veränderung in Johns Zustand einstellen.«

Ich legte einen frischen Lappen auf Johns Stirn. »Vielleicht ein paar Minuten.«

»Braves Mädchen.«

Ich war so erschöpft, dass es mir gleichgültig war, als einer der Gäste – Gott sei Dank nicht der Maharadscha oder seine Frau – für uns alle Rührei machte. Auf meine Bitte gesellte Jack sich für einen schnellen Happen zu uns. Er sah sehr mitgenommen aus.

»Neuigkeiten?«, flüsterte ich.

Er schüttelte den Kopf. »Wir warten immer noch auf Chruschtschows Antwort.« Er nahm meine Hand, als suche er einen Anker, und unsere Finger verflochten sich ganz selbstverständlich ineinander. »Morgen um diese Zeit befinden wir uns womöglich im Krieg.«

Unwillkürlich blickte ich mich in unseren neu gestalteten Zimmern um und versuchte, mir die feurigen Blitze der Bomben vorzustellen, das Chaos, das über diese kultivierte Umgebung herber Schönheit hereinbrechen konnte. Allein der Gedanke schien mir absolut unwirklich und unvorstellbar.

»Die Welt, sie löst sich auf«, murmelte er, mehr zu sich selbst als zu mir. »Die Mitte kann nicht halten; befreit nimmt nun ein reines Chaos seinen Lauf …«

Ich nahm das Yeats-Gedicht an der Stelle auf, an der Jack aufgehört hatte – es war eines seiner vielen Lieblingsgedichte –, und flüsterte, damit niemand sonst es hörte: »Die blutgetrübte Flut reißt fort all das, was wir als würdevolle Unschuld kennen.« Ich drückte einen Kuss auf seinen Handrücken. »Dazu wird es nicht kommen, Jack. Du wirst es nicht zulassen.«

Jack rang sich ein schwaches Lächeln ab, dann war er auch schon wieder weg. Aber die Bedrohung blieb.

Um zwei Uhr morgens erhielten wir Chruschtschows Antwort, die Jacks Ultimatum verwarf und in unmissverständlichen Worten klarstellte, dass die mit militärischer Ausrüstung beladenen sowjetischen Schiffe ungeachtet der amerikanischen Seeblockade nach Kuba weiterfahren würden.

Es war also Zeit, sich auf einen Krieg vorzubereiten.

»Ma'am.« Mit niedergeschlagenem Blick erschien Clint Hill an Johns Tür. Mein fiebernder Sohn schlief unruhig, ich selbst war an seinem Bett eingenickt, Maud Shaw ebenfalls. »Entschuldigen Sie bitte die Störung.«

»Schon gut, Mr. Hill.« Ich stand auf und ließ in dem vergeblichen Versuch, die Spannung zu lösen, die Schultern kreisen. »Warum geht es?«

»Der Präsident hat mich gebeten, den Plan mit Ihnen durchzusprechen.«

Ich bekam eine Gänsehaut. »Welchen Plan?«

»Für den Fall eines Angriffs.« Mr. Hill warf einen kurzen

Blick auf John unter seiner verschwitzten Decke, und seine gleichmütige Fassade bekam einen Riss. »Für den Fall einer unmittelbar bevorstehenden Notlage wird die Leibwache Sie und die Kinder in den Bunker unter dem Weißen Haus bringen.«

»Und dann?«

»Dann werden Sie dort warten, bis die Gefahrenlage vorüber ist.«

»Da irren Sie sich aber, Mr. Hill«, entgegnete ich fast spöttisch, denn ich war ganz sicher nicht der Kapitän, der das sinkende Schiff verließ. »Sollte eine derartige Situation entstehen, werde ich Caroline und John an die Hand nehmen, und wir werden zusammen den südlichen Bereich des Grundstücks aufsuchen. Dort werden wir das gleiche Schicksal wie alle andere Amerikaner auf uns nehmen.«

Ich machte mich auf Mr. Hills Gegenrede gefasst, aber er starrte mich nur an, als sähe er mich zum ersten Mal. »Ja, Ma'am«, sagte er. »Aber vielleicht sollten Sie mit dem Präsidenten darüber sprechen, Ma'am.«

Ich zweifelte keine Sekunde daran, dass ich, wenn es so weit kam, für mein Recht kämpfen müsste, so zu sterben, wie ich wollte, tapfer an der Seite meines Mannes, unsere Kinder neben uns. Ich erzog Caroline und John zu guten Staatsbürgern, die sich nicht vor Verantwortung drückten und im Angesicht einer Katastrophe auch nicht das Weite suchten.

Sondern bereit waren, für ihr Land Opfer zu bringen.

Ich fand Jack im holzvertäfelten Situation Room, umgeben von zerknüllten Notizzetteln von all den vertraulichen Gesprächen der letzten Zeit, mit gelockerter Krawatte, die Augen rot geränderten. Auch Bobby war da und warf mir einen warnenden Blick zu, aber ich tat so, als bemerke ich ihn nicht, während

Jack zerstreut unseren Welsh Terrier Charlie kraulte, den er sich vermutlich hatte bringen lassen, um seine Nerven zu beruhigen.

Hinter ihnen war eine riesige Weltkarte an die Wand gepinnt, und einen Moment fand ich es fast lächerlich, dass Kuba – diese winzige Insel – die ganze Welt an diesen schrecklichen Abgrund geführt hatte.

»Gerade hat Mr. Hill mit mir gesprochen, Jack.« Mein Ton ließ ihn aufhorchen, und er sah mich an. »Nur damit du Bescheid weißt, wollte ich dir sagen, dass wir alle hier bei dir bleiben werden, wenn etwas passiert.« Als er den Mund öffnete, um zu widersprechen, hob ich sofort Einhalt gebietend die Hand. »Denk nicht mal dran, uns wegzuschicken. Ich möchte lieber bei dir sein und mit dir sterben, als ohne dich zu leben, und das trifft auch auf unsere Kinder zu. Diese Entscheidung darfst du nicht für uns treffen.«

In der darauffolgenden Pause ließ ich ihm reichlich Zeit für Argumente, die ich alle widerlegen würde. Doch stattdessen ließ er nur die Schultern sinken – ob vor Erleichterung oder weil mein Entschluss ihm eine zusätzliche Last aufbürdete, konnte ich nicht wissen.

»Na gut«, sagte er ausdruckslos.

Ich nahm auf dem freien Stuhl Platz, bereit, die ganze Nacht neben den beiden Kennedy-Brüdern zu warten.

Und es wurde tatsächlich eine lange Nacht.

Doch die Welt stieß einen tiefen Seufzer der Erleichterung aus, als Chruschtschows weitschweifiger Brief mit dem Angebot eintraf, die sowjetischen Raketen aus Kuba abzuziehen, wenn die Vereinigten Staaten ihm im Gegenzug versprachen, nie wieder dort einzumarschieren und in aller Stille die jetzt hinfälligen Jupiter-Raketen aus der Türkei zu entfernen. Nach einigen angespannten Tagen und endlosen Diskussionen mit dem ExComm-Team akzeptierte Jack das Angebot der Sowjetunion, und Radio Moskau verkündete, dass Chruschtschow die amerikanischen Bedingungen angenommen hatte.

Es war ein Geschenk für die Welt, aber dann stellte sich heraus, dass Jack auch noch ein Geschenk für mich hatte.

Er überreichte mir eine der blaugrünen Schachteln mit weißer Schleife, von denen noch eine Menge hinter ihm auf dem Tisch standen.

Zögernd packte ich das Päckchen aus und fand in seinem Innern einen Briefbeschwerer in Form eines silbernen Kalenders für Oktober 1962, auf dem die schicksalhaften dreizehn Tage, die wir gerade durchlebt hatten, deutlich hervorgehoben waren. Anscheinend stand mir meine Frage ins Gesicht geschrieben, denn Jack deutete auf die anderen Schachteln und erklärte: »Alle Mitglieder des ExComm-Teams bekommen eine zum Dank, dass sie mir geholfen haben, die Welt zu retten. Ein Sieg hat hundert Väter, das weißt du ja.«

»Aber ich gehöre nicht zum ExComm-Team.«

»Du bist aber in meinem Team.« Er tippte oben auf den Kalender. »Und nur deiner hat das hier.«

In das Silber waren sechs Buchstaben eingraviert. Sechs wundervolle Buchstaben.

JBK + JFK.

Rasch blinzelte ich die Tränen weg, die mir in die Augen stiegen. »Willst du etwa behaupten, dass du deine Initialen nicht mit denen von Bobby eingraviert hast? Oder mit denen von Robert McNamara?«

»Bei Lyndon war ich kurz davor.« Jack stieß mich scherzhaft

mit der Schulter an. »Aber ich glaube, ich besorge doch lieber ein Amulett für ihn.«

»Aber nur, wenn du ein herzförmiges findest.«

Jack lachte laut, und auf einmal war es, als fiele die ganze Anspannung der letzten Wochen von ihm ab. »Ich würde zu gern sein Gesicht sehen. Oh Gott, kannst du dir vorstellen, was mit unserem Land passieren würde, wenn Lyndon Präsident wäre?«

»Zum Glück brauchen wir uns darum die nächsten Jahre keine Sorgen zu machen, stimmt's?« Ich drückte meinen Kalender an die Brust. »Ich danke dir, Jack. Von ganzem Herzen.«

»Gern geschehen. Und ich meine es ernst, Jackie.« Er legte einen Finger unter mein Kinn, so dass ich den Kopf heben und ihm in die Augen schauen musste. »Du hast echten Mut gezeigt. In meinem Team wirst du immer einen Platz haben.«

Mir wurde warm ums Herz, und ich erinnerte mich an das, was sein Vater vor langer Zeit zu mir gesagt hatte.

Ich gehörte wirklich zum Kennedy-Team, für alle Zeiten.

Zum Beweis hatte es nur der Drohung atomarer Vernichtung bedurft.

Kapitel Dreizehn

Mai 1963

Die glücklichen Sommermonate von 1963 waren umso schöner nach den nervenaufreibenden Tagen des vorangegangenen Herbsts. Ende Mai feierte Jack seinen sechsundvierzigsten Geburtstag, und in diesem Jahr hatte ich eine Kreuzfahrt auf dem Potomac geplant – ohne die Hilfe meiner herrischen Privatsekretärin Tish Baldrige, an deren Stelle ich inzwischen meine alte Schulfreundin Nancy Tuckerman angeheuert hatte –, mit der ich jede Erinnerung an die letztjährige skandalöse Feier auszulöschen gedachte.

Keine schlafmützigen, mit Jack Daniel's und Schlaftabletten vollgedröhnten Starlets. Lediglich Familie und so wenig Publicity wie nur möglich.

»Sitz, Clipper!«, befahl ich dem schlanken Schäferhund, der neben mir entlanggaloppierte. Der Regen prasselte auf uns herab, während wir zum Dock eilten, an dem die 104-Fuß-Präsidentenjacht *Sequoia* im dunklen Fluss wippte.

Jacks Vater – der nach den ersten wackligen Schritten, die er mit mir gemacht hatte, regelrecht aufgeblüht war – hatte mir den kleinen Schäferhund zu meinem Geburtstag letzten Juli geschenkt. Zwischen Pushinka und Charlie hatte sich mitten im Kalten Krieg eine Romanze entwickelt, so dass zwischen unseren Füßen jetzt Welpen herumflitzten – Pupniks, wie Jack sie liebevoll nannte –, aber Clipper gehörte mir ganz allein. Als die Reporter mich zum ersten Mal mit ihm auf dem West Lawn gesehen hatten, wollten sie wissen, womit ich ihn zu füttern gedachte.

Mit Reportern, war meine schlagfertige Antwort gewesen.

Dieselben Reporter schossen jetzt Fotos wie gierige Raubtiere und drängelten Clipper immer näher an meine Seite, als Jack uns an Bord winkte. Da ich die Gäste gebeten hatte, Segelkleidung zu tragen, trug auch Jack seinen blauen Seemannsblazer.

Die ganze Gesellschaft hatte schnellstmöglich vor dem Regen auf der Jacht Schutz gesucht, und kaum dass wir sicher an Deck waren, bot der Barkeeper mir einen New Frontier Daiquiri an.

»Danke, für mich nicht«, lehnte ich ab, »ich nehme nur Wasser.«

In einem seltenen zärtlichen Augenblick verirrte sich Jacks Hand auf meinen verräterischen Babybauch. Als Geburtstermin war der September berechnet worden, und die Nation war begeistert, denn die letzte First Lady, die in ihrer Amtszeit schwanger wurde, war im Jahr 1893 Mrs. Grover Cleveland gewesen. Von daher hatte ich freie Hand, mich von meinen Pflichten als First Lady etwas zurückzuziehen und mich stattdessen der Familie zu widmen.

Nur eine einzige Ausnahme hatte ich sozusagen als krönenden Abschluss meiner Gespräche mit Charles de Gaulle und seinem Kulturminister André Malraux gemacht, und war bei der Enthüllung der *Mona Lisa* in der Washingtoner National Gallery zugegen. Zum ersten Mal war Leonardo da Vincis Kunstwerk ins Ausland verliehen worden, und so war die Ausstellungseröffnung mit 1200 Gästen mein jüngstes Glanzstück gewesen.

Jetzt war es sowohl für Jack, der nach der Kubakrise mit eskalierender Spannung in Vietnam und Unruhen in Birmingham hatte fertigwerden müssen, als auch für mich höchste Zeit, den Termindruck zu reduzieren und uns etwas Entspannung zu gönnen.

Regenfeuchte Gäste drängelten sich Schulter an Schulter in der niedrigen Kabine der *Sequoia*, die mit roten, weißen und blauen Girlanden geschmückt war. Jacks Lieblingsstücke dröhnten aus dem Plattenspieler – vor allem Chubby Checkers »Twist« –, zwischendurch legte sich die mit roten Jacken kostümierte Drei-Mann-Band mit Akkordeon und zwei Gitarren mächtig ins Zeug. Bei Krabben-Ravigote und Spargel-Hollandaise wurden Trinksprüche auf Jacks Gesundheit ausgebracht und raue irische Trinklieder gegrölt. Die ganze Zeit lachte und scherzte Jack, ein noch kostbareres Geschenk als der seltene Kupferstich aus dem Jahr 1812, den ich ihm überreichte.

Als ein ziemlich beschwipster Politikveteran aus Boston bei einem Schlingern der Jacht darüberstolperte und mit dem Fuß dagegentrat, platzierte ich den kaputten Stich neben die Boxhandschuhe, die Jack für seine Kämpfe mit dem Kongress bekommen hatte. Clipper schnüffelte an dem Kunstwerk, kam zu dem Schluss, dass es ungefährlich war, und ließ sich wachsam zu meinen Füßen nieder.

Insgeheim tröstete ich mich damit, dass es ja noch viele Geburtstage geben würde, die ich mit Jack allein verbringen würde.

Mein Lieblingsgeschenk war ein großer Umschlag gewesen, den ich Jack persönlich aushändigte. »Von deinem Vater.«

Mr. Kennedy hätte natürlich gern mit uns gefeiert, aber er wagte sich nicht in die Öffentlichkeit, und Jack, der zuvor wie ein Vierjähriger seine Geschenke einfach aufgerissen hatte, öffnete das Geschenk ganz bedächtig, betrachtete kurz den Inhalt und begann schallend zu lachen.

In dem Umschlag befand sich die Reproduktion eines Pachtvertrags für das Weiße Haus, Laufzeit vier Jahre, unterzeichnet von drei Zeugen: Botschafter Joe Kennedy, U.R. Nuts und I.M. Crazy.

»Wegen solcher Scherze lieben wir deinen Vater«, stimmte ich in das Lachen ein, und wir alle hoben unsere Gläser zu einem stillen Ehrensalut für Jacks Vater.

Ich legte den unechten Vertrag oben auf den Geschenktisch und beobachtete etwas besorgt, wie ungehemmt Jack sich am Dessert, einer *Bombe Président Sauce chocolat*, gütlich tat. In letzter Zeit hatten sich um seine Augen so viele neue Falten gebildet, sein Gesicht war aufgedunsen von der Addison-Krankheit, außerdem verlangten seine hartnäckigen Rückenprobleme einen immer komplizierteren Medikamenten-Cocktail. Wenn schon zweieinhalb Jahre Präsidentschaft sich so auf seine Gesundheit auswirkten, was würde erst am Ende dieser Legislaturperiode geschehen? Von möglicherweise weiteren vier Jahren ganz zu schweigen?

Schlimmer noch, wie würde Jack reagieren, wenn das Undenkbare geschah und er die Wahl im nächsten Jahr verlor? Wir hatten schon über Pläne für seine Präsidentenbibliothek gesprochen, und er hatte mögliche Standorte vom Helikopter aus ausgespäht, aber darüber hinaus …

Doch ich packte meine Sorgen weg, verstaute sie im hintersten Winkel meiner Gedanken, während ich leise über meinen Bauch strich.

Es war eine Zeit für Neuanfänge, nicht für Enden.

Schließlich war Jack gerade erst sechsundvierzig geworden, es war noch viel Zeit, um über alles nachzudenken, was die Zukunft bringen würde.

Noch reichlich Zeit.

Jack war in Washington, als meine Wehen einsetzten.

Wieder kam das Baby zu früh. Drei Wochen.

Auf dem Flug zur Otis Air Force Base, wo bereits eine Suite für mich vorbereitet war, redete ich mir gut zu – ich brauchte mir doch keine Sorgen zu machen, schließlich war John auch zu früh gekommen, und abgesehen von seinem Asthma war er inzwischen ein gesunder, robuster Junge.

»Der Präsident ist aus einem Meeting zum Atomteststoppabkommen gerufen worden«, informierte mich Clint Hill. »Er kommt mit dem Hubschrauber gleich nach uns an.«

Ich wollte auf Jack warten, wollte mich von ihm beruhigen lassen, aber auf die Zeit war wie so oft kein Verlass. Noch ehe er eintraf, musste ich betäubt werden.

»Aber denken Sie daran, wenn Sie aufwachen, wird ein neues kleines Baby im Kinderzimmer liegen, und an seinem Körbchen wird der Name *Kennedy* stehen«, sagte die Krankenschwester, die mir die Spritze verabreichte.

Am liebsten hätte ich sie schwören lassen, dass es so kommen würde, aber bevor ich Worte formen konnte, wirkte auch schon die Narkose.

Als ich wieder zu mir kam, noch immer mit schwerem Kopf von den Beruhigungsmitteln und einer zweifachen Bluttransfusion, entdeckte ich Jack an meinem Bett und neben ihm einen sterilen weißen Brutkasten.

Ein Brutkasten, kein Körbchen. An der Tür standen ein Arzt

und eine Schwester Wache, beide mit ernstem Gesicht, durch das Fenster sah ich die Leibwächter auf dem Flur. Furcht erfasste mich, ich wollte mich aufsetzen.

»Ist das …?«

»Unser Sohn.« Jack schob den Brutkasten so zu mir, dass ich meine Arme durch die Öffnung stecken und mein winziges Baby zwar nicht im Arm halten, aber es immerhin mit der hellblauen Decke zudecken konnte. Es wirkte zerbrechlich wie ein neugeborenes Vögelchen, und ich streichelte vorsichtig seine daunenweichen braunen Haare, die ihm später sicher lockig in die Stirn fallen würden wie bei Jack.

Tief in meinem Innern jedoch fühlte ich, dass etwas nicht stimmte.

»Ihr Sohn hat Schwierigkeiten zu atmen, Mrs. Kennedy«, bestätigte der Kinderarzt meine Angst und winkte die wartende Krankenschwester heran. »Wir haben Vorbereitungen getroffen, ihn ins Boston Children's Hospital zu verlegen, wo er gezielter versorgt werden kann.«

Als Jack mein entsetztes Gesicht sah, kam er noch einen Schritt näher. »Es ist nur eine Vorsichtsmaßnahme«, versicherte er mir. »Erinnerst du dich, dass auch John eine Weile im Brutkasten war? Lees Tochter hat sogar mehrere Monate dort verbracht. Und schau dir die beiden jetzt an.«

Das war die Wahrheit, doch seine Beschwichtigungen beruhigten meine Nerven nicht, vor allem, weil der Arzt ständig zur Uhr sah.

Zeit, dachte ich. *Wenn man sie wirklich braucht, ist nie genug davon da.*

Ich griff nach Jacks Hand, ohne unseren Sohn aus den Augen zu lassen. »Er braucht einen Namen.«

»Möchtest du ihn immer noch Patrick nennen, nach meinem Großvater?«

Ich nickte. »Und Bouvier, nach meinem Vater.«

Jack lachte leise, aber es klang gezwungen. »Patrick Bouvier Kennedy. Caroline wird enttäuscht sein, dass sie nicht die kleine Schwester namens Susan bekommt, die sie sich gewünscht hat.«

Der Kinderarzt räusperte sich. »Mr. President, Mrs. Kennedy, der Krankenwagen wartet.«

Als die Krankenschwester forschen Schrittes den sterilen Inkubator aus dem Zimmer rollte, wurde mir plötzlich klar, dass ich nicht einmal Gelegenheit gehabt hatte, mich zu verabschieden, und ich schlug mir erschrocken die Hand vor den Mund. Jack sah meine Geste und kam noch einmal zurück, um einen Kuss auf meine Schläfe zu drücken. »Es wird alles gut. Das verspreche ich dir.«

Dann lief er unserem Sohn nach, mit flatternder, offener Anzugjacke. Wie dunkle Schatten umringten ihn seine Leibwächter, ihre Schritte entfernten sich den Korridor hinunter und hinterließen eine dröhnende Stille.

Dann war ich allein in der Gesellschaft meiner Angst.

Als ich erwachte, zeigten die dunklen Fenster keinerlei Hinweis auf die kommende Morgenröte, nur die kalten Maschinen um mich herum leuchteten und summten. Dr. Walsh, mein Geburtshelfer, zog einen Plastikstuhl neben mein Bett, setzte sich und nahm meine Hände in seine. Meine Zunge fühlte sich wie in Watte gepackt, so dass ich kaum sprechen konnte. »Wo ist Jack?«

»Er ist auf dem Rückweg von Boston und wird bald bei Ihnen sein, Mrs. Kennedy.« Dr. Walsh konnte mir nicht in die Augen schauen, und mir wurde kalt ums Herz. »Es tut mir leid, aber Ihr Sohn hatte hyalines Membransyndrom, das heißt, seine Lungen waren nicht funktionstüchtig.«

Ihr Sohn hatte … nicht: Ihr Sohn hat.

Ich entzog ihm meine Hände und hielt sie hoch, als könnte ich der Zeit gebieten, stillzustehen oder meine Hoffnung aufrechterhalten. Auf einmal fühlte sich die Luft zu schwer an, um sie einzuatmen.

»Patrick ist vor ein paar Minuten von uns gegangen«, fuhr Dr. Walsh fort. »Ihre Mutter war bei ihm, zusammen mit dem Präsidenten und seinem Bruder.«

Seine Lungen waren nicht funktionstüchtig … Patrick ist von uns gegangen …

Ein Stöhnen machte sich in einer plötzlichen Schockwelle von Schmerz Luft, und so fest ich die Fäuste auch an die Lippen presste, konnte ich das animalische Heulen nicht verhindern. Fünf Babys hatte ich in meinem Körper getragen, zwei waren bereits in der kalten Erde begraben, und nun Patrick …

Dr. Walsh zauderte nicht lange. »Möchten Sie sich ausruhen, Mrs. Kennedy?« Mit einer effizienten Bewegung drückte er mir einen Pappbecher mit einer orangen Pille in die Hand. »Der Präsident wird bald hier sein, und Sie müssen sich erholen.«

Du hast es versprochen, Jack … du hast es mir versprochen …

Ich schluckte die Pille, um dem Kummer und der Verzweiflung dieses sterilen weißen Krankenzimmers zu entgehen.

Und ließ mich bereitwillig in die Dunkelheit sinken.

Als ich erwachte, war die Welt noch dunkler geworden.

Diesmal saß Jack an meinem Bett, den Kopf in die Hände gestützt.

Er weinte.

Nein, er weinte nicht nur, er schluchzte.

Nur ein einziges Mal hatte ich Jack so weinen sehen – während des Debakels in der Schweinebucht –, aber jetzt war es viel schlimmer. Qualvolle, lautlose Schluchzer schüttelten seinen ganzen Körper. Ich wollte ihn mit Wut überschütten, weil er sein Versprechen gebrochen hatte, aber bei seinem Anblick hatte ich das Gefühl, selbst zu zerbrechen.

In diesem Augenblick brauchten wir einander mehr denn je.

Ich streckte die Hand nach ihm aus, heiße Tränen strömten mir übers Gesicht.

»Jack«, flüsterte ich.

Er fuhr auf, wischte sich mit dem Ärmel über die Augen, aber sein Gesicht blieb tränenfleckig. »Tut mir leid.« Seine Stimme zitterte, er räusperte sich. »Ich habe nur gerade … an Patrick gedacht.«

Er versuchte, sich zu fassen, aber er schaffte es nicht.

Für einen Moment fragte ich mich, was sich für Jack diesmal wohl geändert hatte, ob er jetzt verstand, was wir verloren hatten, weil Caroline und John bei uns waren, während die Idee eines Kindes bei meinen ersten beiden Schwangerschaften abstrakt und weit weg gewesen war. Oder ob es schlimmer schmerzte, weil Patrick gelebt hatte, wenn auch nur kurz.

»Du musst nicht tapfer sein, nicht für mich.« Da ich immer noch Infusionen bekam und obendrein noch mit einer Reihe von Monitoren verbunden war, musste ich mich vorsichtig drehen, bis meine Seite das kalte Metallgitter des Krankenhausbetts berührte. »Leg dich zu mir.«

Etwas steif rückte Jack sein Rückenkorsett zurecht, um sich dann in seinem zerknitterten grauen Anzug neben mich zu legen. Ich drückte meinen Kopf an Jacks Brust, und sein Herzschlag versicherte mir, dass das Leben weitergehen würde, gleichgültig, wie unmöglich uns das jetzt erscheinen mochte.

»Neununddreißig Stunden und zwölf Minuten.« Seine Stimme brach. »Mehr Zeit hatte unser Sohn nicht, und um jeden Atemzug musste er kämpfen, die ganze Zeit. Neununddreißig Stunden und zwölf Minuten.«

Ich wollte sterben.

Meine Tränen hinterließen Flecken auf Jacks teurem Anzug. Schließlich seufzte ich tief. »Erzähl mir von ihm. Von Patrick.«

Jack holte tief Luft, sein Brustkorb zitterte, als sammle er die Kraft, die notwendig war, um weitersprechen zu können. »Ich habe ihn gehalten, Jackie, in meinen Armen hab ich ihn gehalten. Als klar war, dass es keine Hoffnung gab.« Mit der freien Hand umklammerte er das Metallgitter so fest, dass seine Knöchel weiß wurden. »Er hat gekämpft, aber ich habe ihn gehalten, als seine kostbare kleine Seele mir durch die Finger geglitten ist. Er war ein Teil von mir und von dir, und dann haben sie mir unseren Sohn weggenommen, in den winzigen weißen Sarg haben sie ihn gelegt, und ich wollte ihn festhalten, aber sie haben es nicht zugelassen, sie mussten ihn mir entreißen …«

Mit einem rauen Schluchzen brach er ab. Der Monsun unseres gemeinsamen Kummers riss uns beinahe mit, doch wir klammerten uns aneinander, und die Schwestern, die vorbeikamen, wandten die Augen ab.

»Es tut mir so leid, dass ich nicht für dich da war«, flüsterte er an meinem Ohr, heiß und schuldbewusst, als er endlich wieder sprechen konnte. »Ich hätte hier sein müssen, aber ich war es nicht.«

»Schon gut.« Ich hielt ihn fest, während der kalte Wind unserer Angst weiter um uns heulte und an uns zerrte. »Ich verzeihe dir, Jack, ich werde dir immer verzeihen.«

Und so war es auch. Ich vergab ihm alles: die Jahre der Einsamkeit, die Demütigung durch seine Frauengeschichten. In diesem Krankenhauszimmer, umgeben von Desinfektionsmittelgeruch und Verzweiflung, verflochten sich unsere beiden gebrochenen Seelen, bis es nicht mehr möglich war, sie voneinander zu trennen. Wir würden stark sein, stark füreinander.

Zu Ehren unseres Sohnes.

Die Narbe, die Patricks Tod bei uns beiden hinterließ, stärkte meine Beziehung zu Jack, aber ansonsten war ich am Boden zerstört, alles tat mir weh. Lee unterbrach ihren Urlaub mit Aristoteles Onassis – der nach Ansicht meiner Mutter und sämtlicher Klatschblätter ihr Liebhaber war –, um bei mir zu sein, aber an den meisten Tagen war ich so lethargisch, dass ich kaum aus meinem Krankenhausbett kam. Meine Stimmung schwankte zwischen kalter Wut und düsterer Hoffnungslosigkeit.

»Ich weiß, es kommt dir vor, als könntest du nie wieder glücklich sein«, sagte Lee, die wie früher zusammengekuschelt neben mir lag. »Sei einfach traurig und lass dir von allen helfen, die für dich da sind. Und versuch, dir bewusst zu machen, dass du eines Tages wieder einen Grund finden wirst zu lächeln.«

Ich wollte ihr glauben, aber ihre Tochter war am Leben, während mein Sohn es nicht einmal ganze zwei Tage geschafft hatte, bei uns zu bleiben. Es war, als wüsste zwar mein Kopf, dass die Puzzleteile, die mich ausmachten, nach dem Tod meines Sohnes immer noch zusammenpassen mussten, aber ich war nicht fähig, das ganze Bild zu sehen – ganz zu schweigen davon, die einzelnen Fragmente aktiv wieder zusammenzusetzen.

So reagierte ich verständlicherweise zögernd, als Lee mir vorschlug, mich ihr zum zweiten Teil ihrer Europa-Kreuzfahrt mit Aristoteles Onassis auf seiner Jacht *Christina* anzuschließen.

»Es würde dir guttun«, verkündete Lee eines tristen Morgens beim Frühstück. Ich wollte ihr glauben, sie war ja meine Schwester, die ihre Tochter fast verloren hätte und sich erst Monate später von ihrer tiefen Melancholie erholt hatte, und die Tatsache, dass sie sich erholt hatte, gab mir Hoffnung. »Die frische Mittelmeerluft, der Tapetenwechsel. Es würde dir die schönen Seiten des Lebens in Erinnerung rufen.«

Zwar ging es mir noch nicht so gut, dass ich meine Pflichten als First Lady wieder hätte erfüllen können, aber ein Teil von mir wollte trotzdem bei Jack bleiben. Ein anderer Teil – derjenige, der so unfassbar traurig war – sehnte sich danach, Lees Angebot anzunehmen und auszuprobieren, ob Sonnenschein und eine andere Umgebung das Leid, das ich anscheinend nicht abschütteln konnte, etwas lindern würden.

»Ich rede mit Jack«, versprach ich, aber das reichte meiner Schwester nicht.

»Jack hat während eurer Ehe sein Leben immer nach seinem eigenen Gusto geführt, glaub mir. Er sollte dich unbedingt mit mir verreisen lassen. Und wenn er nicht will, solltest du einfach diese Gelegenheit beim Schopf packen«, beharrte sie.

»Ich hab ja gesagt, ich rede mit ihm.« Angesichts meines eisernen Tons gab meine Schwester sich fürs Erste geschlagen. Auf mich würde es höchstwahrscheinlich ein negatives Licht werfen, wenn ich mit zwielichtigen Geschäftsmännern wie Aristoteles Onassis durch Europa reiste, vor allem, da in den Klatschspalten bereits spekuliert wurde, dass Onassis Ambitionen hatte, Schwager des amerikanischen Präsidenten zu werden. Und ich hätte es Odysseus – Onassis – durchaus zugetraut. Vielleicht hätte ich Lee in diesem Moment nach ihrer Beziehung zu Onassis fragen sollen, aber ich war unglaublich müde.

Reisen hatte auf mich schon immer eine heilende Wirkung gehabt. Und ich wollte endlich wieder ich selbst sein.

Für Jack. Für Caroline und John. Und für mich natürlich auch.

Lee reiste ab, und Jack brachte Caroline und John mit, wenn er mich im Krankenhaus besuchte, um mich zum Aufstehen zu bewegen. Schließlich holte mich die ganze Familie ab, und wir machten uns auf den Weg nach Squaw Island und von dort zur Hammersmith Farm. Caroline hatte mir einen frisch gepflückten Strauß aus Rittersporn, Sonnenhut und rosa Trompetenblumen mitgebracht – wahrscheinlich aus dem neu gestalteten Garten im Weißen Haus. Jack, der mich in der Öffentlichkeit fast nie anfasste, hielt meine Hand, als wir durch die Flügeltüren in den gedämpften Sonnenschein hinauswanderten, seine Finger eng mit meinen verflochten.

Als brauche er mich.

In den darauffolgenden Wochen hielt er oft meine Hand oder umarmte mich sogar richtig, als wir ohne viel Aufhebens unseren zehnten Hochzeitstag feierten. Nachmittags wurde Golf gespielt, abends tranken wir mit ein paar Freunden Daiquiris in Hammersmiths Deck Room, der dekoriert war wie ein umgekehrtes Schiff. Als alle nach Hause gegangen, die Kinder im Bett und wir allein waren, überreichte Jack mir mein Geschenk.

Hingerissen betrachtete ich die schimmernden Diamanten in der salbeigrünen Box von Van Cleef & Arpels. »Das ist ein Ewigkeitsring, ich habe ihn eigens für dich in Auftrag gegeben«, erklärte Jack, als er den funkelnden Ring wie meinen Ehering über meinen linken Ringfinger streifte. »Ein Smaragd für jedes Jahr unserer Ehe und die Ewigkeit vor uns. Denn es gibt keinen anderen Menschen, mit dem ich die Ewigkeit lieber verbringen möchte als mit dir, Jackie.«

Im Lauf der Jahre hatte Jack mir schon eine ganze Menge Juwelen geschenkt, aber ich wusste sofort, dass dieser Ring etwas Besonderes bleiben würde. »Ich liebe diesen Ring«, sagte ich leise. »Fast so sehr, wie ich dich liebe.«

Im nächsten Moment zuckte ich erschrocken zusammen, denn plötzlich stand der zweieinhalbjährige John in seinem blauen Schlafanzug an der Tür, mit zerzausten Haaren, die Wangen rosig vom Schlaf. Er sah sich im Zimmer um, grinste breit, deutete dann auf seinen Vater und rief: »Kacka-Kopf!«

Jack und ich starrten uns an, die Augen meines Mannes glitzerten vor Vergnügen. »Ich glaube nicht, dass irgendjemand den Präsidenten der Vereinigten Staaten jemals einen Kacka-Kopf genannt hat.«

Unser Sohn kicherte leise, drehte sich um und marschierte dann wortlos wieder die Treppe hinauf, während wir uns vor Lachen die Bäuche hielten.

Wir werden es überstehen, schienen mir Jacks Augen sagen zu wollen. *Du und ich. Gemeinsam.*

Jedes Wochenende, wenn Jack mich in Hammersmith Farm besuchte, landete sein Helikopter auf dem Rasen neben dem Haus, eine chaotische, windumtoste Szene, halb Weltraumalter-Pomp, halb *Wuthering Heights*. Ansonsten saßen wir meistens auf der Veranda und sahen zu, wie die Kinder mit den Hunden im Garten umhertollten. Unsere exotischeren Tiere waren tatsächlich in verschiedenen Zoos untergekommen, aber Jack brachte immer etwas mit, wenn er aus Washington kam – einen Cockerspaniel-Welpen, duftende, frisch geschnittene Rosenblüten aus dem Garten des Weißen Hauses … Doch ich fühlte mich noch immer sehr schwach, heimgesucht von Gedanken an das Baby, von der Vorstellung, es auf dem Schoß wiegen zu können.

Irgendwann jedoch kam der Tag, an dem ich es wagte, Jack auf das Thema des Urlaubs in Griechenland anzusprechen.

»Ich muss nicht unbedingt verreisen«, beteuerte ich, als ich ihm Lees Plan erklärt hatte. »Du entscheidest.«

Ich wusste, was der alte Jack gesagt hätte – nämlich, dass die Politik wichtiger war –, aber der neue Jack starrte eine Weile zu unseren spielenden Kindern nach draußen, ehe er mir den Blick zuwandte. »Ich denke, du solltest das Angebot annehmen.«

»Wirklich?«

»Wirklich. Ich brauche dich an meiner Seite, Jackie, und das bedeutet ganz, gesund und vollständig. Wenn dafür eine Reise mit deiner Schwester notwendig ist, dann soll es so sein.«

Ich streckte die Hand aus und legte sie auf seinen Arm. »Danke, Jack.«

Er sah wieder weg, und seine Stimme klang rau, als er sagte: »Ich werde dich höllisch vermissen, weißt du.«

Ich nahm seine Hand und drückte einen Kuss auf seine Fingerknöchel. Vielleicht hatte Lee recht, vielleicht würde mir die Reise helfen, endlich wieder zu lächeln. Und dann würde Jack hier auf mich warten.

Ich flog tatsächlich nach Griechenland, obwohl ich immer noch so schwach war, dass ich an Bord des Flugzeugs Sauerstoff brauchte. Doch kaum war ich ausgestiegen, fühlte ich mich bereits stärker.

»Ich bin froh, dass du gekommen bist«, sagte Lee, als sie und ich zusammen mit einer Gruppe weiterer gut betuchter Gäste an Bord der *Christina* gingen, um wieder von Aristoteles Onassis empfangen zu werden, den ich ja bereits vor zwei Jahren an Bord dieses geschmacklosen Boots kennengelernt hatte. Jacks Annahme, dass der selbst ernannte Playboy hinter den Kennedy-Frauen her war, schien absolut begründet, denn inzwischen konnte man in jeder größeren Boulevardzeitung lesen, dass Onassis eine Affäre mit meiner Schwester hatte.

Ich hatte es mir daher zur Aufgabe gemacht, auf dieser Reise jeden Hauch von Skandal zu vermeiden, und staunte, als Stas hinter uns über den Steg aufs Schiff kam.

Hatte meine Schwester mich etwa auf eine Reise eingeladen, an der sowohl ihr Ehemann als auch ihr Liebhaber beteiligt waren?

»Was geht hier vor, Pekes?«, flüsterte ich meiner Schwester zu. Onassis klopfte Stas zur Begrüßung freundschaftlich auf die Schulter, aber Lee verstand meine Frage sofort.

»Es ist alles sehr kompliziert, Jacks.«

»Ich bin eine kluge Frau«, erwiderte ich. »Du kannst es mir ruhig erklären.«

»Ari ist mein Privatvergnügen«, antwortete sie mit einem Achselzucken. »Dass Stas hier ist, soll nur die Gerüchte zerstreuen.«

Ich schnaubte verächtlich. »Es besteht aber auch die Möglichkeit, dass seine Anwesenheit die Gerüchte noch mehr ins Kraut schießen lässt.«

Lees Lippen wurden schmal. »Die First Lady muss sich deswegen keine Sorgen machen; ich schwöre dir, dass ich nichts tun werde, was dich in Verlegenheit bringt.«

Ich runzelte die Stirn über ihren frostigen Ton, den ich zuletzt bei Jacks Kandidatur gehört hatte. »Wenn du mich First Lady nennst, klingt das immer so langweilig«, entgegnete ich, hauptsächlich, um die Spannung etwas zu entschärfen. »Es sollte ein Pferdename sein, nicht der Titel einer Frau.«

Doch die Aufmerksamkeit meiner Schwester hatte sich bereits von mir abgewandt, denn wir näherten uns Onassis. Die Anziehung zwischen Lee und ihm war fast körperlich spürbar, und Stas' Augen wurden schmal, als die beiden sich sehr lange umarmten. Fast hatte ich Mitleid mit meinem Schwager, doch dann fiel mir wieder ein, dass er Lee betrogen hatte, während sie sich von der Frühgeburt ihrer Tochter erholte.

Wir legten ab, und ich fragte mich, was Lee eigentlich an Onassis fand, vor allem, nachdem ich vorhin zufällig ein Gespräch der Besatzung mitgehört und erfahren hatte, dass er in der Zeit, die Lee an meinem Krankenbett verbracht hatte, mit seiner langjährigen Geliebten Maria Callas in Paris gewesen war.

Merde. Gab es denn auf der ganzen Welt keine treuen Männer mehr?

Zwar war Onassis nicht sehr groß, doch ich begriff rasch, dass er aus dem gleichen Holz geschnitzt war wie Black Jack Bouvier, ein schwerreicher, mächtiger Mann. Auf der *Christina* wurden sechsundzwanzig Weinsorten ausgeschenkt, man konnte zwischen acht verschiedenen Sorten Kaviar wählen, es gab einen griechischen und einen französischen Koch. Ich hatte gehört, dass sein Tanker *Tina Onassis* – benannt nach seiner Ex-Frau – in Deutschland gebaut worden, in den Vereinigten Staaten hypothekarisch belastet, in London versichert, unter Finanzkontrolle in Monaco und mit Griechen bemannt war, doch die ganze Zeit unter liberischer Flagge fuhr.

Trotz meiner Bedenken war es für mich eine willkommene Ablenkung zu beobachten, wie dieser Mann ein solches Imperium ganz allein jonglierte.

»So leben also Könige«, sagte ich zu ihm, als wir eines Tages durch die sonnendurchfluteten Straßen seiner Geburtsstadt Smyrna bummelten. Lee und Stas gingen dicht hinter uns, mein Schwager mit versteinertem Gesicht, meine Schwester stumm, aber mit gespitzten Ohren – sie wollte sich kein Wort entgehen lassen.

Onassis jedoch warf den Kopf zurück und brüllte buchstäblich vor Lachen. »Vermutlich«, antwortete er schließlich.

»Womit genau sind Sie denn so reich geworden, wenn ich fragen darf?«

»Ein bisschen von diesem und ein bisschen von jenem. Verschiffung, Öltransporte, Walfang und Investitionen.« Onassis zuckte mit den Schultern. Er bewegte sich wie ein Herrscher durch die Menge, als gehöre ihm die Insel. »Ich habe meine erste Million im Alter von fünfundzwanzig Jahren gemacht, indem ich Ozeanfrachter zu Schnäppchenpreisen gekauft und im Krieg dann gegen eine massive Gebühr als Versorgungsschiffe vermietet habe.«

Ich zog eine Augenbraue in die Höhe und tat mein Bestes, einen kleinen Pulk von Fotografen zu ignorieren. »Ist das nicht illegal?«

»Das kommt ganz darauf an, wie man es betrachtet, Süße. Ich habe auch Olympic Airways gegründet. Das war vollkommen legal.«

»In Ihrer Freizeit vermutlich.«

»Selbstverständlich.«

Ein vollkommen harmloses Gespräch auf einem Spaziergang, der mir helfen sollte, wieder zu Kräften zu kommen. Aber die Fotos davon wurden von den Boulevardzeitungen auf der ganzen Welt veröffentlicht.

Gleichzeitig lamentierte die amerikanische Presse darüber, dass ich nach dem Tod unseres gemeinsamen Sohns nicht an der Seite meines Ehemannes geblieben war, sondern mich auf der anderen Seite der Welt von einem Playboy hatte einladen lassen, der in dem Ruf stand, ein großartiger Liebhaber zu sein – ein Image, das Onassis wahrscheinlich selbst in die Welt gesetzt hatte.

Als Jack anrief, überraschte es mich nicht.

»Anscheinend amüsierst du dich gut«, sagte er, als ich ihm zur Unterzeichnung des Limited Nuclear Test Ban Treaty gratulierte. Auf einmal merkte ich, dass er viel zu weit weg war und ich mich schrecklich nach ihm sehnte.

»Es ist schwierig, sich in Griechenland nicht zu amüsieren«, antwortete ich leise.

Wieder eine Pause, als wähle Jack seine Worte mit Bedacht. »Ich bin eifersüchtig, Jackie, und das ist ein verdammt unangenehmes Gefühl. Ich versuche hier einen dauerhaften Frieden mit Russland zu sichern, während die Klatschspalten überquellen von Geschichten über eine griechische Luxusjacht, auf der gefeiert, luxuriös gespeist und getanzt wird. Jetzt weiß ich, wie du dich gefühlt haben musst, bevor … bevor Arabella gestorben ist.«

Eine Flutwelle von Schuldgefühlen überrollte mich, denn ich hatte mich hier wirklich vergnügt – oder besser gesagt, mich ins Vergnügen gestürzt, um meinen Kummer zu vergessen. Aber in meinem Hinterkopf war immer eine Stimme gewesen, die mich daran erinnerte, dass die Reise auf Jacks politische Kosten ging, obwohl er mich darin bestärkt hatte, sie zu machen.

Doch jetzt fühlte Jack sich wie ich nach der Totgeburt unserer Tochter.

Im Spiegel erhaschte ich einen Blick auf die Rubin-Halskette, die Onassis mir geschenkt hatte. Alle Frauen hatten von ihm ein extravagantes Geschenk bekommen: ein goldenes Abendtäschchen für Suzanne Roosevelt, diamantenbesetzte Armreifen für Lee, Rubine für mich. Vermutlich war solcher Luxus für den Mann, der von der Presse »der goldene Grieche« getauft worden war, eine Bagatelle, aber ich hakte die Kette mit der freien Hand auf und ließ sie in eine offene Hutschachtel fallen, als hätte ich mich verbrannt.

Plötzlich schien diese Reise ein riesiger Fehler zu sein. »Ich komme bald nach Hause, Bunny«, versprach ich Jack.

»Hast du noch vor, mit mir nach Texas zu kommen und mir im Wahlkampf zu helfen?«

Natürlich wusste er, wie sehr ich den ganzen Wahlkampftrubel verabscheute, doch der unerschütterlich republikanische Lone-Star-Bundesstaat hasste meinen Mann mit der Hitze von tausend texanischen Sommersonnen. Daher hatte ich ihm das Versprechen gegeben, ihn zu begleiten und ein bisschen von dieser Feindschaft abzufedern. »Selbstverständlich. Ich zähle schon die Tage.«

Er lachte. »Gut. Ungefähr so, als hättest du eine Wurzelbehandlung vor dir, richtig?«

Ich lächelte und hoffte, dass er das Lächeln in meiner Stimme hören konnte. »Ich liebe dich und möchte dir helfen. Das ist alles, was zählt.«

»Und vergiss nicht, wie sehr ich dich liebe, Jackie.«

Klick.

Zum ersten Mal konnte ich es kaum erwarten, Europa zu verlassen.

Kapitel Vierzehn

November 1963

Caroline und John klatschten in die Hände und wippten auf den Füßen, als die *Honey Fitz* über die himmelblauen Wellen hüpfte. Wir hatten den wunderschönen Herbstnachmittag genutzt und mit den Kindern und ihrer Menagerie von Hunden den ganzen Tag auf dem Wasser verbracht. »Wirf noch eine rein, Daddy!«, jubelte Caroline.

Jack zog das Gegenstück der unglücklichen Socke, die er soeben in hohem Bogen hatte über Bord gehen lassen, aus und ließ es über den Wassern von Nantucket baumeln. »Seht ihr den weißen Fleck da drüben?« Er nahm John auf den Schoß und zeigte nach Osten. »Da drüben … Es ist der scheue rote Nantucket-Hai!«

Sein Augenzwinkern in meine Richtung brachte mich zum Kichern, vor allem, als sowohl Caroline als auch John eifrig über die Reling spähten, um ihrem Vater dabei zuzusehen, wie er den sonderbaren Köder nun mit großer Geste ins Meer schleuderte. Clipper und Pushinka bellten begeistert, als wären sie ebenfalls eingeweiht. »Und Socken sind seine Lieblingsspeise!«, verkündete Jack mit vielsagendem Augenbrauenwackeln in Richtung meiner Füße.

Lachend band ich meine Schuhe auf und zog ein Söckchen für Caroline und dann das andere für John aus. »Na gut, Käpt'n

Ahab«, sagte ich. Während unsere Kinder sich mithilfe ihrer eigenen winzigen Socken auf die Jagd nach den scheuen, nur für ihren Vater sichtbaren Haien machten, nahm Jack mich in die Arme. »Was planst du eigentlich als nächsten Trick?«, fragte ich ihn.

Er legte das Kinn auf meine Schulter, und seine Stimme wurde tief und förmlich. »Hier spricht Walter Cronkite mit dem Ergebnis der Präsidentschaftswahl 1964 … Ein Erdrutschsieg für Jack Kennedy!«

Doch auf einmal wurde er ernst und räusperte sich. »Damit das passiert, muss ich natürlich zuallererst Texas auf meine Seite bringen.«

Ich lehnte mich an ihn. »Ich werde dich jeden Schritt des Weges begleiten, Bunny.«

Jack drehte mich in seinen Armen um und schockierte mich mit seiner nächsten Frage. »Was wirst du anziehen?«

Ich riss die Augen auf und starrte ihn an. In all den Jahren unserer Ehe hatte Jack mich nie nach meinen Modeentscheidungen gefragt.

»Was denn?« Er fuhr sich mit der Hand durch die Haare, so dass sie in alle Richtungen abstanden. »Sind mir Hörner gewachsen?«

»Kleider«, antwortete ich schließlich. »Ich denke, ich werde Kleider anziehen.«

Jack lachte dröhnend, was so ansteckend klang, dass ich nicht anders konnte, als mitzulachen. »Hast du irgendwelche Wünsche?«

»In Texas werden uns lauter reiche republikanische Frauen in dicken Nerzmänteln und mit protzigen Diamantarmbändern über den Weg laufen.« Jack saß auf der Luke, sonnenverbrannt und sorglos, die muskulösen Beine vor sich ausgestreckt. »Du musst sie alle in den Schatten stellen. Schlicht und elegant wirst du den Texanern zeigen, wie guter Geschmack aussieht.«

Also stand ich an dem Abend, nachdem wir die Kinder ins Bett gebracht hatten, mit gerunzelter Stirn vor meinem Kleiderschrank. Seine blassblauen handbemalten Türen waren in Paris in Auftrag gegeben worden und zeigten *mes objets adorés* – ein Foto von mir als sechsjähriges Mädchen mit meinem Vater bei einer Pferdeshow, die Erstausgabe von Jacks Buch, ein Bild von Caroline als Säugling, einen Band mit Baudelaire-Gedichten und das von mir gemalte Aquarellbild des Weißen Hauses. Nachdem ich den Inhalt des Schranks eine Weile angestarrt hatte, packte ich einen Armvoll Sachen und marschierte in Jacks Zimmer.

»Was ist das denn?«, fragte Jack und hob die Augenbrauen, als ich die Klamotten auf seinem Bett ablud.

»Eine spontane Modenschau.«

Damit er mich begutachten konnte, hielt ich ein Kleid nach dem anderen an mich, und wie ein römischer Kaiser reckte Jack den Daumen in die Höhe oder zog eine Grimasse, wenn ich ihm absichtlich zu kühn zusammengemixte Kombinationen vorstellte. Unsere endgültigen Favoriten waren allesamt altbewährte Veteranen meiner Reisegarderobe: dezent-elegante weiße und beige Kleider, Kostüme in Blau oder Gelb und auch das von Chanel inspirierte rosa Kostüm mit marineblauem Kragen und passendem Pillbox-Hut, das ich erfolgreich zum Lafayette-Square-Treffen und im Lauf der Jahre noch zu mindestens sechs weiteren Veranstaltungen getragen hatte.

»Das gehört zu meinen Lieblingen«, sagte Jack, der die Show von seinem Schaukelstuhl beobachtete, eingehüllt in den Rauch seiner Upmann-Zigarre.

Also wanderte das Kostüm auf den Stapel für Texas.

»Keine andere First Lady wird sich je mit dir messen können«, sagte Jack, als wir das Licht löschten, und seiner weichen Stimme hörte ich an, dass er es ernst meinte.

Im Dunkeln wurde ich rot und staunte, dass er immer noch so viel Macht über mich hatte, nach all den Jahren, nach allem, was wir durchgemacht hatten. Er streckte die Arme nach mir aus und legte eine Hand in meinen Nacken, während er mit der anderen meine Wange streichelte. »Ich meine es ernst, Jackie. Du bist eine großartige Frau.«

»Angeber«, flüsterte ich und küsste seine Wange.

Als Jack mich daraufhin küsste, wusste ich eines.

Für diesen Mann war ich bereit, große Opfer zu bringen.

»Ich mag Texas nicht.«

Diese Feststellung machte ich in unserer Hotel-Suite in Fort Worth, die mit Gemälden von Picasso und van Gogh umdekoriert worden war, alles temporäre Leihgaben lokaler Demokraten. Die Doppelmatratze im Schlafzimmer war von Jacks Beratern entfernt und durch seine Spezialmatratze aus Rinderhaar ersetzt worden. Ich machte mir Sorgen, dass er womöglich am Abend zusätzlich Cortisol brauchen würde, um den Rest der Reise zu überstehen, denn wenn ich erschöpft war – und ich war am Ende meiner Kräfte und konnte kaum noch die Augen offen halten –, musste er doch noch viel erschöpfter sein. Aber Jack hatte die Energie einer kleinen Sonne, also würde er morgen früh vielleicht frisch und munter losziehen und weitere Menschenmengen für sich gewinnen.

Eine Menschenmenge nach der anderen. Und alle verschlangen unseren Anblick wie gefräßige Bestien. Mühsam wälzte

Jack sich über das Heizkissen, das ich seinem Rücken zuliebe aufs Bett gelegt hatte, lächelte dann etwas kläglich, als er seine Lesebrille aufsetzte und anfing, in der neuesten Ausgabe des *Look Magazines* zu blättern – nicht gerade sein üblicher Lesestoff. »Texas ist nicht Paris, so viel steht fest«, sagte er. »Aber es könnte noch schlimmer sein.«

Ich seufzte. »Na ja, bisher hat wenigstens noch niemand gebuht.«

Trotzdem wäre ich froh gewesen, wenn wir den zusätzlichen Schutz des Plexiglas-Dachs der Limousine gehabt hätten, doch Jack hatte angeordnet, dass es lediglich bei Regen eingesetzt werden durfte. Und bisher hatte uns Texas nur blauen Himmel und Sonnenschein beschert. Zum Glück hatte Jacks Gesicht auch nicht auf irgendwelchen Hassplakaten geprangt, auf denen behauptet wurde, er hätte Amerika den Kommunisten überantwortet. Niemand hatte umgekehrte amerikanische Flaggen gezeigt, die als Flagge der Demokratischen Partei verhöhnt wurden. Ich fragte mich, ob Clint Hill und der Rest der Leibwache eventuell schon alles ausgespäht und dergleichen Ärgernisse rechtzeitig entfernt hatten. Falls ja, musste ich mich persönlich bei den Secret-Service-Männern bedanken.

Jack blätterte in der *Look* und lächelte. Gott, dieses wunderschöne Lächeln.

»Woran denkst du?«

Nach einem Moment des Zögerns überreichte er mir die aufgeschlagene Zeitschrift. »Ich denke, du kannst es dir auch jetzt schon ansehen, ehe es in den Kiosken landet.«

Ich hatte nicht die geringste Ahnung, was mich erwartete, und ganz sicher rechnete ich nicht mit dem Schwarz-Weiß-Foto von John, der im Bademantel aus der Geheimtür hinter dem Resolute Desk lugte, an dem Jack grinsend hinter seiner Schreibmaschine saß. Auf dem Cover prangte sogar ein Farbfoto von den beiden. »›Der Präsident und sein Sohn: Eine exklusive Bildergeschichte‹«, las ich vor. »Wann hast du das machen lassen?«

»Als du in Griechenland warst.« Jacks Gesicht erinnerte mich an das unseres Sohns, wenn man ihn dabei erwischte, wie er vom heiligen Lincoln-Bett hopste. »Ich weiß, du bist dagegen, dass Fotos von den Kindern gemacht werden, aber ich habe für den Artikel extra Stanley Tretick eingeladen. Hoffentlich stört es dich nicht allzu sehr.«

»Überhaupt nicht.« Vorsichtig fuhr ich mit dem Finger über das Hochglanzcover. »Es ist wunderbar, etwas ganz Besonderes. Und ich bin überrascht, dass John lange genug still gesessen hat, um sich fotografieren zu lassen.«

Ich klappte die Zeitschrift zu und strich das Cover glatt. »Darf ich es behalten?«

Jack zog eine Augenbraue hoch. »Aber natürlich.«

»Du warst großartig heute bei den Wahlveranstaltungen«, fuhr ich fort. Mein Mann war es gewohnt, hofiert zu werden, wohin er auch ging, und ich wusste, dass diese Reise für ihn eine Art persönliche Hölle war, denn die texanischen Massen waren nicht unbedingt begeistert. »Wie fühlst du dich?«

»Oh Gott. Ich bin kaputt«, antwortete er. »Aber die Leute mögen dich, du solltest öfter mit mir auf diese politischen Reisen kommen.«

»Ich werde mit dir überall hingehen, Jack. Bis zum Mond und wieder zurück.«

Er nahm die Lesebrille ab. »Es ist nicht der Mond, aber wie wäre es mit Kalifornien? In zwei Wochen?«

»Ich bin dabei.« Bis an mein Lebensende würde ich die Ruhe unseres eigenen Zuhauses jeder Menschenmenge vorziehen, die meinen Namen skandierte, aber hier ging es um Jack.

Um uns.

Noch ein Jahr Wahlkampf, noch fünf Jahre, wenn Jack im November wiedergewählt wurde. Aber danach hatten wir wieder unsere Ruhe.

Als ich mich über ihn beugte, sah ich den Schmerz in seinen Augen. Es war wie damals, als ich ihn nach den Operationen gesund gepflegt hatte. Endlich waren wir wieder ein Team, Jack und ich.

»Möchtest du, dass ich hierbleibe?«

Er schüttelte den Kopf. »Geh ruhig nach nebenan, sonst halte ich dich womöglich wach. Und kümmere dich morgen nicht ums Frühstück, bleib einfach im Bett, bis wir uns auf den Weg nach Dallas machen.«

Ich strich ihm eine Strähne der sandbraunen Haare aus der Stirn, die ich schon immer geliebt hatte, und drückte ihm einen Kuss auf die Stirn. »Gute Nacht, Jack.«

»Gute Nacht, Kid.«

Zurück in meinem Zimmer studierte ich die Route und den Terminplan des nächsten Tages. Beides war in den Tageszeitungen von Dallas veröffentlicht worden. Dann legte ich das frisch gebügelte, Chanel-inspirierte rosa Kostüm, das Jack ausgesucht hatte, für den morgigen Tag bereit, kletterte in mein einsames Bett und starrte noch lange nachdem ich das Licht gelöscht hatte, in die Dunkelheit.

Noch einen Tag Wahlkampf in Texas, und danach werde ich nie wieder einen Fuß in diesen Bundesstaat setzen, das schwöre ich …

Dritter Teil

22. November 1963

Es war ein höllisch heißer Morgen in Dallas, die Novembersonne blendend hell.

»Achten Sie darauf, nach links zu schauen, nicht zum Präsidenten«, wies Dave Powers, der persönliche Assistent des Präsidenten, die First Lady an, als der Autokorso in die Elm Street Richtung Dealey Plaza einbog. »Winken Sie nur den Menschen auf Ihrer Seite. Wenn Sie beide den gleichen Wählern winken, wäre das reine Verschwendung.«

Auf beiden Straßenseiten kreischte die Menge, und besonders laut wurde ihr Name gerufen, als sie durch die hispanischen Wohngebiete kamen, denn die Rede, die die First Lady am Abend zuvor auf Spanisch vor der League of United Latin American Citizens gehalten hatte, war enorm erfolgreich gewesen. Einige hielten Schilder hoch, auf denen WE LOVE YOU, JACKIE stand, und einige Mütter hoben die Hände ihrer Kinder, damit sie der Kolonne winken und später ihren eigenen Kindern einmal erzählen konnten, sie hätten die First Lady begrüßt. Der Präsident lachte, als seine Frau an einer menschenleeren Stelle, an der nur Werbetafeln sie beobachten konnten, schnell ihre Sonnenbrille aufsetzte.

»Sie wollen lieber dich sehen als mich.« Er musste fast schreien, um den Lärm der Fahrzeugkolonne samt den Fehlzündungen der Motorräder zu übertönen. In den Augen der First Lady wirkte er gelassen und sehr attraktiv in seinem blaugrauen zweireihigen Anzug, der dunkelblauen Krawatte und dem weißen Hemd mit schmalen grauen Strei-

fen – sie hatte alles direkt bei Pierre Cardin in Paris bestellt. »Nimm die Brille ab, Jackie.«

Sie tat es, obwohl es so hell war, dass sie die Augen zusammenkneifen musste und stattdessen den Blick auf ihren wassermelonenrosa Rock und die roten Rosen zwischen ihnen richtete, als der Lincoln Continental im Schneckentempo an einem sechsstöckigen Backsteinbau vorbeirollte und von dort wieder ins gleißende Sonnenlicht der Dealey Plaza gelangte. Hier war die Zuschauermenge etwas weniger dicht.

Nellie Connally sah die First Lady zusammenzucken und deutete zum Schatten der Brücke am anderen Ende der Plaza. »Wir sind fast durch, es ist nicht mehr weit.« Sie lächelte dem Präsidentenpaar aufmunternd zu. »Man kann wirklich nicht behaupten, die Einwohner von Dallas hätten Sie nicht freundlich empfangen!«

»Nein, das kann man nicht sagen.« Die hochgezogenen Brauen des Präsidenten – die Bewegung war so schnell gewesen, dass die Frau des Gouverneurs schon dachte, sie habe es sich vielleicht eingebildet – waren ein Privatscherz, sicher nur für die First Lady bestimmt. Dann winkte der Präsident einem kleinen braunhaarigen Jungen in kurzen Hosen und weißen Kniestrümpfen, und die First Lady blinzelte, denn sie hätte den Kleinen, der vom Rasen zurückwinkte, fast für ihren Sohn John Junior halten können.

Sie wandte sich nach links, mit dem Rücken zum Präsidenten, wie Dave Powers es ihr eingeschärft hatte.

Es begann mit einem Geräusch, das sie ohne die Fehlzündungen und das Knattern der Motorräder vielleicht erkannt hätte.

Vielleicht hätte sie ihren Mann dann retten können.

Kapitel Fünfzehn

Peng.

Ich dachte, es sei eine Fehlzündung, wahrscheinlich von einem der Motorräder. Im selben Moment stutzte unser Fahrer, und der Lincoln wurde noch langsamer.

Dann hörte ich den Aufschrei von Gouverneur Connally: »Oh, nein, nein, nein … Mein Gott, sie werden uns alle töten!«

Hätte ich doch bloß nicht zu ihm geschaut. Wenn ich nach rechts geblickt hätte – in Jacks Richtung –, hätte ich ihn vielleicht auf den Sitz herunterziehen können.

Peng.

Ein Augenblick der Stille folgte, als atme die Zeit tief ein. Wie in Zeitlupe drehte ich mich zu Jack, verwirrt von der seltsamen durchsichtig rosafarbenen Wolke, die seinen Kopf wie ein Heiligenschein umgab, während sein Arm noch nach oben gestreckt war, um dem Jungen zu winken, der unser Sohn hätte sein können. Den fragenden Ausdruck auf seinem Gesicht kannte ich, er tauchte auf, wenn Jack Kopfschmerzen hatte oder bei einer Pressekonferenz über eine besonders schwierige Frage nachdenken musste. Mit einer anmutigen Geste hob er die rechte Hand, als wolle er sich die zerzausten sandbraunen Haare aus der Stirn streichen, aber die Bewegung geriet ins Stocken, seine Hand sank schlaff herunter und entblößte etwas Fleischfarbenes.

Es war sein Schädel.

Die Zeit fiel in sich zusammen, doch dann sprang sie plötzlich vorwärts. Zuerst sah ich kein Blut, aber dann, im nächsten Moment, war alles voll davon, eine leuchtend rubinrote Fontäne ergoss sich auf Jacks Anzug und spritzte auf die Rosen zwischen uns.

Er sackte auf meinem Schoß zusammen, und ein Bruchstück von etwas Fleischfarbenem wurde über seiner Schulter sichtbar und stürzte nach hinten aufs Heck der Limousine.

Ich schrie auf.

Etwas Schweres, Massives stieß mich zurück, warf mich auf den Rücksitz, über Jack, der schwere Körper meines Leibwächters Clint Hill drückte uns nieder und deckte uns zu. Ich bekam kaum Luft, schmiegte mich eng an Jack und barg seinen zerstörten Kopf in meinem Schoß. Der Motor des Lincoln heulte auf. Ich rief irgendetwas, ohne zu wissen, was. Ich rief, und dann schrie ich seinen Namen.

Die einzige Antwort war das Reifenquietschen auf dem Pflaster, und die heisere Stimme meines Leibwächters, der mir befahl, liegen zu bleiben.

Bitte, Gott, bitte. Aber mein Schreck, mein Entsetzen war viel zu groß, mir wollte kein Gebet einfallen.

»Jack, Jack, kannst du mich hören?« Seine Haare dufteten noch nach der Novembersonne, jetzt jedoch vermischt mit dem durchdringenden Metallgeruch seines Bluts. Eine Ewigkeit kauerte ich so über ihm und versuchte, seinen Kopf zusammenzuhalten, Blut und die Hirnmasse verkrusteten meine weißen Glacéhandschuhe. »Ich liebe dich, Jack.«

Ich liebe dich.

Ich liebe dich.

Ich liebe dich.

Unfähig, mich zu rühren, kniff ich die Augen zusammen, konnte jedoch das grausige Bild der blutigen Limousine nicht ausblenden, konnte den süßlichen Duft der blutgetränkten texanischen roten Rosen nicht aus meiner Nase vertreiben. Sirenen heulten, das Funkgerät des Wagens knisterte. Ich packte Jack, umklammerte schluchzend seinen blutigen Kopf. »Jack. Was haben sie dir angetan?«

Als die Bremsen quietschten, wurden wir nach vorn geschleudert, Clint Hill sprang aus der Limousine, und in diesem zerbrechlichen, kristallinen Moment gab es nur noch Jack und mich. Die strahlend helle Herbstsonne verwandelte den Rücksitz des Wagens in einen schützenden Kokon, leuchtete so wundervoll auf Jacks Stirn, dass sein Gesicht aussah, als schliefe er, und ich berührte die roten Rosenblätter, die an seinem Körper hafteten.

Schon immer hatte es nur Jack und mich gegeben.

Doch der Augenblick zerschellte, als schreiende Menschen auf den Lincoln zurannten und ein anderer Leibwächter mich auf die Füße ziehen wollte. »Mrs. Kennedy, Sie müssen Platz machen für die Ärzte, damit sie sich um den Präsidenten kümmern können.«

Doch ich schüttelte nur den Kopf, der Rest meines Körpers war taub, wie versteinert. »Ich lasse ihn nicht gehen.« Die aufgeregten Geheimdienstmänner, die herbeieilenden Ärzte des Parkland Hospital, selbst der hektische Mann, der mit einer Bahre nahte, sie alle waren mir vollkommen egal. »Sie wissen doch, dass er tot ist. Lassen Sie mich in Ruhe. Ich will bei ihm bleiben.«

Ich konnte nicht zulassen, dass sie ihn wegtrugen, nicht so.

Schließlich war es Clint Hill, der mein Dilemma verstand, sein schwarzes Anzugjackett auszog und es behutsam – als hülle er ein Neugeborenes ein – um Jacks Kopf und Brust legte.

Versprich mir, dass du bei meinem Jungen bleiben wirst. Immer.

Auf einmal erinnerte ich mich an das Versprechen, das ich damals Mr. Kennedy gegeben hatte, als Jack ins Koma fiel, und schüttelte die Krankenschwester ab, die Jacks verhüllten Kopf bewegen wollte, während sich ein Sanitäterteam anschickte, Jack auf die Trage zu heben. »Ich mache das«, murmelte ich.

Allerdings musste ich rennen, um mit dem Krankenhauspersonal Schritt zu halten, das Jack in den Schockraum brachte. Ich wollte schreien, wollte weinen – und vor allem wollte ich *hoffen*.

Bis Clint Hills Jackett von Jacks Kopf rutschte und Jacks noch immer weit geöffnete, blinde Augen und die schartige, klaffende Wunde zum Vorschein kamen. Ich stolperte und wäre um ein Haar gestürzt.

Hier gab es keine Hoffnung mehr.

»Mrs. Kennedy, Sie müssen bitte auf dem Korridor warten«, sagte die Schwester. »Die Ärzte können sonst nicht arbeiten.«

Auf einmal stand ich benommen und allein auf dem schmalen Krankenhauskorridor. Lady Bird Johnson umarmte mich besorgt, umgeben von einer Wolke moschusartigen Parfüms und großer Angst. »Gott steh uns bei.«

Ich antwortete nicht, mein Körper war erstarrt, während mein Blick zur geschlossenen Tür des Schockraums irrte. Und mein Geist …

Mein Geist schwebte irgendwo außerhalb meines Körpers, wie ein Luftballon, desorientiert, unfähig zu verstehen, was ich gesehen hatte.

Heute Morgen war Jack am Leben.

Wir machten Pläne für den Wahlkampf in Kalifornien.

Dann dieses harte Knallen, dreimal.

Nach einer Weile – vielleicht dreißig Sekunden, dreißig Minuten, dreißig Jahre später – drückte Lady Bird Johnson meine Hände und sagte leise: »Jackie, wollen Sie sich nicht umziehen?«

Ich blickte hinunter auf mein ruiniertes rosa Kostüm, sah zum ersten Mal dunkles Blut und Gehirnmasse auf meinen Schuhen und Strümpfen, auf meinem Kostüm, sogar an meinem goldenen Armband klebte etwas. Überall war Blut, geronnenes Blut, es war mir durch Mark und Bein gegangen, ich würde nie wieder sauber werden, so viel ich auch schrubbte. »Nein«, murmelte ich. »Sie sollen sehen, was sie angerichtet haben.«

Sie? Wer sind »sie«? Spielt das überhaupt eine Rolle?

Als ein Arzt aus dem Schockraum verkündete, dass Jack noch atmete, wurde mir klar, dass ich einen großen Fehler begangen hatte, als ich mich von Jack hatte trennen lassen, und sei es auch nur vorübergehend.

Es ist nicht möglich. Niemand überlebt das, was ich gesehen habe …

Aber wenn es doch möglich war, musste ich an Jacks Seite sein.

An der Tür standen zwei strenge Krankenträger, die mich nicht vorbeiließen. »Nur medizinisches Personal darf rein.«

»Mrs. Kennedy, möchten Sie ein Beruhigungsmittel?«, hörte ich hinter mir die Stimme von Dr. Burkley, Jacks Privatarzt.

Ich schüttelte heftig den Kopf, alle meine Gedanken verengten sich zu einem einzigen Ziel. »Ich möchte kein Beruhigungsmittel – ich möchte bei meinem Mann sein, wenn er stirbt.«

Dr. Burkley winkte den beiden Krankenträgern, die prompt protestierten, als er die Tür für mich aufhielt. »Ich bestehe darauf, dass Sie Mrs. Kennedy hereinlassen.«

Ich drängte mich an den Männern vorbei und sah als Erstes

einen Arzt, der auf Jacks Brustkorb drückte – bei jedem Druck spritzte eine frische purpurrote Kaskade aus seinem Schädel auf den bereits mit blutdurchtränkten Tüchern bedeckten Boden. Meine Knie wurden weich, ich kniete nieder, ehe meine Beine unter mir nachgeben konnten.

Ohne einen klaren Gedanken fassen zu können, sagte ich eine chaotische Litanei von Gebeten auf, jedes Gebet meiner Kindheit, das mir in den Sinn kam.

Vater unser, der Du bist im Himmel, geheiligt werde Dein Name …

Ich betete. Ich wünschte. Ich wagte zu hoffen.

So blieb ich an Jacks Seite, bis der Arzt schließlich aufhörte, Jacks Brust zu bearbeiten, und auf mich zukam, das markante Gesicht verhärmt, die Augen dunkle Tunnel von Traurigkeit. »Mrs. Kennedy.« Bei seinen Worten begann die Flamme der Hoffnung in mir zu flackern und erstarb. Ein einziger Blick in die gequälten Gesichter der Umstehenden machte mir klar, dass sie das Gleiche fühlten. »Ich fürchte, Ihr Mann hat eine tödliche Verletzung erlitten.«

»Darf ich mich zu ihm setzen?« Die Worte schmerzten mich in der Brust, meine Stimme war kaum mehr als ein Wispern. »Nur ein Weilchen?«

Der Arzt winkte den anderen, und der Raum leerte sich, alle mit niedergeschlagenen Augen, niemand ertrug es, mich anzuschauen.

Dann saß ich auf einem metallenen Klappstuhl neben meinem Ehemann, allein mit Jack, vermutlich zum letzten Mal. Ich konnte nicht sprechen, nur dasitzen, Körper und Geist gefangen in diesem furchtbaren, grausigen Moment, während ich mein gebrochenes Herz dreimal schlagen hörte, hallend, widerhallend, und immer wieder die drei gleichen Worte.

Jack ist tot.

Jack ist tot.

Jack ist tot.

Gleichgültig, wie sehr ich mir den Kopf zerbrach, ich konnte in dieser fürchterlichen, unmöglichen Realität keinen Sinn finden.

Schließlich stand ich auf und ging hinaus auf den Korridor, wo das Team bleicher Krankenschwestern und Ärzte mich erwartete. Ich schloss die Augen, und mit einem winzigen Nicken gab ich ihnen die Erlaubnis.

»Mrs. Kennedy«, sagte einer der Ärzte. »Ich glaube, es wäre vielleicht gut, wenn Sie sich jetzt ins andere Zimmer setzen.«

Über die Schulter hinweg erhaschte ich einen Blick auf einen dunkelroten Bronzesarg, der auf einem Transportwagen mit Gummirädern stand. »Meinen Sie etwa, der Sarg könnte mich erschrecken, Herr Doktor?« Schulterzuckend breitete ich die Arme aus. »Ich bin voller Blut, seinem Blut. Wie könnte es für mich etwas Schlimmeres zu sehen geben als das, was ich gesehen habe?«

Der Arzt gab auf, aber die Schwester, die sich daranmachte, einen Matratzenschoner in den Sarg zu legen – vermutlich, weil Jacks Kopf noch blutete –, zuckte zusammen, als sie merkte, dass ich sie dabei beobachtete. Dabei hatte ich doch nur Augen für Jack, über dessen Gesicht und Körper nun einer der Notfallsanitäter ein frisches weißes Laken breitete.

Das Tuch war zu kurz, ein nackter Fuß lugte darunter hervor, weißer noch als das Laken.

Einem Impuls folgend, strich ich mir die Haare hinter die Ohren, bückte mich und küsste Jacks bleiche Zehen, zog dann das Laken zurück, küsste seine Lippen und schloss die noch immer offenen Augen, die nichts mehr sahen. Erst jetzt ließ ich zu, dass sie ihn in den Sarg legten. Doch als ein Pfleger den Sargdeckel schließen wollte, hob ich noch einmal Einhalt gebietend die Hand. »Warten Sie.«

Ich begann, mir den ehemals weißen Lederhandschuh von der linken Hand zu ziehen. Jetzt war er schwarz.

Mit Jacks Blut verkrustet.

Auf einmal fühlte ich auch die getrockneten Blutspritzer auf meinem Gesicht, aber ich wollte sie nicht abwischen. Verzweifelt blickte ich mich um, unfähig, meine Bitte in Worte zu fassen. Ein Polizist trat vor.

Seltsam, bis jetzt hatte ich noch gar keine Polizei wahrgenommen.

Natürlich sind Polizisten hier. Weil Jack tot ist.

Ermordet …

»Warten Sie, ich helfe Ihnen, Mrs. Kennedy«, sagte der Polizist.

Behutsam zog er mir den Handschuh aus, und jetzt konnte ich meinen goldenen, diamantbesetzten Ehering vom Finger ziehen. Zehn Jahre hatte ich ihn getragen, und nun steckte ich ihn an Jacks kleinen Finger. Ich wollte meinem Mann etwas von Bedeutung mitgeben, und in diesem Augenblick war dieser Ring alles, was ich hatte.

Ein Mann in Marineuniform trat vor und reichte mir zwei verwelkte rote Rosen, die ich von meinem Willkommensbukett wiedererkannte. Der Rest war in einem Mülleimer im Schockraum gelandet. Zuerst wich ich zurück, aber dann dachte ich an meine beiden Kinder zu Hause.

Caroline und John. Lieber Gott, wie sollte ich es ihnen sagen?

In diesem Augenblick wollte ich zusammenbrechen, aber ich

war taub, vollkommen taub, ich fühlte nichts. Und ich musste da sein, für Jack und für meine Kinder.

So nahm ich die welken Blüten schließlich doch entgegen und steckte sie mit eisigen Fingern in meine Tasche.

Noch immer weigerte ich mich, von Jacks Seite zu weichen, und ging, meine leere linke Hand auf dem Sarg, mit den Männern, die den Sarg schoben, den Korridor hinunter. Ein Adjutant der Air Force lief neben mir her und bot mir ein Taschentuch an. Mir war klar, dass ich schauderhaft aussah, voller Blut, aber ich wollte das makellose Taschentuch nicht annehmen, sondern gab ihm nur meinen Pillbox-Hut.

In meinem Innern war ich zerbrochen, aber äußerlich … was ich zu Lady Bird Johnson gesagt hatte, meinte ich ernst.

Sie sollen sehen, was sie angerichtet haben.

»Mrs. Kennedy, Sie können im zweiten Wagen mitfahren«, sagte jemand, als sie Jacks Sarg in einen bereitstehenden schwarzen Leichenwagen luden.

Wieder schüttelte ich den Kopf. »Nein, danke.«

Wann verstehen sie denn endlich? Ich verlasse ihn nicht.

Tatsächlich legte niemand Protest ein, als ich mich allein neben Jacks Sarg setzte. So rasten wir zur Air Force One, die Novembersonne schlich sich durchs Fenster und fiel auf den rotgoldenen Sarg.

Heute Morgen war Jack am Leben, und jetzt ist er tot. Wie ist das möglich?

In dem Tumult auf der Rollbahn schob mich jemand die Metalltreppe empor. »Der Präsident braucht Sie.«

Ich blinzelte, weil ich dachte, sie meinten Jack, doch als ich in die Kabine trat und Lyndon mit grauem Gesicht am anderen Ende der privaten Kabine sah, wurde mir mein Fehler und der des Adjutanten klar. Bevor der Amtseid geleistet war, hatte Amerika kein Staatsoberhaupt.

Präsident *Johnson* war gemeint.

Jack ist tot.

Jack ist tot.

Jack ist tot.

Ich schwankte und zog mich nach hinten zurück, wo ich meinen Platz neben dem Sarg wieder einnahm. Alles passierte zu schnell, mein überlasteter Kopf konnte nicht mithalten, meine Welt war aus den Fugen geraten.

»Jackie.« Langsam kam Lady Birds Gesicht in meinen Fokus. »Lyndon hat darum gebeten, dass Sie es sich im Schlafzimmer bequem machen.«

Dann hatte Johnson mich also gesehen und meine Flucht mitbekommen. Ich schüttelte den Kopf. »Ich möchte keine Umstände machen.«

»Sie sind sehr tapfer. Tapferer als wir alle«, erwiderte sie freundlich. »Setzen Sie sich doch wenigstens eine Weile dorthin, wo Sie Ruhe haben.«

Ich folgte ihr. Auf dem Bett war eines meiner weißen Kleider ausgelegt, und Lady Bird schloss die Tür hinter sich, damit ich allein und ungestört sein konnte. Das Kleid ignorierte ich, wagte es aber, mich zum ersten Mal meinem Spiegelbild zu stellen.

Oh Gott …

Instinktiv wischte ich mir die schwarzen Blutspritzer von den Wangen, ehe ich mich aufhalten konnte …

Warum hab ich das getan? Warum habe ich Jack weggewischt? Warum habe ich meinen Ehering hergegeben?

Jetzt habe ich nichts mehr.

Ich faltete meine zitternden Hände vor mir. Als Lady Bird es mir im Krankenhaus zum ersten Mal vorgeschlagen hatte, war ich nicht bereit gewesen, mich umzuziehen, und ich war es auch jetzt nicht. Nicht bevor Jack zu Hause in Washington war.

Wer auch immer das getan hatte, würde dafür bezahlen.

Wieder klopfte es an der Tür. »Präsident Johnson möchte, dass Sie zugegen sind, wenn er den Amtseid ablegt«, sagte ein Adjutant, blieb aber an der halb offenen Tür stehen, als fürchte er, dass noch mehr von mir zerbrechen könnte, wenn er näher kam. »Schaffen Sie das?«

Ich holte tief Luft. »Wenigstens das bin ich meinem Land schuldig.«

Dem Land, das meinen Mann ermordet hat.

Ich schüttelte den Gedanken ab, so gut ich konnte. Nicht Amerika hatte Jack getötet. Nicht Texas hatte Jack getötet. Ich wusste nicht, wer sein Mörder war, aber ich zweifelte nicht daran, dass wir bald eine Antwort auf diese Frage bekommen würden.

Mit trockenen Augen, noch immer wie ausgehöhlt von dem Schock, folgte ich dem Adjutanten zum mit goldenem Teppichboden ausgelegten Mittelbereich des Flugzeugs. »Es tut mir so leid, Jackie.« Lyndon nahm das Gebetbuch entgegen, das ihm jemand in die Hand drückte – offenbar war an diesem gottlosen Tag keine Bibel zu finden gewesen. »Bobby hat angeregt, dass ich vereidigt werde, ehe wir Dallas verlassen. Für den Fall, dass es eine größere Verschwörung gibt …«

Ich nickte stumm und stellte mich an Johnsons linke Seite, als er die Hand hob, den Amtseid nachsprach und damit die Präsidentschaft der Vereinigten Staaten übernahm.

»Das ganze Land trauert um Ihren Mann«, sagte Lady Bird Johnson zu mir, als es vorbei war.

Heute morgen war ich die First Lady. Jetzt bin ich eine vierunddreißigjährige Witwe mit zwei kleinen Kindern.

Dann machte ich mich auf den Sturm der Trauer gefasst, der sich sicher über mir erheben würde, stattdessen konnte ich mich aber nur über die Apathie wundern, die mich in dieser schwärzesten aller Winternächte einhüllte. Ich wusste, dass Jack fort war, aber es war, als wäre zwischen mir und diesem Wissen eine eiserne Mauer, ich konnte es nicht berühren, es war nicht real.

Immer wieder ging mir das Bild durch den Kopf, wie Jack seinen Arm hob, um dem kleinen Jungen zu winken, der unserem Sohn so ähnlich war, sein fragend-verwunderter Gesichtsausdruck, mit dem er mich zum letzten Mal angeschaut hatte.

Was hätte ich anders machen können? Wie hätte ich ihn retten können?

Ich wusste es nicht. Genau genommen gab es nur eines, dessen ich sicher war.

Das Leben hat keinen Sinn mehr für mich.

Eine Welt ohne Jack war grau, und ich hatte nicht den Wunsch, in ihr weiterzuleben.

Bei Einbruch der Dunkelheit landeten wir auf der Andrews Air Force Base, und der bewölkte Himmel war von schwarzen Streifen überzogen wie von Trauerbändern. Ich beobachtete aus dem Kabinenfenster, wie die Bodencrew die gelbe Ausstiegsrampe heranschob. Sie war noch nicht zum Stillstand gekommen, als eine Gestalt die Treppe hinaufrannte – es war Bobby, der sich durch die Tür drängte und den Gang hinunterstürzte, ohne auf Lyndon oder Lady Bird zu achten, und erst innehielt, als er mich erreichte.

»Hey, Jackie«, sagte er leise und nahm mich in den Arm. »Ich bin da.«

Genau das Gleiche hatte er zu mir gesagt, als ich nach Arabellas Totgeburt aus dem Nebel der Beruhigungsmittel aufgewacht war. Immer war Bobby da, wenn ich ihn brauchte.

»Ach, Bobby.« Auf dem Rollfeld, wo die Menschen in Tränen ausbrachen, als sie mich sahen, erwarteten uns Lichter und Kameras. Ich stützte mich beim Aussteigen auf Bobby, wandte den Blick jedoch ab und starrte hinüber zu dem Militär-Krankenwagen, der, wie ich wusste, für die Autopsie zum Bethesda Naval Hospital in Maryland fahren würde.

»Ich habe einen Helikopter für dich bereitstellen lassen«, erklärte Bobby mir leise. »Er wird dich auf direktem Weg ins Weiße Haus bringen.« Er musterte mich aufmerksam, schüttelte dann den Kopf und erahnte offensichtlich intuitiv, was sonst keiner an diesem Tag verstanden hatte, denn er fügte hinzu: »Aber du verlässt ihn nicht, richtig?«

»Niemals.«

Nebeneinander saßen wir im Krankenwagen, der mit Blaulicht, aber ohne Sirene fuhr. Ich hatte versucht, die Autopsie abzulehnen, aber bei einem ermordeten Präsidenten musste es sein.

Jack gehörte mir nicht mehr – wenn er mir überhaupt je gehört hatte. Er gehörte seinem Land. Der Geschichte.

Ich sehnte mich nach meinem Bett, doch das hätte bedeutet, ins Weiße Haus zurückzukehren und mich mit weiterem Horror zu konfrontieren, wenn ich im Schrank Jacks Anzüge sah, die nach seinem Eau die Cologne riechen würden. Oder die Spielzeugpferde und -flugzeuge, die er für Caroline und John im Schreibtisch des Oval Office aufbewahrt hatte …

Ich schwankte in meinem Sitz, Lichtblitze explodierten um mich herum, ich konnte kaum atmen.

Wieder war es Bobby, der mich aus dem Strudel der Angst rettete, bevor er mich zu verschlingen konnte. Seine ruhige Stimme durchdrang meine Panik. »Erzähl mir von LBJs Amtseid. Man hat mir gesagt, du seist dabei gewesen.«

Ich holte ein paarmal tief Luft. Der Tag war noch nicht vorüber, noch hatte ich meine Rolle zu erfüllen.

Konzentrier dich auf den Augenblick, denk nicht an die Zukunft und schon gar nicht an die Vergangenheit.

Immerhin brachte ich ein hölzernes Nicken zustande. »Er hat gesagt, du hättest ihn aufgefordert, den Eid abzulegen, bevor das Flugzeug Dallas verließ.«

Bobby stutzte und stieß ein trockenes Lachen aus, vielleicht weil er tatsächlich Humor in der überstürzten Amtsübernahme Johnsons entdecken konnte oder weil es ihm gelungen war, mich abzulenken. »Lyndon ist ein gottverdammter Lügner.«

Vielleicht war das der Fall, aber im Moment spielte es für mich überhaupt keine Rolle.

»Mrs. Kennedy, Sie müssen sich ausruhen.« Dr. Walsh, mein Gynäkologe, war eigens ins Bethesda Hospital gekommen und setzte sich zu mir.

»Das kann ich nicht«, erwiderte ich. »Meine Gedanken drehen sich ständig im Kreis.«

Zu meiner Erleichterung wühlte Dr. Walsh daraufhin in seiner Arzttasche und holte eine Spritze hervor. »Eine Dosis Vistaril wird Ihnen helfen, sich ein bisschen zu entspannen.« Er wartete, bis ich nickte, und verabreichte mir die Injektion mit geübter Ruhe.

Doch statt des erwarteten Vergessens spürte ich eine Welle

von Energie. War es das, was Jack im Wahlkampf und als Präsident so oft gefühlt hatte, hundemüde zu sein, aber immer wieder von neuer Kraft erfüllt?

So saß ich mit Bobby, Robert McNamara und einigen anderen in der Präsidenten-Suite des Krankenhauses und erzählte ein ums andere Mal, was an diesem Tag geschehen war, fast so, als wäre es einem anderen Menschen passiert. Die Worte sprudelten aus mir hervor, aber nichts durchdrang den Panzer der Benommenheit, und so gern ich geweint hätte, kamen keine Tränen. Beim ersten Mal hörte Bobby mir aufmerksam und mit grimmigem Gesicht zu, aber als ich fertig war, drehte er sich um und stürmte davon.

Doch als er zurückkam, stellte er sich neben mich und legte mir die Hand auf die Schulter. »Anscheinend hat man den Täter gefunden«, erklärte er leise. »Es ist ein unbedeutender kleiner Kommunist namens Lee Harvey Oswald.«

Ich starrte Bobby fassungslos an. »Dann hatte Jack nicht einmal die Genugtuung, wegen seines Kampfs für die Bürgerrechte getötet zu werden …?« Auf einmal schien der Boden unter meinen Füßen zu schwanken, und Bobby musste mich festhalten. »Es musste ausgerechnet ein alberner kleiner Kommunist sein.«

Inzwischen war auch der Rest der Familie eingetroffen, nur Mr. Kennedy fehlte, denn man hatte beschlossen, ihm die Nachricht von Jacks schrecklichem Tod vorerst zu ersparen. Alle sahen mitgenommen aus, vor allem meine Mutter wirkte wie versteinert, hielt mich abwechselnd umklammert oder starrte stumm und mit großen Augen auf mein blutbeflecktes Kostüm. Ethel umarmte mich, als wüsste sie nicht, was sie mit ihren Armen anfangen sollte, und beteuerte: »Jack ist bestimmt direkt in den Himmel gekommen, und du kannst dich damit trösten, dass er im Paradies ewige Glückseligkeit gefunden hat.«

Ich wich zurück, als hätte sie mich geschlagen, denn solche abgedroschenen Phrasen würden mich niemals über Jacks Tod hinwegtrösten. Plötzlich überfiel mich ein grässlicher Zorn darüber, dass ich diese Last ganz allein würde tragen müssen. »Ehrlich gesagt hatte ich mir ein bisschen mehr erhofft«, fauchte ich Ethel an. »Du solltest dich glücklich schätzen, dass du Bobby hast, er ist wenigstens noch für dich da.«

Auf einmal traten ihr Tränen in die Augen, und sie tätschelte meine Schulter. »Bobby ist auch für dich da, Jackie. Ich teile ihn mit dir.«

Als ich zu Bobby hinübersah, trafen sich unsere Blicke, und abgesehen von seinen blauen Augen, die jetzt sturmgepeitscht und gequält wirkten, sah er aus wie der sprichwörtliche Fels in der Brandung.

Von allen Menschen der Welt war es Bobby, dessen Liebe und Bewunderung für seinen Bruder sich mit meiner eigenen Liebe zu Jack vergleichen ließ.

Vielleicht hatte Ethel ja recht. Vielleicht war ich doch nicht vollkommen allein.

Es war auch Bobby, der mir wortlos meinen Ehering zurückgab, sauber und frisch poliert. »Woher wusstest du, dass ich ihn vermisse?«, fragte ich, nahm den Ring in Empfang und umklammerte ihn fest. »Ich wollte, dass er etwas von mir hat, aber dann hatte ich nichts mehr von ihm …«

Bobby zuckte nur die Achseln. »Ich wusste es einfach.«

Und es war Bobby, der an meiner Seite blieb, als ich Jacks Leichnam – jetzt in einem Sarg aus afrikanischem Mahagoni – schließlich zum Weißen Haus zurückbegleitete.

Halb fünf morgens, dachte ich benommen, als ich auf meine Uhr blickte und dann hinauf zum Mond und zu den Sternen. Noch viel zu früh, um die Kinder zu wecken.

Gestern um diese Zeit war Jack noch am Leben. Gestern um diese Zeit schlug sein Herz noch.

Nachdem Jacks geschlossener Sarg im East Room aufgestellt worden war, gab ich letzte Anweisungen für die kommenden Tage und zog mich dann in mein Schlafzimmer zurück. Dort holte ich die beiden verwelkten roten Rosen aus meinen Jackentaschen und schlüpfte langsam aus dem fleckigen rosa Kostüm, zog die ruinierten Handschuhe und Nylonstrümpfe aus. Jetzt wäre die richtige Zeit zum Weinen gewesen. Doch die Tränen wollten noch immer nicht kommen, sie blieben irgendwo in meinem kalten Körper eingeschlossen, und so lauschte ich stattdessen auf Bobbys Schritte, die sich in Richtung des Lincoln Bedroom zurückzogen. Wahrscheinlich hielt er immer noch die Schlaftablette in der Hand, die Dr. Walsh ihm gegeben hatte. Ethel war zu ihren Kindern nach Hickory Hill zurückgefahren, aber Bobby wollte bei mir und bei seinem Bruder bleiben, wofür ich ihm sehr dankbar war.

»Warum gerade jetzt, Gott?«, hörte ich plötzlich seine Stimme auf dem Korridor. »Warum jetzt?«

Dann schloss sich die Tür. Kurz darauf jedoch durchbrach ein anderes Geräusch die Stille, und es dauerte einen Moment, bis ich das Stöhnen identifizieren konnte, das zu einem Schluchzen wurde und schließlich in einem lauten Wehklagen gipfelte.

Es wäre leichter gewesen, mich abzuwenden, so zu tun, als hörte ich es nicht. Aber Bobbys Klagen drückte all das aus, was ich fühlen wollte, aber von einer unsichtbaren Stahlwand in mir gefangen gehalten wurde.

So wickelte ich mich in einen Bademantel und tappte leise den Korridor hinunter. Ich klopfte nicht, öffnete die Tür einen Spaltbreit und spähte hinein. Bobby saß auf der Kante des Lincoln-Betts, die Hände vors Gesicht geschlagen, und sein ganzer Körper bebte.

Für einen Augenblick hatte ich das Gefühl, Jack vor mir zu sehen, Jack auf dem Höhepunkt der Kubakrise. Oder damals, als Patrick nach nicht einmal ganz zwei Tagen gestorben war.

Wortlos setzte ich mich zu ihm, nahm ihn in den Arm und drückte seinen Kopf an meine Schulter.

So trauerten wir gemeinsam um ihn in der Dunkelheit vor Anbruch des ersten kompletten Tages ohne Jack.

Doch ich schrieb in dieser schlaflosen Nacht auch einen Brief an Jack, wie sehr ich ihn liebte, über das Leben, das wir gemeinsam aufgebaut hatten, und versprach, sein Vermächtnis zu schützen und seine Kinder zu behüten. Jedes schmerzliche Wort auf dem hellblauen Briefpapier musste ich mir abringen, und als ich fertig war, lag ich in meinem kalten Bett und versuchte, den Schlaf herbeizwingen, beobachtete aber stattdessen mit blinden Augen, wie die Morgendämmerung den Himmel draußen erblassen ließ.

Jack war mein Lebensinhalt gewesen, meine Daseinsberechtigung. Jetzt war er weg, und ich trieb hilflos auf den Wellen, ein Herbstblatt in einem plötzlichen Sturm.

Als ich schließlich aufstand, sah ich, dass für mich bereits ein schwarzes Kleid bereitgelegt worden war. Das wassermelonenrosa Kostüm war verschwunden, vermutlich hatte Nancy Tuckerman es weggebracht, um mir den Anblick mit all den brutalen Erinnerungen zu ersparen.

Mechanisch kleidete ich mich an, steckte den Brief an Jack ein und nahm alle Kraft zusammen, ehe ich mich auf den Weg zu den Kinderzimmern machte. Das ganze Weiße Haus schien zu trauern, eine hohle, widerhallende Totenstille herrschte auch vor den Zimmern der Kinder, wo mich für gewöhnlich Lachen und Singen begrüßte.

Die Tür ging auf, und ich erschrak ein bisschen, als Bobby herauskam und sich mit der Hand über sein verhärmtes Gesicht fuhr. Als er mich entdeckte, entspannten sich seine Züge zwar etwas, doch der Schmerz war dennoch deutlich zu erkennen, und seine normalerweise gletscherblauen Augen erinnerten heute eher an einen verwaschenen, dunstigen Himmel. »Ich habe es John schon gesagt«, erklärte er. »Ich habe ihm erzählt, dass sein Vater in den Himmel gegangen ist, um bei Patrick sein zu können. Ich bin nicht sicher, ob er es verstanden hat.«

»Bestimmt nicht«, seufzte ich, und das Herz tat mir weh. »John wird ja erst drei – in ein paar Tagen.«

Tränen brannten in meinen Augen, als mir klar wurde, dass mein süßer kleiner Junge, übermorgen – an seinem dritten Geburtstag – die Beerdigung seines Vaters erleben würde.

Das ist das Leben einer anderen, dachte ich. *Das schreckliche, tragische Leben einer anderen.* Wieder schwankte der Boden unter meinen Füßen.

Doch Bobbys Hand an meinem Ellbogen brachte mich wieder ins Gleichgewicht.

»Und Caroline?«, fragte ich, wieder einigermaßen gefasst.

»Maud Shawn hat es ihr schon gestern Abend gesagt.«

Nie zuvor war ich Maud Shawn so dankbar gewesen. Und Bobby ebenfalls. Über jedes Wort, mit dem ich meinen Kindern hatte erzählen wollen, dass sie ihren Vater nie mehr wiedersehen würden, hatte ich mir den Kopf zerbrochen, aber sie beide hatten mir einen Teil der Last abgenommen.

»Ich tue alles für dich, was immer du willst, Jackie. Du brauchst es nur zu sagen.«

»Kannst du bitte bei mir bleiben?«, fragte ich. »Wenn ich jetzt zu ihnen gehe?«

»Selbstverständlich.«

So stand Bobby an der Tür, als ich das Kinderzimmer betrat, wo ich meine beiden Kinder ganz in Schwarz gekleidet an ihrem Tisch vorfand.

Caroline blickte mit verweinten Augen auf, rannte zu mir und schlang die Arme um meine Taille. Ich kniete nieder, schloss sie in die Arme und winkte John zu uns.

Jetzt kamen zum ersten Mal die Tränen, endlich brach der Damm in mir, und der gewaltige Strom ließ sich nicht zurückhalten.

»Miss Shaw hat gesagt, Gott macht Daddy jetzt zu unserem Schutzengel, dann kann er auf mich und John aufpassen«, sagte Caroline und wischte sich mit dem Ärmel die Tränen vom Gesicht. »Ist das wahr?«

Ich zögerte und wünschte mir, ich könnte mir tatsächlich so etwas vorstellen. Natürlich glaubte ich an Gott und an den Himmel, aber wo war Gott in Dallas gewesen? In mir war nur der finstere Sumpf der Verzweiflung, durch den ich mich Schritt für Schritt quälen musste, ohne sein Ende sehen zu können. Aber ich nickte trotzdem, denn ich musste stark sein für Caroline und für John. Mir blieb keine andere Wahl.

»Ich gehe nachher nach unten zum Sarg eures Vaters und bete für ihn«, sagte ich, während ich uns allen mit Bobbys Taschentuch die Tränen aus den Augen wischte. »Wollt ihr mitkommen?«

Als Caroline nickte, gab ich den beiden Kindern Papier und Buntstifte. Nur das Zwitschern ihrer Kanarienvögel durchbrach die Stille, während Caroline und John damit arbeiteten. Schließlich nahm ich Caroline bei der Hand, Bobby führte John, und wir gingen schweigend, unsere kostbaren Päckchen an die Brust gedrückt, nach unten. Im East Room war der Kronleuchter mit schwarzem Krepp und Zweigen von Andrew Jacksons Magnolienbaum drapiert, und darunter stand Jacks Sarg. Obgleich man mich informiert hatte, der Sarg eines Staatsoberhaupts müsse traditionsgemäß offen bleiben, hatte ich durchgesetzt, dass es diesmal anders gehandhabt werden müsse – niemand, gar niemand durfte Jack in seinem Zustand begaffen oder fotografieren.

Caroline kniete neben mir vor der schwarz verhängten Totenbahre, und während der privaten Messe beugte sie sich zu mir, berührte meine Hand und blickte so mitfühlend, so klug und liebevoll zu mir auf, als müsste sie für mich stark sein.

»Ist er wirklich für immer fort?«, fragte sie, als wir uns der aus vier Männern bestehenden Ehrengarde näherten. Ich tat so, als sähe ich die Tränen in den Augen dieser erwachsenen Männer nicht, als sie die Frage meiner Tochter hörten. »Kommt er nie wieder zurück zu uns?«

Ich konnte nicht lügen, drückte ihr einen Kuss auf die Schläfe und sagte das einzige Wort, das ich ihr sagen konnte: »Ja.«

Und ich sah, wie mein kleines Mädchen den Rücken aufrichtete, die Zähne zusammenbiss und sich zwang, tapfer zu sein.

Angespannt nickte ich dann Bobby zu, der sich mit dem Anführer der Ehrengarde daranmachte, Jacks Sarg zu öffnen, denn ich konnte und wollte meinen Kindern nicht das Recht nehmen, ihren Vater ein letztes Mal zu sehen.

Die Gestalt in dem Sarg ähnelte einer Wachspuppe, das Gesicht blass und gepudert. Mit zitternden Händen packte ich meine Schätze aus und arrangierte sie um ihn herum. Mein Brief, ein Paar extravagant teure Manschettenknöpfe, die ich Jack aus einer Laune heraus zu unserem ersten Hochzeitstag geschenkt hatte, eine Scrimshaw-Schnitzarbeit mit dem Präsidentensiegel, die er letztes Weihnachten von mir bekommen und immer besonders gern gemocht hatte. Als Nächstes legte ich die von den Kindern mit ihren Buntstiften gemalten Briefe zu ihm. John hatte ein Bild gemalt, aber Caroline hatte mit Maud Shaws Hilfe mühevoll einen kleinen Brief geschrieben.

Lieber Daddy,
wir werden Dich alle vermissen, Daddy. Ich hab dich sehr lieb.
Caroline

Mit einem unterdrückten Schluchzen trat ich beiseite, damit Bobby seinem Bruder den silbernen Rosenkranz und eine Krawattennadel in Form des Schnellboots geben konnte, mit dem Jack im Pazifikkrieg ein Held geworden war.

Als Bobby fertig war, beugte ich mich vor und strich ein allerletztes Mal über Jacks sandbraunes Haar, während die Hilfskräfte schon darauf warteten, den Sarg zum Capitol zu transportieren, wo er unter der Kuppel öffentlich aufgebahrt werden sollte.

Nachdem Bobby den Sarg geschlossen hatte, führte er uns aus dem East Room. Bei jedem Schritt konzentrierte ich mich darauf, nicht zusammenzubrechen, zu atmen, damit mein Körper sich nicht auflöste, und ich hasste jeden Augenblick, in dem ich mich weiter und immer weiter von meinem Mann entfernte, von den Tagen und Stunden, als er lebendig an meiner Seite gewesen war.

Noch während Jacks Leiche aus dem Weißen Haus transportiert wurde, erfuhren wir, dass Jack Ruby, ein Nachtclubbesitzer aus Dallas, Lee Harvey Oswald erschossen hatte, als dieser von der Ortsbehörde zur Bundesbehörde gebracht worden war – angeblich, um mir den Schmerz zu ersparen, bei Oswalds Prozess aussagen zu müssen.

In der Rotunde des Capitols bildete sich an Jacks Sarg eine drei Meilen lange Schlange von zweihundertfünfzigtausend Trauernden, die ihm die letzte Ehre erweisen wollten. Als ich spätabends am Ende meiner Kräfte mit Bobby von dort zurückkam, hoffte ich inständig auf Dr. Jacobsons Hilfe.

»Ich finde, du solltest dich nicht von ihm beraten lassen.« Ärgerlich fuhr Bobby sich durch die dunkelblonden Haare, eine Geste, die Jack so ähnlich war, dass ich um ein Haar in Tränen ausgebrochen wäre.

»Ich habe ihn heute Morgen in New York angerufen und gebeten zu kommen. Er ist der Einzige, der mir helfen kann.« Ein Blick zu Bobby sagte mir, dass ich etwas Falsches gesagt hatte. »Bitte, Bobby – Jack hat ihm vertraut, und ich vertraue ihm auch.«

Bobby seufzte resigniert.

Und so wurde Dr. Jacobson in mein Schlafzimmer im Weißen Haus geführt, wo er nach ein paar freundlichen Beileidsbezeugungen aus seiner ledernen Arzttasche den Schatz herausholte, den ich so verzweifelt begehrte.

»Wird es mir helfen zu schlafen?«, fragte ich, denn bisher hatten Beruhigungsmittel entweder keine Wirkung bei mir gezeigt oder mich sogar noch hektischer gemacht.

»Das garantiere ich Ihnen.«

Das reichte mir. Ich hielt ihm den Arm hin und ließ mich spritzen.

Während meines Austauschs mit Jacobson hatte Bobby geschwiegen, aber als der Arzt mit dem Versprechen, am nächsten Abend wiederzukommen, gegangen war, starrte er finster auf die geschlossene Tür. »Ich habe meinen Bruder davon abzubringen versucht«, sagte er. »Vor allem, nachdem Jack mir gesagt hatte, dass der Kerl seinem Gebräu solchen Quatsch wie Affendrüsen beimischt. Und weißt du, was Jack geantwortet hat?«

Ich zog eine Augenbraue hoch, fragte mich dabei aber hauptsächlich, ob es nur Einbildung war oder ob meine Glieder sich tatsächlich schon schwerer und entspannter anfühlten. *Lieber Gott, lass mich heute Nacht schlafen …*

Bobby schnaubte. »Er hat gesagt, es sei ihm egal, selbst wenn es Stachelschweinpisse wäre, solange es gegen seine Rückenschmerzen half.«

»Das klingt ganz nach Jack.« Ich lächelte, schloss die Augen und lehnte mich in meine Kissen zurück. »Ich habe auch keine Ahnung, was in dieser Spritze war, ich weiß nur, dass meine Nerven endlich angefangen haben, sich zu beruhigen.«

Halluzinierte ich, oder drückte mir Bobby daraufhin tatsächlich einen sanften Kuss aufs Haar?

»Das reicht mir«, flüsterte er, als er das Licht löschte. »Ich wünsche dir einen guten und traumlosen Schlaf, Jackie.«

Das wünschte ich mir auch, denn der Alptraum von Jacks Beerdigung würde dieser Nacht nur allzu früh folgen.

Der Tag der Beerdigung zog vorüber wie ein Nebel.

»Sie können doch nicht hinter dem Sarg hergehen!« Außenminister Dean Rusk verschränkte die Arme vor der Brust und starrte mich an, als ich mich bereit machte, die Rotunde im Gefolge von Jacks Sarg zu verlassen. Ich faltete meine Hände, funkelte den Außenminister meines Mannes durch die schwarze Gaze meines Witwenschleiers an und wartete, dass er weitersprach. »Heute Morgen haben wir Todesdrohungen gegen Charles de Gaulle und Chruschtschows Abgesandten erhalten. Lee Harvey Oswald hat zweiunddreißig Monate in der Sowjetunion verbracht und könnte Teil einer größeren Verschwörung sein. Das FBI, die CIA, der Secret Service, alle sind besorgt, dass die anderen Würdenträger und Staatsoberhäupter Ihrem Beispiel folgen, wenn Sie jetzt hinter dem Sarg hergehen.«

Gerade eben waren die traurigen offiziellen Trauerreden in der Rotunde fertig, Caroline und ich hatten Jacks Sarg zum letzten Mal geküsst, jetzt sollte meine Tochter im Auto vom Capitol zur St. Matthew's Cathedral gebracht werden. John war schon vor einer Weile von Maud Shaw weggeführt worden; auf der Fahrt mit der Limousine vom Weißen Haus hierher war er wild auf dem Schoß der Johnsons herumgehopst. Nur Bobby hatte ihn einigermaßen beruhigen können, ich brachte es nicht fertig, ihn an seinem dritten Geburtstag zurechtzuweisen. Schlimm genug, dass er ihn beim Begräbnis seines ermordeten Vaters verbringen musste. »Meinetwegen können alle anderen fahren oder sonst tun, was sie wollen«, erklärte ich Rusk, als er seine Tirade beendet hatte, »aber ich gehe hinter dem Präsidenten zur Kirche.«

Hinter dem ehemaligen Präsidenten, hätte ich sagen sollen, korrigierte mich jedoch nicht.

Als ich meinen Platz hinter dem Sarg einnahm, um die acht Blocks zur St. Matthew's Cathedral zu gehen, hörte ich Rusk mit Charles de Gaulle sprechen, doch der amtierende französische Staatspräsident brachte ihn zum Schweigen. »Präsident Kennedy ist gestorben wie ein Soldat«, sagte er in seinem akzentuierten Englisch, das keinen Widerspruch duldete, drehte sich dann zu mir um und salutierte vor mir. »Es wäre mir eine Ehre, Mrs. Kennedy begleiten zu dürfen.«

So ging auch er zu Fuß, zusammen mit den Vertretern von zweiundneunzig anderen Nationen. Jacks Leben und sein Tod hatte die ganze Welt tief berührt.

Und die Welt war gekommen, um ihm Respekt zu erweisen.

Stille senkte sich herab, als der Begräbniszug sich in Bewegung setzte, Jacks Sarg auf dem Munitionswagen, der 1945 Franklin D. Roosevelts Leichnam getragen hatte. Zu hören waren lediglich die dumpfen Schläge der Trommeln. Direkt hinter mir waren Bobby und Ted, und ich konzentrierte mich ganz und gar auf das reiterlose schwarze Pferd, das hinter dem Sarg hertrottete, behängt mit einem in der Scheide steckenden Schwert und umgedreht in den Zügeln befestigten Stiefeln – das Symbol eines gefallenen Helden.

Ein gefallener Held, ein ermordeter Präsident. Ein Bruder, Vater, Ehemann und Freund.

Als ich die Kirche erreichte, wo ich wieder mit meinen Kindern zusammentraf, blickte John mit großen Augen zu mir empor und fragte: »Wo ist mein Daddy?« Die ganzen acht Blocks hatte ich hinter mich gebracht, ohne einmal das Gesicht zu verziehen, aber bei der simplen Frage meines Sohns brach ich in ein Schluchzen aus, das meinen ganzen Körper erschütterte.

Auch diesmal tröstete mich Caroline. »Alles wird wieder gut, Mommy«, flüsterte sie. »Weine nicht. Ich sorge für dich.«

Meine Kinder sind eine Kraftquelle für mich …

Dieses Mantra wiederholte ich, während Kardinal Cushing die Trauermesse hielt, von der ich jedoch kaum ein Wort wirklich hörte. Danach führte ich Caroline und John auf die Treppe vor der Kathedrale, wo wir alle einen Moment innehielten und in den blassen November-Sonnenschein blinzelten.

Als Jacks Sarg vorbeirollte, erinnerte ich mich plötzlich, dass John mit seinem Vater so gern Soldat gespielt hatte und sein natürlicher Überschwang am Veterans Day sogar die Gedenkfeier auf dem Arlington National Cemetery etwas gestört hatte.

Rasch beugte ich mich zu meinem Sohn hinunter und flüsterte ihm ins Ohr: »John, jetzt kannst du deinem Vater salutieren und ihm Lebewohl sagen.«

Und tatsächlich ließ mein Sohn meine Hand los, trat in seinem blauen Anzug ein paar Schritte vor, nahm Haltung an und hob seine kleine Hand zu einem perfekten Salut.

Klick.

Ich brauchte die Kameras nicht zu hören, um zu wissen, dass dieses schonungslose, unendlich kostbare Foto im Gegensatz zu uns allen dem Zahn der Zeit würde widerstehen können.

Ganz gleich, welche Katastrophe uns überfallen hatte, egal, wie müde und erschöpft ich war – Jack hätte darauf bestanden, dass wir lachten und den Geburtstag seines dreijährigen Sohnes feierten. Begräbnis hin oder her.

Also half mir eine kleine Gruppe von Freunden und Familie, trotz der niedergeschlagenen Stimmung bunte Ballons und

Girlanden im oberen Stockwerk des Weißen Hauses aufzuhängen. Gemeinsam schafften wir es auch, für John überzeugend zu lächeln, bevor er die drei Kerzen auf seiner Eistorte ausblies. Es war ein Segen, dass mein Sohn die Gezwungenheit der Situation nicht wahrnahm und sich auch keine Sorgen um seine schwarz gekleidete Mutter machte, die sich mit der Frage quälte, wie lange sie noch Lyndon und Lady Bird Johnson zur Last fallen konnte – jetzt gehörte das Weiße Haus ja ihnen, sie sollten hier wohnen, nicht mehr wir.

»Ich freue mich, wenn die beiden glücklich sind«, sagte ich leise zu Miss Shaw. Genauso meinte ich es auch, denn ein Teil meines Herzens war ruhiger, wenn ich wusste, dass für meine Kinder gesorgt war. »Danke für alles, was Sie für uns getan haben.«

»Das war doch selbstverständlich, Mrs. Kennedy«, antwortete Maud Shaw, während Bobby John half, sein letztes Geschenk auszupacken. »Wir sind alle für Sie da, wissen Sie.«

»Mommy, schau mal!« Bobby auf den Fersen, kam John mit einem Modell der Air Force One angerannt. »Das ist doch Daddys Flugzeug!«

Wieder brach es mir fast das Herz, als ich mich daran erinnerte, wie oft Jack unseren Sohn in den Marine One Helicopter Hangar mitgenommen hatte, wie sie beide im Cockpit Pilotenhelme aufgesetzt hatten, wie John mit seinen Patschhänden den Steuerknüppel bewegt und Startgeräusche von sich gegeben hatte, während Jack die Befehle von Flight Captain John entgegennahm.

»Ja, stimmt genau«, antwortete ich und gab ihm einen sanften Nasenkuss. Im gleichen Augenblick kam einer der Gäste herein und rief Johns Namen.

Auf die unvermeidliche Reaktion brauchte ich nicht lange zu warten.

Drei, zwei, eins …

»Wer zum Teufel hat ihn denn eingeladen?« Mit finsterem Gesicht musterte Bobby den kleinen Mann mit der olivenfarbenen Haut, der John fragte, ob er ihm erklären könne, wie das Flugzeug funktionierte. Und ausgerechnet in diesem Augenblick stieß Aristoteles Onassis ein lautes, herzliches Lachen aus, das nicht nur die anderen Gäste, sondern auch ihn selbst zu überraschen schien.

»Ich war das«, antwortete ich und verschränkte herausfordernd die Arme vor der Brust. »Er hat angerufen, als ich aus Dallas zurückkam, und mir seine Hilfe angeboten. Dass ich mich nach Patricks Tod schließlich doch erholen konnte, habe ich größtenteils Ari zu verdanken, und ich dachte, vielleicht freut Lee sich, wenn er heute bei uns ist.«

Zwar hatte ich angenommen, Bobby würde hauptsächlich daran Anstoß nehmen, dass ich meiner Schwester ein Treffen mit ihrem Liebhaber ermöglichte, aber es ging ihm um etwas anderes.

»Ari?« Bobbys Gesicht verfinsterte sich noch mehr. »Du bist anscheinend sehr vertraut mit diesem Mann, dem ich den Prozess machen wollte. Schließlich stand er unter dem Verdacht, mithilfe einer Tarnfirma illegal Öltanker zu erwerben. Der hinterlistige Schleimer war damals eine Schlange und ist es auch heute noch.«

»Ich weiß ja, dass er bei der Familie Kennedy nicht sehr beliebt ist …«

Bobby schnaubte und drehte Onassis den Rücken zu. »Wenn es nach mir ginge, würde ich Onassis samt seiner bescheuerten

Jacht im Ozean versenken. Keine Ahnung, was du und deine Schwester an ihm findet. Mal abgesehen von seiner Brieftasche.«

»Vertragt euch bitte, Bobby.« Ich wandte den Blick und sah, dass Onassis jetzt auf Caroline zuging. Im Gegensatz zu John war meine Tochter alt genug, um die Bedeutung des heutigen Tages zu verstehen, hatte sich in die entfernteste Ecke des Zimmers zurückgezogen und ignorierte ihren Bruder und ihre Cousins. Sie war zurückhaltender als John, lieber allein bei ihren Pferden als auf der Suche nach der Aufmerksamkeit, die für John unerlässlich war. Als ich mich auf den Weg zu ihr machte, sah ich, hörte ich, wie Onassis, der sich neben sie gekauert hatte, ihr erklärte: »Miss Kennedy, in Griechenland ist es Brauch, darauf zu achten, dass bei jeder Hochzeit ein paar Tränen vergossen werden und bei jeder Beerdigung ein bisschen gelacht wird. Wenn du heute also irgendetwas lustig findest, dann hab keine Angst zu lachen. Ich vermute, dein Vater würde dich sehr gern lachen hören.«

Damit stand er wieder auf, klopfte mir im Vorbeigehen die Schulter und nahm dann wieder seinen Platz auf dem Boden neben John ein. Ich griff nach der Hand meiner Tochter und drückte sie.

Wir werden es überstehen, wollte ich damit sagen, und als sie daraufhin den Kopf in meinen Schoß legte, war ich überzeugt, dass sie mich verstanden hatte.

Doch obwohl ich durchaus hoffte, dass ich mich zumindest heute auf Bobbys Manieren verlassen konnte, war es erfahrungsgemäß so gut wie unmöglich, alle Kennedy-Männer gleichzeitig im Zaum zu halten.

»Onassis«, meldete sich nun prompt Teddy zu Wort – er saß mit einem Glas Bourbon in der Hand auf der Couch. »Was haben Sie denn mit meinem Neffen zu besprechen?«

»Die Details der griechischen Schifffahrt«, antwortete Ari schlagfertig. »Und wie man Pirat wird.«

Ich grinste und sah Caroline leise kichern und war zutiefst dankbar, als ich ein fröhliches Schimmern in ihren Augen entdeckte.

»In Amerika ist Piraterie illegal.« Teddy holte einen Kugelschreiber aus der Jackentasche und kritzelte etwas auf seine Papierserviette. Als er den Raum durchquerte, um sie Onassis mit großer Geste zu überreichen, fiel mir auf, dass er ziemlich wacklig auf den Beinen war, und ich nahm mir vor, in Zukunft bei Veranstaltungen im Weißen Haus seinen Alkoholkonsum im Auge zu behalten.

Doch dann fiel mir ein, dass ja nicht mehr ich, sondern Lady Bird Johnson jetzt Amerikas First Lady war. Von einem Augenblick auf den anderen hatte mein Leben sich grundlegend geändert.

Onassis' überschwängliches Lachen schlug die Traurigkeit in die Flucht, die mich aus dem Hinterhalt zu überfallen drohte. »Soll das eine Art Vertrag sein?«, fragte er.

Ted wedelte nur mit der Papierserviette vor Aris Nase herum. »Ein Vertrag, in dem steht, dass Sie die Hälfte Ihrer Sachwerte den Armen in Südamerika spenden.«

Zu meiner Überraschung nahm Onassis die Serviette entgegen und signierte sie, schrieb jedoch, die Kappe seines Stifts zwischen den Zähnen, noch etwas dazu. »Was machen Sie denn da?«, wollte Ted wissen, in einem Ton, als handle es sich um ein reales Abkommen.

»Nur ein paar Nachträge auf Griechisch«, antwortete Onassis und zwinkerte mir zu.

»Und was besagen diese Nachträge?«, fragte Ted.

»Das müssen Sie schon selbst herausfinden.« Als Onassis ihm die Serviette zurückgab, wirkte er sehr zufrieden mit sich – ein echter Odysseus, listig und allen anderen immer einen Schritt voraus.

Bobby verdrehte die Augen, aber zum Glück wurde die Szene von Maud Shaw unterbrochen, die gekommen war, um die Kinder ins Bett zu bringen. Ich kniete mich vor die beiden und küsste sie auf die Stirn, wie Jack es immer getan hatte. »Danke, dass du heute so tapfer warst«, flüsterte ich Caroline zu. Und zu John, der noch immer das Modell der Air Force One in der Hand hielt, sagte ich leise: »Happy Birthday, mein kleiner Pilot.«

Ich sah ihnen nach, wie sie sich auf zu ihren tröstlich warmen Betten machten, wo hoffentlich schöne Träume auf sie warteten. Hinter mir unterhielt sich Bobby mit dem Rest der Gäste, die ebenfalls dabei waren zu gehen.

Alle außer einem.

»Ich habe noch etwas für Sie. Ein Geschenk.« Aristoteles Onassis griff in die Jacketttasche und holte ein rechteckiges, in Seidenpapier gewickeltes Päckchen hervor. Als ich es öffnete, fand ich darin zu meiner Überraschung ein schlichtes kleines Buch.

»*The Greek Way* von Edith Hamilton«, las ich und zog fragend eine Augenbraue hoch.

»Das ist eine Sammlung von Essays über berühmte Gestalten der athenischen Literatur und Geschichte. Helden in einer Welt des Leids, in der die Menschen sich im Angesicht von Tragödien und unzuverlässigen Göttern durchs Leben gekämpft haben.« Er blätterte behutsam in dem Buch, und ich sah, dass einige Sätze ordentlich unterstrichen waren. »Auf diesen Seiten ist Weisheit zu finden, kluge Worte, die Ihnen helfen können zu heilen, wenn Sie sich die Zeit nehmen, sie wirklich zu lesen.«

»Ich werde es lesen«, versprach ich Onassis. »Vielleicht nicht heute, aber eines Tages bestimmt.«

»Sie müssen trauern, Mrs. Kennedy, aber dann müssen Sie auch wieder anfangen zu leben.« Aristoteles Onassis nahm meine Hand, so dass ich seine Kraft fühlte und mir wünschte, ich könnte aus ihrer stillen Quelle schöpfen. »Was ich am Telefon gesagt habe, meine ich ernst. Ich bin immer für Sie da, ein Anruf genügt.«

Ich sah Onassis nach, kehrte dann leise zurück auf die Couch, bis Bobby sich zu mir gesellte und wir in kameradschaftlichem Schweigen nebeneinandersaßen, beide mit unserem Kummer beschäftigt.

Schließlich beugte Jacks Bruder sich vor und stützte die Ellbogen auf die Knie. »Wollen wir unseren Freund besuchen?«

Ich wusste, wen er meinte, nickte stumm und ging nach oben, um meinen Mantel zu holen. Auf meinem Bett lag ein kleiner Zettel, den ich neugierig entfaltete.

Gute Nacht, Jacks, mein Schatz, du bist die Tapferste und Feinste von allen.

Ich lächelte über die nette Nachricht meiner Schwester. Natürlich hätte ich sie einladen können, sich uns anzuschließen, aber irgendwie fühlte sich das aufdringlich an. So ging ich stattdessen zu der Vase im Korridor und klaubte mir daraus einen kleinen Strauß zusammen. Dann stiegen Bobby und ich in den wartenden schwarzen Mercury, den er inzwischen organisiert hatte. Meine Leibwache folgte in diskretem Abstand, als wir im Hatfield Drive parkten und durch das Haupttor den Arlington National Cemetery betraten.

Zum zweiten Mal an diesem Tag waren wir hier, denn hier hatten wir am Nachmittag Jack begraben. Schweigend waren wir danach zurück zum Weißen Haus und meinen Kindern gegangen, doch eine Frage ging mir immer noch im Kopf herum.

Wie geht es jetzt weiter?

Als ich nun mit Bobby auf Washingtons nächtliche Skyline hinausblickte, wusste ich immer noch keine Antwort. Ich schaute zu den Sternen empor und erinnerte mich an die Zeilen, die Bobby sich für seine Grabrede von Shakespeare geliehen hatte.

Und stirbt er einst,
Nimm ihn, zerteil in kleine Sterne ihn:
Es wird des Himmels Antlitz so verschönen,
Dass alle Welt sich in die Nacht verliebt
Und niemand mehr der eitlen Sonne huldigt.

Jack war meine Sonne gewesen, mein Tag … und ich war nicht bereit, der endlosen Nacht die Stirn zu bieten.

»Tut mir leid«, sagte Bobby.

»Was tut dir leid?«

»Das alles.« Er gestikulierte zum Grab seines Bruders. »Ich hätte ihn nicht nach Dallas gehen lassen dürfen. Wir wussten, dass das politische Klima dort beschissen war …«

»Hör auf.« Ich ergriff seinen Arm und schüttelte entschieden den Kopf. Dann zwang ich ihn, mich in der Dunkelheit anzuschauen – richtig anzuschauen. »Nichts davon ist deine Schuld.«

Ich andererseits …

Wenn ich doch nur nach rechts gesehen hätte. Wenn ich Jack doch nur zu mir auf den Sitz heruntergerissen hätte …

Erst als Bobby mich zu sich umdrehte und mir die Hände auf die Schultern legte, merkte ich, dass ich laut gesprochen hatte. »Wenn ich mir nicht die Schuld geben darf, dann darfst du das aber auch nicht.« Er berührte meine Wange. »Abgemacht?«

In diesem Moment war ich zutiefst dankbar, dass Bobby bei mir war und ich nicht so furchtbar, schrecklich allein sein musste. Von allen Kennedy-Brüdern war Bobby derjenige, der am meisten seinem Vater ähnelte. »Ich werde es versuchen.«

Aus diskreter Entfernung sah Bobby mir dann dabei zu, wie ich den Lilienstrauß niederlegte, den ich vom Weißen Haus mitgebracht hatte. Ein Streifen orangefarbener Blütenpollen blieb an meinem Ärmel zurück, aber ich ließ ihn dort, als Erinnerung an diesen Augenblick.

War das, was wir hatten, diesen Moment wert? All den Schmerz?

Die Antwort darauf wusste ich: Ohne Jack wäre mein Leben öde gewesen, und das hätte ich in jedem Augenblick gespürt. Schon diese wenigen Tage, die ich nun ohne ihn verbracht hatte, ließen mich das erkennen.

»Ich würde alles noch einmal genauso machen«, flüsterte ich Jack zu. »Alles – die Tränen, den Herzschmerz, diese ganzen eintausendsechsunddreißig magischen Tage.«

Eintausendsechsunddreißig Tage hatten Jack und ich im Weißen Haus gelebt. Ich hatte sie gezählt, als ich durch die leeren, von mir neu gestalteten Zimmer gegangen war – einschließlich des vor Kurzem vollständig renovierten Oval Office, mit dessen Fertigstellung ich Jack nach unserer Rückkehr von Dallas hatte überraschen wollen.

Eintausendsechsunddreißig Tage. Und wie vielen Tagen muss ich nun ohne dich die Stirn bieten, Jack?

Darauf kannte ich die Antwort nicht. Ich wusste nur, dass er frei war … Aber ich musste weiterleben.

Einen einsamen und farblosen Tag nach dem anderen.

Kapitel Sechzehn

Dezember 1963

Ich war eine wandelnde Wunde.

Eine pochende, blutende Wunde.

Die Medien behaupteten, ich hätte nach Jacks Ermordung das Herz der Nation gebrochen und das Land zusammengehalten, doch ich tobte innerlich vor Wut, wenn ich Leute sagen hörte, ich wirke so ausgeglichen und gefasst – ich war doch keine Filmschauspielerin! In Wahrheit war ich vor allem einsam.

Wenige Tage nach Jacks Begräbnis kam ich zu Thanksgiving in Hyannis Port an, ignorierte meine Schwägerinnen jedoch und ging gleich zu Mr. Kennedy. Das Alter setzte ihm zu, man sah es deutlich an den weißen Haarbüscheln und den schlaffen Gesichtszügen und den Falten, die sich immer tiefer um Mund und Augen eingruben. Für einen Moment fühlte ich schuldbewusst eine gewisse Erleichterung, dass Jack wenigstens nicht hatte leiden müssen – dass er nicht wie sein Vater an den Rollstuhl gefesselt, stumm und gelähmt gestorben war. Genau das war vor der Wirbelsäulenoperation Jacks größte Angst gewesen – dass er womöglich gezwungen sein würde, ein Halbleben zu führen.

Tatsächlich hatte er nur ein halbes Leben gehabt – in Jahren, nicht in dem, womit er es gefüllt hatte. Allerdings war ich nicht sicher, was schlimmer war.

Ich zog einen Stuhl an Mr. Kennedys Bett und ließ mich dankbar darauf sinken. »Hallo, Poppy Doodle«, begrüßte ich ihn.

Als ich in Mr. Kennedys blaue Augen blickte und dort seine unermessliche Trauer sah, hätte ich um ein Haar geweint. Ich wusste, wie drei meiner Kinder gestorben waren, ich kannte jedes Detail ihrer kurzen Geschichten. Mr. Kennedy war hier gefangen, er hatte die Beerdigung seines Sohnes nicht besuchen können, aber ich vermutete, dass er Jacks Geschichte hören wollte.

»Willst du es hören?«, fragte ich ihn. »Wie es passiert ist, meine ich?«

Er blinzelte einmal, und zwar so entschieden, dass ich sofort begann, ihm von den grässlichen Momenten in Dallas zu erzählen.

Als ich fertig war, musste ich Tränen von Mr. Kennedys Wangen wischen. »Wenn die Sache abgeschlossen ist«, sagte ich mit einem tiefen Seufzer, »werde ich mich verkriechen.«

Und ich meinte es ernst. Die einzige Frage war nur, ob irgendetwas jemals in der Lage sein würde, die Hölle zu befrieden, die in mir tobte.

Ich musste Jacks Vermächtnis bewahren und dafür sorgen, dass seine letzten Augenblicke für alle Zeiten in die Geschichte eingingen. Dafür musste ich selbst das Grauen von Dallas immer wieder neu durchleben, doch diese Qual konnte ich mir nicht ersparen.

So saß ich später an diesem Tag dem bekannten Autor William Manchester gegenüber, zog tief an meiner Zigarette und klopfte die Asche in dem Aschenbecher aus Waterford-Kristall ab. Mir war klar, dass ich irgendwann vor der Warren-Kommission – dem von Lyndon Johnson eingesetzten Ausschuss, der

Jacks Tod untersuchte – würde aussagen müssen, aber ich hatte um ein Treffen mit Manchester gebeten, dem ich zutraute, die Ereignisse um den Mord an Jack für die Nachwelt festzuhalten und damit reißerischen Berichten zuvorzukommen.

Er goss unsere Daiquiri-Gläser noch einmal voll, bevor er mir die nächste Frage stellte. »Glauben Sie, der Mord an Ihrem Mann geht auf eine Verschwörung oder gar auf staatliche Einflussnahme zurück?«

Als ich heute Morgen aufgewacht war, hatte ich mir eine Reihe einfacher Vorgaben gemacht, die ich befolgen wollte, um durch den Tag zu kommen. *Putz dir die Zähne, Jackie. Setz dich zum Frühstück zu deinen Kindern, Jackie. Beantworte Manchesters Fragen und bring es hinter dich, Jackie.*

Doch inzwischen bereute ich es, dass ich nicht im Bett geblieben war.

»Was für eine Rolle spielt es denn, ob er von der CIA, dem FBI, der Mafia oder einfach von einem Irren getötet worden ist?« Ich zündete mir die nächste Zigarette an und ignorierte den bereits überquellenden Aschenbecher. »Das ändert doch nichts. Jetzt geht es darum, Jacks Tod dauerhaft in einen historischen Kontext zu bringen.«

Jedes Mal, wenn ich mich an die Schüsse erinnerte, hoffte ich, dass es diesmal die bedrückende Bürde, die ich seit diesem grausigen Tag mit mir herumtrug, etwas leichter machen würde, aber stattdessen verrutschte das Gewicht nur leicht und ließ sich dann umso fester auf meinen Schultern nieder. Manchmal fragte ich mich, ob die ständigen Alpträume, die mich nachts schreiend aus dem Schlaf emporschrecken ließen, vielleicht im Lauf der Zeit meine Erinnerungen verändern würden.

Mein Gespräch mit William Manchester sollte den Tag in

Dallas für die Nachwelt festhalten, vielleicht würde ich dann Ruhe finden.

Denn ich konnte nicht fliehen.

Überall, wo ich hinschaute, gab es Erinnerungen an Jack.

Ich drehte den rosa Diamantring an meiner rechten Hand, und sofort fiel mir ein, wie dieses Geschenk zu mir zurückgekommen war. Mit tränennassen Augen hatte Evelyn Lincoln, Jacks persönliche Sekretärin, mir den siebenundvierzigkarätigen rosaroten Kunzit, umgeben von zwanzig Diamanten, ausgehändigt, als er vor ein paar Tagen ins Weiße Haus geliefert worden war. Jack hatte ihn nach Patricks Tod bei Van Cleef & Arpels in New York ausgesucht.

In dieser Zeit waren Jack und ich uns näher denn je …

»Es sollte eigentlich ein Weihnachtsgeschenk werden«, erklärte mir Evelyn mit brüchiger Stimme, als sie mir die samtene Box überreichte. Meinen Ehering und den Ewigkeitsring, den Jack mir zum Hochzeitstag geschenkt hatte, hatte ich bereits abgelegt, aber diesen Ring konnte ich nicht loslassen. Noch nicht.

Nun starrte ich in Mr. Manchesters freundliches Gesicht und bemühte mich, meine Tränen zurückzuhalten. Ich suchte ein Epitaph für Jacks Präsidentschaft, eine Grabinschrift, die seinen Platz in der Geschichte zusammenfasste und festigte. In den frühen Morgenstunden glaubte ich endlich das Richtige gefunden zu haben.

Eine Reprise aus dem Musical *Camelot*, die einfing, wie man sich an die eintausendsechsunddreißig Tage von Jacks Amtszeit erinnern sollte: wie an eine leuchtende Stadt auf einem Hügel, wo heldenhafte Männer mit schönen Frauen tanzten, wo die Hoffnung regierte und große Taten vollbracht wurden.

Ich zog an meiner Zigarette und begann, für Mr. Manchester das wiederzugeben, was ich heute Morgen eingeübt hatte. »Wenn Jack etwas zitiert hat, war es für gewöhnlich etwas Klassisches, aber ich schäme mich ein bisschen, weil ich immer an eine Textstelle aus dem Musical *Camelot* denke. Vor allem mochte Jack die Stelle ganz am Schluss: *For one brief shining moment there was Camelot.*«

Das war geschwindelt, denn Jack konnte Broadway-Musicals nicht ausstehen. Doch ich stellte ihn mir jetzt vor, wie er in der Küche von Hyannis Port stand, mit verschränkten Armen an die Anrichte gelehnt, eine Zigarette in der Hand.

Gute Arbeit, Kid, hörte ich seine Stimme in Gedanken. *Jetzt wird man mich garantiert nicht mehr vergessen.*

Manchester kritzelte etwas in sein Notizbuch. »Und Sie möchten, dass man sich so an die Präsidentschaft Ihres Mannes erinnert? Als eine Art Camelot?«

Ich schwenkte meine Zigarette und ließ mich in der Phantasie von Jack anfeuern. »Bittere alte Männer schreiben Geschichte. Jacks Leben hatte mehr mit Mythos und Magie zu tun als mit politischen Theorien und Politikwissenschaft. Die Geschichte gehört den Helden, und Helden dürfen niemals vergessen werden. Ich möchte, dass man sich an Jack als Helden erinnert. Natürlich wird es wieder große Präsidenten geben, aber nie mehr ein Camelot.«

Während Manchester erneut in sein Notizbuch kritzelte, sah ich den Jack meiner Phantasie die Augenbraue hochziehen und mir mit einem Daiquiri zuprosten.

Gut gemacht, Kid. Jetzt mach weiter mit dem Leben.

Bald würde ich herausfinden, ob ich dazu fähig war.

»Liebes, Sie müssen wirklich nicht ausziehen.« Lyndon Johnson räusperte sich, Lady Bird stand direkt hinter ihm. »Sie können bleiben, solange Sie wollen.«

Seit dem Attentat waren inzwischen zehn unendliche Tage vergangen. In der grauen Luft lag ein Hauch kommenden Schnees, die letzten Herbstblätter taumelten zu Boden. Ich schüttelte den Kopf, strich den schlichten Rock meines schwarzen Kostüms glatt. »Aber nein, ich bin Ihnen lange genug zur Last gefallen.«

Nicht nur das, mir war auch schnell klar geworden, dass ich nicht mehr im Weißen Haus wohnen wollte. Ich hatte dieses Haus liebevoll restauriert, aber jetzt fügten mir die Erinnerungen an Jack in den unerwartetsten Momenten immer neue Wunden zu.

Das jüngste derartige Erlebnis hatte ich am Vorabend gehabt, als ich mitbekam, wie John in seinem gestreiften Pyjama vor einem der Porträts von Jack stand. »Gute Nacht, Daddy«, hatte er gesagt und das Foto zärtlich geküsst. Ich schaffte es kaum zurück in mein Zimmer, bevor ein Tränenstrom mich mitriss und ich weinte, bis ich kaum noch Luft bekam.

Dieses Haus war eine Falle geworden, und ich brannte darauf, es endlich hinter mir zu lassen. Zumindest, bis ich die Fehlzündung eines Motorrads hören konnte, ohne dass ich sofort wieder das Gefühl hatte, in der tödlichen Autokolonne zu fahren. Bis ich ohne Beruhigungsmittel eine Nacht durchschlafen konnte.

»Das ist sehr nett«, wandte ich mich an Lyndon, »aber die Harrimans haben bereits ihr Stadthaus in Georgetown frei gemacht, damit wir einziehen können. Dort können wir bleiben, bis ich ein neues Zuhause für die Kinder und mich gefunden habe.« Ich legte die Hand auf seinen Arm. »Und vielen Dank noch einmal für die Durchführungsverordnung.«

Johnson hatte hunderttausend Dollar für meine Haushaltsausgaben in den nächsten zwei Jahren autorisiert, wofür ich mich ihm zutiefst verpflichtet fühlte. In meiner Ehe mit Jack hatte ich mir nie Geldsorgen gemacht – Investitionen waren nicht seine Stärke, er hatte sein Präsidentengehalt einer Wohltätigkeitsorganisation gestiftet, und wir hatten vom Kennedy-Fonds gelebt. Doch die Zuwendungen, die ich als Jacks Witwe aus dem Fonds erhalten würde, waren nicht sehr stabil, und es war jetzt schon klar, dass ich nicht genug bekommen würde, um den Lebensstil zu finanzieren, an den die Kinder und ich uns gewöhnt hatten.

Eins nach dem anderen, Jackie.

Bobby und Teddy konnten Lyndon wegen seines texanischen Tonfalls und seiner ruppigen Manieren nicht leiden, aber ich hielt ihn für einen anständigen Menschen. Ich verschränkte die Hände vor mir. »Jack würde sich ganz sicher freuen, wenn er wüsste, dass das Weltraumzentrum in Florida seinen Namen trägt.«

»Das ist ja nur recht und billig«, antwortete Johnson. »Aber lassen Sie mich wissen, wenn es etwas gibt – ganz egal, was –, was wir für Sie tun können.«

Da es nichts mehr zu sagen gab, umarmte ich beide Johnsons, warf dann einen letzten langen Blick auf das Haus und ging dann, einen vorsichtigen Schritt nach dem anderen, die Treppe hinunter. Unten warteten J.B. West und Maud Shaw mit den Kindern am Auto. Caroline und John trugen die gleichen taubenblauen Mäntel, die sie auch zur Beerdigung ihres Vaters getragen hatten, und John hielt eine kleine amerikanische Flagge in der Hand, wie ich es gewünscht hatte. Denn ganz gleich, was ihrem Vater zugestoßen war, wollte ich, dass meine Kinder als patriotische Amerikaner aufwuchsen.

»Die Angestellten haben mich beauftragt, Ihnen ihre herzlichsten Wünsche auszurichten«, sagte West mit einem traurigen Lächeln. »Und Ihnen zu sagen, dass Sie jeden Tag in ihren Gedanken sind.«

John drückte seiner Schwester die Fahne in die Hand und zupfte am Ärmel des Chief Ushers. »Und was ist mit uns, Mr. West? Werden uns auch alle vermissen?«

J.B. West ging vor John in die Hocke. »Das Küchenpersonal hat gesagt, dass sie dich ganz speziell vermissen werden, kleiner Mann«, antwortete er, »dich und die Werkstatt, die du in der Ecke aufgemacht hast. Sie sind nicht sicher, wer ihnen jetzt beibringen wird, wie man den Pochierer und die Milchtöpfe benutzt.«

John nickte weise, sah dann zu mir und flüsterte Mr. West so laut zu, dass wir es alle hörten: »Ich werde auch alle vermissen, aber Onkel Bobby meint, ich muss mich jetzt um meine Mutter kümmern.«

»Gut so, junger Mann«, antwortete J.B. West, und als er sich aufrichtete, schimmerten seine Augen feucht. »Passen Sie gut auf sich auf, Mrs. Kennedy. Wir alle werden Sie sehr vermissen.«

Ich nickte, aber als wir die Auffahrt hinunterfuhren, wusste ich, dass dieser Ort, diese tausendsechsunddreißig Tage mich mein Leben lang heimsuchen würden.

Begierig, mir zu helfen, wo sie nur konnte, suchte und fand Lee für mich in der 3017 N Street im Washingtoner Stadtteil Georgetown das perfekte Domizil: zwölf Zimmer, ein dreistöckiges, hellbraunes Backsteinhaus aus der Kolonialzeit. Leider sollte es 217 000 Dollar kosten, ein Preis, den ich mir nicht mehr leisten konnte.

Als ich das Haus jedoch Bobby gegenüber kurz erwähnte, fiel ihm sofort eine Lösung ein. »Wir handeln den Preis runter und autorisieren die Joseph P. Kennedy Foundation, etwas vorzustrecken. Wie viel brauchst du denn?«

Ich zuckte zusammen. »Ungefähr hunderttausend.«

Bobby zuckte lediglich die Achseln und sagte: »Schon erledigt.«

»Ernsthaft? Aber das ist doch viel zu viel, Bobby.«

Aber er legte mir nur den Zeigefinger auf die Lippen und schüttelte den Kopf. »Jackie, du bist eine Kennedy, unsere Königin. Wir kümmern uns umeinander.«

Bobby hielt Wort. Wenige Tage später erhielt ich die Nachricht, dass der Verkäufer einen Kaufpreis von 195 000 Dollar akzeptieren würde, wenn er damit der Witwe von John F. Kennedy helfen konnte. Und auf einmal hatte ich ein neues Zuhause.

Ein Zuhause ohne Jack. Wie soll das gehen?

Zum zweiten Mal innerhalb weniger Wochen stapelten sich die Umzugskisten um mich herum, die Kinder rannten fröhlich durch die Korridore und packten ihre geliebten Schätze aus. Nach Jacks Ermordung waren sie mit Geschenken aus aller Welt überschüttet worden, und ich hatte sie nur einen kleinen Teil davon behalten lassen, aber sie hatten für ihr neues Zimmer beide ein übergroßes Schaukeltier mitgebracht und sofort dort aufgestellt.

Meine Kinder sind glücklich. Das ist jetzt das Wichtigste.

Doch die Ungeheuerlichkeit dessen, was ich verloren hatte, drohte mich zu überwältigen, als mein Blick beim Einräumen auf das Cover einer Zeitschrift fiel.

Der Präsident und sein Sohn: Eine exklusive Bildergeschichte. Die Ausgabe von *Look*, die wir so kurz vor Jacks Tod zusammen angesehen hatten.

Was als unbeschwerter Familienartikel gedacht gewesen war, ähnelte jetzt einem Denkmal für einen toten Vater. Die Kamera hatte Jack lächelnd mit unserem Sohn John eingefangen, genau in dem Moment, bevor der Kleine mit seiner glockenhellen Stimme angefangen hatte zu lachen.

Ich hatte gedacht, dieses Haus sei ein Neuanfang, aber nun verbrachte ich die meisten Nächte damit, jedes Bild, das ich besaß, auf- und wieder umzuhängen, als würde diese kleine Leistung mir wenigstens ein bisschen Kontrolle über mein Leben verleihen. Oft stellte ich auch meine Staffelei auf und malte bis in den frühen Morgen hinein dunkle, trostlose Aquarelle, bevor ich ins Bett sank und mithilfe meiner Tabletten etwas Schlaf fand. Wenn ich morgens die Vorhänge aufzog, sah ich draußen eine lärmende Menschenmenge. Die Nachricht von meinem Umzug hatte sich rasch verbreitet, und nun verrenkten sich Schaulustige den Hals, um einen Blick auf die trauernde Witwe des ermordeten Präsidenten zu erhaschen. Trotz der winterlichen Kälte campierten sie am Straßenrand, skandierten meinen Namen und hinterließen ein Meer von leeren Colaflaschen und zerknüllten Papiertüten.

Ich hasste die Leute dafür, ich hasste Jack, weil er gestorben und schuld daran war, dass der Rest der Welt uns als Zirkusspektakel sah.

Und ich hasste mich selbst, weil ich ihn neben mir hatte sterben lassen.

»Ich wünsche mir wirklich, die Leute würden sich verziehen«, sagte ich eines Tages zu Miss Shaw. »Ich weiß ja, dass sie es nicht böse meinen, aber ich ertrage es nicht, jedes Mal, wenn ich auf die Straße gehe, angestarrt zu werden. Neulich hat ein Mann durchs Fenster in unser Esszimmer geglotzt, als wir uns zum Abendessen an den Tisch gesetzt haben.«

»Auch das geht vorbei.« Miss Shaw schenkte mir eine Tasse Earl Grey ein. »Meine Mutter hat mir beigebracht, in schwierigen Zeiten immer daran zu denken.«

Ich schenkte ihr ein halbherziges Lächeln und begriff, dass ich mich womöglich jeden Tag für den Rest meines Lebens solchen Aufgaben würde stellen müssen. »Funktioniert es?«

Miss Shaw sah mich an mit einem Lächeln, das man nur als britisch bezeichnen konnte. »Manchmal. Aber vielleicht könnte in der Zwischenzeit die Polizei etwas ausrichten? Oder der Secret Service?«

Vor Kurzem hatte der Kongress ein Gesetz verabschiedet, dass der Geheimdienst meine Kinder bewachen würde, bis sie sechzehn waren, und mich, bis ich entweder wieder heiratete oder starb. Zwar hatten die Agenten die besonders hartnäckigen Gaffer daran gehindert, auf den Magnolienbaum vor meinem Haus zu klettern, aber meine ruhige Georgetown-Nachbarschaft ähnelte eher einem marokkanischen Basar mit ihren Straßenhändlern, die billige Kennedy-Schlüsselanhänger und -Postkarten feilboten. Dabei hatte ich mir eine Oase der Ruhe erträumt.

Ich war in meinem eigenen Haus gefangen, und solange wir in diesem Zirkus lebten, war ich meinen beiden Kindern, denen ich geschworen hatte, ihnen Vater und Mutter zu sein, nicht einmal eine richtige Mutter.

Merde alors. Ich war so sicher gewesen, dass es leichter werden würde, wenn wir das Weiße Haus verließen.

Wieder einmal war es Bobby, der mich von der hartnäckigen Trostlosigkeit befreite, die ich einfach nicht abschütteln konnte. Wäre er nicht gewesen, hätte ich womöglich einfach Schluss gemacht.

»Wenn du immerzu nur im Bett liegst, erlebst du nichts, was Spaß macht, Jacks.« Unangekündigt und ohne Einladung erschien er eines Morgens in meinem Schlafzimmer. (Oder war es Nachmittag? Schwer zu sagen, da ich mir als Gegenmittel zu meiner Schlaflosigkeit angewöhnt hatte, den ganzen Tag zu schlafen.) Bobby riss die Vorhänge auf und sah mit der Andeutung eines Lächelns zu mir herüber, als wäre es ihm vollkommen gleichgültig, dass ich vermutlich aussah, als hätte mich jemand zehnmal durch die Hölle und zurück geschleift. »Obwohl, im Bett gibt es schon auch Spaß, aber du weißt ja, was ich meine.«

Ich verkroch mich noch tiefer unter die Felldecke, die Jack mir geschenkt hatte. »Geh weg, Bobby.«

»Das kannst du glatt vergessen.«

»Bist du denn nicht mehr Justizminister? Musst du nicht arbeiten?«

»Ich schwänze.« Er hob mein Kissen hoch und schleuderte es weg. »Aber für dich ist es Zeit, der Welt wieder die Stirn zu bieten.«

Wütend starrte ich ihn an – in seinem eleganten italienischen Anzug sah er aus, als hätte er alles im Griff. Allerdings war er deutlich dünner geworden, seine Gletscheraugen glitzerten noch immer nicht wieder so wie früher, ich kannte die Schatten, die sie umgaben, weil sie auch mir jeden Tag aus dem Spiegel entgegenblickten.

»Ich kann der Welt nicht mehr die Stirn bieten«, erwiderte ich. »Meine Welt ist ein Scherbenhaufen. Und ich bin so allein.«

»Unsinn.« Bobby zog mir die Decke weg, und nun lag ich vor ihm, abgemagert, in einem langen, zerknitterten Seidennachthemd, das ich schon länger nicht mehr gewechselt hatte. »Schau mir in die Augen und sag das alles noch mal. Jack war mein Bruder, Herrgott noch mal. Ich habe ihn angebetet.«

Mich aufzusetzen schaffte ich nicht, aber ich sah Bobby in die Augen. Sah wirklich hin. Vielleicht wirkte es für alle so, als hätte Bobby den Tod seines Bruders ganz gut verkraftet, aber ich wusste es besser.

»Tut mir leid«, flüsterte ich. »Ich hab's nicht so gemeint.«

Bobby stand auf und wanderte durch mein Zimmer wie ein Raubtier im Käfig, jederzeit zum Sprung bereit. »Weißt du, was Ethel neulich gesagt hat? Sie meint, Jack würde sich schon ums Regieren kümmern, er sei schließlich im Himmel, und im Himmel wisse man, was zu tun sei.« Bobby warf die Hände in die Luft. »Ich bin ja froh, dass sie in der Religion Trost findet, aber offen gestanden weiß ich momentan nicht, wo zum Teufel sich Gott in dem ganzen Mist versteckt hat.«

Staunend hörte ich zu, wie er meine eigenen ketzerischen Gedanken laut aussprach. Dann fuhr ich mir durch die Haare und überlegte, wann ich zum letzten Mal richtig geduscht hatte.

Nimm dich zusammen, Jacks. Tu es für die Kinder.

Bobby öffnete den Wandschrank und holte ein blaues Kleid heraus, das ich vor Jacks Tod gekauft, aber nie getragen hatte.

»Ich hab eine Überraschung für dich und die Kinder mitgebracht. Geh erst mal duschen und komm dann ins Spielzimmer.«

Es war lange her, dass ich etwas gefühlt hatte, ganze Tage hatte ich mich ziellos treiben lassen, ohne Verbindung zur Welt, aber jetzt war es Bobby tatsächlich gelungen, meine Neugier zu wecken. Nach einer ausgiebigen Dusche bürstete ich mir ordentlich die Haare, feilte meine abgekauten Fingernägel glatt, doch als ich in den Spiegel schaute, lauerte hinter mir noch immer das Gespenst des grässlichen Novembertags, und mein Gesicht mühte sich mit neuen Bruchspuren wie feine Sprünge auf Porzellan.

Ein Tag nach dem anderen, Jackie …

Im frisch gestrichenen Spielzimmer saßen Caroline und John im Schneidersitz auf einer rot-weiß karierten Decke vor einem kompletten, wahrhaft lukullischen Festmahl aus verschiedenen französischen Käsesorten und Baguette, dazu Schalen mit frischem Obst und sogar eine Schüssel mit Sevruga-Kaviar. Ich musste daran denken, wie ich zusammen mit den Kennedy-Schwestern die Picknick-Körbe für einen sommerlichen Strand-Lunch in Hyannis Port gepackt hatte. Jacks und Bobbys Schwestern hatten ihre Plastik-Kühlbehälter mit Hotdogs, Kartoffelchips und Bier gefüllt, während sich in meinem Weidenkorb Kaviar, Foie gras und gekühlter Champagner befanden.

Jetzt gab Bobby einen Löffel voll des dunkelgrauen Kaviars auf einen Salzcracker und bot ihn mir an. »Deine Picknick-Körbe fand ich immer am besten.«

»Wir machen nämlich ein Picknick!«, verkündete John lauthals und schlug dann erschrocken seine kleinen Hände vor den Mund, und wir lachten alle.

»Jetzt hat Mommy es doch gesehen, und es ist sowieso keine Überraschung mehr«, erklärte Caroline, nahm ihren kleinen Bruder tröstend in den Arm und fragte mich aufgeregt: »Gefällt es dir, Mommy?«

Die hoffnungsvollen Augen meiner Tochter flehten mich an, also war nur eine einzige Antwort möglich, von der ich jedoch zu meiner Überraschung feststellte, dass sie der Wahrheit entsprach. »Es ist wunderbar.«

Den ganzen Nachmittag wurde gepicknickt – Bobby und ich tranken Champagner, die Kinder bekamen heiße Schokolade mit Schlagsahne und Marshmallows, wir unterhielten uns in gebrochenem Französisch, taten so, als lägen wir auf dem Rücken in einem Park in Paris, und stellten uns vor, die Schatten an der Zimmerdecke wären Wolken. Für Caroline entdeckten wir ein springendes Pferd, für John ein Düsenflugzeug.

In dieser Stunde konnte ich vergessen, dass ich die Witwe eines ermordeten Präsidenten war. Zu meiner Überraschung musste ich laut lachen, als John aufs Sofa stieg und so tat, als pflanze er die amerikanische Flagge auf den Eiffelturm.

Wir sind immer noch eine Familie, dachte ich, als Bobby meinen Sohn in die Luft warf und Caroline sich den Bauch vor Lachen hielt. *Onkel Bobby vertritt ihren Vater.*

In meiner Phantasie nickte Jack, als gebe er seine Zustimmung.

»Ich wollte, du wärst eine Amöbe«, sagte ich zu Bobby, als wir die Reste des Picknicks aufräumten. »Dann könntest du dich vermehren, und es gäbe zwei von dir.«

»Ich weiß nicht recht, wie Ethel das finden würde«, grinste Bobby und senkte die Stimme, damit die Kinder uns nicht hörten. »Der gute alte Erdrutsch-Lyndon würde sich jedenfalls vor

Angst in die Hosen machen, wenn er mit mehr als einem von mir umgehen müsste.«

Der heutige Tag war ein Geschenk gewesen, aber ich gab mich nicht der Illusion hin, dass von nun an alles anders werden würde. Schon rief die Nacht nach mir, krümmte die knochigen Finger, drohte mir mit den allzu vertrauten Schreckgespenstern. Der Weg, den ich gehen musste, war noch immer vermint.

»Keine Besuche von Dr. Jacobson mehr, ja?« Bobby massierte meine Schultern, mein sehnsüchtiger Blick zu dem bernsteinfarbenen Fläschchen war ihm nicht entgangen. »Wenn du ein Beruhigungsmittel brauchst oder mit jemandem reden musst, dann ruf mich einfach an, in Ordnung? Du bist stärker, als du denkst, Jackie.«

Ich wollte ihm glauben. Ich wollte es wagen zu *hoffen*.

Doch in den Ecken des Wohnzimmers sammelten sich bösartige Schatten und warteten nur darauf, sich auf mich zu stürzen.

»Ich möchte nicht mehr allein sein.« Ich mied Bobbys Blick und konzentrierte mich lieber darauf, eine Zigarette anzuzünden und den Rauch in meine angeschlagenen Lungen zu saugen. »Ich ertrage es nicht.«

»Dafür gibt es eine ganz einfache Lösung.« Bobby nahm mir die Zigarette aus der Hand und nahm einen langen Zug, bevor er sie mir zurückgab – noch ein Echo aus einem anderen Leben. »Möchtest du, dass ich bleibe?«

Der Augenblick dehnte sich, bis ich es schließlich wagte, verletzt und zerbrochen, wie ich war, diesem Mann in die Augen zu sehen, der Jacks Zwillingsbruder hätte sein können, und zuließ, dass ich mich in diesen Augen verlor …

Ich wollte nicht mehr hilflos sein. Ich wollte *leben*.

Also tat ich es.

»Ja«, antwortete ich und drückte die Zigarette aus. »Das möchte ich.«

Und zum ersten Mal seit Dallas blieben die Alpträume aus, als in dieser Nacht die Lichter ausgingen.

Kapitel Siebzehn

März 1964

Der Sonntagmorgenhimmel färbte sich zartrosa, die letzten Sterne der Nacht winkten mir zum Abschied durchs Küchenfenster zu. Der Frühling öffnete geheimnisvoll die ersten Rosen, ein Blütenblatt nach dem anderen. Als ich das reich beladene Frühstückstablett von der Küche ins Esszimmer trug, staunte ich von Neuem darüber, dass ich die einfachen Freuden wieder zu schätzen wusste, ja mich an ihnen freute und sie genoss.

»Ein dreifaches Hoch auf eure Mutter!« Bobby stupste Caroline und John an, und alle drei brüllten wie aus einem Munde: »Hip, hip, hurra!«

Das Esszimmer mit Bobbys Lächeln und dem Lachen meiner Kinder war für mich eine üppige Oase inmitten der schonungslosen und ungastlichen Wüste des Lebens. Wenn ich schon die Vergangenheit nicht ändern konnte, hätte ich allzu gern die Zeit angehalten und wäre für immer hiergeblieben.

»Ich werde mich aus dem öffentlichen Leben zurückziehen. Vielleicht meine eigene Kanzlei eröffnen«, überlegte Bobby, als wir uns alle über die von mir gebackenen Waffeln hermachten. Während ich Johns Waffel klein schnitt und Caroline einladend eine Tasse Milch über den Tisch zuschob, ließ ich mir Bobbys Bemerkung durch den Kopf gehen. »Ich dachte, du willst für den Senat kandidieren.«

»Ich kann mir einfach nicht vorstellen, noch länger im Staatsdienst zu bleiben.« Bobby sagte das geradezu beiläufig, während er Butter auf seine Waffel strich. »Ohne Jack, meine ich.«

Ich zögerte und überlegte mir meine Antwort ganz genau. Jack hatte mir immer gesagt, ein viel beschäftigter Mann wolle am Feierabend bestimmt nicht darüber sprechen, ob die Genfer Konferenz erfolgreich sein würde oder welche Einigung in Kaschmir erzielt werden könne, und ich hatte ihm nie Karriereratschläge gegeben, aber es wäre mir lächerlich vorgekommen zuzulassen, dass Bobby sich von der politischen Bühne zurückzog und ein Leben ohne Herausforderung lebte. Schlimmer noch, ich wusste, dass er sich irgendwann selbst dafür schelten würde, den Weg des geringsten Widerstands gewählt zu haben.

»Gib doch nicht so leicht auf, Bobby«, sagte ich schließlich und gab ihm unter dem Tisch einen sanften Tritt gegen das Schienbein. »Die Welt braucht Leute wie dich. Leute, die für diejenigen kämpfen, die nicht selbst für sich kämpfen können.«

»Aber ich bin nur ein einzelner Mensch, Jacks …«

»Schon ein einzelner Mensch kann einen Unterschied machen, und jeder sollte es versuchen. Ganz besonders du.«

Ich stand auf und holte aus dem kunstvoll verzierten Mahagoni-Geschirrschrank einen Papierstapel, den ich genau für einen solchen Augenblick aufbewahrt hatte, und schob das Ganze dann über den Tisch zu Bobby. »Wir – du und ich – wären wirklich schlechte Nachlassverwalter, wenn wir uns erlauben, schlappzumachen. Jack würde wollen, dass wir weitermachen mit dem, wofür er gelebt hat – und gestorben ist.«

Bobby warf mir einen fragenden Blick zu, löste dann das Band des Päckchens und überflog die erste Seite. »Notizen von Präsident Kennedy bei seiner letzten Kabinettssitzung am 29. Oktober 1963«, las er vor.

»Ich habe sie alle zusammentragen lassen«, erklärte ich ihm. »Für dich.«

Schweigend beobachteten die Kinder, wie Bobby die gelben Notizblockseiten mit Jacks Gekritzel durchging. Schließlich räusperte er sich heftig. Im Handumdrehen hatte er begriffen, worum es mir ging und warum ich bis jetzt gezögert hatte, es herauszurücken.

Bobby war mein Anker im Sturm, der Fels in der Brandung meines Lebens. Ich würde ihn dazu bringen, in Jacks Fußstapfen zu treten, genau wie Bobby mich nach Jacks Tod zurück ins Leben geschubst hatte.

Doch auf einmal bekam ich ein schlechtes Gewissen und fragte mich, ob ich Jack womöglich untreu war, indem ich mich auf diese intellektuelle und emotionale Affäre einließ und Bobby als Lückenbüßer für den leeren Platz benutzte, den sein Bruder in unserer Familie hinterlassen hatte. Andererseits wusste ich ja, dass Jack nicht gewollt hätte, dass wir für immer trauerten, und sich gefreut hätte, wenn sein Bruder sich um unsere Kinder kümmerte.

Und wir kümmerten uns auch umeinander, Bobby und ich.

»Diese Notizen lasse ich rahmen«, sagte er endlich. »Ich werde sie in meinem Arbeitszimmer in Hickory Hill als Erinnerung aufhängen.«

»Und der Senat?«, drängte ich.

Bobby seufzte lächelnd. »Ja, du hast gewonnen. Ich werde mich für den Senat aufstellen lassen, aber nur, wenn du versprichst, mir zu helfen.«

Du bist ein Glücksbringer für meinen Sohn.

Ich erinnerte mich noch gut daran, was Mr. Kennedy nach Jacks Rede für den Senatswahlkampf zu mir gesagt hatte. Jetzt, da ich wusste, dass das Ende der Geschichte es mit einer der grausigsten Shakespeare-Tragödien hätte aufnehmen können, fühlte ich mich ganz bestimmt nicht wie ein Glückspilz, aber ich lächelte Bobby zu und konnte nur hoffen, dass es einigermaßen zuversichtlich wirkte. »Ich werde dich bei jedem Schritt begleiten.«

Trotzdem bekam ich, als ich ihn unter dem Jubel der Kinder umarmte, plötzlich eine Gänsehaut, denn ich fragte mich, ob ich nicht gerade dafür gesorgt hatte, dass der Gang der Geschichte sich wiederholte.

Aber Bobby ist nicht Jack, beschwor ich mich selbst, während ich den Duft seines Eau de Cologne einatmete – *Eight & Bob*. Jack hatte es ihm geschenkt und das gleiche benutzt. *Seine Geschichte wird ein besseres Ende haben.*

Ich ließ den Blick über die vertraute Skyline von Manhattan schweifen, als das Flugzeug in einer Regennacht auf dem John F. Kennedy International Airport in New York landete.

»Ich wünschte, die hätten den verdammten Flughafen nicht nach meinem Bruder benannt«, murmelte Bobby auf seinem Fensterplatz neben mir. »Das ist für mich jedes Mal wie ein Messerstich in den Magen.«

Ich konnte ihm nur schweigend zustimmen.

An diesem Wochenende hatten wir uns die Zeit genommen, um den Großspendern für den John F. Kennedy Presidential Library Fund persönlich zu danken, danach wollten wir Bobbys politische Karriere richtig in Gang bringen. Bobbys Ehefrau erwartete ihr neuntes Kind, und ich hätte mich vielleicht gefragt, was sie davon halten würde, wenn ich ein Mai-Wochenende mit ihrem Mann verbrachte, aber allem Anschein nach war es für sie kein Problem. Bobby und ich hatten vor Kurzem sogar Urlaub auf Antigua gemacht, während Ethel und Miss Shaw sich mit unseren insgesamt zehn Kindern zum Skilaufen in Sun Valley vergnügt hatten.

Ausnahmsweise einmal war ich dankbar, dass die Presse mein sorgfältig kultiviertes Image immer geschützt hatte. Es würde keine anstößigen Spekulationen darüber geben, dass Bobby und ich uns so nahe waren; kein Mensch würde schlecht über mich denken, nicht einmal, wenn ich mit Eddie Fisher durchgebrannt wäre.

Doch obwohl die Presse mich so verhätschelte, machte sie mich gleichzeitig dadurch verletzlich, und ich hatte Sorge, dass die Stadt, die ich liebte, mich wie vorher Washington D.C. mit Haut und Haaren verschlingen würde.

So war ich nicht nur froh, sondern auch nervös, als unser Taxi sich langsam durch die geschäftigen, grell erleuchteten Straßen von New York schlängelte, kurbelte jedoch das Autofenster herunter, als wir am Metropolitan Museum of Art und am Central Park vorbeikamen. Tief atmete ich den Duft von nassem Asphalt und grünen Pflanzen ein, von gerösteten Erdnüssen und Hotdogs von den Straßenverkäufern und fühlte mich wunderbar lebendig.

»Lass uns Erdnüsse kaufen«, schlug ich spontan vor.

Bobby lachte. »Ich hätte dich nie für eine Frau gehalten, die etwas für geröstete Erdnüsse übrig hat.«

»Wie kommst du auf die Idee, du könntest wissen, was für eine Art Frau ich bin?«

Er legte den Kopf schief, und ich sah die Frage in seinen Augen. »Wenn ich Jacqueline Bouvier Kennedy nicht kenne, dann kennt sie keiner.«

Womöglich kannte er mich sogar besser, als Jack mich gekannt hatte. Doch das kam mir falsch vor, und ich schob den treulosen Gedanken hastig beiseite.

Jack wäre froh, dich neben seinem Bruder lächeln zu sehen. Hör auf, dich schuldig zu fühlen, weil du dich nicht in deinem Kummer suhlst.

Bobby bat den Fahrer anzuhalten, stieg aus und kam mit einer Papiertüte mit dampfenden Nüssen wieder.

»Ich möchte alles in dieser Stadt in mich einsaugen«, sagte ich und sperrte den Mund weit auf, um mich von Bobby füttern zu lassen.

»Mir geht es genauso«, sagte Bobby. »Deshalb habe ich ja hier ein Haus gekauft.«

»Und damit du dich um den New Yorker Senatssitz bewerben kannst.«

Er lachte. »Ja, stimmt.«

Natürlich hatte er nicht nur mit mir, sondern auch mit seinen engsten Beratern darüber diskutiert, nach New York zu ziehen und zu versuchen, den dortigen bisher stramm republikanischen Senatssitz zu erobern. Doch ich fragte mich durchaus, ob er auch die Möglichkeit haben wollte, hin und wieder dem Bienenstock in Hickory Hill zu entfliehen. Er war ohne jeden Zweifel ein guter Ehemann und liebevoller Vater, aber ich stellte mir vor, dass die Zeit mit mir auch eine Insel des Friedens und der Ruhe für ihn war.

»Weißt du«, sagte ich und versetzte ihm einen sanften Rippenstoß. »Das ganze Land sieht dich schon als Johnsons Vizepräsidenten.«

Die Worte hinterließen einen schlechten Geschmack in meinem Mund – der Gedanke, dass ein Kennedy mit dem zweiten Platz vorliebnahm. Nach seinem säuerlichen Gesicht zu schließen, ging es ihm genauso.

»Stellen wir uns den Tatsachen«, sagte er, als das Taxi auf die Park Avenue einbog. »Selbst wenn ich den Posten haben wollte – was nicht der Fall ist –, würde Johnson sich, wenn er zwischen Ho Chi Minh und meiner Wenigkeit wählen müsste, immer für Ho Chi Minh entscheiden.«

Das konnte ich nicht bestreiten, denn während Lyndon immer noch Kontakt mit mir hielt, war es ein offenes Geheimnis, dass er Bobby von ganzem Herzen hasste.

Bei der Zusammenkunft am darauffolgenden Abend im St. Regis Hotel klopfte Bobby mit dem Löffel an sein Glas, um die Aufmerksamkeit der anderen Gäste auf sich zu ziehen. »Ich habe etwas Wichtiges zu sagen.« Er stand auf, eine Hand in der Tasche, als imitierte er unbewusst (oder war es bewusst?) eine Geste seines toten Bruders. »Nach ausführlicher Gewissensprüfung und langen Beratungen mit meiner Familie und meinen Beratern« – er warf mir einen Blick zu – »bin ich zu dem Entschluss gelangt, als Justizminister zurückzutreten und stattdessen die Nominierung als Senator für den großartigen Staat New York anzustreben.«

Schau einer an, dachte ich, als die Menge in Beifall ausbrach. *Jetzt ist es amtlich.*

»New York belebt mich, hier fühle ich mich lebendig«, sagte ich später zu ihm und zog meinen Mantel enger um mich, als wir in die kühle Frühlingsnacht hinaustraten. »Ich glaube sogar, es könnte für mich eine Art Mekka sein.«

So war es auch, denn diese Stadt aus Beton und Stahl schien

es nicht zu kümmern, wer ich war. Sicher, die Leute glotzten, wenn ich vorüberging, aber es waren deutlich weniger als in Washington, und es gab definitiv keine Reisebusse, die mir jedes Mal, wenn ich mein Haus verließ, mit ohrenbetäubendem Kamera-Geklicke folgten.

»Ich werde hierher umziehen«, verkündete ich spontan, und es fühlte sich sehr, sehr richtig an.

»Ich finde, das ist eine großartige Idee.« Bobby hob den Arm, um ein Taxi heranzuwinken, und wackelte mit den Augenbrauen. »Und weißt du, dein Lieblingssenator wird praktisch direkt neben dir wohnen.«

Was ich nicht in Betracht gezogen hatte, als der Plan Gestalt anzunehmen begann, aber es war ein weiteres Puzzleteil, das hervorragend passte. Obendrein war Carolines Schuljahr in ein paar Wochen zu Ende …

»Abgemacht«, sagte ich. »Ich werde das Stadthaus in der N Street im Sommer auf den Markt bringen.«

Einfach so würde ich ein neues Kapitel meines Lebens aufschlagen. Wer würde diese Jackie sein, die in eine neue Stadt in einem neuen Bundesstaat ziehen konnte, um ein neues Leben anzufangen?

Ich wusste es nicht, aber ich war gespannt, sie kennenzulernen.

Vorerst stürzte ich mich in Bobbys Senatswahlkampf. Es war, als käme die Magie der Kennedys zurück, die Menschenmengen waren noch größer und überzeugender als bei Jacks Präsidentschaftskandidatur. Nur mit Mühe schaffte ich es, nicht den Kopf zu verlieren, als Bobby zusammen mit Hubert Humphrey, LBJs Kandidaten für die Vizepräsidentschaft, in einer Fahrzeugkolonne unbekümmert ohne Verdeck die Fifth Avenue hinunterfuhr. Zu meiner großen Erleichterung warfen lediglich Frauen ihre Schuhe in den Wagen.

Bordel de merde, dachte ich, als ich davon hörte. *Ist er so scharf darauf, in die Fußstapfen seines Bruders zu treten*?

Verstand Bobby denn nicht, dass auch er nicht unbesiegbar war? Und dass ich ohne seine Stärke im Chaos meiner Erinnerungen untergehen würde?

»Was ist passiert?«, fragte ich ihn, nachdem wir uns beide hartnäckig geweigert hatten, über seine Zuschaustellung grob fahrlässiger Unbesonnenheit zu diskutieren, und berührte leicht seine Wange. Ich hatte die Kinder zu einer seiner Wahlkampfreden mit nach Brooklyn genommen, um mich mit ihm zu treffen.

John bemerkte als Erster die frischen roten Striemen im Gesicht seines Onkels und stellte sich auf die Zehenspitzen, um sie genauer in Augenschein zu nehmen. »Hast du dich geprügelt, Onkel Bobby?«, fragte er etwas verwundert.

»So sehe ich aus, stimmt's? Ich fürchte, die letzte Kundgebung ist ein bisschen aus dem Ruder gelaufen.« Achselzuckend streifte Bobby die lederne Fliegerjacke mit dem Präsidentensiegel über, die er von Jack übernommen hatte, und reckte sein nacktes Handgelenk in die Höhe. »Die Leute haben mir die Uhr und einen Manschettenknopf weggerissen, und in ihrem Enthusiasmus sind ein paar mit Ringen und Fingernägeln in meinem Gesicht gelandet. Einer hat mir sogar eine Handvoll Haare ausgerupft.«

Die Hände auf den Schultern meiner Kinder musterte ich die wartende Menge, bis ich beruhigt war, dass es sich diesmal um eine eher gesetzte Versammlung handelte, irische Grannies, Mütter mit Kindern.

Trotzdem musste ich mir gut zureden, als ich meine Kinder mit Bobby zum Rednerpult gehen ließ. *Bobby ist nicht Jack. Er ist ein eigener Mensch mit seinem eigenen Schicksal.*

Ein paar Wochen später nahm ich mit einem Seufzer der Erleichterung zur Kenntnis, dass Bobby mit einer überwältigenden Mehrheit von siebenhunderttausend Stimmen gewählt worden war. So stolz ich jedoch auf ihn war, erschrak ich heftig, als er die Hand hob, um den Amtseid der Senatoren abzulegen.

Nicht nur Bobby hatte seinen Sieg, sondern auch ich, denn ich fand nicht nur eine, sondern sogar zwei Projekte von der Art, die ich suchte. Das erste war eine spektakuläre Fünfzehn-Zimmer-Wohnung in der Fifth Avenue.

Das erste Zuhause, das mir ganz allein gehört, dachte ich mit einer bittersüßen Mischung aus Freude und Nervosität. *Ein Neuanfang in einer neuen Stadt.*

Sofort machte ich mich daran, die Wohnung mit all den schönen Gegenständen einzurichten und zu dekorieren, die ich im Lauf meines Lebens gesammelt hatte. Der Louis-Seize-Sekretär, an dem Jack das Moskauer Atomteststoppabkommen 1963 unterzeichnet hatte, ergänzte einen von meinem Vater geerbten Empire-Sekretär, an den Wänden ließ ich kleine Gemälde aufhängen, die ich aus Indien mitgebracht hatte. Natürlich gab es auch ein paar neue Anschaffungen …

»Mommy, darf ich meine Schlange in meinem Zimmer haben?«, fragte John am ersten Tag. »Caroline hat in ihrem doch auch Meerschweinchen.«

»Aber natürlich«, antwortete ich, hielt ihm aber den kleinen Finger hin, wie es Caroline uns beigebracht hatte. »Aber du musst versprechen, dass die Schlange im Terrarium bleibt.«

»Versprochen!« Johns kleiner Finger hakte sich in meinen, dann rannte er in sein Zimmer und bat Miss Shaw, ihm bei der Suche nach dem Terrarium zu helfen.

Die Kinder lebten sich schnell in der Wohnung ein, es war fast, als hätten sie schon immer hier gewohnt. Caroline pinnte eine Weltkarte an die Wand und markierte mit Stecknadeln alle Orte, die Jack in der Zeit seiner Präsidentschaft bereist hatte, und ich half John, sein Schlagzeug im Wohnzimmer aufzubauen.

Ich liebte nicht nur die Inneneinrichtung der Wohnung, ich hätte auch eine Ewigkeit damit verbringen können, aus den Fenstern des fünfzehnten Stockwerks zu blicken. Vierzehn der dreiundzwanzig Fenster gingen zum Park oder dem Metropolitan Museum of Art hinaus, so dass ich einen sensationellen Blick auf den Tempel von Dendur genoss, der in einem massiven Glasbau des Museums untergebracht worden war. Und selbstverständlich hatte die 1040 Fifth Avenue noch den zusätzlichen Vorteil, dass ich ganz in der Nähe von Bobby wohnte.

Eines Abends platzte er wie so oft gut gelaunt herein, seinen Cockerspaniel Freckles auf den Fersen. »Onkel Bobby ist da!« Caroline konnte kaum erwarten, dass er die Pläne für Jacks Präsidentschaftsbibliothek – mein zweites Projekt – ablegte und sie sich ihm in die Arme werfen konnte, genau wie sie es bei Jack gemacht hatte.

»Immer nur arbeiten macht auch Jackie nicht glücklich«, mahnte Bobby, als ich die Pläne ausrollen wollte. »Erst mal ein gutes Abendessen und ein bisschen Spaß. Die Arbeit kommt später.«

Ich fügte mich, und John begann, seinem Onkel seine Trommelkünste vorzuführen. Nach einem Dinner mit Trüffelsuppe und Estragon-Hähnchen versammelte Bobby beide Kinder auf seinem Schoß und packte Freckles noch obendrauf. »Habe ich euch eigentlich schon mal erzählt, wie euer Vater als Junge segeln gelernt hat? Ihr wisst ja, dass wir Kennedys Schiffe lieben, richtig?«

John, der damit beschäftigt war, Freckles die Ohren zu kraulen, schüttelte den Kopf. »Ich mag aber Flugzeuge lieber, Onkel Bobby.«

Ich lächelte und dachte wehmütig an all die friedlichen Nachmittage, wenn Jack und ich auf dem Nantucket Sound gesegelt waren, wir zwei allein auf dem ruhigen Wasser – und lauschte dem Gespräch der anderen. Doch dann kam im Radio der neueste Hit der Beatles, und wie auf Knopfdruck sprang John auf eine imaginäre Bühne, schwang die Hüften, klimperte wild auf einer Luftgitarre und schmetterte aus voller Brust: »She loves you, yeah-yeah-yeah.« Ich hielt mir den Bauch vor Lachen.

Später brachte Miss Shaw die Kinder ins Bett, und in der Wohnung wurde es still. Nicht einmal die Agenten des Secret Service störten uns, denn ich hatte endlich erreicht, dass sie nicht mehr bleiben mussten. Freckles schnarchte am offenen Kamin, während Bobby und ich auf dem weichen Aubusson-Teppich im Wohnzimmer saßen, neben uns halb volle Gläser Merlot auf dem Couchtischchen und kleine Hügel aus Zigarettenstummeln in den Waterford-Aschenbechern. Vor uns hatten wir die Überbleibsel von Jacks Präsidentschaft ausgebreitet, denn wir hatten die Aufgabe, alle Papiere für seine Präsidentenbibliothek durchzugehen, auch die Rechnungen, die sich rapide vermehrten.

»Sag ihm, wir nehmen sein dreckiges Geld nicht.«

Ich verzog das Gesicht, trank einen Schluck Merlot und deutete auf die Rechnungen. »Wir können es uns nicht leisten, eine Spende von einer Million Dollar abzuweisen.«

»Es ist mir vollkommen egal, und wenn es zehn Millionen wären«, entgegnete Bobby. »Sag diesem Griechen, wir werden sein unrechtmäßig erworbenes Geld nicht anrühren.«

Am liebsten hätte ich die Augen verdreht. Demnächst sollten die Erlöse von William Manchesters Buch eintrudeln, die leider eher geringfügig ausgefallen waren, auch hatten die meisten unserer Freunde großzügig gespendet, aber so großzügig wie Aristoteles Onassis war keiner gewesen. Ich überlegte, ob ich das Geld annehmen könnte, ohne dass Bobby davon erfuhr, aber es war mir nicht wert, ihn deswegen zu hintergehen.

»Vermisst du es?«, fragte Bobby plötzlich, aber seine Stimme war so leise, dass ich ihn wegen des im Hintergrund spielenden Noel-Coward-Songs kaum hören konnte.

»Was sollte ich vermissen?«, fragte ich zurück, obwohl ich den Verdacht hatte, es genau zu wissen.

»Das Weiße Haus.« Er gestikulierte. »First Lady zu sein. Dass du Jack vermisst, weiß ich natürlich …«

Ich nahm den angespannten Zug um seine Augen wahr und fragte mich, ob er womöglich genau wie ich mit unausgesprochenen Schuldgefühlen zu kämpfen hatte. Wären wir uns jemals so nahegekommen, wenn Jack noch leben würde? Oder wären wir einfach wie Bruder und Schwester geblieben?

Ich schüttelte meine makabre Träumerei ab und konzentrierte mich auf seine Frage.

»Möchtest du wissen, ob ich die inszenierten Veranstaltungen vermisse, die Fotos, für die ich mitfühlend oder besorgt aussehen musste, die politisch opportunistischen Lügen und Halbwahrheiten?« Ich sprach rasch, nicht willens, das Fundament der Wahrheit anzutasten. »Ich kann gut ohne Politik leben. Bevor ich Jack geheiratet habe, bin ich nicht mal wählen gegangen.«

Bobby setzte das Weinglas ab. »Weißt du, ich dachte, Jack würde Witze machen, als er mir davon erzählt hat.«

»Das war kein Witz. Und ich habe auch nicht vor, meine Stimme jemals wieder abzugeben.«

»Außer für diese eine letzte Wahl?« Bobby sah mich mit treuem Hundeblick an. »Bitte sag mir, dass du mich gewählt hast.«

»Das war ja nicht notwendig bei deinem Erdrutschsieg.«

Als ich mich wieder in meinen Papierstapel vertiefen wollte, tauchte ein Gedanke in meinem Kopf auf, der mich nicht mehr losließ. Sicher, ich vermisste die zahllosen Fotos und inszenierten Veranstaltungen nicht, doch ich konnte auch nicht leugnen, dass die tausendsechsunddreißig Tage den glitzernden Hitzedunst einer Oase angenommen hatten, in der alles Negative vergessen und durch etwas durch und durch Magisches ersetzt worden war.

Bobby stand auf und half auch mir auf die Beine. »Wie wäre es, wenn ich eines Tages für das Amt des Präsidenten kandidierte?«, fragte er leise, so dicht bei mir, dass ich seine Wärme spürte. »Könnte ich mich darauf verlassen, dass du dann einen Stimmzettel mit meinem Namen abgibst?«

Ich löschte die vergoldete Lampe, und eine sanfte Dunkelheit breitete sich in dem Zimmer aus, nur der Mond schien durch die Fenster. »Für dich würde ich das tun, ja, Bobby«, antwortete ich und legte den Kopf auf seine Schulter, während wir auf die Stadt hinausblickten. »Für dich würde ich alles tun.«

Im Februar entfloh ich dem eisigen New Yorker Winter und unternahm auf der *Christina* mit Aristoteles Onassis eine fünftägige Kreuzfahrt zu den Bahamas, während meine Kinder ihrer Grand-mère und meinem Stiefvater in Massachusetts einen vergnügten Besuch abstatteten. War es wirklich erst eineinhalb Jahre her, dass ich zum letzten Mal mit Onassis gereist war, direkt nach Patricks Tod?

Es kam mir vor, als wäre seither ein ganzes Leben vergangen. Das Leben eines anderen Menschen.

»Wo sind die anderen Gäste?«, fragte ich ein Besatzungsmitglied, als ich über die Gangway der *Christina* marschierte. Lee hatte behauptet, sie könne nicht kommen – das Verhältnis zwischen ihr und Onassis hatte sich deutlich abgekühlt, seit er seine Beziehung zu seiner langjährigen Geliebten Maria Callas wieder aufgenommen hatte –, aber ich hatte nicht damit gerechnet, allein an Bord zu gehen.

»Es gibt keine anderen Gäste«, antwortete Onassis. »Nur Sie, Mrs. Kennedy.«

Bisher war ich überzeugt gewesen, Onassis würde mich – auch dank seiner Beziehung zu Lee – als eine Art Schwester betrachten, doch nun hatte ich das ungute Gefühl, dass ich mich geirrt und einen schrecklichen Fehler begangen hatte.

Um ein Haar hätte ich kehrtgemacht und die erste Maschine zurück nach New York genommen.

Was würde Bobby von mir denken? Jacks Tod bedeutete, dass meine enge Beziehung zu seinem Bruder ein geschützter Ort war. Es war nicht nötig gewesen, unsere Beziehung geheim zu halten, denn wir waren die beiden Menschen, die Jack am nächsten gestanden hatten, und der geteilte Schmerz verlieh uns eine Art Nimbus, eine Fassade der Unangreifbarkeit. Doch sollte irgendjemand – sei es Ethel oder die Presse – jemals etwas anderes andeuten, würde es keine Rolle mehr spielen, ob der Vorwurf wahr war oder nicht, und Bobbys Karriere wäre unwiderruflich ruiniert.

War es wegen Bobby und seiner Karriere, dass ich über den Landungssteg ging – um den Verdacht im Keim zu ersticken, den die Presse oder Ethel gegen meine Beziehung zu Jacks Bruder schöpfen könnten? War es, weil Aristoteles Onassis nie etwas anderes als freundlich zu mir gewesen war? Oder aus einem ganz anderen Grund?

Aristoteles Onassis war eine Art Trophäenjäger, und ich war eine der berühmtesten Frauen der Welt. Eine Beziehung mit mir wäre sozusagen das Kronjuwel in seiner Sammlung. Doch das bedeutete noch lange nicht, dass ich mich nicht an seiner Freundschaft freuen konnte, schließlich war Onassis ein freundlicher und aufmerksamer Gastgeber. Wenn auch ein bisschen unsensibel.

»Madame Kennedy«, sagte er in der ersten sternübersäten Nacht, als wir an der Bar saßen. »Wussten Sie, dass Sie auf dem größten Penis der Welt sitzen?«

Eine andere Frau hätte vielleicht aufgebracht reagiert, aber ich war oft genug auf der *Christina* gefahren, um zu wissen, dass der Barhocker, auf dem ich saß, aus der Vorhaut von Minkwalen gemacht war. Onassis' Freimütigkeit brachte mich zum Lachen. Gab es auf der ganzen Welt außer diesem Mann jemanden, der es wagen würde, so mit Jacqueline Bouvier Kennedy zu sprechen?

»Sie müssen sich schon ein bisschen mehr ins Zeug legen«, erwiderte ich. »Lee hat mir längst alles über Ihre Jacht erzählt.«

»Wie geht es Ihrer Schwester? Ist die Prinzessin glücklich mit ihrem Ehemann?«

Sosehr ich in Aris Gesicht nach Anzeichen von Bosheit oder auch nur Neugier suchte, konnte ich nichts dergleichen entdecken. Am ehesten wirkte er gelangweilt, als er hinter sich griff, um etwas von der Bar zu holen. Nach seiner früheren Geliebten zu fragen war anscheinend Aristoteles Onassis' Art, Konversation zu machen.

»Zurzeit sind sie jedenfalls zusammen, soviel ich weiß.«

»Gut. Ihre Schwester ist sehr schön, wissen Sie. Aber je schöner eine Frau ist, desto mehr Geld braucht man natürlich, um ihr Interesse aufrechtzuerhalten.«

Er bot mir einen goldenen Löffel mit Almas an – iranischem Beluga-Kaviar, der teuerste der Welt. Ich rührte mich nicht, sondern zog lediglich eine Augenbraue in die Höhe. »Was wollen Sie damit andeuten?«

»Wer sagt denn, dass ich etwas andeuten will?« Aris Augen funkelten belustigt. »Wollen Sie den Kaviar?«

Ich nahm den Löffel, schloss die Augen, genoss den reichen, salzigen Geschmack und dachte dabei an den Kaviar, den Bobby mir bei unserem Picknick im Kinderzimmer serviert hatte. Schließlich öffnete ich die Augen wieder. Der Gedanke an Bobby gefiel mir in dieser Situation überhaupt nicht.

Anscheinend war ich jedoch nicht die Einzige, deren Gedanken in diese Richtung abschweiften.

»Wissen Sie, ich war überrascht, dass Sie meine Einladung angenommen haben«, sagte Ari und drückte mir ein frisches Glas Dom Pérignon in die Hand. »Ich hätte gewettet, Ihr Kampfhund würde Sie dazu bringen abzulehnen.«

»Mein Kampfhund?«

»Ja. Bobby.« Ari stieß den Namen zwischen zusammengebissenen Zähnen hervor. »Der Rest der Kennedys kümmert sich einen Dreck um Sie, aber er lässt Sie nicht aus den Augen, stimmt's?«

Was hatte Onassis über meine *amitié amoureuse* mit Bobby erraten? Diese einfache und doch so komplizierte Beziehung.

»Er bewacht mich aber nicht«, konterte ich, aber noch bevor die Worte aus meinem Mund waren, wusste ich, dass ich log. Mit seiner einfühlsamen, starken Seele war Bobby tatsächlich mein Wächter, mein Vertrauter, mein Freund. Jetzt, da Jack nicht mehr da war, neben den Kindern mein Ein und Alles.

Doch es ging nicht an, Aristoteles Onassis so etwas zu erzählen. »Bobby ist bei einem Stromausfall die fünfzehn Stockwerke zu meinem Apartment zu Fuß hinaufgerannt, nur um sicherzugehen, dass es den Kindern und mir gut geht«, erwiderte ich. »Und dann hat er sich aus Versehen mit einem Monatsvorrat Cheerios und Yodels in der Speisekammer eingesperrt.«

Ari verdrehte nur die Augen. »Für Ihren engelsgleichen Schwager bin ich nichts als ein reiches Arschloch, wissen Sie.«

»Stört Sie das?«

»Überhaupt nicht.« Ari lachte dröhnend. »Genau das bin ich ja auch. Er beweist damit nur, dass er ein schlauer Scheißkerl ist.«

Ich lehnte mich zurück und taxierte Aristoteles Onassis: dunkel, nicht mehr ganz jung, fünf Zentimeter kleiner als ich, ein Mann, der seine Macht und seinen Reichtum trug wie eine zweite Haut. Das krasse Gegenteil meiner beiden liebsten Kennedy-Brüder.

»Sie schlafen mit ihm, stimmt's?«, fragte Onassis dann ohne jede Vorwarnung.

Ich blinzelte, setzte dann aber rasch ein neutrales Gesicht auf. Ich hätte diesen Vorwurf bestätigen oder bestreiten können, aber niemand hatte ein Anrecht darauf, intime Details aus meinem

Leben zu erfahren. Stattdessen legte ich nur meine blasse Hand mit Jacks rosa Diamantring auf Aris sonnenverbrannte Pranke und sagte leise: »Bobby ist ein guter Mann, er hat mich gerettet.«

Was ich damit sagen wollte, war klar. *Und ich werde ihn niemals verlassen, auch nicht für den reichsten Mann der Welt. Also hüten Sie sich, das von mir zu verlangen.*

»Ich könnte den Grünschnabel umbringen lassen, wissen Sie«, sinnierte Ari ganz lässig. »Mit meinem Geld und ein paar Andeutungen hier und dort kann ich eigentlich fast alles tun.«

Mir wurde eiskalt ums Herz, doch ein Blick in Aris Gesicht sagte mir, dass er bluffte. »Ja, schon – aber dann würden Sie nicht mehr in den Genuss meiner Anwesenheit kommen.«

»Und deshalb ist Ihr Geheimnis bei mir auch sehr gut aufgehoben.« Ari grinste anzüglich und besiegelte sein Versprechen, indem er sein Champagnerglas leicht kippte und die goldene Flüssigkeit nach griechischem Brauch auf den Mosaikboden spritzte. »Auf Bobby«, rief er und reckte sein halb leeres Glas zum Nachthimmel empor. »Weil er ein gottverdammter Mistkerl ist, der wenigstens so viel gesunden Menschenverstand hat, sich um die Kennedy-Witwe zu kümmern.«

Zu meiner Überraschung ergriff er dann meine Hand, flocht seine Finger zwischen meine, zog mich auf die Füße und küsste mich.

Schockiert musste ich erkennen, dass Aristoteles Onassis wirklich wusste, wie man richtig küsste.

Als er mich mit einem entschuldigenden Achselzucken wieder freigab, schnappte ich nach Luft. »Ich habe einmal gesagt, du hättest eine sinnliche Seele, Jacqueline Kennedy«, sagte er mit einem teuflischen Grinsen. »Ich hoffe, dein Freund weiß das zu schätzen.«

Er prostete mir zu, und ich schaffte es, die Augen zu verdrehen und auf etwas unsicheren Beinen davonzuschlendern. Von jemandem geküsst zu werden, der mich nie im Leben an Jack erinnern würde, war eine vollkommen neue Erfahrung für mich.

Onassis' Blick brannte mir auf dem ganzen Weg zu meiner Kabine im Rücken.

Ich wollte mein Leben als selbstständige Frau neu beginnen, aber als ich im folgenden Mai die Einladung der englischen Königin las, konnte ich Jack fast hinter mir fühlen, wie er, die Arme verschränkt, den Kopf schräg gelegt, mit mir las und verlangte, ihm mein Zögern zu erklären.

Eine Einweihung in Runnymede? Mir zu Ehren?, fragte er. *Nenne mir einen einzigen vernünftigen Grund, nicht hinzugehen!*

Selbst meine stumme Erwiderung fühlte sich fadenscheinig an. *Ich bin es müde, in der Vergangenheit zu leben, Jack.*

Aber du liebst England, antwortete seine Stimme in meinem Kopf. *Und die Kinder sollen doch die große weite Welt kennenlernen.*

So bereiteten Maud Shaw und ich die Reise nach England vor, und ich hoffte, Caroline und John tatsächlich die gleiche Wanderlust einzuflößen, die auch ich schon immer in mir spürte. Da es sich um einen Staatsakt zu Ehren eines ehemaligen US-Präsidenten handelte, bot Lyndon Johnson uns großzügig an, wir könnten die Air Force One benutzen, aber ich fühlte mich noch nicht wieder stark genug, in dieses Flugzeug zu steigen, und bat stattdessen darum, die Boeing 707 leihen zu dürfen. Dennoch nannte John die Maschine voller Freude »Daddys Flugzeug«, inspizierte genauestens jeden Winkel und jede Ecke des Flugzeugs – einschließlich der von der Crew für die Kinder in Mengen bereitgestellten Süßigkeiten – und natürlich das Cockpit, wo der Pilot ihn tatsächlich die Steuerung übernehmen ließ.

So viele schöne Erinnerungen, dachte ich, als John die Pilotenkappe aufsetzte, wie er es so oft mit Jack gemacht hatte. *Nur dass jetzt die entscheidende Person fehlt.*

Miss Shaw hielt sich im Hintergrund, damit meine Kinder und ich uns nach der Landung in London wie Touristen benehmen konnten: Wir sahen uns die Wachablösung vor dem Buckingham Palace an, nahmen an einer Kinder-Teegesellschaft mit den Schimpansen im Regent's Park Zoo teil und lachten, bis uns der Bauch wehtat, als John im Tower von einem uniformierten Beefeater aus einer Kanone gefischt werden musste. Dennoch graute mir vor der Zeremonie in Runnymede, wo ich mich wieder einmal der Erinnerung stellen musste, dass Jack nicht mehr da war.

Ich werde es tun. Für meine Kinder.

»Euer Vater hätte das geliebt«, sagte ich zu Caroline und John, als wir Hand in Hand durchs englische Waldland stapften. Ein britischer Historiker hatte mir erklärt, der Weg sei vom Architekten der Gedenkstätte als Teil des Ensembles geplant worden – der steile Aufstieg durch den stillen Wald symbolisierte das Leben, das auf dem Gipfel ins Sonnenlicht gelangte. »Es ist ein sehr geschichtsträchtiger Ort.«

John hatte ganz versunken einen Vogel beobachtet, der über unseren Köpfen sein Lied sang, doch jetzt rümpfte er seine kleine Nase. »Weil ein Stück Papier unterzeichnet worden ist?«

Ich hatte den Kindern erklärt, dass die Zeremonie auch an den Jahrestag der Unterzeichnung der Magna Carta durch König Johann Ohneland im Jahr 1215 erinnern sollte.

»Die Magna Carta ist ein sehr wichtiges Stück Papier«, erinnerte Caroline ihren kleinen Bruder und strich den Kragen ihres dunkelblauen Kleids glatt.

Ich hatte mir Sorgen gemacht, John würde bei der Zeremonie nicht stillsitzen können, aber er hätte an seinem Platz der Haupttribüne glatt als Marmorfigur durchgehen können, als Queen Elizabeth ihren Platz hinter dem sieben Tonnen schweren weißen Stein im Schatten eines hoch aufragenden englischen Weißdorns und einer amerikanischen Scharlacheiche einnahm. Im Hintergrund floss friedlich die Themse, und ich dachte zurück an einen verregneten Morgen in London, an dem ich für den *Washington Times-Herald* über die Krönung der jungen Königin berichtet hatte.

Wie hätte ich damals ahnen können, dass sie ein gutes Jahrzehnt später eine Gedenkstätte für meinen ermordeten Ehemann einweihen würde?

In den Gedenkstein war eine Ehrung und eine Zeile aus Jacks Inaugurationsrede eingemeißelt.

Jede Nation, ob sie uns wohlgesinnt ist oder uns Böses will, soll wissen, dass wir jeden Preis bezahlen, jede Last tragen und jede Mühsal auf uns nehmen, jeden Freund unterstützen und uns jedem Feind in den Weg stellen, um das Überleben und den Sieg der Freiheit zu sichern.

Jack hatte mit seinem Leben den höchsten Preis für sein Land bezahlt, doch nicht für Erhalt und Triumph der Freiheit, sondern lediglich, weil ein Verrückter seinen Tod gewollt hatte.

Mir wurde schwindlig, mein Hals war wie zugeschnürt, als die Zeremonie zu Ende ging. Für alle anderen war Jack bereits in die Ferne gerückt, aber nicht für mich. Ganz gleich, was ich tat, er war immer in meiner Nähe.

»Mommy?« Erst jetzt bemerkte ich, dass John an meiner Jacke zupfte. »Gehen wir nach dem Tee mit der Königin wirklich zu Miss Shaw nach Hause?«

Miss Shaw und ich sahen uns an, dann eilte die weißhaarige Nanny mit Caroline in Richtung des wartenden Autos davon, auf dessen Vordersitz ich ein in Leder gebundenes Erinnerungsalbum hinterlassen hatte. Auf die Einbandinnenseite hatte ich geschrieben: *Sie haben uns – und vor allem Präsident Kennedy – viel Glück geschenkt, denn Sie haben unsere Kinder zu dem gemacht, was sie sind.*

»Natürlich besucht ihr sie nachher, mein Schatz«, beantwortete ich Johns Frage und kniff ihn scherzhaft in die Nase. »Ihr dürft den ganzen Abend bei Miss Shaw verbringen. Das wird bestimmt lustig.«

Als John daraufhin meine Hand packte und einen Kuss darauf drückte, wusste ich, dass später noch genug Zeit für Tränen sein würde.

Es war mir wichtig gewesen, dass die Kinder die Reise genießen konnten, deshalb hatte ich ihnen noch nicht gesagt, dass heute der letzte Tag war, den sie mit ihrer geliebten Nanny verbringen würden. Ab Herbst würden Caroline und John zur Schule gehen und keine Ganztags-Nanny mehr brauchen, doch den endgültigen Ausschlag hatte die Tatsache gegeben, dass Miss Shaw ein Enthüllungsbuch über ihre Jahre mit Caroline und John geschrieben und mit einem Verlag einen Vertrag darüber abgeschlossen hatte.

Geschichtswissenschaftliche Veröffentlichungen über Jacks Präsidentschaft waren eine Sache, aber ganz gleich, wie liebevoll Miss Shaws Buch sein mochte, allein seine Existenz war ein massiver Treuebruch.

Deshalb hatte ich Maud Shaw in aller Ruhe erklärt, dass ich ihr weiterhin eine Pension zahlen würde, ihre Dienste nach der Reise nach England jedoch nicht länger benötigte. Ich weigerte mich, in der Angst zu leben, welche Geschichten über meine heranwachsenden Kinder von der Nanny, die sie liebten und der sie vertrauten, in Zukunft noch verbreitet werden würden.

Meine Kinder sind eine Kraftquelle für mich …

Mehr noch – Caroline und John waren alles für mich, mein Lebensinhalt. Sie waren so stark gewesen, als ich sie brauchte, und ich hatte geschworen, bis ans Ende meiner Tage ihr Rettungsanker zu sein, alles in meiner Macht Stehende zu tun, dass sie in Sicherheit, aber nie verwöhnt, aufwachsen konnten, sich ihrer einmaligen Stellung in der Geschichte bewusst, jedoch bereit, die Welt nach ihren eigenen Vorstellungen zu verbessern.

Wenn das bedeutete, dass Jacqueline Bouvier Kennedy nie etwas anderes sein würde als Jacks Witwe und die Mutter von Caroline und John, dann würde ich eben lernen, mich damit zufriedenzugeben.

Kapitel Achtzehn

September 1966

Fast drei Jahre waren seit dem Mord in Dallas vergangen, und die Welt hatte sich immer weitergedreht, obwohl mir dieser Novembertag weiterhin folgte wie ein dunkler Schatten.

»Dieses Buch sollte ein schwarzes Cover bekommen und sein Leben auf dunklen Bibliotheksregalen fristen. Ich wollte ganz sicher nicht, dass es in Fortsetzungsgeschichten veröffentlicht wird, die alle Welt lesen kann, als wäre es ein Groschenroman«, murmelte ich, während Bobby und ich in William Manchesters Doppeldeckerflugzeug auf dem winzigen Rollfeld in Hyannis Port landeten. Ich hatte Miss Shaw gefeuert und mein Missfallen gegenüber nicht autorisierten Enthüllungsgeschichten deutlich gemacht, aber dieser neue Kampf schien sich zum bisher größten zu entwickeln, und mein Sieg war nicht garantiert.

Bobby hatte per Telegramm bereits seine Zustimmung zu dem 1201-seitigen Band *The Death of a President* gegeben – ich weigerte mich standhaft, es zu lesen –, ehe ich von der bevorstehenden Serialisierung in der *Look* erfahren hatte. Von dem rekordbrechenden Honorar von 665 000 Dollar ging kein Penny an Jacks Präsidentenbibliothek, alles wanderte unbesehen in Manchesters gierige Taschen. Die blutgetränkten Augenblicke in Dallas waren im Begriff, vor dem gesamten amerikanischen Publikum als Spektakel zur Schau gestellt zu werden, statt als wissenschaftliche Publikation in einer historischen Bibliothek zu landen. Allerdings musste ich mir selbst die Schuld daran geben, denn ich hatte die exakten Bedingungen für die Veröffentlichung nicht vertraglich regeln lassen.

»Ich habe ihm gesagt, dass wir beide unsere Zustimmung geben müssen, bevor das Buch veröffentlicht werden darf, und das ist noch nicht geschehen.« Grundsätzlich war Bobby auf meiner Seite, aber ich wusste, dass er bereit gewesen wäre, Manchesters Wünschen zu folgen, wenn ich ihm nicht klipp und klar erklärt hätte, dass ich es nicht zulassen würde.

»Wenn es nach mir geht, wird es auch nie geschehen«, sagte ich, schnippte meine Zigarette auf den Boden und zertrat sie mit meinem Absatz.

Mir war vollkommen gleichgültig, dass Manchester mich angeblich als große Heldin darstellte, die das ganze Land einte und den amerikanischen Nationalstolz neu entfachte. Mich widerten die persönlichen Details an, von denen ich gehört hatte, und ich wollte meine Kinder davor schützen, die grässlichen Ereignisse jenes Novembertags auf diese Weise vor Augen gehalten zu bekommen.

Bobby schien mich zu verstehen und versprach, meinen Versuch, Manchester zu überzeugen, zu unterstützen. Aber er hatte natürlich auch Wichtigeres zu tun, schließlich hatte er für 1968 das Weiße Haus im Visier.

So machte ich mich bereit, jede Waffe in meinem Arsenal einzusetzen – zu lächeln, zu bestechen, zu schmeicheln und im Notfall sogar zu drohen.

Doch Manchester blieb hartnäckig. »Alle Informationen in diesem Buch stammen von den Tonbändern, die ich auf Ihren Wunsch hin aufgenommen habe, Mrs. Kennedy«, erwiderte er mehrfach auf meine Einwände. »Die Öffentlichkeit muss erfahren, was in Dallas geschehen ist.«

»Ich habe mich nur unter der Bedingung bereit erklärt, mit Ihnen zu sprechen, dass ich das Buch überprüfen und alles herausnehmen kann, was mir nicht gefällt«, argumentierte ich. »Man könnte sagen, ich habe Ihnen mein Herz ausgeschüttet, und Sie haben schamlos persönliche Sachen eingefügt – die letzten Worte, die Jack in Dallas zu mir gesagt hat, die Kopie meines Briefs, den ich in seinen Sarg gelegt habe …«

»Ich habe die Geschichte so respektvoll erzählt, wie es mir möglich war«, beharrte er.

»Ich gebe auf«, konnte ich am Ende nur noch sagen. Eigentlich verliere ich selten die Geduld, doch jetzt konnte ich mich nur mit Mühe zurückhalten, mit der Faust auf den Tisch zu schlagen. »Ich werde kämpfen, und ich werde vor Gericht recht bekommen. Aber jetzt gehe ich nach oben und lege mich hin.«

Bobby las mir von den Augen ab, dass er Manchester bitten sollte zu gehen, denn als ich zum Abendessen aus meinem Zimmer kam, erwartete Bobby mich allein im Wohnzimmer.

»Ich möchte ihn verklagen.« Mit zitternden Fingern zündete ich mir eine Zigarette an.

»Ich glaube nicht, dass das eine gute Idee wäre«, meinte Bobby.

»Das sagst du doch nur, weil dir eine Wahl bevorsteht«, entgegnete ich giftig, ruderte jedoch schnell zurück. »Tut mir leid, ich weiß, dass das nicht stimmt.«

Bobby nahm mir die Zigarette aus den Fingern und legte sie in einen Aschenbecher. »Ich glaube nicht, dass du wirklich Wert auf diese Art Publicity legst. Die Presse wird ein riesiges Getöse veranstalten, wenn wir klagen, mit dem einzigen Erfolg, dass sich die Serie und das Buch nur um so besser verkaufen.«

»Aber für mich muss das alles verschwinden, deshalb müssen wir klagen. Und gewinnen.«

Einen Moment schien er zu zögern, doch dann holte er etwas von einem Stapel auf dem Wohnzimmertisch. »Eigentlich wollte ich das für später aufheben, aber ich glaube, du brauchst ein bisschen Aufmunterung.« Damit reichte er mir ein Manuskript.

»›To Seek a Newer World‹«, las ich den Titel laut. »Von Robert Kennedy. Du hast ein Buch geschrieben?«

Er nickte, ein Schimmer von Stolz in seinen eisblauen Augen. »Es ist nur eine Sammlung von Reden und Essays. Das übergreifende Thema ist meine feste Überzeugung, dass die junge Generation fähig ist, eine Gesellschaft zu schaffen, die aus den Fehlern der Vergangenheit gelernt hat.« Verlegen fügte er hinzu: »Der Titel ist von dir.«

»Von mir?« Dann wurde es mir klar. »›Come my friends …‹«, begann ich, und Bobby stimmte ein: »›Tis not too late to seek a newer world.‹«

»Aus Tennysons *Ulysses*«, bestätigte Bobby »›Kommt Freunde, es ist nicht zu spät, die neure Welt zu suchen‹ – ich liebe dieses Gedicht.«

Neben zahlreichen anderen Büchern hatte ich Bobby vor Kurzem eine Ausgabe von Tennysons Gedichten geschenkt. Der Anlass war gewesen, dass Joe DiMaggio – der große Baseballspieler und Marilyn Monroes einstiger Ehemann – sich geweigert hatte, ihm die Hand zu schütteln, weil er Jack und infolgedessen auch Bobby für Marilyns Selbstmord verantwortlich machte. Damals hatte Bobby sich wegen der negativen Presse Sorgen gemacht, und ich hatte versucht, ihn mit Literatur abzulenken – was mir offensichtlich gelungen war.

Dass Bobby mein Geschenk als Inspiration für seinen Titel benutzt hatte, fühlte sich für mich wie ein Geschenk an. Ich strich mit den Daumen über die schlichte Maschinenschrift. »Das war eines von Jacks Lieblingsgedichten, weißt du.«

»Ja, das weiß ich.«

»Wir können nicht zulassen, dass Manchesters Buch erscheint, Bobby. Wir müssen klagen.«

Bobby seufzte über meine verzweifelte Entschlossenheit, aber ich wusste, ich hätte ihn um alles bitten können, und er hätte eine Möglichkeit gefunden, es mir zu beschaffen. »Wenn dir das wirklich so wichtig ist, Jackie, dann tun wir es.«

Von dem Augenblick an, als wir die Klage einreichten, verwandelten sich die Medien in eine vielköpfige Hydra, die es auf mich und Bobby abgesehen hatte.

Ein arroganter Machtmissbrauch.

Ein Versuch, Amerikas hochgeschätztes Recht auf Redefreiheit zu unterdrücken.

Wer hätte gedacht, dass die Lady, die wir beim Staatsbegräbnis gesehen haben, sich so aufführen würde?

Da ich weder Wert darauf legte, zu sehen, wie Bobbys Name in den Schmutz gezogen wurde, noch mit den Reportern verhandeln wollte, die nur darauf warteten, mich zu zerreißen, legten wir den Rechtsstreit bei und beendeten die größte Aufregung um ein Buch, die Amerika jemals erlebt hatte. Manchesters verfluchter Wälzer wurde serialisiert und veröffentlicht, wenn auch mit einer Erklärung, dass Bobby und ich das Material weder genehmigt hatten noch guthießen. Nicht einmal die Spenden, die Manchester dann doch von den Tantiemen für die

Kennedy Presidential Library abzweigte, konnten mich vollständig besänftigen.

Einen Monat vor dem Erscheinungstermin wohnte ich mit Bobby und einem Teil unserer Familie im schwachen Märzsonnenschein der Umbettung von Jacks Sarg in eine neue würdevolle Grabstätte bei, die ich auf dem Arlington National Cemetery in Auftrag gegeben hatte. Zu seinen beiden Seiten wurden Patrick und Arabella neben ihrem Vater beigesetzt. Einfache Granitplatten aus Cape Cod säumten das Herzstück mit der ewigen Flamme, die stetig für die drei Menschen brannte, die mir so grausam entrissen worden waren.

»Ich möchte abschließen, was er angefangen hat«, sagte Bobby leise neben mir. »Ich möchte der sein, der das Kennedy-Vermächtnis vollendet, Jackie.«

Das Kennedy-Vermächtnis?, fragte ich mich, während ich auf die Gräber vor uns starrte. *Camelot? Oder die schwere Hand des Todes auf denen, die uns viel zu früh verlassen haben*?

Ich wusste nur, dass das Glück des Mannes, der neben mir stand, von höchster Bedeutung für mein eigenes Glück war.

»Du wirst es schaffen, Bobby«, flüsterte ich. »Warte nur.«

Ein paar Wochen später stand ich an meiner Staffelei, die Kinder waren nach einem langen Nachmittag auf Coney Island bereits im Bett, im Hintergrund dröhnte der Fernseher, und ich legte den Pinsel weg, um Lyndon Johnsons überraschende Ankündigung zu hören.

»Ich werde weder für eine weitere Amtszeit als Präsident zur Verfügung stehen noch eine Nominierung meiner Partei für eine Kandidatur annehmen«, erklärte er.

Auf einen Schlag hatte Johnson die Nation schockiert und Bobby das größte Geschenk gemacht, das einem politischen Gegner zur Verfügung stand.

Lyndons düstere Ansage ergab durchaus einen Sinn, wenn man sich die steigende Zahl der toten Soldaten aus Vietnam ansah, die Protestdemonstrationen für den Frieden und die Rassenunruhen der letzten Jahre. Die Kennedys mochten Johnson nicht besonders, aber ich hielt ihn nach wie vor für einen anständigen Menschen, und ich glaubte ihm, dass er sich darauf konzentrieren wollte, ein Abkommen mit Vietnam auszuhandeln.

Dass Lyndon nicht für eine weitere Amtszeit kandidieren wollte, überraschte mich wenig, doch angesichts der Frage, wer seinen Platz einnehmen würde, schenkte ich mir einen Whiskey ein, und ich war sicher, dass gleich das Telefon klingeln würde.

»Himmel, du weißt schon, was das bedeutet, oder, Jackie?« Die Euphorie in Bobbys Stimme war unüberhörbar. Nachdem er lange gezögert hatte, gegen Johnson anzutreten, hatte er erst vor wenigen Wochen seine Kandidatur im selben Senats-Sitzungssaal angekündigt, in dem Jack vor acht Jahren die seine bekannt gemacht hatte. »All die Dinge, die ich als Senator tun wollte, das werde ich jetzt alles erreichen können, und noch viel mehr. Das Feld ist klar. Hubert Humphrey weiß, dass er gegen mich nicht gewinnen kann, und Eugene McCarthy kann ich ohne Weiteres schlagen. Das bedeutet, ich werde gegen Nixon antreten.«

Tricky Dick gegen den nächsten Kennedy, dachte ich, konnte aber nicht sprechen. *Gott, wie viele Parallelen zu Jack kann es denn noch geben?*

»Ich werde große Dinge tun«, fuhr Bobby fort. »Genau wie Jack. Warte nur.«

»Du musst du selbst sein, versuch nicht, zu sein wie Jack«, brachte ich schließlich heraus und zwang mich, meinen Würgegriff um den Telefonhörer etwas zu entspannen. Ich wollte nicht, dass er kandidierte, aber ich wollte, dass er glücklich war, also würde ich ihn unterstützen, so gut ich konnte. »Versprich mir, dass du vorsichtig bist. Keine offenen Fahrzeugkolonnen mehr.«

Eine bedeutungsschwangere Pause folgte. »Wenn sie auf mich schießen wollen«, sagte er dann, »dann werden sie schießen. Es ist reine Glückssache. Überleg doch mal, wie oft dein Freund Charles de Gaulle mit dem Leben davongekommen ist.«

Mir wurde eiskalt. »Bobby, es gab mindestens sechs Anschläge auf ihn.«

»Ich sag doch – es ist Glückssache. Ohne Glück schafft man es nicht.«

Aber das linderte meine Angst nicht.

Das Jahr 1968 setzte Amerika in Brand.

Im April gab es den ersten Großbrand, ein wütendes Wildfeuer, das die Nation zu verschlingen drohte, als Martin Luther King Jr. auf dem Balkon des Lorraine Motels erschossen wurde, weil er daran glaubte, dass alle Menschen gleich sind. Voller Entsetzen sah ich im Fernsehen, wie Amerika Molotowcocktails schleuderte und in Washington D.C., Baltimore, Chicago und einer Menge anderer großer Städte Straßenkämpfe ausbrachen. Die Furcht wurde zu Verzagtheit, als Bobby im Fernsehen eine spontane Rede hielt und seine Anhänger bat, weiter an Kings Ideal der Gewaltlosigkeit festzuhalten.

»Bitte komm mit mir zur Beerdigung, Jackie«, bat Bobby

mich am Telefon. »Coretta Scott King hat eigens nach dir gefragt.«

Ich legte meinen Stift auf den Zettel, den ich ihm gerade geschrieben hatte – es war ein Rezept für einen hochenergetischen Milkshake aus Blaubeeren, Cashews, Joghurt und rohen Eiern, als Ablenkung und Gegengewicht zu seiner momentanen Tendenz, sich bis zur Erschöpfung zu verausgaben. »Kann dich nicht Ethel an meiner Stelle begleiten?«

Noch ehe die Worte aus meinem Mund waren, kannte ich schon die Antwort.

»Nein, das musst du tun.« Eine Pause trat ein, denn Bobby wusste natürlich, was er von mir verlangte. »Bitte.«

Bitte. Weil er weiß, dass ich mich lieber im tiefsten, dunkelsten Loch verkriechen möchte, als an einem weiteren Staatsbegräbnis eines ermordeten Anführers teilzunehmen.

So stand ich Kings Beerdigung durch, schaffte es nur mit großer Mühe, mich gegen die wogenden Massen und die Ausbrüche von Kummer, Trauer und Schmerz zu wappnen, die mich unweigerlich zu einem anderen Begräbnis vor fast fünf Jahren zurückversetzten.

In diesem Land existiert ein solcher Hass, und Bobby wird von noch weit mehr Menschen gehasst als Jack. Wie ist es möglich, dass niemand sieht, was ich so deutlich sehe? Oder bin ich irrational? Der Blitz schlägt doch nicht zweimal an derselben Stelle ein, oder?

Meine Sorgen machten mich reizbar, und ich suchte verzweifelt nach einer Zuflucht vor dem allumfassenden Grauen, das mich auf Schritt und Tritt verfolgte, während der November immer näher kam.

Ich fand meine Fluchtmöglichkeit in Form einer Einladung von Aristoteles Onassis – eine viertägige Kreuzfahrt zu den Virgin Islands, während der bekannte Astronaut John Glenn und der gesamte Kennedy-Clan sich in dem angeblich knappen Rennen um die Nominierung für Bobby engagierten. Unterwegs las ich im Flugzeug, dass Eugene McCarthy Bobby vorgeworfen hatte, ein verwöhntes Söhnchen aus schwerreicher Familie zu sein, das ohne seinen Hund, seinem Astronauten und die Millionen seines Vaters niemals hätte ins Rennen gehen können. Kichernd las ich Bobbys Antwort: »Es stört mich nicht, dass McCarthy an John Glenn und an dem Geld meines Vaters Anstoß nimmt, aber lassen wir doch bitte Freckles aus dem Spiel. Dieser Cockerspaniel ist immer an meiner Seite.«

Ich wusste, dass ich bei Bobby hätte bleiben müssen, aber ich hatte meine Entscheidung getroffen und versuchte, meine Schuldgefühle abzuschütteln, als ich an Bord der *Christina* ging und mich von Ari in den Arm nehmen ließ. »Ich freue mich sehr, dass du gekommen bist, *mon amie*«, sagte er.

»Und ich freue mich, hier zu sein«, erwiderte ich leise.

So war es auch.

Es ist vollkommen akzeptabel, dass ich einen kurzen Urlaub mit einem guten Freund genieße, während Bobby den politischen Kampf seines Lebens führt. Bald werde ich ja auch wieder mittendrin sein.

»Weißt du«, sagte Ari, als er mich über den Rand seiner Zeitung ansah, »das Einzige, was JFK und RFK gemeinsam haben … bist du.«

Ich setzte mich halb auf und stützte mich auf die Ellbogen. »Was meinst du denn damit?«

Aber Ari zuckte nur geheimnisvoll die Augenbrauen und verschwand wieder hinter der Zeitung.

Ich versuchte, seine kryptische Bemerkung zu entziffern, ohne mir anmerken zu lassen, dass sie mir zu schaffen machte.

Meinte er, dass Bobby dazu verurteilt war, dort, wo Jack erfolgreich gewesen war, zu versagen? Oder wollte er mich eher beruhigen und andeuten, dass Bobby niemals Jacks Schicksal teilen würde?

»Weißt du, ich könnte dich aus diesem ganzen Kennedy-Unsinn rausholen«, meinte Ari ein paar Minuten später, so lässig, als rede er über das Wetter. »Das Leben auf Skorpios ist ruhig, friedvoll sogar. Du solltest dir die Insel irgendwann einmal anschauen, Jackie, die Weinberge, die Olivenhaine und die Ställe. Es hat mich zehn Millionen Dollar gekostet, ihre schroffe Schönheit zu zähmen, aber es war jeden Penny wert.«

Die griechische Insel Skorpios, geformt wie ein Skorpion, gehörte Ari, er hatte sie gekauft. Anscheinend konnte er sich wirklich alles leisten.

Nur nicht mich.

»Ist das ein Antrag?« Ich ließ meine Sonnenbrille ein Stück die Nase hinunterrutschen. Onassis machte mir mit Geschenken und Andeutungen schon eine ganze Weile den Hof, aber das änderte nichts daran, dass ich einen Mann wie ihn niemals würde heiraten können. Jedenfalls nicht, wenn ich nicht wollte, dass sich die amerikanische Öffentlichkeit gegen mich wandte.

»Das, meine liebe Jacqueline«, antwortete Ari, die Augen hinter seiner Gangster-Sonnenbrille verborgen, »hängt ganz von dir ab.«

Plötzlich fiel mir das Treffen des Kennedy-Clans vor nicht allzu langer Zeit ein, wir hatten uns alle in Hyannis Port versammelt, um Bobbys Wahlkampfstrategie zu besprechen. »Wäre es nicht wundervoll, wenn wir wieder im Weißen Haus wären?«, fragte ich, als wir alle um den großen Tisch im Esszimmer herumsaßen, als wäre es ein napoleonisches Strategiezelt.

Stocksauer war Ethel auf mich losgegangen. »Was meinst du denn mit *wir*? Du kandidierst doch nicht! Jetzt kriegen wir unseren Platz an der Sonne.«

Als Marilyn Monroe es gewagt hatte, im Weißen Haus anzurufen, hatte ich genauso reagiert. Allerdings hatte ich bisher gedacht, es sei Ethel entweder vollkommen gleichgültig, wie viel Zeit ich mit ihrem Ehemann verbrachte, oder sie drücke einfach ein Auge zu. Nun aber hatte sie eine eindeutige Grenzlinie gezogen – schlimmer noch, ihr Ausbruch zeigte, dass Bobbys Sieg meine Beziehung zu ihm unwiderruflich verändern würde. Die Beziehung, die uns beide gerettet hatte.

Oh Gott, dachte ich. *Ich werde ihn verlieren. Ich werde* uns *verlieren.*

»Während des Verfahrens gegen Manchester hat die Presse versucht, mich bei lebendigem Leib aufzufressen«, antwortete ich Ari, als ich aus meiner Träumerei wieder auftauchte, und da ich meine Traurigkeit nicht zeigen wollte, schob ich die Sonnenbrille wieder hoch und lehnte mich im goldenen Sonnenschein zurück. »Wenn ich einen um Jahrzehnte älteren, ausländischen Tycoon heiraten würde, würden sie mich pfählen.«

Onassis schnaubte, es klang vulgär. »Vielleicht wird dir die Meinung der Presse eines Tages nicht mehr so wichtig sein.«

Ich lachte. »Aber heute ist noch nicht dieser Tag. Falls du es noch nicht bemerkt hast – es ist Wahljahr in Amerika, und ein Kennedy kandidiert. Das bedeutet, dass wir genau unter die Lupe genommen werden.«

Ohne sich von meiner Abfuhr einschüchtern zu lassen, erwiderte Ari achselzuckend: »Für dich lohnt sich das Warten. Und nur weil wir nicht verheiratet sind, heißt das ja nicht, dass wir uns nicht an der Gesellschaft des anderen erfreuen können.«

Seine Andeutung war unmissverständlich, und ich war froh, dass ich mich schnell wie zum Sonnenbaden auf den Bauch legen konnte und er nicht sah, dass ich rot geworden war.

Vielleicht hatte er ja ganz recht, vielleicht gab es wirklich etwas zwischen uns, was wir genießen konnten. Seit Bobby seine Kandidatur bekannt gegeben hatte, war weiß Gott sehr wenig Freude in meinem Leben. Und obwohl Aristoteles Onassis ein unwahrscheinlicher Partner war, hatte er etwas an sich, was sehr anziehend wirkte.

Als ich nach Hause kam, fand ich ein Interview, das Ari der *New York Times* und der *Washington Post* bei einer Cocktailparty in Paris gegeben hatte. Im Kopf hörte ich seine Stimme, als ich seine Antwort auf die Frage las, was er von mir hielte.

Mrs. Kennedy ist eine vollkommen missverstandene Frau. Vielleicht missversteht sie sich sogar selbst. Sie gilt als leuchtendes Vorbild für Sitte und Anstand und für noch viele weitere dieser langweiligen amerikanischen weiblichen Tugenden. Inzwischen besitzt sie keinerlei Geheimnisse mehr. Sie bräuchte einen kleinen Skandal, das würde sie wieder zum Leben erwecken – eine kleine Sünde, eine Indiskretion. Etwas müsste mit ihr geschehen, damit sie von Neuem unser Mitgefühl erweckt. Die Welt liebt es, gefallene Vorbilder zu bemitleiden.

Also wirklich, du kleiner Scheißer, dachte ich und trotzdem konnte ich mir ein Grinsen nicht verkneifen. Denn ich zweifelte keine Sekunde daran, dass Aristoteles Onassis plante, mein kleiner Skandal zu werden.

Allem Anschein nach kam der ganze Kennedy-Clan zum selben Schluss, denn Ethel und Joan trafen noch am selben Nachmittag kochend vor Wut in meiner Wohnung ein. »Bobby schickt uns«, verkündete Joan und nahm auf meiner Couch Platz. Früher war sie meine Vertraute gewesen, aber inzwischen konnte davon keine Rede mehr sein. »Wir sollen mit dir über Onassis sprechen.«

»Wie bitte?«

Auf einmal war ich froh, dass die Kinder noch mit meiner Mutter auf der Hammersmith Farm waren und dieses seltsame Verhör nicht mitbekamen. Ethel knöpfte ihre Jacke nicht einmal auf und blieb an der Wohnungstür stehen, jedoch nicht, ohne einen prüfenden Blick in meine tadellos geputzte und aufgeräumte Wohnung zu werfen – ein krasser Gegensatz zu ihrem und Bobbys trubeligen Hickory Hill. »Er möchte, dass wir dich überzeugen, ihn nicht zu heiraten.«

»Wie bitte?«, fragte ich noch einmal und bemühte mich, so sachlich wie möglich zu klingen.

Warum hast du die beiden geschickt, Bobby? Warum bist du nicht selbst gekommen?

Natürlich kannte ich die Gründe: Er musste sich aus der Auseinandersetzung heraushalten, denn es konnte ja sein, dass ich die Familie direkt vor der Wahl in irgendwelche Skandälchen hineinzog. Vielleicht war es aber sogar noch wichtiger, dass er dem unvermeidlichen Ende unserer Beziehung genauso wenig ins Auge blicken konnte wie ich.

»Wenn du es absolut notwendig findest, ihn zu heiraten«, Joan rümpfte die Nase, »obwohl ich wirklich nicht nachvollziehen kann, was in dich gefahren ist, dass du diesen öligen Kerl heiraten willst – dann musst du versprechen, es erst nach der Wahl im November zu tun.«

»Sonst wirft es ein schlechtes Licht auf Bobby«, warf Ethel ein, als müsse sie die Umstände einem vierjährigen Kind erklären.

Ich antwortete nicht, und Ethel schaffte es immerhin, mir ins Gesicht zu sehen, als sie fortfuhr: »Womöglich bekommt Bobby keine zweite Chance, und ich gehe hier nicht weg, bis du versprichst, ihn nicht zu sabotieren, Jackie. Das bist du uns schuldig.«

Ich hob abwehrend die Hände. »Ich habe nicht die Absicht, Onassis zu heiraten, Ethel. Weder jetzt noch irgendwann sonst.«

Ethel musterte mich argwöhnisch, als suche sie nach Hinweisen einer Lüge, doch schließlich brachte sie ein verkniffenes Nicken zustande. »Hoffentlich.« Mit angeekelt verzogenem Mund winkte sie Joan zu. »Gehen wir. Bobby hat in einer Stunde ein Spenden-Dinner.«

Ich hatte ja keine Ahnung, dass dies nur der Anfang einer Inquisition war. Als die Schatten der Dämmerung den Mond verhüllten, hörte ich einen Cockerspaniel vor meiner Tür kläffen und öffnete die Tür. Mir gegenüber stand der Großinquisitor höchstpersönlich. Nach seinem wilden Blick zu urteilen, hatte ich eine schwere und unverzeihliche Sünde begangen.

»Hat er dir schon einen Antrag gemacht?« Bobbys Frage hätte mich nicht überraschen sollen, tat es aber trotzdem. Nicht einmal Ethel und Joan hatten geahnt, dass Ari kurz davor gewesen war, mir einen Heiratsantrag zu machen. Aber Bobby wusste Bescheid.

Natürlich wusste er es. Denn eine unaussprechliche Tragödie hatte Bobbys Seele mit meiner zusammengeschweißt, und jetzt konnte man sich die eine nicht mehr ohne die andere vorstellen.

»Würde es dich stören, wenn er es getan hätte?«, antwortete ich mit einer trotzigen Gegenfrage.

Ich werde dich verlieren, Bobby. Ganz gleich, wie diese Geschichte endet, einer von uns verliert. Und ich bin nicht sicher, ob ich es ertragen kann.

»Verdammt, Jackie. Du kennst die Antwort darauf ganz genau.«

So wütend und besitzergreifend hatte ich Bobby noch nie erlebt, und die Anspannung in seiner Stimme war so überdeutlich, dass Freckles von seinem Platz am Kamin ein besorgtes Winseln von sich gab. Aber ich blieb trotzig. »Er ist ein Freund, Bobby.«

»Quatsch. Er will dich für seine Sammlung haben, das sieht doch ein Blinder.«

»Und wenn schon?«

Bobbys Stimme klang barsch, als er endlich seine Wanderung durchs Zimmer abbrach und mich mit einem derart gequälten Bick ansah, dass ich fast vor ihm auf die Knie gefallen wäre. »Ich hab ihn angerufen, weißt du, habe ihm gedroht, dass ich alle seine Öltanker – und ihren Eigentümer – für immer aus den amerikanischen Häfen verbannen lasse, wenn er nicht aufhört, überall von dir zu sprechen.«

Einen Moment verharrte mein Blick auf dem gerahmten Foto von Bobby, das in meinem Wohnzimmer stand. *Für Jackie, meine Liebe. Für immer, Bobby*, stand darauf. Einmal hatte ein Besucher darauf gezeigt und mehr oder minder im Scherz gefragt, ob es die Leute nicht vielleicht auf falsche Ideen brächte. »Offen gestanden ist es mir gleichgültig, was über mich geredet wird«, hatte ich damals geantwortet. »Für Bobby würde ich aus dem Fenster springen.«

Also versuchte ich es anders. »Wie sieht es morgen in Kalifornien aus?«

Wieder eine Pause, in der Bobby sich mit der Hand übers Gesicht fuhr, als könnte er seine Gefühle wegwischen, genau wie Jack es immer getan hatte. Sein Gesichtsausdruck sagte: *Ich weiß, dass du mich ablenken willst, aber ich lasse es zu. Für den Augenblick.*

»Ziemlich gut«, gab er zu. »Verdammt gut sogar, mit César Chávez' Kampagne zur Wählerregistrierung und den afroamerikanischen und hispanischen Stimmen dort. Womöglich gewinne ich tatsächlich.« Er löste die verschränkten Arme und ließ sie hängen, und in diesem Augenblick sah ich eine größere Welt in seinen Augen. »Aber nichts davon ist wichtig, wenn ich dich verliere. An ihn.«

Das letzte Wort sagte er, als könnte es ihn zerreißen. Plötzlich wurde mir klar, dass ich das zweite Mal einen Kennedy-Bruder mit Ari eifersüchtig gemacht hatte. Was sagte das über mich? Aber ich schob die Frage beiseite und begab mich in die Geborgenheit und Wärme von Bobbys Armen. »Du wirst mich niemals verlieren, Bobby. Nicht wirklich.«

Denn wenn ich auf mein Herz und das Leben hörte, das dort pulsierte, wusste ich, dass Bobbys Sieg oder Niederlage in Kalifornien uns – und möglicherweise die ganze Nation – an die Schwelle einer neuen Welt führen würde.

Nun blieb nur noch abzuwarten, ob ich die neue Welt mit denen willkommen heißen würde, die mich liebten – oder allein.

Als ich am nächsten Morgen erwachte, war die Wohnung leer – Bobby war schon im Flugzeug nach Kalifornien, und in den Nachrichten erfuhr ich, dass eine paranoide schizophrene Frau namens Valerie Solanas auf den Künstler Andy Warhol geschossen und ihn schwer verletzt hatte. Zwar lebte er noch, erholte sich aber nur sehr langsam. Ich fragte mich, ob Bobby nun endlich eine Leibwache akzeptieren oder weiterhin darauf beharren würde, er könne dann schwach erscheinen.

Um mich zu beschäftigen, ließ ich ein Blumenbukett und eine Flasche Champagner in seine Suite im Ambassador Hotel in Los Angeles liefern und gab ein Telegramm auf, über das er bestimmt lachen würde.

DU UND FRECKLES, IHR SEID MORGEN UNSERE GRÖSSTE HOFFNUNG.

Später machte ich einen Abstecher zu Bobbys Wahlkampfzentrale in New York, wo ein Trupp aufgeregter Reporter mich mit Fragen belästigte.

»Glauben Sie, dass Bobby die Vorwahl in Kalifornien gewinnen wird?«, fragte ein Reporter.

»Ich drücke ihm die Daumen«, antwortete ich.

»Wenn er Präsident würde«, fragte ein anderer, »glauben Sie, dass er die Arbeit fortführt, die John F. Kennedy begonnen hat?«

»Ich nehme an, dass er einige der Programme von Präsident Kennedy fortführt, bin aber auch sicher, dass er eigene Projekte angehen wird. Das Land steht ja einer ganzen Reihe neuer Herausforderungen gegenüber.«

Ein dritter Journalist mischte sich ein. »Planen Sie, Aristoteles Onassis zu heiraten?«

Va te faire foutre, hätte ich ihn am liebsten angeschrien, fasste mich aber rechtzeitig, denn für Jacqueline Kennedy kam es nicht infrage, Schimpfwörter zu benutzen, nicht einmal auf Französisch.

Stattdessen warf ich ihm nur einen vernichtenden Blick zu. »Ich bin hergekommen, um Senator Robert F. Kennedy zu unterstützen. An meine eigenen Zukunftspläne habe ich noch keinen Gedanken verschwendet«, log ich. »Ich möchte, dass Bobby gewinnt – zuerst die kalifornischen Vorwahlen und dann hoffentlich die Präsidentschaft.«

Damit entschuldigte ich mich, um eine weitere Kundgebung vor dem Gebäude der United Nations zu besuchen, und kehrte dann in meine Wohnung zurück, um mir im Fernsehen anzuschauen, wie Bobby zum Sieger der Vorwahlen in Kalifornien erklärt wurde. Ob es mir gefiel oder nicht, jetzt würde es in seiner Kampagne darum gehen, alles zu gewinnen.

Ich redete mir ein, dass ich mich für ihn freute. Voller Angst, aber dennoch froh, dass seine Träume sich erfüllten. Dass Jacks Vermächtnis beschützt und vollendet werden konnte.

Gegen Mitternacht Pazifik-Zeit würde er seine Siegesrede halten, in der er sich sowohl bei César Chávez als auch bei Freckles bedanken wollte. Aber an der Ostküste war es schon fast drei Uhr früh, ich war müde und sehnte mich nach meinem Bett. Gerade als ich mich der Phantasie hingab, dass Bobby sich jetzt eine Zigarre anzündete und den Champagnerkorken knallen ließ, klingelte das Telefon.

Ich dachte, es müsse Bobby sein, aber es war Steve Smith, sein Schwager und Wahlkampfmanager. »Bobby hat mich gebeten, dich anzurufen und dir die guten Nachrichten zu überbringen.« Im Hintergrund hörte man durch die knisternde Telefonleitung Jubelrufe und Applaus, und ich wünschte mir, Bobby wäre hier bei mir, in meiner Wohnung, damit ich ihm persönlich gratulieren könnte. »Er hat auch South Dakota gewonnen, mit einer Zwei-zu-eins-Führung.«

»Das ist wirklich wunderbar«, sagte ich leise. »Richte Bobby bitte aus, dass ich ihn liebe.«

Damit legte ich auf, stellte den Fernseher ab und nahm mir vor, Bobby am nächsten Morgen sofort anzurufen und ihm zu gratulieren.

Dann nickte ich ein, bis mich mitten in der Nacht das Blinken des Telefons auf meinem Nachttisch weckte. Ein Blick auf die Uhr zeigte mir, dass es kurz vor vier war.

Am Telefon war Stas, Lees Mann. Er fragte nach Bobby.

»Ist das nicht wunderbar?«, meinte ich verschlafen. »Er hat gewonnen. Er hat Kalifornien gewonnen.«

»Aber wie geht es ihm?«

»Oh, ich denke, es geht ihm gut«, antwortete ich und setzte mich auf. »Er hat ja gewonnen.«

Aber in Stas' Stimme war mehr, eine Dringlichkeit, die mir plötzlich durch Mark und Bein ging, und ich bekam eine dicke Gänsehaut.

Ein Zögern am anderen Ende der Leitung. Dann fuhr Stas fort: »Du weißt es noch nicht, oder? Man hat auf Bobby geschossen.«

Nein. Ein Schmerz durchfuhr meine Brust, als würde mein ganzer Körper zerreißen, ich schüttelte den Kopf, presste den Telefonhörer aber weiter ans Ohr. *Das kann nicht sein. Sag mir, dass das nicht wahr ist.*

Aber es war wahr. Meine schlimmsten Befürchtungen waren Wirklichkeit geworden.

Benommen lauschte ich, während Stas mir den schrecklichen Rest berichtete. »Direkt nach der Rede war er in der Küche des Ambassador Hotel, und irgendein palästinensischer Terrorist hat aus nächster Nähe auf ihn geschossen.«

»Wie oft?«, brachte ich mühsam flüsternd heraus. »Wie oft wurde auf ihn geschossen?«

»Dreimal«, antwortete Stas, und ich dachte: *Natürlich, dreimal.* »Sie sagen, er ist am Kopf getroffen worden, Jackie.«

Ich hielt mir die Faust vor den Mund, um den Schrei zu unterdrücken, der mich zerfetzt hätte. Was war schlimmer? Neben Jack zu kauern und zu spüren, wie ihm das Leben aus dem Körper gerissen wurde, oder auf der anderen Seite der Welt zu liegen, allein und nichts ahnend, während Bobby das Gleiche widerfuhr?

Aber dass Stas vorhin gefragt hatte, wie es Bobby gehe, bedeutete doch, dass es noch eine Chance gab, dass noch Hoffnung bestand …

Ich hatte keine Ahnung, was ich einpackte, nur dass ich Sachen in eine Reisetasche warf und jemanden anrief, eine Limousine für mich zu besorgen, die mich zum Flughafen JFK brachte, und einen Privatjet, der mich nach Los Angeles bringen konnte. Erst dort erfuhr ich wie benommen, dass ein Palästinenser namens Sirhan Sirhan auf Bobby geschossen hatte, weil Bobby sich nach dem Sechstagekrieg im vorigen Jahr so deutlich zu Israel bekannt hatte. Mir wurde schwindlig, als ich hörte, dass er nach den Schüssen noch bei Bewusstsein gewesen war und einen Rosenkranz umklammert hatte, den ihm jemand in die Hand drückte. Dass er den Sanitätern zugeflüstert hatte, ihn nicht auf eine Bahre zu heben, ehe er ganz das Bewusstsein verloren hatte.

Er war wach. Lieber Gott, er hat mitbekommen, was passiert ist.

Übernächtigt kam ich im Good Samaritan Hospital an, wo mich Chuck Spalding, ein Freund der Familie und Kennedy-Wahlkampfhelfer, bereits erwartete.

»Wie schlimm ist es?« Meine Handtasche fest umklammert und voller Angst vor der Antwort versuchte ich dennoch Ruhe auszustrahlen.

Chuck duckte sich, ehe er den Mut fand, mir zu antworten: »Er liegt im Sterben.«

Ich schloss die Augen, während der Wirbel der Hoffnung in mir plötzlich zum Stillstand kam. Es war schon einmal passiert, ich hatte mich schon einmal im grellen Neonlicht eines Krankenhauses von einem Mann verabschiedet, den ich liebte. Tödlich getroffen von den Kugeln eines Mörders.

Von Grauen erfüllt schleppte ich mich zu Bobbys Zimmer auf der Intensivstation, und plötzlich schrumpfte meine Welt zusammen. Ich sah nur noch dieses einsame Krankenbett und den Mann, der darauf lag. Bobby trug einen Kopfverband, sein ganzer Körper war in einem Gewirr medizinischer Gerätschaften gefangen. Unter dem weißen Krankenhauskittel hob und senkte sich sein Brustkorb, die Beatmungsmaschine presste Luft in seine Lungen. Er atmete, also war er noch am Leben. Also gab es noch Hoffnung.

Aber Teddy, der am Fußende des Betts stand, schüttelte ganz leicht den Kopf, als ich es wagte, den Gedanken auszusprechen.

»Es gibt keine Hirnaktivität mehr«, erklärte der jüngste Kennedy-Bruder. »Sie sagen, es ist irreversibel, und dass nur die Maschinen ihn noch am Leben erhalten.«

Langsam drangen die Worte in mein Bewusstsein ein, ich blinzelte mühsam, doch mein Blick erweiterte sich, und ich nahm nun auch den Rest des Raums wahr. Mit rot geweinten Augen, hochschwanger mit dem elften Kind, das Bobbys Fußballmannschaft vervollständigte, saß Ethel neben Rose an Bobbys Bett. Sie hob den Blick, stand auf und öffnete in einer unerwarteten Geste die Arme.

»Jackie«, sagte sie, als ich mich mechanisch in ihre unbeholfene Umarmung begab. »Ich bin so froh, dass du hier bist.«

Ihre Reaktion schockierte mich so, dass ich kein Wort herausbrachte, noch mehr, als sie sich die Augen wischte und hinzufügte: »Du bist den ganzen weiten Weg gekommen – bestimmt möchtest du ein bisschen Zeit allein mit Bobby verbringen.«

Ein überraschendes Geschenk, das ich wahrscheinlich nicht verdient hatte, aber ich wollte Ethels Großzügigkeit nicht infrage stellen. So verließ einer nach dem anderen den Raum, bis nur noch ich da war.

Irreversible Hirnschädigung bedeutete, dass Bobby auf unbegrenzte Zeit mit diesen Maschinen verbunden bleiben konnte, die weiter Sauerstoff in seinen zerbrochenen Körper transportierten.

»Das würdest du nicht wollen.« Ich berührte Bobbys Hand, wie ich einst die von Jack berührt hatte. Es war noch Leben in ihr, aber ich wusste, dass Bobby längst gegangen war, genau wie ich es damals auf dem Rücksitz des mitternachtsblauen Lincoln gewusst hatte. Ich schluckte schwer, um ein Schluchzen zu unterdrücken, denn mir war klar, dass ich mich nie wieder würde fassen können, wenn dieser Damm brach. »Warum konntest du die Leibwache nicht zulassen? Warum zum Teufel warst du so stur?«

Bobby antwortete nicht. Reglos lag er da. Undenkbar, mir mein Leben ohne sein Lachen, sein Gepolter, seine Träume vorzustellen.

Ohne ihn.

Ich kann das nicht ohne dich, dachte ich, während ich seine Hand umklammerte und eine wohlbekannte kalte Taubheit sich um mein noch immer schlagendes Herz legte. *Mein Leben … ist nur deinetwegen wieder erträglich geworden.*

Als ich mit feuchten Augen aufblickte, stellte ich mir vor, Jack säße neben mir, und seine stumme Präsenz gab mir Kraft. »Was mache ich jetzt?« Mein Flüstern hallte von den Wänden wider, unterbrochen nur durch den regelmäßigen Rhythmus des Herzmonitors.

Ich stellte mir Jacks traurige graugrüne Augen vor. *Du weißt, was du zu tun hast.*

Ich konnte Bobby nicht an all diese Maschinen gefesselt allein lassen, aber es war nicht an mir, diese Entscheidung zu treffen. Doch auch nachdem alle wieder ins Zimmer gekommen waren und ein ganzes Ärztegremium bestätigte, was Teddy gesagt hatte, brachte keiner den Mut auf, zu tun, was getan werden musste.

So stand ich dann am Kopfende von Bobbys Bett, verschränkte die Hände vor mir und fragte den Leiter der Medizinergruppe: »Gibt es noch Hoffnung?«

»Ich fürchte, nein, Mrs. Kennedy.«

»Hat er schon die Sterbesakramente erhalten?«

Teddy nickte, neben ihm hörte ich Ethel scharf einatmen. »Was willst du damit sagen?«

Ich straffte die Schultern und schloss einen Moment die Augen. »Ich meine, dass wir das Unvermeidliche nur hinauszögern, wenn wir Senator Kennedy weiterhin beatmen lassen. Aber weder ich noch irgendeiner der Ärzte kann dir sagen, was du tun sollst.«

Teddy mied meinen Blick, und selbst Rose schüttelte entschieden den Kopf.

Nach einer langen, zeitlosen Pause holte Ethel tief Luft, als sammle sie die Kraft, um die Worte auszusprechen, und sah mir in die Augen. »Kannst du das bitte machen, Jackie? Ich schaffe es nicht.« Ihre Hände ruhten auf ihrem dicken Bauch, der Diamantring, den Bobby ihr geschenkt hatte, schimmerte matt. »Ich schaffe … das nicht.«

Lieber Gott, schrie ich stumm, am ganzen Körper zitternd. *Warum muss ich es tun? Hab ich nicht schon genug ertragen*?

Anscheinend nicht. Von all den temperamentvollen, außergewöhnlichen Kennedys hatte allein ich die Kraft, den Ärzten zu sagen, dass es sein musste.

»Es ist Zeit, Bobby gehen zu lassen.« Ich hatte das Gefühl, an den Worten zu ersticken, und wusste, dass sie mich in meinen Träumen verfolgen würden.

Der Arzt sah sich im Raum um. »Sprechen Sie für die Familie?«

Ich blickte einen nach dem anderen an, um allen Zeit für Widerspruch zu geben, aber es kam keiner.

So unterzeichnete ich mit zitternder Hand die Einverständniserklärung und beobachtete, wie ein Wärter die Maschinen abschaltete, eine um die andere. Dann hob und senkte sich Bobbys Brust zum allerletzten Mal. Doch es war wie ein Seufzer der Erleichterung.

Rose ließ den Kopf in die Hände sinken, und wir alle hielten die Luft an, während der Herzmonitor seinen gemessenen Rhythmus fortsetzte. Dann …

… kam er zum Stillstand.

Einfach so. Das Herz, das mit seinen benachteiligten amerikanischen Landsleuten gelitten, das bei meinem Anblick schneller geschlagen hatte, das größer geworden war mit der Liebe zu den Kindern seines ermordeten Bruders …

Es hörte einfach auf. Und Bobby war nicht mehr da.

»Nun kennen wir den Tod.« Ich wusste kaum, was ich sagte, hörte nur, wie hohl meine Stimme klang, als ich mit Ethel sprach. Zum zweiten Mal in meinem Leben wünschte ich mir, dass auch ich sterben und all den Schmerz hinter mir lassen könnte. »Wären unsere Kinder nicht, würden wir ihn für uns selbst willkommen heißen.«

Ethel schien zu verstehen, denn während stumme Tränen über ihr Gesicht rannen, bestätigte sie mir mit einem kaum erkennbaren Nicken, dass wir mit der Aufgabe des Überlebens zu ungleichen Schwestern geworden waren.

»Danke, Jackie«, sagte Rose leise. Sie saß auf einem Stuhl an der Wand und sah kleiner aus als gewöhnlich, gebrechlicher, einen Rosenkranz zwischen den Fingern. Mit Bobby war das vierte ihrer Kinder gestorben. »Danke, dass du getan hast, was wir anderen nicht fertiggebracht haben«, fügte sie hinzu.

Ich nickte nur, und mir graute vor den Stunden und Tagen, die nun auf mich zukamen, denn diesmal war niemand da, der mich retten konnte.

Bobby ist tot.

Bobby ist tot.

Bobby ist tot.

Dumpf schlug mein Herz die Worte, aber meine Gedanken suchten ihren Sinn, während die Wärter kamen und Bobby behutsam und ehrfürchtig wegtrugen. Auf meinem Kostüm war kein Blut, hier gab es nur ein leeres Krankenhausbett und ein Begräbnis, das geplant werden musste.

Ich wusste nicht, ob ich aus diesem Abgrund jemals wieder auftauchen würde.

Vierter
Teil

8. Juni 1968

Die bronzenen Glocken hatten bereits neun Uhr geschlagen, als unsere Reise endete. An diesem freudlosen Tag spiegelte das Wetter die Stimmung wider, und dichte Wolken bedeckten den Himmel, als die Trauergemeinde mit dem Zug von der St. Patrick's Cathedral in New York zu der vertrauten Anhöhe in Arlington reiste. Die vierstündige Fahrt nach Washington dauerte doppelt so lang, denn unterwegs kamen sie an Tausenden in Tränen aufgelösten, trauernden Menschen vorbei – an Bauern, die Schilder mit Beileidsbekundungen hochhielten, an erschöpften Fabrikarbeitern mit leerem Blick, an Nonnen, die sich bekreuzigten, und jungen Mädchen, die ihnen kummervolle Küsse zuwarfen –, und alle wollten sie den Witwen der Verstorbenen ihren Respekt und ihre Anteilnahme bekunden.

All das war zu erwarten gewesen, doch als sie Washington gerade verlassen hatten, blitzte grell eine Pressekamera in der Dunkelheit auf, und im selben Moment krachte etwas gegen den Zugwaggon.

»Schießt jemand auf uns?« Der kleine Sohn der einen Witwe klammerte sich an das Dienstmädchen, seine Stimme zittrig vor Angst.

Beim Aufschrei ihres Sohnes wurde das Herz der Witwe noch schwerer, und als der Zug Arlington erreichte, hieß sie die vertraute Taubheit willkommen, die ihre Seele umschloss. Die flackernden Kerzen der Trauernden tauchten das Meer von Kreuzen auf dem Friedhof in einen goldenen Schein. Manche der schwarz gekleideten Kinder hielten verwelkte Blumen, andere Rosenkränze in den Händen.

Die Hände der Witwe jedoch waren leer.

Der Schleier der früheren First Lady verbarg ihr Gesicht vor den Schaulustigen, doch jeder konnte sehen, wie sie zusammenzuckte, als die amerikanische Flagge, die den Sarg des ermordeten Senators bedeckt hatte, in die zitternden Hände des jüngsten Bruders gelegt wurde.

Nur einer der Kennedy-Brüder war noch übrig. Es kursierte das Gerücht, die Familie sei verflucht.

Die Trauernden gingen einer nach dem anderen zu dem Sarg, knieten nieder und verabschiedeten sich von dem Verstorbenen. Die Kinder der Witwe umklammerten ihre Hände fester, ihre Tochter auf der einen und ihr Sohn auf der anderen Seite. Selbst in der Dunkelheit waren sie ein Lichtschimmer der Hoffnung. Das Mädchen – gekleidet in ein blassblaues Kleid mit Puffärmeln, das sie nicht mochte, aber dennoch angezogen hatte, weil sie wusste, wie sehr ihre Mutter es liebte – hielt ihren Rücken kerzengerade.

Die frühere First Lady sah zu, wie sich ihre Kinder von ihrem Lieblingsonkel verabschiedeten, dann schob sie mit schwarz behandschuhten Händen ihren Schleier beiseite. Es war ein erstaunlicher Anblick, wie sie jeden Schritt mit der Würde und Anmut einer Königin zurücklegte. Wortlos beugte sie sich vor und küsste den Sarg in Erinnerung an das Begräbnis eines anderen gefallenen Helden.

Der einzige Unterschied zwischen dieser Nacht und jenem Novemberabend vor fünf Jahren war das Licht über ihnen, der schwindende Erntemond ersetzt von einem fast vollen Mittsommer-Mond, der hinter den vorbeiziehenden Wolken hervorschien.

Anschließend besuchten sie ein weiteres Grab, und der kurze Marsch den nachtschwarzen Hügel hinauf wurde vom goldenen Licht der ewigen Flamme beleuchtet. Unter Tränen sah die Witwe zu, wie ihre Kinder sich niederknieten und erneut von ihrem Vater Abschied nahmen.

Als es vorbei war und die Kinder in ihren Armen in haltloses Schluchzen ausbrachen, schwor sie im Stillen einen bitteren Eid.

Nie wieder.

Kapitel Neunzehn

Juni 1968

Ein Jegliches hat seine Zeit, und alles Vorhaben unter dem Himmel hat seine Stunde: Geboren werden hat seine Zeit, sterben hat seine Zeit, ausreißen, was gepflanzt ist, hat seine Zeit. Ich kannte den Bibelvers, doch die Tage, die auf Bobbys Tod folgten, waren eine Zeit zu trauern und eine Zeit zu hassen.

Ich trauerte um Bobby, und ich hasste Amerika. Wenn mein Heimatland nach Jacks Ermordung noch einen Anspruch auf mich erhoben hatte, dann hatte das Attentat auf Bobby ihn endgültig verwirkt. Amerika und die Kennedys konnten die Überreste ihrer zerstörten Träume behalten; ich wollte nie wieder etwas mit Luftschlössern oder Politik zu tun haben.

Ich wusste, dass ich etwas unternehmen musste, als ich eines Tages nach Hause kam und John mit einem Stapel Bücher aus der Bibliothek auf dem Boden sitzen sah. Völlig vertieft in das Kinderbuch auf seinem Schoß, markierte er eine Seite mit einem Eselsohr, dann blickte er auf und wurde kreidebleich.

»Was liest du da?«, fragte ich etwas beunruhigt.

Hastig schlug er das Buch zu und versteckte es hinter seinem Rücken, dann kroch er zurück, bis er an sein Bett stieß. »Nicht gucken, Mommy.«

»Es macht mich nie wütend, wenn du liest«, erinnerte ich ihn sanft. »Darf ich mal sehen?«

Zögerlich zog er das Buch hervor.

Es war ein Geschichtsbuch für Kinder, das eine Menge wichtiger Ereignisse in der Geschichte Amerikas wiedergab: die Unterzeichnung der Unabhängigkeitserklärung, Lincolns Emanzipationsproklamation, Rosa Parks Weigerung, ihren Sitzplatz im Bus für einen Weißen zu räumen.

Die Seite mit dem Eselsohr zeigte Jack in einer Autokolonne in Dallas mit mir in einem rosafarbenen Kostüm an seiner Seite, wie wir den Zuschauern lächelnd zuwinkten – wenige Minuten bevor er erschossen wurde. Mir rauschte das Blut in den Ohren, als John die Seite mit seinen kleinen Händen verdeckte, so dass ich den Text nicht lesen konnte. »Nicht gucken, Mommy«, wiederholte er.

Doch es kam noch viel schlimmer. Mein Herz hämmerte panisch, als Clint Hill mir noch am selben Abend grimmig mitteilte, dass das FBI Entführungs- und Todesdrohungen gegen Caroline und John erhalten hatte. »Sie haben gleich nach dem Attentat auf den Präsidenten damit angefangen. Seitdem haben die Drohungen nachgelassen, aber der Mord an seinem Bruder hat eine neue Welle ausgelöst. Wir halten die Drohungen nicht für glaubhaft, aber …«

Alles in mir schrie danach, schnellstmöglich die Flucht zu ergreifen. Wenn Kennedys ermordet wurden, dann waren meine Kinder womöglich das nächste Ziel.

Ich würde meine Kinder nicht in diesem verdorbenen Land aufwachsen lassen. Ich wollte weg aus Amerika.

Ist es da verwunderlich, dass ich zwei Wochen nach Bobbys Beerdigung Aristoteles Onassis' Angebot, mich zu besuchen, annahm und ihn sogar über Nacht in die Hammersmith Farm einlud, um ihn meiner Mutter vorzustellen?

Meine Mutter, die Ari seine skandalöse Beziehung zu meiner Schwester noch immer übel nahm und Lee weggeschickt hatte, damit sich unsere Besuche nicht überschnitten, entwickelte eine noch stärkere Abneigung gegen ihn, als sie zu ahnen begann, dass er ihrer ältesten Tochter Avancen machte …

So saßen wir in entgegengesetzten Sofaecken im Deck Room, während die Kinder ihr Bad nahmen, müde von den Geschenken, die Ari ihnen mitgebracht hatte, um sie von ihrer Trauer um Bobby abzulenken: John hatte ein funkgesteuertes Segelschiff bekommen, Caroline eine Erstausgabe von *Black Beauty*, und beim Anblick von Aris brandneuem Kassettenrekorder hatten sie Bauklötze gestaunt. Sogar ich konnte ein Grinsen nicht unterdrücken, als Ari meiner Mutter die eingebauten Mikrophone erklärte. Die blechern klingende Musik von Chopin und Tschaikowsky hatte meine Sorgen einen Moment vertrieben.

»Es gab eine Zeit, in der mir Bobby mehr bedeutet hat als das Leben selbst«, sagte ich und hörte den bitteren Unterton in meiner Stimme – wie leicht es doch wäre, ewig an dieser Bitterkeit festzuhalten und den Rest meines Lebens an diesem Ort voller Wut zu bleiben.

Mit einem Stirnrunzeln brachte Mutter ihren Unmut über meine düstere Stimmung, mein Rauchen und Aris Anwesenheit zum Ausdruck. »Du hast deine Kinder, Jackie. Sie werden immer ein wichtiger Teil deines Lebens sein.«

Unvermittelt nahm Ari mir die Zigarette weg und drückte sie im Aschenbecher aus. Meine Mutter warf ihm einen argwöhnischen Blick zu, ihre Stimme eisig. »Das ist schon das dritte Mal heute, dass Sie das machen, Mr. Onassis. Würden Sie mir bitte erklären, warum?«

Das kann ja heiter werden …

Aber auf Aris zerfurchtem Gesicht breitete sich ein Lächeln aus. »Ich habe nichts dagegen, wenn Frauen rauchen, aber sie sollten nicht dabei gesehen werden, finden Sie nicht auch, Mrs. Auchincloss?«

»Ja, in der Tat.« Meine Mutter nickte bedächtig. »Ich habe Jackie ihre Zigaretten immer weggenommen, wenn sie im Weißen Haus geraucht hat.«

Ari stapelte die Kassetten auf dem Couchtisch ordentlich aufeinander und reichte sie ihr lächelnd. »Anscheinend hat es Ihnen der neumodische Apparat angetan. Behalten Sie ihn.«

Seine Großzügigkeit überraschte Mutter offensichtlich. Wenn sie wüsste, dass er beim Abendessen eine Süßwasserperle, so groß wie eine Traube, in meiner Serviette versteckt hatte … »Nein, das kann ich nicht annehmen.«

»Ich bestehe darauf«, erwiderte er. »Sehen Sie es als mein Geschenk an unsere höchst zuvorkommende Gastgeberin.«

Meine Mutter bedankte sich überschwänglich bei ihm, dann stand sie auf. »Es ist spät, und Hughdie wartet bestimmt schon auf mich. Bleibt nicht mehr zu lange auf.«

Das werden wir nicht, Mummy, dachte ich. *Und dann werden wir uns in unsere Schlafzimmer in entgegengesetzten Winkeln des Hauses zurückziehen, die du uns zugewiesen hast.*

»Du hast das Unmögliche vollbracht«, sagte ich zu Ari, als meine Mutter mit ihrem neuen Kassettenrekorder unter dem Arm ging. »So schnell hat noch niemand meine Mutter um den Finger gewickelt.«

»Das ist nur die erste Herkulesaufgabe, die ich heute Abend zu erfüllen gedenke«, sagte er von seiner Seite der Couch. »Ich will, dass du mich heiratest, Jackie.«

Einfach so. Keine Romantik, kein Firlefanz, nur ein sachlicher Antrag, als ginge es ums Geschäft. Erst als Ari eine schwarze Samtschatulle aus seiner Jacketttasche holte, begriff ich, dass er diesen Moment geplant hatte, vielleicht sogar schon vor einer Weile. Mir stockte der Atem, denn darin befand sich ein riesiger Diamant.

»Das ist der Lesotho III«, erklärte Ari beiläufig, als rede er übers Wetter. »Er ist genauso selten und wunderschön wie die Frau, die ihn tragen wird.«

Heftige Schuldgefühle erfassten mich, als ich über sein Angebot nachdachte. Wie viele Leute würde ich verraten, wenn ich diesen Antrag annahm? Natürlich Jack und meine Schwester. Womöglich auch Bobby? Die gesamte Familie Kennedy?

Doch Aris nächste Worte drängten alles andere in den Hintergrund. »Lass mich euch von hier fortbringen. Du weißt, ich bin der Einzige, der dich und deine Kinder beschützen kann.«

»Aber ich liebe dich nicht«, sagte ich, doch meine Entschlossenheit geriet ins Wanken. Ich würde diesen Bund nicht unter Vortäuschung falscher Tatsachen eingehen, und ich war nicht sicher, ob ich mich überhaupt noch einmal verlieben wollte, nachdem ich zweimal das Leid erfahren hatte, das unweigerlich darauf folgte.

Ari zuckte nur die Achseln. »Nein, aber du bist fasziniert von mir, und du magst mein Geld und den Schutz, den ich dir bieten kann. Das ist ein Anfang.«

Darauf konnte ich nur mit Ja antworten.

Außer meiner Mutter und meinen engsten Freunden erzählte ich niemandem von meiner Verlobung.

Meiner Mutter brachte ich die Neuigkeit am Telefon bei; ich hatte nicht den Mumm, es ihr direkt ins Gesicht zu sagen. Nach einer langen Pause stellte sie nur eine einzige barsche Frage: »Warum willst du noch eine Tragödie erleben, Jackie?«

Ich zuckte zusammen. Ich hatte gedacht, Ari hätte meine Mutter für sich gewonnen, aber ich hätte wissen müssen, dass es mehr brauchte als einen Kassettenrekorder und ein gut geöltes Lächeln, um von ihr akzeptiert zu werden. »Ich habe keine Wahl. Hier in Amerika ist man als Kennedy nicht sicher, und ich will nicht, dass meine Kinder als Nächstes dran sind.«

»Du kannst nicht klar denken. Aristoteles Onassis ist alt genug, um dein Vater zu sein, und ein Schwerenöter noch dazu. Weißt du denn mit Sicherheit, dass er seine Beziehung zu Maria Callas beendet hat?«

»Das ist ewig her, Mutter.« Natürlich hatte ich Ari nach Callas und seiner ersten Frau gefragt, und er hatte mir versichert, dass seine Affäre endgültig vorbei sei. Und ich wollte ihm glauben.

Meine Mutter räusperte sich. »Ich bin wohl dazu verdammt, zuzusehen, wie du immer wieder auf Männer hereinfällst, die dich nicht wirklich lieben, und denselben Fehler machst wie ich mit Black Jack Bouvier.«

»Es geht nicht um dich, Mummy.« Mein Kopf dröhnte. Unwillkürlich stellte ich mir vor, wie meine Mutter bei meiner Hochzeit ein Stück abseits stand und wie ein griechischer Chor wiederholte: *Alle Männer sind Schweine. Alle Männer sind Schweine.* »Es geht darum, hier wegzukommen und meine Kinder zu beschützen. Wenn Caroline oder John irgendetwas zustößt, würde ich mir das niemals verzeihen. Und ich würde es nicht überleben.«

Die Stimme meiner Mutter war so leise, dass ich sie nur mit

Mühe verstand. »Bei einer Ehe sollte es um Liebe und Glück gehen. Nicht, wie viel Geld der Mann auf dem Konto hat.«

»Aber Aris Geld bedeutet Sicherheit für mich und die Kinder«, stieß ich hervor. »Das macht mich glücklich.«

Ich erwähnte nicht, dass sich Caroline, nachdem ich ihr erzählt hatte, dass ich Ari heiraten würde, weinend im Bett verkrochen hatte.

Meine Mutter seufzte resigniert. »Ich hoffe, du hast recht, Jackie. Aber du musst mit deiner Schwester reden.«

Fürs Erste verdrängte ich die Erinnerung an Aris Affäre mit meiner Schwester, doch ein paar Tage später rief Lee an, weil sie ein Foto von Ari und mir in der *New York Post* gesehen hatte. »Wenn du Ari heiratest«, warnte sie mich, »wirst du von deinem Podest stürzen.«

Jedes Wort triefte vor Eifersucht und Wut, doch ich konnte nicht zulassen, dass Lee mich jetzt, da ich endlich eine Entscheidung getroffen hatte, wieder davon abbrachte. »Es ist besser, herunterzufallen, als für immer daran festzuhängen.«

Ich klang schnippisch, das war mir klar, aber ich würde den früheren Liebhaber meiner Schwester heiraten und hatte keine Ahnung, wie ich es ihr sagen sollte. Sollte ich mich entschuldigen? Sie um Erlaubnis bitten?

»Die Kennedys werden dir niemals verzeihen«, spie sie zornig aus. »Und ich vielleicht auch nicht.«

»Tut mir leid, Lee«, murmelte ich und schluckte schwer. Ich wollte weder den Kennedys noch meiner Beziehung zu meiner Schwester schaden, aber seit Bobbys Tod hatte sich alles verändert. Ich musste tun, was für meine Kinder und mich am besten war. Warum konnte das denn niemand verstehen? »Dieses Risiko muss ich wohl eingehen.«

Lee behielt recht. Kurz darauf rief Ari mich an, um damit zu prahlen, dass die Kennedys Teddy nach Griechenland geschickt hatten, um ihn davon abzuhalten, mich zu heiraten – ohne Erfolg natürlich.

Wir heirateten im kühlen Nieselregen auf Aris Insel Skorpios in einer winzigen Marienkapelle.

»Das ist nichts im Vergleich zu deiner Hochzeit mit Jack«, flüsterte Lee, als sie mir das Bukett reichte. Trotz allem hatte sie sich bereit erklärt, meine Trauzeugin zu sein, und ich wusste, dass ich ihre kalte Missbilligung verdient hatte. Hätte sie den Kontakt zu mir abgebrochen, hätte ich es ertragen wie alles andere in meinem Leben, aber ich war dankbar, dass es dazu nicht gekommen war.

»Ich weiß«, sagte ich leise. »Und da bin ich froh.«

Meine Mutter hatte den Hochzeitszug organisiert – Caroline und John trugen große Bienenwachskerzen, die sie auf den Altar stellen würden –, und jetzt zog sie Hughdie zu mir herüber und flüsterte mir ins Ohr: »Du musst das nicht tun, Jacqueline.«

»Hör auf, Mummy«, erwiderte ich. »Sonst rede ich nie wieder mit dir.«

Ich ignorierte ihren abschätzigen Blick und folgte Lee, während der Harmoniegesang des Chor-Trios von den Steinwänden widerhallte. Hughdie reichte mir den Arm, um mich zum Altar zu führen – wie ein Echo meiner ersten Hochzeit. »Nach allem, was du durchgemacht hast, verdienst du es, endlich glücklich zu werden«, sagte er und wischte sich mit einem Taschentuch über die Augen. »Ich hoffe, du wirst dein Glück finden.«

Mit einem dankbaren Lächeln drückte ich seine Hand, bevor er sich zurückzog. *Ich hoffe es auch …*

»Hoch lebe Königin Jacqueline!«, rief Ari so laut, dass alle ihn hörten, als ich meinen Platz neben ihm einnahm. Mein Bräutigam trug einen mitternachtsblauen Anzug mit einer feuerroten Rose im Knopfloch, seine Haare mit so viel Pomade zurückgegelt, dass mich der Geruch in der Nase kitzelte.

Bei der Vorstellung, Bobby hätte zusehen müssen, wie ich Aristoteles Onassis heiratete, schauderte ich, und Jacks Reaktion wollte ich mir lieber gar nicht ausmalen.

Doch Ari war genau das, was ich wollte und brauchte.

Als wir vor dem bärtigen griechisch-orthodoxen Metropoliten unser Ehegelübde ablegten, starrten mich Aris erwachsene Kinder mit wütenden, unglücklichen Gesichtern an.

Es war kein Geheimnis, dass sie gehofft hatten, Ari würde sich wieder mit ihrer Mutter versöhnen. Als er ihnen von unserer Verlobung erzählt hatte, hatten sie behauptet, ich wäre nur hinter seinem Geld her, obwohl ich mich trotz der heftigen Proteste meines Finanzberaters mit ihrem Vater auf einen Ehevertrag geeinigt hatte, der mir im Falle einer Scheidung nur einen minimalen Anteil seines Vermögens zusprach. Aber das kümmerte mich nicht – Aris Kinder würden schon noch zur Vernunft kommen, und in der Zwischenzeit waren meine eigenen Kinder wenigstens in Sicherheit.

Nachdem wir dreimal um den Altar herumgelaufen waren, steckte Ari mir den Ring an den Finger, und ich war nicht mehr die Frau eines ermordeten Helden.

Mein altes Leben fiel von mir ab, und aus Jackie Kennedy wurde Jackie O.

Beim Empfang auf der *Christina* schallte beschwingte griechische Musik vom Hauptdeck, während Ari mir atemberaubenden Rubinschmuck als Hochzeitsgeschenk überreichte und mich anschließend in meinem gelben Abendkleid über die in sanftes Mondlicht getauchte Tanzfläche wirbelte. Hin und wieder strich mir Ari sanft über den Rücken, aber noch ermutigender fand ich, wie er dafür sorgte, dass die Presseboote Distanz zu seiner Jacht wahrten. Aris Kinder hielten sich so weit wie möglich von mir fern, doch Lee gesellte sich zu mir, als Ari gerade unterwegs war, um uns zwei Gläschen Dom Pérignon zu holen.

»Du siehst glücklich aus«, stieß sie etwas widerwillig hervor.

»Das bin ich auch. Glaube ich zumindest.« Ich ergriff ihre Hand. »Ich brauche das, Lee. Ich hoffe, du kannst es verstehen.«

Sie seufzte schwer. »Ich weiß. Und ich sollte es dir wirklich gönnen. Schließlich bist du meine Schwester, und die Landkarte der Liebe ist unerforschbar.«

Da schloss ich sie in die Arme. Als Ari mit zwei Champagnergläsern zurückkam, entschuldigte sie sich jedoch und ging, was ich ihr nicht verdenken konnte.

»Du hast etwas Rätselhaftes an dir, Jackie«, raunte Ari mir ins Ohr. »Du bist eigensinnig und provokant.«

»Rätselhaft, eigensinnig und provokant?« Bei seinen Worten lief mir ein wohliger Schauer über den Rücken. »Wie ist ein so vielseitiger Charakter überhaupt möglich?«

»Ganz einfach«, sagte er, stellte unsere Gläser auf die Reling und nahm meine Hände in seine. »Du siehst griechisch aus, verhältst dich aber wie eine amerikanische Prinzessin.«

»Eine Prinzessin oder eine Königin?«, neckte ich ihn. »Ich kann nicht beides sein.«

»Prinzessin, Königin, Sultanin, Kaiserin … Spielt das eine Rolle?« Lächelnd schüttelte er den Kopf und ließ meine Hand los, um eine Zigarre aus seiner Jacketttasche zu holen. »Und jetzt, da wir verheiratet sind, bist du der letzte Diamant in meiner Krone.«

Ich zuckte zusammen, als ich mich daran erinnerte, wie die Kennedy-Männer einmal über meinen potenziellen Beitrag zu Jacks Karriere gesprochen hatten, als wäre ich nur Beiwerk. Doch ich biss mir auf die Zunge und zwang mich, mich in seinen Armen zu entspannen. Diese Beziehung war für uns beide von Vorteil, wir würden einander glücklich machen, und die Welt würde meine Entscheidung verstehen.

Meine Entscheidung zu leben.

Als ich am nächsten Morgen die Schlagzeilen las, wurde mir allerdings klar, dass ich die Presse – und die Welt – falsch eingeschätzt hatte.

»JACKIE VERKAUFT SICH«, schrie mir die *Los Angeles Times* von der Titelseite entgegen.

Und auch auf mehreren anderen amerikanischen Zeitungen prangten Schlagzeilen wie: »WARUM NUR, JACKIE?« und »JACK KENNEDY STIRBT HEUTE EIN ZWEITES MAL«.

»JACKIE, WIE KONNTEST DU NUR?«, schallte es aus Stockholm.

Und selbst der Vatikan erklärte mich wegen Aris skandalöser Scheidung von seiner ersten Frau öffentlich zu einer Sünderin.

»Anscheinend habe ich mein Kavaliersdelikt gefunden«, sagte ich zu Ari, während ich die Zeitungen wieder zusammenfaltete und den ganzen Stapel so weit wie möglich wegschob.

»Allerdings«, stimmte er mit einem verschmitzten Grinsen zu und reichte mir ein Croissant. »Und ist das nicht ein großartiges Gefühl?«

Im Grunde hatte er recht, ich atmete schon viel freier. Nach meiner Hochzeit war mein Secret-Service-Einsatzkommando aufgelöst worden, und gestern Abend hatte ich mich in freundlichem Einvernehmen von Clint Hill verabschiedet. Obwohl die Kinder noch unter dem Schutz einiger Agenten standen, folgte mir nach acht Jahren endlich kein Mann in schwarzem Anzug mehr.

In den Flitterwochen benahmen Ari und ich uns wie Teenager, und so gelang es mir, die Nachricht zu ignorieren, dass Richard Nixon zum Präsidenten gewählt worden war; ein weiterer Beweis, dass sich die Zukunft Amerikas durch Bobbys Tod unwiderruflich verändert hatte.

Wie schon meine ersten Flitterwochen gingen auch die zweiten viel zu schnell zu Ende.

Als ich Alexander, Aris Sohn und Erben, eines Abends zum Essen einlud, verkündete er wutentbrannt: »Seit mein Vater geheiratet hat, habe ich kein Zuhause mehr.«

Er starrte mich an, als wolle er mich herausfordern, seine schlechten Manieren mit einer Erwiderung zu rechtfertigen, dann machte er kehrt und stürmte davon. Christina, die gerade die Treppe heruntergekommen war, warf mir einen bitterbösen Blick zu und nahm ihre Handtasche. »Gute Nacht, *kyría*.«

Kyría. Lady.

Das war wohl netter als die anderen Spitznamen, die sie und ihr Bruder mir hinter meinem Rücken gegeben hatten: Geldgieriges Miststück war nur eines davon.

Alexander war Aris A und O – sein Goldjunge, der nichts falsch machen konnte –, und ich war gewarnt worden, mich vor den Launen seiner Tochter in Acht zu nehmen, die oft in gefährliche Depressionen umschwangen. Wenn sie jünger gewesen wären, hätte ich andere Saiten aufgezogen. So konnte ich aber nur mutmaßen, dass Ari ihnen von klein auf alles hatte durchgehen lassen und sie nach Strich und Faden verwöhnte.

Aber das hieß nicht, dass ich einfach über ihr Benehmen hinwegsehen würde.

»Ich weiß wirklich nicht, warum deine Kinder so unfreundlich zu mir sind«, beschwerte ich mich bei Ari, nachdem die Haustür hinter ihnen ins Schloss gefallen war. Wenig später heulte der Motor von Alexanders museumsreifem Piaggio-Privatjet auf, und die Geschwister düsten davon. Was war bloß aus dem jungen Mann geworden, der in ganz Griechenland für seine Hilfsbereitschaft bekannt war? Warum behandelte er mich wie eine Aussätzige?

»Kümmere dich um deine eigenen Kinder, nicht um meine, Liebling«, erwiderte Ari. Sein herablassender Ton gefiel mir gar nicht, aber ich verkniff mir eine Erwiderung und ging nach oben, um Caroline und John vorzulesen. Als ich an meinem Schlafzimmer vorbeikam, hielt ich abrupt inne – warum glitzerte der Teppich so eigenartig?

Salz, stellte ich fest, als ich mich bückte und den Boden berührte. Zweifellos das Werk von Aris rachsüchtiger Tochter.

Vielleicht wusste Christina nicht, dass mir der griechische Aberglaube, Salz vertreibe ungebetene Gäste, wohlbekannt war. Oder vielleicht wollte sie mir zeigen, dass ich nicht willkommen war – als hätten sie und ihr Bruder das nicht bereits mehr als deutlich gemacht.

Aris Kinder hielten sich von mir fern, und ich ließ mich lustlos von einem sonnigen Tag zum nächsten treiben. Mit wachsender Bestürzung stellte ich fest, dass Ari beharrlich auf Abstand ging, sobald ich nach seinen Geschäften fragte, angefangen mit seinem Project Omega, das er mit Griechenlands derzeitigem Diktator Georgios Papadopoulos aushandelte. »Das würde dich nur langweilen«, sagte er eines Abends, während er die Bestandsbücher für Olympic Airways durchsah, als wäre ich zu dumm, um etwas vom Geschäft oder Politik zu verstehen. »Wie kommst du mit dem Griechisch-Lernen voran?«

»Gut«, antwortete ich, denn ich konjugierte regelmäßig mit Caroline und John griechische Verben. Eine neue Sprache zu lernen, fiel mir leicht, und allmählich wurde mir auf Skorpios langweilig – ich verließ die Insel ja kaum, denn zu meiner Enttäuschung beschränkte sich Aris Schutz vor den Paparazzi auf Skorpios und die *Christina*. Während Ari oft geschäftlich nach Paris reiste, sehnte ich mich nach meinem Apartment in New York, nach den Imbisswagen am Central Park und den Museen und Konzerthallen, die mich früher so begeistert hatten.

Daher freute ich mich sehr, als NBC anrief, um mir eine lukrative Position als Moderatorin einer Fernsehshow über Venedig und die kambodschanische Tempelanlage Angkor Wat anzubieten. Die Idee faszinierte mich, aber ich wartete noch eine Weile, bevor ich sie Ari gegenüber erwähnte. Als ich mich endlich traute, das Thema anzusprechen, bereute ich es sofort.

»Was denken die sich bloß dabei?«, schnaubte er. »Keine griechische Frau arbeitet.«

Ja, Liebling, wollte ich sagen. *Aber ich bin keine Griechin.*

Doch weiter nachzuhaken, hatte keinen Sinn, zumal Ari sich bereits an seinem Getränkeschrank bedient und ich gesehen hatte, dass Olympic Airways diesen Monat rote Zahlen schrieb – eine Kombination, die ihn reizbar machte. »Ich habe deine kleine Tour durchs Weiße Haus gesehen«, sagte er zu meiner Überraschung. »Warum vertreibst du dir nicht die Zeit damit, mein Pink House auf Skorpios neu zu dekorieren? Du kannst so viel Geld ausgeben, wie du möchtest.«

Das von dem Mann, der sich partout weigerte, mich auch nur ein Foto auf der *Christina* umhängen zu lassen, wo er immer noch die meisten Mahlzeiten einnahm und die meisten Nächte schlief. Fast hätte ich gelacht, denn ich dachte, er hätte einen Scherz gemacht, aber dann wurde mir klar, dass er es ernst meinte.

Glaubt er wirklich, in seiner Villa die Tapeten zu wechseln und Sitzmöbel umzustellen, wäre das Gleiche wie meine Renovierung des Weißen Hauses? Und glaubt er wirklich, ich könnte glücklich sein, wenn mein ganzes Leben auf diese winzige Insel beschränkt ist?

Doch vielleicht war Aris Vorschlag ja eine Art Friedensangebot. Es bestand kein Zweifel daran, dass ich es liebte, Dinge neu zu arrangieren und zu dekorieren, und ich würde irgendwann die Wände hochgehen, wenn ich mich nicht beschäftigte.

Also tat ich, was Ari vorgeschlagen hatte, und richtete die Villa auf Skorpios' höchstem Hügel her. Sie war bezaubernd, ein Juwel inmitten der sattgrünen Landschaft. Als Andenken an seine Großmutter hatte Ari überall auf der Insel Bäume aus dem Alten Testament gepflanzt – Mandelbäume, Feigenbäume, Zypressen und Kiefern –, und er hatte einen Stall für sechs Pferde bauen lassen, in dem den ganzen Tag über klassische Musik spielte, um die Shetland Ponys bei Laune zu halten. Die gesamte Insel bestand aus Gegensätzen, und hier verschmolz die raue Schönheit der weitläufigen, zum Ausreiten einladenden Ebenen mit einem dekadenten Palast, in dem weiß behandschuhte Kellner zum Abendessen Dom Pérignon und Beluga-Kaviar servierten.

Ich kann hier glücklich werden, sagte ich mir. Ich werde versuchen, hier glücklich zu werden.

Und wenn schon nicht glücklich, dann zumindest zufrieden, weil ich wusste, dass meine Kinder und ich in Sicherheit waren und dass es uns nie an etwas fehlen würde. Auf dieser Insel könnten wir vielleicht sogar vergessen, dass wir Kennedys waren.

Für eine Weile zumindest …

Gut ein Jahr nach dem Attentat auf Bobby versammelten die Kinder und ich uns vor dem brandneuen Farbfernseher im Pink House und sahen ehrfürchtig zu, wie Neil Armstrong auf dem Mond landete. Ari war wieder einmal geschäftlich in Paris und wohnte dort bei seiner Tochter, doch Caroline, John und ich waren an seine häufige Abwesenheit gewöhnt.

»Ein kleiner Schritt für einen Menschen«, wiederholte John, während wir uns an den Händen hielten und mit angehaltenem Atem Zeuge dieses historischen Moments wurden. »Aber ein großer Sprung für die Menschheit!«

»Das hat Daddy versprochen, stimmt's?«, fragte Caroline leise, während ihr achtjähriger Bruder durchs Wohnzimmer hopste, als wäre es die Mondoberfläche. »Einen Mann auf den Mond zu schicken.«

»Ja.« Ehrfürchtig starrte ich auf den Bildschirm. Ich erinnerte mich noch genau an Jacks Rede an der Rice University, in der er vorhergesagt hatte, dass Amerika noch in diesem Jahrzehnt zum Mond fliegen würde, *nicht, weil es einfach ist, sondern weil es schwer ist.* Und ich wusste auch noch, wie manche Leute abfällig geschnaubt und behauptet hatten, das sei unmöglich. »Amerika hat es geschafft.«

Das war das erste Mal seit Bobbys Ermordung, dass ich stolz auf mein Heimatland war.

Caroline ließ sich aufs Sofa zurücksinken, während ich ein Geschenk auspackte, das Ari mit der Anweisung für mich zurückgelassen hatte, es erst zu öffnen, wenn die Mondlandung vorbei war. Darin befand sich ein Kästchen mit goldenen Ohrringen in Form winziger Monde, die Oberfläche mit Kratern aus Rubinen verziert. Und eine Nachricht: *Wenn du weiter so gut zu mir bist, werde ich dir nächstes Jahr vielleicht den Mond schenken.* Ich legte alles zurück in die Schachtel. Vielleicht würde ich den protzigen Schmuck eines Tages tragen, aber nicht heute – dafür war die Erinnerung an Jack zu nah.

Caroline räusperte sich und nahm meine Hand; auf ihrem Schoß lag das *Dschungelbuch* und wartete nur darauf, sie in Moglis Welt zu entführen. Sie würde den Nachmittag mit Lesen verbringen, aber John würde vermutlich Astronaut spielen, bis er erschöpft ins Bett fiel.

»Wann gehen wir zurück, Mommy?«, fragte Caroline.

»Zurück wohin?«

»Nach Amerika. Ins Weiße Haus.« Sie warf einen Blick auf ihren Bruder und flüsterte: »John erinnert sich überhaupt nicht mehr daran. Dabei hat er dort gelebt.«

In diesem Moment wurde mir klar, dass es nicht reichte, meine Kinder aus Amerika wegzubringen, um sie zu beschützen – es war töricht von mir zu glauben, ich könnte vergessen, dass wir Kennedys waren. Geborgte Träume im Pink House auf Skorpios waren nicht mehr als das: Träume. Es war an der Zeit, dass wir uns den Geistern unserer Vergangenheit stellten, sosehr es mir auch davor graute.

Nach über zehn Jahren kehrte ich ins Weiße Haus zurück. Wäre es nur um mich gegangen, wäre ich vielleicht nie wieder hierhergekommen, aber Caroline und John verdienten es, die Orte zu sehen, an denen sie mit ihrem Vater gelebt hatten. So kam es, dass ich, als Pat Nixon mich einlud, mir die Enthüllung der offiziellen Porträts von Jack und mir anzusehen, all meinen Mut zusammennahm und zusagte.

Als ich mit den Kindern eintraf – Ari hatte taktvoll abgelehnt, uns zu begleiten –, wirkte das Weiße Haus zu meiner Verwunderung wie eine Geisterstadt. »Seltsam«, murmelte ich, als Caroline und John hinter mir aus der Limo stiegen.

»Was ist los?«, fragte John. Ihn hatte die ganze Unternehmung überrascht, aber Caroline war sehr schweigsam, seit wir in die Pennsylvania Avenue eingebogen waren, und ich fragte mich, welche lange vergessenen Erinnerungen ihr im Kopf herumspukten.

»Keine Touristen, keine Kameras. So habe ich das Weiße Haus noch nie gesehen.« Mein Herz flatterte, als wir den von Säulen gestützten South Portico betraten, wo Jack und ich so oft Staatsoberhäupter empfangen hatten. Es spielte keine Rolle, dass ich diesmal ein Gast war; wenn ich die Augen schloss, sah ich Jack in seinem feinsten Smoking im Alkoven stehen und mir zunicken. *Willkommen zurück, Kid.*

Ein Teil von mir wollte weglaufen, aber ich verankerte mich, indem ich die Hände meiner Kinder hielt. Caroline und John gaben mir Halt, jetzt und für immer. »Ganz gleich, wer hier wohnt«, versicherte ich ihnen, »es wird immer auch euer Haus sein.«

Keine Menschenseele begegnete uns, als wir vom Chief Usher in den Diplomatic Reception Room geführt wurden.

»Wie schön, dass Sie gekommen sind.« Pat Nixon begrüßte uns mit ihren erwachsenen Töchtern Tricia und Julie. Ihre freundlichen Worte standen in scharfem Kontrast zu ihrer Hetzkampagne während des Wahlkampfes unserer Ehemänner, aber das schien ewig her, und wir waren andere Menschen.

»Es ist so still«, merkte ich verwundert an, nachdem ich meine Kinder vorgestellt hatte. Beide hatten der First Lady sehr galant die Hand geschüttelt, was ich voller Stolz zur Kenntnis nahm.

»Das Weiße Haus ist während Ihres Besuchs gesperrt«, erklärte mir Pat mit sanfter Stimme. »Damit wir nicht gestört werden.«

Meine Schultern entspannten sich, und ich lächelte sie dankbar an. Vielleicht hätten mich gelegentliche Unterbrechungen nicht gestört, aber ich war froh, diesen wichtigen Moment nicht mit Schaulustigen und Paparazzi teilen zu müssen.

Pat deutete auf den Kronleuchter hoch über uns. »Der ist antik, aus der Regency-Epoche«, sagte sie. »Lady Bird und ich haben uns viel Mühe gegeben, den Richtlinien zu folgen, die Sie mit Ihrer Renovierung festgelegt haben.«

»Es ist perfekt.« Vielleicht klang das überheblich, aber mir gefiel die Vorstellung, dass meine Neugestaltung noch lange Einfluss auf die von meinen Nachfolgerinnen vorgenommene Gestaltung des Weißen Hauses haben würde. Wie von selbst legte sich meine Hand auf die atemberaubende Panorama-Tapete, die ich 1961 angebracht hatte.

Das ist kein Traum und auch kein Alptraum. Nur ein weiteres Kapitel in der außergewöhnlichen Geschichte unseres Lebens.

Tricia Nixon wandte sich an Caroline und fragte sie: »Wollen wir in den Wintergarten hochgehen? Ich glaube, dort war deine Vorschule.«

Caroline sah fragend zu mir herüber. »Ja, deine Vorschule fand ganz oben auf dem Dach statt«, erinnerte ich sie.

Sofort leuchteten ihre Augen auf. »Stimmt, das weiß ich noch! Wir haben Tiere aus Knete geformt, das Alphabet-Lied gesungen und dabei Cracker gefuttert. Manchmal bist du auch reingekommen und hast uns Gedichte beigebracht.«

Zusammen gingen wir hinauf, und die Kinder bestaunten den Ausblick auf die National Mall. Früher hatte ich hier ein Trampolin versteckt, das ich mir besorgt hatte, um mich fit zu halten, und auf dem die Kinder morgens manchmal mit mir herumgehüpft waren. Von Carolines Vorschule gab es natürlich keinerlei Spur mehr, aber die Geister der Vergangenheit flüsterten mir aus den Wänden zu.

Jack, der sich nach dem Schwimmunterricht mit Caroline die Haare mit einem Handtuch trocken rubbelte.

John, der im Lincoln Bedroom seine ersten wackligen Schritte machte.

Bobby, der mich zu Jacks Sarg hinunterführte, damit ich mich verabschieden konnte.

So vertieft war ich in meine Erinnerungen, dass ich um ein Haar Johns Frage verpasst hätte, die ihm sicher schon seit unserer Ankunft durch den Kopf ging. »Können wir uns auch das Oval Office ansehen?«, fragte er. »Ich weiß noch, wie ich mit Dad dort gespielt habe.«

An dem Tag hatte ich keine neuen Flugzeuge mehr für ihn in der Schreibtischschublade. Da haben wir den Schreibtisch eben in eine Höhle verwandelt.

»Natürlich«, antwortete Pat. »Ich habe Dick gebeten, heute Nachmittag woanders zu arbeiten.« Erneut war ich den Nixons dankbar für ihre Zuvorkommenheit. Zusammen gingen wir in den West Wing, Pat öffnete die Tür zum Allerheiligsten des Präsidenten und meinte: »Wir warten draußen.«

Das Oval Office gehörte jetzt Richard Nixon – seine Erinnerungsstücke und Familienfotos tummelten sich auf dem Schreibtisch und den Regalen –, aber dennoch sah ich Jack überall: wie er im kalten Februarlicht am Fenster stand und über die Eskalation der Situation in Vietnam grübelte; wie er hinter dem Resolute Desk auf seinem Stuhl kauerte und sich mit Bobby das Hirn über die Kubakrise zermarterte; wie er mit John und seinen Flugzeugen spielte.

Die Erinnerung überwältigte mich fast, doch John nahm meinen Ellbogen und hielt mich aufrecht.

»Er hat diesen Ort geliebt, nicht wahr?«, fragte er leise, als hätte auch er Angst davor, diesen heiligen Ort zu entehren.

Ich konnte nur nicken.

Als wir den Raum verließen, führten uns die Nixons wortlos zu Jacks Porträt in der Cross Hall. Bei dem Anblick hätte ich am liebsten die Hand ausgestreckt und seine sandbraunen Haare berührt. Kunst konnte den besten Teil der Vergangenheit bewahren, und mit seinem Bild hatte Aaron Shikler ein perfektes Porträt erschaffen – in einem nachdenklichen Moment, in sich gekehrt, völlig anders als all die anderen grässlichen Präsidentenporträts im Weißen Haus. Jack war kein perfekter Ehemann und sicher auch kein perfekter Präsident gewesen. Es war ein Porträt von Jack, wie ich ihn gekannt und geliebt hatte. Ich schluckte den dicken Kloß in meinem Hals hinunter. »Danke, dass Sie das Porträt an einer so prominenten Stelle aufgehängt haben«, brachte ich mühsam hervor.

»Das war eine Selbstverständlichkeit für uns«, antwortete Pat mit einem traurigen Lächeln. »Dick und ich sind uns einig, dass

Amerika durch seinen Tod einen großen Hoffnungsträger verloren hat.«

Ich nickte, doch plötzlich beschlichen mich Bedenken, dass es womöglich doch die falsche Entscheidung gewesen war, mit den Kindern herzukommen – vielleicht war es zu bedrückend für sie, dieses Porträt und das frühere Arbeitszimmer ihres Vaters zu sehen. Möglicherweise dachten sie dasselbe über mich, denn sie wandten sich mir beide mit glänzenden Augen zu. »Das ist ein schönes Porträt«, sagte Caroline, und die Art, wie sie den Kopf zur Seite neigte, erinnerte mich an Jack.

»Vater hätte es gemocht«, stimmte John zu.

Und das war alles, was es zu sagen gab.

Anschließend gingen wir in den Family Dining Room im zweiten Stock, wo sich Nixon persönlich zu uns gesellte, begleitet von einem aufgeregt bellenden Pudel, einem Yorkshire Terrier und einem Irish Setter namens King Timahoe, den Caroline sofort ins Herz schloss. »Willkommen zurück, Mrs. Kennedy«, begrüßte mich Nixon, während er den Hunden ohne Erfolg bedeutete, sich zu setzen. »Die Mädchen und ich sind so froh, dass Sie kommen konnten. Haben Sie sich alles angesehen?«

»Nennen Sie mich doch bitte Jackie«, sagte ich. »Und ja, der heutige Tag war absolut perfekt.«

»Ich hoffe, Sie mögen Hackbraten und pikanten Peperoni-Salat«, wandte sich Nixon dann gleichermaßen an die Kinder und mich. Zwar antworteten die beiden höflich – Caroline war nicht wählerisch, und John aß alles –, sahen dabei aber neugierig zu den Hunden hinüber. »Ich weiß«, meinte der Präsident lachend. »Meine Hunde sind viel interessanter als ich. Nur zu.«

»Er erinnert mich an Pushinka«, kicherte Caroline, als Tricia King Timahoe mit einem Stück Hackbraten fütterte und einen

Finger an die Lippen legte, während der Hund den Leckerbissen gierig hinunterschlang. Ich sah lächelnd zu und wünschte plötzlich, ich hätte eine Kamera mitgebracht, denn ich hätte so viel Fröhlichkeit festhalten können.

Vollauf zufrieden lauschte ich Nixon, wie er meine Kinder mit Geschichten über die Bowlingbahn, die er unter dem North Portico des Weißen Hauses angelegt hatte, in Staunen versetzte und sie zu einem kleinen Turnier einlud. Es war, als wären wir bei einem ganz normalen Familiendinner, nicht länger in einem Sumpf ehemaliger Feindschaften und schmerzhafter Erinnerungen. Ich hatte mich den Geistern meiner Vergangenheit gestellt, um es Caroline und John zu ermöglichen, ihre Kindheit wiederzuentdecken, und so hatte sich dieser Tag, vor dem es mir seit Langem graute, in eine der schönsten Erinnerungen meines Lebens verwandelt.

Als wir den Nixons später am Abend zum Abschied zuwinkten – nach einer Bowling-Partie, die John gewonnen hatte, obwohl ich den Verdacht hegte, dass der Präsident ihm absichtlich dazu verholfen hatte –, erkannte ich diesen bittersüßen Tag als das, was er war.

Ein Geschenk.

Kapitel Zwanzig

August 1971

Nachdem ich aus dem Weißen Haus zurückgekommen war, entwickelten Ari und ich eine gemeinsame Routine, die friedlich wirkte, solange niemand seine erfolglosen Geschäftsunternehmen erwähnte. Morgens lasen wir und schwammen im Meer, abends machten wir ausgiebige Spaziergänge. An manchen Tagen ritten wir mit der *Christina* über die Wellen der Ägäis und besichtigten die Tempel von Rhodos, Patmos und Korfu.

In meinem Bestreben, alles über Griechenland zu erfahren, hatte ich voll atemloser Spannung über Odysseus' Reisen und seinen Kampf gegen die Charybdis gelesen, ein Meeresungeheuer, dessen reißender Schlund ganze Schiffe verschlang. Noch ahnte ich nichts davon, dass mein zigarrenrauchender Odysseus seine eigene Charybdis war, die unter der ruhigen Oberfläche unseres Lebens lauerte.

Eines regnerischen Abends in Glyfada saß ich mit Ari und einem Triumvirat seiner Geschäftspartner zusammen und tat, als würde ich nicht zuhören, bekam aber einiges von der hitzigen Diskussion über Project Omega mit, das alles andere als gut lief. Ziel war es, mehr Ölraffinerien und Aluminium-Schmelzöfen zu bauen, doch das Unterfangen drohte aufgrund der Machtübernahme der Militär-Junta in Griechenland zu misslingen. Ari wurde immer aufgebrachter, und ich war kurz davor, einzugreifen und das Thema zu wechseln. Doch zum Glück schweifte das Gespräch von selbst ab und ging in derbe Witze über Aris Geschäftsrivalen über, so dass ich meine Sokrates-Biographie weiterlesen konnte. Ich hatte bereits so viel über Griechenland gelernt, dass es sich manchmal anfühlte, als wüsste ich mehr über die Geschichte des Landes als mein griechischer Ehemann. So vertieft war ich in Sokrates' Prozess, der zu seinem Tod geführt hatte, dass ich gar nicht merkte, wie Ari meine Aufmerksamkeit auf sich zu ziehen versuchte.

»Schatz.« Sein Ouzo schwappte über, und ich erschrak, als ich sah, wie viel Schnaps die Männer bereits intus hatten. Ich erinnerte mich zu gut an die Unmengen Alkohol, die mein Vater konsumiert hatte, aber Black Jack Bouvier wurde nur redselig, wenn er betrunken war. Ari hingegen wurde weit weniger umgänglich. »Wusstest du, dass eine Frau wie die Welt ist?«, lallte er.

»Ach tatsächlich?« Ich las weiter und hörte nur mit halbem Ohr zu. »Inwiefern?«

»Mit zwanzig ist sie wie Afrika. Nur zur Hälfte erforscht. Mit dreißig ist sie wie Indien. Warm, reif und geheimnisvoll. Mit vierzig ist sie wie Amerika. Förmlich perfekt. Mit fünfzig ist sie wie Europa. Völlig ruiniert. Mit sechzig ist sie wie Sibirien. Alle wissen, wo sie ist, aber niemand will sie besuchen.«

Ich war zweiundvierzig – was sollte ich da auf seine stumpfsinnige Tirade antworten? Ich legte meine Lesebrille ins Buch, klappte es zu und fragte Aris besten Freund: »Glauben Sie, Sokrates gab es wirklich?« Natürlich war es ein offensichtlicher Versuch, das Gespräch in eine andere Richtung zu lenken, aber auch eine Frage, die mich wirklich interessierte. Beides erschien mir plausibel; schließlich war selbst Homers und Shakespeares

Existenz irgendwann infrage gestellt worden. »Oder glauben Sie, er war eine Erfindung von Plato, eine Phantasiefigur, die alle athenischen Philosophen der damaligen Zeit repräsentieren sollte?«

Aris Freund setzte zu einer Antwort an, doch Ari hatte vielleicht nicht nur zu viel Ouzo getrunken, sondern auch genug von mir, weil ich mich nicht benahm, wie es sich seiner Ansicht nach für eine gute Ehefrau gehörte.

Urplötzlich sprang er vom Sofa auf, und sein Gesicht lief puterrot an. »Was zum Teufel stimmt nicht mit dir?«, schrie er mich an, und ich wich erschrocken zurück. »Warum musst du ständig so dummes Zeug reden? Denkst du nie nach, bevor du den Mund aufmachst? Hast du je die Statue eines bärtigen Mannes im Zentrum von Athen bemerkt? Bist du zu blöd, um zu kapieren, dass das eine Statue von Sokrates ist?«

Heiße Tränen der Wut und Demütigung schossen mir in die Augen, aber ich weigerte mich zu weinen, selbst als ich spürte, wie Aris Gäste betreten den Blick von mir abwandten, weil sie sich für ihn und auch für mich schämten.

Ohne auf seine Beleidigungen einzugehen, stand ich auf und murmelte auf Französisch vor mich hin: *»Oui, bâtard. Je le sais.«*

Weil Ari sich nicht entschuldigte, ich die Situation aber auch nicht weiter eskalieren lassen wollte, schlüpfte ich in meine Jacke und floh hinaus in den Regen. Ich hob mein Gesicht zum weinenden Himmel und beschwor die Regentropfen, den brodelnden Vulkan meiner Wut abzukühlen.

Worauf um alles in der Welt habe ich mich da eingelassen?

Es spielte keine Rolle, ob Aris Geschäftsprojekte nicht gut liefen oder er von mir erwartete, eine gehorsame, anspruchslose

Ehefrau zu sein. Dass er mich so anbrüllte, war inakzeptabel, ja unverzeihlich. Ich verstand, dass es manchmal nötig war, sein Kostüm zu wechseln, wenn man in eine andere Rolle schlüpfte, aber ich machte mir Sorgen, dass dieser aufbrausende, grobschlächtige Mann der wahre Aristoteles Onassis war und der Mann, den ich geheiratet hatte, nur eine Fassade, ein Impresario einer grandiosen Zirkusnummer, mit der er mich in die Falle gelockt hatte.

Und es sollten noch weit schlimmere Täuschungen folgen …

»Wie oft war Ari in Paris, seit ihr verheiratet seid?« Mit dieser Frage konfrontierte mich Lee eines Tages am Telefon, als ich mich gerade zum Mittagessen hingesetzt hatte. Kaum hatte ich den Hörer in die Hand genommen, da fing sie auch schon mit dem Verhör an. Da die Kinder in der Schule waren und Ari und ich kaum noch miteinander sprachen, erschien mir das Pink House jedes Mal, wenn ich nach Hause kam, etwas kleiner, als hätten sich die Wände während meiner Abwesenheit zusammengezogen. Ich hatte geplant, auszureiten, um den Kopf freizubekommen, und überlegte, unser Gespräch auf ein andermal zu verschieben; Telefonate mit Lee waren derzeit immer anstrengend, aber sie hatte mir verziehen, dass ich Ari geheiratet hatte, daher musste mein Ausritt warten.

Also stellte ich meinen Teller weg und nestelte nervös an dem extravaganten Goldarmreif, den Ari mir als Entschuldigung für seinen Wutausbruch geschenkt hatte. Genau genommen hatte er ihn wortlos auf meinem Nachttisch hinterlassen, bevor er übers Wochenende nach Frankreich geflogen war, vermutlich, um irgendetwas bezüglich der Olympic Airways zu klären.

Merde alors, dachte ich im Stillen. *Was führt meine Schwester jetzt wieder im Schilde?*

»Ich weiß nicht«, antwortete ich. »Ein paar Mal. Er besucht dort oft seine Tochter.«

»Er betrügt dich, Jacks.« Lees Worte waren so schonungslos wie üblich. »Diese ganzen sogenannten Geschäftsreisen sind nur ein Vorwand, damit er sich mit Maria Callas treffen kann. Eine Freundin von mir hat ihn gestern Morgen aus ihrer Wohnung kommen sehen. Er trug dieselben Sachen wie am Abend zuvor in der Oper, und Maria … Sagen wir einfach, sie war nur leicht bekleidet.«

Dumpfe Verbitterung durchströmte mich, als mir klar wurde, dass ich diese Szene in meinem Leben schon mehrfach gespielt hatte und der Vorhang gefallen war. Ende.

Plötzlich ergaben all die scheinbar unzusammenhängenden Mosaikteilchen einen Sinn: Aris Gefühlskälte mir gegenüber, die nächtlichen Anrufe, die abrupt endeten, wenn ich hereinkam, die immer häufiger werdenden Reisen in die Stadt des Lichts und seine Weigerung, mir zu erklären, was genau er dort tat. Die Warnsignale hätten mir doch auffallen müssen … Hatte ich es einfach nicht wahrhaben wollen?

»Bist du sicher, Lee?« Mein Magen krampfte sich zusammen. »Bist du dir vollkommen sicher?«

Lee legte mein Entsetzen als Erlaubnis aus, ihrer Frustration Luft zu machen, die sich vermutlich bereits seit meiner Hochzeit mit Ari angestaut hatte. »Dachtest du ernsthaft, du wärst immun, nur weil du Jackie Kennedy bist? Ari wollte dich nur zu seiner Sammlung hinzufügen, und sobald er dir seinen Ring an den Finger gesteckt hatte, hat er das Interesse an dir verloren.«

Dieser Ring sollte mich befreien und mich nicht in einen goldenen Käfig sperren.

»Was stimmt nicht mit mir, dass mein eigener Ehemann mich so behandelt?«, rief ich aufgebracht, riss mir Aris Armband vom Handgelenk, öffnete die nächstbeste Kommodenschublade und schleuderte es hinein. Obwohl ich die Sicherheit zu schätzen wusste, die Ari mir gab, hieß das nicht, dass ich bereit war, dafür solche Demütigungen in Kauf zu nehmen. Ich liebte ihn auch nicht wirklich.

»So sind Männer eben – besonders die mächtigen.« Meine Schwester stieß ein raues Lachen aus. »Sieh es positiv: Wenigstens hast du einen Ring von Ari ergattert, bevor er wieder mit Maria ins Bett gegangen ist – das ist mehr, als ich je erreicht habe.«

Bei ihren schroffen Worten zuckte ich zusammen, dann ließ ich mich auf den Boden sinken und legte meinen dröhnenden Kopf auf die Knie. Nach all den Tragödien in meinem Leben hatte ich gedacht, ich hätte die Hölle bereits vollständig durchquert und wäre, indem ich Ari heiratete, in ein Leben entflohen, in dem es zwar keine Liebe, aber auch keine Sorgen gab.

Stattdessen fand ich mich nun auf dem vertrauten Pfad öffentlicher und privater Demütigungen wieder.

Bordel de merde.

Es war fast eine Erleichterung, als ich eines sonnigen Morgens im November einen Anruf von Rose Kennedy bekam. Die Kinder waren übers Wochenende zu Hause, und ich sah Caroline zu, wie sie auf dem weißen Pony, das Ari ihr vor Kurzem geschenkt hatte, über kleine Hürden sprang. John war bei Ari; die

Jungs waren mit der *Christina* nach Athen gefahren, um ins Kino zu gehen, und würden voraussichtlich erst spätabends zurückkommen. Ari war ein guter Stiefvater für meine Kinder, aber das genügte mir nicht mehr. Leider hatte ich keine Ahnung, wie ich diesen endlosen Schlamassel entwirren sollte.

Sieh nichts Böses, hör nichts Böses, sag nichts Böses. Nur habe ich bereits von Aris Affäre gehört und kann an nichts anderes mehr denken.

Deshalb war ich im ersten Moment froh über den Anruf. Doch sobald sie zu sprechen begann, wünschte ich, es gäbe einen anderen Grund dafür.

»Ihm bleibt nicht mehr viel Zeit.« Die Verbindung war schlecht, so dass es immer wieder zu Verzögerungen kam, doch bei ihren Worten überlief es mich eiskalt. »Du solltest kommen, Jackie. Ich glaube, er wartet auf dich.«

Auf diesen Abschied war ich vorbereitet, seit Joseph Kennedy vor acht Jahren fast an einem Schlaganfall gestorben wäre.

»Ich setze mich ins nächstbeste Flugzeug nach Amerika«, versicherte ich ihr. »Sag Mr. Kennedy, dass ich auf dem Weg bin.«

Dann legte ich auf und starrte gedankenverloren aus dem Fenster, bis Caroline hereinstürmte. »Was ist los, Mommy?«, rief sie besorgt, als sie mein Gesicht sah.

Wie sehr ich mir doch wünschte, meine Kinder hätten Jacks Vater vor seinem Schlaganfall gekannt und könnten sich an den lebensfrohen, humorvollen Mann erinnern, der er einst gewesen war. Stattdessen kannten sie ihren Großvater nur als gebrechlichen Mann, der die meiste Zeit im Bett lag und alles, was er ihnen sagen wollte, mit zittrigen Fingern aufschreiben musste.

»Es geht um deinen Großvater«, sagte ich und nahm ihre Hand. »Es ist Zeit, uns von ihm zu verabschieden.«

Noch am selben Tag flog ich mit den Kindern zu ihm. Ari bot an, uns zu begleiten, aber schon die Vorstellung, wie er im Kreis von Jacks Geschwistern an Mr. Kennedys Bett stand, erschien mir mehr als unpassend. Dennoch war er so nett, die Reise für uns zu arrangieren, ohne dass ich ihn darum bitten musste.

»Ich warte hier auf euch«, versprach er, als wir in die Maschine der Olympic Airways stiegen. »Kommt bald nach Hause.«

Versuch, dich nicht mit Maria Callas zu amüsieren, während wir weg sind, dachte ich, behielt den Gedanken aber für mich. *Sag nichts Böses, Jackie, dann bleibt alles beim Status quo.*

Das einzige Problem war, dass ich mir nicht mehr sicher war, ob ich mich weiter mit dem Status quo zufriedengeben wollte. Doch darüber würde ich später nachdenken.

Im Anwesen der Kennedys in Hyannis Port herrschte bleierne Stille, als würde das alte Schindelhaus den Atem anhalten und darauf warten, dass sein Hausherr den Staffelstab an die nächste Generation weitergab.

Doch wer würde die Kennedys jetzt führen, da ihre ungekrönte Königin aus dem Königreich geflohen war und der alte Imperator im Sterben lag?

Ohne Jack und Bobby würde diese schwierige Aufgabe dem armen Teddy zufallen. Der jüngste Bruder hatte ein Herz aus Gold, aber sein Leben lag in Trümmern, nachdem er bei einem Autounfall den Tod einer jungen Frau verursacht und Fahrerflucht begangen hatte. Ich beneidete Teddy nicht; wenigstens hatte ich es geschafft, diesem Ort zu entkommen, der so viele schmerzhafte Erinnerungen barg.

Wie immer empfing uns Rose auf der Veranda, sie wirkte erschöpft. »Ihr könnt schon mal in eure Zimmer gehen, Kinder«, sagte sie freundlich zu Caroline und John, die sie auf die Wange geküsst hatten.

Als die Kinder, gefolgt von einem Butler und einem Dienstmädchen mit unserem Gepäck, nach oben liefen, wandte sich Rose an mich. »Jacqueline, machst du einen kleinen Spaziergang mit mir?« Sie hielt zwei Rosenkränze hoch. »Ich dachte, wir könnten zusammen beten.«

Ich erkannte den als Frage getarnten Befehl, also nahm ich den zweiten Rosenkranz entgegen und ging schweigend neben Rose her, während sich die Sonne dem Horizont entgegensenkte. Erst als wir über sechzig Gebete aufgesagt hatten und zurück im Haupthaus waren, hielt Rose inne und legte mir eine Hand auf den Arm. »Ich habe dich immer dafür bewundert, wie du die Würde bewahrst, Jacqueline.« Ihre Stimme bebte, doch sie erholte sich schnell. »Ich bin froh, dass du hier bist, deine Anwesenheit gibt mir Kraft.«

Sie brachte mich zu dem behelfsmäßigen Krankenzimmer im ersten Stock, damit ich eine Weile mit Jacks Vater allein verbringen konnte. Draußen auf dem Rasen, wo ich einst mit Jack und seinen Geschwistern Football gespielt hatte, spielte Teddy jetzt mit meinen Kindern Fangen.

Das Leben würde weitergehen.

Geräuschlos schwang die Tür auf, und ein trister, grauer Raum kam zum Vorschein. Die schlafende Gestalt auf dem Bett regte sich, als ich näher kam, und Mr. Kennedys Augen öffneten sich flatternd. Erkannte er mich? Ich setzte mich neben ihn und nahm seine Hand. »Oh, Poppy Doodle«, murmelte ich. »Wie erschöpft du sein musst.«

Seine Finger zitterten, und seine Augen schlossen sich wieder, doch ich hatte das Gefühl, dass er mich hören konnte.

Also begann ich zu erzählen, genau, wie ich es am Tag nach Jacks Tod getan hatte. Aber diesmal redete ich nur über schöne Erinnerungen.

Wie er mich bei meinem ersten Besuch in Hyannis Port »Kiddo« genannt und mir damit meine Befangenheit genommen hatte.

Wie Jack bei seiner Inauguration voller Stolz vor seinem Vater salutiert hatte.

Wie wir auf dem Weg nach Camp David einmal an einer Schlangenfarm angehalten hatten, damit John eine zahme Kobra namens George streicheln konnte.

Wie Caroline und John, als Hexe und Goblin verkleidet, an unserem letzten gemeinsamen Halloween Jack im Oval Office überfallen hatten.

Wie Bobby den Kindern beigebracht hatte, einen Drachen in Form der Air Force One steigen zu lassen, den sie zusammen entworfen hatten.

Ich wusste nicht, wie viel Mr. Kennedy verstand, aber ich erzählte weiter, bis es draußen dunkel wurde und Teddy mit einem Schlafsack erschien. »Ich dachte, ich übernachte heute hier«, sagte er und reichte mir ein Kissen. »Wenn du möchtest, kannst du gerne auch bleiben.«

Auch die Kinder kamen, um ihrem Großvater Gute Nacht zu sagen – und sich zu verabschieden. Beim Klang ihrer Stimmen flatterten Mr. Kennedys Lider erneut. Ich verließ ihn kurz, um die Kinder ins Bett zu bringen und mit ihnen ein Gebet für ihren Großvater zu sprechen, dann hielt ich weiter an Mr. Kennedys Bett Wache. In dieser Nacht schlief ich kaum und wachte beim geringsten Geräusch auf, während Teddy neben mir auf dem Boden leise schnarchte.

Als die Sonne am 18. November aufging, vier Tage vor Jacks sechstem Todestag, schlief Mr. Kennedy friedlich ein.

Ich berührte seine kalten Hände, wie ich es bei seinen Söhnen getan hatte, und drückte ihm einen Kuss auf die Stirn. »Jetzt kannst du bei ihnen sein, bei deinen Jungs.«

Bitte richte ihnen einen lieben Gruß von Jackie aus.

Kapitel Einundzwanzig

Januar 1973

In den Jahren nach Mr. Kennedys Tod versuchte ich mich vor Aris Wutanfällen zu schützen, indem ich so oft wie möglich nach Hause in den tröstlichen Trubel von New York floh, wo meine Kinder noch immer zur Schule gingen. Die stille Oase meines Apartments in der Fifth Avenue hieß mich willkommen, wann immer ich zurückkam, und dort fand ich auch eine unerwartete Ablenkung von meiner Trauer und meinen Eheproblemen, als ich eines Morgens in der *Times* die Schlagzeile las: »Antrag, Grand Central Station unter Denkmalschutz zu stellen, vor Gericht abgelehnt«.

Ich konnte es nicht fassen – dem historischen Bahnhof wurde nicht nur der Denkmalstatus abgesprochen, nein, die ganze Station sollte abgerissen und durch einen Wolkenkratzer ersetzt werden.

Entscheide dich für eine Sache und mach sie gut …

Es ließ sich nicht abstreiten, dass das alte Beaux-Arts-Gebäude schwere Zeiten durchmachte – der Wartesaal war zu einem Obdachlosenlager geworden, statt seriöser Geschäfte gab es nur noch ein paar Imbissbuden, die ungenießbare Sandwiches verkauften. Aber ich erinnerte mich, wie ich Hand in Hand mit meinem Vater unter der hohen, mit Sternbildern verzierten Decke hindurchgeschlendert war, und die Vorstellung, dass diese

Schönheit verloren ging, ausgelöscht von einer Abrisskugel, war unerträglich.

Ich muss etwas dagegen unternehmen.

Ohne Ari oder sonst jemanden von meinem Vorhaben in Kenntnis zu setzen, rief ich noch am selben Morgen die Denkmalschutzbehörde und die Municipal Art Society an und schmunzelte, als ich die Sekretärin leise zu ihrem Chef sagen hörte: »Ich weiß, Sie werden mir nicht glauben, aber ich habe eine Frau am Apparat, die behauptet, sie wäre Jackie Kennedy.«

Selbstverständlich nahm er meinen Anruf entgegen.

Als ich auflegte, hatte ich schon mehrere Termine in meinen Kalender eingetragen und spürte in mir so viel Zuversicht und Energie wie seit Bobbys Tod nicht mehr. Mit diesem Projekt führte ich weiter, was ich mit der Neugestaltung des Weißen Hauses angefangen und mit Lafayette Square und Abu Simbel fortgesetzt hatte. Ich konnte es kaum erwarten, wieder in die Rolle der Geschichtsexpertin zu schlüpfen, um historische Gebäude zu bewahren, und war selbst überrascht, wie sehr es mir gefehlt hatte.

Doch als Ari die Nachricht erhielt, dass Alexander mit seinem geliebten Piaggio abgestürzt war, wobei er einen irreversiblen Hirnschaden erlitten hatte und jetzt in Athen im Krankenhaus lag, hatte die Familie wie immer höchste Priorität.

Ich ließ alles stehen und liegen, um mit Ari nach Athen zu fliegen, wo Christina uns mit aschfahlem Gesicht in dem Krankenhauszimmer empfing, in dem ihr Bruder bewusstlos lag. »Wenn Sie meinem Jungen das Leben retten, gebe ich Ihnen mein gesamtes Vermögen«, versprach Ari dem Neurochirurgen. Als ich Alexanders zerschundenes Gesicht und die Wölbung seines Schädels sah, wusste ich, dass kein Neurochirurg so etwas reparieren konnte, und mir ging nur ein einziger Gedanke durch den Kopf.

So etwas kann kein Mensch überleben. Daran wird Ari zerbrechen.

Und genauso kam es.

Der starke, cholerische Grieche konnte kaum die nötigen Formulare unterschreiben und brach zusammen, kaum dass die Ärzte die Maschinen abgestellt hatten, die seinen Sohn am Leben hielten. Schlagartig wallte die Erinnerung – andere Maschinen, die die letzten Herzschläge eines sterbenden Mannes wiedergaben – in mir auf, doch bevor sie mich mit voller Wucht traf, suchte ich Deckung hinter meinen Schutzmauern und sah stattdessen zu, wie Ari zu einem Schatten seiner selbst wurde: ein alter Mann, der nicht aufhören konnte zu weinen. In diesem Krankenhauszimmer zerbrach jedoch auch etwas in mir. Ich hatte den Tod meiner drei Kinder nur mit Mühe überlebt, und jetzt musste Ari den schlimmsten Alptraum aller Eltern durchmachen.

»Mein Sohn ist tot«, murmelte er immer und immer wieder, als Alexanders Leichnam fortgebracht wurde.

Nach der Beerdigung einen Monat später murmelte Ari immer noch dieselben Worte. Trotz unserer früheren Animositäten machte ich mir Sorgen um ihn und auch um Christina, die ihrem Bruder sehr nahegestanden hatte und oft in schwere Depressionen verfiel.

Im Bemühen, den Vater in Ari zu beschützen, der eine Tragödie durchlebte, schlüpfte ich wieder in die Rolle der guten griechischen Ehefrau, las ihm jeden Wunsch von den Augen ab und bastelte, wenn er Mittagsschlaf hielt, ein Album für ihn. Es enthielt Aris Lebensgeschichte und natürlich auch die schönsten Momente mit Alexander, alles im Stil von Homers *Odyssee*; eine epische Geschichte, die ich in mühevoller Kleinarbeit mit griechischen Zitaten, eigenen Gedichten und Aquarellen zusammenstellte.

»Oh, wie hübsch«, sagte Ari geistesabwesend, als ich ihm bei einem Picknick mit Christina vor Alexanders Marmor-Mausoleum mein Werk überreichte. Seine Besuche auf dem Friedhof wurden von Tag zu Tag makabrer – meistens begleitete ihn ein streunender Hund –, doch heute hatte ich versucht, mit einem reich gedeckten Picknicktisch für etwas fröhlichere Stimmung zu sorgen. Meine Hoffnung schwand jedoch dahin, als Ari die Tomaten-Ricotta-Tarte und das Pfirsich-Sorbet, die ich den Chefkoch eigens hatte zubereiten lassen, einfach ignorierte, stattdessen Unmengen Ouzo trank und dabei immer weinerlicher wurde. Ich hatte gehofft, das Album würde ihn daran erinnern, wie er früher gewesen war, aber Ari schien fest entschlossen, für immer in der Dunkelheit zu schmachten.

»Wir werden Alexander wiedersehen«, tröstete Christina ihren Vater. »Er ist jetzt bei Gott, aber eines Tages werden wir alle wieder vereint sein.«

»Nein, das glaube ich nicht.« Ari schüttelte heftig den Kopf und schob Christina weg. »Mein Sohn ist tot. Endgültig fort.«

Das Bedürfnis, die Erinnerungen an geliebte Menschen festzuhalten, kannte ich nur zu gut, aber ich wusste auch, wie weh man sich mit ihnen tun konnte. Ohne auf den vernichtenden Blick zu achten, den Christina mir zuwarf, kauerte ich mich neben Ari.

»Setz dich doch ein Weilchen mit mir in den Garten.« *Komm raus aus diesem deprimierenden Mausoleum*, hätte ich gern hinzugefügt, fuhr aber stattdessen fort: »Wenn du möchtest, besorgen wir uns noch einen Tisch und spielen Poker.«

Ari umfasste sein Glas so fest, als wollte er es zerdrücken. »Ich bleibe hier. Du kannst dich ja hinsetzen, wo du willst.«

Ich bedauerte, dass ich kein Buch und auch keine Aquarellfarben mitgebracht hatte, denn so blieb mir nichts anderes übrig, als schweigend zuzuhören, wie Christina mit selbstzufriedenem Gesicht ihrem Vater Geschichten von ihrer wundervollen Kindheit mit Alexander erzählte und den Heiligenschein, der ihm im Tod aufgesetzt worden war, weiter aufpolierte.

Später wünschte ich, ich hätte sie unterbrochen und mir mehr Mühe gegeben, Ari irgendwie auf andere Gedanken zu bringen.

Als ich schließlich den Picknickkorb und das vernachlässigte Album zusammenpackte, hörte ich ihn und Christina hinter meinem Rücken tuscheln. Zwei Worte fielen mir auf.

Scheidung.

Und: *Witwe.*

Mich überlief es eiskalt. Alexander war unverheiratet gewesen, und Christina hatte sich angewöhnt, mich als »die Witwe« zu bezeichnen, wenn sie dachte, ich könne sie nicht hören. Anscheinend wollte Christina, die im Gegensatz zu Ari nicht Griechisch, sondern Englisch sprach, damit ich sie verstand, mir zeigen, dass ich nicht mehr lange mit ihrem Vater verheiratet sein würde.

»Atyhya«, fauchte Christina im Vorbeigehen, nachdem sie sich von Ari verabschiedet hatte. *Atyhya.* Fluch.

»Wie bitte?«, fragte ich in fließendem Griechisch, aber sie rümpfte nur die Nase, sah mich angewidert an.

»Du hast mich genau gehört, *Kyría*«, entgegnete sie, legte mit hochmütigem Blick den Kopf schräg und fuhr fort: »Seit ich dich zum ersten Mal mit meinem Vater gesehen habe, warst du ein Fluch für unsere Familie. Bevor du aufgetaucht bist, waren wir stark. Jetzt ist mein Bruder tot, Olympic Airways geht den Bach hinunter, und mein Vater ist nur noch ein Schatten seiner selbst.«

Ich richtete mich zu meiner vollen Größe auf und blickte ihr fest in die Augen – diese lächerlichen Vorwürfe würde ich nicht auf mir sitzen lassen. »Mit Olympic Airways habe ich nichts zu tun, und ich kann auch nichts für den Flugzeugabsturz deines Bruders.«

»Du warst bei meinem Vater, als Alexander gestorben ist. Jetzt ist der Fluch ein Teil unserer Familie, und früher oder später wird er uns alle umbringen.«

»Das glaubst du doch nicht im Ernst«, erwiderte ich, obwohl ich wusste, dass sie das tat.

Genau wie ihr Bruder hatte Christina gehofft, ihre Eltern würden sich versöhnen, und nahm es mir übel, dass ich diesen Traum zerstört hatte, auch weil sie glaubte, ich wäre nur auf das Geld ihres Vaters aus und hätte ihn nie wirklich geliebt. Aris Tochter war so von Hass und Trauer erfüllt, dass sie mich mit in den Abgrund reißen wollte. Bei jeder Gelegenheit flüsterte sie Ari Lügen ins Ohr und versuchte, ihn gegen mich aufzuhetzen.

So überraschte es mich nicht wirklich, als ich eines Tages einen halb fertigen Brief in Aris Handschrift auf seinem Schreibtisch vorfand, in dem er seine Tochter informierte, dass er sein Testament geändert hatte und alles ihr vermachen würde. Außerdem informierte er sie, dass er sie beauftrage, die Bestimmungen des Testaments auszuführen.

Mein Herz hämmerte.

Vor unserer Hochzeit hatten Ari und ich einen rechtlich bindenden Ehevertrag unterzeichnet, aber jetzt bestand kein Zweifel mehr, dass ich ausgegrenzt werden sollte.

Am Abend teilte ich Ari mit, dass ich nach New York fliegen und meine Kinder besuchen würde. Ich konnte ihn nicht daran hindern, sich von mir scheiden zu lassen, aber ich wollte mich mit meinen eigenen Anwälten beraten, bevor es so weit war.

Ich war nicht abergläubisch, und ich hatte Ari geheiratet, um mich und meine Kinder zu schützen. Inzwischen waren die beiden jedoch im Teenageralter – Caroline eine lernbegierige Sechzehnjährige, John ein großer schlaksiger Vierzehnjähriger. Ganz gleich, was aus meiner zweiten Ehe werden würde, die Opfer, die ich für Caroline und John gebracht hatte, waren die Mühe wert gewesen.

Selbst wenn es einen Fluch gab, war ich ganz sicher nicht die Ursache. Caroline und John waren der Beweis.

Dann kam der Tag, an dem Ari krank wurde.

Eines Morgens lag ich noch spät im Bett und genoss das seltene Vergnügen, mich mit einem Buch unter die warme Decke zu kuscheln, während die Kinder in der Schule waren. So vertieft war ich in den Reisebericht über Russland, dass ich das Klingeln des Telefons kaum wahrnahm.

Kurz darauf erschien meine Sekretärin in der Tür. »Es tut mir leid, Sie zu stören, aber das war Miss Onassis. Sie wollte Ihnen mitteilen, dass ihr Vater sich in Paris einer Notoperation an der Gallenblase unterziehen muss. Anscheinend ist er zusammengebrochen, als er allein in Glyfada war, und ich soll Ihnen in aller Deutlichkeit mitteilen, dass Miss Onassis der Ansicht ist, so kurz nach seinem Krankenhausaufenthalt hätte jemand bei ihm sein sollen.«

Es spielte keine Rolle, dass Ari mir verboten hatte zu kommen; ich flog mit einem Olympic Learjet nach Paris und traf gerade rechtzeitig ein, um Ari durch den Heuschreckenschwarm von Paparazzi zu helfen, der ihm am Morgen der Operation vor der Klinik auflauerte. Der schwer kranke Mann, den ich jetzt vor mir sah, hatte kaum noch Ähnlichkeit mit dem gerissenen Großunternehmer; die dunkle Sonnenbrille, die seine kaputten Augen verbergen sollte, ließ sein hageres Gesicht viel kleiner erscheinen, sein Anzug hing schlaff an ihm herunter, doch die silbergrauen Haare waren ordentlich zurückgekämmt.

»Ich will nicht, dass diese Dreckskerle sehen, wie ich von Frauen aufrecht gehalten werde«, blaffte er, als ich ihm eine Hand unter den Ellbogen legen wollte. Christina stützte ihn auf der anderen Seite, und ich rechnete fast damit, dass sie mir jeden Moment die Scheidungspapiere überreichen würde, aber stattdessen ignorierten wir einander tunlichst, während um uns herum ein Blitzlichtgewitter losbrach.

Die Operation verlängerte Aris Leben, jedoch ohne dessen Qualität zu verbessern. Die nächsten fünf Wochen war er die meiste Zeit bewusstlos, während ein Beatmungsgerät seine Lunge mit Sauerstoff füllte und er intravenös mit Nährstoffen versorgt wurde. Jeden Tag ging ich meinen üblichen Weg zur Kathedrale Notre-Dame, zündete eine Kerze an und betete für ihn. Eines Morgens jedoch hing der Rosenkranz schlaff zwischen meinen Fingern, das Vaterunser brachte mir schon lange keinen Trost mehr. So saß ich schweigend da, starrte auf die regenbogenfarbenen Lichtstrahlen, die durch das Buntglasfenster fielen und das langsame Verstreichen der Zeit nachvollzogen.

Frieden, dachte ich schließlich. *Ich wünsche mir Frieden für Ari. Und dass wir, die er zurücklässt, einander endlich vergeben können.*

»Wann wird mein Vater wieder gesund?«, fragte Christina den Oberarzt bei meiner Rückkehr am späten Nachmittag, und plötzlich hatte ich Mitleid mit ihr, dieser erwachsenen Frau, die in der Phantasiewelt eines Kindes gefangen war, aber ich überließ es dem Arzt, sie zurück in die Realität zu holen.

»Ich fürchte, Ihr Vater wird nicht wieder gesund«, sagte er freundlich. »Mr. Onassis' Zustand ist stabil, aber wir können nichts für ihn tun, außer dafür zu sorgen, dass er keine Schmerzen hat.«

Ich schloss die Augen, holte tief Luft und fragte den Arzt: »Wie viel Zeit bleibt ihm noch?«

»In solchen Fällen ist das schwer zu sagen.« Er rieb sich nachdenklich das Kinn. »Im besten Fall ein paar Monate.«

»Da irren Sie sich«, erwiderte Christina ungehalten. »Mein Vater wird sich wieder erholen. Eines Tages wird er mich zum Altar führen.«

Die Arme kann sich der Wahrheit nicht stellen.

»Du solltest zurück ins Hotel gehen«, riet ich ihr. »Ruh dich ein bisschen aus.«

Sie schüttelte vehement den Kopf. »Ich lasse ihn nicht allein.«

Ich weiß, wie du dich fühlst, Christina. Wirklich.

Da ich mich auf keinen Streit mit ihr einlassen wollte, wandte ich mich wieder an den Arzt. »Meine Kinder sind mit den Hausangestellten und ihren Aufpassern vom Secret Service allein in New York.« Nicht nur das, auch das Projekt zur Erhaltung der Grand Central Station war ohne mich weitergelaufen und in großen Schwierigkeiten, obwohl ich genau wusste, wie wir das Gebäude retten könnten. Ich wollte wirklich bei Ari bleiben, aber so viel zog mich zurück nach New York. Bestimmt würde Ari meine Entscheidung verstehen, schließlich hatte er mich vor unserer Hochzeit darin bestärkt, mein eigenes Leben zu leben.

»Geh«, sagte Christina.

Und komm bloß nie wieder zurück, wollte sie mit Sicherheit hinzufügen, ließ die Worte aber unausgesprochen.

Ohne auf sie zu achten, strich ich Aris schüttere Haare zurück und drückte ihm einen Kuss auf die Stirn. »Ich komme zurück«, versprach ich ihm. »Ich werde hier sein, wenn du mich brauchst.«

Eines nebligen Morgens betrat ich in einem eleganten, hellbraunen Kleid, verziert mit einer goldenen Kette, die Oyster Bar auf der unteren Ebene der Grand Central Station. In dem Restaurant, das an mittelalterliche Katakomben erinnerte, drängten sich einige prominente New Yorker – unter ihnen der Bürgermeister und der Präsident der Municipal Art Society – sowie Hunderte Gäste und Reporter, doch als Amerikas ehemalige First Lady war ich der Ehrengast.

Es war so lange her, dass ich etwas wirklich Bedeutsames getan hatte, daher wollte ich, dass heute alles perfekt lief.

Die Veranstaltung begann mit einem zwanzigminütigen Diavortrag, der das unersetzliche architektonische und kulturelle Erbe der Grand Central Station zeigte: nicht nur die goldenen Sterne, die an ihrer Decke funkelten, sondern auch die Tatsache, dass der Bahnhof ein wichtiger Knotenpunkt für Züge von überall her war, samt den ganzen damit verbundenen Erinnerungen – wie die Schienen geglitzert hatten, weil sie mit Eissplittern gereinigt wurden, wie täglich zur Begrüßung der

Fahrgäste des 20th Century Limited nach Chicago der rote Teppich ausgerollt worden war und wie sogar mein Vater mich einst hierhergebracht hatte, um das wundervolle Bauwerk zu bestaunen.

Als die Vorführung beendet war und das Licht wieder anging, betrat ich die Bühne.

Einen Moment stellte ich mir vor, wie Jack und Bobby sich gefühlt haben mussten, wenn sie vor einer solchen Menge standen – die prickelnde Aufregung, bevor man Geschichte schrieb. »Europa hat seine Kathedralen, und wir haben die Grand Central Station.« Ich wusste, dass jedes Wort, das ich in die Mikrophone der Reporter sprach, von Bedeutung war, dass die kurze, prägnante Rede, die ich auf dem Flug von Paris mühsam ausgearbeitet hatte, effektiver sein würde als jede stundenlange Tirade. »Ist es nicht grausam, unsere Stadt Stück für Stück sterben zu lassen? Sie all ihrer stolzen Bauwerke zu berauben, bis von ihrer Geschichte und Schönheit, die bis heute eine Inspiration für unsere Kinder ist, nichts mehr übrig bleibt? Wenn wir uns nicht für unsere Vergangenheit interessieren, gibt es auch keine Hoffnung für die Zukunft. Uns allen wurde eingeredet, es sei zu spät, es müsse passieren, es wäre unvermeidlich. Aber ich glaube, wenn wir uns anstrengen, können wir unser Ziel selbst in letzter Sekunde noch erreichen. Und wir werden es schaffen.«

Als ich meine Rede unter donnerndem Applaus beendete, wusste ich, dass die Zeitungen morgen voller Bilder von mir vor der Grand Central Station sein würden und dass eine Menge Geld in dieses Projekt fließen würde.

An diesem Morgen schuf ich die Voraussetzungen für die Rettung der Grand Central Station, aber ich brach auch ein Versprechen.

Denn ich hatte Ari versprochen, dass ich bei ihm sein würde, wenn er mich brauchte.

Stattdessen war ich am anderen Ende der Welt.

Ari starb fast zur gleichen Zeit an einer Lungenentzündung. Nur Christina war bei ihm, und ich vermutete stark, dass sie es beide nicht anders gewollt hätten. Doch natürlich war das ein gefundenes Fressen für die Klatschkolumnen.

Jackie O weit vom Krankenbett ihres Mannes entfernt.

In Trauerkleidung stieg ich an dem nach meinem ersten Mann benannten Flughafen von New York in ein Flugzeug, um mit meinen Kindern bei der Beerdigung meines zweiten Mannes zu sein.

»Was haben all diese Leute hier verloren?«, fragte Christina, als sie die Paparazzi sah, die sich vor der Marienkapelle auf Skorpios drängten. »Die sollen gefälligst abhauen!« Unwillkürlich erinnerte ich mich an einen Tag vor sieben Jahren, als mein selbst ernannter Sonnenkönig und ich uns in derselben Kirche, die jetzt ihren Schatten über uns warf, das Jawort gegeben hatten.

Und hier waren wir nun am gleichen Ort, wieder in Schwarz gekleidet, auf dem Weg zu seiner Beerdigung.

»Dein Vater hat einmal gesagt, Menschen überall auf der Welt lieben Märchen, besonders solche über reiche Leute«, versuchte ich Christina zu beruhigen, überlegte dabei jedoch im Stillen, ob Lee vielleicht recht gehabt hatte. *Ein Märchen zu leben, kann die Hölle sein.* »Die Reporter werden bald verschwinden.«

Zu meiner Verwunderung drückte sie meine Hand, und das gab mir Hoffnung, dass wir die Feindseligkeiten hinter uns lassen und Ari gemeinsam die letzte Ehre erweisen könnten.

»Leb wohl, Ari«, flüsterte ich. »Deine Odyssee ist endlich zu Ende.«

Nach dem Gottesdienst begaben wir uns nach draußen auf den Hof, und ich nahm meine Sonnenbrille ab, während Aris Sarg in das Grab neben dem seines Sohnes hinabgelassen wurde und Christina eine Handvoll Erde ins offene Grab ihres Vaters warf. Langsam kehrten die Trauergäste zu den Jachten und kleinen Flugzeugen zurück, die sie zurück aufs Festland bringen würden, und ich hörte, wie Christina mit ein paar griechischen Frauen tuschelte, und sah die bösen Blicke, die sie mir zuwarfen.

»Atyhya«, flüsterte eine von ihnen. Fluch.

»Sie ist zweimal Witwe geworden.«

Bordel de merde. So viel dazu, dass wir die Feindseligkeiten hinter uns lassen würden.

Ich setzte ein Lächeln auf und richtete mit zittrigen Fingern den roten Samt, mit dem die für die Zeremonie aufgestellten Lilien dekoriert waren.

Sie ist eine junge Frau, die noch nicht über den Tod ihres Bruders hinweggekommen ist und nun auch noch um ihren Vater trauert. Du musst nachsichtig mit ihr sein, auch wenn sie dich zur Weißglut bringt, redete ich mir gut zu.

»Ich werde den Namen Onassis immer beibehalten«, sagte ich in einem letzten Versuch, Frieden mit ihr zu schließen, als die anderen Gäste weg waren. »Im Gedenken an Ari.«

Und weil die Jahre mit Ari zu meinem Leben gehörten und mich von der Last des Namens Kennedy befreit hatten. Aber Christina verstand mein Zugeständnis als Provokation.

»Nicht nötig«, gab sie verächtlich zurück. »Den Namen meines Vaters zu behalten wird dir keinen Cent einbringen. Er hat sein Testament schon vor Monaten geändert.«

Ich weiß, dachte ich im Stillen. Und ich wusste auch, dass meine Anwälte um meinen Teil von Aris Vermögen kämpfen würden, so klein er auch sein mochte.

»Ich fühle mit dir, ganz ehrlich. Ich war seine Frau, Christina, und er hat mich in einem Moment meines Lebens gerettet, in dem ich drohte, in der Dunkelheit zu versinken. Daran wird sich nie etwas ändern.«

Doch bevor sie antworten konnte, wandte ich mich um und ließ sie stehen. Indem ich Ari geheiratet hatte, hatte ich eine Weile Zuflucht vor der Welt gefunden, ich hatte seinen Namen und sein Geld angenommen, um mich und meine Kinder zu schützen.

Jetzt war Caroline achtzehn, und auch John war bald erwachsen, beide brauchten meinen Schutz nicht mehr, und die Welt interessierte sich längst nicht mehr so sehr für mich, eine inzwischen fünfundvierzigjährige Witwe aus einer vergangenen Ära.

Nach Aris Tod war ich weder Jackie Kennedy noch Jackie O.

Ich war einfach nur Jackie.

Kapitel Zweiundzwanzig

März 1977

»Die gerichtliche Einigung besagt, dass Sie zwanzig Millionen Dollar erhalten und Ihre Kinder jährlich fünfundzwanzigtausend Dollar ausgezahlt bekommen, bis sie einundzwanzig sind.« Mein Finanzberater Maurice Tempelsman, ein sanfter, freundlicher Mann, schob mir den dünnen Papierstapel über den Tisch zu.

»Und im Gegenzug muss ich nur meinen Anteil von fünfundzwanzig Prozent an Skorpios und der Jacht und meinen Platz im Vorstand der Onassis Foundation aufgeben?« Ich steckte mir ein Pfefferminzkaugummi in den Mund und kaute eine Weile nachdenklich. Die Einigung trug eindeutig Christinas Handschrift, sie wollte meine Verbindungen zu Griechenland endgültig kappen, damit ich keinen Grund mehr hatte zurückzukehren. Skeptisch zog ich die Augenbrauen hoch. »Das kommt mir zu leicht vor, M.T.«

»Leicht?« Maurice – M.T., wie ich ihn nannte – schnaubte und zupfte am Revers seines Anzugs, dessen Schultern zu breit für ihn waren. Wenn er mich weiter quer durch New York begleiten würde, musste ich ihm etwas besorgen, das besser saß. »Vielleicht haben Sie vergessen, dass wir diesen Kampf schon seit zwei Jahren führen.«

»Ein selektives Gedächtnis kann manchmal nützlich sein«, grinste ich.

»Da haben Sie wohl recht.« Maurice rieb sich die Augen und reichte mir dann einen Stift.

»Das kann ich gar nicht schnell genug unterschreiben.«

»Sie wollen das alles nur noch hinter sich bringen, oder? Ich auch.« Maurice war während des ganzen Rechtsstreits an meiner Seite gewesen, denn als Aris Witwe hatte ich nicht zulassen können, dass Christina mich vollständig aus seinem 500-Millionen-Dollar-Imperium ausschloss. Ich war nicht auf sein Geld scharf, wie sie immer behauptet hatte – ich verkaufte immer noch Halston-Tops und Valentino-Kleider an einen Secondhandladen in Manhattan, um über die Runden zu kommen –, aber ich wollte auch nicht Gefahr laufen, mittellos dazustehen, vor allem, da ich von Rechts wegen seit der Heirat mit Ari keine weitere Unterstützung vom Kennedy-Fonds mehr bekommen durfte. Eigenständigkeit war Aris letztes Geschenk an mich, und ich hatte darum gekämpft.

Eine Unterschrift, und ich war eine freie Frau.

»Also«, sagte Maurice, während wir feierlich mit unserem Scotch anstießen, »was haben Sie jetzt vor?«

Ich warf einen Blick auf die eingerahmten Weltkarten an der Wand seines Büros. »Ich fahre nach Russland.«

Vor Überraschung bekam Maurice einen Hustenanfall, dann blickte er sich um, als würde ich womöglich von KGB-Spionen beschattet. »Sie ziehen doch hoffentlich nicht weg, oder? Schließlich haben wir Tickets für *Chicago* nächsten Monat.«

»Nein, ich betreibe nur Recherche für ein Buch, das ich lektoriere, mein erstes für Viking: *In the Russian Style*.« Es war unmöglich, mir meinen Stolz und Enthusiasmus nicht anmerken zu lassen, aber ich hatte ja auch allen Grund dazu. Ich war siebenundvierzig, doch diese Lektoratsstelle war mein erster Job, seit Jack mir 1953 seinen Antrag gemacht hatte. Aufgeregt fuhr ich fort: »Die Veröffentlichung überschneidet sich mit einer Ausstellung im Met über russische Trachten aus dem 18. und 19. Jahrhundert. Außerdem arbeite ich an einer Anthologie russischer Märchen.«

»Ach ja.« M.T. räumte unsere leeren Gläser ab. »Wie gefällt Ihnen Ihre neue Stelle?«

»Die Arbeit als Lektorin ist anspruchsvoll, aber sehr erfüllend.« Durch die Bücher, die ich bei Viking betreute, lernte ich so viel Neues und begab mich jeden Tag auf eine wundervolle Reise ins Unbekannte.

Ein Buch zu schreiben ist phantastisch.

Das hatte ich zu Jack gesagt, um ihn zu ermutigen, *Zivilcourage* zu schreiben, und jetzt würde ich mehr Bücher lektorieren, als ich je zählen könnte. Vor allem jedoch gab mir mein Job als Lektorin einen Lebenssinn. Da ich auf keinen Fall als Amateurin abgestempelt werden wollte, tauschte ich meine Pillbox-Hüte und toupierten Haare gegen weiche Hüftjeans mit Schlag und bequeme Henley-Pullover und kam jeden Tag pünktlich um halb zehn ins Büro. Dort goss ich mir selbst Kaffee ein, bevor ich mich auf die Manuskripte stürzte, erschüttert von der Erkenntnis, dass es längst nicht so befriedigend war, auf einer Jacht zu segeln und Haute Couture in Paris zu kaufen, wie im Büro zu sitzen und Kaffee aus einem Styroporbecher zu trinken. Das war mein Job: auf der Suche nach literarischem Gold Bücher einzukaufen, neue Talente zu entdecken und frischen Wind in die Verlagswelt zu bringen.

Maurice grinste fröhlich. »Ich kenne einen der Chefredakteure. Wissen Sie, was Ihre Kollegen über Sie sagen?«

»Ich bin nicht sicher, ob ich das wissen will.« Ich schauderte bei der Erinnerung an den ersten Morgen an meinem neuen Arbeitsplatz. Ich hatte mich ein paar Tage früher ins Büro schleichen müssen, um der Pressemeute zu entgehen, die sich davor zusammengerottet hatte, nachdem durchgesickert war, dass ich dort arbeiten würde.

»Die allgemeine Meinung ist, dass Sie nicht zu den Promis gehören, die den harten Teil ihres Jobs von einem Double erledigen lassen.« Das entsprach hundertprozentig der Wahrheit, was man schon daran sah, dass viele meiner Vorschläge in den Redaktionssitzungen abgelehnt worden waren. Maurice prostete mir zu. »Klingt, als hätten Sie eine Menge neuer Fans gewonnen.«

Nachdem die Angelegenheit mit Aris Testament geklärt war, flog ich nach Paris, um mich mit dem Direktor des Metropolitan Museum of Art zu treffen und gemeinsam nach europäischen Kostümen für unsere Ausstellung zu suchen. Dort jedoch musste ich schockiert feststellen, dass der Pförtner meines Hotels die Presse über meine Ankunft informiert hatte. »Jackie!«, schrien die Reporter, die sich vor dem Restaurant drängten, wo wir einen ruhigen Abend hatten verbringen wollen, und das Blitzlichtgewitter überall um uns herum erinnerte an eine gigantische Supernova.

Ich hielt eine Hand hoch, um den Ansturm der Kameras abzuwehren, vermied jeglichen Blickkontakt und plauderte weiter mit dem Direktor des Met, um es den Paparazzi unmöglich zu machen, uns mit peinlichen Fragen zu unterbrechen.

Manche Dinge ändern sich nie …

»Ich hätte Sie warnen sollen, dass ein Mittagessen mit mir ist, als würden Sie mit King Kong an den Strand gehen«, scherzte ich, aber der Museumsdirektor starrte nur mit großen Augen auf das Handgemenge.

Als wir uns ganz hinten im Restaurant in Sicherheit gebracht hatten, schüttelte der arme Mann erschüttert den Kopf. »Offenbar haben Sie das bekannteste Gesicht auf Erden. Ich wette, wenn Sie in die Wildnis von Madagaskar oder Mosambik fliegen, würde Ihnen dort eine genauso wilde Menge auflauern und nach Fotos und Autogrammen schreien.«

»In Mosambik war ich leider noch nie, aber die Menge in Mumbai war genauso groß«, erwiderte ich. »Zum Glück wird die Presse in der Sowjetunion vom Staat kontrolliert. Sie werden ein Foto von mir machen, wenn ich ankomme, und eins, wenn ich wieder abreise. *Spasibo* und *doswidanja*.«

Aber es hatte auch Vorteile, Mrs. Onassis Kennedy zu sein, wie die Russen mich beharrlich nannten, als ich in Leningrad eintraf. »Ich hätte gerne die Kostüme von Zar Nikolaus und Zarina Alexandra für eine Ausstellung im Metropolitan Museum of Art«, teilte ich den Bürokraten in der Eremitage mit, um sie zu besänftigen. »Sie würden sich in unserem Buch hervorragend machen.«

»Njet«, herrschte mich die mürrisch dreinblickende Museumsdirektorin an. Angesichts dessen, dass Lenin die Hinrichtung von Nikolaus und Alexandra angeordnet hatte, wollten die Russen wohl nicht, dass ihre kaiserlichen Kleider ausgestellt wurden. Doch die Direktorin hielt einen Moment inne, und ihr Gesicht wurde sanfter, während sie nachdenklich mit ihren manikürten Fingernägeln auf den Tisch klopfte. »Aber vielleicht können wir Ihnen etwas von Prinzessin Elisabeth geben.«

Von dem mit grünem Samt gepolsterten Schlitten und der Reisedecke, die sie zutage förderte, war ich sehr angetan. Genau wie ich einst die Beziehungen zwischen Amerika und Frankreich entspannt hatte, sorgte ich nun für eine Annäherung an

Russland, während unsere beiden Länder noch im Kalten Krieg steckten.

Vielleicht würde ich als Nächstes nach Kuba fliegen und auch die dortigen kulturellen Schätze ausstellen, damit Amerika von ihnen lernen konnte. *Alles ist möglich, Jackie.*

Tatsächlich hatte es ganz den Anschein, denn sowohl *In Russian Style* als auch die Ausstellung im Met waren ein großer Erfolg. Ich ließ diesen bedeutenden Moment auf mich wirken, während ich in einem weißen trägerlosen Kleid von Mary McFadden in der Schlange zur Eröffnungsfeier stand.

Du machst nicht nur alles schön, du verwandelst es in Gold. Wenn ich die Augen schloss, konnte ich fast Jacks Stimme hören. *Buttons, deine Mutter ist ein richtiges Rumpelstilzchen, wusstest du das?*

Die Erinnerung brachte mich zum Lächeln, und diesmal verdrängte ich sie nicht, wie ich es über die Jahre so oft getan hatte. *Ich hoffe, du bist stolz auf mich, Jack. Und ich hoffe, du kannst die anderen Projekte sehen, die ich in Gold verwandle.*

Die Grand Central Station war bereits gerettet, mein zweites besonders wertvolles Projekt war die Eröffnung von Jacks Präsidentschaftsbibliothek.

Jack hatte sich so darauf gefreut, sich nach seiner Amtszeit in seine Bibliothek zurückziehen zu können, doch aus diesem Traum war nichts geworden. Stattdessen war nach fast sechzehn Jahren sorgfältigen Planens und unzähliger Spendenaktionen nicht nur das Gebäude endlich fertig, ich hatte auch die notwendigen Geldmittel und Dokumente beisammen, um Jacks Vermächtnis zu krönen: die Bibliothek, die bis in alle Ewigkeit Zeugnis von den eintausendsechsunddreißig Tagen seiner Präsidentschaft ablegen würde.

Die Lage auf einem weitläufigen, luftigen Areal am Columbia

Point im Bostoner Stadtteil Dorchester, mit einem atemberaubenden Blick auf die Skyline von Boston und den Atlantik, hätte Jack bestimmt gefallen. Ich lächelte, als ich die Segelboote auf dem silbern glänzenden Wasser sah und mich an die Segelausflüge erinnerte, bei denen Jack mit Caroline und John Jagd auf lila Haie gemacht und unsere Socken als Köder benutzt hatte.

Die Bibliothek sollte ein belebter, dynamischer Ort werden, kein Lagerhaus für verstaubte Relikte und vergilbte Dokumente, sondern eine Gedenkstätte, die zu Jacks Lebenshunger passte. Das wunderschöne neunstöckige Gebäude aus Beton und Glas, das wir ihm heute widmeten, würde mit der Zeit weiter wachsen und sich verändern.

In einem grauen Kostüm mit Rollkragenpulli und praktischen schwarzen Kalbslederhandschuhen genoss ich den Wind, der mir die Haare ums Gesicht peitschte, als ich, vorbei an der applaudierenden Menge, zu der auch Präsident Carter, Lady Bird Johnson und zahlreiche andere Würdenträger zählten, mit Caroline und John zur Bühne ging. Trotz all dem, was sie durchgemacht hatten, waren meine Kinder zu bodenständigen, vernünftigen Menschen herangewachsen, deren Ziel es war, die Welt zu einem besseren Ort zu machen.

Unter meinen Handschuhen trug ich den rosafarbenen Diamantring, den Jack mir 1963 zu Weihnachten hatte schenken wollen, und in den Taschen meiner Kinder befanden sich zwei smaragdgrüne Solitär-Ringe, die ich ihnen auf der Fahrt hierher gegeben hatte, Erinnerungsstücke, gefertigt aus dem Ewigkeitsring, den ich von Jack zu unserem zehnjährigen Hochzeitstag bekommen hatte. Vielleicht würde Caroline den ihren eines Tages bei ihrer eigenen Hochzeit tragen, und John würde den seinen vielleicht seiner zukünftigen Frau schenken. Vielleicht würden sie sie sogar irgendwann an ihre eigenen Kinder weitergeben. Nur eines wusste ich mit Sicherheit:

Das Leben würde weitergehen.

Plötzlich kam mir ein Zitat aus *Ulysses* in den Sinn, das mich immer an Bobby erinnert hatte.

Obschon uns viel genommen ist, bleibt dennoch viel,
auch wenn wir nicht mehr jene Kraft sind, die in alter Zeit
Himmel und Erde bewegen konnte, sind wir, was wir sind.

So war auch uns viel genommen worden, doch meine Familie bestand fort, und nun saß ich gemeinsam mit meinen Kindern in der ersten Reihe, um die Einweihung der Bibliothek ihres Vaters zu feiern.

Wir sind, was wir sind.

Mein Herz drohte vor Stolz zu bersten, als Caroline mit fester Stimme die Einweihungsfeierlichkeiten eröffnete und ihren Bruder vorstellte. John, der meine Liebe zur Poesie teilte, las im Gedenken an seinen Vater Auszüge aus Stephen Spenders »The Truly Great« und überließ das Rednerpult dann Jimmy Carter. »Ich fühle mich geehrt, zu diesem so ernsten und doch so frohen Anlass hier zu sein«, sagte der Präsident in ruhigem, aufrichtigem Ton. »Wie eine große Kathedrale hat dieses Bauwerk lange auf sich warten lassen. Leider kannte ich John F. Kennedy nicht persönlich, aber ich weiß, dass er die Politik und das Lachen liebte. Bei einer Pressekonferenz im März 1962, als sich die Anstrengungen der Präsidentschaft auf seinem Gesicht zu zeigen begannen, wurde er gefragt: ›Wenn Sie noch einmal von vorne anfangen könnten, würden Sie wieder um die Präsidentschaft kämpfen, und würden Sie diesen Job anderen empfehlen?‹ Und

John F. Kennedy antwortete: ›Nun, die Antwort auf die erste Frage lautet Ja, aber nein, ich würde diesen Job niemandem empfehlen.‹« An dieser Stelle legte Carter eine Kunstpause ein, genau wie Jack es damals getan hatte. »Zumindest in nächster Zeit.«

Die Menge brach in Gelächter aus, und auch ich lächelte – selbst nach sechzehn Jahren kamen Jacks Witze immer noch gut an.

Man hatte mir angeboten, eine Rede zu halten, aber ich hatte abgelehnt und diese verantwortungsvolle Aufgabe Teddy überlassen, der jetzt die Bühne betrat. Die tiefen Falten in seinem Gesicht zeigten deutlich, dass die letzten Jahre auch an ihm nicht spurlos vorübergegangen waren. Ein paar Minuten sprach Teddy über seinen Bruder, dann kam er zu meinem Lieblingsteil der Rede. »Indem wir ihm diese Bibliothek widmen, ehren wir Jack, und indem wir Jack ehren, ehren wir das Beste an unserem Land und an uns selbst.«

Nach der Zeremonie schlenderte ich durch die Ausstellung im Erdgeschoss. Fast wünschte ich, der Rest meiner Familie könnte heute hier sein, doch meine Mutter war alt und gebrechlich geworden, und Lee steckte mitten in einem großen Projekt zur Raumgestaltung eines Hotels. Innenarchitektur war ihre neue Leidenschaft geworden, und ich war froh, dass sie etwas gefunden hatte, das ganz allein ihr gehörte. Lächelnd bewunderte ich die Kokosnussschale mit dem Notruf, den Jack nach seinem Unfall mit dem PT-Schnellboot dort eingeschnitzt hatte, und musste fast weinen, als mein Blick auf meinen Verlobungsring fiel, den ich dem Museum gespendet hatte. Ich fand es passend, dass ein paar meiner Schätze hier aufbewahrt wurden, so dass jeder Amerikaner ein bisschen von der Magie unseres Camelot nachempfinden konnte.

Vor der dicken Familienbibel der Kennedys, auf die Jack seinen Amtseid geschworen hatte, traf ich Lady Bird Johnson. »Was für ein stolzer Moment muss das für Sie sein! Aber sicher ist der Tag emotional auch sehr anstrengend.« Ihr sanfter texanischer Akzent erinnerte mich daran, wie freundlich sie von Anfang an zu mir gewesen war, vor allem auch an jenem grauenhaften Tag in Dallas. Lyndon war 1973 verstorben, aber Lady Bird und ich hatten sporadisch Kontakt gehalten. »Denken Sie daran, dass es sehr viele Menschen gibt, die Ihnen Glück und Zufriedenheit wünschen – unter anderem ich.«

Ich lächelte sie dankbar an, und im selben Moment gesellten sich Caroline und John zu uns. Zusammen sahen wir uns ein gerahmtes Foto von dem Morgen an, an dem wir von Jacks Wahlsieg erfahren hatten, ich auf dem Sofa im Wohnzimmer der Kennedys zwischen Rose und Ted, Jack, Bobby und Mr. Kennedy hinter uns. Alle grinsten, als könnten sie die aufregenden Zeiten, die ihnen bevorstanden, kaum erwarten. Seltsam, ich erinnerte mich, dass ich damals dachte, das Weiße Haus würde womöglich unsere Ehe zerstören, aber wir waren dort so glücklich gewesen – ein Beweis, dass niemand in die Zukunft sehen konnte. »Es hat viele Jahre gedauert, aber jetzt bin ich endlich zufrieden mit meinem Leben«, sagte ich leise und berührte das Foto, wie um Kontakt zu dieser hoffnungsvollen Vergangenheit herzustellen.

Lady Bird zog sich dezent zurück, als meine Kinder mich fest umarmten. Sie lehnten beide den Kopf an meine Schulter, so dass wir alle drei miteinander verbunden waren. »Du hast so viel erreicht, Mom«, flüsterte Caroline. »Dad wäre stolz auf dich.«

»Grandpa Joe und Onkel Bobby natürlich auch«, fügte John hinzu.

Wahrscheinlich hatten meine Kinder recht, denn ich fühlte mich nicht mehr verloren im Strom der Zeit, ich hatte aufgehört, in den Ruinen meines Lebens umherzuirren, hatte stattdessen das Fundament meines Lebens zusammengeflickt, die eingestürzten Wände liebevoll wiederaufgebaut und Licht hereinströmen lassen.

Das alles hatte ich für diese zwei wundervollen Menschen getan, die jetzt neben mir standen, und auch, um das Vermächtnis der beiden großen Männer zu bewahren, die ich geliebt hatte. Ich hatte alles erreicht, was ich mir vorgenommen hatte.

Ich war die Frau eines der bedeutendsten amerikanischen Präsidenten Amerikas gewesen, die weltoffene Königin von Camelot, die Amateur-Historikerin, die dem Weißen Haus seinen rechtmäßigen Platz als Amerikas historische Heimat verschafft hatte. Eine würdevolle Witwe, die ihrem Land gezeigt hatte, wie man trauerte, die liebevolle Schwägerin von Amerikas letztem Prinzen, die Ehefrau eines griechischen Reeders.

Mein Leben war von Abenteuer und Weisheit, Lachen und Liebe, Güte und Edelmut erfüllt gewesen.

Jetzt war ich nur noch Jackie, Mutter zweier tapferer Kinder und passionierte Lektorin.

Und das war genug.

Anmerkungen der Autorin

Zuerst und vor allem ist dies eine erfundene Geschichte. Obgleich ich anstrebte, der historischen Wahrheit so treu wie möglich zu bleiben, ist es ein fiktionalisierter Bericht über das Leben von Jacqueline Bouvier Kennedy Onassis.

Am bekanntesten ist Jackie Kennedy für ihre Anmut und ihren Stil als First Lady und natürlich auch aufgrund des schicksalhaften Tags in Dallas, an dem ihr rosa Kostüm und ihr typischer Pillbox-Hut sich für immer in das Gedächtnis der Welt eingeprägt haben. Doch als ich die Geschichte dieser erstaunlichen Frau zu recherchieren begann, hat mich am meisten erstaunt, wie viel von ihrer Alltagskraft und ihrer Beharrlichkeit vergessen worden ist. Jackie war eine Frau und Mutter, die gezwungen war, mit den zügellosen Affären ihres Ehemannes klarzukommen, die drei Kinder durch Fehlgeburt oder Tod verlor und zu kämpfen hatte mit dem, was wir heutzutage als postpartale Depression und posttraumatisches Stresssyndrom bezeichnen. Doch trotz dieser Probleme verwandelte Jackie das Weiße Haus triumphal in ein lebendiges Museum, sammelte internationale Anerkennung für ihre erfolgreichen Goodwill-Reisen und rettete sowohl den ägyptischen Tempel von Abu Simbel als auch New Yorks Grand Central Station vor der Zerstörung.

Während alle Personen und wichtigen Ereignisse in diesem Buch aus der Geschichte stammen, hätte es eines Werks von mindestens tausend Seiten bedurft, um alles aus Jackies gut dokumentiertem Leben mit einzuschließen. Das bedeutet, dass ich gelegentlich Entscheidungen treffen musste hinsichtlich widersprüchlicher Beweise, fehlender Berichte oder Vorfälle, die sich über lange Zeiträume erstreckten.

Ich war schockiert (und manchmal auch entsetzt oder begeistert), dass einige Ereignisse der Kennedy-Überlieferung, die man ganz selbstverständlich für gut dokumentiert hält, sich als bestenfalls unklar und mehrdeutig herausstellen. (Einige Quellen streiten sich sogar um JFKs Augenfarbe!) Der verrückteste dieser vernebelten Momente in der Geschichte war der von Jacks Heiratsantrag an Jackie. Ich stieß auf mehrere Versionen und mögliche Daten – möglicherweise in Nische drei in Martin's Tavern, vielleicht an Tisch vierzig im Omni Parker House, vielleicht sogar per Telegramm, als sie zu Queen Elizabeths Krönung in London weilte. Da es keine Übereinstimmungen gibt, habe ich die Version gewählt, die mir für meine Geschichte am besten zu funktionieren schien.

Jackie Kennedy war eine sehr zurückhaltende Frau, und da dieser Roman aus ihrer Perspektive erzählt ist, fasste ich bewusst den Entschluss, die Leser ihre eigenen Schlüsse über Jackies Beziehung zu Bobby Kennedy nach dem Mord an JFK ziehen zu lassen. Allem Anschein nach hatten Jackie und Bobby nach der Tragödie in Dallas ein extrem enges Verhältnis zueinander, und die eine Hälfte der Biographen glaubt an eine lange Affäre der beiden, die andere nicht. Ich bezweifle, dass wir in dieser Frage jemals eine eindeutige Antwort finden werden, und habe den Verdacht, dass genau das Jackie recht gewesen wäre.

Außerdem gestehe ich freimütig, dass ich einige Ereignisse auf der historischen Zeitschiene etwas verschoben oder kombiniert habe, wie etwa zwei von Jackies frühen Besuchen in Hyannis Port, so dass ihre Einführung in die Kennedy-Familie das Foto-Shooting für *Life* mit einbezog, das Jacks Vater arrangierte. Nach eigener Aussage lernte Oleg Cassini Jackie ein paar Wochen nach ihrer Hochzeit im Jahr 1953 kennen, begann aber erst nach der Geburt von John Jr. für sie zu designen, weshalb ich ihn an dieser Stelle eingeführt habe. Meine stärkste historische Verschiebung nahm ich beim Tod von Alexander Onassis vor, denn diese Tragödie passierte eigentlich zwei Jahre vor der Annullierung des Denkmalstatus der Grand Central Station. Doch in einer Geschichte voller Todesfälle hatte ich das Gefühl, dass die kleine Hoffnung, Grand Central zu retten, zwischen Joseph Kennedys und Alexanders Tod erforderlich war, vor allem, da sich auch noch Jackies Ehe um die gleiche Zeit aufzulösen begann.

Als Jack zum Präsidenten gewählt worden war, informierte J.B. West Jackie beispielsweise zwei Monate nach der Einführungstour, dass Mamie Eisenhower eigentlich einen Rollstuhl für sie bereitgehalten hatte, nicht direkt danach. Sowohl die Invasion in der Schweinebucht als auch die Kubakrise spielte sich über viele Tage ab, aber im Sinne der Dynamik entschied ich mich gegen eine detaillierte Erzählweise. Für besseren Erzählfluss änderte ich ebenfalls Marilyn Monroes skandalösen »Happy Birthday«-Auftritt und Jackies Dinner mit Arthur Miller. (Beides geschah innerhalb von gerade einmal acht Tagen.)

Während ich mit den historischen Ereignissen jonglierte, war es auch manchmal notwendig, historische Figuren auf dem Schachbrett dieses Romans umherzuschieben. Zum Beispiel habe ich Mr. Kennedy mit ins Zimmer manövriert, als darüber diskutiert wurde, ob Jack im Jahr 1956 für die Vizepräsidentschaft kandidieren sollte; in der Realität rief Bobby ihn an, nachdem Jack seine Kandidatur bekannt gegeben hatte. Nach Jackies eigenen Aussagen schlief Jack in der Nacht, als er zum Präsidenten gewählt wurde, in einem anderen Zimmer, aber bei mir sind sie zusammen, damit sie den historischen Augenblick zusammen erleben konnten, ebenso wie ich Bobby in den Raum platzierte, als JFK nach der Invasion in der Schweinebucht zusammenbrach. Nach dem schrecklichen Novembertag in Dallas nahm Aristoteles Onassis tatsächlich an einer Totenwache für JFK teil, aber ich konnte keinen definitiven Hinweis darauf finden, dass er auch an John Juniors Geburtstagsfeier teilgenommen hat. Allerdings konnten die Kennedy-Brüder und Onassis sich wirklich nicht leiden und brachten ihre Abneigung sowohl im Senat als auch außerhalb deutlich zum Ausdruck.

In dem Bemühen, die Besetzungsliste des Buchs nicht so lang werden zu lassen wie die Abgeordnetenliste beider Kammern des Kongresses, habe ich einen von JFKs engsten Freunden, Lem Billings, der Jackie vor Jacks Frauengeschmack warnt, mit einem gemeinsamen Freund, John White, kombiniert, der mit Jackie um einen Dollar wettet, dass die Hochzeit mit Jack nicht stattfinden würde. Diese beiden Ereignisse habe ich in meiner Version von Bobby Kennedy zusammengefasst.

Kurz nach JFKs Ermordung traf Jackie sich mit Theodore White, dem Journalisten des *Life*-Magazins, und gab insgesamt drei Interviews (einschließlich des Interviews mit William Manchester 1964) über den grausigen Tag in Dallas. An Whites autorisierter Geschichte nahm sie keinen Anstoß, doch sie verklagte Manchester tatsächlich wegen der Serialisierung seines

Buchs. Ich habe ihre Interviews mit White und Manchester kombiniert, um den Fokus auf den späteren Rechtsstreit und seine negativen Auswirkungen auf Jackies öffentliches Image zu ziehen. Außerdem haben sich Jackie und Richard Goodwin in dem Versuch, die Serialisierung zu stoppen, mit Manchester in Hyannis Port getroffen, und nicht Jackie und Bobby.

Im Roman verstreut sind Dialogzeilen, die von Jackie, ihrer Familie und ihren Freunden aufgenommen wurden, doch ich habe auch bekannte Zitate für bestimmte Ereignisse benutzt, die zu oder von historischen Personen gesagt wurden, die es selbst aber nicht in mein Buch geschafft haben. Zum Beispiel hat nicht Black Jack Bouvier die Bemerkung Jackie gegenüber gemacht, dass das Leben einen Menschen größer oder kleiner machen kann, sondern der Kunsthistoriker Bernard Berenson hat es zu ihrer Schwester Lee gesagt.

Ohne eine ganze Schar enthusiastischer Cheerleader, die mich bei dem Marathon von Recherchieren, Schreiben und Überarbeiten unterstützten, hätte ich eine Geschichte dieser Größenordnung niemals in Angriff nehmen können. Ich bin Stephanie Dray zu unermesslich großem Dank verpflichtet für mehrere spätabendliche Telefongespräche, die mich davor bewahrten, Jack Kennedy wegen seiner Schürzenjäger-Gewohnheiten zu erdrosseln. Kate Quinn verdient die glänzendsten Goldmedaillen für ihre geradezu unheimliche Fähigkeit, sich direkt in den Kopf meiner Figuren zu graben und mir genau zu erklären, was sie denken. Mein unvergleichlicher Agent Kevan Lyon war der erste Mensch, der mich nicht verspottete, als ich ihm sagte, ich wolle eine Geschichte über Jackie Kennedy schreiben, und meine Lektorin Kate Seaver ist diejenige, die mir geholfen hat, diesen Plan zu verwirklichen. Unendlichen Dank schulde ich auch dem gesamten Team von Berkley: Claire Zion, Jeanne-Marie Hudson, Fareeda Bullert, Craig Burke, Danielle Keir, Loren Jaggers, Sarah Blumenstock, Megha Jain, Heather Lewis, Anthony Romando und Emily Osborne.

Ich danke meinen Freundinnen – hier meine ich vor allem Megan Williams, Kristi Senden, Claire Torbensen und Nicole Smith – für ihren unerschütterlichen Enthusiasmus für Jackie, und ein besonderer Dank geht an Nicole Ayers für das Gegenprüfen meines Französisch. (Natürlich sind alle eventuellen Fehler auf mich zurückzuführen.) Außerdem an meine Familie – Tim und Daine Crowley, Hollie Dunn, Heather Harris –, die einen stetigen Strom der Ermutigung aufrechterhalten hat, während ich in den letzten Jahren die Kennedys geatmet und gegessen (und sogar von ihnen geträumt) habe.

Danke an alle meine Leser und Leserinnen, an die Blogger und Bloggerinnen, Rezensenten und Rezensentinnen, die über ihre Begeisterung für dieses Buch und auch meine anderen Bücher getwittert, gesimst und gechattet haben, vor allem Erin Davies, Audra Friend, Samantha Talarico, Magdalena Johansson, Megan Wessell, Clarissa Devine und Ashley Hasty. Ich freue mich so sehr, dass ihr meine Geschichten gern lest!

Ganz besonders danke ich Stephen und Isabella. Ich liebe euch mehr, als ich mit Worten ausdrücken kann, und nichts von dem, was ich tue, wäre möglich, wenn ich euch beide nicht an meiner Seite wüsste.

Weitere Hinweise:

Auf einigen Seiten finden sich Zitate aus Gedichten und anderen Schriftstücken. Die deutschen Übersetzungen wurden wie folgt entnommen: S. 115 f.: Robert Frost, »Nichts Goldenes bleibt«, in einer Übersetzung von Christine Strüh; S. 351: William Butler Yeats, »Die Wiederkunft«, in einer Übersetzung von Christine Strüh; S. 422: William Shakespeare, *Romeo und Julia*, Akt III, Sz. 2, in der Übersetzung von A. W. von Schlegel.

LESEPROBE

CAROLINE BERNARD
DIE Frau VON MONTPARNASSE
Simone de Beauvoir und die Suche nach Liebe und Wahrheit
ROMAN
Frida Kahlo
und die Farben des Lebens
atb

Kapitel 1

FRÜHJAHR 1927

»*Plus vite,* Jacques, schneller«, rief Simone und lehnte den Kopf aus dem Fenster, damit der Fahrtwind ihr Gesicht streicheln konnte. Eigentlich war der Märztag zu kühl dafür, aber Simone konnte nicht widerstehen und hatte das Fenster heruntergekurbelt.

Sie wollte diesen Moment genießen. Am Vormittag hatte sie ihr Examen in Literatur bestanden, mit Auszeichnung, wie nicht anders zu erwarten gewesen war. Der Abschluss war ein weiterer Schritt hin zu ihrem Traum vom Schreiben, den sie in den vergangenen zwei Jahren zäh verfolgt hatte. Auf der Suche nach einem eigenen Ton ihres Erzählens und einem Thema hatte sie in jeder freien Minute des Tages gelesen. Nichts Geschriebenes war vor ihr sicher. Bei *Shakespeare & Company* in der Rue de l'Odéon lieh sie die Neuerscheinungen aus Amerika, gegenüber bei Adrienne Monnier die Franzosen aus. Manchmal, wenn sie ein Buch unbedingt besitzen wollte, jedoch kein Geld dafür hatte, stahl sie es auch. Bei den Bouquinisten an der Seine las sie im Stehen alles, was ihr in die Hände fiel. Was sie anderswo nicht bekam, bestellte sie in der Bibliothèque nationale, wo sie jeden Tag im Lesesaal arbeitete. Aber dort las sie eher Bücher, die sie für ihr Studium brauchte. Und neben der

Literatur studierte sie natürlich auch das Leben, das Paris, die Stadt des Lichts und der Künste, in all seiner Vielfalt zu bieten hatte. Sie hatte beinahe jede Ausstellung in den Galerien ihres Viertels gesehen und war Stammgast in den großen Museen. Wann immer sie Geld für einen Kaffee hatte, ging sie mit einer Freundin in eines der Cafés am Montparnasse, setzte sich an einen Tisch und hörte den Leuten zu, die dort saßen. Alles interessierte sie, nichts war vor ihrem Wissensdurst und ihrer Neugierde sicher.

Nun, mit der bestandenen Prüfung war sie ihrem Ziel ein gutes Stück näher gekommen. Zu ihrem Entzücken hatte ihr Cousin Jacques vor dem Institut Sainte-Marie auf sie gewartet und ihr mit einem Lächeln die Tür seines neuen Wagens aufgehalten.

»Wie ich sehe, kann auch eine Frau mit Examen attraktiv sein«, sagte er zu ihr. »Darf ich dich zur Feier des Tages zu einem Ausflug einladen?«

Simone war selig. Als Kinder waren Jacques und sie gute Freunde gewesen, später hatte sie den Älteren bewundert. Und jetzt war sie dabei, sich in ihn zu verlieben. Er war ein schöner Mann und kleidete sich in schicke Anzüge. Jacques wohnte mit seiner Schwester und einer Haushälterin in einer großen Wohnung am Boulevard Montparnasse, niemand machte ihm Vorschriften. Er war ein Mann von Welt, der viel ausging, alle angesagten *dancings* und Galerien kannte und Simone mit dem Surrealismus bekannt gemacht hatte. Stundenlang saßen sie zusammen und redeten über Kunst und Literatur. Ihre ansonsten so strenge Mutter erlaubte, dass sie mit Jacques einen Spaziergang machte oder ins Kino ging. Auch ihr Vater mochte ihn und schätzte es, wenn er Simone abends nach Hause brachte und auf einen Plausch mit ihm blieb.

Bei dem Gedanken daran verzog Simone das Gesicht. Ihr Vater und Jacques ergingen sich bei diesen Gelegenheiten in endlosen Erörterungen zu Literatur und Theater, wobei ihr Vater auf die Moderne schimpfte und seine Klassiker lobte. Simone hätte dazu durchaus etwas zu sagen gehabt, aber es war nicht erwünscht, dass sie sich einmischte, das gab ihr Vater ihr deutlich zu verstehen. Eine Frau hatte Männer nicht zu unterbrechen. Wenn Georges sich von ihr zu sehr gestört fühlte, legte er den Arm um Jacques' Schulter und zog sich mit ihm in sein Arbeitszimmer zurück, während Simone vor Wut kochte.

Doch heute gehörte Jacques ganz ihr. Simone klappte die Sonnenblende herunter, um sich im Spiegel zu betrachten. In der letzten Zeit hatte sich ihr Äußeres sehr zu ihrem Vorteil entwickelt, aus dem hässlichen Entlein war ein Schwan geworden. Zwar legte Simone noch immer nicht besonders viel Wert darauf, sich zurechtzumachen, aber in ihren unvorteilhaften Kleidern steckte nun eine schöne junge Frau. Am meisten an ihr selbst gefielen ihr die hellen Augen in der Farbe von Vergissmeinnicht, die in ihrem fein geschnittenen Gesicht leuchteten. Vor ein paar Tagen hatte sie sich das lange Haar zu einem Bubikopf geschnitten, wie es jetzt modern war. Auch ihre Freundin Zaza trug das Haar neuerdings so, und in Verbindung mit ihren Glockenhüten aus Filz sah sie damit bezaubernd aus. Aber Simones Haar war zu dünn, ihr Gesicht zu lang, die Frisur stand ihr nicht, obwohl Maheu das Gegenteil bezeugt hatte. Ihr Kommilitone René Maheu, den sie »das Lama« nannte, war in sie verliebt, obwohl er verheiratet war. Er wurde nicht müde, Dinge an ihr zu bewundern oder hervorzuheben; sei es ihre Schönheit, sei es ihre Klugheit oder auch ihre raue Stimme, mit der sie ihre Argumente wie ein Maschinengewehr verschoss. Doch mit ihrer Frisur irrte er sich, sie war nichts anderes als misslungen. An diesem Tag hatte Simone ein Tuch mit hellen Tupfen in ihr Haar gebunden, um das Schlimmste zu verbergen. Jacques hatte die Veränderung offensichtlich nicht bemerkt, er hatte nur gesagt, wie schön das Tuch zu dem weißen Kragen ihrer Bluse passe. »Du siehst aus wie ein netter junger Mann«, neckte er sie.

Jacques überholte hupend ein anderes Auto und scherte rasant wieder ein. Simone wurde gegen seine Schulter geschleudert. Sie rückte wieder von ihm ab und klappte den Spiegel hoch. Jacques würde nie einen Gedanken an sein Äußeres verschwenden, er sah einfach betörend gut aus. Simone betrachtete sein gut geschnittenes Gesicht von der Seite. Er kniff leicht die Augen zusammen und hatte etwas von einem Abenteurer. Jacques bemerkte ihren Blick und lachte.

»Wir sind gleich da«, sagte er.

»Schade«, gab Simone zurück. Sie hätte noch stundenlang neben ihm sitzen und die Autofahrt genießen können. Sie fuhren in westlicher Richtung stadtauswärts, Jacques hatte extra ihretwegen die Route über die Place de la Concorde genommen, wo sich der Obelisk in einen blassblauen Himmel erhob, und hielt dann auf den Arc de Triomphe zu. Jetzt fuhren sie schon unter den großen Bäumen des Bois de Boulogne hindurch. Sie waren um diese Jahreszeit noch kahl, aber rund um die Rasenflächen sah Simone das Leuchten der Magnolienblüten und das Gelb von Jasmin und Narzissen. »Ist das schön«, seufzte sie und hielt ihre Hand aus dem Fenster, um den kühlen Fahrtwind zu spüren.

»Du findest wirklich an allem etwas Schönes«, sagte Jacques mit einem Kopfschütteln.

»Aber der Frühling in Paris ist doch auch wunderschön. Findest du nicht? Sieh doch nur dieses zarte Grün. Diese Farbe gibt es nur jetzt – wenn du nächste Woche wiederkommst, ist sie schon verschwunden.«

Sie hielt ihr Gesicht mit geschlossenen Augen in die Sonne, die in diesem Augenblick durch die Wolken brach. Dann blickte sie wieder zu Jacques hinüber. Er parkte schwungvoll den Wagen und kam auf ihre Seite hinüber, um ihr die Autotür aufzuhalten.

»Darf ich bitten?«

Simone lächelte ihn an.

»Worauf hast du Lust? Boot fahren oder Eis essen?«

»Beides«, rief sie. »Aber ich muss um acht Uhr zu Hause sein. Papa will mich zur Feier meines Examens einladen.«

Sie mieteten eines der kleinen Boote, die die Form eines Schwans hatten, und ließen sich träge bis in die Mitte des Sees treiben.

Jacques zog ein Buch aus der Tasche seines Jacketts. Es war *Der große Meaulnes*, das Buch von Alain-Fournier, das viele als Nachfolger von Goethes *Werther* sahen, weil es darin um jene Liebe ging – die eine große, unglückliche –, die man nur als ganz junger Mensch fühlen konnte. Der Roman hatte Simone in ein Gefühlschaos versetzt, und seitdem nahm sie ihre zärtlichen Gefühle für Jacques noch intensiver wahr. Und es hatte den letzten Anstoß dazu gegeben, dass Literatur für sie zum Ersatz für die Religion wurde. Simone glaubte an die Macht des Wortes, Romane wurden zu ihrer neuen Bibel, auch wenn ihre Mutter deshalb um das Seelenheil ihrer Tochter fürchtete.

»Du musst mir nicht daraus vorlesen«, sagte sie. »Ich kenne ganze Passagen auswendig.«

»Na gut, wie wäre es mit *La Garçonne*? Deine Frisur würde dazu passen.« Er hat meine Frisur also doch bemerkt, dachte Simone, als er das Buch aus der anderen Tasche zog.

Sie kicherte. Der Roman von Victor Margueritte verursachte zurzeit einen Skandal nach dem nächsten, weil seine Hauptfigur, Monique Lerbier, sich den Heiratsplänen ihrer Eltern widersetzte und ein auch sexuell unabhängiges Leben führte. Natürlich hatte Simone auch dieses Buch gelesen, heimlich, ohne Wissen ihrer Eltern. Und sie hatte bei der Lektüre so manches Mal gedacht, dass sie gern wie diese Monique wäre. Sie winkte ab.

»Kenne ich auch. Lass das bloß nicht Maman sehen, dann darf ich nie wieder allein mit dir ausgehen.«

»Zensiert sie immer noch deine Lektüre?«

Simone schüttelte unwillig den Kopf und dachte daran, wie Françoise früher Seiten, die ihre Töchter nicht lesen sollten, mit Nadeln zusammengesteckt hatte. Simone hatte diese Seiten natürlich immer als Erste gelesen und danach die Nadel wieder exakt in dieselben Löcher gesteckt. »Maman hat es aufgegeben, mich zu erziehen.«

»Dich zu einem passablen Fräulein zu machen, das Chancen auf dem Heiratsmarkt hat«, meinte Jacques.

»Ich? Chancen auf dem Heiratsmarkt? Du weißt, dass ich die nicht habe, weil Papa keine Mitgift zahlen kann.«

»Ich weiß auch, dass du das gar nicht willst.«

»Heiraten schon, aber nicht jeden und bestimmt keinen, den meine Eltern für mich aussuchen.« Simone sah ihn forsch von der Seite an, um festzustellen, ob er ihre Anspielung verstand.

Statt auf ihre Bemerkung einzugehen, legte Jacques sich plötzlich übertrieben in die Riemen, um hektisch zu rudern, dabei waren sie noch ein gutes Stück von einer der künstlichen Inseln entfernt. Er tat gerade so, als würden sie gleich aufl aufen.

Aber für den Rest des Nachmittags spielte er wieder den unwiderstehlichen Charmeur.